Sammlung Luchterhand 149

Günter Grass
Hundejahre
Roman

Luchterhand

Sonderausgabe in der Sammlung Luchterhand 1974
13. Auflage Oktober 1985

Lektorat: Klaus Roehler
Umschlaggestaltung: Kalle Giese, Darmstadt,
unter Verwendung eines Motivs von Günter Grass

Gesamtherstellung bei der
Druck- und Verlags-Gesellschaft mbH, Darmstadt
ISBN 3-472-61149-9

Walter Henn
in memoriam

Erstes Buch Frühschichten

Erste Frühschicht

Erzähl Du. Nein, erzählen Sie! Oder Du erzählst. Soll etwa der Schauspieler anfangen? Sollen die Scheuchen, alle durcheinander? Oder wollen wir abwarten, bis sich die acht Planeten im Zeichen Wassermann geballt haben? Bitte, fangen Sie an! Schließlich hat Ihr Hund damals. Doch bevor mein Hund, hat schon Ihr Hund, und der Hund vom Hund. Einer muß anfangen: Du oder Er oder Sie oder Ich... Vor vielen vielen Sonnenuntergängen, lange bevor es uns gab, floß, ohne uns zu spiegeln, tagtäglich die Weichsel und mündete immerfort.
Der hier die Feder führt, wird zur Zeit Brauxel genannt, steht einem Bergwerk vor, das weder Kali, Erz noch Kohle fördert und dennoch hundertvierunddreißig Arbeiter und Angestellte auf Förderstrecken und Teilsohlen, in Firstenkammern und Querschlägen, an der Lohnkasse und in der Packerei beschäftigt: von Schichtwechsel zu Schichtwechsel.
Unreguliert und gefährlich floß früher die Weichsel. So rief man tausend Erdarbeiter und ließ im Jahre achtzehnhundertfünfundneunzig von Einlage nordwärts, zwischen den Nehrungdörfern Schiewenhorst und Nikkelswalde, den sogenannten Durchstich graben. Der verringerte, indem er der Weichsel eine neue und schnurgerade Mündung gab, die Überschwemmungsgefahr.
Der Federführende schreibt Brauksel zumeist wie Castrop-Rauxel und manchmal wie Häksel. Bei Laune schreibt Brauxel seinen Namen wie Weichsel. Spieltrieb und Pedanterie diktieren und widersprechen sich nicht.
Von Horizont zu Horizont liefen die Deiche der Weichsel und hatten sich, unter Aufsicht des Deichregulierungskommissarius zu Marienwerder, gegen die hochgehenden Frühjahrsfluten und gegen das Dominikswasser zu stemmen. Wehe, wenn Mäuse im Deich waren.
Der hier die Feder führt, dem Bergwerk vorsteht und seinen Namen verschieden schreibt, hat sich mit dreiundsiebzig Zigarettenstummeln, mit der errauchten Ausbeute der letzten zwei Tage, den Lauf der Weichsel, vor und nach der Regulierung, auf geräumter Schreibtischplatte zurechtgelegt: Tabakkrümel und mehlige Asche bedeuten den Fluß und seine drei Mündungen; abgebrannte Streichhölzer sind Deiche und dämmen ihn ein.
Vor vielen vielen Sonnenuntergängen: da kommt der Herr Deichregulierungskommissarius vom Kulmischen her, wo im Jahre fünfundfünfzig bei Kokotzko, auf Höhe des Menonitenfriedhofes, der Deich brach – noch Wochen später hingen die Särge in den Bäumen – er aber, zu Fuß, zu Pferde oder im Boot, in seinem Gehrock und nie ohne das Fläschchen Arrak in weiter Tasche, er, Wilhelm Ehrenthal, der in antiken und dennoch humorigen Versen jene »Deichbeschauliche Epistel« geschrieben hatte, die kurz nach Erscheinen allen Deichgräfen, Dorfschulzen und Menonitenpredigern mit freundlicher Widmung zugestellt wurde, er,

hier genannt, um nie wieder genannt zu werden, inspiziert stromauf stromab das Deckwerk, die Rauhwehren und Buhnen, treibt Ferkel vom Deich, weil es nach Feldpolizeiordnung, Paragraph acht, vom November achtzehnhundertsiebenundvierzig, jeglichem Vieh, ob Feder oder Klaue, verboten ist, auf dem Deich zu weiden und zu wühlen.
Linker Hand ging die Sonne unter. Brauxel zerbricht ein Streichholz: die zweite Mündung der Weichsel entstand ohne Hilfe der Erdarbeiter am zweiten Februar achtzehnhundertvierzig, als der Fluß, weil das Eis sich gestaut hatte, unterhalb Plehnendorf die Nehrung durchbrach, zwei Dörfer wegnahm und die Gründung zweier neuer Flecken, der Fischerdörfer Östlich-Neufähr und Westlich-Neufähr erlaubte. Wir aber haben es, so reich die beiden Neufähr an Geschichten, Dorfklatsch und unerhörten Begebenheiten waren, in der Hauptsache mit den Dörfern östlich und westlich der ersten, wenn auch jüngsten Mündung zu tun: Schiewenhorst und Nickelswalde waren oder sind rechts und links des Weichseldurchstiches die letzten Dörfer mit Fährbetrieb; denn fünfhundert Meter flußabwärts mischt heute noch die offene See ihr nullkommaachtprozentiges Salzwasser mit dem oft aschgrauen, zumeist lehmgelben Ausfluß der weithingelagerten Republik Polen.
Beschwörende Worte: »Die Weichsel ist ein breiter, in der Erinnerung immer breiter werdender, trotz der vielen Sandbänke schiffbarer Strom...« spricht Brauchsel vor sich hin, läßt auf seiner Schreibtischplatte, die zum anschaulichen Weichseldelta wurde, einen Rest Radiergummi zwischen Streichholzdeichen als Fähre verkehren und stellt nun, da die Frühschicht eingefahren ist, da der Tag laut mit Sperlingen beginnt, den neunjährigen Walter Matern – Betonung auf der letzten Silbe – der untergehenden Sonne gegenüber auf die Nickelswaldener Deichkrone; er knirscht mit den Zähnen.
Was geht vor, wenn ein neunjähriger Müllerssohn auf dem Deich steht, dem Fluß zuschaut, der untergehenden Sonne ausgesetzt ist und gegen den Wind mit den Zähnen knirscht? Das hat er von seiner Großmutter, die neun Jahre lang fest im Stuhl saß und nur die Augäpfel bewegen konnte. Vieles treibt vorbei, und Walter Matern sieht es. Von Montau bis Käsemark Hochwasser. Hier, kurz vor der Mündung, hilft die See. Man sagt, es waren Mäuse im Deich. Immer wenn ein Deich bricht, sagt man, es waren Mäuse im Deich. Katholiken aus dem Polnischen sollen über Nacht Mäuse im Deich angesiedelt haben, sagen die Menoniten. Andere wollen den Deichgräfe auf seinem Schimmel gesehen haben. Aber die Versicherungsgesellschaft will weder an Wühlmäuse noch an den Deichgräfe von Güttland glauben. Als der Deich, der Mäuse wegen, brach, sprang der Schimmel mit dem Deichgräfe, wie es die Sage vorschreibt, in den hochgehenden Fluß, aber das half nicht viel: denn die Weichsel nahm alle Deichgeschworenen. Und die Weichsel nahm die katholischen Mäuse aus dem Polnischen. Und sie nahm die groben Menoniten mit Haken und Ösen aber ohne Taschen, nahm die feineren Menoniten mit Knöpfen,

Knopflöchern und teuflischen Taschen, nahm auch Güttlands drei Evangelische und den Lehrer, den Sozi. Nahm Güttlands brüllendes Vieh und Güttlands geschnitzte Wiegen, nahm ganz Güttland: Güttlands Betten und Güttlands Schränke, Güttlands Uhren und Güttlands Kanarienvögel, nahm Güttlands Prediger – der war grob und hatte Haken und Ösen – nahm auch des Predigers Tochter, und die soll schön gewesen sein.
Das alles und noch mehr trieb vorbei. Was treibt ein Fluß wie die Weichsel vor sich her? Was in die Brüche geht: Holz, Glas, Bleistifte, Bündnisse zwischen Brauxel und Brauchsel, Stühle, Knöchlein, auch Sonnenuntergänge. Was längst vergessen war, bringt sich bäuchlings und rücklings als Schwimmer und mit Hilfe der Weichsel in Erinnerung: Adalbert kam. Adalbert kommt zu Fuß. Da trifft ihn die Axt. Aber Swantopolk läßt sich taufen. Was wird aus Mestwins Töchtern? Läuft eine barfuß davon? Wer nimmt sie mit? Der Riese Miligedo mit seiner Bleikeule? Der feuerrote Perkunos? Der bleiche Pikollos, der immer von unten nach oben schaut? Der Knabe Potrimpos lacht und kaut seine Weizenähre. Eichen werden gefällt. Die knirschenden Zähne – und Herzog Kynstutes Töchterlein, die ins Kloster ging: zwölf Ritter ohne Kopf und zwölf Nonnen ohne Kopf, die tanzen in der Mühle: die Mühle geht langsam, die Mühle geht schneller, mahlt Seelchen zu Mehl, doch der Schnee fällt viel heller: die Mühle geht langsam, die Mühle geht schneller, sie aß mit zwölf Rittern vom selbigen Teller: die Mühle geht langsam, die Mühle geht schneller, es geigen zwölf Ritter zwölf Nonnen im Keller: die Mühle geht langsam, die Mühle geht schneller, so feiern sie Lichtmeß mit Furz und Geträller: die Mühle geht langsam, die Mühle geht schneller... als aber die Mühle von innen nach außen brannte und Kutschen für kopflose Ritter und kopflose Nonnen vorfuhren, als viel später – Sonnenuntergänge – der heilige Bruno durchs Feuer ging und der Räuber Bobrowski mit seinem Kumpan Materna, von dem alles sich herleitet, Brände in vorher gezinkte Häuser legte – Sonnenuntergänge Sonnenuntergänge – Napoleon vorher und nachher: da wurde die Stadt kunstvoll belagert, denn sie erprobten mehrmals und mit wechselndem Erfolg congrevesche Raketen: in der Stadt aber und auf den Wällen, auf den Bastionen Wolf, Bär, Braunes Roß, auf den Bastionen Aussprung, Maidloch und Kaninchen husteten die Franzosen unter Rapp, spuckten die Polen mit ihrem Fürsten Radzivil, heiserte das Corps des einarmigen Capitaine de Chambure. Doch am fünften August kam das Dominikswasser, erkletterte ohne Leitern die Bastionen Braunes Roß, Kaninchen und Aussprung, machte das Pulver naß, ließ die congreveschen Raketen zischend untergehen und führte viele Fische, besonders Hechte, in die Gassen und Küchen: wunderbar wurden alle satt, obgleich die Speicher längs der Hopfengasse abgebrannt waren – Sonnenuntergänge. Was alles der Weichsel gut zu Gesicht steht, was einen Fluß wie die Weichsel färbt: Sonnenuntergänge. Blut, Lehm und Asche. Dabei sollte der Wind sie haben. Nicht alle Befehle werden ausgeführt; Flüsse, die in den Himmel wollen, münden in die Weichsel.

Zweite Frühschicht

Hier, auf Brauxels Schreibtischplatte, und über den Schiewenhorster Deich rollt sie, jeden Tag. Und auf dem Nickelswaldener Deich steht Walter Matern und knirscht mit den Zähnen; denn sie geht unter. Leergefegt verjüngen sich Deiche. Nur das Rutenzeug der Windmühlen, stumpfe Kirchtürme und Pappeln – die ließ Napoleon für seine Artillerie pflanzen – kleben auf den Deichkronen. Er allein steht. Allenfalls der Hund. Aber der ist weg und mal hier mal dort. Hinter ihm, schon im Schatten und unter dem Spiegel des Flusses, liegt das Werder und riecht nach Butter, Glumse, nach Käsereien, riecht gesundmachend und zum Erbrechen nach Milch. Neunjährig breitbeinig, mit blauroten Märzknien steht Walter Matern, spreizt zehn Finger, schlitzt die Augen, läßt alle Narben seines kurzgeschorenen Kopfes, die von Stürzen, Schlägereien und Stacheldrahtrissen zeugen, anschwellen, Profil gewinnen, knirscht von links nach rechts mit den Zähnen – das hat er von seiner Großmutter – und sucht einen Stein.

Auf dem Deich gibt es keinen Stein. Er aber sucht. Dürre Stöcke findet er. Aber einen dürren Stock kann man nicht gegen den Wind. Er will muß will aber schmeißen. Könnte Senta, mal hier mal weg, heranpfeifen, pfeift aber nicht, knirscht nur – das macht den Wind stumpf – und will schmeißen. Könnte Amsels Blick mit Häh! und Häh! von der Deichsohle auf sich ziehen, hat aber den Mund voller Knirschen und nicht voller Häh! und Häh! – will muß will dennoch, hat aber auch in den Taschen keinen Stein; hat sonst immer in der einen oder in der anderen Tasche einen oder zwei.

Steine nennt man hier Zellacken. Die Evangelischen sagen: Zellacken, die paar Katholischen: Zellacken. Die groben Menoniten: Zellacken. Die feinen: Zellacken. Auch Amsel, der gerne Ausnahmen macht, sagt Zellack, wenn er einen Stein meint; und Senta holt einen Stein, sagt wer zu ihr: Hol einen Zellack. Kriwe sagt Zellacken, Kornelius Kabrun, Beister, Folchert, August Sponagel und die Majorin von Ankum, alle sagen; und der Prediger Daniel Kliewer aus Pasewark sagt zu seiner groben und feinen Gemeinde: »Da häd sech dä klaine David ain Zellack jenomm, ond häd dem Tullatsch, dem Goliath...« Denn ein Zellack ist ein handlicher taubeneigroßer Stein.

Jedoch Walter Matern findet weder noch in den Taschen. Rechts nur Krümel und Sonnenblumenkerne, links zwischen Bindfäden und knisternden Heuschreckenüberresten – während es oben knirscht, während die Sonne weg ist, während die Weichsel fließt, etwas aus Güttland, etwas aus Montau vorbeitreibt, Amsel gebückt und immerzu Wolken, während Senta gegen den Wind, die Möwen mit dem Wind, die Deiche sauber zum Horizont, während sie weg weg weg ist – findet er sein Taschenmesser.

Sonnenuntergänge dauern in östlichen Gegenden länger als in westlichen; das weiß jedes Kind. Da fließt die Weichsel von einem Himmel zum gegenüberliegenden. Schon macht sich am Schiewenhorster Anleger die Dampffähre los und will schräg und bissig gegen den Fluß zwei Güterwagen der Kleinbahn nach Nickelswalde bringen, aufs Gleis nach Stutthof. Soeben dreht das Stück Leder, Kriwe genannt, sein Rindsledergesicht aus dem Wind und klappert wimperlos die Deichkrone gegenüber ab: bißchen gehendes Rutenzeug und Pappeln zum Abzählen. Hat nun was Starres im Auge, das bückt sich nicht, hat aber die Hand in der Tasche. Und läßt sein Auge von der Böschung rutschen: da ist was komisch Rundes, das bückt sich, will wohl der Weichsel was wegnehmen. Das ist Amsel, der ist auf Klamotten aus – wofür Klamotten? – das weiß jedes Kind.

Aber das Leder Kriwe weiß nicht, was Walter Matern, der einen Zellack in der Tasche suchte, in seiner Tasche fand. Während Kriwe sein Gesicht aus dem Wind zieht, wird das Taschenmesser in Walter Materns Hand wärmer. Dieses hat ihm Amsel geschenkt. Drei Klingen, einen Korkenzieher, eine Säge, einen Dorn hat es. Amsel dicklich rötlich und zum Lachen, wenn er weint. Amsel fischt an der Deichsohle im Schlamm, denn die Weichsel reicht, weil von Montau bis Käsemark Hochwasser ist, und obgleich sie Fingerbreite um Fingerbreite fällt, bis zur Deichkrone und bringt Sachen mit, die es vorher in Palschau gab.

Weg. Sie ist drüben hinterm Deich und hat ein Rot hinterlassen, welches zunimmt. Da macht – was nur Brauxel wissen kann – Walter Matern eine Faust um das Messer in seiner Tasche. Amsel ist bißchen jünger als Walter Matern. Senta, weit weg und auf Mäuse aus, ist etwa so schwarz, wie der Himmel, von der Schiewenhorster Deichkrone aufwärts, rot ist. Da bleibt eine treibende Katze im Treibholz hängen. Möwen vermehren sich fliegend: gerissenes Seidenpapier knüllt, wird geglättet, klaftert: und die gläsernen Stechnadelkopfaugen sehen alles, was treibt, hängt, rennt, steht oder nur da ist, wie Amsels zweitausend Sommersprossen; auch daß er einen Helm trägt, wie er vor Verdun getragen wurde. Und der Helm rutscht, muß zurück in den Nacken, rutscht wieder, während Amsel Zaunlatten und Bohnenstangen, auch bleischwere Klamotten aus dem Schlamm fischt: da löst sich die Katze, kreiselt weg, fällt den Möwen zu. Die Mäuse im Deich rühren sich wieder. Und die Fähre nähert sich immer. Da treibt ein toter gelber Hund und dreht sich. Senta steht gegen den Wind. Schräg und bissig bringt die Fähre zwei Güterwagen. Es treibt ein Kalb, das lebt nicht mehr. Jetzt stolpert der Wind, aber schlägt nicht um. Da bleiben die Möwen in der Luft stehn, sie zaudern. Jetzt hat Walter Matern – während Fähre, Wind und Kalb und die Sonne hinterm Deich und die Mäuse im Deich und die Möwen auf einem Fleck – die Faust mit dem Taschenmesser aus der Tasche heraus, hat sie, während die Weichsel fließt, vor den Pullover geführt und läßt, dem zunehmenden Rot gegenüber, alle Knöchel kreidig werden.

Dritte Frühschicht

Alle Kinder zwischen Hildesheim und Sarstedt wissen, was in Brauksels Bergwerk, das zwischen Hildesheim und Sarstedt liegt, gefördert wird.
Alle Kinder wissen, warum das Infanterieregiment hundertachtundzwanzig jenen Stahlhelm, den Amsel trägt, mit anderen Stahlhelmen neben einem Haufen Drillichzeug und einigen Gulaschkanonen in Bohnsack liegenlassen mußte, als es mit der Eisenbahn im Jahre zwanzig wegfuhr.
Die Katze ist schon wieder da. Alle Kinder wissen: es ist nicht dieselbe Katze, nur die Mäuse wissen nicht und die Möwen wissen nicht. Die Katze ist naß naß naß. Da treibt etwas vorbei, das ist kein Hund und kein Schaf, das ist ein Kleiderschrank. Der Schrank stößt nicht mit der Fähre zusammen. Und als Amsel eine Bohnenstange aus dem Schlamm zieht, und Walter Materns Faust über dem Taschenmesser ins Zittern kommt, gibt es Freiheit für eine Katze: der offenen See, die bis zum Himmel reicht, treibt sie zu. Die Möwen verringern sich, die Mäuse im Deich rühren sich, die Weichsel fließt, die Faust überm Messer zittert, Nordwest heißt der Wind, die Deiche verjüngen sich, die offene See stemmt alles was sie hat gegen den Fluß, noch immer und immerzu geht die Sonne unter, noch immer und immerzu bringt die Fähre sich selber und zwei Güterwagen: die Fähre kentert nicht, die Deiche brechen nicht, die Mäuse fürchten sich nicht, die Sonne will nicht zurück, die Weichsel will nicht zurück, die Fähre will nicht zurück, die Katze will nicht, die Möwen wollen nicht, die Wolken nicht, das Infanterieregiment nicht, Senta will nicht zu den Wölfen zurück, sondern bravbravbrav... Auch Walter Matern will jenes Taschenmesser, das ihm Amsel dick kurz fett schenkte, nicht in die Tasche zurückkehren lassen; vielmehr gelingt es der Faust über dem Messer, noch einen Anstrich kreidiger zu werden. Und es knirschen oben Zähne von links nach rechts. Es entspannt sich, während es fließt kommt untergeht treibt kreiselt zu- und abnimmt, die Faust über dem Taschenmesser, daß alles vertriebene Blut in die nunmehr locker geschlossene Hand schießt: Walter Matern wirft die Faust um den heißgewordenen Gegenstand hinter sich, steht nur noch auf einem Bein Fuß Ballen, auf fünf Zehen in einem Schnürschuh, hebt ohne Strumpf im Schuh sein Gewicht auf, läßt all sein Gewicht in die Hand hinter sich rutschen, zielt nicht, knirscht kaum; und in jenem fließenden treibenden untergehenden verlorenen Moment – denn auch Brauchsel kann ihn nicht retten, weil er vergaß, etwas vergaß – jetzt also, da Amsel vom Modder der Deichsohle aufblickt, dabei mit linkem Handrücken und einem Teil seiner zweitausend Sommersprossen den Stahlhelm in den Nacken, zu einem anderen Teil seiner zweitausend Sommersprossen schiebt, ist Walter Materns Hand weit voraus, leer, leicht und zeigt nur noch die Druckstellen eines Taschenmessers, das drei Klingen, einen Korkenzieher, eine Säge und

einen Dorn hatte; in dessen Gehäuse Seesand, ein Rest Marmelade, Kiefernnadeln, Borkenmehl und eine Spur Maulwurfsblut sich verkrustet hatten; dessen Tauschwert eine neue Fahrradklingel gewesen wäre; das niemand gestohlen, das Amsel mit selbstverdientem Geld im Laden seiner Mutter gekauft, dann seinem Freund Walter Matern geschenkt hatte; das im letzten Sommer an Folcherts Schuppentor einen Schmetterling genagelt, unter der Anlegebrücke von Kriwes Fähre innerhalb eines Tages vier Ratten, in den Dünen beinahe ein Kaninchen und vor zwei Wochen einen Maulwurf getroffen hatte, bevor Senta ihn erwischen konnte. Weiterhin zeigt die Innenfläche der Hand Druckstellen desselben Messers, mit dem sich Walter Matern und Eduard Amsel, als sie acht Jahre alt und auf Blutsbrüderschaft aus waren, den Oberarm ritzten, weil ihnen Kornelius Kabrun, der in Deutsch-Südwest gewesen war und über Hottentotten Bescheid wußte, davon erzählt hatte.

Vierte Frühschicht

Mittlerweile – denn während Brauxel die Vergangenheit eines Taschenmessers aufdeckt, und das gleiche Taschenmesser als geworfener Gegenstand der Wurfkraft, der Kraft des gegen ihn angehenden Windes und der eigenen Schwerkraft gehorcht, bleibt Zeit genug übrig, von Frühschicht zu Frühschicht einen Arbeitstag abzubuchen und mittlerweile zu sagen – mittlerweile also hatte Amsel seinen Stahlhelm mit dem Handrücken in den Nacken geschoben. Er übersprang mit einem Blick die Deichböschung, erfaßte mit demselben Blick den Werfer, schickte den Blick dem geworfenen Gegenstand hinterdrein; und das Taschenmesser hat, behauptet Brauxel, mittlerweile jenen endlichen Punkt erreicht, der jedem aufstrebenden Gegenstand gesetzt ist, hat erreicht, während die Weichsel fließt, die Katze treibt, die Möwe schreit, die Fähre kommt, während die Hündin Senta schwarz ist und die Sonne nicht aufhört mit dem Untergehen.
Mittlerweile – denn wenn ein geworfener Gegenstand jenes Pünktchen erreicht hat, hinter dem der Abstieg beginnt, zaudert er einen Augenblick lang, täuscht Stillstand vor – während das Taschenmesser also oben still steht, reißt Amsel seinen Blick von dem Pünktchen Gegenstand fort und hat wieder – schon fällt das Messer rasch ruckhaft, weil stärker dem Gegenwind ausgesetzt, dem Fluß zu – seinen Freund Walter Matern im Auge, der immer noch mit Ballen und Zehenspitzen ohne Strumpf im Schnürschuh wippt, die rechte Hand hoch und weit von sich hält, während sein linker Arm rudert und ihm das Gleichgewicht bewahren will.
Mittlerweile – denn während Walter Matern einbeinig wippt und um's Gleichgewicht besorgt ist, während Weichsel und Katze, Mäuse und Fähre, Hund und Sonne, während das Taschenmesser dem Fluß zufällt,

ist in Brauchsels Bergwerk die Frühschicht eingefahren, die Nachtschicht ausgefahren und auf Fahrrädern davon, hat der Kauenwärter die Kaue abgeschlossen, haben die Sperlinge in allen Regenrinnen den Tag angefangen... Es gelang damals Amsel, mit kurzem Blick und gleich darauffolgendem Anruf Walter Matern aus dem knapp bewahrten Gleichgewicht zu bringen. Zwar kam der Junge auf der Nickelswaldener Deichkrone nicht zu Fall, geriet aber doch dergestalt wild ins Torkeln und Stolpern, daß er sein Taschenmesser aus dem Auge verlor, bevor es die fließende Weichsel berührte und unsichtbar wurde.

»Häh, Knirscher!« ruft Amsel. »Häst allwedder midde Zähne jeknirscht ond jeschmissen wie neilich?«

Walter Matern, der hier als Knirscher angesprochen wird, steht wieder breitbeinig mit durchgedrückten Knien und reibt sich die Innenfläche seiner rechten Hand, die immer noch nachglühende Profile eines Taschenmessers im Negativ zeigt.

»Häst doch jesehn, daas ech mißt schmeißen, was frägs noch.«

»Häst aber nech middem Zellack jeschmissen.«

»Na wenn hier kain Zellack nech ist.«

»Waas schmeißt denn, wenn kain Zellack nech hass?«

»Na wennech ain Zellack jehabt hädd, häddech och middem Zellack jeschmissen.«

»Wenn hädst de Senta jeschickt, hädse Diä och jebracht ain Zellack.«

»Naachhä kann jeder sagen, häddst de Senta jeschickt. Schick Du ma ain Gissert, wennä off Mäuse is.«

»Mid waas häst denn jeschmissen, wenn kain Zellack nech jehabt häst?«

»Waas frägs immer. Mid irjend son Dingsdam. Hass doch jesehn.«

»Häst mid main Knief jeschmissen.«

»Wa main Knief. Ond jeschenkt is jeschenkt. Ond wennech ain Zellack jehabt hädd, den häddech nech middem Knief, denn häddech middem Zellack jeschmissen.«

»Hädst doch waas jesagt, ain Wortchen, daas da kain Zellack nech findst, denn häddech Diä raufgeschmissen ainen, wo hier jenug hat.«

»Waas rädst ond schawieterst, wo ä nu weg ist.«

»Vlaicht krieg ech ain neuen Knief off Hemmelfaart.«

»Will aber kain neuen Knief nech.«

»Na wennech Diä jäb, wirst schon nähmen.«

»Wätten wä, daas nech?«

»Wätten wä, daas nämmst?«

»Wätten wä?«

»Wätten wä!«

Dann wetten sie mit Handschlag: Husaren gegen Brennglas, indem Amsel seine Hand mit den vielen Sommersprossen den Deich hinaufreicht, Walter Matern seine Hand mit den Druckstellen des Taschenmessers hinunter reicht und mit dem Handschlag Amsel auf die Deichkrone

zieht.
Amsel bleibt freundlich: »Du best jenau wie Daine Oma inne Miehle. Die knirscht och immer midde paar Zähne, wo se noch hädd. Bloos schmeißen tut sie nech. Dafier schlächt se middem Leffel.«
Amsel ist auf dem Deich etwas kleiner als Walter Matern. Während er spricht, zeigt sein Daumen über seine Schulter dorthin, wo hinter dem Deich das Straßendorf Nickelswalde und die Maternsche Bockwindmühle liegen. Die Deichböschung hinauf zieht Amsel ein sperriges Bündel Dachlatten, Bohnenstangen, ausgewrungene Lumpen. Immer wieder muß sein Handrücken den vorderen Rand des Stahlhelms heben. Die Fähre hat an der Nickelswaldener Anlegebrücke festgemacht. Man hört die beiden Güterwagen. Senta wird größer, kleiner, größer, nähert sich schwarz. Wieder treibt totes Kleinvieh vorbei. Breitschultrig fließt die Weichsel. Walter Matern wickelt seine rechte Hand in den unteren ausgefransten Rand seines Pullovers. Senta steht auf vier Beinen zwischen dem einen und dem anderen. Ihre Zunge hängt links heraus und zuckt. Sie hat ihre Augen auf Walter Matern gerichtet, weil der mit den Zähnen. Das hat er von seiner Großmutter, die neun Jahre lang fest im Stuhl und nur die Augäpfel.
Jetzt ziehen sie ab: verschieden groß auf der Deichkrone gegen die Anlegebrücke der Fähre. Schwarz die Hündin. Einen halben Schritt voran: Amsel. Hinterdrein: Walter Matern. Er schleppt Amsels Klamotten. Hinter dem Bündel richtet sich das Gras, während die drei auf dem Deich kleiner werden, langsam wieder auf.

Fünfte Frühschicht

Brauksel hat sich also, wie vorgesehen, über's Papier gebeugt, hat, während die anderen Chronisten sich gleichfalls und termingerecht über die Vergangenheit gebeugt und mit den Niederschriften begonnen haben, die Weichsel fließen lassen. Noch macht es ihm Spaß, sich genau zu erinnern: Vor vielen vielen Jahren, als das Kind zur Welt kam, aber noch nicht mit den Zähnen knirschen konnte, weil es zahnlos wie alle Kinder zur Welt gekommen war, saß die Großmutter Matern in der Hängestube fest im Stuhl, konnte seit neun Jahren nichts als die Augäpfel bewegen, nur blubbern und seibern.
Die Hängestube hing über der Küche, hatte ein Fenster zur Diele, von dem aus die Arbeit der Mägde beobachtet werden konnte, hatte ein Fenster hinten hinaus zur Maternschen Windmühle, die mit dem Stert auf dem Bock saß, also eine original Bockwindmühle war; das war sie schon seit hundert Jahren. Die Materns hatten sie im Jahre achtzehnhundertfünfzehn, kurz nach der Eroberung der Stadt und Festung Danzig durch die siegreichen russischen und preußischen Waffen, erbauen lassen; hatte es August Matern, der Großvater unserer fest im Stuhl sitzenden Großmut-

ter, doch verstanden, während der langwierigen und lustlos geführten Belagerung ein Doppelgeschäft zu unterhalten: einerseits begann er, gegen gute Konventionstaler, im Frühjahr Sturmleitern herzustellen; andererseits wußte er, gegen Laubtaler und noch bessere Brabanter Währung, in eingeschmuggelten Briefchen dem General Graf d'Heudelet mitzuteilen, daß es doch merkwürdig sei, wenn die Russen im Frühjahr, da man noch keine Äpfel ernten könne, Leitern in Mengen herstellen ließen.
Als schließlich der Gouverneur, Graf Rapp, die Kapitulation der Festung unterschrieben hatte, zählte August Matern im abgelegenen Nickelswalde die Dänischen Spezies und Zweidrittelstücke, die geschwind steigenden Rubel, die Hamburger Markstücke, Laubtaler und Konventionstaler, das Säcken Holländische Gulden sowie die frischerstandenen Danziger Papiere, fand sich gut versorgt und gab sich der Lust des Wiederaufbaus hin: die alte Mühle, in der nach Preußens Niederlage die flüchtende Königin Luise übernachtet haben soll, jene historische Mühle, deren Rutenzeug zuerst bei einem dänischen Überfall von der Seeseite her, dann bei nächtlichem Gefecht mit dem ausschwärmenden Freiwilligencorps des Capitaine de Chambure gelitten hatte, ließ er, bis auf den Bock, der noch gut im Holz war, abreißen und erbaute auf altem Bock jene neue Mühle, die immer noch mit dem Stert auf dem Bock saß, als sich die Großmutter Matern fest und unbeweglich in den Stuhl setzen mußte. Hier will Brauxel, bevor es zu spät ist, einräumen, daß August Matern mit den teils mühsam teils leicht erworbenen Mitteln nicht nur die neue Bockwindmühle erbaute, sondern auch dem Kapellchen in Steegen, wo es Katholische gab, eine Madonna stiftete, der es zwar nicht an Blattgold mangelte, die aber weder nennenswerte Pilgerfahrten auslöste, noch Wunder wirkte.
Der Katholizismus der Maternschen Familie war, wie es sich bei einer Müllerfamilie gehört, vom Winde abhängig, und da im Werder immer ein brauchbares Lüftchen ging, ging auch das ganze Jahr über die Maternsche Mühle und hielt vom übermäßigen, die Menoniten verärgernden Kirchgang ab. Allein Kindstaufen wie Begräbnisse, Hochzeiten und die hohen Feiertage trieben einen Teil der Familie nach Steegen; auch wurde einmal im Jahr, anläßlich der Steegener Feldprozession am Fronleichnamstag, der Mühle, dem Bock mit allen Dübeln, dem Mehlbalken wie dem Mahlkasten, dem großen Hausbaum wie dem Stert, besonders aber dem Rutenzeug Segen und Weihwasser zuteil; ein Luxus, den sich die Materns nie in grobmenonitischen Dörfern wie Junkeracker und Pasewark hätten leisten können. Die Menoniten des Dorfes Nickelswalde jedoch, die alle auf fettem Werderboden Weizen anbauten und auf die katholische Mühle angewiesen waren, zeigten sich als Menoniten feinerer Art, hatten also Knöpfe, Knopflöcher und richtige Taschen, in die man etwas hineinstecken konnte. Einzig der Fischer und Kleinbauer Simon Beister war ein echter Haken-und-Ösen-Menonit, grob und taschenlos;

deshalb hing über seinem Bootsschuppen ein gemaltes Holzschild, drauf schnörkelige Inschrift:

Mit Haken un Ösen:
Dem ward lieb Gottke erlösen.
Mit Knöpp un Taschen:
Dem ward der Düwel erhaschen.

Doch Simon Beister blieb der einzige Nickelswaldener, der seinen Weizen nicht in der katholischen Mühle, sondern in der Pasewarker mahlen ließ. Dennoch muß nicht er es gewesen sein, der einen verkommenen Melker aus Freienhuben im Jahre dreizehn, kurz vor Ausbruch des großen Krieges anstiftete, mit allerlei Zunder die Maternsche Bockwindmühle in Brand zu stecken. Es päserte schon unterm Bock und Stert, als Perkun, der junge Schäferhund des Mahlknechtes Pawel, den aber alle Paulchen riefen, schwarz und mit gestrecktem Schweif immer engere Kreise um Hügelchen, Bock und Mühle zog und mit trockenem Blaffen Mahlknecht und Müller aus dem Haus trieb.

Pawel oder Paul hatte das Tier aus dem Litauischen mitgebracht und zeigte auf Verlangen eine Art Stammbaum vor, dem jedermann entnehmen konnte, daß Perkuns Großmutter väterlicherseits eine litauische, russische oder polnische Wölfin gewesen war.

Und Perkun zeugte Senta; und Senta warf Harras; und Harras zeugte Prinz; und Prinz machte Geschichte... Doch vorerst sitzt immer noch die Großmutter Matern fest im Stuhl und kann nur die Augäpfel bewegen. Tatenlos muß sie zusehen, wie es die Schwiegertochter im Haus, wie es der Sohn in der Mühle, wie es die Tochter Lorchen mit dem Mahlknecht treibt. Aber den Mahlknecht holt der Krieg, und dem Lorchen verrückt sich der Geist: fortan ist es im Haus, im Gemüsegarten, in der Mühle, auf den Deichen, in den Brennesseln hinter Folcherts Schuppen, vor und hinter den Dünen, barfuß am Strand und zwischen den Blaubeeren des Strandwaldes auf der Suche nach ihrem Paulchen – von dem nie zu erfahren sein wird, ob ihn die Preußen, ob ihn die Russen unter die Erde kriechen ließen. Einzig der Hund Perkun begleitet das sanft ältliche Mädchen, mit dem er den gleichen Herrn teilte.

Sechste Frühschicht

Vor langer langer Zeit – zählt Brauxel an seinen Fingern ab – als die Welt im dritten Kriegsjahr stand, Paulchen in Masuren geblieben war, Lorchen mit dem Hund herumirrte, der Müller Matern aber weiterhin Mehlsäcke schleppen durfte, weil er beiderseits schlecht hörte, saß die Großmutter Matern eines sonnigen Tages, da Kindstaufe gefeiert werden sollte – der taschenmesserwerfende Bengel vergangener Frühschichten bekam den

Namen Walter vorgesetzt – fest im Stuhl, rollte mit Augäpfeln, blubberte, seiberte und brachte dennoch kein Wort zusammen.
In der Hängestube saß sie und wurde von rasenden Schatten getroffen. Sie blitzte auf, verging im Halbdunkel, saß grell, saß düster. Auch Stücke Möbel, der Aufsatz des Vertikos, der gebuckelte Deckel der Truhe und der rote, seit neun Jahren unbenutzte Sammet des geschnitzten Betschemelchens leuchteten auf, vergingen, zeigten Profile, dunkelten klobig: flittriger Staub, staubloses Dämmern über der Großmutter und ihren Möbeln. Ihr Häubchen und der Pokal, glasblau auf dem Vertiko. Die gefransten Ärmel des Bettjäckchens. Das blindgescheuerte Dielenholz, auf dem die bewegliche, etwa handgroße Schildkröte, die der Mahlknecht Paul ihr geschenkt hatte, von Ecke zu Ecke wechselte, aufleuchtete und den Mahlknecht überlebte, indem sie mit kleinem Biß grünen Salatblättern halbrunde Profile gab. Und alle in der Hängestube verstreuten Salatblätter mit ihren Schildkrötenbißornamenten traf es grell grell grell; denn draußen, hinterm Haus, mahlte die Maternsche Bockwindmühle, bei einer Windgeschwindigkeit von acht Metern pro Sekunde, Weizen zu Mehl und wischte mit ihren vier Flügeln viermal in dreieinhalb Sekunden die Sonne aus.
Um die gleiche Zeit, da es in Großmutters Stube dämonisch grell düster zuging, wurde das Kind auf der Landstraße durch Pasewark, Junkeracker nach Steegen zur Taufe gefahren, wurden die Sonnenblumen am Zaun, der den Maternschen Gemüsegarten zur Landstraße hin abgrenzte, größer und größer, beteten einander an und wurden von der gleichen Sonne, die viermal in dreieinhalb Sekunden vom Rutenzeug der Windmühle ausgelöscht wurde, pausenlos verherrlicht; denn die Bockwindmühle hatte sich nicht zwischen Sonne und Sonnenblumen, nur, und das am Vormittag, zwischen die festsitzende Großmutter und eine Sonne geschoben, die im Werder nicht immer aber oft schien.
Seit wieviel Jahren saß die Großmutter fest?
Neun Jahre Hängestube.
Wie lange schon hinter Astern, Eisblumen, Wicken oder Winden?
Neun Jahre lang grell düster grell seitlich der Bockwindmühle.
Wer hatte sie so fest in den Stuhl gedrückt?
Das hatte die Schwiegertochter Ernestine, eine geborene Stange, ihr zugefügt.
Wie konnte das passieren?
Die Evangelische aus Junkeracker hatte Tilde Matern, die damals noch keine Großmutter, eher rüstig und lautstark gewesen war, zuerst aus der Küche getrieben, sich dann auf der Diele breitgemacht und putzte nun auf Fronleichnam die Fensterscheiben. Als Stine ihre Schwiegermutter aus den Stallungen vertrieb, ging es zwischen den Hühnern, die dabei Federn verloren, zum erstenmal handfest zu: mit Futterschüsseln schlugen die Frauen aufeinander ein.
Das muß sich, zählt Brauxel nach, im Jahre neunzehnhundertfünf zuge-

tragen haben; denn als zwei Jahre später Stine Matern, geborene Stange, noch immer nicht nach grünen Äpfeln und sauren Gurken verlangte und ihre Tage unerschütterlich nach dem Kalender bekam, sagte Tilde Matern zu ihrer Schwiegertochter, die mit verschränktem Armzeug vor ihr in der Hängestube stand: »Daas hab ech mä emmer schon jedacht, daas de Evangjelschen em Loch drinn dem Deikert sain Mäuschen ham. Ond daas knabbert alles wech, daas nuscht nech mecht rauskommen. Daas stinkt bloos!«
Es kam nach diesen Worten zu einem mit hölzernen Kochlöffeln ausgetragenen Religionskrieg, der für die Katholsche im Stuhl endete: denn jener eichene Lehnstuhl, der vor dem Fenster, zwischen Kachelofen und Betschemelchen stand, fing eine vom Schlag gerührte Tilde Matern auf. Seit neun Jahren saß sie nun in diesem Gestühl, wenn sie nicht vom Lorchen und den Mägden, der Reinlichkeit wegen, für die Dauer eines Bedürfnisses weggehoben wurde.
Als die neun Jahre vorbei waren und sich erwiesen hatte, daß die Evangelischen im Schoß kein teuflisches Mäuschen, das alles wegfrißt und nichts keimen läßt, beherbergen, daß vielmehr etwas ausgetragen, als Sohn zur Welt gekommen und abgenabelt worden war, saß die Großmutter, während bei günstiger Witterung in Steegen getauft wurde, immer noch und unverrückt fest in der Hängestube. Unter der Stube, in der Küche, lag eine Gans im Backofen und zischelte mit ihrem eigenen Fett. Das tat die Gans im dritten Kriegsjahr des großen Krieges, da Gänse so selten geworden waren, daß man die Gans zu den aussterbenden Tierarten zählte. Lorchen Matern mit dem Muttermal, mit der flachen Brust, mit dem krausen Haar, Lorchen, die keinen Mann bekommen hatte – denn Paulchen war in die Erde gekrochen und hatte nur seinen schwarzen Hund hinterlassen – Lorchen, die auf die Gans im Ofen aufpassen sollte, war nicht in der Küche, begoß die Gans nie, versäumte die Gans zu wenden, besprach die Gans mit keinen Sprüchen, stand vielmehr mit den Sonnenblumen in einer Reihe hinter dem Zaun – den hatte der neue Mahlknecht im Frühjahr frisch gekälkt – und sprach zuerst freundlich, dann besorgt, zwei Sätze ärgerlich, gleich wieder vertraulich mit jemandem, der nicht auf der anderen Seite des Zaunes stand, der nicht in gefetteten und gleichwohl knarrenden Stiefeln vorbeiging, der keine Pluderhosen trug und dennoch Paul oder Paulchen genannt wurde und ihr, dem Lorchen Matern mit dem Wasserblick etwas zurückgeben sollte, das er ihr genommen hatte. Aber Paul gab nicht zurück, obgleich die Stunde günstig – viel Stille, allenfalls Gesumm – und der Wind mit einer Geschwindigkeit von acht Metern pro Sekunde die rechte Schuhgröße hatte, die Mühle auf dem Bock dergestalt zu treten, daß sie eine Spur schneller ging als der Wind und in einem einzigen Mahlgang Miehlkes Weizen – der ließ gerade mahlen – zu Miehlkes Weizenmehl beuteln konnte.
Denn wenn auch ein Müllerssohn in Steegens hölzernem Kapellchen

getauft wurde, stand dennoch Materns Mühle nicht still. Wenn Mahlwind war, mußte gemahlen werden. Eine Windmühle kennt nur Tage mit und Tage ohne Mahlwind. Lorchen Matern kannte nur Tage, an denen Paulchen vorbeiging und am Zaun stand und Tage, da nichts vorbeiging, niemand am Zaun stand. Weil die Mühle mahlte, ging Paulchen vorbei und blieb stehen. Perkun blaffte. Fern hinter Napoleons Pappeln, hinter Folcherts, Miehlkes, Kabruns, Beisters, Momberts und Kriewes Gehöften, hinter der flachen Schule und Lührmanns Krug und Milchzentrale, lösten die Stimmen der Kühe einander ab. Da sagte Lorchen freundlich »Paulchen«, mehrmals »Paulchen«, sagte, während die Gans im Ofen unbegossen, nichtbesprochen und niegewendet immer röscher und sonntäglicher wurde: »Nu jibb mech daas wedder zurick. Ond nu sai doch nech so. Ond nu hab dech nech so. Ond nu jibb mech daas wedder zurick, wo echess breucht neetich. Ond nu jibb, ond nu sai nech, ond mechst mä nech jeben...«

Niemand erstattete etwas. Der Hund Perkun drehte den Kopf auf dem Hals und sah dem Davongehenden leise kujiehnend nach. Unter den Kühen nahm die Milch zu. Die Windmühle saß mit dem Stert auf dem Bock und mahlte. Sonnenblumen beteten einander Sonnenblumengebete vor. Die Luft summte. Und die Gans im Ofen begann zuerst langsam, dann so schnell und brenzlich anzubrennen, daß die Großmutter Matern in ihrer Hängestube über der Küche die Augäpfel schneller kreisen ließ, als es das Rutenzeug der Mühle vermochte. Während in Steegen das Taufkapellchen verlassen wurde, während die Schildkröte in der Hängestube handgroß von einer gescheuerten Diele zur nächsten wechselte, geriet sie jener, bis in die Hängestube hinauf brenzlichen Gans wegen, grell düster grell ins Blubbern Seibern und Schnauben. Zuerst stieß sie Haare, wie alle Großmütter sie in der Nase haben, durch Naslöcher aus, als aber bitterer Dunst die Stube grell durchzuckt ausmaß und die Schildkröte zaudern, die Salatblätter schrumpfen ließ, entfuhren ihr keine Naslochhaare mehr, sondern Dampf. Neunjähriger großmütterlicher Groll entlud sich: in Fahrt kam die großmütterliche Lokomotive. Vesuv und Ätna. Der Hölle bevorzugtes Element: Feuer ließ die entfesselte Großmutter zucken, trug drachengleich bei zum Grelldüster, und versuchte, inmitten wechselnder Beleuchtung, nach neun Jahren wiederum trockenes Zähneknirschen. Sie hatte Erfolg: von links nach rechts, durchs Brenzliche stumpf gemacht, rieben sich die letzten ihr verbliebenen Stümpfe; und endlich mischte sich Krachen und Splittern ins Drachenschnauben, Dampfablassen, Feuerspeien, Zähneknirschen: jener Eichenstuhl, den vornapoleonische Zeiten gefügt hatten, der die Großmutter neun Jahre lang, bis auf die kurzen Pausen der Reinlichkeit wegen, getragen hatte, gab sich auf und zerfiel im Moment, da es die Schildkröte von den Dielen her hoch und auf den Rücken warf. Gleichzeitig sprangen mehrere Kacheln des Ofens netzartig. Unten platzte die Gans und ließ ihre Füllung quellen. Zu pulvrigem Holzmehl, feiner als die Maternsche Bockwindmühle es mahlen konnte,

zerfiel das Gestühl, stieg wolkig auf, wucherte als pomphaft belichtetes Denkmal der Vergänglichkeit und verhüllte die Großmutter Matern, die nicht etwa mit dem Stuhl mitgemacht hatte und zu großmütterlichem Staub geworden war. Was da auf schrumpligen Salatblättern, auf der rücklings liegenden Schildkröte, auf Möbeln und Dielen ablagerte, war nur Staub des Eichenholzes; sie, die Schreckliche, lagerte nicht ab, stand knisternd und elektrisch, dabei grelldüster vom Wechselspiel der Windmühlenflügel getroffen, aufrecht inmitten Staub und Moder, knirschte von links nach rechts, machte aus dem Knirschen heraus den ersten Schritt: schritt aus Grellem ins Düstere, schritt grell, schritt düster, überschritt die beinahe mit sich fertige Schildkröte, deren Bauch schwefelgelb und schön war, machte nach neunjährigem Stillsitzen zielbewußt Schritte, glitt nicht auf Salatblättern aus, trat die Tür der Hängestube auf, stieg, ein Ausbund von Großmutter, in Filzschuhen die Stiege zur Küche hinab, war, nun auf Fliesen und Sägespänen, mit zwei Händen in einem Regal und versuchte mit großmütterlichen Kochtricks die bitterlich anbrennende Taufgans zu retten. Und sie rettete auch ein wenig, indem sie das Versengte kratzte und löschte und die Gans umbettete. Doch jedermann in Nickelswalde, der ein Ohr hatte, hörte die Großmutter, während sie rettete, wild und aus ausgeruhter Kehle schrecklich deutlich schreien: »Luder, Du Luder! Wo best denn, Du Luder! Lorrchen, Du Luder. Ech wärd Dir, Du Luder. Vädammichtes Luder! Luder, Du Luder!«
Da war sie schon mit harthölzernem Kochlöffel aus brenzlicher Küche heraus, mitten im summenden Garten, und hatte die Mühle im Rücken. Links trat sie in die Erdbeeren, rechts in den Blumenkohl, blieb nicht in den Stachelbeeren hängen, war seit Jahren erstmals wieder zwischen den Saubohnen, dann aber gleich hinter und zwischen den Sonnenblumen und hieb, rechts hochgeschwungen und vom regelmäßigen Rutenzeug der Bockwindmühle in jeder Bewegung unterstützt, auf das arme Lorchen ein, auch auf die Sonnenblumen, nicht auf Perkun, der schwarz zwischen Saubohnenspalieren davonsprang.
Trotz der Schläge und obgleich ganz und gar ohne Paulchen, wimmerte das arme Lorchen in seine Richtung: »Nu hälf mä doch Paulchen, ond nu hälf mä doch Paulchen...« aber es kamen ihr nur hölzerne Schläge zu und das Lied der entfesselten Großmutter: »Luder, Du Luder Du! Vädammichtes Luder Du!«

Siebente Frühschicht

Brauksel fragt sich, ob er beim Auferstehungsfest der Großmutter Matern nicht zuviel höllischen Aufwand getrieben hat. Wäre es nicht Wunder genug gewesen, wenn die gute Frau schlicht und etwas steifbeinig aufgestanden und in die Küche gegangen wäre, die Gans zu retten? Mußte Dampf geschnaubt, Feuer gespieen werden? Mußten Ofenkacheln sprin-

gen und Salatblätter schrumpfen? Bedurfte es der sterbenden Schildkröte und des zu Staub zerfallenen Lehnstuhles?
Wenn Brauksel, heute ein nüchterner Mann der freien Marktwirtschaft, dennoch diese Fragen bejahen und auf Feuer und Dampf bestehen muß, wird er Gründe nennen müssen. Es gab und gibt nur einen Grund für das pomphafte Staffieren des großmütterlichen Auferstehungsfestes: die Materns, besonders der zähneknirschende Zweig der Familie, vom mittelalterlichen Räuber Materna über die Großmutter, die eine echte Matern war – sie hatte ihren Cousin geheiratet – bis zum Täufling Walter Matern, hatten den angeborenen Sinn für große, ja opernhafte Auftritte; und in Tat und Wahrheit machte sich die Großmutter Matern im Mai des Jahres siebzehn nicht still und wie selbstverständlich auf den Weg und rettete die Gans, sondern brannte zuvor das oben beschriebene Feuerwerk ab.
Zudem muß gesagt werden: Während die Großmutter Matern die Gans zu retten versuchte und gleich darauf dem armen Lorchen mit dem Kochlöffel zusetzte, rollten von Steegen kommend, an Junkeracker, Pasewark vorbei, die drei Zweispänner mit der hungrigen Taufgesellschaft. Und wie es Brauxel auch jucken mag, von dem nun folgenden Taufessen zu berichten – man holte, weil die Gans nicht genug hergab, Weissauer und Gepökeltes aus dem Keller – er muß dennoch die Taufgesellschaft ohne Zeugen zu Tische sitzen lassen. Niemand wird jemals erfahren, wie sich Romeikes und Kabruns, wie sich Miehlke und die Witwe Stange mit brenzlicher Gans, Weissauer, Gepökeltem und Kürbis in Essig mitten im dritten Kriegsjahr vollschlugen. Besonders um den großen Auftritt der entfesselten, neu behenden Großmutter Matern tut es Brauxel leid; einzig die Witwe Amsel darf er aus dörflichem Idyll lösen, denn sie ist die Mutter unseres dicklichen Eduard Amsel, der während der ersten bis vierten Frühschicht Bohnenstangen, Dachlatten und bleischwere Klamotten aus der hochgehenden Weichsel fischte und jetzt, gleich Walter Matern, im Nachtrag getauft werden soll.

Achte Frühschicht

Vor vielen vielen Jahren – denn nichts erzählt sich Brauksel lieber als Märchen – lebte in Schiewenhorst, einem Fischerdorf links der Weichselmündung, der Händler Albrecht Amsel. Petroleum, Segeltuch, Frischwasserkanister, Tauwerk, Netze, Aalkästen, Reusen, jegliches Angelgerät, Teer, Farbe, Glaspapier, Garn, Öltuch, Pech und Talg verkaufte er, führte aber auch Werkzeug, vom Beil bis zum Taschenmesser, hatte kleine Hobelbänke, Schleifsteine, Fahrradschläuche, Karbidlampen, Flaschenzüge, Winden und Zwingen auf Lager. Schiffszwieback stapelte sich vor Korkwesten; ein Rettungsring, der nur noch beschriftet werden mußte, umschloß das große Glas mit den Malzbonbons; ein Korn-

schnaps, »Brotchen« genannt, wurde aus beleibter grünglasiger Korbflasche abgefüllt; Stoffe als Meterware, Stoffreste, aber auch neue wie getragene Kleider bot er an, dazu Kleiderbügel, gebrauchte Nähmaschinen und Mottenkugeln. Und trotz der Kugeln, trotz Pech und Petroleum, Schellack und Karbid roch es in Albrecht Amsels Laden, einem geräumigen Holzbau auf Betonfundament, der alle sieben Jahre dunkelgrün gestrichen wurde, zuerst und vordringlich nach Kölnisch Wasser und dann erst, noch ehe von Mottenkugeln die Rede sein konnte, nach geräucherten Fischen; denn Albrecht Amsel galt, neben all dem Kleinhandel, als Großeinkäufer der Flußfische wie der Seefische: Kisten aus leichtestem Kiefernholz, goldgelb und gedrängt voll mit Räucherflundern, Räucheraalen, lose und bundweis' Sprotten, Neunaugen, Dorschrogen und streng wie lieblich geräuchertem Weichsellachs, zeigten an den Stirnbrettern eingebrannt den Namen der Firma A. Amsel – Frische Fische – Räucherfische – Schiewenhorst – Großes Werder – und wurden in der Danziger Markthalle, die zwischen Lawendelgasse und Junkergasse, zwischen der Dominikanerkirche und dem Altstädtischen Graben aus Backsteinen bestand, mit mittleren Stemmeisen aufgebrochen: trocken knallte das Deckelholz. Quietschend entzogen sich Nägel den Seitenbrettchen. Und aus neugotischen Spitzbogenfenstern fiel Markthallenlicht auf frischgeräucherte Fische.
Obendrein und als weitplanender Händer, dem die Zukunft der Fischräuchereien im Weichseldelta und längs der Nehrung am Herzen lag, beschäftigte Albrecht Amsel einen Kaminmaurer, der von Plehnendorf bis Einlage, also in allen Dörfern entlang der Toten Weichsel, denen die Räuchereikamine ein ruinenhaft bizarres Aussehen gaben, Arbeit genug fand: da galt es einem Kamin, der schlecht zog, beizukommen; da mußte einer jener mächtigen Räucherkamine, die alle Fliederbüsche und geduckten Fischerhäuser überragten, neu errichtet werden; das alles im Namen Albrecht Amsels, der, nicht ohne Grund, reich genannt wurde. Der reiche Amsel, sagte man – oder: »Der Jud Amsel.« Natürlich war Amsel kein Jude. Wenn er auch kein Menonit war, nannte er sich doch gutevangelisch, hatte in der Fischerkirche zu Bohnsack einen festen, Sonntag für Sonntag besetzten Platz und heiratete Lottchen Tiede, eine rotblonde, zur Fülle neigende Bauerntochter aus Groß-Zünder; was besagen soll: wie konnte Albrecht Amsel ein Jude sein, wenn ihm der Großbauer Tiede, der nur vierspännig und in Lackstiefeln von Groß-Zünder nach Käsemark fuhr, der beim Landrat ein und aus ging, der seine Söhne bei der Kavallerie, genauer gesagt, bei den ziemlich teuren Langfuhrer Husaren dienen ließ, dennoch seine Tochter Lottchen zur Frau gab.
Später sollen viele gesagt haben, der alte Tiede habe dem Juden Amsel sein Lottchen nur gegeben, weil er, wie viele Bauern, Händler, Fischer, Müller – so auch der Müller Matern aus Nickelswalde – beim Albrecht Amsel hoch, für den Fortbestand seines Vierspänners gefährlich hoch in der Kreide gestanden habe. Zudem sagte man, um etwas beweisen zu

wollen, habe Albrecht Amsel, der Provinzial-Marktregulierungskommission gegenüber, die übermäßige Förderung der Schweinezucht eindeutig abgelehnt.
Brauksel, der alles besser weiß, zieht unter allen Vermutungen einen vorläufigen Schlußstrich: denn ob ihm nun Liebe oder Wechselschulden das Lottchen Tiede ins Haus führten; ob er als getaufter Jude oder getaufter Christ sonntags in der Fischerkirche zu Bohnsack saß; Albrecht Amsel, der rührige Händler vom Weichselufer, ein, nebenbei gesagt, breitschultriger Mitbegründer des Turnvereins Bohnsack 05 e.V. und stimmstarker Bariton im Kirchenchor, brachte es an den Ufern der Flüsse Somme und Marne zum mehrfach dekorierten Reserveleutnant und fiel im Jahre siebzehn, knappe zwei Monate vor der Geburt seines Sohnes Eduard, nahe der Festung Verdun.

Neunte Frühschicht

Walter Matern erblickte im April, vom Widder gestoßen, das Licht dieser Welt. Die Fische des Monats März zogen beweglich und begabt Eduard Amsel aus Mutters Höhle. Im Mai, als die Gans anbrannte und die Großmutter Matern aufstand, wurde der Müllerssohn getauft. Dabei ging es katholisch zu. Schon Ende April wurde der Sohn des toten Händlers Albrecht Amsel in der Fischerkirche zu Bohnsack gutevangelisch und, wie es dort Sitte war, zur Hälfte mit Weichselwasser zur anderen Hälfte mit Ostseewasser besprenkelt.
Was immer die anderen Chronisten, die mit Brauksel seit neun Frühschichten um die Wette schreiben, abweichend von Brauksels Meinung berichten werden, in Sachen des Täuflings aus Schiewenhorst werden sie mir beipflichten müssen: Eduard Amsel oder Eddi Amsel, Haseloff, Goldmäulchen und so weiter, ist unter allen Personen, die diese Festschrift – Brauchsels Bergwerk fördert seit bald zehn Jahren weder Kohle, Erz noch Kali – beleben sollen, der beweglichste Held, Brauxel ausgenommen.
Sein Beruf lag von Anfang an im Erfinden von Vogelscheuchen. Dennoch hatte er nichts gegen Vögel; wohl aber hatten die Vögel, gleich welcher Flug- und Federart sie sein mochten, etwas gegen ihn und seinen vogelscheuchenerfindenden Geist. Gleich nach der Taufe – die Glocken waren noch nicht fertig – erkannten sie ihn. Eduard Amsel jedoch lag prall unter straffem Taufkissen und gab nicht zu erkennen, ob Vögel ihm etwas bedeuteten. Die Taufpatin hieß Gertrud Karweise und strickte ihm später Jahr für Jahr Wollsocken, pünktlich zu Weihnachten. Auf ihren kräftigen Armen wurde der Täufling der vielköpfigen, auf ein endloses Taufessen eingeladenen Taufgesellschaft vorangetragen. Die Witwe Amsel, geborene Tiede, war zu Hause geblieben, überwachte das Tischdecken, gab in der Küche letzte Anweisungen und schmeckte die Soßen ab. Aber alle Tiedes aus Groß-Zünder, außer den vier Söhnen, die bei der Kavallerie

gefährlich lebten – später fiel der Zweitjüngste – stapften in gutem Tuch hinter dem Taufkissen. Es ging der Toten Weichsel entlang: die Schiewenhorster Fischer Christian Glomme und Frau Martha Glomme, geborene Liedke; Herbert Kienast und seine Frau Johanna, geborene Probst; Carl Jakob Ayke, dessen Sohn Daniel Ayke auf der Doggerbank, im Dienste der kaiserlichen Marine, zu Tode gekommen war; die Fischerwitwe Brigitte Kabus, deren Kutter ihr Bruder Jakob Nilenz führte; zwischen Ernst Wilhelm Tiedes Schwiegertöchtern, die städtisch in rosa, lindgrün und veilchenblau stöckelten, schwarzblankgebürstet: der alte Pastor Blech – ein Nachfahr jenes berühmten Diakons A. F. Blech, der als Pfarrer zu St. Marien die Chronik der Stadt Danzig von achtzehnhundertsieben bis achtzehnhundertvierzehn, also während der Franzosenzeit, geschrieben hatte. Großräuchereibesitzer Friedrich Bollhagen aus Westlich-Neufähr ging neben dem pensionierten Kapitän Bronsard, der während der Kriegszeit als freiwilliger Schleusenwärter zu Plehnendorf eine Aufgabe gefunden hatte. August Sponagel, den Gastwirt zu Wesslinken, überragte die Majorin von Ankum um Kopfeslänge. Da es Dirk Heinrich von Ankum, Gutsbesitzer zu Klein-Zünder, seit Anfang fünfzehn nicht mehr gab, hielt Sponagel die Majorin am starr rechtwinklig gebotenen Arm. Den Schluß, hinter dem Ehepaar Busenitz, das in Bohnsack eine Kohlenhandlung betrieb, machte der invalide Schiewenhorster Dorfschulze Erich Lau mit seiner hochschwangeren Margarete Lau, die als Tochter des Nickelswaldener Dorfschulzen Momber nicht unter ihre Verhältnisse geheiratet hatte. Der Deichinspektor Haberland hatte sich, weil er streng im Dienst war, schon vor dem Kirchenportal verabschieden müssen. Mag sein, daß noch ein Schock Kinder, alle zu blond und in zu feierlichen Kleidern, den Zug verlängerte.
Über Sandwege, die nur schütter die kriechenden Wurzeln der Strandkiefern bedeckten, ging es am rechten Ufer des Flusses entlang zu den wartenden Zweispännern, zu dem Vierspänner des alten Tiede, den jener sich trotz Kriegszeit und Pferdemangel zu halten wußte. Sand in den Schuhen. Kapitän Bronsard lachte atemlos laut, hustete dann lange. Gespräche wollten erst nach dem Taufessen geführt werden. Der Strandwald roch preußisch. Kaum floß der Fluß, ein toter Arm der Weichsel, der erst weiter unterhalb, durch den Zufluß der Mottlau einigen Antrieb erhielt. Die Sonne schien vorsichtig auf Feiertagskleider. Tiedes Schwiegertöchter fröstelten rosa lindgrün veilchenblau und hätten gerne die Umhängetücher der Witwen gehabt. Mag sein, daß das viele Witwenschwarz, die riesenhafte Majorin und der monumental schwankende Gang des Invaliden ein Ereignis förderten, das sich von Anfang an vorbereitet hatte: kaum aus der Bohnsacker Fischerkirche heraus, wölken auf dem Kirchplatz die sonst kaum zu rührenden Möwen auf. Keine Tauben, denn Fischerkirchen halten sich Möwen und keine Tauben. Jetzt steigen schräg und steil aus Uferschilf und Entenflott: Dommeln, Seeschwalben, Krickenten. Weg sind alle Haubentaucher. Aus den Kiefern des Strand-

waldes hebt es die Krähen. Stare und Amseln geben den Friedhof und die Gärten vor weißgekälkten Fischerhäusern auf. Aus Flieder und Rotdorn: die Stelzen, die Meisen, die Kehlchen, Finken und Drosseln, was alles im Lied vorkommt; wolkenweis Sperlinge aus Rinnen, von Drähten; Schwalben aus Stallungen und Mauerfugen; was der Familie der Vögel zugerechnet wird, bricht auf, zerstiebt, sirrt pfeilschnell, sobald das Taufkissen leuchtet, läßt sich vom Seewind über den Fluß tragen, bildet eine schwarze, entsetzt hin und her gerissene Wolke, in der sich Vögel, die sonst einander meiden, wahllos treffen, vom gleichen Schrecken gehetzt: Möwen und Krähen; das Habichtpärchen inmitten gescheckter Singvögel; die Elster die Elster!

Und fünfhundert Vögel, die Sperlinge nicht gerechnet, flüchten sich als Masse zwischen die Sonne und die Taufgesellschaft. Und fünfhundert Vögel werfen auf die Taufgäste, das Taufkissen und den Täufling einen Schatten, bedeutungsvoll.

Und fünfhundert Vögel – wer will Spatzen zählen? – bewirken, daß die Taufgäste, vom invaliden Dorfschulzen Lau bis zu den Tiedes, zusammenrücken und zuerst schweigend, dann murmelnd und unter starrem Blickewerfen, von hinten nach vorn drängen und dem schnellen, dem hastigen Schritt verfallen. August Sponagel stolpert über Kiefernwurzeln. Zwischen Kapitän Bronsard und Pastor Blech, der nur andeutungsweise die Arme hebt und ein berufsmäßiges Beschwichtigen versucht, stürmt, die Röcke wie beim Platzregen gerafft, die riesige Majorin voran und reißt alle mit: die Glommes und Kienast mit Frau, den Ayke und die Kabus, Bollhagen und das Ehepaar Busenitz; selbst der invalide Lau und sein hochschwangeres Weib, das später nicht etwa schreckhaft, das mit normalem Mädchen niederkommen soll, halten schweratmend Schritt – und nur die Patin mit den starken Armen fällt zurück und erreicht mit Täufling und verrutschtem Taufkissen als letzte die wartenden Zweispänner und den Vierspänner der Tiedes zwischen den ersten Pappeln der Landstraße nach Schiewenhorst.

Schrie der Täufling? Er greinte nicht, schlief aber auch nicht. Löste sich die Wolke aus fünfhundert Vögeln und ungezählten Sperlingen nach dem hastigen und gar nicht festlichen Davonrollen der Wagen sogleich auf? Noch lange fand die Wolke über dem trägen Fluß keine Ruhe: mal stand sie über Bohnsack, mal spitz überm Strandwald und den Dünen, dann breit und fließend über dem anderen Ufer, und ließ eine alte Krähe auf eine Sumpfwiese fallen: dort hob sie sich grau und starr ab. Erst als Zweispänner und Vierspänner in Schiewenhorst einfuhren, zerfiel die Wolke in Vogelarten, fand zum Kirchplatz, Friedhof, in die Gärten, Stallungen, ins Schilf, Fliedergebüsch, in die Kiefern zurück; aber bis zum Abend, als die Taufgesellschaft schon satt und trunken mit Ellenbogen den langen Tisch belastete, blieb die Unruhe in vielen verschieden großen Vogelherzen lebendig; denn Eduard Amsels vogelscheuchenerfindender Geist hatte sich, da er noch im Taufkissen lag, allen Vögeln mitgeteilt. Fortan wußten sie um ihn.

Zehnte Frühschicht

Wer will wissen, ob der Händler und Reserveleutnant Albrecht Amsel vielleicht doch Jude gewesen war? Ganz ohne Grund werden die Leute in Schiewenhorst, Einlage und Neufähr ihn nicht einen reichen Juden genannt haben. Und der Name? Ist der nicht typisch? Was? Aus dem Holländischen soll sich der Vogel herleiten, weil im frühen Mittelalter holländische Siedler die Weichselniederung entwässerten, sprachliche Eigentümlichkeiten, Windmühlen und ihre Namen mitbrachten?
Nachdem Brauksel während abgebuchter Frühschichten mehrmals beteuert hat, A. Amsel sei kein Jude gewesen, wörtlich sagte: »Natürlich war Amsel kein Jude«, kann er jetzt, mit gleichem Recht – denn beliebig ist alle Herkunft – überzeugen wollen: Natürlich war Albrecht Amsel ein Jude. Einer alteingesessenen jüdischen Schneiderfamilie aus Preußisch-Stargard entstammte er, hatte früh, schon als Sechzehnjähriger, Preußisch-Stargard in Richtung Schneidemühl, Frankfurt an der Oder, Berlin verlassen müssen – denn das Haus seines Vaters war voller Kinder – und kam vierzehn Jahre später – gewandelt rechtgläubig wohlhabend – über Schneidemühl, Neustadt, Dirschau an die Weichselmündung. Jener Durchstich, der Schiewenhorst zu einem Dorf am Fluß gemacht hatte, war, als Albrecht Amsel sich günstig einkaufte, noch kein Jahr alt.
Also begann er seinen Handel. Was hätte er sonst beginnen sollen? Also sang er im Kirchenchor. Warum hätte er als Bariton nicht im Kirchenchor singen sollen? Also gründete er mit anderen einen Turnverein, und war unter allen Dorfbewohnern derjenige, der am festesten glaubte, er, Albrecht Amsel sei kein Jude, der Name Amsel komme aus dem Holländischen: viele Leute heißen Specht, und ein berühmter Afrikapionier hieß sogar Nachtigall, nur Adler ist ein typisch jüdischer Name, niemals Amsel: der Schneiderssohn hatte sich vierzehn Jahre lang mit dem Vergessen seiner Herkunft und nur nebenbei aber genauso erfolgreich, mit dem Zusammentragen eines gutevangelischen Vermögens beschäftigt.
Da schrieb im Jahre neunzehnhundertdrei ein junger altkluger Mann namens Otto Weininger ein Buch. Dieses einmalige Buch hieß »Geschlecht und Charakter«, wurde in Wien und Leipzig verlegt und gab sich auf sechshundert Seiten Mühe, dem Weib die Seele abzusprechen. Weil sich dieses Thema, zur Zeit der Emanzipation, als aktuell erwies, besonders aber, weil das dreizehnte Kapitel des einmaligen Buches, unter der Überschrift »Das Judentum«, den Juden, als einer weiblichen Rasse zugehörig, gleichfalls die Seele absprach, erreichte die Neuerscheinung hohe, schwindelerregende Auflagen und gelangte in Haushalte, in denen sonst nur die Bibel gelesen wurde. So fand Weiningers Geniestreich auch in Albrecht Amsels Haus.

Vielleicht hätte der Händler das dicke Buch nicht aufgeschlagen, wenn er gewußt hätte, daß ein Herr Pfennig dabei war, den Otto Weininger einen Plagiator zu nennen: denn schon im Jahre nullsechs erschien eine böse Broschüre, die den toten Weininger – der junge Mann hatte sich eigenhändig ein Ende gesetzt – und Weiningers Kollegen Swoboda grob beschuldigte. Selbst S. Freud, der den verstorbenen Weininger einen hochbegabten Jüngling genannt hatte, konnte, so sehr er den Tonfall der bösen Broschüre mißbilligte, an der verbrieften Tatsache nicht vorbei: Weiningers Zentralidee der Bisexualität war nicht original, sondern war zuerst einem Herrn Fließ eingefallen. – Unwissend also schlug Albrecht Amsel das Buch auf und las bei Weininger – der sich mittels einer Fußnote als zum Judentum gehörig betrachtete: Der Jude hat keine Seele. Der Jude singt nicht. Der Jude treibt keinen Sport. Der Jude muß das Judentum in sich überwinden ... Und Albrecht Amsel überwand, indem er im Kirchenchor sang, indem er den Turnverein Bohnsack 05 e. V. nicht nur begründete, sondern sich entsprechend gekleidet in die Turnriege stellte, am Barren, am Reck mitturnte, hoch und weit sprang, den Stafettenwechsel übte und gegen Widerstände – hier abermals Gründer und Pionier – das Schlagballspiel, eine verhältnismäßig junge Sportart, links und rechts aller drei Weichselmündungen beheimatete.

Brauksel, der hier nach bestem Wissen die Feder führt, wüßte gleich den Dorfbewohnern des Werders nichts von dem Städtchen Preußisch-Stargard und Eduard Amsels schneiderndem Großvater, hätte Lottchen Amsel, geborene Tiede, Stille bewahrt. Viele Jahre nach dem tödlichen Tag vor Verdun machte sie ihren Mund auf.

Der junge Amsel, von dem hier fortan, wenn auch mit Pausen, die Rede sein wird, war aus der Stadt ans Sterbebett seiner Mutter geeilt, und sie, der Zuckerkrankheit verfallen, fieberte dem Sohn ins Ohr: »Och Jonkchen. Väzaih dain arme Modder. Dä Amsel, dem de nech kennst, waas abä laibhaftich dain Vadder waar jewesen, daas warren Beschnittner, wie man so secht. Wennse dir nur nech mechten äwischen, wose doch jätz so scharf sind midde Jesätze.«

Eduard Amsel erbte zur Zeit der scharfen Gesetze – die aber im Gebiet des Freistaates noch keine Anwendung fanden – das Geschäft und Vermögen, Haus und Inventar, so auch ein Regal Bücher: Preußens Könige – Preußens große Männer – der Alte Fritz – Anekdoten – Graf Schlieffen – Der Choral von Leuthen – Friedrich und Katte – Die Barbarina – und Otto Weiningers einzigartiges Buch, das Amsel, während die anderen Bücher nach und nach verloren gingen, fortan mit sich trug. Er las auf seine Art darin, las auch die Randnotizen, die sein turnender singender Vater gemacht hatte, rettete das Buch über schlimme Zeiten hinweg und sorgte dafür, daß es auf Brauxels Schreibtisch heute und jederzeit aufgeschlagen werden kann: Weininger hat dem Federführenden schon manchen Einfall gepfropft. Die Vogelscheuche wird nach dem Bild des Menschen erschaffen.

Elfte Frühschicht

Brauchsels Haare wachsen nach. Während er schreibt oder dem Bergwerk vorsteht, wachsen sie nach. Während er speist, geht, schlummert, atmet oder die Luft anhält, während die Frühschicht einfährt, die Nachtschicht ausfährt und Sperlinge den Tag beginnen, wachsen sie. Ja, während der Friseur mit kalten Fingern Brauksels Haare, weil das Jahr zu Ende geht, wunschgemäß kürzt, wachsen sie ihm unter der Schere nach. Einst wird Brauksel, wie Weininger, tot sein, aber seine Haare, Fußnägel, Fingernägel werden ihn eine Weile überleben – wie dieses Handbuch über den Bau wirksamer Vogelscheuchen gelesen werden wird, wenn es den Federführenden schon lange nicht mehr gibt.
Von scharfen Gesetzen war gestern die Rede. Aber zur Zeit unserer gerade anhebenden Erzählung sind die Gesetze noch milde, bestrafen Amsels Herkunft überhaupt nicht; Lottchen Amsel, geborene Tiede, weiß nichts von der entsetzlichen Zuckerkrankheit; Albrecht Amsel war »natürlich« kein Jude; Eduard Amsel ist gleichfalls gutevangelisch, trägt das schnellwachsende rotblonde Haar seiner Mutter und treibt sich dicklich, bereits im Besitz aller Sommersprossen, zwischen trocknenden Fischernetzen herum und betrachtet die Umwelt mit Vorliebe durch Fischernetze: was Wunder, wenn ihm die Welt bald netzartig gemustert vorkommen will, und mit Bohnenstangen verstellt.
Vogelscheuchen! Hier wird behauptet, der kleine Eduard Amsel habe anfangs – und als Fünfeinhalbjähriger etwa baute er seine erste nennenswerte Scheuche – nicht die Absicht gehabt, Vogelscheuchen zu bauen. Leute aus dem Dorf und durchreisende Vertreter, die mit Feuerversicherungen und Saatgutproben das Werder bereisten, Bauern, die vom Notar zurückkamen, alle die ihm zuschauten, wenn er auf dem Deich neben der Schiewenhorster Anlegebrücke seine Figuren flattern ließ, dachten aber in diese Richtung; und Kriwe sagte zu Herbert Kienast: »Liebärchen, nu kick dech ma an, waas dem Amsel sain Jong jemacht häd: laibhaftische Vogelschaichen.« Wie schon nach der Taufe hatte Eduard Amsel auch später nichts gegen die Vögel; aber alles, was sich rechts und links der Weichsel vogelleicht vom Wind tragen ließ, hatte etwas gegen seine Produkte, Vogelscheuchen genannt. Diese, und er baute täglich eine, glichen sich niemals. Was er gestern aus gestreiften Hosen, einem großkarierten jackenähnlichen Fetzen, einem krempenlosen Hut und mit Hilfe einer lückenhaften, dazu brüchigen Leiter und einem Arm frischer Weidenzweige in dreistündiger Arbeit gebaut hatte, riß er am folgenden Morgen nieder und baute aus den gleichen Requisiten ein Unikum anderen Geschlechtes, anderen Glaubens –, in jedem Fall aber ein Gebilde, das den Vögeln Distanz befahl.

Wenn all diese vergänglichen Bauwerke immer wieder Fleiß und Anteil der Phantasie des Baumeisters verrieten, war es dennoch Eduard Amsels wacher Sinn für die vielgestaltete Realität, war es sein über feisten Wangen neugieriges Auge, das seine Produkte mit gutbeobachteten Details ausstattete, funktionieren ließ und zu vogelscheuchenden Produkten machte. Sie unterschieden sich von den landläufigen Vogelscheuchen, die rings in den Gärten und Feldern schwankten, nicht nur formal sondern auch im Effekt: wenn die xbeliebigen Scheuchen der Vogelwelt gegenüber nur geringe, kaum Achtungserfolge buchen konnten, wohnte seinen Geschöpfen, die ja zwecklos und gegen nichts gebaut waren, die Möglichkeit inne, Panik unter den Vögeln zu bewirken.
Seine Scheuchen schienen lebendig zu sein und waren, wenn man ihnen lange genug zuschaute, schon während des Entstehens, auch als Torso, wenn sie abgerissen wurden, ganz und gar lebendig: über den Deich spurteten sie, Deichläufer winkten, drohten, griffen an, schlugen zu, grüßten von Ufer zu Ufer, ließen sich vom Wind tragen, unterhielten Gespräche mit der Sonne, segneten den Fluß und seine Fische, zählten die Pappeln, überholten die Wolken, brachen Kirchturmspitzen ab, wollten gen Himmel fahren, die Fähre entern, verfolgen und flüchten, waren nie anonym, sondern bedeuteten den Fischer Johann Lickfett, den Pastor Blech, immer wieder den Fährmann Kriwe, der offenen Mundes den Kopf schräg hielt, Kapitän Bronsard, Inspektor Haberland und wen sonst noch das flache Land zu bieten hatte. So wurde die starkknochige Majorin von Ankum, obgleich sie ihre Klitsche in Klein-Zünder hatte und selten an der Fähre Portrait stand, als vögel- und kinderschreckendes Riesenweib auf dem Schiewenhorster Deich beheimatet und hielt sich dort drei Tage lang.
Wenig später, als für Eduard Amsel die Schule begann, war es Herr Olschewski, der junge Volksschullehrer der Dorfschule Nickelswalde – denn Schiewenhorst unterhielt keine Schule – der stillhalten mußte, wenn ihn sein sommersprossenreichster Schüler vogelscheuchenleicht auf die große Düne rechts der Flußmündung pflanzte. Zwischen die neun windgebogenen Kiefern auf dem Dünenkamm stellte Amsel des Lehrers Doppelgänger, und legte ihm das topfebene Werder, von der Weichsel bis zur Nogat, obendrein die Niederung bis zu den Türmen der Stadt Danzig, bis zu den Hügeln und Wäldern hinter der Stadt, dazu den Fluß von der Mündung bis zum Horizont, die offene See bis zur geahnten Halbinsel Hela, eingeschlossen die Schiffe, die auf der Reede ankerten, anschaulich vor die Füße in Segeltuchschuhen.

Zwölfte Frühschicht

Das Jahr läuft aus. Ein besonderes Jahresende, weil, der Berlinkrise wegen, das Sylvesterfest nur mit Leuchtkörpern und nicht mit Knallkörpern gefeiert werden soll. Zudem hat man hier, im Lande Niedersachsen, kürzlich den Hinrich Kopf, einen naturgetreuen Landesvater, zu Grabe getragen; ein Grund mehr, um Mitternacht keine Knallfrösche springen zu lassen. Vorsorglich hat Brauxel, in Übereinstimmung mit dem Betriebsrat, in der Kaue, im Verwaltungsgebäude, desgleichen auf der Hängebank und am Füllort anschlagen lassen: Arbeitern und Angestellten der Firma Brauxel & Co. – Export Import – wird nahegelegt, das Sylvesterfest still und den ernsten Zeiten gemäß zu feiern. Auch konnte der Federführende nicht umhin, sich selbst zu zitieren, indem er das Sätzchen »Die Vogelscheuche wird nach dem Bild des Menschen erschaffen« geschmackvoll auf Bütten drucken ließ und an Kunden wie Geschäftsfreunde als Neujahrsgruß verschickte.

Das erste Schuljahr bescherte Eduard Amsel allerlei. Lächerlich rund und mit Sommersprossen besprenkelt, wie er nun einmal zwei Dörfern täglich unter die Augen geriet, fiel ihm die Rolle des Prügelknaben zu. Wie die Spiele der Jugend auch hießen, er mußte mitspielen, vielmehr, es wurde ihm mitgespielt. Zwar weinte Klein-Amsel, wenn ihn die Horde in die Brennesseln hinter Folcherts Schuppen zerrte, mit mürbem, nach Teer stinkendem Tauwerk an einen Pfahl fesselte und – wenn schon nicht phantasievoll – so doch schmerzhaft marterte; aber durch Tränen hindurch, die bekanntlich eine verschwommene und dennoch übergenaue Optik vermitteln, wollten seine in Fett verpackten grüngrauen Äugelchen das Beobachten, Abschätzen, das sachliche Wahrnehmen typischer Bewegungen nicht aufgeben. Zwei drei Tage nach einer solchen Prügelei – es mochte vorkommen, daß zwischen zehn Schlägen, neben anderen Schimpfworten und Übernamen, absichtslos absichtsvoll das Wörtchen »Itzig!« ausgestoßen wurde – fand sich im Strandwald, zwischen den Dünen oder direkt am Strand, beleckt von der See, dieselbe Prügelszene in einer einzigen vielarmigen Vogelscheuche abgebildet.

Diesen Prügeleien und nachfolgenden Konterfeis vorangegangener Prügeleien bereitete Walter Matern ein Ende. Er, der geraume Zeit lang mitgeprügelt, sogar das Wörtchen »Itzig« absichtsvoll absichtslos eingeführt hatte, ließ eines Tages, womöglich, weil er am Strand eine zwar zerfledderte, dennoch blindwütig umsichschlagende, ihm nicht unähnliche, ihn vielmehr verneunfachende Vogelscheuche entdeckt hatte, mitten im Prügeln seine Fäuste sinken, ließ beide Fäuste – wenn man so sagen darf – fünf Faustschläge lang nachdenken und prügelte dann abermals: doch war es fortan nicht mehr Klein-Amsel, der stillhalten mußte, wenn Walter Materns Fäuste sich selbständig machten; den übriggebliebenen Peinigern Amsels setzte er zu, tat das so hingegeben und unter gleichmäßigem Zähneknirschen, daß er noch lange in die weiche Sommerluft hinter Folcherts Schuppen boxte, obgleich niemand außer dem blinzelnden Amsel hinter dem Schuppen verblieben war.

Freundschaften, die während oder nach Prügeleien geschlossen wurden, müssen sich, das wissen wir alle aus atemberaubenden Filmen, noch oft und atemberaubend bewähren. Auch der Freundschaft Amsel–Matern werden in diesem Buch – allein deswegen wird es sich in die Länge ziehen – noch viele Proben auferlegt werden müssen. Schon zu Beginn gab es, zum Nutzen der jungen Freundschaft, für Walter Materns Fäuste viel zu tun, weil die Fischer- und Bauernrüpel den jäh geschlossenen Freundschaftsbund nicht begreifen wollten und den zappelnden Amsel, kaum war die Schule aus, gewohnheitsgemäß hinter Folcherts Schuppen zerrten. Denn langsam floß die Weichsel, langsam verjüngten sich die Deiche, langsam wechselten die Jahreszeiten, langsam zogen Wolken, langsam mühte sich die Fähre, langsam ging man auf plattem Land von der Petroleumlampe zum elektrischen Licht über, nur zögernd wollte man in den Dörfern rechts und links der Weichsel begreifen: wer zu Klein-Amsel will, muß zuerst mit Walter Matern ein Wörtchen sprechen. Das Geheimnis der Freundschaft begann langsam Wunder zu wirken. Ein Bild, stellvertretend für viele und farbige Situationen junger Freundschaft auf dem Lande, zwischen den feststehenden Figuren des Landlebens – Bauer, Knecht, Pastor, Lehrer, Posthalter, Hausierer, Käsereibesitzer, Inspektor des Milchgenossenschaftsverbandes, Forsteleve und Dorftrottel – hielt sich in seiner Einmaligkeit viele Jahre lang, ohne fotografiert zu werden: irgendwo in den Dünen, den Strandwald mit seinen Schneisen im Rücken, arbeitet Amsel. Ausgebreitet und übersichtlich geordnet liegen Bekleidungsstücke verschiedener Machart. Keine Mode herrscht vor. Mit Sandhäufchen und Treibholz beschwert, werden das Drillichzeug des untergegangenen preußischen Heeres und die gescheckte steifgetrocknete Ausbeute des letzten Hochwassers am Davonflattern gehindert: Nachthemden, Gehröcke, Hosen ohne Plafond, Küchenschlunzen, Wämse, geschrumpfte Ausgehuniformen, Gardinen mit Gucklöchern, Leibchen, Lätzchen, Kutscherröcke, Bauchbinden, Brustwickel, zerkaute Teppiche, Kravattengedärm, Fähnchen vom Schützenfest und eine Aussteuer Tischdecken riechen und ziehen Fliegen an. Die vielgliedrige Raupe aus Filz- und Velourshüten, Mützen, Helmen, Kappen, Nachthauben, Käppis, Baretten und Strohtöpfen windet sich, will sich selbst in den Schwanz beißen, bietet jedes Glied ihrer Länge an, liegt mit Fliegen bestickt und wartet auf ihre Verwendung. Sonnenschein läßt alle in den Sand gespießten Zaunlatten, Leiterfragmente, Bohnenstangen, die glatten und knorrigen Spazierstöcke, die simplen Knüppel, wie See und Fluß sie anschwemmen, verschieden lange, wandernde und die Zeit mitrückende Schatten werfen. Dazu ein Berg Bindfäden, Blumendraht, halbfaules Tauwerk, brüchiges Lederzeug, verfilzte Schleier, Wollgekröse und Strohfaschinen, wie sie faulig geschwärzt aus den zerfallenden Dächern der Feldscheunen rutschen. Bauchige Flaschen, bodenlose Melkeimer, Pißkacheln und Suppentöpfe liegen für sich. Und zwischen all den Vorräten, überraschend behende: Eduard Amsel. Schwitzt, tritt barfuß auf Stranddisteln, merkt aber nichts, stöhnt, grunzt, kichert bißchen, pflanzt hier eine Bohnenstange, wirft ihr quer eine Dachlatte dagegen, wirft Draht hinterdrein – er bindet ja nicht, sondern wirft aneinander, und es hält wunderbar – läßt einen rotbraunen, silberdurchwirkten Vorhang dreieinhalbmal um Bohnenstange und Dachlatte klettern, erlaubt Strohfaschinen, in sich verfilzt, überm Senffäßchen zum Kopf zu werden, gibt einer Tellermütze das Vorrecht, tauscht den Studentendeckel gegen den Quäkerhut ein, bringt die Raupe aus Kopfbedeckungen, gleichfalls die bunten Strandfliegen durcheinander, will kurze Zeit lang eine Nachthaube siegen lassen und bestätigt endlich einem Kaffeewärmer, dem das letzte Hochwasser eine straffere Form verliehen hat, die Funktion überm Scheitel. Rechtzeitig begreift er, daß dem Ganzen noch eine Weste und zwar eine Weste, die hinten blank ist, fehlt, wählt aus den Pracherfleppen und muffigen Plunsen und wirft, halb über die Schulter und ohne recht hinzuschauen, dem Geschöpf unterm Kaffeewärmer die Weste an. Schon pflanzt er ein müdes Leiterchen links, kreuzweis zwei mannshohe Knüppel rechts, verschränkt ein dreizaunlattenbreites Stück Gartenzaun zu einer geschraubten Arabesque, zielt kurz, wirft, trifft mit steifem Drillich, vermittelt mit knarrendem Koppelzeug, gibt dieser Figur, dem Vorreiter seiner Gruppe, mit Hilfe des Wollgekröses einige militärische Befehlsgewalt, und ist gleich darauf stoffbeladen, lederbehängt, tauwerkumschlungen, siebenmalbemützt und fliegenumjubelt vor, seitlich, südöstlich und steuerbord seines verlorenen Haufens, der mehr und mehr zur vogelscheuchenden Gruppe wird; denn aus den Dünen, dem Strandhafer, den Kiefern des Strandwaldes hebt es gewöhnliche und – ornithologisch gesehen – seltene Vögel. Ursache und Wirkung: zu einer Wolke, hoch über dem Arbeitsplatz des Eduard Amsel, ballt es sie. Mit Vogelschrift schreiben sie ihre Angst immer enger, steiler und krauser durcheinander. Dieser Text birgt die Wurzel Krah, treibt den Waldtaubenzweig Marukruh, hört, wenn er aufhört, mit Pih auf, hat aber viel Uebü, viel Oekk, das Stockenten-Räätsch und das Ochsengebrüll der Rohrdommeln als Ferment. Keinen Schrecken gibt es, der, von Amsels Produktion gefördert, nicht Ausdruck fände. Wer aber macht über rieselnde Dünenkämme hinweg seine Runde und erhält der vogelscheuchenden Arbeit des Freundes den notwendigen Frieden?

Diese Fäuste gehören Walter Matern. Sieben Jahre ist er alt und blickt grau über die See, als gehöre sie ihm. Die junge Hündin Senta bellt die kurzatmigen Ostseewellen an. Perkun gibt es nicht mehr. Eine der vielen Hundekrankheiten nahm ihn hinweg. Perkun zeugte Senta. Senta, vom Stamme Perkun, wird Harras werfen. Harras, vom Stamme Perkun wird Prinz zeugen. Prinz vom Stamme Perkun Senta Harras – und ganz am Anfang bellt die litauische Wölfin – wird Geschichte machen... doch zur Zeit bellt Senta die schwache Ostsee an. Er aber steht barfuß im Sand. Durch bloßen Willen und durch leichtes Vibrieren, von den Knien zu den Sohlen herab, vermag er sich tiefer und tiefer in die Düne zu bohren. Bald wird der Sand die gekrempelten, vom Seewasser steifen Cordhosen erreichen: da springt Walter Matern aus dem Stand heraus, gibt Sand an den

Wind, ist weg von der Düne, Senta weg von den kurzen Wellen, haben wohl beide was spitzbekommen, werfen sich, er braun und grün in Cord und Wolle, sie schwarz und gestreckt, über den nächsten Dünenkamm in den Strandhafer, tauchen hintereinander ganz woanders – und nachdem sechsmal die lahme See den Strand klatschte – langsam gelangweilt wieder auf. Es war wohl nichts. Luftklöße. Windsuppen. Nicht mal ein Kaninchen.
Oben aber, wo aus der Putziger Ecke ziemlich gleichgroß geratene Wolken vor blauem Waschkleid in Richtung Haff schwimmen, wollen schrill heiser die Vögel nicht aufhören, Amsels fast fertige Vogelscheuchen als schon fertige Vogelscheuchen zu bestätigen.

Dreizehnte Frühschicht

Es blieb zum Jahresende dankenswert ruhig auf dem Betriebsgelände. Die Lehrlinge, unter Aufsicht des Steigers Wernicke, schickten vom Förderturm einige hübsche Raketen hoch, die unser Firmenzeichen, das bekannte Vogelmotiv, nachbildeten. Leider hing die Wolkendecke zu tief, als daß sich der Zauber recht hätte entfalten können.
Figurenmachen: dieses Spiel in den Dünen, auf der Deichkrone oder inmitten einer blaubeerenreichen Lichtung des Strandwaldes, bekam einen zusätzlichen Sinn, als eines Abends – die Fähre hatte schon ihren Betrieb eingestellt – der Fährmann Kriwe den Dorfschulzen zu Schiewenhorst mit rotweißkariertem Töchterchen an den Waldrand führte, wo Eduard Amsel, immer behütet von seinem Freund Walter Matern und der Hündin Senta, vor steil beginnenden Walddünen sechs oder sieben Ergebnisse letzter Produktion aufgereiht hatte, ohne sie in Reih und Glied gestellt zu haben.
Über Schiewenhorst ließ sich die Sonne fallen. Die Freunde warfen langgezogene Schatten. Wenn dennoch Amsels Schatten fülliger blieb, mag hier die absackende Sonne den Beweis antreten, wie dick der Bengel war; später wird er noch dicker werden.
Beide rührten sich nicht, als der schiefe lederne Kriwe und der invalide Bauer Lau mit nachgezogenem Töchterchen und drei Schatten ankamen. Senta wartete ab und hechelte kurz. Mit leeren Blick – das hatten sie oft geübt – guckten beide vom Dünenkamm über die gereihten Scheuchen hinweg, über die abfallende Wiese, in der die Maulwürfe hausen, in Richtung Maternsche Bockwindmühle. Die saß mit dem Stert auf dem Bock, wurde insgesamt von einem runden Hügelchen in den Wind gehoben, ging aber nicht.
Wer aber stand am Fuß des Hügels und hielt rechts einen Sack, der über der Schulter knickte? Das war der weiße Müller Matern, der unterm Sack stand. Auch er, wie das Rutenzeug, wie die beiden auf dem Dünenkamm, wie Senta starr, wenn auch aus anderen Gründen.

Kriwe streckte langsam den linken Arm mit knotigem lederbraunem Finger. Hedwig Lau, selbst werktags sonntäglich gekleidet, bohrte mit schwarzem Lackspangenschuh im Sand. Kriwes Zeigefinger wies auf Amsels Ausstellung: »Liebärchen. Daas send se nu, wo ech häd gemaint.« Und sein Finger wanderte gründlich von Scheuche zu Scheuche. Des Bauern Lau etwa achteckiger Kopf folgte ruckend dem ledernen Finger und blieb bis zum Schluß der Vorstellung – es waren sieben Scheuchen – um zwei Scheuchen im Rückstand.
»Dä Bengel maacht Schaichen Liebärchen, da blaibt Diä kain Vegelchen nech.«
Weil der Lackspangenschuh bohrte, ging die Bewegung auf den Saum des Kleides und die Zopfschleifen vom gleichen Stoff über. Der Bauer Lau kratzte sich unter der Mütze und klabasterte, nun schon feierlich langsam, die sieben Scheuchen in umgekehrter Reihenfolge noch einmal ab. Amsel und Walter Matern hockten auf dem Dünenkamm, ließen die Beine ungleichmäßig baumeln und hatten den Blick im starren Rutenzeug der Bockwindmühle hängen. Amsels Kniestrümpfe mit Gummizug schnürten unterm Knie die dicklichen Waden ab: rosa Fleisch warf ein Puppenwülstchen. Starr blieb der weiße Müller am Fuß des Hügels. Seine rechte Schulter ließ den Zentnersack knicken. Sehen konnte man den Müller; aber er war ganz woanders. »Ech kennt, Liebärchen, wännde mechst, dem Bengel ma fragen, waas sone Schaiche mecht kosten, wennse waas kosten mecht.« Langsamer kann niemand nicken, als der Bauer und Dorfschulze Erich Lau es tat. Sein Töchterchen hatte immer Sonntag. Senta war mit schräggehaltenem Kopf allen Bewegungen hinterdrein und zumeist voraus; denn die Hündin war zu jung, um unbeeilten Hinweisen nicht voraus sein zu müssen. Als Amsel getauft worden war, und die Vögel ein erstes Zeichen gegeben hatten, schwamm Hedwig Lau noch im Fruchtwasser. Seesand schadet Lackspangenschuhen. Kriwe drehte sich in Holzschuhen halb zum Dünenkamm, spuckte seitlich braunen Saft weg, der im Sand zur Kugel wurde: »Nu heer Jonkchen, da mecht wär wessen, waas sone Schaiche forn Jarten mecht kosten, wennse mecht waas kosten.«
Der ferne weiße Müller mit dem geknickten Sack ließ den Sack nicht fallen, Hedwig Lau zog den Lackspangenschuh nicht aus dem Sand, aber Senta sprang kurz und stäubte, als sich Eduard Amsel vom Dünenkamm fallen ließ. Zweimal rollte es ihn. Gleich darauf, und mit dem Schwung der beiden Rollen, stand er zwischen den beiden Männern in Wolljacken, kurz vor dem bohrenden Spangenschuh der Hedwig Lau.
Da begann der ferne weiße Müller Schritt für Schritt den Mühlenhügel zu ersteigen. Der Spangenlackschuh bohrte nicht mehr, und ein semmelbröseltrockenes Kichern begann das rotweißkarierte Kleid und die rotweißkarierten Zopfschleifen zu rühren. Ein Kauf sollte getätigt werden. Amsel ließ seinen Daumen verkehrt herum auf die Lackspangenschuhe zeigen. Des Bauern Lau zähes Kopfschütteln machte die Schuhe unverkäuflich oder zog sie vorläufig aus dem Handel. Das Tauschangebot wurde vom

Klimpern harter Währung abgelöst. Während Amsel und Kriwe, selten der Dorfschulze Erich Lau, rechneten und dabei Finger wegdrückten und auferstehen ließen, saß Walter Matern immer noch auf dem Dünenkamm und hatte, dem Geräusch nach, das er mit seinen Zähnen verursachte, Einwände gegen einen Handel, den er später »Geschachere« nannte.
Kriwe und Eduard Amsel wurden schneller einig, als der Bauer Lau nicken konnte. Die Tochter bohrte schon wieder mit dem Schuh. Eine Scheuche sollte fünfzig Pfennige kosten. Der Müller war weg. Die Mühle mahlte. Senta bei Fuß. Für drei Scheuchen verlangte Amsel einen Gulden. Obendrein verlangte er, nicht ohne Grund, denn der Handel sollte erweitert werden, pro Scheuche drei Stück Lumpen und als Draufgabe die Lack-Spangenschuhe der Hedwig Lau, sobald sie als abgetragen bezeichnet werden konnten.
Oh, nüchterner und feierlicher Tag, da ein Geschäft sich erstmals tätigt! Mit der Fähre ließ der Dorfschulze am nächsten Morgen die drei Scheuchen über den Strom nach Schiewenhorst bringen und in seinen Weizen hinter der Bahnlinie pflanzen. Da Lau, wie viele Bauern im Werder, entweder Eppschen Weizen oder kujavischen Weizen, also zwei grannenlose und deshalb dem Vogelfraß ausgesetzte Sorten anbaute, hatten die Scheuchen vollauf Gelegenheit, sich zu bewähren. Mit ihren Kaffeewärmern, Strohfaschinenhelmen, gekreuzten Riemen mochten sie als die letzten drei Grenadiere des ersten Regiment Garde nach der Schlacht bei Torgau gelten, die, wie Schlieffen sagt, mörderisch gewesen war. So früh schon ließ Amsel seine Vorliebe fürs preußisch Exakte Gestalt gewinnen; jedenfalls machten die drei Kerle ihren Effekt: totenstill wurde es in dem ausreifenden Sommerweizen, über dem zuvor vogelleicht und laut geplünderten Feld.
Das sprach sich herum. Bald kamen Bauern von beiden Ufern, aus Junkeracker und Pasewark, aus Einlage und Schnakenburg, weit aus dem Innern des Werders: aus Jungfer, Scharpau und Ladekopp. Kriwe vermittelte; aber Amsel schlug vorerst nicht die Preise auf und nahm, nachdem Walter Matern ihm Vorhaltungen gemacht hatte, nur jeden zweiten, dann jeden dritten Auftrag an. Sich und allen Kunden sagte er, er wolle keinen Pfusch machen und nur eine, höchstens zwei Scheuchen pro Tag in die Welt setzen. Hilfe lehnte er ab. Nur Walter Matern durfte helfen, indem er Rohmaterialien von beiden Ufern des Flusses herbeischaffte und mit zwei Fäusten und einem schwarzen Hund weiterhin den Künstler und sein Werk schützte.
Zu berichten wüßte Brauxel noch, daß Amsel bald die Mittel hatte, gegen geringen Zins Folcherts zwar zerfallenen aber immerhin abschließbaren Schuppen zu mieten. In diesem Holzverschlag, der als verrufener Ort galt, denn irgendwer hatte sich an irgendeinem seiner Balken aus irgendwelchen Gründen irgendwann erhängt, unter einem Dach also, das jeden Künstler inspiriert hätte, lagerte alles, was unter Amsels Hand als Scheuche lebendig werden sollte. Bei Regenwetter wurde der Schuppen

zur Werkstatt. Zünftig ging es in ihm zu, denn Amsel arbeitete mit seinem Kapital und hatte im Laden seiner Mutter, also zum Einkaufspreis, Hämmer, zwei Fuchsschwänze, Bohrer, Zangen, Stemmeisen und jenes Taschenmesser gekauft, das drei Klingen, einen Dorn, einen Korkenzieher und eine Säge hatte. Er schenkte es Walter Matern. Und Walter Matern warf es zwei Jahre später, als er auf der Nickelswaldener Deichkrone keinen Stein fand, an Stelle eines Steines in die hochgehende Weichsel. Wir hörten davon.

Vierzehnte Frühschicht

Die Herren sollten sich Amsels Diarium als Beispiel nehmen und ordentlich Buch führen. Wie oft hat Brauchsel beiden Mitautoren den Arbeitsvorgang beschrieben? Zwei Reisen, auf Geschäftskosten der Firma, führten uns zusammen und gaben während einer Zeit, da es den Herren an nichts fehlte, Gelegenheit, Notizen zu machen und einen Arbeitsplan sowie etliche Schemata auszuarbeiten. Statt dessen häufen sich Rückfragen: »Wann muß das Manuskript vorliegen? Soll eine Manuskriptseite dreißig oder vierunddreißig Zeilen zählen? Sind Sie mit der Briefform auch wirklich einverstanden, oder soll ich einer modernen Form, etwa neue französische Schule, den Vorzug geben? Genügt es, wenn ich den Strießbach als ein Rinnsal zwischen Hochstrieß und Leegstrieß beschreibe? Oder müssen historische Bezüge, wie der Grenzstreit der Stadt Danzig mit dem Zisterzienserkloster Oliva, erwähnt werden? Etwa der Bestätigungsbrief des Herzog Svantopolk, Enkel Subislaw des Ersten, der das Kloster gründete, aus dem Jahre zwölfhundertfünfunddreißig? Dort wird der Strießbach im Zusammenhang mit dem Sasper See »Lacum Saspi usque in rivulum Strieza...« erwähnt. Oder die Bestätigungsurkunde Mestvin des Zweiten vom Jahre zwölfhundertdreiundachtzig, in der der Grenzbach Strießbach wie folgt geschrieben wird: »Praefatum rivulum Striesz usque in Vislam...?« Oder der Bestätigungsbrief aller Besitzungen der Klöster Oliva und Sarnowitz aus dem Jahre zwölfhunderteinundneunzig? Dort wird der Strießbach einmal »Stricze« geschrieben, und an anderer Stelle heißt es »... prefatum fluuium Strycze cum utroque littore a lacu Colpin unde scaturit descendendo in Wislam...«

Der andere Herr Mitautor spart gleichfalls nicht mit Rückfragen, und streut in alle Briefe den Wunsch nach Vorschuß: »... darf vielleicht darauf hinweisen, daß mündlich abgemacht wurde: Jeder Mitautor erhält bei Beginn der Arbeit am Manuskript...« Es soll der Herr Schauspieler seinen Vorschuß erhalten. Es sollte den Herren aber auch Amsels Diarium, wenn nicht als Original, dann als Fotokopie heilig sein.

Das Bordbuch wird ihn angeregt haben. Auf allen Schiffen, selbst auf einer Fähre, muß eines geführt werden. Kriwe: ein rissiges, fettarmes

Leder, mit Augen märzgrau, wimpernlos und leicht übereck, die ihm dennoch erlaubten, die Dampffähre schräg gegen den Strom, also gleichfalls übereck, von Anlegebrücke zu Anlegebrücke zu führen. Fuhrwerke, Fischweiber samt Flunderkörben, den Pastor, Schulkinder, Durchreisende, Vertreter mit Musterkoffern, die Personen- und Güterwagen der Werderkleinbahn, Schlachtvieh und Zuchtvieh, Hochzeitsgesellschaften und Begräbnisse mit Sarg und Kränzen schielte der Fährmann Kriwe über den Fluß und trug alle Vorkommnisse im Bordbuch ein. Zwischen Anlegebrücke und blechbeschlagenem Fährenbug konnte man keinen Pfennig schieben, so dicht und ohne Gebumse konnte Kriwe anlegen. Zudem war er den Freunden Walter Matern und Eduard Amsel die längste Zeit lang ein verläßlicher Handelsvertreter, der keine Prozente und kaum Tabak für getätigte Geschäftsabschlüsse verlangte. Er führte, wenn die Fähre ihren Betrieb eingestellt hatte, die Beiden an Orte, die nur Kriwe kannte. Er legte Amsel nahe, das Schreckenerregende einer Weide zu studieren; gingen doch Kriwes und Amsels Kunsttheorien, die später alle ins Diarium fanden, darauf hinaus: »Es sollen die Modelle mit Vorzug der Natur entnommen werden.« Unter dem Namen Haseloff erweiterte Amsel nach Jahren das Sätzchen im gleichen Diarium: »Alles, was sich ausstopfen läßt, gehört der Natur an: die Puppe etwa.«
Aber die hohle Weide, zu der Amsel die Freunde führte, schüttelte sich und war noch nicht ausgestopft. Die Mühle, flach im Hintergrund, mahlte. Langsam fuhr die letzte Kleinbahn in der Kurve und läutete schneller, als sie fuhr. Die Butter schmolz dahin. Milch wurde sauer. Vier Barfüße, zwei Transtiefel. Zuerst Grasnarbe und Brennesseln, dann Klee. Über zwei Zäune, drei Gatter offen, noch ein Zaun überstiegen. Zu beiden Seiten des Baches traten die Weiden ein Schrittchen vor, ein Schrittchen zurück, drehten sich, hatten Hüften, Bauchnabel; und eine Weide – denn selbst unter Weiden gibt es die eine Weide – war hohl hohl hohl, bis drei Tage später Amsel sie ausfüllte: hockt dicklich freundlich auf beiden Hacken, studiert das Innere einer Weide, weil Kriwe gesagt hat... Und aus der Weide heraus, in der er hockt und neugierig ist, mustert er die Weiden links und rechts des Baches aufmerksam; besonders eine dreiköpfige, die einen Fuß im Trocknen hält und den anderen Fuß im Bach kühlt, weil der Riese Miligedo, der mit der Bleikeule, ihr vor Zeiten auf den Weidenfuß trat, wertet Amsel als Modell. Und sie hält still, obgleich es aussieht, als wolle die Weide davonlaufen, zumal nun Bodennebel – so früh ist es, ein Jahrhundert vor Schulbeginn – vom Fluß her über die Wiesen robbt und den Weiden am Bach die Rümpfe wegfrißt: bald wird nur noch der dreiköpfige Kopf der Modellstehenden auf dem Nebel schwimmen und Zwiesprache halten.
Da verläßt Amsel sein Gehäuse, will aber nicht nachhause zu seiner Mutter, die im Schlaf ihre Geschäftsbücher wälzt und alles noch einmal durchrechnet, will nun, um die Stunde der Milchtränke, von der Kriwe sprach, Zeuge sein. Walter Matern will auch. Senta ist nicht dabei, weil

Kriwe sagte: »Liebärchen, nähmt nuä nech dem Gissert midd, wo mecht kujiehnen ond sech väfaiern, wänns losjeht.«
Also ohne. Ist ein Loch zwischen den beiden, das hat vier Beine und einen Schwanz. Schleichen barfuß über graue Wiesen, blicken hinter sich in verhedderten Dampf, wollen schon pfeifen: Hierher! Bei Fuß! Bei Fuß! bleiben aber tonlos, weil Kriwe sagte... Denkmäler vor ihnen: Kühe in wabernder Suppe. Nahe den Kühen, genau zwischen Beisters Flachs und den Weiden beiderseits des Baches, liegen sie im Tau und warten. Das Grau von den Deichen, vom Strandwald her, stuft sich ab. Überm Dampf und den Pappeln der Chaussee nach Pasewark, Steegen, Stutthof kreuzt sich das Rutenzeug der Maternschen Bockwindmühle. Eine flache Laubsägearbeit. So früh mahlt kein Müller Weizen zu Mehl. Noch kein Hahn, aber bald. Schattenhaft und nah gerückt die neun gleichmäßig und windgerecht von Nordwest nach Südost gebogenen Strandkiefern auf der großen Düne. Kröten – oder sind es Ochsen? – Kröten oder Ochsen brüllen. Die schlankeren Frösche beten. Mücken in einer Stimmlage. Irgendwas, aber kein Kiebitz, lockt oder meldet sich. Immer noch ohne Hahn. Die Kühe, Inseln im Dampf, atmen. Amsels Herz läuft über ein Blechdach. Walter Materns Herz tritt eine Tür ein. Eine Kuh muht warm. Die anderen Kühe stubenwarm aus dem Bauch. Welch ein Lärm im Nebel: die Herzen auf Blech gegen Türen, was lockt wen, neun Kühe, Kröten Ochsen Mücken... Und plötzlich – denn kein Zeichen wurde gegeben – Stille. Frösche weg, Kröten Ochsen Mücken weg, nichts lockt hört antwortet wem, Kühe legen sich, und Amsel und Freund, fast ohne Herzschlag, pressen die Ohren in den Tau, in den Klee: Sie kommen! Vom Bach her Schlurfen. Wischlappen schluchzen so, aber geregelt und ohne Steigerung: plüff plüff pschisch – plüff plüff pschisch. Etwa Bammelmänner? Nonnen ohne Kopf? Gakkos Schrate Barstucken? Geht wer um? Balderle Aschmatei Beng? Der Ritter Peege Peegood? Der Brenner Bobrowski und sein Kumpan Materna, von dem alles herkommt? Kynstutes Töchterchen, das hieß Tulla? – Da glänzen sie auf: voller Grund, reich an Modder, elf fünfzehn siebzehn braune Flußaale wollen im Tau baden, haben jetzt ihre Stunde, schieben drücken schnellen sich übern Klee und fließen in Richtung. Gedrückt bleibt der Klee unter glibbriger Spur. Immer noch starr sind die Kehlen der Kröten Ochsen Mücken. Die schlanken Frösche enthalten sich. Da nichts lockt, folgt nichts. Warm liegen Kühe auf schwarzweißer Seite. Euter preisen sich an: fahl gelblich morgendlich prall: neun Kühe, sechsunddreißig Zitzen, achtzehn Aale. Die finden hin und saugen sich fest, verlängern braunschwarz rosagefleckte Zitzen: Sückeln Labbern Nuckeln Durst. Anfangs zittern die Aale. Lust wer wem? Dann lassen die Kühe nacheinander die Köpfe übergewichtig in den Klee fallen. Milch fließt. Aale schwellen. Wieder brüllen die Kröten. Mücken heben an. Die leichten Frösche. Zwar immer noch kein Hahn, aber Walter Matern hat eine gequollene Stimme. Er möchte hin und mit der Hand fangen. Leicht wäre das, kinderleicht. Aber Amsel will nicht, hat anderes

vor und entwirft schon. Da fließen die Aale zurück zum Bach. Die Kühe seufzen. Der erste Hahn. Die Mühle geht langsam. Die Kleinbahn läutet in der Kurve. Amsel beschließt, eine neue Scheuche zu bauen.
Und die wurde anschaulich: eine Schweinsblase ließ sich, weil Lickfetts geschlachtet hatten, gegen nichts auftreiben. Prall ergab sie das Euter. Die geräucherte Haut richtiger Aale wurde mit Stroh und gewundenem Draht ausgestopft, zugenäht und der Schweinsblase angesetzt: verkehrt herum, daß die Aale sich, dicken Haaren gleich, in der Luft schlängelten, kopfstanden auf dem Euter. So wurde das Medusenhaupt von zwei gegabelten Stangen über Karweises Weizen gehoben.
Und genau wie Karweise die Scheuche gekauft hatte – später bekam sie das löchrige Fell einer verendeten Kuh mantelgleich über beide gegabelten Stangen gehängt – zeichnete Amsel die neue Scheuche einmal als Entwurf – ohne Mantel und eindrucksvoller – einmal als fertiges Produkt, mit läppischem Fell, in sein Diarium.

Fünfzehnte Frühschicht

Der Herr Schauspieler macht Schwierigkeiten! Während Brauxel und der junge Mann tagtäglich schreiben – der eine über Amsels Diarium, der andere über und an seine Cousine – hat jener sich zum Jahresanfang eine leichte Grippe eingefangen. Muß aussetzen, hat nicht die rechte Pflege, ist um diese Jahreszeit immer schon anfällig gewesen, bittet nochmals, an den versprochenen Vorschuß erinnern zu dürfen. Ist angewiesen, Herr Schauspieler! Begeben Sie sich in Quarantäne, Herr Schauspieler; die wird Ihrem Manuskript nützlich sein. Oh, nüchterne Lust, fleißig sein zu dürfen: Es gab ein Diarium, darin Amsel mit wunderschönen und frischerlernten Sütterlinbuchstaben niederschrieb, was er, zwecks Herstellung von Garten- und Feldvogelscheuchen ausgegeben hatte. Die Schweinsblase kostete nichts. Das nichtsnutze Kuhfell vermittelte ihm Kriwe gegen zwei Stangen Kautabak.
Oh Saldo, schönes rundes Wort: Es gab ein Diarium, darin Amsel mit bauchigen und eckigen Zahlen buchte, was er beim Verkauf diverser Garten- und Feldvogelscheuchen – die Aale am Euter brachten einen harten Gulden – eingenommen hatte.
Eduard Amsel führte dieses Diarium etwa zwei Jahre lang, zog senkrechte und waagerechte Linien, malte Sütterlin spitzig, Sütterlin schleifenreich, gab etlichen Vogelscheuchen Konstruktionsskizzen und Farbstudien bei, verewigte beinahe alle Scheuchen, die er verkauft hatte, nachträglich, und gab sich und seinen Produkten mit roter Tinte Zensuren. Später, als Gymnasiast, verlegte er das mehrmals geknickte Heftchen in brüchigem schwarzem Wachstuch und fand es nach Jahren, als er aus der Stadt an die Weichsel eilen mußte, um seine Mutter zu beerdigen, in einer Kiste, die als Sitzbank diente. Zwischen den Hinterlassenschaften seines Vaters,

den Büchern über Preußens Schlachten und Helden, unter dem dicken Buch des Otto Weininger lag das Diarium und hatte noch ein gutes Dutzend freie Seiten, die Amsel später, als Haseloff und Goldmäulchen, unregelmäßig, mit Jahren Schweigen dazwischen, sentenzenreich füllte. Heute besitzt Brauxel, dem ein Prokurist und sieben Büroangestellte die Bücher führen, das rührende Heftchen in Wachstuchfragmenten. Nicht, daß er das empfindliche Original als Gedächtnisstütze benutzt! Es liegt mit Verträgen, Wertpapieren, Lizenzen und den durchkonstruierten Betriebsgeheimnissen im Safe, während eine Fotokopie des Diariums zwischen dem gespickten Aschenbecher und der Tasse lauem Morgenkaffee als Arbeitsmaterial dient.

Die erste Seite des Heftes füllt, mehr gemalt als geschrieben, das Sätzchen: »Scheuchen gemacht und verkauft von Eduard Heinrich Amsel.« Darunter als quasi Motto, kleiner gemalt und ohne Datum: »Fing an auf Ostern weil man nichts vergessen soll. Hat Kriwe gesagt neulich.«

Nun ist Brauksel der Meinung, es habe wenig Sinn, die bräsigwerdersche Schreibart des achtjährigen Schülers Eduard Amsel diesem Manuskript zu übertragen; allenfalls ließe sich der Reiz dieser Sprache, die bald, mit den Flüchtlingsverbänden, aussterben wird, also als tote Sprache, etwa wie Latein, der Wissenschaft nützlich sein könnte, im Verlauf der Niederschrift bei direkter Rede anwenden. Nur wenn Amsel, sein Freund Walter, Kriwe oder die Großmutter Matern werdersch den Mund aufmachen, sollte Brauchsel bräsig mitschreiben. Beim Zitieren des Diariums jedoch darf, da nach seiner Meinung der Wert des Heftes nicht in des Schülers kühner Rechtschreibung, vielmehr in den frühen und zielstrebigen Bemühungen um die Entwicklung der Vogelscheuche zu suchen ist, Eduards Dorfschülerstil nur stilisiert, also halb bräsig halb künstlich wiedergegeben werden, etwa so: »Heute nachem Melken 1 Gulden mehr für Scheuche wo auf ein Bein steht und anderes schräg hält hat Wilhelm Ledwormer genommen. Gab noch ein Helm von Ulanen und Stück Futter was mal Ziege gewesen.«

Redlicher versucht Brauksel die Beschreibung der dazugehörigen Skizze zu leisten: mit vielerlei Buntstiften, Braun Zinnober Lila Saftgrün Preußischblau, die aber nie mit reinem Strich ihre Farbkraft zeigen, sondern schichtweise übereinander die Hinfälligkeit abgetragener Kleider bestätigen müssen, ist jene Scheuche, ». . . wo auf ein Bein steht und anderes schräg hält . . .« nachträglich und nichts als Vorstudie festgehalten worden. Neben der Buntstiftzeichnung überrascht die eigentliche, mit wenigen schwarzen Strichen hingeworfene und heute noch frische Konstruktionsskizze: die Position »... wo auf ein Bein steht...« wird durch eine leicht nach vorn geneigte Leiter, der zwei Sprossen fehlen, angedeutet; die Position »... und anderes schräg hält...« kann nur jene Stange sein, die in einem Winkel von siebenundvierzig Grad eine Attitüde versucht, indem sie sich von der Leitermitte nach links tänzerisch wegspreizt, während die Leiter leicht nach rechts tendiert. Besonders die Konstruk-

tionsskizze aber auch die nachträgliche Buntstiftzeichnung konterfeit einen Tänzer, der den späten Abglanz einer Montur an sich kleben hat, die einst Musketiere im Infanterie-Regiment des Prinzen von Anhalt-Dessau während der Schlacht bei Liegnitz trugen.
Rund heraus: es wimmelt in Amsels Diarium von uniformierten Scheuchen: da stürmt ein Grenadier des dritten Bataillons Garde den Leuthener Friedhof; der arme Mann von Toggenburg steht im Infanterie-Regiment von Itzenplitz; es kapituliert ein Bellingscher Husar bei Maxen; blauweiße Natzmer-Ulanen und Schorlemer-Dragoner fechten zu Fuß; blau mit rotem Futter überlebt ein Füsilier vom Regiment des Baron de la Motte Fouqué; kurz, was sich sieben Jahre lang und schon zuvor zwischen Böhmen, Sachsen, Schlesien und Pommern getummelt hatte, bei Mollwitz davonkam, bei Katholisch-Hennersdorf den Tabaksbeutel verlor, bei Pirna auf Fritz vereidigt wurde, bei Kolin überlief und bei Roßbach zu schnellem Ruhm kam, wurde unter Amsels Händen lebendig, mußte aber keine bunte Reichsarmee, sondern die Vögel des Weichseldeltas vertreiben. Während Seydlitz den Hildburghausen – »... voilà au moins mon martyre est fini ...« – über Weimar, Erfurt, Saalfeld bis an den Main jagen mußte, waren die Bauern Lickfett, Mommsen, Beister, Folchert und Karweise schon zufrieden, wenn Amsels im Diarium belegte Scheuchen die Vögel des Weichseldeltas aus dem Eppschen grannenlosen Weizen hoben und in die Kastanien, Weiden, Erlen, Pappeln und Strandkiefern verwiesen.

Sechzehnte Frühschicht

Er bedankt sich. Er telefoniert, R-Gespräch natürlich, gute sieben Minuten lang: das Geld sei angekommen, schon gehe es ihm wieder besser, die Grippe habe ihren Höhepunkt überschritten, befinde sich im Abklingen, morgen, spätestens übermorgen wolle er wieder an die Maschine; wie gesagt, leider müsse er sofort in die Maschine schreiben, denn er sehe sich nicht befähigt, seine eigene Schrift zu lesen; aber ausgezeichnete Gedanken hätten ihn während des Grippeanfalls besucht ... Als ob Einfälle, die ein Fieber hat keimen lassen, bei normaler Temperatur als Einfälle gelten könnten. Der Herr Schauspieler hält wenig von doppelter Buchführung, obgleich Brauxel ihm nach jahrelangem Aufrechnen peinlicher Bilanzen zu peinlichem Saldo verhalf.
Mag sein, daß sich Eduard Amsel die Praxis des Buchführens nicht nur in Kriwes Bordbuch, sondern auch bei seiner Mutter, die bis in die Abendstunden über Geschäftsbüchern zu seufzen hatte, begabt abguckte: womöglich half er ihr beim Ablegen, Einheften, Nachrechnen.
Lottchen Amsel, geborene Tiede, verstand es, trotz der wirtschaftlichen Schwierigkeiten der Nachkriegsjahre, die Firma A. Amsel lebendig zu halten, sogar, was der selige Amsel in Krisenzeiten nie gewagt hätte, den

Betrieb umzugestalten und zu erweitern. Sie begann mit Kuttern, frisch von der Bootswerft Klawitter, auch mit alten, die sie auf Strohdeich überholen ließ, zudem mit Außenbordmotoren zu handeln. Sie verkaufte die Kutter oder vermietete sie – was einträglicher war – an Jungfischer, die gerade geheiratet hatten.
Wenn Eduard pietätvoll genug war, seine Mama nie, auch nicht andeutungsweise als Scheuche abzubilden, kopierte er um so hemmungsloser etwa vom achten Lebensjahr an ihre Geschäftspraktiken: wenn sie Fischkutter verlieh, verlieh er besonders stabile, extra für den Verleih angefertigte Vogelscheuchen. Mehrere Seiten des Diariums weisen nach, wie oft und an wen Scheuchen verliehen wurden. In steiler Rubrik rechnet Brauxel zusammen, was sie Amsel einbrachten, indem sie scheuchten: ein hübsches Sümmchen. Hier kann nur eine Leihscheuche erwähnt werden, die zwar keine besonders hohen Gebühren eintrieb, aber die Handlung unserer Erzählung, und damit die Entwicklung der Vogelscheuchen, aufschlußreich beeinflußte.
Nach schon erwähntem Studium der Weiden am Bach, nachdem Amsel eine Scheuche bei Verwendung des Motives »Milchtrinkende Aale« erbaut und verkauft hatte, erstand, einerseits nach den Maßen einer dreiköpfigen Weide, andererseits nach dem Vorbild der löffelschwingenden und mit den Zähnen knirschenden Großmutter Matern, ein Modell, das auch in Amsels Diarium seinen Niederschlag fand; aber neben der Konstruktionsskizze stand ein Sätzchen, das dieses Produkt von allen anderen Produkten abhob: »Muß nu kaputt gemacht werden heute weil Kriwe sagt bringt nur Ärger.«
Max Folchert, der der Maternschen Familie nicht grün war, hatte die Scheuche, halb Weide halb Großmutter, bei Amsel gegen Gebühr ausgeliehen und in seinem Garten, der an die Chaussee nach Stutthof grenzte und dem Maternschen Gemüsegarten gegenüberlag, knapp am Zaun aufgestellt. Es zeigte sich bald, daß die Leihscheuche nicht nur Vögel vertrieb; Pferde ließ sie scheuen und funkenschlagend durchgehen. Kühe, auf dem Weg zum Stall, versprengte es, sobald die löffelschwingende Weide ihren Schatten warf. Zu all dem verwirrten Vieh gesellte sich das arme Lorchen mit dem krausen Haar, das tagtäglich unter der echten löffelschwingenden Großmutter zu leiden hatte. Nun wurde es von einer weiteren, dazu dreiköpfigen und weidenmäßig aufgeputzten Großmutter erschreckt und dergestalt in die Zange genommen, daß es windig und aufgelöst durch die Felder und den Strandwald, über die Dünen und Deiche, durch Haus und Garten irrte und einmal beinahe in das gehende Rutenzeug der Maternschen Bockwindmühle geraten wäre, hätte Lorchens Bruder, der Müller Matern, Lorchens Schürze nicht zu fassen bekommen. Auf Kriwes Rat, und gegen den Willen des alten Folchert, der später prompt einen Teil der Leihgebühr zurückverlangte, mußten Walter Matern und Eduard Amsel die Scheuche über Nacht zerstören. Es hatte also ein Künstler zum erstenmal begreifen müssen, daß seine Werke,

wenn sie nur intensiv genug der Natur entnommen waren, nicht nur Macht über die Vögel unter dem Himmel hatten, sondern auch Pferden und Kühen, desgleichen dem armen Lorchen, also dem Menschen, die ländlich ruhige Gangart stören konnten. Dieser Erkenntnis opferte Amsel eine seiner gelungensten Scheuchen, nahm ferner keine Weiden mehr zum Modell, wenn er auch gelegentlich, bei Bodennebel, in einer hohlen Weide Platz fand oder die durstigen Aale auf dem Weg vom Bach zu den liegenden Kühen bemerkenswert nannte. Vorsichtig vermied er, Mensch und Baum zu kuppeln, und wertete, in freiwilliger Selbstkontrolle, nur noch die vierkanten und harmlosen, als Scheuchen aber ausreichend effektvollen Werderbauern als Modelle. Als des Preußenkönigs Grenadiere, Füsiliere, Gefreitenkorporale, Standartenjunker und Officiers, ließ er das Landvolk über Gemüsegärten und Weizen wie Roggen schweben. Ruhig vervollkommnete er sein Ausleihsystem und machte sich, ohne daß es zum Nachspiel kam, der Bestechung schuldig, indem er einen Schaffner der Werderkleinbahn durch gutverpackte Geschenke bewegte, Amsels Leihscheuchen – oder Preußens nutzbar gemachte Historie – im Güterwagen der Werder-Kleinbahn kostenlos zu transportieren.

Siebzehnte Frühschicht

Der Schauspieler protestiert. Die ausklingende Grippe hat ihn nicht hindern können, Brauxels Arbeitspläne, die an alle Mitautoren verschickt wurden, genau zu studieren. Es paßt ihm nicht, daß der Müller Matern während dieser Frühschicht ein Denkmal erhalten soll. Er findet, ihm komme das Recht zu. Brauksel, der um den Zusammenhalt seines Autorenkollektivs fürchtet, verzichtet auf das breitangelegte Bild, muß aber darauf bestehen, jenen Teil des Müllers widerzuspiegeln, der schon auf Amsels Diarium Abglanz geworfen hatte.

Wenn der Achtjährige auch mit Vorliebe Preußens Schlachtfelder nach herrenlosen Monturen absuchte, gab es doch ein Modell, den besagten Müller Matern, der direkt, ohne preußische Zutat, mit dem Mehlsack auf der Schulter abgebildet wurde.

Das ergab eine schiefe Scheuche, denn der Müller war ein ganz und gar schiefer Mann. Weil er rechtsschultrig die Korn- und Mehlsäcke trug, war diese Schulter um eine Handfläche breiter, so daß jedermann, der den Müller frontal sah, den unbändigen Wunsch bekämpfen mußte, des Müllers Kopf mit beiden Händen fassen und in Ordnung rücken zu wollen. Da er sich weder Arbeitskittel noch Sonntagskleider nach Maß schneidern ließ, wirkte alles, was er als Rock, Kittel oder Mantel trug, verzogen, warf um den Hals Falten, hatte rechts einen zu kurzen Ärmel und permanent geplatzte Nähte. Ständig kniff er das rechte Auge. Auf gleicher Gesichtshälfte zog es ihm, auch wenn kein Zentnersack auf rechter Schulter knickte, den Mundwinkel hoch. Die Nase gehorchte.

Obendrein – und deswegen wird dieses Portrait gezeichnet – klebte sein rechtes Ohr zerdrückt zerknüllt, seit Jahrzehnten von tausend und mehr Zentnern seitlich belastet, dicht am Kopf, während sein linkes Ohr vergleichsweise, aber von Natur her, mächtig abstand. Eigentlich hatte der Müller Matern, frontal angeschaut, nur ein einziges Ohr; aber das fehlende oder nur noch im Relief erkennbare Ohr war das bedeutsamere.
Es paßte nicht ganz, doch immerhin mehr als das arme Lorchen, in diese Welt. Man munkelte in den Dörfern, die Großmutter Matern habe ihm als Kind den Kochlöffel zu oft als Maß angelegt. Vom mittelalterlichen Räuber und Brenner Materna, der mit seinem Kumpan im Stockturm endete, wurde das Schlimmste hergeleitet. Die groben und feinen Menoniten zwinkerten sich zu, und der grobe taschenlose Menonit Simon Beister eiferte, der Katholizismus bekomme den Maternschen nicht; besonders das Bengelchen, das immer mit dem dicken Amsel von drüben herumstreiche, habe es auf katholisch teuflische Art mit dem Zähneknirschen; man müsse sich nur den Hund angucken, schwärzer könne selbst die ewige Verdammnis nicht sein. Dabei hatte der Müller Matern eher ein sanftes Gemüt und – gleich dem armen Lorchen – in allen Dörfern kaum Feinde aber die Menge Spötter.
Des Müllers Ohr – und wenn des Müllers Ohr gesagt wird, ist immer das rechte anliegende, das mehlsackbelastete gemeint – des Müllers Ohr also, ist zweimal erwähnenswert: zuerst, weil Amsel es in einer Scheuche, die als Konstruktionsskizze ins Diarium fand, kühn wegließ, zum zweitenmal, weil dieses Müllerohr zwar allem üblichen Geräusch, wie Husten Sprechen Predigen, dem Kirchenlied, dem Kuhglockenläuten, dem Hufeisenschmieden, allem Hundsgebell Vogelsang Grillenton gegenüber taub war, dafür überdeutlich, und bis ins Flüstern, Tuscheln und Geheimnisvolltun hinein alles verstand, was im Innern eines Getreidesackes, eines Mehlsackes verhandelt wurde. Ob nackter oder bespelzter Weizen, der im Werder kaum angebaut wurde; ob aus zäher ob aus spröder Ährenspindel gedroschen; ob Brauweizen, Grießweizen, Backweizen, Nudel- und Stärkeweizen, glasig, halbglasig, mehlig: des Müllers sonst taubes Ohr lauschte jedem Zentner ab, wieviel Prozent Wickensamen, brandige Körner oder gar keimende Körner er enthielt. Auch die Sorte lauschte er unbesehenen Proben ab: Blaßgelber Frankensteiner, bunter kujawischer, rötlicher Probsteiner, roter Blumenweizen, der auf Lehmboden gute Brauware liefert, englischer Dickkopfweizen und zwei Sorten, die versuchsweise im Werder angebaut wurden: Urtobaweizen, sibirisch winterfest, und Schliephackes Weißweizen, Sorte Numero fünf.
Noch hellhöriger erwies sich des Müllers sonst taubes Ohr dem Mehl gegenüber. Während er als Ohrenzeuge dem Kornsack entnahm, wieviel Kornkäfer, Puppen und Larven mitgerechnet, wieviel Schlupfwespen und Schmalkäfer in ihm wohnten, konnte er, mit dem Ohr am Sack, auf die Zahl genau angeben, wieviel Mehlwürmer – Tenébrio molitor – sich in einem Zentner Weizenmehl befanden. Auch – und das ist in der Tat

erstaunlich – war er dank seines platten Ohres sogleich oder nach Minuten hellhörigem Lauschen unterrichtet, wieviel tote Mehlwürmer die lebenden Mehlwürmer im Sack zu beklagen hatten, weil, wie er mit rechtem verkniffenem Auge, rechts hochgezogenem Mundwinkel und gehorchender Nase, nicht ohne Verschlagenheit meinte, der Lärm, den lebende Mehlwürmer verursachten, verrate, wie hoch der Verlust an totem Gewürm sei.

Die Babylonier bauten Weizen mit erbsgroßen Körnern an, sagte Herodot; aber kann man Herodot Glauben schenken?

Der Müller Anton Matern machte detaillierte Aussagen über Korn und Mehl; wurde dem Müller Matern geglaubt?

In Lührmanns Krug, zwischen Folcherts Hof und Lührmanns Käserei, wurde die Probe gemacht. Der Krug eignete sich zum Probemachen und hatte auf diesem Gebiet sichtbare Vergangenheit. Da war erstens im hölzernen Schanktisch ein zölliger, angeblich zweizölliger Nagel zu bewundern, den Erich Block, Braumeister zu Tiegenhof, vor Jahren zur Probe mit bloßer Faust und einmaligem Hieb in die Bohle getrieben hatte; da zeigte zweitens die gekälkte Decke des Schankkruges Beweise anderer Art: Stiefelabdrücke, etwa ein Dutzend, erweckten den fatalen Eindruck, jemand, sukkubischer Herkunft, habe, mit dem Kopf nach unten, Spaziergänge über die Krugdecke gemacht. Dabei ging es nüchtern kraftprotzend zu, als Hermann Karweise einen Vertreter der Feuersozietät, der Karweises Muskelkraft nicht Glauben schenken wollte, Scheitel gegen die Dielen, Schuhsohlen himmelwärts, mehrmals gegen die Decke schleuderte und den Mann wieder auffing, damit er keinen Schaden nahm und hernach begutachten konnte, wie sich die Beweise einer werderschen Kraftprobe, die Abdrücke seiner Vertreterschuhe, auf der Krugdecke ausnahmen.

Als Anton Matern geprüft wurde, ging es kaum kraftvoll – der Müller wirkte schmächtig – eher geheimnisvoll geistreich zu: Sonntag ist es. Tür und Fenster geschlossen. Draußen bleibt der Sommer. Nur vier Fliegenfänger erinnern laut und verschiedengestimmt an die Jahreszeit. Im Schanktisch der zöllige Nagel, Schuhabdrücke auf grauer, einst weißgekälkter Decke. Die üblichen Schützenfestfotos und Schützenfestpreise. Nur wenige grünglasige Flaschen, mit Inhalt aus Korn gebrannt, auf dem Regal. Knaster, Schuhwichse und Molke riechen gegeneinander, knapp gewinnt Fuselatem, der schon am Sonnabend Anlauf genommen hat. Sie reden kauen wetten. Karweise, Momber und der junge Folchert setzen ein Fäßchen Neuteicher Bockbier aus. Still, über einem Gläschen Kurfürstlichem – das kippt hier niemand außer den Städtischen – setzt der Müller Matern ein gleiches Fäßchen dagegen. Lührmann, hinter dem Schanktisch, holt von hinten das Zwanzigpfundsäckchen und hält sich mit dem Mehlsieb für die Gegenprobe bereit. Zuerst liegt das Säckchen, der Besinnlichkeit wegen, auf den Händen des ganz und gar schiefen Müllers, dann bettet er das Kissen am platten Ohr. Sogleich, und weil keiner mehr kaut, bräsig daherredet, kaum Fusel atmet, tönen lauter die Fliegenfänger: was wiegt der Gesang sterbender Schwäne im Theater gegen den Abgesang bunter Fliegen auf plattem Lande!

Lührmann hat dem Müller eine Schiefertafel mit angebundenem Griffel unter die freie Hand geschoben. Drauf steht, denn es soll ja Bestand aufgenommen werden: Erstens Larven. Zweitens Puppen. Drittens Würmer. Noch lauscht der Müller. Die Fliegen dröhnen. Molke und Schuhwichse herrschen vor, weil kaum einer Fusel zu atmen wagt. Da kriecht die ungeschickte Hand, denn rechts stützt der Müller leicht das Säckchen, über den Schanktisch zur Schiefertafel: hinter Larven knirscht der Griffel eine steife Siebzehn. Zweiundzwanzig Puppen schrillt er. Die löscht der Schwamm; und je mehr der nasse Fleck trocknet, um so deutlicher wird, daß es nur neunzehn Puppen sind. Acht lebende Würmer sollen im Säckchen wohnen. Und als Zugabe, denn die Wettbestimmung verlangt es nicht, meldet der Müller auf lauter Tafel: »Tote Würmer sind fünf im Sack.« Gleich darauf schluckt Fuselatem vorherrschende Schuhwichse und Molke. Jemand hat den Abgesang der Fliegen leiser gestellt. Lührmann mit dem Mehlsieb bekommt Gewicht.

Um es kurz zu machen: Auf die Zahl genau stimmte das vorausgesagte Soll pergamentharter Larven, weicher, nur an den Spitzen horniger Puppen, ausgewachsener Larven, Mehlwürmer genannt. Nur ein totes Würmchen, von den veranschlagten fünf toten Mehlwürmern, fehlte; vielleicht oder sicher hatte es, ausgetrocknet und fragmentarisch, durch das Mehlsieb finden können.

So bekam der Müller Anton Matern sein Fäßchen Neuteicher Bockbier und gab allen Anwesenden, besonders Karweise, Momber und dem jungen Folchert, die ja das Bier ausgesetzt hatten, als Trost und Zugabe eine Prophezeiung auf den Heimweg. So nebenbei und während er das Fäßchen dort schulterte, wo eben noch der befragte Mehlbeutel gelegen hatte, plauderte er wie vom Hörensagen: er, der Müller mit dem platten Ohr, habe als die zwanzig Pfund ihm seitlich lagen, mit plattem Ohr deutlich vernommen, wie sich mehrere Mehlwürmer – er könne nicht genau sagen, wie viele, sie sprachen durcheinander – über die Ernteaussichten geäußert hätten. Man möge, nach Ansicht der Mehlwürmer, die Eppsche Sorte eine Woche vor Sieben Brüder und den kujavischen Weizen, wie Schliephackes Sorte Numero fünf, zwei Tagen nach Sieben Brüder schneiden.

Es bürgerte sich, Jahre bevor Amsel eine Scheuche nach dem hellhörigen Müller baute, die Redensart und Begrüßungsformel ein: »Dag och Liebärchen, waas secht dem Matern sain Mehlworm allwedder.«

So oder so gelächelt: viele befragten den Müller, damit er ein pralles Säckchen befrage, das Auskünfte gab, wann man den Winterweizen, wann den Sommerweizen anbauen sollte, das ziemlich genau wußte, wann geschnitten, wann eingefahren werden mußte. Noch bevor er als Scheuche gebaut und als Konstruktionsskizze in Amsels Diarium

gezeichnet worden war, gab der Müller weitere und düstere Voraussagen von sich, die sich bis heute, da der Schauspieler von Düsseldorf aus dem Müller ein Denkmal bauen will, mehr düster als heiter bewahrheitet haben.
Denn er sah nicht nur drohende giftige Mutterkornplage, versicherungswürdigen Hagelschlag, Unmengen Feldmäuse in naher Zukunft, sondern orakelte auf den Tag genau Kurseinbrüche auf der Berliner oder Budapester Getreidebörse, Bankkräche um's Jahr dreißig, Hindenburgs Tod, die Abwertung des Danziger Guldens im Mai fünfunddreißig; auch den Tag, da die Waffen zu sprechen begannen, weissagten ihm die Mehlwürmer. Natürlich wußte er kraft seines platten Ohres auch von der Hündin Senta, die Harras warf, mehr, als der Hündin, die schwarz neben dem weißen Müller stand, anzusehen gewesen wäre.
Nach dem großen Krieg aber, als der Müller mit seinem Flüchtlingsausweis A zwischen Krefeld und Düren hauste, konnte er immer noch aus einem Zwanzigpfundbeutel, der Flucht und Kriegswirren mitgemacht hatte, weissagen, wie sich in Zukunft... Doch davon darf, laut Vereinbarung des Autorenkollektivs, nicht Brauxel, darüber wird der Herr Schauspieler berichten.

Achtzehnte Frühschicht

Krähen im Schnee – welch ein Thema! Der Schnee bemützt die verrosteten Schrapperkästen und Haspeln kalifördernder Zeiten. Brauxel wird den Schnee verbrennen lassen, denn wer kann das ansehen: Krähen im Schnee, die sich nach längerem Hinsehen zu Nonnen im Schnee wandeln: der Schnee muß weg. Die Leute der Nachtschicht sollen, bevor sie sich in die Kaue drücken, eine bezahlte Überstunde machen; oder Brauksel läßt die neuen, schon getesteten Modelle von der Siebenhundertneunzigmetersohle fördern und auf verschneitem Gelände in Betrieb setzen: Perkunos, Pikollos, Potrimpos – dann sollen Krähen wie Nonnen sehen, wo sie bleiben, und der Schnee muß nicht verbrannt werden. Unbesprenkelt wird er vor Brauchsels Fenster liegen und sich beschreiben lassen: Und die Weichsel fließt, und die Mühle mahlt, und die Kleinbahn fährt, und die Butter schmilzt, und die Milch wird dick, bißchen Zucker drauf, und der Löffel steht, und die Fähre kommt, und die Sonne weg, und die Sonne da, und der Seesand geht, und die See leckt Sand... Barfuß laufen die Kinder und finden Blaubeeren und suchen Bernstein und treten auf Disteln und graben Mäuse aus und klettern barfuß in hohle Weiden... Doch wer Bernstein sucht, auf die Distel tritt, in die Weide springt und die Maus ausgräbt, wird im Deich ein totes und ganz vertrocknetes Mädchen finden: Tulla Tulla, das ist des Herzog Swantopolk Töchterchen Tulla, das immer im Sand nach Mäusen schaufelte, mit zwei Schneidezähnen zubiß, nie Strümpf nie Schuhe trug: Barfuß laufen die Kinder, und die Weiden

schütteln sich, und die Weichsel fließt immerzu, und die Sonne mal weg mal da, und die Fähre kommt oder geht oder liegt fest und knirscht, während die Milch dick wird, bis der Löffel steht, und langsam die Kleinbahn fährt, die schnell in der Kurve läutet. Auch knarrt die Mühle, wenn der Wind acht Meter in der Sekunde. Und der Müller hört, was der Mehlwurm spricht. Und die Zähne knirschen, wenn Walter Matern von links nach rechts mit den Zähnen. Desgleichen die Großmutter: quer durch den Garten hetzt sie das arme Lorchen. Schwarz und trächtig bricht Senta durch ein Spalier Saubohnen. Denn sie naht schrecklich, hebt winklig den Arm: und in der Hand am Arm steckt der hölzerne Kochlöffel, wirft seinen Schatten auf das krause Lorchen und wird größer, immer fetter, mehr und mehr... Aber auch Eduard Amsel, der überall zuschaut und nichts vergißt, weil sein Diarium alles behält, verlangt jetzt etwas mehr, verlangt einen Gulden zwanzig für eine einzige Vogelscheuche.
Das kommt davon. Seitdem Herr Olschewski, in niedriger Schule von all den Göttern spricht, die es früher mal gegeben, heute noch gibt, damals schon gab, hat sich Amsel der Mythologie ergeben.
Er begann damit, daß der Schäferhund eines Kornschnapsbrenners mit seinem Herrn von Stutthof auf der Kleinbahn nach Nickelswalde fuhr. Das Tier hieß Pluto, hatte einen Stammbaum ohne Makel und mußte Senta decken, was auch anschlug. In niedriger Schule wollte Amsel wissen, was Pluto heiße und bedeute. Herr Olschewski, ein reformsüchtiger Junglehrer, der sich gerne von fragenden Schülern anregen ließ, füllte fortan Unterrichtsstunden, die als Heimatkunde im Stundenplan vorgemerkt waren, mit wortreichen Geschichten, in denen zuerst Wotan, Baldur, Hera, Fafnir, dann Zeus, Juno, Pluto, Apoll, Merkur und die ägyptische Isis walteten. Besonders lief er an Beredsamkeit über, wenn er altpreußische Götter, Perkunos, Pikollos, Potrimpos, im Geäst knarrender Eichen hausen ließ.
Natürlich hörte Amsel nicht nur zu, er setzte, was im Diarium skizziert wurde, kunstvoll um: den feuerroten Perkunos belebte er mit mürben Inletts, die er aus Häusern erhielt, in denen Leute gestorben waren. Ein klaffendes Eichenscheit, dem Amsel links rechts abgelaufene Hufeisen gekeilt, in dessen Risse er Schwanzfedern geschlachteter Hähne gepfropft hatte, galt als Kopf des Perkunos. Nur kurze Zeit stand die Scheuche, glühend, ganz und gar Feuergott, auf dem Deich zur Ansicht, da wurde sie schon für einen Gulden zwanzig losgeschlagen und verzog ins Werderinnere, nach Ladekopp.
Der bleiche Pikollos, von dem es hieß, er schaue immer von unten nach oben, der deshalb in heidnischen Zeiten die Geschäfte des Todes besorgt hatte, wurde nicht etwa aus den zurückgebliebenen Bettbezügen verstorbener junger und alter Leute angefertigt, indem allzu simpel Sterbetücher den Todesgott zu kostümieren hatten, sondern – ein Umzug verhalf zur Staffage – mit einem stockig gelblichen, brüchigen, nach Lavendel Moschus und Mäusedreck riechenden Brautkleid aufgeputzt. Diese Gar-

derobe, männlich drapiert, machte Pikollos fürchterlich ansehnlich; und der Gott brachte, als die bräutlich tödliche Scheuche nach Schusterkrug in eine Großgärtnerei verkauft wurde, runde zwei Gulden ein.

Potrimpos aber, der immer lachende Knabe mit der Weizenähre zwischen den Zähnen, trug, so bunt und leichthin Amsel ihn auch vollendete, nur einen einzigen Gulden ein, obgleich Potrimpos Winter- und Sommersaat vor der bösen Kornrade, vor Ackersenf und Hederich, vor Quecken, Wicken, Knöterich und vor dem giftigen Mutterkorn schützte. Über eine Woche stand die jugendliche Scheuche, ein stanniolversilberter Haselstrauchleib, den Katzenfelle schürzten, als Angebot auf dem Deich und schepperte lockend mit safrangefärbten Eierschalen, dann erst kaufte ihn ein Bauer aus Fischer-Babke. Seine Frau, die schwanger und deshalb der Mythologie geneigter war, fand die früchteverheißende Scheuche hübsch und zum Kichern: Wochen später kam sie mit Zwillingen nieder.

Aber auch Senta hatte vom Segen des Knaben Potrimpos abbekommen: genau nach vierundsechzig Tagen warf die Hündin unter dem Bock der Maternschen Windmühle sechs blinde aber stammbaumgerecht schwarze Welpen. Ale sechs wurden eingetragen und nach und nach verkauft; darunter ein Rüde, Harras, von dem im nächsten Buch noch oft die Rede sein wird; denn ein Herr Liebenau kaufte Harras als Wachhund für seine Tischlerei. Auf eine Annonce hin, die der Müller Matern in den »Neuesten Nachrichten« aufgegeben hatte, fuhr der Tischlermeister mit der Kleinbahn nach Nickelswalde und wurde handelseinig.

Am dunklen Anfang gab es, soll es, hat es im Litauischen eine Wölfin gegeben, deren Enkel, der schwarze Hund Perkun, zeugte die Hündin Senta; und Pluto deckte Senta; und Senta warf sechs Welpen, darunter den Rüden Harras; und Harras zeugte Prinz; und Prinz wird in Büchern, die Brauxel nicht schreiben muß, Geschichte machen.

Aber Amsel hat nie nach dem Bild eines Hundes, auch nach Senta nicht, die zwischen ihm und Walter Matern hin und her strich, eine Vogelscheuche entworfen. In seinem Diarium lehnen sich alle Scheuchen, bis auf die eine mit den milchtrinkenden Aalen und die andere – halb Großmutter halb dreiköpfige Weide – an Menschen und Götter an.

Parallel zur Schulstunde, dem Lehrstoff angepaßt, den der Lehrer Olschewski durch Fliegen- und Sommergebrumm über dösende Schüler hinwegstreute, entstanden nacheinander vogelscheuchende Gebilde, die außer den Göttern, die Reihe der Hochmeister des deutschen Ritterordens, von Hermann Balke über Konrad von Wallenrod bis zu dem von Jungingen, als Modell wertete: da schepperte viel rostiges Wellblech, und an nagelgespickten Faßdauben schlitzten sich weiße Ölpapiere schwarze Kreuze. Kniprode, Letzkau und dem von Plauen gegenüber mußten dieser und jener Jagiello, der große Kasimir, der berüchtigte Räuber Bobrowski, Beneke, Martin Bardewiek und der arme Leszcynski herhalten. Nicht sattwerden konnte Amsel an preußisch-brandenburgischer Geschichte; von Albrecht Achilles bis Zieten klabasterte er die Jahrhunderte ab und kelterte aus dem Bodensatz osteuropäischer Geschichte Vogelscheuchen gegen die Vögel des Himmels.

Etwa um die Zeit, da Harry Liebenaus Vater, der Tischlermeister, dem Müller Anton Matern den Hund Harras abkaufte, die Welt aber weder Harry Liebenau noch seine Cousine Tulla registriert hatte, konnte, wer lesen konnte, im Heimatteil der »Neuesten Nachrichten« einen Artikel lesen, der sich lang, breit und poetisch das Große Werder zum Thema genommen hatte. Land und Leute, die Besonderheiten der Störchennester und Bauernhäuser, etwa die Pfosten der Vorlauben, wurden kenntnisreich beschrieben. Und im Mittelteil dieses Aufsatzes, den Brauksel sich im ostdeutschen Zeitungsarchiv hat fotokopieren lassen, hieß und heißt es sinngemäß: »Wenn auch sonst im Großen Werder alles seinen gewohnten Gang geht und die alles wandelnde Technik noch nicht ihren Einzug gefeiert hat, macht sich dennoch, auf einem vielleicht nebensächlichen Gebiet, erstaunlicher Wechsel bemerkbar: Die Vogelscheuchen in den weithinwogenden Weizenfeldern des weiten herrlichen Landes – noch vor wenigen Jahren banal nützlich, allenfalls ein wenig komisch und traurig, aber immer den Vogelscheuchen anderer Provinzen und Ländereien verwandt – zeigen nun, zwischen Einlage, Jungfer und Ladekopp aber auch hoch bis Käsemark und Montau, vereinzelt sogar bis in die Gegend südlich Neuteich, ein neues abwechslungsreiches Gesicht: Phantastisches mischt sich mit uraltem Volksbrauch; ergötzliche aber auch unheimliche Gestalten stehen in flutenden Feldern, in den gesegneten Gärten; sollte man nicht jetzt schon die zuständigen Heimatmuseen oder das Landesmuseum auf diesen Schatz naiver und dennoch formsicherer Volkskunst aufmerksam machen? Dünkt es uns doch, es blühe inmitten alles verflachender Zivilisation noch einmal oder wiederum nordisches Erbe auf: Wikingergeist und christliche Einfalt in ostdeutscher Symbiose. Besonders eine Dreiergruppe in einem weithinwogenden Weizenfeld zwischen Scharpau und Bärwalde, die in schlichter Eindringlichkeit an die Kreuzigungsgruppe des Kalvarienberges, an den Herrn und die beiden Schächer erinnert, ist von einfältiger Frömmigkeit, greift dem Wanderer, der zwischen flutenden, weithingesegneten Feldern fürbaß schreitet, ans Herz – und er weiß nicht warum.«

Nun soll niemand glauben, Amsel hätte die Gruppe – im Diarium war nur ein Schächer skizziert – kindlich fromm und um Gotteslohn hergestellt: laut Diarium brachte sie zwei Gulden zwanzig ein.

Was geschah mit dem vielen Geld, das die Bauern des Landkreises Großes Werder bereitwillig oder nach kurzem Handel in die flache Hand zahlten? In einem Beutelchen aus Leder bewahrte Walter Matern den wachsenden Reichtum auf. Er bewachte ihn finster über den Augenbrauen und nicht ohne Zähneknirschen. Um's Handgelenk geschlungen trug er den Beutel voller freistaatlicher Silberwährung zwischen den Pappeln der Chaussee, durch windige Strandwaldschneisen, ließ sich mit ihm über den Fluß setzen, schlenkerte ihn, schlug ihn gegen Gartenzäune, herausfordernd

gegen das eigene Knie und öffnete ihn umständlich, wenn ein Bauer zum Kunden wurde.
Nicht Amsel kassierte. Walter Matern hatte, während Amsel gleichgültig tat, den Kaufpreis zu nennen, den Kauf durch Handschlag nach Viehhändlermanier zu besiegeln und die Münzen einzustreichen. Zudem war Walter Matern für den Transport der verkauften wie der ausgeliehenen Scheuchen zuständig. Er geriet in Abhängigkeit. Amsel machte ihn zum Paslack. In kurzatmigen Revolten versuchte er auszubrechen. Die Geschichte mit dem Taschenmesser war solch ein ohnmächtiger Versuch; denn Amsel blieb ihm, so kurzbeinig dicklich er durch die Welt kugelte, immer voraus. Wenn die Beiden über den Deich liefen, hielt sich der Müllerssohn, nach Art der Paslacken, einen halben Schritt hinter dem Erbauer immer neuer Vogelscheuchen. Auch schleppte der Paslack dem Herrn die Materialien: Bohnenstangen und nasse Lumpen, was alles die Weichsel angeschwemmt hatte.

Neunzehnte Frühschicht

»Paaslak Paaslak!« lästerten die Kinder, wenn Walter Matern seinen Freund Eduard Amsel bepaslackte. Viele, die Gott lästern, werden bestraft; wer aber wird alle die ranzigen Salbentöpfchen, die täglich den Teufel lästern, mit dem Gesetz verfolgen? Die Beiden – Brauksel meint jetzt den Müllerssohn und den dicken Bengel von gegenüber – waren, wie der liebe Gott und der Teufel, dergestalt ineinander vergafft, daß die Lästerei der Dorfjugend ihnen allenfalls Honig bedeutete. Zudem hatten die Beiden sich, ähnlich wie Teufel und Gott, mit dem gleichen Messer geritzt.
So einig – denn das gelegentliche Paslacken war Liebestat – saßen die Freunde oft in der Hängestube, deren Lichtverhältnisse von der Sonne und dem Rutenzeug der Maternschen Bockwindmühle bestimmt wurde. Auf Fußbänkchen hockten sie nebeneinander zu Füßen der Großemutter Matern. Draußen war später Nachmittag. Die Holzwürmer schwiegen. Die Schatten der Mühle fielen woanders hin. Der Hühnerhof auf ganz leise gestellt, weil das Fenster geschlossen. Nur am Fliegenfänger starb übersüß eine Fliege und konnte nicht aufhören. Zwei Etagen unterhalb der Fliege, mürrisch, als wäre kein Ohr gut genug für ihre Geschichten gewesen, erzählte die Großmutter immer dieselben Värtellchens. Mit knochigen Altfrauenhänden, die alle in den Erzählungen vorkommenden Größenmaße angaben, bot sie Hochwasservärtellchens, Värtellchens von behexten Kühen, die üblichen Aalgeschichten, der einäugige Schmied, das dreibeinige Pferd, wie Herzog Kynstutes Töchterlein ausging, Mäuse zu graben, und die Geschichte vom Riesentümmler, den die Sturmflut unterhalb Bohnsack an Land geworfen hatte, just in dem Jahr, als Napoleon ins Russische zog.

Immer aber – und sie mochte noch so lange Umwege machen – geriet sie, von Amsel mit geschickten Zwischenfragen geködert, in die finsteren Gänge und Verliese der endlosen, weil heute noch nicht abgeschlossenen Geschichte von den zwölf kopflosen Nonnen und den zwölf Rittern mit Kopf und Helm unterm Arm, die in vier Kutschen – zwei weißbespannt, zwei schwarzbespannt – durch Tiegenhof über klirrendes Pflaster fuhren, vor einem leeren Gasthaus hielten, dort zwölf und zwölf einkehrten: Musik brach los. Gepfiffenes Geblasenes Gezupftes. Dazu Zungenflattern und geübtes Näseln. Schlimme Lieder mit schlimmen Kehrreimen aus männlichen Kehlen – das waren die Köpfe und Helme unter gewinkelten Ritterarmen – wechselten ab mit dünnem geistlichem Gesang, wie fromme Frauen ihn singen. Dann waren es wieder kopflose Nonnen, die aus vorgehaltenen Köpfen schlüpfrige Worte nach schlüpfriger Melodie mehrstimmig quellen ließen, zu der getanzt und gestampft wurde unter Kreischen und Schwindligtun. Und zwischendurch warf eine demütige, kaum vom Fleck kommende Prozession zwölf und zwölf kopflose Schatten durch die Gasthausfenster auf's Kopfsteinpflaster, bis abermals Gibbern, Sirren, Zungenschlag und Dielenkrachen dem Haus Mörtel und Dübel lockerten. Endlich gegen Morgen, kurz vor den Hähnen, fuhren kutscherlos die vier Kutschen schwarzbespannt weißbespannt vor. Und es verließen zwölf scheppernde Ritter, von denen der Rost stäubte, oben vom Schleier umwallt, mit engerlingbleichen Nonnengesichtern das Gasthaus zu Tiegenhof. Und es verließen zwölf Nonnen, die aber Ritterhelme mit geschlossenem Visier überm Ordenskleid trugen, das Gasthaus. In die vier Kutschen, Schimmel davor Rappen davor, stiegen sie sechs und sechs und sechs und sechs, doch nicht gemischt – sie hatten ja schon die Häupter gewechselt – und fuhren durch den geduckten Ort, dessen Pflaster abermals klirrte. – Noch heute soll, sagte die Großmutter Matern, bevor sie die Geschichte weiterspann und die Kutschen in andere Orte lenkte, vor Kapellen und Schlössern halten ließ, noch heute sollen in dem wüsten Gasthaus, das niemand bewohnen mag, frommer Gesang und lästerliche Gebete, die achterkatz ausfahren, im Kamin zu hören sein. Daraufhin wären die beiden Freunde gerne nach Tiegenhof gezogen. Doch wenn sie sich auf den Weg machten, kamen sie immer nur bis Steegen, allenfalls nach Ladekopp. Erst im folgenden Winter, der für einen Vogelscheuchenbauer naturgemäß die stille, die wahrhaft schöpferische Zeit sein mußte, fand Eduard Amsel an Ort und Stelle Gelegenheit, den Kopflosen Maß zu nehmen: so baute er seine ersten mechanischen Scheuchen, wobei ein beträchtlicher Teil des Vermögens im Ledersäckchen abgehoben werden mußte.

Zwanzigste Frühschicht

Tauwetter treibt Brauxel ein Loch in den Kopf. Dabei tropft es auf die

Zinkverkleidung vor seinem Fenster. Da im Verwaltungsgebäude auch fensterlose Räume leer stehen, könnte Brauksel diese Therapie vermeiden; aber Brauchsel bleibt und wünscht sich das Loch in den Kopf: Zelluloid Zelluloid – wenn schon Puppe, dann mit Löchlein in trockener Zelluloidstirn. Denn Brauxel erlebte schon einmal Tauwetter und wandelte sich unterm Schmelzwasser des abnehmenden Schneemannes; doch zuvor, vor vielen vielen Schneeschmelzen, floß die Weichsel unter einer dicken, von Pferdeschlitten befahrenen Eisdecke. Die Dorfjugend anliegender Fischerdörfer versuchte sich im Eissegeln auf Kurvenschlittschuhen, Schlaifjen genannt. Zwei ließen ein Bettuchsegel, das an Dachlatten genagelt worden war, vom Wind füllen und scharf voran treiben. Jeder Mund dampfte. Schnee lastete und mußte geschaufelt werden. Hinter den Dünen trug unfruchtbares und fruchtbares Land denselben Schnee. Schnee auf beiden Deichen. Der Schnee des Strandes ging über in den Schnee der Eisfläche, die auf der randlosen See und ihren Fischen lag. Mit verrutschter Schneekappe, von Osten her angeschneit, stand die Maternsche Bockwindmühle xbeinig auf rundem weißem Hügelchen, inmitten weißer Wiesen, die nur durch harte Zäune ihr Gesicht bewahrten, und mahlte. Napoleons Pappeln verzuckert. Den Strandwald hatte ein Sonntagsmaler mit Deckweiß aus Tuben beschmiert. Als der Schnee grau wurde, machte die Mühle Feierabend und wurde aus dem Wind gedreht. Müller und Mahlknecht gingen nach Hause. Der schiefe Müller trat in die Fußstapfen des Mahlknechtes. Die schwarze Hündin Senta, nervös, seitdem man ihre Welpen verkauft hatte, drückte eigene Spuren und biß in den Schnee. Der Mühle schräg gegenüber, auf einem Zaun, dem sie zuvor mit Stiefelabsätzen den Schnee abgeklopft hatten, saßen Walter Matern und Eduard Amsel in dickem Zeug mit Fausthandschuhen.
Zuerst schwiegen sie geradeaus. Dann sprachen sie dunkel und technisch miteinander. Von Mühlen mit einem Mahlgang, holländischen Mühlen, ohne Stert, ohne Bock aber mit drei Mahlgängen und einem Spitzgang, vom Rutenzeug sprachen sie, vom Windbrett, das sich bei zunehmender Windgeschwindigkeit selbst reguliert. Mehlschnecken, Mehlzylinder, Mehlbalken, Mehlleisten gab es. Zwischen Sattel und Bremse bestanden Beziehungen. Nur Kinder singen unwissend: Die Mühle geht langsam, die Mühle geht schneller. Amsel und Walter Matern sangen nicht, sondern wußten warum und wann eine Mühle: Die Mühle geht langsam und die Mühle geht schneller, wenn die Rutenwelle kaum oder scharf durch die Bremse gehemmt wird. Auch wenn Schnee fiel, aber der Wind dennoch seine acht Meter pro Sekunde machte, mahlte die Mühle gleichmäßig im unregelmäßigen Gestöber. Nichts auf der Welt gleicht einer mahlenden Mühle bei Schneefall; auch die Feuerwehr nicht, die bei Regen den brennenden Wasserturm löschen muß.
Als aber die Mühle Feierabend hatte und das Rutenzeug ausgesägt im Gestöber stillhielt, zeigte sich – und nur weil Amsel die Äugelchen verkniff – daß die Mühle noch keinen Feierabend hatte. Lautlos trieb

Schnee, mal grau mal weiß mal schwarz, von der Großen Düne herüber. Die Chausseepappeln schwebten. In Lührmanns Krug brannte dottergelb Licht. Keine Kleinbahn läutete in der Kurve. Der Wind wurde bissig. Gesträuch winselte. Amsel glühte. Sein Freund döste. Amsel sah was. Sein Freund sah nichts. Amsels Fingerchen rieben sich in den Fäustlingen, schlüpften aus, suchten und fanden in linker Joppentasche den rechten Lackspangenschuh: Strom in der Leitung! Kein Schneeflock hielt sich auf Amsels Haut. Sein Mund spitzte sich, und in verkniffene Äugelchen fand mehr hinein, als sich auf einmal sagen läßt: Hintereinander fahren sie vor. Kutscherlos. Und die Mühle starr. Vier Schlitten, zwei weißbespannt – das hebt sich auf – zwei schwarzbespannt – das hebt sich ab – und steigen aus und sind einander behilflich: zwölf und zwölf, kopflos alle. Und ein kopfloser Ritter führt eine kopflose Nonne in die Mühle. Insgesamt führen zwölf kopflose Ritter zwölf Nonnen ohne Kopf – aber Ritter wie Nonnen tragen ihre Häupter unter dem Arm oder vor sich her – hinein in die Mühle. Zeigen sich aber kompliziert auf dem Trampelpfad; denn trotz der Gleichheit von Schleier und Schleier, Rüstung und Rüstung verblieben ihnen Händel von früher her, da sie das Lager in Ragnit auflösten, zwischen den Zähnen: die erste Nonne spricht mit dem vierten Ritter nicht. Aber beide plaudern gern mit dem Ritter Fitzwater, der das Litauische kennt wie die Löcher in seinem Kettenhemd. Im Mai hätte die neunte Nonne niederkommen sollen, kam aber nicht, weil der achte Ritter – heißt Engelhard Rabe – ihr und der sechsten Nonne, die Sommer für Sommer zu viele Kirschen gegessen hatte, mit dem Schwert des dicken, des zehnten Ritters, der auf dem Balken hockte und hinter geschlossenem Visier einem Hühnchen das Fleisch von den Knochen zerrte, die Köpfe, den neunten, den sechsten Schleier abhieb. Und alles nur, weil das Banner des heiligen Georg nicht fertig gestickt war, und der Fluß Szeszupe schon günstig gefroren. Während die restlichen Nonnen um so schneller stickten – fast schloß sich das letzte rote Feld – kam die dritte wächserne Nonne, die immer im Schatten dem elften Ritter folgte, und brachte die Schüssel, unter das Blut zu stellen. Da lachten die siebte, die zweite, die vierte, die fünfte Nonne, sie warfen das Stickzeug hinter sich und hielten dem achten Ritter, dem schwarzen Engelhard Rabe, Häupter und Schleier hin. Der, nicht faul, hob erst dem zehnten Ritter, der auf dem Balken abprotzte mit Hühnchen hinterm Visier, Haupt, Hühnchen und Helm mit Visier ab, gab dem sein Schwert: und der dicke kopflose, dennoch kauende Zehnte half dem achten Schwarzen, half der zweiten, der dritten wächsernen, die sich immer im Schatten gehalten hatte, sogleich auch der vierten und fünften Nonne, Häupter, Schleier und Engelhard Rabes Haupt abzulegen. Schoben sich lachend die Schüssel zu. Stickten nur wenige Nonnen am Georgsbanner, obgleich die Szeszupe günstig gefroren, obgleich die Englischen unter Lancaster schon im Lager waren, obgleich die Wegeberichte vorlagen, Fürst Witowd sich fern halten wollte und Wallenrod schon zur Tafel rief. War aber die Schüssel nun voll und schwappte über. Mußte die zehnte, die dicke Nonne – denn wie es einen dicken Ritter gab, gab es eine dicke Nonne – die mußte gewackelt kommen, durfte noch dreimal die Schüssel heben, das letzte Mal, als die Szeszupe schon eisfrei war und Ursula, die achte Nonne, die aber überall kurz und zärtlich Tulla gerufen wurde, mit Flaum auf dem Nacken knien mußte. Hatte im März erst ihr Gelübde getan und schon zwölfmal gebrochen. Wußte aber nicht mit welchem und in welcher Folge, da alle nur mit geschlossenem Visier; und nun auch die Englischen unter Heinrich Derby; erst frisch im Lager und doch schon eilig. War auch ein Percy dabei, aber nicht Henry sondern Thomas Percy. Für ihn hatte Tulla ein Extrabanner, obgleich Wallenrod Extrabanner verboten hatte, feingestickt. Hinter dem wollten Jacob Doutremer und Peege Peegood. Am Ende trat Wallenrod dem von Lancaster entgegen. Aus dem Wind schlug er des Thomas Percy Taschenformatbanner, ließ den von Hattenstein das knapp fertige Georgsbanner über den eisfreien Fluß tragen und befahl der achten Nonne, Tulla gerufen, niederzuknien, während die Brücke geschlagen wurde, wobei vier Pferde und ein Knecht ersoffen. Schöner sang sie, als vor ihr die elfte und zwölfte Nonne gesungen hatten. Sie konnte Näseln, Zirpen und gleichzeitig die hellrote Zunge in dunkelroter Mundhöhle flattern lassen. Der von Lancaster weinte hinterm Visier, denn er wäre lieber zu Hause geblieben, hatte aber Stunk mit der Familie, und wurde später trotzdem König. Plötzlich und weil niemand mehr über die Szeszupe wollte, alle nur weinerlich lieber nach Hause, sprang der jüngste Ritter aus einem Baum, in dem er geschlafen hatte, und machte federnde Schrittchen hin zum Flaum auf dem Nacken. War von Mörs heraufgezogen und hatte Barten bekehren wollen. Waren aber schon alle bekehrt und Bartenstein gegründet. Blieb nur noch das Litauische übrig, zuvor Flaum auf Tullas Nacken. Den traf er überm letzten Wirbel, warf gleich sein Schwert in die Luft und fing es mit eigenem Nacken auf. So geschickt war der sechste, der jüngste Ritter. Das wollte der vierte Ritter, der nie mit der ersten Nonne sprach, ihm nachmachen, hatte aber kein Glück und trennte beim ersten Versuch der Zehnten dicken, beim zweiten Versuch der strengen ersten Nonne, das feiste, das strenge Haupt ab. Da mußte der dritte Ritter, der nie das Kettenhemd wechselte und als weise galt, die Schüssel holen, weil keine Nonne mehr da war.

Eine kleine Reise machten die restlichen Ritter mit Kopf, gefolgt von den Englischen ohne Banner, den Hanauern mit dem Banner und den Gewaffneten von Ragnit ins wegelose Litauen. Herzog Kynstute gluckerte in den Mooren. Unter Riesenfarnen meckerte seine Tochter. Überall unkte es und ließ Pferde straucheln. Am Ende war Potrimpos immer noch nicht begraben; Perkunos wollte nicht brennen; und ungeblendet schaute Pikollos weiterhin von unten nach oben. Ach! Einen Film hätten sie drehen sollen. Waren ja Komparsen genug da, und Natur die Menge. Zwölfhundert Beinschienen, Armbrüste, Brustharnische, faulende Halbstiefel, zerkautes Zaumzeug, siebzig Ballen Steifleinen, zwölf Tintenfässer, zwanzigtausend Fackeln, Talglichte, Pferdestriegel, Rollen Packzwirn, Stangen Süßholz – Kaugummi des vierzehnten Jahrhunderts – rußige Schwertfeger, Koppeln Hunde, Deutschherren beim Brettspiel, Harfner Gaukler Lasttiertreiber, Gallonen Gerstenbier, Bündel Wimpel, Pfeile, Lanzen und Bratenwender für Simon Bache, Erik Cruse, Claus Schone, Richard Westrall, Spannerle, Tylman und Robert Wendell beim Brückenschlag, Übergang, im Hinterhalt, Dauerregen: Bündel Blitze, Eichen splittern, Rosse scheuen, Eulen äugen, Füchse wechseln, Pfeile sirren: Deutschherren werden nervös; und im Erlengebüsch ruft die blinde Seherin »Wela! Wela!« Zurück zurück... aber erst im Juli drauf sahen sie wieder jenes Flüßchen, das heute noch der Dichter Bobrowski dunkel besingt. Die Szeszupe floß klar und klingelte sich über Ufersteine. Auch alte Bekannte die Menge: saßen da die zwölf kopflosen Nonnen, hielten links ihre Köpfe im Schleier und schöpften mit rechter Hand das Wasser der Szeszupe auf heiße Gesichter. Im Hintergrund standen mürrisch die kopflosen Ritter und wollten sich nicht abkühlen. Da beschlossen die restlichen Ritter, sich mit den bereits kopflosen gemein zu machen. Nahe Ragnit hoben sie sich Häupter und Helme gegenseitig und gleichzeitig ab, spannten ihre Pferde vor vier grobe Fuhrwerke und fuhren mit Rappen und Schimmeln durchs bekehrte wie unbekehrte Land. Sie erhöhten Potrimpos, ließen den Christ fallen, blendeten abermals Pikollos vergeblich und nahmen wieder das Kreuz auf. In Gasthöfen, Kapellen und Mühlen stiegen sie ab, kamen mit Kurzweil durch die Jahrhunderte: erschreckten Polen, Hussiten und Schweden, sie waren bei Zorndorf dabei, als Seydlitz mit seinen Schwadronen über den Zabern-Grund setzte und fanden, als der Korse eilig zurückmußte, vier herrenlose Kutschen auf seinem Weg. Die tauschten sie gegen Kreuzritterfuhrwerke und waren in gefederten Kutschen Zeugen der zweiten Schlacht bei Tannenberg, die genau so wenig wie die erste bei Tannenberg stattfand. Inmitten der heillosen Reiterhaufen Budjonnys konnten sie gerade noch wenden, als Pilsudski, mit Hilfe der Jungfrau Maria, im Weichselbogen siegte; und pendelten während der Jahre, da Amsel Vogelscheuchen baute und zum Verkauf anbot, ruhelos zwischen Tapiau und Neuteich. Zwölf und zwölf hatten vor, solange ruhelos zu bleiben, bis ihnen Erlösung zuteil wurde und jeder sein Haupt oder jeder Rumpf jedes Haupt tragen konnte.

Zuletzt hatten sie sich in Scharpau, danach in Fischer-Babke gemein gemacht. Schon trug die erste Nonne zeitweilig des vierten Ritters Antlitz, sprach aber immer noch nicht mit ihm. Da fuhren sie, zwischen Dünen und der Chaussee nach Stutthof, über's Feld, hielten – nur Amsel sah sie – vor der Maternschen Mühle und stiegen aus: Gerade ist zweiter Februar oder Mariä Lichtmeß, die wollen sie feiern. Helfen einander aus Kutschen, das Hügelchen hinauf, in die Bockwindmühle hinein. Ist aber gleich darauf – nur Amsel hört es – Mahlboden und Sackboden voller Gesumms, Gleischbern, Kurzgeschrei, Brockenfluchen und Rückwärtsbeten. Gezirpt wird und auf Eisen gepfiffen, während der Schnee von der Düne her womöglich vom Himmel fällt. Amsel glüht und reibt den Lackspangenschuh in tiefer Tasche, aber sein Freund bleibt abseits und döst nach innen. Halbzeit, denn drinnen wälzen sie sich im Mehl, reiten den Hausbaum, klemmen die Fingerchen zwischen Sattel und Bremse, drehen, weil's Lichtmeß ist, die Mühle in den Wind: langsam geht sie, noch launisch; da stimmen zwölf Köpfe die süße Sequenz an: Christi Mutter stand in Schmerzen – Oh Perkoll, wie kalt sind Sieben von uns Zwölfen kalt geblieben – juxta crucem lacrimosa – Oh Perkun, wir brennen Zwölfe, werd ich Asche, bleiben Elfe – Dum pendebat filius – Oh Potrimp, beim Mehlzerstäuben woll'n wir Christi Blut bereuen... Da endlich, während der Mahlkasten Kopf und Helm des achten, des schwarzen Ritters mit dem dick freundlichen Kopf der zehnten Nonne rüttelt, geht die Maternsche Bockwindmühle schneller und schneller, obgleich jeder Wind ausbleibt. Schon wirft der jüngste, der Ritter vom Niederrhein, seinen singenden Kopf mit weitoffnem Visier der achten Nonne zu. Die stellt sich unwissend, will nicht erkennen, heißt Ursula und nicht Tulla, hat an sich selbst genug und reitet jenen Stöpsel, mit dem der Mahlbalken festgestellt ist. Nun schlottert er: Die Mühle geht langsam, die Mühle geht schneller; sauer gröhlen die Köpfe im Mahlkasten; trockenes Japsen auf hölzernem Stöpsel; Krähen im Mehl; die Dachrähme ächzt und die Sperriegel wandern; Rümpfe treppauf und treppab; vom Sackboden zum Mahlboden wird Wandlung betrieben: schon verjüngt sich die alte Maternsche Bockwindmühle unter Jibbern und heller Anbetung, wird – nur Amsel mit seinem Lackspangenschuh sieht es – zum Ritter mit dem Stert auf dem Bock, der um sich schlägt und den Schneefall trifft; wird – nur Amsel begreift mit dem Schuh – zur Nonne, die in weitem Ordenskleid, gebläht von Bohnen und Ekstase, die Ärmel kreisen läßt: Windmühlenritter Windmühlennonne: Armut Armut Armut. Aber gegorene Stutenmilch wird gesoffen. Saft aus Kornrade gebrannt. Schneidezähne benagen Fuchsknöchlein, während die Rümpfe immer noch darben: Armut Süßholz. Denn doch Rüberziehen, Unterschieben, Köpfe beiseite: und aus großem Aufskreuzlegen steigt reinstimmig Askese, Wegnahme, wasserhell das Hohlied gottwohlgefälliger Geißel: Windmühlenritter schwingt Windmühlengeißel; Windmühlengeißel trifft Windmühlennonne – Amen – oder noch kein Amen; denn während lautlos und ohne Leidenschaft Schnee vom Himmel fällt, Amsel mit verengten Augen auf dem Zaun hockt, den rechten Lackspangenschuh der Hedwig Lau in linker Joppentasche spürt und schon seinen kleinen Plan macht, ist jenes Flämmchen erwacht, das in jeder Windmühle schläft.

Und sie verließen, nachdem die Köpfe wahllos zu Rümpfen gefunden hatten, die zäher, bald kaum gehende Mühle. Die aber begann, während sie in vier Kutschen stiegen und gegen die Dünen davonglitten, von innen nach außen zu brennen. Da rutschte Amsel vom Zaun und riß seinen Freund mit. »Ispäsert, ispäsert!« riefen sie zum Dorf hin: war aber nichts mehr zu retten.

Einundzwanzigste Frühschicht

Endlich sind die Graphiken angekommen. Brauksel hat sie sogleich unter Glas legen und hängen lassen. Mittelgroße Formate: »Nonnenanhäufung zwischen dem Kölner Dom und dem Kölner Hauptbahnhof. Eucharistischer Kongreß München. Nonnen und Krähen und Krähen und Nonnen.« Dann die großformatigen Blätter, DIN A 1, schwarze Tusche, zum Teil ausgezogen: Einkleidung einer Novizin; Große Äbtissin; Hokkende Äbtissin – ein gelungener Wurf. Fünfhundert DM verlangt der Künstler. Angemessen, durchaus angemessen. Das Blatt kommt sogleich ins Konstruktionsbüro. Wir nehmen leise Elektromotoren: Windmühlennonne schwingt Windmühlengeißel...

Denn während noch die Polizei die Brandstätte untersuchte, weil man Brandstiftung vermutete, baute Eduard Amsel seine erste und im Frühjahr drauf, als aller Schnee seinen Sinn verlor und sich erwies, daß der Menonit Simon Beister die katholische Bockwindmühle aus religiösen Gründen in Brand gesteckt hatte, seine zweite mechanische Vogelscheuche. Viel Geld, das Geld aus dem Lederbeutelchen, steckte er in das Geschäft. Nach Skizzen im Diarium fertigte er einen Windmühlenritter und eine Windmühlennonne, ließ beide mit kostümgerechtem Rutenzeug auf dem Bock sitzen und dem Wind gehorchen; aber sowohl der Bockwindmühlenritter als auch die Bockwindmühlennonne wurden, wenn sie auch schnell Käufer fanden, nicht das, was die Schneenacht um Mariä Lichtmeß Eduard Amsel eingegeben hatte: der Künstler blieb unzufrieden; und auch die Firma Brauxel & Co. wird die mobile Versuchsreihe kaum vor Mitte Oktober abschließen und für die Serienproduktion freigeben können.

Zweiundzwanzigste Frühschicht

Nach dem Brand der Mühle brachte die Fähre, danach die Werderkleinbahn den taschen- und knopflosen, also groben Menoniten, Kleinbauer und Fischer Simon Beister, der aus Gründen der Religion Feuer gelegt hatte, in die Stadt, sodann ins städtische Gefängnis Schießstange, das auf Neugarten, am Fuße des Hagelsberges lag und während der nächsten Jahre dem Simon Beister zum Wohnort wurde.

Senta, vom Stamme Perkun, die sechs Welpen geworfen hatte, deren Schwärze sich immer so schön vom weißen Müller abgehoben hatte, zeigte, sobald alle Welpen verkauft waren, Zeichen hündischer Nervosität und geriet nach dem Brand der Mühle dergestalt schadenbringend durcheinander – sie riß wolfsmäßig ein Schaf und fiel einen Vertreter der

Feuer-Sozietät an – daß der Müller Matern seinen Sohn Walter zu Erich Lau, dem Dorfschulzen zu Schiewenhorst, schicken mußte: der Vater der Hedwig Lau besaß ein Gewehr.

Auch den Freunden brachte der Brand der Mühle einigen Wechsel. Aus dem zehnjährigen Walter Matern und dem zehnjährigen Eduard Amsel machte das Schicksal, besser gesagt, machten der Dorfschullehrer, die Witwe Amsel und der Müller Matern, sowie der Oberstudiendirektor Dr. Battke zwei Gymnasiasten, denen es gelang, auf derselben Schulbank zu sitzen. Während noch an der neuen Maternschen Bockwindmühle gebaut wurde – das Projekt einer holländischen Mühle, gemauert mit drehbarer Kappe, mußte aufgegeben werden, weil die historische Form der Luisenmühle gewahrt werden sollte – ereignete sich, begleitet von mäßigem Hochwasser, beginnender Mäuseplage und jähem Aufbrechen der Weidenkätzchen, das Osterfest; und bald nach dem Fest trugen Walter Matern und Eduard Amsel die grünen Sammetmützen des Realgymnasiums Sankt Johann. Beide hatten die gleiche Kopfgröße. Beide hatten die gleiche Schuhgröße, nur war Amsel viel dicker, viel dicker. Zudem hatte Amsel nur einen Haarwirbel. Walter Matern hatte zwei, was, wie man sagt, auf einen frühen Tod schließen läßt.

Der Schulweg von der Weichselmündung zum Realgymnasium Sankt Johann machte die Freunde zu Fahrschülern. Fahrschüler erleben und lügen viel. Fahrschüler können im Sitzen schlafen. Fahrschüler sind Schüler, die ihre Schularbeiten in der Eisenbahn machen und sich dadurch eine zittrige Handschrift angewöhnen. Auch in späteren Jahren, wenn keine Schularbeiten mehr gemacht werden müssen, lockert sich ihr Schriftbild kaum, allenfalls verliert sich das Zittrige. Deshalb muß der Schauspieler sein Manuskript direkt in die Maschine tippen; als ehemaliger Fahrschüler schreibt er noch heute verkrampft unleserlich, von imaginären Schienenstößen geschüttelt.

Die Kleinbahn fuhr vom Werderbahnhof, den die Städter »Bahnhof Niederstadt« nannten, über Knüppelkrug, Gottswalde und wurde bei Schusterkrug mit Fährbetrieb über die Tote Weichsel, bei Schiewenhorst, mit Hilfe der Dampffähre, über den sogenannten Durchstich nach Nickelswalde geführt. Sobald die Kleinbahnlokomotive jeden der vier Kleinbahnwagen einzeln den Weichseldeich hochgezogen hatte, fuhr sie, nachdem Eduard Amsel in Schiewenhorst, Walter Matern in Nickelswalde ausgestiegen waren, über Pasewark, Junkeracker, Steegen zur Endstation der Kleinbahnlinie, nach Stutthof.

Alle Fahrschüler stiegen in den ersten Wagen hinter der Lokomotive. Aus Einlage kamen Peter Illing und Arnold Mathrey. In Schusterkrug stiegen Gregor Knessin und Joachim Bertulek zu. In Schiewenhorst ließ sich an jedem Schultag Hedwig Lau von ihrer Mutter zur Bahn bringen. Oft hatte das Kind Mandelentzündung und kam nicht. War es nicht ungehörig, daß die schmalbrüstige Kleinbahnlokomotive auch ohne Hedwig Lau davonzog? Des Dorfschulzen Töchterlein saß gleich Walter Matern und Eduard

Amsel seit Ostern in der Sexta. Später, von der Quarta an, wurde sie robuster, hatte keine Mandelentzündungen mehr und wurde, da niemand mehr um ihr Fortleben zittern mußte, so langweilig, daß Brauxel sie auf diesem Papier bald nicht mehr nennen muß. Zur Zeit aber hat Amsel noch einen Blick übrig für ein stilles bis verschlafenes, hübsches, vielleicht nur küstenmäßig hübsches Mädchen. Mit etwas zu hellem Haar, etwas zu blauen Augen, übertrieben frischer Haut und aufgeschlagenem Englischbuch sitzt es ihm gegenüber.
Hedwig Lau trägt Hängezöpfe. Auch wenn sich die Kleinbahn der Stadt nähert, riecht sie nach Butter und Molke. Amsel verkneift die Äugelchen und läßt das Küstenblond der Zöpfe flimmern. Draußen, hinter Klein-Plehnendorf, beginnt mit den ersten Gattersägen der Holzhafen: Möwen lösen Schwalben ab, die Telegraphenstangen bleiben. Amsel schlägt sein Diarium auf. Die Hängezöpfe der Hedwig Lau hängen frei und schwingen knapp überm aufgeschlagenen Englischbuch. Amsel strichelt einen Entwurf in sein Diarium: lieblich, lieblich! Aus Hängezöpfen, die er aus formalen Gründen ablehnen muß, entwickelt er zwei Haarschnecken, die ihre durchbluteten Ohren bedecken sollen. Aber nicht, daß er sagt: mach so, so sieht besser aus, Zöppe sind blöd, Schnecken mußte tragen; nein, während draußen Kneiab beginnt, schiebt er sein Diarium wortlos über ihr aufgeschlagenes Englischbuch, und Hedwig Lau betrachtet, nickt sodann mit Wimpern Zustimmung, beinahe Gehorsam, obgleich Amsel nicht das Aussehen eines Jungen hat, dem Schulmädchen zu gehorchen pflegen.

Dreiundzwanzigste Frühschicht

Brauxel hegt einen nicht zu entschärfenden Widerwillen gegen unbenutzte Rasierklingen. Ein Faktotum, das früher, zu Zeiten der Burbach-Kali AG., als Hauer ergiebige Salzlager angeschossen hat, weiht Brauchsel Rasierklingen ein, bringt sie ihm nach dem ersten Schnitt, und Brauksel muß keinen Widerwillen überwinden, der gleichstark, wenn auch nicht gegen Rasierklingen gerichtet, Eduard Amsel angeboren war. Er hatte etwas gegen neue, neuriechende Kleider. Auch der Geruch frischer Wäsche zwang ihn, gegen beginnende Übelkeit anzukämpfen. Solange ihn die Dorfschule aufgenommen hatte, waren seiner Allergie natürliche Grenzen gesetzt gewesen, denn der Schiewenhorster wie Nikkelswaldener Nachwuchs drückte in ausgebeuteltem, oftgeflicktem, dünngesessenem Zeug die Schulbänke. Aber das Realgymnasium Sankt Johann verlangte andere Luft. Neu und neuriechend ließ seine Mutter ihn einkleiden: die grüne Sammetmütze wurde schon genannt, dazu kamen Polohemden, sandgraue Kniehosen aus teurem Tuch, eine blaue Affenjacke mit Perlmuttknöpfen und – womöglich auf Amsels Wunsch – Lackspangenschuhe; denn Amsel hatte nichts gegen Spangen und Lack,

nichts gegen Perlmuttknöpfe und Affenjacke, nur die Aussicht, daß all dieses neue Zeug auf seiner Haut, die ja die Haut eines Vogelscheuchenbauers war, kleben sollte, ließ ihn erschauern, zumal er mit juckenden Ekzemen auf frische Wäsche und ungetragene Kleider reagierte; wie auch Brauxel nach einer Rasur mit neuer Klinge das Auftreten der scheußlichen Bartflechte befürchten muß.
Zum Glück konnte Walter Matern seinem Freund helfen. Seine Schulkleidung war aus gewendetem Tuch geschneidert worden, seine Schnürschuhe waren schon zweimal beim Schuster gewesen, die Gymnasiastenmütze hatte Walter Materns sparsame Mutter alt gekauft, und so begann die Kleinbahnfahrt der Fahrschüler gute vierzehn Tage mit gleichbleibender Zeremonie: in einem der Güterwagen, zwischen arglosem Schlachtvieh, wechselten die Freunde ihre Schulkleidung: das ging leicht, was Schuhe und Mütze betraf, aber Jacke, Kniehose und Hemd des gewiß nicht schmächtigen Walter Matern waren dem Freund eng, unbequem und dennoch ein Labsal, weil sie getragen und gewendet waren, weil sie alt und nicht neu rochen. Unnütz zu sagen, daß Amsels neue Kleider dem Freund schlottrig anhingen, auch standen ihm Lack und Spangen, Perlmuttknöpfe und das lächerliche Affenjäckchen fremd zu Gesicht. Amsel, der mit den Füßen eines Vogelscheuchenbauers im groben und von Gehfalten zerklüfteten Schuhzeug steckte, war dennoch hell entzückt über den Anblick seiner Lackschuhe an Walter Materns Füßen. Er mußte sie eintragen, bis Amsel sie getragen nannte und ähnlich rissig fand, wie jenen rissigen Lackspangenschuh, der in seinem Tornister lag und etwas bedeutete.
Dieser Kleiderwechsel, das sei vorweggenommen, war während Jahren ein Bestandteil, wenn nicht Bindeglied der Freundschaft zwischen Walter Matern und Eduard Amsel. Selbst Taschentücher, die ihm die Mutter frisch, und Naht auf Naht gefaltet, fürsorglich in die Tasche gesteckt hatte, mußte der Freund einweihen, desgleichen Strümpfe und Söckchen. Auch blieb es nicht beim Wechsel der Kleidung: ähnlich empfindlich zeigte sich Amsel neuen Bleistiften und Federhaltern gegenüber: Walter Matern mußte anspitzen, dem neuen Radiergummi die Fasson nehmen, Sütterlinfedern einschreiben – gewiß hätte er auch, wie Brauksels Faktotum, Rasierklingen als erster zur Rasur ansetzen müssen, wenn damals schon rötlicher Flaum auf Amsels Sommersprossengesicht gereift wäre.

Vierundzwanzigste Frühschicht

Wer steht da, hat sich nach dem Frühstück erleichtert und betrachtet seinen Kot? Ein Mensch, nachdenklich und besorgt, der Vergangenheit hinterdrein. Warum immer nur den blanken und leichten Totenschädel beäugen? Theaterluft Hamletgerede Schauspielergesten! Brauxel, der hier die Feder führt, hebt den Blick, zieht die Wasserspülung und hat sich, während er betrachtete, einer Situation erinnert, die beiden Freunden, Amsel eher nüchtern, Walter Matern schauspielerhaft, Gelegenheit gab, Betrachtungen anzustellen, Theaterluft wehen zu lassen.

Das Gymnasium in der Fleischergasse befand sich abenteuerlich und unübersichtlich verteilt in den Räumen eines ehemaligen Franziskanerklosters, hatte also Vorgeschichte und war für beide ein ideales Gymnasium, weil es in den Räumen des ehemaligen Klosters eine Menge Zugänge zu Verstecken gab, die weder den Lehrern noch dem Pedell bekannt waren.

Brauksel, der einem Bergwerk vorsteht, das weder Kali, Erz noch Kohle fördert und dennoch bis zur Achthundertfünfzigmetersohle in Betrieb ist, hätte gleichfalls an dem unterirdischen Wirrwarr seine kleine Freude gehabt: denn unter allen Klassenräumen, unter der Turnhalle und dem Pissoir, unter der Aula, sogar unter dem Konferenzzimmer der Studienräte zogen sich Kriechgänge hin, die zu Verliesen, Schächten, auch im Kreis und in die Irre führten, wenn man ihnen nachging. Als nach Ostern die Schule begann, betrat Amsel als erster das Klassenzimmer im Erdgeschoß. Kurzbeinig und in Walter Materns Schuhen machte er Schrittchen über geölte Dielen, schnupperte ein bißchen mit rosa Naslöchern: Kellermief Theaterluft! blieb stehen, verankerte die fetten Fingerchen ineinander, federte auf den Schuhspitzen und machte, nachdem er hier und dort gefedert und geschnuppert hatte, auf einem der Dielenbretter mit rechter Schuhspitze ein Kreuz. Da die Zinke nicht mit verständnisvollem Pfeifen quittiert wurde, blickte er auf gepolstertem Hals hinter sich: dort stand Walter Matern in Amsels Lackspangenschuhen, begriff nicht, bot nur sein bullig verschlossenes Gesicht, begriff dann von der Naswurzel aufwärts und pfiff endlich verständnisvoll durch die Zähne. Weil es unter den Dielen hohl und verworren zuging, fühlten sich beide im Klassenzimmer der Sexta sogleich heimisch, wenn auch vor den Fenstern des Klassenzimmers keine Weichsel breitschultrig zwischen Deichen floß.

Aber nach einer Woche Gymnasium hatten die Beiden, da sie nun mal auf Flüsse aus waren, den Zugang zu einem Flüßchen und Weichsel-Ersatz gefunden. Im Umkleideraum der Turnhalle, die zu Franziskanerzeiten Bibliothek gewesen war, mußte ein Deckel gehoben werden. Die in die Dielen eingelassene Vierung, deren Fugen mit den Überresten jahrzehntelang Sauberkeit gekittet, aber für Amsels Blick nicht getarnt waren, lüftete Walter Matern: Kellermief Theaterluft! Sie hatten den Anfang eines trocken muffigen Kriechganges gefunden, der sich von den anderen Kriechgängen unter den Klassenzimmern unterschied, indem er auf die städtische Kanalisation stieß und mit Kanälen zur Radaune führte. Das Flüßchen mit dem geheimnisvollen Namen kam von den Radauneseen im Kreis Berent fisch- und krebsreich daher und näherte sich, an Petershagen vorbei, seitlich des Neumarktes der Stadt. Teils sichtbar, teils unterirdisch schlängelte es sich durch die Altstadt und mündete, oft überbrückt und mit Schwänen und Trauerweiden ansehnlich gemacht, zwischen

Karpfenseigen und Brabank in die Mottlau, kurz bevor sie sich mit der Toten Weichsel mischte.
Amsel und sein Freund konnten also, sobald der Umkleideraum zeugenlos war, die Vierung aus den Dielen heben – das taten sie – durch einen Kriechgang kriechen – beide krochen – etwa auf Höhe des Pissoirs einen Schacht hinabsteigen – auf regelmäßig eingemauerten Steigeisen kletterte Walter Matern zuerst – auf dem Schachtgrund eine rostige Eisentür ohne Mühe öffnen – Walter Matern öffnete – und durch einen trocknen, übelriechenden und rattenbelebten Kanal laufen – den durchliefen sie in vertauschten Schuhen. Um genau zu sein: unter dem Wiebenwall, Karrenwall mit dem Gebäude der Landesversicherung, unter dem städtischen Gartenanlagen, unter den Eisenbahngleisen zwischen Petershagen und Hauptbahnhof führte der Kanal zur Radaune. Gegenüber dem Sankt-Salvator-Friedhof, der zwischen Grenadiergasse und Menonitenkirche am Fuße des Bischofsberges lag, fand der Kanal seinen geräumigen Ausfluß. Seitlich der Öffnung ragten abermals Steigeisen aus steil gemauertem Ufer hoch bis zum verschnörkelten Geländer. Dahinter eine Aussicht, wie Brauxel sie von vielen Stichen her kennt: aus jungen maigrünen Parkanlagen hebt sich ziegelrot das Panorama der Stadt: vom Olivaer Tor bis zum Leege Tor, von Sankt Katharinen bis Sankt Petri am Poggenpfuhl bezeugen viele verschieden hohe und verschieden dicke Türme, daß sie nicht gleich alt sind.
Diesen Ausflug durch den Kanal machten die Freunde zwei- oder dreimal. Walter Matern erschlug dabei ein gutes Dutzend Ratten. Als sie beim zweitenmal über der Radaune ans Licht kamen, wurden sie von Rentnern, die in den Parkanlagen die Zeit verplauderten, beobachtet aber nicht angezeigt. Schon hatten sie genug – denn die Radaune war nicht die Weichsel – da stießen sie unterhalb der Turnhalle, aber noch vor dem Schacht zur städtischen Kanalisation, auf eine mit Backsteinen flüchtig zugestellte Abzweigung. Amsels Stablampe entdeckte sie. Einem abzweigenden Kriechgang muß gefolgt werden. Der Gang hatte Gefälle. Der mannshohe gemauerte Kanal, auf den der Kriechgang stieß, war kein Kanal der städtischen Kanalisation, sondern führte brüchig rieselnd mittelalterlich unter die ganz und gar gotische Trinitatiskirche. Sankt Trinitatis lag neben dem Museum, keine hundert Schritt vom Realgymnasium entfernt. An einem Sonnabend, da die beiden Freunde nach vier Stunden Unterricht schulfrei hatten, zwei Stunden vor Abfahrt der Werderkleinbahn, machten sie jene Entdeckung, von der hier nicht nur erzählt wird, weil mittelalterliche Kriechgänge gut zu beschreiben sind, sondern weil die Entdeckung dem Sextaner Eduard Amsel betrachtenswert war und dem Sextaner Walter Matern Anlaß zum Schauspielern und Zähneknirschen gab. Zudem kann sich Brauxel, der einem Bergwerk vorsteht, unter Tage besonders gewählt ausdrücken.
Der Knirscher – Amsel hat den Namen erfunden, Mitschüler sprechen ihn nach – der Knirscher also geht voran. Links hält er die Stabtaschenlampe,

während er rechts einen Knüppel führt, der die Kanalratten aufscheuchen und gegebenenfalls erschlagen soll. Es gibt nicht viele Ratten. Das Mauerwerk faßt sich rauh bröselig trocken an. Die Luft kühl aber nicht grabeskalt, eher zugig, wenn auch nicht deutlich wird, woher es zieht. Kein Schrittecho wie in den städtischen Kanälen. Gleich dem Kriechgang und Zubringer hat der mannshohe Gang starkes Gefälle. Walter Matern trägt seine eigenen Schuhe, denn Amsels Lackspangenschuhe hatten in den Kriechgängen genug gelitten: jetzt läuft er in getragenen Schuhen. Von daher die Zugluft und gute Wetterführung: aus dem Loch heraus! Beinahe wären sie vorbei, wenn Amsel nicht. Links von ihnen. Durch die Lücke, sieben Ziegel hoch, fünf Ziegel breit, schiebt Amsel den Knirscher. Schwieriger ist es mit Amsel. Die Stabtaschenlampe quer zwischen den Zähnen, zerrt er Amsel durch das Loch und hilft, Amsels beinahe neue Schulkleidung in übliche Schulklamotten zu verwandeln. Beide stehen und schnaufen kurz. Sie befinden sich auf der geräumigen Sohle eines runden Schachtes. Sogleich zieht es ihnen die Blicke nach oben, denn von oben sickert verwaschenes Licht: das durchbrochene, kunstvoll geschmiedete Gitter über dem Schacht ist im Steinfußboden der Trinitatiskirche eingelassen; das werden sie später nachprüfen. Mit dem dünner werdenden Licht klettern vier Augen wieder den Schacht hinunter, und unten, die Stabtaschenlampe zeigt es ihnen, liegt vor vier Schuhspitzen das Skelett.

Gekrümmt liegt es, unvollständig, mit vertauschten oder ineinander geschobenen Details. Das rechte Schulterblatt hat vier Rippen eingedrückt. Das Brustbein mit dem Fortsatz spießt die rechten Rippen. Links fehlt das Schlüsselbein. Die Wirbelsäule knickt überm ersten Lendenwirbel. Arme und Beine fast vollständig zwanglos versammelt: ein gestürzter Mensch.

Der Knirscher steht starr und läßt sich die Stabtaschenlampe abnehmen. Amsel beginnt das Skelett auszuleuchten. Licht- und Schatteneffekte ergeben sich, ohne daß Amsel es darauf anlegt. Mit der Spitze eines Lackspangenschuhes – den Lack kann sich Brauxel bald sparen – zieht er durch den mehligen nur oberflächlich verkrusteten Dreck der Schachtsohle eine um alle gestürzten Glieder laufende Spur, nimmt Abstand, läßt den Lichtkegel der Stabtaschenlampe der Spur nachlaufen, verkneift, wie immer, wenn er etwas Modellhaftes sieht, die Augen, hält den Kopf schräg, läßt die Zunge spielen, verdeckt ein Auge, dreht sich auf der Stelle, blickt über die Schulter hinter sich, zaubert ein Taschenspiegelchen von irgendwoher, jongliert mit Licht, Skelett und Spiegelbild, läßt die Taschenlampe unter gewinkeltem Arm hinter sich Licht machen, verkantet das Spiegelchen leicht, geht, um den Radius zu vergrößern, auf die Zehenspitzen, schnell und vergleichsweise in die Knie, steht ohne Spiegelchen wieder frontal, korrigiert die Spur hier und dort, übertreibt mit zeichnendem Spangenschuh die Gestik des Gestürzten, nimmt sie mit spurenlöschendem und neuzeichnendem Schuh wieder zurück, harmonisiert, steigert,

besänftigt, will Statik Movens Ekstase, ist insgesamt darauf aus, eine Skizze nach dem Skelett zu entwerfen, im Gedächtnis zu bewahren und daheim im Diarium zu verewigen. Kein Wunder, daß Amsel, nachdem alle Vorstudien beendet sind, den Wunsch hat, jenen Schädel, der dem Skelett zwischen den unvollständigen Schlüsselbeinen steckt, aufzuheben und sachlich in seinen Schultornister, zu Büchern und Heften, zum brüchigen Schuh der Hedwig Lau zu stecken. An die Weichsel will er den Schädel tragen und einer seiner noch gerüsthaften Scheuchen, womöglich aber der soeben im Staub entworfenen Scheuche draufsetzen. Schon ist seine Hand mit den fünf dicken, drollig gespreizten Fingern über den Schlüsselbeinresten, will in die Augenhöhlen greifen und den Schädel auf sichere Art lüpfen, da beginnt der Knirscher, der sich lange starr und kaum anwesend gegeben hat, mit mehreren Zähnen zu knirschen. Er tut es wie immer: von links nach rechts. Aber die Akustik des Schachtes höht und verbreitert das Geräusch dergestalt vorwarnend, daß Amsel mitten im Greifen einhält, über runden Rücken hinter sich blickt und die Stabtaschenlampe auf seinen Freund richtet.
Der Knirscher spricht nicht. Das Zähneknirschen soll deutlich genug sein. Es besagt: Amsel darf keine Fingerchen spreizen. Amsel darf nicht mitnehmen. Der Schädel ist nicht zum Mitnehmen. Stör ihn nicht. Rühr nicht dran. Schädelstätte. Golgatha. Hünengrab. Zähneknirschen.
Doch Amsel, dem es immer an bezeichnenden Versatzstücken und Requisiten, also am Notwendigsten fehlt, will die Hand schon wieder in Richtung Schädel schicken und zeigt – denn einen Schädel findet man nicht alle Tage – abermals die gespreizte Hand im staubwimmelnden Lichtausfluß der Stabtaschenlampe. Da trifft ihn ein- zweimal jener Knüppel, der zuvor nur Ratten getroffen hat. Und die Akustik des Schachtes steigert ein Wort, zwischen Schlag und Schlag ausgestoßen: »Itzich!« Walter Matern nennt seinen Freund so »Itzich!« – und schlägt zu. Amsel fällt seitwärts neben das Skelett. Staub pufft auf, legt sich umständlich. Amsel kommt wieder hoch. Wer kann so dicke, stoßweis rollende Tränen weinen? Außerdem kann Amsel, während es aus beiden Augen kullert und im Staub auf der Schachtsohle zu Staubperlen wird, gutmütig bis spöttisch grinsen: »Walter is a very silly boy.« Mehrmals wiederholt er den Sextanersatz und imitiert dabei den Englischlehrer; denn immer, auch während Tränen fließen, muß er jemanden, notfalls sich selber imitieren: »Walter is a very silly boy.« Und gleich darauf, wie man im Werder spricht: »Daas hiä is main Deetz. Dem Deetz hab ech jefunden. Mecht bloß ma probieren dem Deetz. Dänn bring ech ihm allwedder hier.«
Aber der Knirscher ist nicht anzusprechen. Der Anblick der gewürfelten Gebeine läßt sein Gesicht zur Augenbrauenwurzel hin schrumpfen. Er verschränkt die Arme, stützt sich auf den Stock, versteinert in Betrachtung. Wenn immer er etwas Totes sieht: eine ersoffene Katze, Ratten, die er eigenhändig erschlagen, Möwen, die sein geworfenes Messer aufge-

schlitzt hat, wenn er einen gedunsenen Fisch sieht, den kleine Wellen am Strand wälzen, oder weil er das Skelett sieht, dem Amsel den Schädel nehmen will, muß er mit den Zähnen von links nach rechts. Sein bulliges Jungengesicht verzieht sich zur Grimasse. Der Blick, sonst dösig bis stupid, wird stechend, verdunkelt sich, läßt richtungslos Haß vermuten: Theaterluft weht in den Gängen, Verliesen und Schächten unter der gotischen Trinitatiskirche. Zweimal hämmert der Knirscher mit eigener Faust die eigene Stirn, beugt sich, greift, hebt den Schädel zu sich und seinen Gedanken hoch, betrachtet ihn, während Eduard Amsel sich seitlich niederhockt.

Wer hockt da und muß sich erleichtern? Wer steht da und hält einen fremden Schädel weit von sich? Wer blickt neugierig hinter sich und betrachtet seinen Kot? Wer starrt einen blanken Schädel an und will sich erkennen? Wer hat keine Würmer, hatte aber mal welche, vom Salat? Wer hält den leichten Schädel und sieht Würmer, die einst den seinen? Wer? Wer? Zwei Menschen: nachdenklich und besorgt. Jeder hat Gründe. Beide sind Freunde. Walter Matern legt den Schädel nieder, wo er ihn fand. Amsel kratzt schon wieder im Dreck mit dem Schuh und sucht und sucht und sucht. Walter Matern spricht laut und ins Leere große Worte: »Jähn wä nu. Hiä is daas Raich dä Dooten. Vlaicht isses dä Jan Bobrowski odä Materna, wo unsre Famielche härkämmt.« Amsel fehlt jedes Ohr für nur vermutende Worte. Er kann nicht glauben, daß der große Räuber Bobrowski oder der Räuber, Brenner und Vorfahr Materna dem Skelett einmal Fleisch gegeben haben soll. Er klaubt etwas Metallenes, kratzt daran herum, spuckt drauf, reibt ab und zeigt einen Metallknopf vor, den er mit Sicherheit als den Knopf eines napoleonischen Dragoners bezeichnet. Zweite Belagerungszeit, datiert er den Knopf und gibt ihn seiner Tasche. Der Knirscher protestiert nicht, hat kaum zugehört, ist immer noch beim Räuber Bobrowski oder beim Vorfahr Materna. Der abkühlende Kot treibt die beiden Freunde durch das Mauerloch. Walter Matern macht den Anfang. Amsel zwängt sich rückwärts, die Stabtaschenlampe auf den Dootendeetz gerichtet, durch die Lücke.

Fünfundzwanzigste Frühschicht

Schichtwechsel bei Brauxel & Co.: Die Freunde hatten es eilig mit dem Rückweg. Die Kleinbahn auf dem Bahnhof Niederstadt wartete nie länger als zehn Minuten.

Schichtwechsel bei Brauxel & Co.: Heute feiern wir des Großen Friedrich zweihundertfünfzigsten; Brauxel sollte eine der Firstenkammern ausschließlich mit Friderizianischem füllen: ein Königreich Preußen unter Tage!

Schichtwechsel bei Brauxel & Co.: Im Umkleideraum neben der Turnhalle des Realgymnasiums Sankt Johann paßte Walter Matern die

Vierung wieder in die Dielenbretter. Sie klopften sich gegenseitig den Staub ab.
Schichtwechsel bei Brauxel & Co.: Was wird uns die Große Konjunktion vom vierten zum fünften Februar bringen? Im Zeichen des Wassermann nimmt Uranus eine nicht exakte Opposition ein, während Neptun eine Quadratur dazu bildet. Zwei mehr als kritische Aspekte! Werden wir, wird Brauksel die Große Konjunktion ohne Schaden überstehen? Wird diese Schrift, die von Walter Matern, der Hündin Senta, der Weichsel, Eduard Amsel und seinen Vogelscheuchen handelt, zu Ende geführt werden können? Brauksel, der hier die Feder führt, will, trotz der kritischen Aspekte, den apokalyptischen Tonfall vermeiden und das folgende Geschehen besonnen niederschreiben; wenngleich ein Autodafé der kleinen Apokalypse naheliegt.
Schichtwechsel bei Brauxel & Co.: Nachdem sich Walter Matern und Eduard Amsel den mittelalterlichen Staub gegenseitig abgeklopft haben, ziehen sie los: die Katergasse hinunter, die Lastadie hinauf. Sie folgen der Ankerschmiedegasse. Hinter dem Postscheckamt liegt das neue Bootshaus der Schülerrudervereine: Boote werden aufgebockt. Sie warten, bis die aufgezogene Kuhbrücke wieder geschlossen wird und spucken im Gehen mehrmals von der Brücke in die Mottlau. Möwengeschrei. Pferdefuhrwerke auf Holzbohlen. Bierfässer werden gerollt, ein betrunkener Stauer hängt an einem nüchternen Stauer, will einen Salzhering ganz und gar... »Wätten wä. Wätten wä!« Quer durch die Speicherinsel: Erich Karkutsch – Mehl, Saaten, Hülsenfrüchte; Fischer & Nickel – Treibriemen, Asbestfabrikate; über Eisenbahngleise, Grünkohlreste, Kapokflokken. Bei Eugen Flakowski, Bedarfsartikel für Sattler und Tapezierer, bleiben sie stehen: Ballen Seegras, Indiafasern, Jutefließ, Roßhaar, Rollen Markisenschnur, Porzellanringe und Quasten, Posamenten Posamenten! Schräg durch die Pferdepisse der Münchengasse, über die Neue Mottlau. Mattenbuden gehen sie hoch, steigen in den Anhänger der Straßenbahn, Richtung Heubude, fahren aber nur bis zum Langarter Tor und erreichen rechtzeitig den Bahnhof jener Kleinbahn, die nach Butter und Molke riecht, die langsam in der Kurve schnell läutet und ins Werder fährt. Immer noch hält Eduard Amsel den Knopf des napoleonischen Dragoners heiß in der Tasche.
Die Freunde – und beide blieben trotz Dootendeetz und des Wortes Itzig unzertrennliche Blutsbrüder – sprachen nicht mehr von dem Skelett unter der Trinitatiskirche. Nur einmal, in der Milchkannengasse, zwischen dem Sportgeschäft Deutschendorff und einer Valtinat-Milchfiliale, vor dem Schaufenster eines Geschäftes, das ausgestopfte Eichkater, Marder, Eulen, balzende Auerhähne und einen Adler zeigte, der ausgestopft flügelschlagend ein ausgestopftes Lämmchen in den Krallen hielt, vor einem Schaufenster, dessen treppenartiges Regal bis dicht vor die Schaufensterscheibe treppab stieg, vor Rattenfallen, Fuchseisen, Packungen Insektenpulver, Tütchen Mottenvernichtungsmittel, vor Mückentod

Schabenfeind Rattengift, vor dem Werkzeug der Kammerjäger, vor Vogelfutter, Hundekuchen, leeren Aquarien, vor Döschen voller getrockneter Fliegen und Wasserflöhe, vor Fröschen, Molchen und Schlangen in Gläsern und Spiritus, vor unglaublichen Schmetterlingen unter Glas, Käfern mit Geweihen, behaarten Spinnen und den üblichen Seepferdchen, vor dem menschlichen Skelett, rechts neben dem Regal, vor dem Skelett des Schimpansen, links neben dem Treppenregal, vor dem Skelett einer laufenden Katze, zu Füßen des kleineren Schimpansen, vor der obersten Stufe des Regals, auf der lehrreich die Schädel des Mannes, des Weibes, des Greises, des Kindes, der Frühgeburt und der Mißgeburt ausgestellt waren, vor diesem weltumfassenden Schaufenster – im Innern des Ladens konnte man junge Hunde kaufen und junge Katzen von staatlich geprüfter Hand ersäufen lassen – vor wöchentlich zweimal geputztem Schaufensterglas schlug Walter Matern seinem Freund unvermittelt vor, man könne mit dem restlichen Geld im Ledersäckchen diesen oder jenen Totelschädel kaufen und beim Vogelscheuchenbau verwenden. Amsel winkte ab, sagte betont kurz, doch nicht mit der Kürze eines Beleidigten, eher kurz und überlegen, das Thema Dootendeetz sei zwar nicht überholt und aus der Welt geschafft, dennoch nicht brennend genug, als daß man mit verbliebenem Geld einkaufen müsse; wenn schon kaufen, dann könne man bei den Bauern und Geflügelzüchtern des Werders billig und pfundweise Gänse-, Enten- und Hühnerfedern minderer Qualität erstehen; er, Amsel, habe vor, etwas Widerspruchsvolles zu tun: einen Riesenvogel werde er als Vogelscheuche erstehen lassen – das Schaufenster in der Milchkannengasse voller ausgestopft Animalischem habe ihn angeregt, besonders der Adler auf dem Lamm.

Heilig lächerlicher Moment der Inspiration: Engel tippt gegen Stirn. Musen mit ausgefranstem Kußmund. Planeten im Wassermann. Ein Ziegelstein fällt. Das Ei hat zwei Dotter. Der Aschenbecher ist überfüllt. Es tropft vom Dach: Zelluloid. Kurzschluß. Hutschachteln. Was um die Ecke biegt: Der Lackspangenschuh. Was ohne Klopfen eintritt: Die Barbarina, Eiskönigin, die Schneemänner. Was sich ausstopfen läßt: Gott, Aale und Vögel. Was aus Bergwerken gefördert wird: Kohle Erz Kali Vogelscheuchen Vergangenheit.

Diese Scheuche entsteht wenig später. Auf Jahre ist sie die letzte, die Amsel baut. Denn als Schlußstück ist sie unter dem wohl ironisch gemeinten Titel »Großer Vogel Piepmatz« – nicht Amsel, sondern der Fährmann Kriwe hat den Namen, laut Vermerk, vorgeschlagen – in jenem Diarium als Konstruktionsskizze und Farbstudie überliefert, das in Brauxels Safe heute noch relativ sicher ist.

Lumpen – so ungefähr heißt es in dem Diarium – müssen mit Pech oder Teer bestrichen werden. Mit Teer oder Pech bestrichene Lumpen müssen von außen, und wenn genug da ist, auch von innen, mit großen und kleinen Federn beklebt werden. Aber unnatürlich, nicht natürlich.

Dem geteerten und gefederten Großen Vogel Piepmatz standen, als er

übermannshoch fertig war und auf dem Deich Aufsehen erregte, wahrhaft unnatürlich die Federn zu Berge. Er sah insgesamt gruslig aus. Die ausgekochtesten Fischerweiber flüchteten, weil sie meinten, man könne sich an dem Biest vergucken, einen Kropf, ein starres Auge oder eine Fehlgeburt bekommen. Die Männer blieben zwar steif und vierkant auf ihrem Fleck, ließen aber die Pfeifen kalt werden. Johann Lickfett sagte: »Liebärchen, däm mecht ech nech jeschänkt jekriecht kriechen.«
Schwer fand sich ein Käufer. Dabei war er trotz Teer und Federn nicht teuer. Einsam und gegen den Himmel stand er am Vormittag auf dem Nickelswaldener Deich. Erst wenn die Fahrschüler aus der Stadt zurück waren, kamen einige wie zufällig den Deich entlang, machten aber in gehöriger Distanz Halt, schätzten ab, waren der Meinung, schawieterten und wollten nicht kaufen. Keine Möwen vor wolkenlosem Himmel. Mäuse im Deich siedelten um. Die Weichsel konnte keinen Bogen machen, sie hätte sonst. Überall Maikäfer, nur nicht in Nickelswalde. Als der immer schon ein wenig überspannte Lehrer Olschewski, mehr aus Spaß am Vergnügen als um seine zwanzig Quadratmeter Vorgarten zu schützen, viel zu laut lachend Interesse zeigte – er nannte sich einen aufgeklärten Menschen – mußte der Große Vogel Piepmatz weit unter dem festgesetzten Preis verramscht werden. Transport auf Olschewskis Leiterwägelchen.
Zwei Wochen lang stand das Untier im Vorgarten und warf seinen Schatten auf das flache weißgetünchte Lehrerhäuschen. Kein Vogel wagte Piep zu machen. Seewind plusterte geteerte Federn. Die Katzen wurden hysterisch und mieden das Dorf. Die Schulkinder machten Umwege, träumten nachts feucht und erwachten mit Geschrei und weißen Fingerspitzen. In Schiewenhorst bekam Hedwig Lau schlimme Mandeln und obendrein plötzliches Nasenbluten. Dem alten Folchert sprang beim Holzhacken ein Scheit ins Auge. Das wollte lange nicht besser werden. Als es die Großmutter Matern mitten auf dem Hühnerhof hinwarf, sagten viele, das habe der Große Vogel bewirkt; dabei schleppten die Hühner und auch der Hahn seit Wochen Stroh im Schnabel hin und her: was immer schon einen Todesfall vorausgesagt hatte. Jedermann im Müllerhaus, zuerst das arme Lorchen, hatten den Holzwurm, die Totenuhr gehört. Die Großmutter Matern nahm alle Zeichen wahr und bestellte für sich die Sterbesakramente. Versorgt starb sie zwischen strohschleppenden Hühnern. Im Sarg sah sie eigentlich friedlich aus. Sie trug weiße Handschuhe und hielt zwischen krummgefalteten Fingern ein lavendelduftendes Spitzentaschentuch. Das blühte, wie es sich gehört. Leider vergaß man, ihr die Haarnadeln aus dem Haar zu ziehen, bevor der Sarg geschlossen wurde und in katholisch geweihte Erde kam. Auf dieses Versäumnis lassen sich jene Kopfschmerzen stechender Art zurückführen, die sogleich nach dem Begräbnis die Müllerin Matern, eine geborene Stange, überfielen und nie mehr aufhören wollten.

Als die Leiche in der Hängestube aufgebahrt lag, die Leute in steifen Kleidern in der Küche, auf der Treppe zur Hängestube drängten und ihr »Nu esse nech mä!« ihr »Nu breucht se nech mä schawietern!« ihr »Nu häd se ausjesorcht ond jeht enne äwje Ruhe ain!« über die Leiche hinwegsprachen, bat der Fährmann Kriwe, einen seiner wenigen Zähne, der seit Tagen Schmerzen zog und im Eiter stand, mit dem rechten Zeigefinger der Toten berühren zu dürfen. Der Müller, zwischen Fenster und Lehnstuhl, ganz fremd in Schwarz und ohne Sack und Mehlwurm, dabei von keinem Lichtwechsel betroffen, denn die neue Mühle ging noch nicht, nickte langsam: sacht wurde der Großmutter Matern der rechte Handschuh ausgezogen, und Kriwe führte den schlimmen Zahn an die Kuppe ihres krummen Zeigefingers: heilig lächerlicher Moment wunderbarer Heilung: Engel tippt, legt Hand auf, streicht gegen den Strich und kreuzt Finger. Krötenblut Krähenaugen Stutenmilch. In den Zwölf Nächten, dreimal über die linke Schulter, siebenmal gegen Osten. Haarnadeln. Schamhaare. Nackenflaum. Ausgraben, in den Wind streuen, vom Seich trinken, über die Schwelle gießen, nachts allein, noch vorm Hahnenschrei, auf Matthäi. Gift aus Kornrade. Fett eines Neugeborenen. Totenschweiß. Totenlaken. Totenfinger: denn tatsächlich soll der Eiter, in dem Kriwes Zahn stand, nach der Berührung mit dem gekrümmten rechten Zeigefinger der toten Großmutter Matern zurückgegangen sein, auch soll der Schmerz, streng nach dem Aberglauben, Totenfinger heilt wehen Zahn, nachgelassen und aufgehört haben.
Als der Sarg aus dem Haus getragen wurde und an Folcherts Hof, dann an des Lehrers Häuschen und Vorgarten vorbeischwankte, stolperte einer der Sargträger, weil der Große Vogel Piepmatz immer noch gruslig im Vorgarten des Lehrers stand. Stolpern bedeutet etwas. Stolpern ist Vorzeichen. Das Stolpern des Sargträgers gab den Ausschlag: die Bauern und Fischer mehrerer Dörfer machten beim Lehrer Olschewski eine Eingabe und drohten, beim Schulrat eine noch strengere zu machen.
Den Montag drauf, als Amsel und Walter Matern mit der Kleinbahn aus der Schule kamen, erwartete sie der Lehrer Olschewski an der Anlegebrücke Schiewenhorst. Er stand in Knickerbockern, in großkariertem Sportjackett, in Segeltuchschuhen unterm Strohhut. Während die Kleinbahn rangiert wurde, sprach er, unterstützt vom Fährmann Kriwe, auf die beiden ein. Er sagte, es gehe nicht mehr, gewisse Eltern hätten sich beschwert, hätten vor, dem Schulrat zu schreiben, in Tiegenhof habe man schon Wind bekommen, sicher spiele der übliche Aberglaube eine gewisse Rolle, zudem begründe man den bedauerlichen Tod der Großmutter Matern – »Eine vortreffliche Frau!« – das alles im aufgeklärten zwanzigsten Jahrhundert, aber niemand, besonders hier in den Weichseldörfern, könne gegen den Strom, es sei wohl so: so schön die Scheuche aussehe, stelle sie dennoch an die Bewohner eines Dorfes, besonders an die Bewohner eines Werderdorfes zu hohe Ansprüche.
Wörtlich sagte der Lehrer Olschewski zu seinem ehemaligen Schüler

Eduard Amsel: »Mein Junge, Du gehst jetzt auf's Gymnasium, hast einen beachtlich weiten Schritt in die große Welt getan. Das Dorf wird Dir fortan zu eng sein. Mag sich Dein Fleiß, das Künstlerische in Dir, diese, wie man so sagt, Gottesgabe, draußen neu bewähren. Hier aber laß es genug sein. Du weißt, ich meine es gut mit Dir.«
Tags drauf ging es leicht apokalyptisch zu: Amsel löste sein Lager in Folcherts Schuppen auf. Das heißt, Matern schloß das Vorhängeschloß auf, und erstaunlich viele Hilfswillige trugen die Materialien des Posamentenmachers – so wurde Amsel in den Dörfern genannt – an die frische Luft: vier angefangene Scheuchen, Bündel Dachlatten und Blumenleisten. Kapok wurde zerrupft. Matratzen erbrachen Seegras. Roßhaar sprang aus Sofakissen. Die Sturmhaube, die schöne Allongeperücke aus Krampitz, der Tschako, die Kiepenhüte, Plumagen, Schmetterlingshauben, Filz-Stroh-Velourshüte, der Kalabreser und der Wellingtonhut, die Tiedes aus Groß-Zünder gespendet hatten, alles, was einen Scheitel schützen mag, wanderte von Kopf zu Kopf aus dem Schuppendämmer in honiggelben Sonnenschein: »Posamentenmacher Posamentenmacher!« Amsels Kiste, deren Inhalt hundert putzsüchtige Dienstbolzen närrisch gemacht hätte, goß Rüschen, Paietten, Strassperlen, Bordüren, Spitzengewölk, Sofaschnüre und nelkenduftende Seidenquasten aus. Was Beine und Arme hatte, alle, die dem Posamentenmacher helfen wollten, zogen an und aus, warfen auf den Haufen: Jumper und Sakkos, Pantalons und die laubfroschgrüne Litewka. Ein durchreisender Molkereivertreter hatte Amsel die Zuavenjacke geschenkt und ein pflaumenblaues Gilet. Hiiih, das Korsett, das Korsett! Zwei wickelten sich in den Blüchermantel. Tanzwütige Bräute in Lavendel atmendem Brautstaat. Sackhüpfen in Beinlingen. Lindgrün schrie das Chemisenkleid. Der Muff ein Ball. Junge Mäuse im Cape. Ecklöcher. Kragenlos. Beffchen und Schnurrbartbinden, Stoffveilchen, Wachstulpen, Papierrosen, Schützenfestorden, Hundemarken und Stiefmütterchen, Schönheitspflästerchen, Mottensilber. »Posamentenmacher Posamentenmacher!« Wem das Schuhzeug paßte und nicht paßte, der schlüpfte oder zwängte sich in Galoschen, Laschenschuhe, Buschetten, Schnürzug- und Stulpenstiefel, trat mit Schnabelschuhen durch tabakbraune Gardinen, sprang schuhlos aber mit Gamaschen versehen durch die Vorhänge einer Gräfin, Fürstin oder gar Königin. Preußisches, Kujawisches, Freistädtisches fiel zu Hauf: Welch ein Fest in den Brennesseln hinter Folcherts Schuppen: »Posamentenmacher Posamentenmacher!« Und zuoberst, auf dem immer noch mottenspendenden Klumpatsch, stand, bohnenstangengestützt, das öffentliche Ärgernis, der Kinderschreck, Baal, geteert und gefedert, der Große Vogel Piepmatz.
Fast senkrecht scheint die Sonne. Von Kriwes Hand mit Kriwes Sturmfeuerzeug entzündet, greift das Feuer schnell um sich. Alle treten paar Schrittchen hinter sich, bleiben aber und wollen Zeuge der großen Verbrennung sein. Während Walter Matern, wie immer bei Staatsaktio-

nen, geräuschvoll tut und durch bloßes Zähneknirschen das Prasseln zu übertönen versucht, steht Eduard Amsel, »Posamentenmacher« genannt, und von Zeit zu Zeit, auch während der lustigen Verbrennung, »Itzich« gerufen, lässig auf Sommersprossenbeinen, reibt eifrig die gepolsterten Handballen aneinander, verkneift die Äugelchen und sieht etwas. Kein grüngelber Qualm, kein schmorendes Lederzeug, kein glühender Funken- und Mottenflug zwingt ihn, aus runden Augen quere Sehschlitze zu machen; vielmehr beschenkt ihn der vielzüngig brennende Vogel, dessen Qualm niederschlägt und über Brennesseln kriecht, mit quicken Ideen und ähnlichen Rosinen. Denn wie das entzündete Tier, Geburt aus Lumpen, Teer und Federn, sprühend, prasselnd und höchst lebendig einen letzten Flugversuch macht, dann stiebend in sich zusammenfällt, hat Amsel bei sich und in seinem Diarium beschlossen, später, wenn er mal groß ist, die Idee des Vogel Piepmatz wieder aufzunehmen: einen Riesenvogel will er bauen, der immerzu brennt, päsert und funkert, der dennoch nie verbrennt, sondern ewig, immer und von Natur, apokalyptisch und dekorativ zugleich, brennt, päsert und funkert.

Sechsundzwanzigste Frühschicht

Wenige Tage vor dem vierten Februar, bevor die kritische Sternstunde diese Welt in Frage stellen wird, beschließt Brauxel, sein Warenangebot oder Pandämonium um eine Katalognummer zu bereichern: das von Amsel angeregte brennende Perpetuum mobile in Vogelform will er konstruieren lassen. So reich ist diese Welt nicht an Ideen, als daß man auf eine der hübschesten Inspirationen, selbst sollte die Welt nach wenigen Frühschichten, der Sternstunde wegen, untergehen, kopfhängerisch verzichten könnte; zumal Eduard Amsel nach dem Autodafé hinter Folcherts Schuppen ein Beispiel stoischer Haltung bot, indem er mithalf, Folcherts Schuppen, der durch Funkenflug Feuer gefangen hatte, zu löschen.

Wenige Wochen nach der öffentlichen Verbrennung Amselscher Vorräte und des letzten vogelscheuchenden Modells, nach einem Brand, der, wie wir sehen werden, in Amsels Köpfchen allerlei Zunder entzündete und ein Päserchen legte, das nicht mehr zu löschen war, erhielten die Witwe Lottchen Amsel, geborene Tiede, und Herr Anton Matern, Müller zu Nickelswalde, blaue Briefe, denen zu entnehmen war, an welchem Tage und zu welcher Stunde der Herr Studiendirektor Dr. Battke eine Unterredung im Direktorzimmer des Realgymnasiums Sankt Johann angesetzt hatte.

Mit immer ein und derselben Kleinbahn fuhren die Witwe Amsel und der Müller Matern – sie saßen einander gegenüber und hatten Fensterplätze – in die Stadt. Am Langgarter Tor nahmen sie die Straßenbahn bis zur Milchkannenbrücke. Weil sie zeitig eintrafen, konnte noch einiges Geschäftliche erledigt werden. Sie mußte zu Hahn & Löchel, danach zu Haubold & Lanser; er mußte, wegen der neuen Mühle, zur Baufirma

Prochnow in der Adebargasse. Auf dem Langen Markt trafen sie sich, tranken bei Springer ein Gläschen, nahmen dann, obgleich sie gut hätten zu Fuß gehen können, ein Taxi – und kamen zu früh in der Fleischergasse an.
Um eine runde Zeit zu nennen: zehn Minuten lang mußten sie im Vorzimmer des Dr. Rasmus Battke warten, bis sich der Studiendirektor in hellgrauen Schuhen, auch sonst sportlich gekleidet, gewichtig, brillenlos im Vorzimmer zeigte. Mit kleiner Hand an kurzem Arm bat er beide in sein Zimmer, und als sich die Leute vom Lande nicht in die Clubsessel zu setzen wagten, rief er leichthin: »Nur keine Umstände bitte. Es freut mich aufrichtig, die Eltern zweier so hoffnungsvoller Schüler kennenlernen zu dürfen.«
Drei Wände Bücher, eine Wand Fenster. Sein Pfeifentabak roch englisch. Schopenhauer ergrimmte zwischen Bücherborden, weil Schopenhauer... Wasserglas, Wasserkrug, Pfeifenreiniger auf schwerrotem Schreibtisch, den grüner Filz abdeckte. Vier verlegene Hände auf ledernen Armpolstern. Der Müller Matern zeigte dem Direktor sein abstehendes und nicht das dem Mehlwurm hörige Ohr. Die Witwe Amsel nickte nach jedem Nebensatz des fließend sprechenden Direktors. Zur Sprache kam erstens: Die wirtschaftliche Lage auf dem Lande, also die notwendige, der polnischen Zollgesetze wegen, zu erwartende Marktregulierung, und die Probleme der Käsereien im Großen Werder. Zweitens: Das Große Werder überhaupt und besonders die wogenden, weithin wogenden, im Winde wogenden Weizenfelder; die Vorzüge der Eppschen Sorte und der winterfesten sibirischen Sorte; der Kampf gegen die Kornrade – »aber ein weites gesegnetes Land, jaja...« – Drittens hieß es bei Dr. Rasmus Battke: Zwei so gut veranlagte, wenn auch gänzlich verschieden veranlagte Schüler – dem kleinen Eduard falle ja alles nur so zu – zwei so produktiv befreundete Schüler – wie rührend schütze der kleine Matern seinen Freund vor den gewiß nicht böswilligen Hänselein der Mitschüler – kurzum, zwei so freundlicher Förderung würdige Schüler wie Eduard Amsel aber auch Walter Matern seien durch die lange Eisenbahnfahrt mit der fatalen, wenn auch höchst amüsanten Kleinbahn mehr als behindert, ihre volle Leistungskraft erproben zu können; er, der Direktor der Anstalt, ein alter Schulhase, wie man glauben möge, und seit Jahren im Umgang mit Fahrschülern gewitzt und erprobt, schlage deshalb vor, beide Knaben, noch ehe die Sommerferien ins Land kämen, kurzum, zum kommenden Montag umzuschulen. Das Conradinum in Langfuhr, dessen Direktor, ein alter Freund, schon Bescheid wisse und durchaus einverstanden sei, verfüge über ein Alumnat, auf gut deutsch, über ein Schülerwohnheim, in welchem eine beträchliche Zahl Alumnen, auf gut deutsch Schülerheimbewohner, gegen angemessenes Entgelt – das Conradinum profitierte von einer honorigen Stiftung – wohnen, essen, schlafen können; mit einem Wort, beide seien dort gut aufgehoben, er, als Direktor der Anstalt, könne nur zuraten.

So tauschten am folgenden Montag Eduard Amsel und Walter Matern die grünen Sammetmützen von Sankt Johann gegen die roten Mützen des Conradinums ein. Sie und ihre Koffer verließen mit Hilfe der Kleinbahn die Weichselmündung, das Große Werder, die Deiche von Horizont zu Horizont, Napoleons Pappeln, die Fischräuchereien, Kriwes Fähre, die neue Mühle auf neuem Bock, die Aale zwischen Weiden und Kühen, Vater und Mutter, das arme Lorchen, die groben und feinen Menoniten, Folchert, Kabrun, Lickfett, Momber, Lührmann, Karweise, den Lehrer Olschewski und den Geist der Großmutter Matern, der im Haus spukte, weil man vergessen hatte, das Leichenwasser kreuzweis über die Schwelle zu gießen.

Siebenundzwanzigste Frühschicht

Die Söhne der Großbauern, die Söhne der Gutsbesitzer, die Söhne westpreußischen, leichtverschuldeten Landadels, die Söhne kaschubischer Ziegeleibesitzer, der Sohn des Apothekers zu Neuteich, der Sohn des Pfarrers zu Hohenstein, der Sohn des Landrates zu Stüblau, Heini Kadlubek aus Otroschken, der kleine Probst aus Schönwarling, die Brüder Dyck aus Ladekopp, Bobbe Ehlers aus Quatschin, Rudi Kiesau aus Straschin, Waldemar Burau aus Prangschin und Dirk Heinrich von Pelz-Stilowski aus Kladau an der Kladau; also die Söhne von Bettelmann, Edelmann, Bauer, Pastor wurden, nicht alle gleichzeitig, aber zumeist kurz nach Ostern, Alumnen des Alumnates neben dem Conradinum. Das Realgymnasium hatte sich jahrzehntelang mit Hilfe der Conradischen Stiftung als private Bildungsstätte halten können, aber als Walter Matern und Eduard Amsel zu Conradinern wurden, gab schon die Stadt kräftige Zuschüsse. Deshalb mußte das Conradinum ein städtisches Gymnasium genannt werden. Nur das Alumnat war noch nicht städtisch, sondern immer noch Conradisches Privatvergnügen und Zuschußobjekt.
Der Schlafsaal für Sextaner, Quintaner, Quartaner, der auch der kleine Schlafsaal genannt wurde, lag zu ebener Erde und hatte die Fenster zum Schulgarten hin, also in Richtung Stachelbeeren. Immer gab es einen Bettnässer. Nach dem roch es und nach Seegrasmatratzen. Die beiden Freunde schliefen Bett neben Bett unter einem Öldruck, der das Krantor, die Sternwarte und die Lange Brücke im Winter bei Eisgang zeigte. Beide näßten ihre Betten nie oder kaum. Die Taufe der Neulinge, ein Versuch, Amsel mit Schuhwichse den Hintern zu schwärzen, wehrte Walter Matern im Handumdrehen ab. Auf dem Pausenhof standen beide unter demselben Kastanienbaum und blieben für sich. Allenfalls durften der kleine Probst und Heini Kadlubek, Sohn eines Kohlenhändlers, zuhören, wenn Walter Matern lange finster geradeaus schwieg, wenn Eduard Amsel seine Geheimsprache ausbaute und die neue Umgebung neu benannte.

»Eid Legöv reih nellafeg rim ginew.«
Die Vögel hier gefallen mir wenig.
»Egnilreps ni red Tdats dnis eniek Egnilreps fua med Dnal.«
Sperlinge in der Stadt sind keine Sperlinge auf dem Land.
»Draude Lesma teder sträwkcür.«
Mühelos und flüssig stellte er lange und kurze Sätze Wort für Wort auf den Kopf und war sogar in der Lage, die neue rückläufige Sprache bräsig – werdersch zu betonen: Aus Dootendeetz wurde Zteednetood. Ein unbequemes c, ein unaussprechliches ps, das heikle sch, ein halsbrecherisches nr verschliff er mit Hilfe plattredender Zunge und sagte statt »Liebärchen« vereinfacht »Nehkräbeil«. Walter Matern verstand ihn sinngemäß, gab auch kurze, gleichfalls verdrehte, zumeist fehlerlose Antworten: »Machen wir – Nehkam riw!« War immer entschieden: »Nien redo aj?« Der kleine Probst staunte. Heini Kadlubek, »Kebuldak« gerufen, war im Rückwärtsnachplappern nicht ungeschickt.
Viele Erfindungen, Amsels Sprachkünsten ebenbürtig, wurden schon auf den Pausenhöfen dieser Welt gemacht, gerieten später in Vergessenheit und werden am Ende von kindischen Greisen in städtischen Parkanlagen, die als Pendant der Schulpausenhöfe gedacht sind, fleißig ausgegraben und weiterentwickelt. Als Gott noch zur Schule ging, fiel ihm auf himmlischem Pausenhof ein, mit seinem Schulfreund, dem kleinen begabten Teufel, die Welt zu erschaffen: am vierten Februar dieses Jahres, liest Brauxel in vier Feuilletons, soll diese Welt untergehen; so wurde auf Pausenhöfen beschlossen.
Zudem haben Pausenhöfe mit Hühnerhöfen eines gemeinsam: das Stolzieren des diensttuenden Hahnes gleicht dem Stolzieren des aufsichtführenden Lehrers. Auch Hähne halten beim Schreiten die Hände auf dem Rücken, wenden unvermittelt und blicken sich strafend um.
Studienrat Oswald Brunies – das Autorenkollektiv hat vor, ihm ein Denkmal zu bauen – tut hier, da er die Aufsicht führt, dem Erfinder des Hahn- und Hühnerhofvergleiches einen sinnfälligen Gefallen: alle neun Schritte scharrt er mit der linken Schuhspitze im Schulhofkies; mehr noch, er winkelt das Lehrerbein – eine Gewohnheit, nicht ohne Bedeutung – Studienrat Oswald Brunies sucht etwas: kein Gold, kein Herz, nicht Glück Gott Ruhm, seltene Kieselsteine sucht er. Der Pausenhof glimmert kiesbestreut.
Was Wunder, wenn nacheinander, machmal zu zweit, Schüler kommen und ihm ernstgemeint oder vom üblichen Schülerwitz gebissen, banale Kiesel vorweisen, die sie vom Boden klaubten. Aber jeden, auch den armseligsten Bachrutscher nimmt Studienrat Oswald Brunies zwischen Daumen und Zeigefinger der linken Hand, hält ihn gegen das Licht, dann ins Licht, zieht rechts eine an Gummi befestigte Lupe aus dem Brusttäschchen seiner torfbraunen stellenweis blanken Jacke, bewegt die Lupe am nachgebenden Gummi fachgerecht und gemessen zwischen Kiesel und Auge, läßt die Lupe elegant und, in vollem Vertrauen auf das Gummi-

band, ins Brusttäschchen zurückschnellen, hat gleich darauf den Kiesel in der linken Handfläche, läßt ihn dort zuerst mit winzigem Radius rollen, dann gewagter, hart bis an den Rand des Handtellers kreisen und verwirft ihn, indem er mit der freien rechten Hand unter seine Linke schlägt. »Hübsch aber überflüssig!« sagt Studienrat Oswald Brunies und ist mit der gleichen Hand, die eben noch den überflüssigen Kiesel kreisen ließ, in einer Tüte, die immer und so oft hier von Oswald Brunies erzählt werden wird, braun zerknautscht aus seitlicher Jackentasche wuchert. Auf ornamentalen Umwegen, wie Priester sie während der Messe beschreiten, führt er einen Malzbonbon aus dem Tütenpapier seinem Mund zu: zelebriert, lutscht, sückelt, vermindert, quirlt Saft zwischen tabakbraunen Zähnen, läßt aus einer Backe in die andere umziehen, läßt, während die Pause schrumpft, während die Angst vor dem Ende der Pause im wirren Inneren vieler Schüler zunimmt, während Sperlinge in Kastanien das Ende der Pause ersehnen, während er stolziert, im Pausenhofkies scharrt und überflüssige Kiesel verwirft, den Malzbonbon kleiner und glasiger werden.

Kleine Pause, Große Pause. Pausenspiele, Pausengeflüster. Pausenbrot und Pausennot: Angst, meint Brauksel: gleich wird die Klingel ...

Leere Pausenhöfe, die den Sperlingen gehören. Tausendmal gesehen und gefilmt, wie der Wind ein Butterbrotpapier auf einem leeren, melancholischen, preußischen, humanistischen, kiesbestreuten Pausenhof bewegt.

Der Pausenhof des Conradinums bestand aus dem kleinen, quadratischen Pausenhof, den alte Kastanien unregelmäßig beschatteten, also in einen lichten Kastanienwald verwandelten, und einem länglichen, links zaunlos angrenzenden Großen Pausenhof, den junge Linden, die sich an stützenden Stöcken hielten, in regelmäßigen Abständen einfaßten. Die neugotische Turnhalle, das neugotische Pissoir und das neugotische, vierstöckige, mit einem glockenlosen Glockenturm bestückte, altziegelrote und efeuüberkletterte Schulgebäude begrenzten drei Seiten des Kleinen Pausenhofes und schützten ihn vor Winden, die über den Großen Pausenhof aus östlicher Ecke Staubtüten schickten; denn nur der niedrige Schulgarten mit seinem engmaschigen Drahtzaun und das zweistöckige, gleichfalls neugotische Alumnat stellten sich dem Wind in den Weg. Bis man später, hinter dem Südgiebel der Turnhalle, einen modernen Sportplatz mit Aschenbahn und Rasen anlegte, mußte der Große Pausenhof während der Turnstunden als Spielfeld dienen. Erwähnenswert ist noch ein geteertes fünfzehn Meter langes Holzgestell, das zwischen den jungen Linden und dem Schulgartenzaun stand. Das Vorderrad hoch, konnten in diesem Schuppen die Fahrräder eingestellt werden. Ein Spielchen: sobald die hochgestellten Vorderräder mit flachen Handschlägen zum freien Lauf gebracht wurden, löste sich Kies, der nach kurzer Fahrt über den Großen Pausenhof haften geblieben war, von der Bereifung und prasselte in die Stachelbeersträucher des Schulgartens hinter dem Maschendrahtzaun.

Wer jemals auf einem kiesbestreuten Turnplatz Handball, Fußball, Völkerball, Faustball oder gar Schlagball spielen mußte, wird später, sobald er auf Kies tritt, all der zerschundenen Knie gedenken müssen, jener Schürfwunden, die schlecht heilen, krustig verschorfen und alle kiesbestreuten Turnplätze zu blutgetränkten Turnplätzen machen. Nur weniges auf dieser Welt prägt sich so ewiglich ein wie Kies.
Ihm aber, dem Hahn auf dem Pausenhof, dem stelzenden, sückelnden Studienrat Oswald Brunies – ein Denkmal wird ihm gesetzt werden – ihm, mit der Lupe am Gummi, mit klebriger Tüte in klebriger Jackentasche, ihm, der Steine und Steinchen, seltene Kiesel, mit Vorliebe Glimmergneise – Muskovit Biotit – der Quarz, Feldspat und Hornblende sammelte, betrachtete, verwarf oder aufhob, ihm war der Große Pausenhof des Conradinums kein wundenreißendes Ärgernis, sondern dauernder Anlaß zum Scharren mit der Schuhspitze nach neun Hahnenschritten. Denn Oswald Brunies, der so ziemlich alles unterrichtete – Erdkunde, Geschichte, Deutsch, Latein, notfalls Religion – war nicht jener überall gefürchtete Turnlehrer mit der schwarzkrausen Brust, mit den schwarzbewimperten Beinen, mit Trillerpfeife und Schlüssel zum Geräteraum. Nie hat Brunies einen Knaben unterm Reck zittern, auf den Holmen des Barrens leiden, an den heißen Kletterseilen weinen lassen. Nie hat er von Amsel den Felgaufschwung oder den Hechtsprung über das immer zu lange Langpferd verlangt. Nie hat er Amsel und Amsels fleischige Knie über den bissigen Kies gehetzt.
Ein Fünfziger mit Bärtchen, zigarrenversengt, auf der Oberlippe. Süß alle Barthaarspitzen vom immer neuen Malzbonbon. Auf rundem Kopf grauer Filz, in dem oft, einen Vormittag lang, angeworfene Kletten hingen. Gezwirbelte Haarbüschel aus beiden Ohren. Ein Gesicht, durchsponnen von Lach-Kicher-Schmunzelfalten. Eichendorff nistete in zerzausten Augenbrauen. Mühlrad, rüstge Gesellen und phantastische Nacht um immer bewegliche Nasenflügel. Und nur in den Mundwinkeln, auch quer über der Nasenwurzel, ein paar Mitesser: Heine, das Wintermärchen und Raabes Stopfkuchen. Dabei beliebt und nie ernstgenommen. Junggeselle mit Bismarckhut und Klassenleiter der Sexta: darin Walter Matern und Eduard Amsel, die Freunde von der Weichselmündung. Nur noch leise riechen die beiden nach Kuhstall, geronnener Milch und Räucherfischen; auch ist der Brandgeruch verflogen, der nach der öffentlichen Verbrennung hinter Folcherts Schuppen in ihren Haaren und Kleidern hing.

Achtundzwanzigste Frühschicht

Nach pünktlichem Schichtwechsel und geschäftlichem Ärger – die Brüssler Agrarverträge werden der Firma Brauxel & Co. Absatzschwierigkeiten bereiten – zurück zum Pausenhofkies. Die Schulzeit der beiden

Freunde versprach, heiter zu werden. Kaum hatte man sie von Sankt Johann auf's Conradinum umgeschult, kaum hatten sie sich in dem muffigen, nach üblen Knaben stinkenden Alumnat eingewöhnt – wer kennt keine Alumnatsgeschichten? – kaum hatte sich ihnen der Kies des Großen Pausenhofes eingeprägt, da hieß es: In einer Woche geht die Sexta für vierzehn Tage nach Saskoschin. Studienrat Brunies und der Turnlehrer, Studienrat Mallenbrand, werden die Aufsicht führen.
Saskoschin! Welch ein zärtliches Wort.
Das Landschulheim lag im Saskoschiner Forst. Das nächste größere Dorf hieß Meisterswalde. Dorthin brachte der Postautobus die Klasse mit beiden Lehrern über Schüddelkau, Straschin-Prangschin, Groß-Salau. Ein Haufendorf. Der sandige Marktplatz breit genug für einen Viehmarkt. Daher rundum hölzerne Pflöcke mit alteisernen Ringen zum Anketten. Blanke Pfützen, die jeder Windstoß rillte: kurz vor Ankunft des Postautobusses war ein Platzregen niedergegangen. Aber keine Kuhfladen, Pferdeäpfel, dennoch mehrere Treffen Sperlinge, die sich dauernd umgruppierten und ihren Lärm ins Quadrat setzten, als Amsel den Autobus verließ. Niedrige Bauerngehöfte, teils strohgedeckt, säumten kleinfenstrig den Marktplatz. Einen zweistöckigen unverputzten Neubau, das Kaufhaus Hirsch, gab es. Fabrikneue Pflüge, Eggen, Heuwender wollten gekauft werden. Wagendeichseln ragten gen Himmel. Schräg gegenüber eine ziegelrote Fabrik, die ausgestorben, mit vernagelten Fenstern frontal lag. Erst Ende Oktober sollte die Zuckerrübensaison Leben, Gestank und Verdienst in den Kasten bringen. Die übliche Filiale der Sparkasse der Stadt Danzig, zwei Kirchen, die Milchzentrale, ein Farbfleck: der Briefkasten. Und vor dem Laden des Friseurs ein zweiter Farbfleck: die honiggelbe, im Wind schräg hängende Messingscheibe gab bei wechselnder Bewölkung Lichtsignale. Ein kaltes baumloses Dorf.
Meisterswalde, wie alles Land südlich der Stadt, gehörte zum Kreis Danziger Höhe. Ein armseliger Boden, verglichen mit dem Marschland der Weichselniederung. Rüben, Kartoffeln, polnischer unbegrannter Hafer, glasiger Landroggen. Jeder Schritt stieß einen Stein. Bauern, die über Feld gingen, bückten sich zwischen Schritt und Schritt, klaubten einen aus dem Volk vieler, warfen ihn blindwütend: und er fiel auf fremde Äcker. Diese Gesten auch am Sonntag: Bauern gehen unter schwarzen Mützen, deren Lackschirme glänzen, quer durch die Rüben, halten links Regenschirme, bücken sich, um aus dem Acker zu klauben, werfen in jede Richtung: und die Steine fallen: versteinerte Sperlinge, gegen die niemand, kein Eduard Amsel, Steinscheuchen zu erfinden verstand.
Also hieß Meisterswalde: Schwarze gebuckelte Rücken, drohende Regenschirmspitzen gegen den Himmel, Klauben und Werfen, und die Erklärung für soviele Steine: Es soll der Teufel, als man ihm verweigerte, was man unter Eid versprochen hatte, den Bauern den Wortbruch vergolten haben, indem er eine Nacht lang über Land fuhr und die Seelen der Verdammten, die gehäuft in seinem Magen lagen, über Äckern und

Wiesen erbrach. Da zeigte es sich, daß die Seelen der Verdammten Steine waren, nicht mehr aus der Welt zu schaffen, es mochten die Bauern klauben und werfen, so alt und krumm sie wurden.
Drei Kilometer weit mußte die Klasse in lockerer Ordnung, mit dem Studienrat Brunies an der Spitze, mit dem Studienrat Mallenbrand am Schluß, zuerst über gehügeltes Land, auf dem, links und rechts der Chaussee, knickrig halbhoher Roggen zwischen der Steinsaat stand, dann durch den beginnenden Saskoschiner Forst laufen, bis hinter Buchen weißgekälktes Gemäuer das Landschulheim ankündigte.
Mager, mager! Brauxel, der hier die Feder führt, leidet unter der Unfähigkeit, menschenleere Landschaften beschreiben zu können. Es mangelt ihm nicht an Ansätzen; aber sobald er einen leichtgewellten Hügel, also das satte Grün und die vielen Stifterschen Abstufungen der Hügel dahinter, bis zum fernen Graublau unterm Horizont hintuscht, alsdann die unvermeidlichen Feldsteine der Gegend um Meisterswalde, wie dazumal der Teufel, in den noch ungestalten Vordergrund streut, auch den Vordergrund festigende Büsche setzt, also sagt: Wacholderbusch, Haselnuß, Ginster blankgrün, Kusseln, Gebüsch, kugelig, kegelig, kusselig den Hügel hinab, den Hügel hinauf: dürrer Busch, Dornenbusch, Busch im Wind, Flüsterbusch – denn in dieser Gegend windet es immer – juckt es ihn schon, in Stifters Einöde Leben zu pusten. Brauksel sagt: Und hinter dem dritten Busch von links gezählt, drei Daumensprünge oberhalb der eineinhalb Morgen Futterrüben, nein, nicht der Haselstrauch – Oh, dieses Strauchzeug! – dort dort dort, unterhalb des schönen großen festliegenden moosbelaxelten Feldsteines, jedenfalls hinterm dritten Busch von links hält sich, inmitten menschenleerer Landschaft, ein Mann versteckt.
Kein Sämann. Nicht der auf Ölbildern beliebte pflügende Bauer. Mann Mitte Vierzig. Bleich braun schwarz verwegen versteckt hinterm Busch. Hakennase Löffelohren Ohnezahn. More der Mann hat Angustri, den Ring, am kleinen Finger und wird während kommender Frühschichten, während die Schüler Schlagball spielen und Brunies seinen Malzbonbon lutscht, Bedeutung gewinnen, weil er ein Bündelchen bei sich trägt. Was steckt in dem Bündelchen? Wie heißt der Mann?
Das ist der Zigeuner Bidandengero, und das Bündelchen greint.

Neunundzwanzigste Frühschicht

Schlagball hieß der Sport jener Schuljahre. Schon auf dem kiesbestreuten Großen Pausenhof des Conradinums war eine Kerze, dergestalt trefflich geschlagen, daß, während der Ball den Himmel anbohrte, dann ledern fiel, ein Teil der Kerzenschlägermannschaft fächerförmig zu den beiden Ticks im Spielfeld hinlaufen, ohne bedrängt zu werden, zurücklaufen und Punkte sammeln konnte, eine Großtat, an der gemessen fünfundfünfzig

Kniewellen oder siebzehn Klimmzüge Alltäglichkeiten waren. Im Landschulheim Saskoschin wurde vor- und nachmittags, eingerahmt von wenigen Unterrichtsstunden, Schlagball gespielt. Mit dreimal verschiedenen Augen sahen Walter Matern, sein Freund Eduard Amsel und Studienrat Mallenbrand dieses Spiel.
Für Mallenbrand war das Schlagballspiel Weltanschauung. Walter Matern war ein Meister der Kerze. Er schlug und fing Kerzen mit lockerer Hand, und warf das Leder sogleich aus dem Fang heraus einem Mitspieler zu: was seiner Mannschaft Pluspunkte einbrachte.
Eduard Amsel jedoch kugelte sich durch's Schlagballfeld wie durch's Fegefeuer. Dicklich und kurzbeinig bot er das ideale Ziel beim Einkesseln und Abwerfen. Er war die verletzliche Stelle seiner Mannschaft. Auf ihn wurde Jagd gemacht. Sie zingelten ihn ein und umtanzten ihn zu viert mit mittanzendem Lederball. Genüßliche Finten wurden über ihn weg geübt, bis er sich wimmernd im Gras wälzte und das volle Leder schon spürte, bevor der Lederball kam.
Rettung brachte der Ball nur, wenn Amsels Freund ihn zur Kerze schlug; und Walter Matern schlug eigentlich nur Kerzen, damit Amsel unter dem Schutz des gen Himmel fahrenden Lederballes seinen Weg über's Schlagballfeld wagen konnte. Dennoch verblieben nicht alle Kerzen lange genug in der Luft: schon nach wenigen Tagen regelrecht gespielter Weltanschauung blühten auf Amsels gesprenkeltem Fleisch mehrere blauschwarze Monde, die lange nachwelkten.
Damals schon Schichtwechsel: nachdem Amsel links und rechts der Weichsel eine milde Kindheit gehabt hatte, begannen, fern der Weichsel, Amsels Leiden. Die werden sobald nicht aufhören. Denn Studienrat Mallenbrand galt als Experte und hatte ein Buch oder ein Kapitel in einem Buch über deutsche Schülerkampfspiele geschrieben. Darin ließ er sich knapp und lückenlos über das Schlagballspiel aus. Im Vorwort war er der Meinung, die völkische Eigenart des Schlagballspielens trete ganz besonders im Gegensatz zum allvölkischen Fußballspiel zu Tage. Dann legte er Punkt für Punkt Regeln fest: Ein einfacher Pfiff besagt: Der Ball ist tot. Der gültige Treffer wird vom Schiedsrichter durch einen Doppelpfiff festgestellt. Mit dem Ball darf nicht gelaufen werden. Überhaupt Bälle: Steilbälle, Kerzen genannt, gab es, Weitbälle, Flach-Eck-Kurzbälle, Fehlkerzen, Roller, Kriecher, Wanderbälle, Stehbälle, Treffbälle und Dreiläuferbälle. Den Ball trieben Steilschläge, Weitschläge, durch Streckschlag oder Schwungschlag ausgeführt, Flachschläge mit Unterarmschwung und der Zweihänderschlag, bei dem der Ball anfangs schulterhoch geworfen werden muß. Beim Fangen des Steilballes, Kerze genannt, müssen das Auge des Fängers, seine fangbereite Hand und der fallende Ball eine Linie bilden, sagte Mallenbrand. Zudem, und das machte den Studienrat berühmt, wurde auf seinen Vorschlag hin die Laufstrecke bis zu den Ticks um fünf Meter auf fünfundfünfzig Meter verlängert. Diese Spielerschwerung – Amsel bekam sie zu spüren – wurde von fast allen

Gymnasien Ost- und Norddeutschlands übernommen. Er war ein erklärter Feind des Fußballspieles, und viele hielten ihn für einen strengen Katholiken. Um den Hals und vor der haarigen Brust hing ihm die metallene Trillerpfeife: ein einfacher Pfiff besagte: Der Ball ist tot. Ein Doppelpfiff besagte: Soeben wurde der Schüler Eduard Amsel gültig getroffen. Oft genug pfiff er Kerzen ab, die Walter Matern für seinen Freund geschlagen hatte: Übergetreten!
Doch seine nächste Kerze sitzt. Und die übernächste auch. Aber die folgende Kerze verrutscht: der Ball, aus verkanteter Stellung des Schlägers geschlagen, treibt vom Spielfeld ab und geht in dem das Spielfeld begrenzenden Mischwald prasselnd und laubreißend nieder. Auf Mallenbrands Pfiff hin – Der Ball ist tot! – hetzt Walter Matern hin zum Zaun, ist schon drüber, sucht im Moos und Gebüsch des Waldrandes; da wirft ihm ein Haselstrauch den Ball zu.
Fangen und Aufblicken: aus verzweigten Blättern wächst Kopf und Oberkörper eines Mannes. Am Ohr, am linken, schaukelt ein Messingring, weil er lacht, lautlos. Dunkel bleich braun. Hat keinen Zahn im Mund. Bidandengero, das heißt, der Zahnlose. Der hat ein greinendes Bündelchen unterm Arm. Walter Matern, mit dem Lederball in zwei Händen, drückt sich rückwärts aus dem Wald. Niemandem, auch Amsel nicht, erzählt er von dem lautlosen Lacher hinterm Strauch. Schon am nächsten Vormittag, gleichfalls am Nachmittag, schlug Walter Matern absichtlich je eine schräge, über dem Laubwald niedergehende Fehlkerze. Noch bevor Mallenbrand pfeifen konnte, hetzte er über Spielfeld und Zaun. Kein Busch, und kein Unterholz warfen ihm den Ball zu. Den einen Lederball fand er nach langem Suchen unterm Farn; den anderen mochten die Waldameisen verschleppt haben.

Dreißigste Frühschicht

Fleißige Bleistiftstriche und Sperlinge: Schattieren und Aussparen; Sichvermehren und Explodieren.
Bienenfleiß Ameisenfleiß Leghornfleiß: Fleißige Sachsen und fleißige Waschfrauen.
Frühschichten Liebesbriefe Materniaden: Brauxel und seine Mitautoren gingen bei jemandem in die Schule, der zeit seines Lebens fleißig war, auf lackiertem Blech.
Und die acht Planeten? Sonne Mond Mars Merkur Jupiter Venus Saturn Uranus, zu denen sich, so munkeln schrecklich die astrologischen Kalender, der geheime Mond Lilith gesellen könnte? Waren sie doch zwanzigtausend Jahre lang fleißig unterwegs, damit ihnen übermorgen die schlimme Konjunktion im Zeichen Wassermann gelingt?
Nicht alle Steilbälle gelangen. Deshalb mußte das Kerzenschlagen, auch das Schlagen schräger, absichtlich verrutschter Kerzen, fleißig geübt

werden.
Ein offener Holzbau, die Liegehalle, grenzte die Nordseite der Wiese ab. Fünfundvierzig hölzerne Pritschen, fünfundvierzig am Fußende der Pritschen korrekt zusammengelegte, rauhhaarige und sauer atmende Decken waren täglich bereit für die eineinhalbstündige Mittagsruhe der Sextaner. Und nach der Mittagspause übte Walter Matern östlich der Liegehalle das Kerzenschlagen.
Das Landschulheim, die Liegehalle, die Schlagballwiese und den von Ecke zu Ecke laufenden Maschendrahtzaun umschloß allseitig dicht, reglos oder rauschend der Saskoschiner Forst, ein Mischwald mit Wildschweinen, Dachsen, Kreuzottern und einer Staatsgrenze, quer durch den Forst hindurch. Denn der begann im Polnischen, fing auf den öden Sandflächen der Tuchler Heide mit Kusseln und Kiefern an, bekam auf den Bodenwellen der Koschschneiderei Birken und Buchen dazwischengemischt, schob sich nach Norden in's mildere Küstenklima: Mischwald wuchs auf Geschiebemergel und hörte über der Küste als reiner Laubwald auf.
Manchmal wechselten Waldzigeuner über die Grenze. Sie galten als harmlos und ernährten sich von Wildkaninchen, Igeln und vom Kesselflicken. Das Landschulheim belieferten sie mit Steinpilzen, Pfifferlingen und Blutreizkern. Der Förster brauchte ihre Hilfe, wenn sich, nahe den Waldwegen, Wespen und Hornissen in hohlen Baumstämmen eingenistet hatten und Pferde vor Holztransporten scheuen ließen. Sie nannten sich Gakkos, sprachen sich an: More! wurden allgemein als Mängische bezeichnet, auch als Ziganken.
Und einmal warf ein Gakko einem Sextaner einen Schlagball zu, der als mißglückte Kerze im Mischwald niedergegangen war. More lachte lautlos.
Da übte der Sextaner das Fehlkerzenschlagen, nachdem er bisher nur das Kerzenschlagen geübt hatte.
Es gelang dem Sextaner zwei Fehlkerzen zu schlagen, die im Mischwald niedergingen, aber kein Mängischer warf ihm einen Lederball zu.
Wo übte Walter Matern das Kerzenschlagen und Fehlkerzenschlagen?
Am Ende der Liegehalle, gegen Osten, befand sich ein Schwimmbecken, etwa sieben mal sieben, in dem niemand schwimmen konnte, denn es war kaputt verstopft durchlässig; allenfalls Regenwasser verdunstete in dem rissigen Betonquadrat. Wenn auch keine Schüler in dem Becken baden konnten, hatte es dennoch immer Besuch: malzbonbongroße, kühl lebendige Poggen hüpften dort fleißig, als übten sie Hüpfen – seltener die großen schweratmenden Kröten – immer aber Poggen, ein Kongreß Poggen, ein Pausenhof Poggen, ein Ballett Poggen, ein Spielplatz Poggen; Poggen, die man mit Strohhalmen aufblasen konnte; Poggen, die man jemandem in den Hemdkragen stecken konnte; Poggen zum Zertreten; Poggen zum in die Schuhe stecken; in die immer leicht angebrannte Erbsensuppe konnte man Poggen werfen, Poggen ins Bett,

Poggen ins Tintenfaß, Poggen im Briefkuvert; Poggen zum Kerzenschlagenüben.
Jeden Tag übte Walter Matern im trockenen Schwimmbassin. Glatte Poggen griff er aus unerschöpflichem Vorrat. Dreißig graublaue Poggen mußten, wenn er dreißigmal traf, ihr kühles junges Leben lassen. Zumeist mußten nur siebenundzwanzig braunschwarze Poggen dran glauben, wenn Walter sein zielstrebiges Exerzitium herunterbetete. Seine Absicht war nicht, die grüngrauen Poggen hoch, höher als die Bäume des rauschenden oder schweigenden Saskoschiner Forstes zu treiben. Auch übte er nicht das simple Treffen einer ordinären Pogge mit irgendeiner Stelle des Schlagholzes. Nicht im Schlagen von Weitbällen, Flachbällen, tückischen Kurzbällen wollte er sich vervollkommnen – im Weitballschlagen war ohnehin Heini Kadlubek treffsicherer Meister – vielmehr wollte Walter Matern die verschieden getönten Poggen mit jener Stelle des Schlagholzes treffen, die, wenn das Schlagholz vorschriftsmäßig von unten dem Körper entlang steil nach oben geführt wurde, das Gelingen einer mustergültigen, knapp senkrechten, nur mäßig dem Wind gehorchenden Kerze versprach. Hätte an Stelle der changierenden Poggen der stumpfbraune, nur an den Nähten blanke Lederschlagball dem dicken Ende des Schlagholzes Widerstand geleistet, wären Walter Matern innert einer mittäglichen halben Stunde zwölf extraordinäre und fünfzehn bis sechzehn passable Kerzen gelungen. Der Gerechtigkeit halber muß noch gesagt werden: trotz Fleiß und Kerzenschlagen wurden die Poggen im wasserlosen Schwimmbassin nicht weniger: munter hüpften sie ungleich weit und ungleich hoch, während Walter Matern mitten unter ihnen als Poggentod stand. Sie begriffen nicht oder waren sich ihrer Vielzahl – darin den Sperlingen verwandt – dergestalt bewußt, daß im Schwimmbassin keine Poggenpanik ausbrechen konnte.
Bei feuchter Witterung fanden sich in dem todesschwangeren Bassin auch Molche, Feuersalamander und simple Eidechsen. Diese beweglichen Tierchen hatten jedoch das Schlagholz nicht zu fürchten; denn es bürgerte sich bei den Sextanern ein Spiel ein, dessen Regeln den Molchen und Salamandern nur die Schwänze kosteten.
Eine Mutprobe wird abgelegt: es gilt, jene zuckenden, irre tuenden Schwanzenden, die Molche und Salamander abstoßen, wenn man sie mit der Hand greift – man kann sie ihnen auch mit hartem Finger abschlagen – lebendige Fragmente also gilt es, in mobilem Zustand zu verschlucken. Nach Möglichkeit sollen mehrere, sich vom Beton schnellende Schwänze nacheinander verschluckt werden. Wer das tut, ist ein Held. Auch müssen die drei bis fünf aufgeregten Schwänze hinunter, ohne daß mit Wasser nachgespült, mit Brotkanten nachgestopft werden darf. Wer in seinem Inneren drei bis fünf auch im Inneren unermündliche Schwänze, Molch, Salamander oder Eidechse, beherbergt, dem ist dennoch verboten, das Gesicht zu verziehen. Amsel kann das. Der beim Schlagballspiel gehetzte und gemarterte Amsel erkennt und begreift beim Molchschwanzschluk-

ken seine Chance: nicht nur, daß er sieben quicke Schwänze nacheinander seinem runden Körper auf kurzen Beinen einverleibt, er ist auch in der Lage, sobald man verspricht, ihn vom drohenden Schlagballspiel des Nachmittags zu befreien und den Kartoffelschälern des Küchendienstes zuzuordnen, die Gegenprobe zu liefern. Eine Minute, nachdem er siebenmal geschluckt hat, kann er, ohne den Finger in den Hals führen zu müssen, kraft starken Willens und mehr noch aus ohnmächtiger Angst vor dem ledernen Schlagball, die sieben Schwänze wieder von sich geben: und siehe, sie zucken immer noch, wenn auch weniger lebendig, weil mitgeflossener Schleim sie hemmt, auf dem Beton des Schwimmbassins, inmitten hüpfender Poggen, die nicht weniger geworden sind, obgleich Walter Matern kurz vor Amsels Molchschwanzschlucken und der nachfolgenden Gegenprobe, das Kerzenschlagen übte.
Die Sextaner sind beeindruckt. Immer wieder zählen sie die sieben auferstandenen Schwänze, klopfen Amsel den runden Sommersprossenrükken und versprechen, wenn Mallenbrand nichts dagegen habe, auf ihn als nachmittägliches Schlagballopfer zu verzichten. Sollte aber Mallenbrand etwas gegen Amsels Küchendienst einwenden, so wollen sie mit dem Schlagball nur so tun als ob.
Diesem Handel hören viele Poggen zu. Die sieben geschluckten und wieder gespieenen Molchschwänze schlafen langsam ein. Walter Matern steht mit stützendem Schlagholz am Maschendrahtzaun und starrt in die Büsche des rundum ragenden Saskoschiner Forstes. Sucht er etwas?

Einunddreißigste Frühschicht

Was blüht uns? Brauksel wird morgen, der vielen Sterne wegen, die über uns einen gärenden Klumpatsch bilden, mit der Frühschicht einfahren und unter Tage, im Archiv auf der Achthundertfünfzigmetersohle – einst lagerten dort die Sprengstoffe der Schießhauer – seinen Bericht abschließen: immer bemüht, mit Gleichmut die Feder zu führen.
Ihm vergeht die erste Ferienwoche im Landschulheim Saskoschin unter Schlagballspielen, geordneten Spaziergängen und milden Unterrichtsstunden. Regelmäßiger Poggenverschleiß und gelegentlich, vom Wetter abhängiges Molchschwanzschlucken auf der einen Seite; abendliches Liedersingen, um's Lagerfeuer geschart – kalter Rücken, erhitzte Gesichter – auf der anderen Seite. Jemand reißt sich das Knie auf. Zwei haben einen schlimmen Hals. Zuerst hat der kleine Probst ein Gerstenkorn, danach hat Jochen Witulski ein Gerstenkorn. Ein Füllfederhalter wird gestohlen, oder Horst Behlau hat ihn verloren: langweilige Untersuchungen. Bobbe Ehlers, ein guter Tickspieler, muß vorzeitig nach Quatschin zurück, weil seine Mutter ernsthaft erkrankt ist. Während der eine der Brüder Dyck, der im Alumnat den Bettnässer abgegeben hatte, im Landschulheim Saskoschin Trockenbett melden kann, beginnt sein Bruder,

bislang trocken, regelmäßig sein Landschulheimbett, auch die Pritsche der Liegehalle, zu nässen. Halbwacher Mittagsschlaf in der Halle. Die Schlagballwiese flimmert unbespielt. Amsels Schlaf treibt Perlen auf glatter Stirn. Mit Augen, hin und her, klabastert Walter Matern den fernen Maschendrahtzaun, den dahinter stehenden Wald ab. Nichts. Wer Geduld hat, sieht Hügel aus der Schlagballwiese wachsen: Maulwürfe wühlen auch über Mittag. Erbsen mit Speck – immer leicht angebrannt – hat es um Zwölf gegeben. Zum Abendbrot soll es gebratene Pfifferlinge und hinterher Blaubeersuppe mit Grießpudding geben, es gibt aber was anderes. Und nach dem Abendbrot werden Postkarten nach Hause geschrieben.

Kein Lagerfeuer. Einige spielen Menschärgerdichnicht, andere Mühle oder Dame. Im Eßsaal versucht das trockene Arbeitsgeräusch des Tischtennisspiels gegen das Rauschen des nachtdunklen Forstes aufzukommen. In seinem Zimmer ordnet Studienrat Brunies, während ein Malzbonbon kleiner wird, die Ausbeute eines Sammlertages: die Gegend ist reich an Biotit und Muskovit: das stößt gneisig aneinander. Glimmer silbert, wenn Gneise knirschen; kein Glimmer silbert, wenn Walter Matern mit den Zähnen knirscht.

Am Rande der nachtschwarzen Schlagballwiese sitzt er auf dem Betonwulst des poggenreichen und wasserarmen Schwimmbassins. Neben ihm Amsel: »Mi Dlaw tsi se leknud.«

Walter Matern starrt gegen die nahe, näher rückende Wand des Saskoschiner Forstes.

Amsel reibt Stellen, die am Nachmittag der Schlagball traf. Hinter welchem Busch? Ob er lautlos lacht? Ob das Bündelchen? Ob Bidandengero?

Kein Glimmergneise; Walter Matern knirscht von links nach rechts. Schweratmende Kröten antworten ihm. Der Wald mit seinen Vögeln stöhnt. Es mündet keine Weichsel.

Zweiunddreißigste Frühschicht

Unter Tage führt Brauxel die Feder: Huch, wie ist es im deutschen Wald so dunkel! Das Barbale geht um. Schrate betuppen sich. Huch, wie ist es im Polnischen Wald so dunkel! Gakkos wechseln, die Ballertmenger. Aschmatei! Aschmatei! Oder Beng Dirach Beelzebub, den die Bauern Deikert nennen. Dienstmädchenfinger, die einst zu neugierig, Spuckkerzen nun, Schlaflichterchen: soviel brennen, soviel schlafen. Balderle tritt auf Moos: Efta mal Efta zählt neunundvierzig. – Huch! Aber am dunkelsten ist es im deutsch-polnischen Wald: da krümmt sich Beng, Balderle fliegt auf, Schlaflichter wehen, Oichterles wandern, Bäume belaxeln sich, Mängische wechseln: Leopolds Bibi und Bibi die Muhme und Bibi die Schwester und Esterswehs Bibi und Hites Bibi, Gaschparis Bibi, alle alle

alle lassen die Fulminantes springen, geben ein Päserchen, bis sie sich zeigt: die reine Maschari weist dem Bub des Zimmermanns, wo ihr aus gänseweißem Geschirr die Milch. Und die fließt grün, ist geharzt und versammelt die Schlangen, neunundvierzig, Efta mal Efta.

Im Farn läuft die Grenze auf einem Bein. Hier und drüben: weißrote Pilze kämpfen mit schwarzweißroten Ameisen. Estersweh Estersweh! Wer sucht da sein Schwesterchen? Eicheln fallen ins Moos. Ketterle ruft, weil's flimmert: Gneis liegt neben Granit und reibt sich. Glimmer stiebt. Schiefer knirscht. Wer hört das schon?

Romno, der Mann hinterm Busch. Bidandengero, ohne Zahn, hört aber gut: Eicheln kullern, Schiefer rutscht, Schnürschuh stößt, Bündelchen kusch, Schnürschuh kommt, die Pilze suppen, ins nächste Jahrhundert gleitet die Schlange, Blaubeeren platzen, Farne zittern vor wem? Da dringt Licht durch's Schlüsselloch, steigt treppab in den Mischwald, Ketterle ist die Elster – Por, ihre Feder, fliegt. Schnürschuhe knarren unbezahlt. Da kichert der Schaller, der Bimser, der Bohmeier, Lehrer – Brunies, Brunies! Oswald Brunies! – weil sie sich reiben, bis sie stieben: gneisig schiefrig körnig schuppig knotig: Zweiglimmergneise, Feldspat und Quarz. Selten, höchst selten, sagt er, und stellt den Schnürschuh vor, zieht seine Lupe am Gummi und kichert unterm Bismarckhut.

Auch einen schönen schönen, rötlichen Glimmergranit hebt er, dreht ihn unterm Mischwald in die treppab steigende Sonne, bis alle Spiegelchen piiih sagen können. Er verwirft ihn nicht, hält ins Licht, betet mit und dreht sich nicht um. Er geht vor sich hin und brabbelt vor sich hin. Er hält seinen Glimmergranit ins nächste und nächste und übernächste Licht, damit wieder die tausend Spiegelchen piiih sagen können, einer nach dem anderen und nur wenige gleichzeitig. Er tritt mit dem Schnürschuh ganz dicht heran an den Busch. Dahinter sitzt ohne Zahn, Bidandengero, und ist ganz still. Auch das Bündelchen kusch. Nicht mehr ist Romno die Elster. Ketterle ruft nicht mehr. Por, ihre Feder fliegt nicht mehr. Weil ganz nah der Schaller, der Bimser, Bohmeier, Lehrer, Oswald Brunies.

Im tiefen Wald lacht er unterm Hut, denn er fand im deutschpolnischen Saskoschiner Forst, wo er am dunkelsten ist, einen höchst seltenen fleischfarbenen Glimmergranit. Weil aber die tausend Spiegelchen nicht aufhören wollen mit vielstimmigem Piiih, wird es dem Studienrat Oswald Brunies bitter und trocken im Mund. Reisig und Tannenzapfen muß er zusammentragen. Aus drei großen Steinen, die nur armselig glimmern, muß er einen Herd erstellen. Fulminantes müssen aus schwedischen Döschen ein Päserchen schlagen, mitten im tiefen Wald; daß gleich darauf wieder Ketterle ruft: Por – die Elster verliert eine Feder.

Eine Pfanne hat der Studienrat in seinem Beutel. Sie ist fettig, schwarz, mit Glimmerspiegelchen besetzt, weil er in seinem Beutel nicht nur die Pfanne sondern auch Glimmergneise und Glimmergranit, sogar die seltenen Zweiglimmergneise bewahrt. Aber des Lehrers Beutel gibt außer Pfanne und Glimmergestein noch diverse braune und blaue Tütchen

verschiedener Größe her. Zudem eine Flasche ohne Etikett und eine Blechdose mit abschraubbarem Deckel. Trocken knistert das Päserchen. Harz schmurgelt. Glimmerspiegel springen in heißer Pfanne. Die Pfanne erschrickt, als er aus der Flasche in sie hineingießt. Das Päserchen prasselt zwischen drei Steinen. Sechs gehäufte Kaffeelöffel voll aus der Blechdose. Gemessenes Schütten aus der großen blauen und aus der spitzen braunen Tüte. Einen Löffelstiel voll hebt er aus kleiner blauer, eine Prise aus kleiner brauner Tüte. Rührt dann links rum und pudert linkshändig mit winzigem Streudöschen. Rührt rechts herum, während schon wieder die Elster, während fern und jenseits der Grenze immer noch Estersweh gesucht wird, obgleich kein Wind trägt.
Auf die Lehrerknie geht er und pustet, bis es auflebt und päsert. Rühren muß er, bis der Brei langsam einkocht, zäher und verschlafener wird. Die Lehrernase, mit langen Haaren aus beiden Naslöchern, führt er über dem dampfenden blubbernden Pfännchen hin und her: Tropfen hängen in seinem versengten Bart über der Oberlippe, kandieren, werden glasig, indem er gegen den Brei rührt. Aus allen Richtungen kommen die Ameisen. Unentschlossen kriecht der Qualm über Moos, verheddert im Farnkraut. Unter wanderndem schrägen Licht schreit der große Glimmersteinberg – Wer mag den gehäuft haben? – laut durcheinander: piiih piiih piiih! Da brennt der Brei überm Päserchen an, muß aber nach Rezept anbrennen. Bräune muß in ihm steigen. Ein Pergament wird gebreitet und gefettet. Zwei Hände heben die Pfanne: ein satter müder Teig fließt braun blasig lavabreit übers gefettete Papier, bekommt sogleich eine glasige Haut, dann Runzeln unter jäher Kühle und dunkelt. Schnell, bevor er erkaltet, teilt ein Messer in des Studienrats Hand den Fladen in bonbongroße Quadrate; denn was der Studienrat Oswald Brunies mitten im dunkel deutschpolnischen Wald, unter den Bäumen des Saskoschiner Forstes, zwischen Estersweh und Ketterles Schrei gebraut hat, sind Malzbonbons.
Weil ihm nach Süßem gelüstet. Weil sein süßer Vorrat erschöpft war. Weil sein Beutel immer voller Tütchen und Dosen ist. Weil in den Tüten, Dosen und in der Flasche Malz und Zucker, Ingwer, Anis und Hirschhornsalz, Honig und Bier, Pfeffer und Hammeltalg immer bereit sind. Weil er mit winzigem Streudöschen – das ist sein Geheimnis – gestoßene Nelke über zähwerdenden Brei stäubt: nun duftet der Wald, und die Pilze, Blaubeeren, das Moos, jahrzehntealtes Laub, Farne und Harz geben es auf, dagegen zu duften. Irre gehen die Ameisen. Die Schlangen im Moos kandieren. Verändert schreit Ketterle. Por, ihre Feder, klebt. Wie soll Estersweh gesucht werden? Den süßen oder den sauren Weg? Und wer weint hinterm Busch und schnupft hinterm Busch, weil er im brenzligen Qualm saß? Hat das Bündelchen etwa Mohn bekommen, weil es so still blieb, als der Lehrer, ganz ohne Gehör, die erkalteten Lavareste mit schrillem Löffelstiel aus der Pfanne sprengte?
Was von den Splittern nicht ins Moos fiel und zwischen die Glimmer-

steine sprang, führt sich Studienrat Oswald Brunies unter den übersüßen Schnurrbart: Sückelt, zieht Saft, läßt vergehen. Mit klebrigen Fingern, die zwischen sich unermüdlich Ameisen zerreiben müssen, hockt er neben dem zusammengesunkenen, nur noch dünn qualmenden Päserchen und bricht den harten, glasig braunen Fladen auf gefettetem Papier in etwa fünfzig vorgezeichnete Viertelchen. Mit Bruch und zu Bonbon gewordenen Ameisen füllt er den süßen Brassel in eine große blaue Tüte, die vor dem Bonbonkochen voller Zucker gewesen war. Alles, die Pfanne, die zerknüllten Tütchen, die Tüte mit dem frischgewonnenen Bonbonvorrat, die Blechdose, die leere Flasche, auch das winzige Streudöschen wandern wieder zu den Glimmergneisen im Beutel. Schon steht er und hält den braunüberkrusteten Löffel im Lehrermund. Schon schreitet er in Schnürschuhen unterm Bismarckhut übers Moos. Nur das fette Papier und winzige Splitter läßt er hinter sich. Da kommen schon die Schüler laut durch die Blaubeeren zwischen den Stämmen des Mischwaldes. Der kleine Probst weint, weil er zwischen Waldwespen geraten ist. Sechs haben ihn gestochen. Vier Sextaner müssen ihn tragen. Studienrat Oswald Brunies begrüßt seinen Kollegen Studienrat Mallenbrand.
Als die Klasse fortzog, nicht mehr da war, nur noch aus Rufen, Lachen, Geschrei und den Stimmen der Schaller, der Bimser, Bohmeier, der Lehrer bestand, rief dreimal die Elster. Por: wieder flog ihre Feder. Da verließ Bidandengero seinen Busch. Auch die anderen Gakkos: Gaschpari, Hite und Leopold lösten sich aus Büschen, glitten von Bäumen. Bei dem fetten Papier, das dem Bonbonfladen als Unterlage gedient hatte, trafen sie aufeinander. Schwarz von Ameisen war es und bewegte sich in polnische Richtung. Da gehorchten die Gakkos den Ameisen: Hite, Gaschpari, Leopold und Bidandengero huschten lautlos übers Moos, teilten Farn: Richtung Süden. Als letzter wurde Bidandengero zwischen den Baumstämmen kleiner. Ein dünnes Wimmern, als hätte sein Bündelchen, ein Babetuttchen, ein hungriges zahnloses Grams, als hätte Estersweh geweint, nahm er mit sich.
Aber die Grenze war nahe und erlaubte schnellen Wechsel hin und her. Zwei Tage nach dem Bonbonkochen im tiefen Wald schlug Walter Matern, der breitbeinig im Schlagraum stand, ganz gegen seine Gewohnheit, und nur, weil Heini Kadlubek gesagt hatte, er könne nur Kerzen und keine Weitbälle schlagen, einen Weitball über die beiden Ticks hinweg, über den Schrägraum und über das poggenreiche und wasserlose Schwimmbassin. In den Wald hinein schickte Walter Matern den Schlagball. Er mußte, bevor Mallenbrand kam und die Bälle nachzählte, dem Leder hinterdrein, über den Maschendrahtzaun in den Mischwald.
Aber er fand den Ball nicht und suchte immer dort, wo es keinen gab. Jeden Farnwedel hob er. Vor einem halbzerfallenen Fuchsbau, von dem er wußte, daß er unbewohnt war, ging er auf die Knie. Mit einem Ast stocherte er in dem rieselnden Loch. Schon wollte er sich auf den Bauch

legen und mit langem Arm in den Fuchsbau hinein, da schrie die Elster, die Federflog, das Leder traf ihn: welcher Busch hatte geworfen?
Der Busch war ein Mann. Das Bündelchen verhielt sich stille. Der Messingring am Ohr des Mannes schaukelte, weil der Mann lautlos lachte. Hellrot flatterte seine Zunge im zahnlosen Mund. Eine fasrige Schnur schnitt den Stoff über seiner linken Schulter. Vorne hingen drei Igel an der Schnur. Die bluteten aus spitzen Nasen. Als der Mann sich wenig drehte, hing hinten ein Säckchen als Gegengewicht an der Schnur. Die langen schwarz geölten Schläfenhaare hatte der Mann zu kurzen, steif abstehenden Zöpfen geflochten. Das hatten schon Zietens Husaren getan.
»Sind Sie Husar?«
»Bißchen Husar, bißchen Ballertmenger.«
»Wie heißen Sie eigentlich?«
»Bi – dan – den – gero. Hab keinen Zahn mehr.«
»Und die Igel?«
»Zum Schmausen im Lehm.«
»Und das Bündel vorne?«
»Estersweh, kleines Estersweh.«
»Und der Beutel hinten? Und was suchen Sie hier? Und womit fangen Sie die Igel? Und wo wohnen Sie? Und heißen Sie wirklich so komisch? Und wenn Sie der Förster erwischt? Und stimmt das, daß die Ziganken? Und der Ring am kleinen Finger? Und das Bündelchen vorne?«
Por – da rief wieder die Elster aus dem Inneren des Mischwaldes. Bidandengero hatte es eilig. Er sagte, er müsse zur Fabrik ohne Fenster. Da sei der Herr Lehrer. Der warte auf wilden Honig für seine Bonbons. Auch wollte er dem Herrn Lehrer Glimmerchen bringen und sonst ein Geschenkchen.
Mit dem Lederball stand Walter Matern und wußte nicht, welche Richtung, was tun. Endlich wollte er doch zurück über den Maschendrahtzaun, auf's Schlagballfeld – denn das Spiel ging ja weiter – da kugelte Amsel aus Büschen, stellte keine Fragen, hatte alles gehört und kannte nur eine Richtung: Bidandengero... Seinen Freund zog er hinter sich her. Sie folgten dem Mann mit den toten Igeln, und wenn sie ihn verloren hatten, fand sich auf Farnwedeln helles Igelblut aus drei spitzen Igelschnauzen. Diese Spur lasen sie. Und als die Igel an Bidandengeros Schnur saftlos schwiegen, schrie die Elster für sie: Por – Ketterles Feder flog voraus. Dichter wurde der Wald, rückte zusammen. Zweige schlugen Amsels Gesicht. Auf den weißroten Pilz trat Walter Matern, fiel ins Moos und schlug seine Zähne in das Kissen. Ein Fuchs versteinerte. Bäume schnitten Fratzen. Mit Gesichtern durch Spinnweben. Finger verharzt. Borke schmeckte säuerlich. Mischwald rücke auseinander. Treppab stieg die Sonne auf des Lehrers gehäufte Steine. Konzert am Nachmittag: Gneise, Augit dazwischen, Hornblende, Schiefer, Glimmer, Mozart, Zwitscherkastraten vom Kyrie bis zum Rundgesang Dona nobis: viel-

stimmiges Piiih – aber kein Lehrer unterm Bismarckhut.
Nur die kalte Feuerstätte. Fort war das gefettete Papier. Und erst als die Buchen hinter der Lichtung wieder zusammenrückten und den Himmel abschirmten, überholten sie das Papier: schwarz von Ameisen war es unterwegs. Die wollten, wie Bidandengero mit seinen Igeln, die Beute über die Grenze retten. Blieben achterkatz, wie auch Walter Matern und sein Freund achterkatz schnürten, der lockenden Elster hinterdrein: Hier hier hier! Durch kniehohen Farn. Durch sauber versammelte Buchenstämme. Durch grünes Kirchenlicht. Wieder verschluckt, fern, wieder da: Bidandengero. Doch nicht mehr allein. Ketterle hatte die Gakkos gerufen. Gaschpari und die Hite, Leopold und Hites Bibi, die Tante Bibi und Leopolds Bibi, alle die Mängischen, Ballertmenger und Waldhusaren hatten sich unter Buchen im leisen Farn um Bidandengero versammelt. Gaschparis Bibi zog Bartmann, die Ziege.
Und als sich der Wald abermals lichtete, verließen acht oder neun Gakkos mit Bartmann, der Ziege, den Wald. Bis zu den Bäumen tauchten sie ins ausgeschossene Gras der muldigen baumlosen, nach Süden hin weitläufigen Waldwiese: und in offener Wiese steht die Fabrik und flimmert.
Ausgebrannt das eine längliche Stockwerk. Unverputzter Ziegelbau, rußgeschwärzt um leere Fensterlöcher. Von der Sohle bis zur halben Höhe klafft der Schornstein, ein lückenhaftes Ziegelgebiß. Steht dennoch im Lot und mag knapp Buchen überragen, die dicht bei dicht die Waldwiese umstehen. Ist aber kein Ziegeleischornstein, obgleich die Gegend reich an Ziegeleien ist. Hat früher den Rauch einer Spritbrennerei abgelassen, und trägt nun, da die Fabrik tot, der Schornstein kalt ist, ein breitausladendes Storchennest. Aber auch das Nest ist tot. Schwärzlich faules Stroh deckt den geborstenen Kamin und flimmert leer.
Sie nähern sich fächerförmig der Fabrik. Keine Elster schreit mehr. Gakkos schwimmen im hohen Gras. Schmetterlinge torkeln über der Waldwiese. Amsel und Walter Matern erreichen den Waldrand, legen sich flach, spähen über die zitternden Spieße und sehen, wie alle Gakkos gleichzeitig aber durch verschiedene Fensterhöhlen in die tote Fabrik steigen. Gaschparis Bibi hat Bartmann an einen Mauerhaken gebunden.
Eine weiße langhaarige Ziege. Nicht nur die Fabrik, das schwärzliche Stroh auf geborstenem Schornstein und die Wiese flimmern, auch Bartmann löst sich im Licht auf. Es ist gefährlich, torkelnden Schmetterlingen zuzusehen. Sie haben einen Plan ohne Bedeutung.
Amsel ist nicht sicher, ob sie schon im Polnischen sind. Walter Matern will in einem Fensterloch Bidandengeros Kopf erkannt haben: die öligen Zöpfchen nach Husarenart, Messing am Ohr, wieder fort.
Amsel will den Bismarckhut erst in dem einen, dann kurz im nächsten Fensterloch gesehen haben.
Keiner sieht die Grenze. Nur foppende Kohlweißlinge. Und über

Hummeln in verschiedener Tonlage wabert von der Fabrik her auf- und abschwellendes Brabbeln. Kein deutliches Johlen, Fluchen oder Geschrei. Eher ein zunehmendes Gleischbern und Fisteln. Die Ziege Bartmann meckert zwei trockene Salven gen Himmel.
Da springt aus dem vierten Fensterloch links der erste Gakko: Hite zieht Hites Bibi nach sich. Die bindet Bartmann los. Wieder einer, jetzt springen zwei in bunten Pracherfleppen: Gaschpari und Leopold, dessen Bibi in vielen Röcken. Keiner durchs offene Tor, alle Ziganken durch Fensterlöcher, als letzter, Kopf voran, Bidandengero.
Denn alle Mängischen haben bei der Maschari geschworen: Niemals durch Türen, immer durch die Feneten.
Fächerförmig wie sie gekommen, schwimmen die Gakkos durchs Zittergras dem Wald zu, der sie schluckt. Noch einmal die weiße Ziege. Ketterle ruft nicht. Por, ihre Feder fliegt nicht. Stille, bis das Summsumm der Waldwiese wieder aufkommt: Schmetterlinge foppen. Hummeln gleich Doppeldeckern, Libellen beten, kostbare Fliegen, Wespen und ähnliche Fechtbrüder.
Und wer schlug das Bilderbuch zu? Wer träufelte Zitrone auf hausbackene Juniwolken. Wer ließ die Milch grützig werden? Wie kam es, daß Amsels Haut und Walter Materns Haut porig wurden, wie mit Graupeln beworfen?
Das Bündelchen. Das Babetuttchen. Das zahnlose Grams. Estersweh schrie aus toter Fabrik über die lebendige Wiese. Nicht die dunklen Fensterlöcher, das schwarze Tor spuckte den Bismarckhut unter den Himmel. Der Schaller, der Bimser, Bohmeier, Lehrer: Oswald Brunies stand mit dem schreienden Bündel unter der Sonne, wußte nicht, wie er es halten sollte und rief: »Bidandengero Bidandengero!« aber der Wald antwortete nicht. Weder Amsel noch Walter Matern, die vom Geschrei gehoben und schrittweise durch zischelndes Gras zur Fabrik geschleust wurden, weder der Studienrat Brunies mit dem Bündelchen lauthals noch die Bilderbuchwelt der Waldwiese zeigten sich erstaunt, als sich abermals Wunderbares ereignete: Von Süden her, aus dem Polnischen, strichen Störche mit gemessenem Flügelschlag über die Wiese. Zwei zogen feierlich Schleifen und ließen sich nacheinander in das schwärzlich zerzauste Nest auf dem geborstenen Fabrikschornstein fallen.
Sogleich klapperten sie. Alle Augen, die des Lehrers unter dem Bismarckhut, die der Schüler kletterten den Schornstein hinauf. Das Babetuttchen brach sein Geschrei ab. Adebar Adebar. Einen Glimmergneis – oder war es ein Zweiglimmergneis? – fand Oswald Brunies in seiner Tasche. Den sollte das Grams zum Spielen haben. Adebar Adebar. Jenen ledernen Schlagball, der den weiten Weg mitgemacht, bei dem alles angefangen hatte, wollte Walter Matern dem Bündelchen geben. Adebar Adebar. Aber das halbjährige Mädchen hatte schon etwas zum Fingern und Spielen: Angustri, Bidandengeros Silberring.
Den mag Jenny Brunies heute noch an sich tragen.

Letzte Frühschicht

Es war wohl nichts. Keine Welt ging spürbar unter. Brauxel darf wieder übertage schreiben. Allein einen Vorteil bewies das Datum des vierten Februar: alle drei Manuskripte wurden termingerecht fertig; Brauchsel kann die Liebesbriefe des jungen Harry Liebenau auf seinem Packen Frühschichten ablegen; und auf »Frühschichten« und »Liebesbriefe« wird er des Schauspielers Bekenntnisse stapeln. Sollte ein Schlußwort wünschenswert sein, wird Brauksel es schreiben, denn er steht dem Bergwerk und dem Autorenkollektiv vor, er zahlt die Vorschüsse, bestimmt die Termine und wird die Korrekturen lesen.

Wie war es, als der junge Harry Liebenau zu uns kam und sich um die Autorenschaft des zweiten Buches bewarb? Brauxel examinierte ihn. Bis dato hatte er Lyrik geschrieben und veröffentlicht. Seine Hörspiele sind alle gesendet worden. Schmeichelhafte und ermunternde Kritiken konnte er vorweisen. Sein Stil wurde zupackend, erfrischend und unausgeglichen genannt. Brauchsel fragte ihn zuerst über Danzig aus: »Wie, junger Freund, hießen die Verbindungsgassen zwischen der Hopfengasse und der neuen Mottlau?«

Harry Liebenau schnurrte sie herunter: »Kiebitzgasse, Stützengasse, Mausegasse, Brandgasse, Adebargasse, Münchengasse, Judengasse, Milchkannengasse, Schleifengasse, Turmgasse und Leitergasse.«

»Wie, junger Mann«, wollte Brauksel wissen, »wollen Sie uns erklären, wie die Portechaisengasse zu ihrem hübschen Namen gekommen ist?«

Harry Liebenau erklärte etwas umständlich, in jener Gasse hätten im achtzehnten Jahrhundert die Sänften vornehmer Patrizier und Damen gestanden, Taxis jener Zeit, mit denen man, ohne Schaden an kostbaren Gewändern zu nehmen, durch Kot und Pestilenz getragen werden konnte.

Auf Brauxels Frage, wer im Jahre neunzehnhundertsechsunddreißig den modernen italienischen Gummiknüppel bei der Danziger Schutzpolizei eingeführt habe, antwortete Harry Liebenau frei heraus wie ein Rekrut: »Das tat der Polizeipräsident Friboess!« Doch ich gab mich noch immer nicht zufrieden: »Wer war, junger Freund – Sie werden sich kaum erinnern – der letzte Vorsitzende der Zentrumspartei in Danzig? Wie hieß der ehrenwerte Mann?« Harry Liebenau hatte sich gut vorbereitet, selbst Brauxel lernte dazu: »Der Geistliche Studienrat Dr. theol. Richard Stachnik wurde neunzehnhundertdreiunddreißig Vorsitzender der Zentrumspartei und Abgeordneter des Volkstages. Neunzehnhundertsiebenunddreißig wird er, nach Auflösung der Zentrumspartei, ein halbes Jahr lang inhaftiert; neunzehnhundertvierundvierzig deportiert man ihn in das Konzentrationslager Stutthof, aber nach kurzer Zeit darf er das Lager wieder verlassen. Zeit seines Lebens beschäftigte sich Dr. Stachnik mit dem Heiligsprechungsprozeß der seligen Dorothea von Montau, die sich neben dem Dom zu Marienwerder im Jahre dreizehnhundertzweiundneunzig hatte einmauern lassen.«

Mir fielen noch eine Menge kniffliger Fragen ein. Den Verlauf des Strießbaches, die Namen aller Langfuhrer Schokoladenfabriken, die Höhe des Erbsberges im Jäschkentaler Wald wollte ich wissen, und bekam zufriedenstellende Antworten. Als Harry Liebenau auf die Frage: Welche bekannten Schauspieler begannen ihre Karriere im Danziger Stadttheater? sofort die frühverstorbene Renate Müller und den Filmliebling Hans Söhnker nannte, gab ich in meinem Lehnstuhl zu erkennen, daß die Prüfung beendet und bestanden sei.
So kamen wir nach drei Arbeitssitzungen überein, Brauxels »Frühschichten« und die »Liebesbriefe« des Harry Liebenau mit einem Übergang zu koppeln. Hier liegt er vor:
Tulla Pokriefke wurde am elften Juni neunzehnhundertsiebenundzwanzig geboren.
Als Tulla geboren wurde, war das Wetter veränderlich, meist wolkig. Später kam Neigung auf zu Niederschlägen. Schwache umlaufende Winde bewegten die Kastanien im Kleinhammerpark.
Als Tulla geboren wurde, landete der Reichskanzler a. D. Dr. Luther, von Königsberg kommend und unterwegs nach Berlin, auf dem Flugplatz Danzig-Langfuhr. In Königsberg hatte er auf einer Kolonialtagung gesprochen; in Langfuhr nahm er im Flughafen-Restaurant einen Imbiß ein.
Als Tulla geboren wurde, veranstaltete die Kapelle der Danziger Schutzpolizei, unter Leitung von Obermusikmeister Ernst Stieberitz, ein Konzert im Zoppoter Kurgarten.
Als Tulla geboren wurde, begab sich der Ozeanflieger Lindbergh an Bord des Kreuzers »Memphis«.
Als Tulla geboren wurde, nahm die Polizei, laut Polizeibericht vom elften des Monats siebzehn Personen fest.
Als Tulla geboren wurde, traf die Danziger Delegation zur fünfundvierzigsten Tagung des Völkerbundsrates in Genf ein.
Als Tulla geboren wurde, bemerkte man auf der Berliner Börse Käufe des Auslandes in Kunstseide und Elektropapieren. Zu Kurssteigerungen kam es bei Essener Steinkohle: viereinhalb Prozent; bei Ilse und Stolberger Zink: plus drei Prozent. Ferner wurden einige Spezialwerte gesteigert. So setzte Glanzstoff um vier Prozent höher ein, Bemberg um zwei Prozent.
Als Tulla geboren wurde, lief im Odeon-Theater der Film »Sein größter Bluff« mit Harry Piel in seiner Glanz- und Doppelrolle.
Als Tulla geboren wurde, rief die NSDAP, Gau Danzig, zu einer Großkundgebung auf im Sankt Josephshaus, Töpfergasse fünf bis acht. Über das Thema »Deutsche Arbeiter der Faust und der Stirn – vereinigt Euch!« sollte der Parteigenosse Heinz Haake aus Köln am Rhein sprechen. Am Tage, der Tullas Geburt folgte, sollte die Veranstaltung unter dem Motto »Volk in Not! Wer rettet es?« im Roten Saal des Zoppoter Kurhauses wiederholt werden. »Erscheint in Massen!« unterschrieb ein Herr Hohenfeld, Mitglied des Volkstages, den Aufruf.

Als Tulla geboren wurde, lag der Diskontsatz der Bank von Danzig unverändert bei fünfeinhalb Prozent. Der Danziger Roggenrentenbrief notierte pro Zentner Roggen neun Gulden sechzig: Geld.
Als Tulla geboren wurde, war das Buch »Sein und Zeit« noch nicht erschienen, aber schon ausgedruckt und angekündigt.
Als Tulla geboren wurde, hatte Dr. Citron seine Praxis noch in Langfuhr; später mußte er nach Schweden flüchten.
Als Tulla geboren wurde, spielte das Glockenspiel im Rathausturm, wenn gerade Stunden angeschlagen werden sollten »Allein Gott in der Höh' sei Ehr'«, bei ungeraden Stunden »Aller Engel himmlisch Heer«. Das Glokkenspiel zu Sankt Katharinen ließ alle halbe Stunde hören: »Herr Jesu Christ, dich zu uns wend'.«
Als Tulla geboren wurde, lief der schwedische Dampfer »Oddewold« von Oxelösund kommend leer ein.
Als Tulla geboren wurde, lief der dänische Dampfer »Sophie« nach Grimsby mit Holz aus.
Als Tulla geboren wurde, kosteten im Kaufhaus Sternfeld, Langfuhr, Kinder-Rips-Kleidchen zwei Gulden fünfzig. Mädchen-Prinzeß-Röcke kosteten zwei Gulden fünfundsechzig. Eimerchen zum Spielen kosteten fünfundachtzig Guldenpfennige. Gießkannen einen Gulden fünfundzwanzig. Und Trommeln aus Blech, lackiert, mit Zubehör, wurden für einen Gulden und fünfundsiebzig Pfennige feilgeboten.
Als Tulla geboren wurde, war es Sonnabend.
Als Tulla geboren wurde, ging die Sonne um drei Uhr elf auf.
Als Tulla geboren wurde, ging die Sonne um acht Uhr achtzehn unter.
Als Tulla geboren wurde, war ihr Cousin Harry Liebenau einen Monat und vier Tage alt.
Als Tulla geboren wurde, adoptierte der Studienrat Oswald Brunies ein halbjähriges Findelkind, dem die Milchzähne durchbrachen.
Als Tulla geboren wurde, war Harras, der Hofhund ihres Onkels, ein Jahr und zwei Monate alt.

Zweites Buch Liebesbriefe

Liebe Cousine Tulla,
man rät mir, Dich und Deinen Rufnamen an den Anfang zu setzen, Dich, da Du überall Stoff warst, bist und sein wirst, formlos anzusprechen, als beginne ein Brief. Dabei erzähle ich mir, nur und unheilbar mir; oder erzähle ich etwa Dir, daß ich mir erzähle? Eure Familie, die Pokriefkes und die Dams, stammte aus der Koschneiderei.

Liebe Cousine,
da jedes meiner Worte an Dich verloren ist, da alle meine Worte, selbst wenn ich mir, mit starrem Willen mir erzähle, nur Dich meinen, wollen wir endlich papierenen Frieden schließen und meinem Broterwerb und Zeitvertreib ein schmales Fundament betonieren: Ich erzähle Dir. Du hörst nicht zu. Und die Anrede – als schriebe ich Dir einen und hundert Briefe – wird der formale Spazierstock bleiben, den ich jetzt schon wegwerfen möchte, den ich oft und mit Wut im Arm, in den Strießbach, in die See, in den Aktienteich werfen werde: aber der Hund, schwarz auf vier Beinen, wird ihn mir abgerichtet zurückbringen.

Liebe Tulla,
meine Mutter, eine geborene Pokriefke und Schwester Deines Vaters August Pokriefke, stammte, wie alle Pokriefkes, aus der Koschneiderei. Am siebenten Mai, als Jenny Brunies etwa ein halbes Jahr alt war, wurde ich regelrecht geboren. Siebzehn Jahre später nahm mich jemand mit zwei Fingern und setzte mich als Ladeschütze in einen naturgetreuen Panzer. Mitten im Schlesischen, in einer Gegend also, die ich im selben Maße nicht kenne, wie mir die Koschneiderei südlich Konitz vertraut ist, ging der Panzer in Stellung und schob sich, aus Gründen der Tarnung, rückwärts in einen Holzschuppen, den schlesische Glasbläser mit ihren Produkten vollgestellt hatten. Während ich bis dahin ohne Unterlaß ein Reimwort auf Dich, Tulla, gesucht hatte, bewirkten der in Stellung gehende Panzer und die aufschreienden Gläser, daß Dein Cousin Harry zu reimloser Sprache kam: fortan schrieb ich einfache Sätze und schreibe nun, da mir ein Herr Brauxel rät, einen Roman zu schreiben, einen richtigen reimlosen Roman.

Liebe Cousine Tulla,
vom Bodensee und den Mädchen dort weiß ich nichts; aber von Dir und der Koschneiderei weiß ich alles. Du wurdest am elften Juni geboren. Die Koschneiderei liegt dreiundfünfzigeindrittel Grad nördlich und fünfunddreißig Grad östlich. Du warst vier Pfund und dreihundert Gramm schwer bei Deiner Geburt. Zur eigentlichen Koschneiderei gehören sieben Dörfer: Frankenhagen, Petztin, Deutsch-Cekzin, Granau, Lichtnau, Schlangenthin und Osterwick. Deine beiden älteren Brüder Siegesmund und Alexander wurden noch in der Koschneiderei geboren; Tulla und ihr Bruder Konrad wurden in Langfuhr eingetragen. Der Name Pokriefke

findet sich schon vor siebzehnhundertzweiundsiebzig im Kirchenbuch zu Osterwick. Die Dams, Familie Deiner Mutter, werden Jahre nach den polnischen Teilungen, zuerst in Frankenhagen, dann in Schlangenthin genannt; wahrscheinlich sind sie aus dem preußischen Pommern zugezogen, denn daß sich Dams von dem erzbischöflichen Damerau herleitet, möchte ich bezweifeln, zumal Damerau mit Obkass und Groß Zirkwitz bereits zwölfhundertfünfundsiebzig dem Erzbischof von Gnesen geschenkt wurden. Damerau hieß damals Louisseva Dambrova, gelegentlich Dubrawa, es gehört nur uneigentlich zur Koschneiderei: die Dams sind Zugewanderte.

Liebe Cousine,
in der Elsenstraße kamst Du auf die Welt. Wir wohnten im selben Haus. Das Miethaus gehörte meinem Vater, dem Tischlermeister Liebenau. Schräg gegenüber, im sogenannten Aktienhaus, wohnte mein späterer Lehrer, der Studienrat Oswald Brunies. Er hatte ein Mädchen adoptiert, das er Jenny nannte, obgleich in unserer Gegend nie jemand Jenny hieß. Der schwarze Schäferhund auf unserem Tischlereihof hieß Harras. Du wurdest auf den Namen Ursula getauft, aber von Anfang an Tulla gerufen. Wahrscheinlich leitet sich dieser Rufname von dem koschnäwjer Wassergeist Thula her, der im Osterwicker See wohnte und verschieden geschrieben wurde: Duller, Tolle, Tullatsch, Thula oder Dul, Tul, Thul. Als die Pokriefkes noch in Osterwick wohnten, saßen sie als Pächter auf dem Mosbrauchsbäsch nahe dem See, an der Landstraße nach Konitz. Osterwick wurde von der Mitte des vierzehnten Jahrhunderts bis zu Tullas Geburtstag, im Jahre siebenundzwanzig, so geschrieben: Ostirwig, Ostirwich, Osterwigh, Osterwig, Osterwyk, Ostrowit, Ostrowite, Osterwieck, Ostrowitte, Ostrów. Die Koschnäwjer sagten: Oustewitsch. Die polnische Wurzel des Dorfnamens Osterwick, das Wort ostrów, bedeutet Flußinsel oder Insel in einem See; denn das Dorf Osterwick hatte sich ursprünglich, also im vierzehnten Jahrhundert, auf der Insel im Osterwicker See befunden. Erlen und Birken umstanden das karpfenreiche Gewässer. Außer Karpfen und Karauschen, Plötzen und dem obligaten Hecht befanden sich in dem See ein rotblessiges Kalb, das um Johannes reden konnte, eine sagenhafte lederne Brücke, zwei Sack voll gelbem Gold aus der Zeit der Hussiteneinfälle und ein launischer Wassergeist: Thula Duller Tul.

Liebe Tulla,
mein Vater, der Tischlermeister, sagte gerne und oft: »Die Pokriefkes werden hier nie auf 'nen grünen Zweig kommen. Die hätten bleiben sollen, wo sie herkommen, bei ihrem Kabuster.«
Die Anspielungen auf den koschnäwjer Weißkohl waren für meine Mutter, die geborene Pokriefke, bestimmt; denn sie hatte ihren Bruder mit Frau und zwei Kindern aus der sandigen Koschneiderei in den städti-

schen Vorort gelockt. Auf ihren Wunsch hin hatte der Tischlermeister Liebenau den Kätner und Landarbeiter August Pokriefke als Hilfsarbeiter in der Tischlerei angestellt. Meine Mutter hatte meinen Vater überreden können, der vierköpfigen Familie – schon ging Erna Pokriefke mit Tulla schwanger – die freigewordene Zweieinhalbzimmerwohnung, eine Etage über uns, günstig zu vermieten.
Für all diese Wohltaten hat Deine Mutter meinem Vater wenig Dank gesagt. Vielmehr gab sie bei jedem Familienkrach ihm und seiner Tischlerei die Schuld an der Taubheit ihres taubstummen Sohnes Konrad. Die von früh bis Feierabend röhrende, unsere nur gelegentlich verstummende Kreissäge, die alle Hunde des Viertels und unseren Harras mitheulen und heiser werden ließ, soll bewirkt haben, daß die winzigen Ohren des noch nicht ausgetragenen Konrad welk und taub wurden.
Der Tischlermeister hörte Erna Pokriefke gelassen zu, denn sie schimpfte auf Art der Koschnäwjer. Wer konnte das verstehen? Wer konnte das aussprechen? Die Bewohner der Koschneiderei sagten für Kirchhof: »Tchätchhoff.« Bäsch war Berg – Wäsch war Weg. Die »Preistewäs« war die Wiese des Priesters zu Osterwick, etwa zwei kulmische Morgen groß. Wenn August Pokriefke von seinen Wanderungen zwischen den Dörfern der Koschneiderei, also von seinen winterlichen Hausiererwegen nach Cekzin, Abrau, Gersdorf, Damerau und Schlagenthin erzählte, hörte sich das so an: »Äsch oppn Wäsch na Cetchzia. Äsch oppn Wäsch na Obrog, na Tjesdöep, oppn Wäsch na Domärog, Wäsch na Slagentin.« Beschrieb er eine Eisenbahnfahrt nach Konitz, so hieß die Eisenbahnstrecke: »Isäbonsträtch vä Kauntz.« Wurde er von Spöttern befragt, wieviel Morgen Land er in Osterwick besessen habe, gab er hundertzwölf kulmische Morgen an, verbesserte sich aber zwinkernd, indem er auf den berüchtigten Flugsand der Koschneiderei anspielte: »U hunnet Moj sint imme ünewajet.«

Du wirst zugeben, Tulla,
Dein Vater war ein schlechter Hilfsarbeiter. Nicht einmal an die Kreissäge konnte ihn der Maschinenmeister stellen. Abgesehen davon, daß ihm ständig der Treibriemen abrutschte, verhunzte er mit nagelgespicktem Verschalungsholz, das er für sich zu Brennholz schnitt, die teuersten Sägeblätter. Nur einer Aufgabe kam er pünktlich und zu aller Gesellen Zufriedenheit nach: der Leimtopf auf dem eisernen Ofen des Stockwerkes überm Maschinenraum stand für fünf Tischlergesellen an fünf Hobelbänken immer heiß und bereit. Blasen warf der Leim, blubberte mürrisch, konnte honiggelb, lehmtrüb, konnte zur Erbsensuppe werden und Elefantenhäute ziehen. Teils erkaltet, teils zäh weiterfließend überkletterte Leim den Topfrand, zog Nasen über Nasen, ließ keinen Splitter Emaille offen und erlaubte nicht, in dem Leimtopf die vormalige Natur eines Kochtopfes zu erkennen. Der kochende Leim wurde mit dem Abschnitt einer Dachlatte gerührt. Aber auch das Holz setzte Haut über Haut an,

schwoll bucklig ledern faltenwerfend, wog immer schwerer in August Pokriefkes Hand und mußte, sobald die fünf Gesellen das hornige Ungetüm einen Elefantenpümmel nannten, gegen einen neuen Abschnitt immer der gleichen, schier endlosen Dachlatte eingetauscht werden. Knochenleim Tischlerleim! Auf einem schiefen, fingerdick staubbeladenen Regal stapelten sich die braunen profilierten Leimtafeln. Von meinem dritten bis zu meinem siebzehnten Lebensjahr trug ich treu ein Stückchen Tischlerleim in der Hosentasche; so heilig war mir der Leim; einen Leimgott nannte ich Deinen Vater; denn der Knochenleimgott besaß nicht nur über und über leimige Finger, die, sobald er sie bewegte, spröde knisterten, er gab auch von seinem Geruch, den er überall mit sich trug, überall ab. Eure Zweieinhalbzimmerwohnung, Deine Mutter, Deine Brüder rochen nach ihm. Am großzügigsten aber behängte er seine Tochter mit seinem Dunst. Mit Leimfingern tätschelte er sie. Mit Leimpartikelchen übersprühte er das Kind, sobald er ihm Fingerspiele vorgaukelte. Kurzum, der Knochenleimgott verwandelte Tulla in ein Tischlerleimmädchen; denn wo Tulla ging stand und lief, wo Tulla gestanden hatte, wo sie gegangen war, welche Strecke sie laufend durcheilt hatte, was Tulla anfaßte, wegwarf, kurz lange berührte, worin sie sich wickelte kleidete versteckte, womit sie spielte: Hobelspäne Nägel Scharniere, jedem Ort und Gegenstand, dem Tulla begegnet war, blieb ein flüchtiger bis infernaler und durch nichts zu übertönender Knochenleimgeruch. Auch Dein Cousin Harry klebte an Dir: etliche Jahre hingen wir zusammen und rochen übereinstimmend.

Liebe Tulla,
als wir vier Jahre alt waren, hieß es, Du seist kalkarm. Ähnliches wurde von dem Mergelboden der Koschneiderei behauptet. Der Geschiebemergel diluvischer Zeiten, da sich die Grundmoränen bildeten, enthält, wie man weiß, kohlensauren Kalk. Nur die verwitterten und vom Regenwasser ausgelaugten Mergelschichten auf den Äckern der Koschnäwjer waren kalkarm. Da half kein Dünger und staatlicher Zuschuß. Keine Feldprozessionen – die Koschneider waren allesamt katholisch – impften den Äckern Kalk ein; aber Dir gab Doktor Hollatz Kalktabletten: und bald, mit fünf Jahren, warst Du nicht mehr kalkarm. Keiner Deiner Milchzähne wackelte. Deine Schneidezähne standen leicht vor: die sollten Jenny Brunies, dem Findelkind von schräg gegenüber, bald fürchterlich werden.

Tulla und ich haben nie geglaubt,
daß Zigeuner und Störche mitspielten, als Jenny gefunden wurde. Eine typische Papa-Brunies-Geschichte: nichts ging bei ihm natürlich zu, überall witterte er verborgene Mächte, immer verstand er es, im diffusen Licht der Verschrobenheit zu wandeln, ob er nun seinen Glimmergneisfimmel mit immer neuen und oft prächtigen Exemplaren fütterte – es gab

ähnliche Käuze im kauzigen Deutschland, mit denen er Briefwechsel führte – ob er sich auf der Straße, auf dem Pausenhof oder in seiner Klasse wie ein altkeltischer Druide, wie ein pruzzischer Eichengott oder wie Zoroaster gab – man hielt ihn für einen Freimaurer – immer ließ er Eigenschaften spielen, die alle Welt an ihren Originalen liebt. Aber erst Jenny, der Umgang mit dem puppigen Kleinkind, machte den Studienrat Oswald Brunies zu einem Original, das nicht nur im Umkreis des Gymnasiums, sondern auch in der Elsenstraße und ihren Quer- und Parallelstraßen, im großen kleinen Vorort Langfuhr Geltung gewann.
Jenny war ein dickes Kind. Selbst wenn Eddi Amsel um Jenny und Brunies herumstrich, wirkte das Kind keine Spur graziler. Von ihm und seinem Freund Walter Matern – beide waren Schüler des Studienrats Brunies – wurde behauptet, sie seien Zeugen gewesen, als Jenny auf wunderbare Weise gefunden wurde. Jedenfalls machten Amsel und Matern die Hälfte jenes Kleeblattes aus, das in unserer Elsenstraße und in ganz Langfuhr belächelt wurde.

Für Tulla mal ich ein frühes Bild:
einen knollennasigen tausendfältigen Herrn zeige ich Dir, der auf eisgrauem Filzhaar einen breitrandigen Schlapphut trägt. In Radmänteln aus grünem Loden stolziert er. Links und rechts von ihm versuchen zwei Schüler Schritt zu halten. Eddi Amsel ist das, was man landläufig einen dicken Bengel nennt. Platzvoll spannen seine Kleider. Grübchen markieren seine Knie. Wo sein Fleisch sichtbar ist, geht eine Saat Sommersprossen auf. Insgesamt wabbelt er knochenlos. Anders sein Freund: starkknochig unbeteiligt hält er sich neben Brunies und tut, als seien der Lehrer, Eddi Amsel und die pummelige Jenny seine Schutzbefohlenen. Immer noch liegt das fünfeinhalbjährige Mädchen in einem großen Kinderwagen, weil es Schwierigkeiten mit dem Laufen hat. Brunies schiebt. Manchmal schiebt Eddi Amsel, selten schiebt der Knirscher. Und am Fußende knüllt eine halboffene braune Tüte. Die Gören des halben Quartiers folgen dem geschobenen Kinderwagen; sie sind auf Bonbons aus, die sie »Lubberchen« nennen.
Aber erst vor dem Aktienhaus, unserem Haus gegenüber, bekamen Tulla, ich und die anderen Kinder, sobald Studienrat Brunies den hochrädrigen Wagen zum Stillstand gebracht hatte, eine Handvoll aus brauner Tüte, wobei er nie vergaß, sich selber zu geben, selbst wenn er mit dem glasigen Rest in mümmelndem Altmännermund noch nicht fertig war. Manchmal lutschte Eddi Amsel einen Bonbon zur Gesellschaft. Nie sah ich Walter Matern einen Bonbon annehmen. Aber Jennys Finger klebten ähnlich zäh vom vierkantigen Malz, wie Tullas Finger vom Knochenleim klebten, den sie zu Murmeln rollte; sie spielte damit.

Liebe Cousine,
wie ich mit Dir und Deinem Tischlerleim ins Klare kommen will, so soll

es auch mit den Koschneidern oder Koschnäwjern geschehen. Es bleibt widersinnig, die Bezeichnung Koschnäwjer mit einer angeblich historischen aber immer noch unbelegten Erklärung begründen zu wollen. So heißt es, die Koschneider hätten sich während der Polenaufstände zu gewalttätigem Deutschenhaß hinreißen lassen, deshalb könne man den Sammelbegriff Koschneider von dem Sammelbegriff Kopfschneider herleiten. Wenn ich auch allen Grund habe, mir diese Auslegung zu eigen zu machen – Du, die ausgemergelte Koschnäwjerin, hattest alle Anlagen zu diesem Handwerk – will ich mich dennoch an die zwar nüchterne aber vernünftige Erklärung halten, ein Starosteibeamter in Tuchel, Kosznewski mit Namen, habe im Jahre vierzehnhundertvierundachtzig eine Urkunde unterzeichnet, die die Rechte und Pflichten aller Dörfer von Amts wegen festlegte, die später nach ihm, dem Unterzeichner der Urkunde, Koschnäwjerdörfer genannt wurden. Ein Rest Ungewißheit bleibt. Orts- und Flurbezeichnungen mögen sich auf diese Art diffteln lassen; aber Tulla, mehr ein Etwas als ein Mädchen, läßt sich durch den ordentlichen Starosteibeamten Kosznewski nicht enträtseln.

Tulla,
mit weißer Haut straff bespannt, konnte an der Teppichklopfstange mit dem Kopf nach unten hängen – eine halbe Stunde lang – und dabei durch die Nase singen. Überall blaugestoßene Knochen, Muskeln, von keinem Polster Fett behindert, machten Tulla zu einem immer laufenden, springenden, kletternden, insgesamt fliegenden Etwas. Da Tulla die tiefliegenden, eng beieinander kleingeschnittenen Augen ihrer Mutter hatte, waren die Naslöcher das Größte in ihrem Gesicht. Wenn Tulla böse wurde – und mehrmals am Tage wurde sie hart, starr und böse – verdrehte sie die Augen, bis nur noch äderchendurchwirktes Augapfelweiß aus Sehschlitzen schimmerte. Ausgestochenen Augen, den Augen der Pracher und Dörgen, die sich als blinde Bettler geben, glichen ihre verdrehten und bösen Augen. Wir sagten, wenn sie starr wurde und ins Zittern geriet: »Dä Tulla zaicht allwedder ainjetäpperte Feneten.«
Immer schon war ich hinter meiner Cousine her, genauer gesagt: zwei Schritte hinter Dir und Deinem Knochenleimgeruch versuchte ich, Dir zu folgen. Deine Brüder Siegesmund und Alexander waren schon schulpflichtig und gingen eigene Wege. Nur der taubstumme Lockenkopf Konrad schloß sich uns an. Du und er, ich geduldet. Wir saßen im Holzschuppen unterm Teerdach. Die Bohlen rochen, und ich wurde zum Taubstummen gemacht; denn Du und er, Ihr konntet mit den Händen sprechen. Das Wegdrücken oder Kreuzen bestimmter Finger bedeutete etwas und machte mich mißtrauisch. Du und er, Ihr habt Euch Geschichten erzählt, die Dich zum Kichern brachten, und ihn lautlos schüttelten. Du und er, Ihr habt Pläne geschmiedet, deren Opfer zumeist ich war. Wenn überhaupt jemanden, dann hast Du ihn geliebt, das Lockenköpfchen; während Ihr mich dahin brachtet, meine Hand unter

Dein Kleid zu halten. Heiß war es unterm Teerdach des Holzschuppens. Sauer roch das Holz. Salzig schmeckte meine Hand. Ich konnte nicht weg, klebte: Dein Knochenleim. Draußen sang die Kreissäge, wummerte die Hobelmaschine, heulte der Gleichrichter. Draußen kujiehnte Harras, unser Hofhund.

Hör zu Tulla,
das war er: ein langgestreckter schwarzer Schäferhund mit Stehohren und langer Rute. Kein langhaariger belgischer Groenendael sondern ein deutscher stockhaariger Schäferhund. Mein Vater, der Tischlermeister, hatte ihn, kurz bevor wir geboren wurden, in Nickelswalde, einem Dorf an der Weichselmündung, als Welpe gekauft. Dreißig Gulden verlangte der Besitzer, dem die Luisenmühle zu Nickelswalde gehörte. Einen kräftigen Fang mit trockenen, gut schließenden Lefzen hatte Harras. Dunkle, leicht schrägliegende Augen folgten unseren Schritten. Straff der Hals, ohne Wamme und lockere Kehlhaut. Um sechs Zentimeter überragte die Rumpflänge die Schulterhöhe: ich habe es nachgemessen. Von allen Seiten konnte man Harras betrachten: immer standen die Läufe gerade. Gut schlossen die Zehen. Ordentlich hart die Ballen. Seine lange, leicht abfallende Kruppe. Schultern Keulen Sprunggelenke: kräftig, gut bemuskelt. Und jedes einzelne Haar gerade, fest anliegend, harsch und schwarz. Auch die Unterwolle schwarz. Keine dunkel gefärbte Wolfsfärbung auf grauem oder gelbem Grund. Nein, überall, bis in die stehenden, knapp nach vorne geneigten Ohren, auf tiefer gewirbelter Brust, längs den mäßig behosten Keulen, glänzte sein Haar schwarz, regenschirmschwarz, priesterschwarz, witwenschwarz, schutzstaffelschwarz, schultafelschwarz, falangeschwarz, amselschwarz, othelloschwarz, ruhrschwarz, veilchenschwarz, tomatenschwarz, zitronenschwarz, mehlschwarz, milchschwarz, schneeschwarz.
Harras suchte, fand, schlug an, apportierte und leistete Fährtenarbeit mit tiefer Nase. Bei einem Preishüten auf Bürgerwiesen versagte er. Harras war Deckrüde und stand im Zuchtbuch. Mit der Leinenführung haperte es bei ihm: er zog. Gut im Verbellen aber mäßig im Ausarbeiten fremder Spuren. Der Tischlermeister Liebenau hatte ihn bei der Schutzpolizei in Hochstrieß abrichten lassen. Dort trieben sie ihm das Fressen der eigenen Losung aus: eine Unart junger Hunde. Seiner Hundemarke war die Zahl fünfhundertsiebzehn eingestanzt: Quersumme dreizehn.
Überall in Langfuhr, auf Schellmühl, in der Schichau-Kolonie, von Saspe bis Brösen, den Jäschkentaler Weg hinauf, Heiligenbrunn hinunter, rings um den Heinrich-Ehlers-Sportplatz, hinter dem Krematorium, vorm Kaufhaus Sternfeld, am Aktienteich, in den Zingelgräben der Schutzpolizei, an bestimmten Bäumen des Uphagenparkes, an bestimmten Linden der Hindenburgallee, an die Sockel ereignisverkündender Litfaßsäulen, an die Fahnenmaste vor der kundgebungssüchtigen Sporthalle, an die noch unverdunkelten Laternen des Vorortes Langfuhr setzte Harras seine

Duftmarken: denen blieb er treu, hundejahrelang.
Bis zum Widerrist maß Harras vierundsechzig Zentimeter. Die fünfjährige Tulla maß einen Meter und fünf Zentimeter. Ihr Cousin Harry war vier Zentimeter größer. Sein Vater, der stattlich gewachsene Tischlermeister, maß morgens einen Meter dreiundachtzig und nach Feierabend zwei Zentimeter weniger. August und Erna Pokriefke sowie Johanna Liebenau, geborene Pokriefke, maßen alle nicht über einen Meter zweiundsechzig: ein kleiner Schlag, die Koschnäwjer!

Liebe Cousine Tulla,
was ginge mich die Koschneiderei an, kämet Ihr, die Pokriefkes, nicht von dort her. So aber weiß ich: Die Dörfer der Koschneiderei gehörten von zwölfhundertsiebenunddreißig bis dreizehnhundertacht den Herzögen von Pommerellen. Nach deren Aussterben zahlten die Koschneider bis vierzehnhundertsechsundsechzig dem Deutschen Ritterorden Zins. Bis siebzehnhundertzweiundsiebzig nahm sie das Königreich Polen auf. Während europäischer Auktion wurde die Koschneiderei den Preußen zugeschlagen. Die hielten Ordnung bis neunzehnhundertzwanzig. Ab Februar zwanzig waren die Dörfer der Koschneiderei Dörfer der Republik Polen, bis sie vom Herbst neununddreißig an, als Teil des Reichsgaues Danzig-Westpreußen, zum Großdeutschen Reich gehörten: Gewalt. Verbogene Sicherheitsnadeln. Fähnchen im Winde. Einquartierungen: Schweden Hussiten Waffen-SS. Wenndunichtdann. Mitstumpfundstiel. Abheutefrühvieruhrfünfundvierzig. Zirkelschläge auf Meßtischblättern. Schlangenthin im Gegenstoß genommen. Panzerfeindspitzen auf der Straße nach Damerau. Unsere Truppen halten massivem Druck nordwestlich Osterwick stand. Entlastungsangriffe der zwölften Luftwaffenfelddivision bleiben südlich Konitz stecken. Im Zuge der Frontbegradigung wird die sogenannte Koschneiderei geräumt. Restverbände nehmen Aufstellung südlich Danzig. Angstmacher, Buhmänner, schreckliche Spaßmacher schütteln schon wieder den Briefbeschwerer, die Faust...

Oh Tulla,
wie soll ich Dir von der Koschneiderei, von Harras und seinen Duftmarken, von Knochenleim, Malzbonbons und dem Kinderwagen berichten können, wenn auf die Faust zu starren zum Zwang wird! – Dabei muß er rollen. Es rollte einmal ein Kinderwagen. Vor vielen vielen Jahren rollte ein Kinderwagen auf vier hohen Rädern. Auf vier altmodisch hohen Rädern rollte er schwarzlackiert und brüchig in allen Falten. Die verchromten Radspeichen, die Federn, der Bügel, den Wagen zu schieben, zeigten abgeblätterte graublinde Stellen. Diese vergrößerten sich von Tag zu Tag unmerklich: Vergangenheit: Es war einmal: Als im Sommer des Jahres zweiunddreißig: Damals damals damals, als ich ein fünfjähriger Junge war, zur Zeit der Olympiade in Los Angeles gab es schon Fäuste, die schnell trocken und irdisch bewegt wurden; und dennoch, als

merkten sie nichts von dem Luftzug, wurden gleichzeitig Millionen Kinderwagen auf hohen und niedrigen Rädern in die Sonne, in den Schatten geschoben.
Auf vier altmodisch hohen Rädern rollte im Sommer zweiunddreißig ein schwarzlackierter, leicht brüchiger Kinderwagen, den der Gymnasiast Eddi Amsel, der alle Trödelläden kannte, in der Tagnetergasse eingehandelt hatte. Abwechselnd schoben er, der Studienrat Oswald Brunies und Walter Matern das Vehikel. Die geteerten, geölten und dennoch trokkenen Bretter, auf denen der Kinderwagen geschoben wurde, waren die Bretter des Brösener Seesteges. Der freundliche Badeort – seit achtzehnhundertdreiundzwanzig Seebad – lag mit geducktem Fischerdorf und kuppeltragendem Kurhaus, mit den Pensionen Germania, Eugenia und Else, mit halbhohen Dünen und dem Strandwäldchen, mit Fischerbooten und dreiteiliger Badeanstalt, mit dem Wachturm der Deutschen Lebensrettungsgesellschaft und dem achtundvierzig Meter langen Seesteg genau zwischen Neufahrwasser und Glettkau am Strand der Danziger Bucht. Der Brösener Seesteg war zweistöckig und zweigte zur rechten Hand einen kurzen Wellenbrecher gegen die Wellen der Ostsee ab. An zwölf Fahnenmasten ließ der Brösener Seesteg Sonntag für Sonntag zwölf Fahnen zerren: anfangs nur die Fahnen der Ostseestädte – nach und nach: mehr und mehr Hakenkreuzfahnen.
Unter Fahnen auf Brettern rollt der Kinderwagen. Studienrat Brunies, viel zu schwarz angezogen und beschattet vom Schlapphut, schiebt jetzt und wird sich vom dicken Amsel oder vom bulligen Matern ablösen lassen. Im Wagen sitzt die bald sechsjährige Jenny und darf nicht laufen.
»Wolln wir Jenny nich mal laufen lassen? Bitte, Herr Studienrat. Nur versuchen. Wir halten sie links und rechts.«
Jenny Brunies darf nicht. »Soll das Kind etwa verlorengehen? Geschubst werden im sonntäglichen Gedränge?« Das kommt und geht, trifft trennt verbeugt übersieht sich. Das winkt, hakt sich ein, weist zur Mole, nach Adlerhorst, füttert Möwen mit Mitgebrachtem, begrüßt erinnert ärgert sich. Und alle Leute so fein gekleidet: Das Großgeblümte für den besonderen Anlaß. Ärmelloses und Saisonbedingtes. Tennisdreß und Seglerkluft. Krawatten bei Ostwind. Unersättliche Fotoapparate. Strohhüte mit neuem Schweißband. Zahnpastaweiße Leinenschuhe. Hohe Absätze fürchten die Ritzen zwischen den Seestegbrettern. Pseudokapitäne haben Ferngläser in Anschlag gebracht. Oder Hände überdachen fernblickende Augen. Soviele Matrosenanzüge, soviele Kinder: laufen, spielen, verstekken und ängstigen sich. Ich sehe was, was Du nicht siehst. Enemenemingmang. Saurer Hering eins zwei drei. Dort, der Herr Anglicker vom Neuen Markt mit seinen Zwillingen. Sie tragen Propellerschleifen und lecken mit blassen Zungen gleichlangsam Himbeereis. Herr Koschnick aus der Hertastraße mit Frau und Besuch aus dem Reich. Herr Sellke läßt seine Söhne nacheinander durch's Glas blicken: Rauchfahne, Deckaufbauten, die »Kaiser« kommt auf. Herr und Brau Behrendt haben keinen Möwen-

kuchen mehr. Frau Grunau, der die Wäschemangel auf dem Heeresanger gehört, mit ihren drei Lehrmädchen. Der Bäcker Scheffler vom Kleinkammerweg mit lachender Frau. Heini Pilenz und Hotten Sonntag ohne Eltern. Und dort Herr Pokriefke mit den geleimten Fingern. An seinem Arm hängt sein hutzliges Weib, das muß immerzu und rattenschnell den Kopf bewegen. »Tulla« muß es rufen. Und: »Alexander hierher!« Und »Siegesmund, paß auf Konrad auf!« Denn auf dem Seesteg sprechen die Koschneider nicht wie Koschnäwjer, obgleich der Tischlermeister Liebenau und seine Frau nicht zugegen sind. Er muß am Sonntagvormittag in der Werkstatt stehen und aufreißen, damit der Maschinenmeister am Montag weiß, was in die Kreissäge soll. Sie geht ohne ihren Mann nie aus. Aber sein Sohn ist da, weil Tulla da ist. Jünger als Jenny sind beide und dürfen laufen. Dürfen auf einem Bein hinter dem Studienrat Brunies und seinen leicht genierten Schülern überkreuzspringen. Dürfen den Seesteg entlang, bis er aufhört und ein spitzes windiges Dreieck bildet. Dürfen die Treppen links rechts hinunter ins Untergeschoß, wo die Angler hocken und Stuchel fangen. Dürfen auf schmalen Laufstegen sandalenschnell rennen und im Gebälk des Seesteges, unter fünfhundert Sonntagsschuhen, leicht angestoßenen Spazierstöcken und Sonnenschirmen, heimlich wohnen. Dort ist es kühl schattig grünlich. Keine Wochentage gibt es dort unten. Das Wasser riecht streng und ist durchsichtig bis zu den Muscheln und Flaschen, die auf dem Grund rollen. An den Pfählen, die den Seesteg und das Volk auf dem Steg tragen, wehen Tangbärte unentschlossen: hin und her Stichlinge, silbern beflissen alltäglich. Es fallen Zigarettenstummel vom oberen Steg, lösen sich bräunlich auf, locken fingerlange Fische, stoßen sie ab. Ruckartig reagieren Schwärme, schnellen voran, zaudern, wenden, lösen sich auf, sammeln sich eine Etage tiefer und wandern aus: wo andere Tangbärte wehen. Ein Korken schaukelt. Ein Butterbrotpapier wird schwer, windet sich. Zwischen geteerten Balken rafft Tulla Pokriefke ihr Sonntagskleidchen, das hat schon Teerflecken. Ihr Cousin soll die flache Hand drunter halten. Aber er will nicht und guckt weg. Da will muß kann auch sie nicht mehr und springt aus gekreuzten Balken auf den Laufsteg und rennt mit knallenden Sandalen, läßt Zöpfe fliegen und Angler erwachen, ist schon die Treppe zum Seesteg, die Treppe zu den zwölf Fahnen, Treppe zum Sonntagvormittag hinauf; und ihr Cousin Harry folgt ihrem Knochenleimdunst, der den Geruch der Tangbärte, Geruch der geteerten und dennoch faulenden Balken, Geruch der windtrockenen Laufstege, der die Seeluft laut übertönt.

Und Du Tulla,
sagtest an einem Sonntagvormittag: »Laßt sie doch mal. Das will ich sehn, wie die läuft.«
Wunderbarerweise nickt Studienrat Brunies, und Jenny darf auf den Brettern des Brösener Seesteges laufen. Einige lachen, viele lächeln, weil Jenny so dick ist und auf zwei Fettsäulen, die in weißen, Wülstchen schnü-

renden Kniestrümpfen und in Lackspangenschuhen stecken, über die Seestegbretter läuft.
»Amsel!« sagt Brunies unter schwarzem Filzhut. »Hast Du als Kind, sagen wir als sechsjähriges Kind unter Deiner, nennen wir es getrost Dickleibigkeit leiden müssen?«
»Nicht besonders, Herr Studienrat. Der Matern hat immer aufgepaßt. Nur in der Schulbank fiel mir das Sitzen schwer, weil die Bank zu eng war.«
Brunies bietet Bonbons an. Der leere Kinderwagen steht abseits. Matern führt Jenny ungeschickt vorsichtig. Die Fahnen zerren in eine Richtung. Tulla will Jenny führen. Hoffentlich rollt der Kinderwagen nicht davon. Brunies lutscht Malzbonbons. Jenny will nicht mit Tulla, will beinahe weinen, aber Matern ist da, und Eddi Amsel imitiert schnell und genau einen Hühnerhof. Tulla dreht auf den Absätzen. Vor der Seestegspitze sammelt sich Volk: es soll gesungen werden. Tullas Gesicht wird dreieckig und so klein, daß die Wut übermächtig wird. Auf der Seestegspitze singen sie. Tulla verdreht die Augen: eingetäpperte Feneten. Jungvolk steht vorne im Halbkreis. Ausgemergelte Koschnäwjerwut: Dul Dul, Tuller. Nicht alle Jungs haben Uniform an, aber alle singen mit und viele hören zu und nicken zustimmend. »Wirliebendiestürme...« singen alle, und der einzige Nichtsänger hält einen schwarzen Dreieckwimpel mit draufgenähter Rune angestrengt gerade. Verlassen leer steht der Kinderwagen. Jetzt singen sie: »Unddiemorgenfrühedasistunserezeit«. Danach was Lustiges: »Einmanndersichkolumbusnannt.« Die Zuhörer werden von einem fünfzehnjährigen Krauskopf, der den rechten Arm, womöglich weil er wirklich verletzt ist, in einer Binde trägt, halb befehlsmäßig halb verlegen aufgefordert, das Kolumbuslied, zumindest den Kehrreim des Liedes, mitzusingen. Junge Mädchen, die sich eingehakt haben und mutige Ehemänner, darunter Herr Pokriefke, Herr Berendt und der Kolonialwarenhändler Matzerath, singen mit. Der Nordost richtet die Fahnen aus und verschleift falsche Töne des lustigen Gesanges. Wer genau hinhört, hört mal unter mal über dem Gesang, eine Kinderblechtrommel. Das wird der Sohn des Kolonialwarenhändlers sein. Der ist nicht ganz richtig. »Gloriaviktoria« und »Wiedewiedewittjuchheirassa« heißt der Kehrreim des schier endlosen Liedes: Mitsingen wird langsam zur Pflicht. Umblicken: »Warum der noch nicht?« Seitliches Schielen: »Herr und Frau Ropinski singen auch. Sogar der alte Sawatzki, durch und durch Sozi, hält mit. Nun los doch. Nur Mut! Wo doch Herr Zureck und der Postsekretär Bronski mitsingen, obgleich beide am Heveliusplatz arbeiten. »Wiedewiedewittbumbum.« Und der Herr Studienrat? Kann er nicht wenigstens seinen ewigen Malzbonbon verdrängen und so tun als ob? »Gloriaviktoria!« Abseits und leer steht der Kinderwagen auf vier hohen Rädern. Er glänzt schwarz und rissig. »Wiedewiedewittjuchheirassa!« Papa Brunies will Jenny auf den Arm nehmen und ihre Fettsäulchen in Lackspangenschuhen entlasten. Aber seine Schüler – »Gloriaviktoria!«

– besonders der Gymnasiast Walter Matern, raten ihm ab. Eddi Amsel singt mit: »Wiedewiedewittjuchheirassa!« Er hat, weil er ein dicker Junge ist, einen schönen sammetweichen Knabensopran, der bei bestimmten Stellen des Kehrreimes, so beim »... juchheirassaaah«, silbern überschäumt. Oberstimme nennt man das. Viele blicken sich um und wollen sehen, wo das helle Wässerchen sprudelt.
Nun singen sie, weil wider Erwarten das Kolumbuslied eine letzte Strophe hat, ein Erntelied: »Habmeinwagenvollgeladen.« Nun singen sie, obgleich sich so etwas besser am Abend singt: »Keinschönerlandindieserzeit.« Eddi Amsel läßt seinen Dickenknabensopran kopfstehen. Brunies lutscht offensichtlich und setzt Spottlichterchen auf. Matern verfinstert sich unter wolkenlosem Himmel. Einen einsamen Schatten wirft der Kinderwagen...

Wo ist Tulla?
Ihr Cousin hat sechs Strophen des Kolumbusliedes mitgesungen. Während der siebenten Strophe hat er sich weggewischt. Nur noch Seeluft kein Knochenleimdunst mehr; denn August Pokriefke steht mit Frau und taubstummem Konrad auf der Westseite der Seestegspitze, und der Wind ist von Nordost auf Ost umgesprungen. Pokriefkes drehen der See den Rücken zu. Sie singen. Auch Konrad öffnet an den richtigen Stellen den Mund, spitzt ihn tonlos und verpaßt, als der Kanon »Meisterjakobmeisterjakob« mit wenig Glück versucht wird, keinen Einsatz.

Wo ist Tulla?
Ihre Brüder Siegesmund und Alexander haben sich verdrückt. Ihr Cousin Harry sieht beide auf dem Wellenbrecher. Dort wagen sie Kopfsprünge. Siegesmund übt den Überschlag und den Sprung aus dem Handstand heraus. Die Kleider der Brüder liegen, von Schuhen beschwert, auf dem windigen Ableger des Seesteges. Tulla ist nicht dabei. Vom Seesteg Glettkau – man kann sogar den großen Zoppoter Seesteg ausmachen – nähert sich der planmäßige Ausflugsdampfer. Er ist weiß und hat eine große schwarze Rauchfahne, wie sie Dampfer auf Kinderzeichnungen haben. Wer mit dem Dampfer von Brösen nach Neufahrwasser will, drängt an der linken Flanke der Seestegspitze. Wo ist Tulla? Das Jungvolk singt noch, aber niemand hört mehr zu, weil der Dampfer immer größer wird. Auch Eddi Amsel hat seine Oberstimme zurückgezogen. Die Kindertrommel hat den Liederrhythmus aufgegeben und verfällt dem Maschinenstampfen: Es ist der Dampfer »Hecht«. Aber der Dampfer »Schwan« sieht genauso aus. Nur der Raddampfer »Paul Beneke« sieht anders aus. Erstens hat er Schaufelräder; zweitens ist er größer, viel größer; und drittens verkehrt er zwischen Danzig-Langebrücke, Zoppot, Gdingen und Hela – nach Glettkau und Brösen kommt er überhaupt nicht. Wo ist Tulla? Zuerst sieht es aus: der Dampfer Hecht will gar nicht am Brösener Seesteg anlegen, dann dreht er bei und ist schneller längsseits,

als man denkt. Nicht nur an Bug und Heck schäumt er. Zaudernd tritt er auf der Stelle und quirlt die See. Leinen werden geworfen: Poller knirschen. Tabakbraune Scheuerkissen an der Steuerbordseite dämpfen den Stoß beim Anlegen. Alle Kinder und einige Frauen fürchten sich, weil der Dampfer »Hecht« sogleich tuten wird. Kinder halten Ohren zu, öffnen Münder, zittern im voraus: da tutet er mit dunkler, zum Schluß heiser überschlagender Stimme und liegt festgezurrt. Wieder werden Eiswaffeln geleckt, aber einige Kinder auf dem Dampfer und auf dem Steg weinen, decken noch immer die Ohren ab und starren auf den Schornstein, weil sie wissen, der Dampfer »Hecht« wird, bevor er ablegt, noch einmal tuten und weißen Dampf ablassen, der nach faulen Eiern stinkt.

Wo ist Tulla?
Schön ist ein weißer Dampfer, wenn er keine Rostflecken hat. Der Dampfer »Hecht« zeigt keinen einzigen, nur die Flagge des Freistaates am Heck und der Wimpel der Reederei »Weichsel« sind verblichen und ausgefranst. Was von Bord geht – was an Bord geht. Tulla? Ihr Cousin blickt hinter sich: auf der rechten Seite des Seesteges steht nur und ewig der Kinderwagen auf vier hohen Rädern. Er wirft einen verzogenen Elfuhrschatten, der sich nahtlos mit dem Schatten des Seesteggeländers verbindet. Diesem Schattengewirr nähert sich ein magerer unverzweigter Schatten: Tulla kommt von unten. Sie war bei den wehenden Tangbärten, verzauberten Anglern, exerzierenden Stichlingen. Knochig kommt sie in kurzem Kleid die Treppe hoch. Ihre Knie stoßen den angehäkelten Saum. Vom Treppenansatz will sie direkt auf den Wagen zu. Die letzten Fahrgäste gehen an Bord des Dampfers »Hecht«. Einige Kinder weinen noch immer oder schon wieder. Tulla hat die Arme auf dem Rücken verflochten. Obgleich sie im Winter blauweißhäutig ist, wird sie schnell braun. Ein trockenes Gelbbraun, Tischlerleimbraun spart ihre Impfmale aus: eins zwei drei vier Inseln auf linkem Oberarm bleiben kirschgroß fahl und unübersehbar. Jeder Dampfer bringt Möwen mit – nimmt Möwen mit. Die Steuerbordseite des Dampfers wechselt mit der linken Seite der Seestegspitze Worte: »Und kommt mal wieder vorbei. Und bringt den Film zum Entwickeln, wir sind ja so gespannt. Und alle lassen wir grüßen, hörst Du?« Tulla steht neben dem leeren Kinderwagen. Der Dampfer tutet hoch tief und schnappt über. Tulla hält sich nicht die Ohren zu. Ihr Cousin möchte sich die Ohren zuhalten, tut es aber nicht. Der taubstumme Konrad, zwischen Erna und August Pokriefke, schaut dem Heckwasser des Dampfers zu und hält sich beide Ohren zu. Die Tüte knüllt packpapierbraun am Fußende. Tulla nimmt keinen Bonbon. Auf dem Wellenbrecher kämpfen zwei Knaben mit einem Knaben: zwei fallen in die See, tauchen wieder auf: alle drei lachen. Studienrat Brunies hat Jenny nun doch auf den Arm genommen. Jenny weiß nicht, ob sie weinen soll, weil der Dampfer getutet hat. Der Studienrat und seine Schüler raten ihr, nicht zu weinen. Eddi Amsel hat in sein Taschentuch vier Knoten geknüpft und

sich die so entstandene Mütze über die fuchsigen Haare gezogen. Weil er auch sonst lächerlich aussieht, sieht er wegen des gezipfelten Taschentuches nicht lächerlicher aus. Walter Matern starrt düster auf den weißen Dampfer, der sich zitternd vom Seesteg löst. Männer, Frauen, Kinder, Jungvolkpimpfe, mit schwarzem Wimpel an Bord, winken lachen rufen. Die Möwen kreisen, fallen, steigen und äugen aus schief geschraubten Köpfen. Tulla Pokriefke stößt mit dem Fuß leicht gegen das rechte Hinterrad des Kinderwagens: kaum bewegt es den Wagenschatten. Männer, Frauen und Kinder lösen sich langsam von der linken Flanke der Seestegspitze. Der Dampfer »Hecht« zeichnet schwarzen Rauch, dreht stampfend bei und nimmt, schnell kleiner werdend, Kurs auf die Hafeneinfahrt Neufahrwasser. In die ruhige See gräbt er eine schäumende, sich sogleich verwischende Spur. Nicht alle Möwen folgen ihm. Tulla handelt: sie wirft den Kopf mit den Zöpfen zurück, läßt ihn vorschnellen und spuckt. Ihr Cousin wird rot bis heut' und morgen. Er schaut sich um, ob noch jemand zuschaute, als Tulla in den Kinderwagen spuckte. Am linken Seesteggeländer steckt ein Dreijähriger in einem Matrosenanzug. Ein Seidenband mit goldgewirkter Aufschrift faßt seine Matrosenmütze ein: »S M S Seydlitz«. Die Bandenden zuckeln im Nordost. An ihm hängt eine blecherne Kindertrommel. Aus seinen Fäusten wachsen hölzern zerfranste Trommelstöcke. Er trommelt nicht, hat blaue Augen und schaut zu, wie Tulla zum zweitenmal in den leeren Kinderwagen spuckt. Viele Sommerschuhe, Segelschuhe, Sandalen, Spazierstöcke und Sonnenschirmchen nähern sich von der Seestegspitze her, da Tulla zum drittenmal zielt.

Ich weiß nicht, ob jemand außer mir und dem Sohn des Kolonialwarenhändlers zum Zeugen wurde, als meine Cousine dreimal nacheinander in Jennys leeren Kinderwagen spuckte, dann mager und ärgerlich langsam in Richtung Kurhaus davonlatschte.

Liebe Cousine,

noch kann ich es nicht lassen, Dich auf die flimmernden Bretter des Brösener Seesteges zu stellen: An einem Sonntag des folgenden Jahres, aber im gleichnamigen Monat, also im gewittrigen und quallenreichen Monat August, als abermals Männer Frauen und Kinder mit Badetaschen und Gummitieren den staubigen Vorort Langfuhr verließen, nach Brösen fuhren, um sich in der Mehrzahl im Freibad und in der Badeanstalt zu lagern, um zum kleineren Teil auf dem Seesteg zu promenieren, an einem Tag, da acht Ostseestadtfahnen und vier Hakenkreuzfahnen schlaff an zwölf Fahnenmasten lappten, da sich ein Seegewitter über Oxhöft türmte, da die Feuerquallen stachen und die nichtstechenden weißbläulichen Quallen in lauer See aufblühten, an einem Augusttag also verlief sich Jenny.

Studienrat Brunies hatte genickt. Walter Matern hatte Jenny aus dem Kinderwagen gehoben, und Eddi Amsel hatte nicht aufgepaßt, als Jenny sich in der sonntäglich gekleideten Menge verirrte. Das Gewitter über Oxhöft stockte auf. Walter Matern fand Jenny nicht. Eddi Amsel fand nicht. Ich fand sie, weil ich meine Cousine Tulla suchte: immer suchte ich Dich und fand zumeist Jenny Brunies.

Damals, als das Gewitter von Westen her wucherte, fand ich beide, und Tulla hielt unseren Harras, den ich mit Erlaubnis meines Vaters hatte mitnehmen dürfen, am Halsband.

Auf einem der Laufstege, die unter dem Seesteg längs und quer liefen, am Ende eines blinden Laufsteges, in einer Sackgasse also, fand ich beide. Verdeckt durch Verstrebungen und Stützbalken hockte in weißem Kleidchen, in grünem changierendem Licht, im Halbschatten – über ihr: Scharren der leichten Sommerschuhe; unter ihr: Lecken Schlürfen Glukkern Seufzen – pummelig verbiestert verweint: Jenny Brunies. Denn Tulla erschreckte sie. Tulla befahl unserem Harras, Jennys Gesicht zu lecken. Und Harras gehorchte Tulla.

»Sag Schiete«, sagte Tulla, und Jenny sprach nach.

»Sag: Mein Vater pupst immer«, sagte Tulla, und Jenny gab zu, was der Studienrat manchmal tat.

»Sag: Mein Bruder klaut überall immerzu«, sagte Tulla.

Aber Jenny sagte: »Ich habe doch gar keinen Bruder, wirklich nicht.«

Da fischte Tulla mit langem Arm unterm Laufsteg und holte eine zitternde nicht stechende Qualle hoch. Mit zwei Händen mußte sie den weißlich glasigen Pudding halten, in dessen gepolsterter Mitte blauviolette Äderchen und Knoten mündeten.

»Den wirste jetz aufessen, bis nuscht mehr is«, befahl Tulla. »Das schmeckt nach nischt, nur los.« Jenny blieb starr, und Tulla zeigte ihr, wie man Quallen ißt. Sie schlürfte zwei Eßlöffel voll in sich hinein, quirlte die geleeartige Masse zwischen den Zähnen und spritzte aus der Lücke zwischen ihren beiden oberen Schneidezähnen einen Strahl Grütze dicht links an Jenny vorbei. Hoch überm Seesteg wurde die Sonne schon von der Gewitterfront angefressen.

»Nu hast jesehn, wie man macht. Nun mach selber.«

In Jennys Gesicht bereitete sich Weinen vor. Tulla drohte: »Soll ich den Hund?« Bevor Tulla unseren Harras auf Jenny hetzen konnte – er hätte ihr sicher nichts Schlimmes getan – pfiff ich Harras bei Fuß. Er gehorchte nicht sofort, aber den Kopf mit dem Halsband hielt er mir hin. Ich hatte ihn. Oben aber, noch auf Abstand, donnerte es. Tulla, dicht bei, klatschte mir den Quallenrest gegen das Hemd, drängelte und war weg. Harras wollte ihr nach. Zweimal mußte ich »Steh!« rufen. Links hielt ich den Hund, rechts nahm ich Jenny bei der Hand und führte sie auf den vorgewittrigen Seesteg, wo der Studienrat Brunies und seine Schüler zwischen aufgescheuchten Badegästen Jenny suchten, »Jenny!« riefen und das Schlimmste befürchteten.

Noch vor dem ersten Windstoß holte die Kurverwaltung acht verschiedene und vier gleiche Fahnen ein. Papa Brunies hielt den Kinderwagen am

Stoßbügel: der Wagen zitterte. Die ersten Tropfen ließen sich oben los. Walter Matern hob Jenny in den Kinderwagen: das Zittern ließ nicht nach. Auch als wir im Trockenen waren und der Studienrat Brunies mir drei Malzbonbons mit zitternden Fingern gab, zitterte der Kinderwagen immerfort. Das Gewitter, ein Wandertheater, zog mit großem Aufwand rasch weiter.

Meine Cousine Tulla
mußte auf dem selben Seesteg laut schreien. Da konnten wir schon unseren Namen schreiben. Jenny wurde nicht mehr im Kinderwagen gefahren, sondern ging Schrittchen für Schrittchen, wie wir, in die Pestalozzischule. Pünktlich kamen die Ferien mit Schülerfahrkarten, Badewetter und immer neuem Brösener Seesteg. An den zwölf Fahnenmasten des Steges zerrten jetzt, wenn es windig war, sechs Fahnen des Freistaates und sechs Hakenkreuzfahnen, die gehörten nicht mehr der Kurverwaltung sondern der Ortsgruppe Brösen. Und bevor die Ferien zu Ende waren, ertrank am Vormittag, kurz nach elf, Konrad Pokriefke.
Dein Bruder, das Lockenköpfchen. Der lautlose Lacher, Mitsinger, Allesversteher. Nie mehr mit den Händen sprechen: Ellbogen, Stirn, unteres Augenlid, Finger neben dem rechten Ohr gekreuzt, zwei Finger Wang an Wang: Tulla und Konrad. Nun ein Fingerchen weggedrückt, weil unter dem Wellenbrecher...
Der Winter war schuld. Mit Eis, Tauwetter, Treibeis und Februarstürmen hatte er dem Seesteg schwer zugesetzt. Zwar hatte die Kurverwaltung den Steg wieder einigermaßen herrichten lassen; weißgestrichen und mit neuen Fahnenmasten bestückt glänzte er ferienhaft – aber ein Teil des alten Pfahlwerkes, das Packeis und schwere Brecher tief unterm Wasserspiegel abgebrochen hatten, ragte noch tückisch und wurde Tullas kleinem Bruder zum Verhängnis.
Obgleich das Baden am Wellenbrecher in jenem Jahr verboten worden war, gab es Jungens genug, die, vom Freibad kommend, den Wellenbrecher zum Ziel nahmen und ihn als Sprungturm benutzten. Siegesmund und Alexander Pokriefke hatten ihren Bruder nicht mitgenommen; er schwamm ihnen in Kötermanier nach, strampelte mit Armen und Beinen und konnte schwimmen, wenn auch nicht vorschriftsmäßig. Alle drei zusammen sprangen vielleicht fünfzigmal vom Wellenbrecher und tauchten fünfzigmal wieder auf. Dann sprangen sie zusammen noch siebzehnmal und tauchten nur sechzehnmal zu Dritt auf. Niemand hätte so schnell bemerkt, daß Konrad nicht mehr hochkam, hätte unser Harras nicht wie verrückt getan. Vom Seesteg aus hatte er mitgezählt, lief nun den Wellenbrecher auf und nieder, blaffte unsicher hier dort, stand endlich und kujiehnte zum Himmel hoch.
Gerade legte der Seebäderdampfer »Schwan« an; doch alles Volk drängte auf der rechten Seestegseite. Allein der Eisverkäufer, der nie begriff, rief weiter seine Sorten aus: »Vanille, Zitrone, Waldmeister, Erdbeer, Vanille

Zitrone...«
Nur die Schuhe streifte Walter Matern ab und sprang sich kopfvoran vom Seesteggeländer weg. Genau auf Höhe jener Stelle, die unser Harras zuerst kujiehnend, dann mit beiden Vorderläufen scharrend bezeichnete, tauchte er. Eddi Amsel hielt die Schuhe seines Freundes. Der kam wieder hoch, tauchte abermals. Zum Glück mußte Jenny nicht zuschauen: der Studienrat saß mit ihr unter Bäumen im Kurgarten. Erst als Siegesmund Pokriefke und ein Mann, der aber nicht zur Rettungswacht gehörte, abwechselnd halfen, gelang es, den taubstummen Konrad, dessen Kopf sich zwischen zwei kurz über dem Grund abgebrochenen Pfählen verklemmt hatte, zu lösen.
Kaum hatten sie ihn auf die Laufbretter gelegt, kam der Rettungsdienst mit dem Sauerstoffgerät. Der Dampfer »Schwan« gab zum zweitenmal Laut und nahm seinen Seebäderkurs auf. Niemand stellte den Eisverkäufer ab: »Vanille, Zitrone, Waldmeister...« Konrads Kopf war blau angelaufen. Er hatte gelbe Hände und Füße wie alle Ertrunkenen. Sein rechtes Ohr hatte sich zwischen den Pfählen am Läppchenansatz gerissen: es blutete hellrot auf Bretter. Seine Augen wollten nicht schließen. Das Lockenhaar war unter Wasser lockig geblieben. Um ihn, der ertrunken winziger aussah als lebendig, wuchs eine Wasserlache. Während der Wiederbelebungsversuche – sie setzten ihm das Sauerstoffgerät pflichtgemäß an – hielt ich Tulla den Mund zu. Als man ihm das Gerät wieder abnahm, biß sie mir in die Hand und schrie dann über die Stimme des Eisverkäufers hinweg lange zum Himmel hoch, weil sie mit Konrad nicht mehr lautlos mit Fingern, Wange an Wange, mit dem Stirnzeichen und dem Zeichen für Liebe stundenlang sprechen konnte: versteckt im Holzschuppen, kühl unterm Seesteg, heimlich in den Zingelgräben, oder ganz offen und dennoch geheim auf belebter Elsenstraße.

Liebe Tulla,
Dein Geschrei sollte einen langen Atem haben: noch heute nistet es in meinen Ohren und hält den einen himmelhohen Ton.
Unser Harras war im folgenden und übernächsten Jahr nicht auf den Wellenbrecher zu bewegen. Er blieb bei Tulla, die gleichfalls den Seesteg aussparte. Die Einmütigkeit der beiden hatte Vorgeschichte:
Im Sommer des gleichen Jahres, doch kurz bevor der taubstumme Konrad Pokriefke beim Baden ertrank, wurde Harras zum Decken angefordert. Die Schutzpolizei wußte um den Stammbaum des Hundes und schickte ein- bis zweimal im Jahr einen Brief, den ein Polizeileutnant namens Mirchau unterschrieben hatte. Mein Vater sagte nie Nein zu diesen ziemlich befehlsmäßig abgefaßten Briefen; erstens wollte er mit der Polizei, zumal als Tischlermeister, keinen Ärger haben; zweitens brachte das Decken, wenn ein Deckrüde wie Harras es besorgte, jedesmal ein Sümmchen ein; drittens war der Stolz meines Vaters auf seinen Schäferhund offensichtlich: wenn die beiden sich zum gebührpflichtigen Belegen auf

den Weg machten, konnte jedermann glauben, die Schutzpolizei habe nicht Harras, sondern meinen Vater zum Decken angefordert.
Zum erstenmal durfte ich mit: zwar unaufgeklärt aber nicht unwissend. Mein Vater, trotz der Hitze in einem Anzug, den er eigentlich nur anzog, wenn die Tischlerinnung eine Versammlung hatte. Solid dunkelgrau spannte die Weste auf seinem Bauch. Unter dem Veloursshut hielt er die hellbraune Fehlfarbe zu fünfzehn Pfennig das Stück. Kaum war Harras von der Hütte los und mit dem Maulkorb – weil es zur Schupo ging – harmlos gemacht, zog er davon und bewies seine alte Unart, die liederliche Leinenführung: wir waren schneller in Hochstrieß, als es, am stattlichen Rest der Fehlfarbe gemessen, hätte sein können.
Hochstrieß hieß eine Straße, die von der Langfuhrer Hauptstraße in Richtung Süden lief. Links Zweifamilienhäuschen, in denen Polizeioffiziere mit ihren Familien wohnten; rechts die düstren Backsteinkasernen, für die Mackensenhusaren erbaut, nunmehr Unterkünfte der Schutzpolizei. Am Eingang Pelonker Weg, der kaum benutzt wurde, kein Schilderhäuschen, nur Schlagbaum und Wachstube hatte, zeigte mein Vater, ohne den Hut zu ziehen, den Brief des Polizeileutnants Mirchau vor. Obgleich mein Vater den Weg kannte, begleitete uns ein Wachtmeister über kiesbestreute Kasernenhöfe, auf denen Polizisten in hellgrauem Drillich exerzierten oder im Halbkreis um einen Vorgesetzten standen. Alle Rekruten hielten die Hände angeordnet lässig auf dem Rücken und erweckten den Eindruck, sie hörten einem Vortrag zu. Landwind drehte aus dem Loch zwischen Polizei-Garagen und Polizei-Turnhalle spitze wandernde Staubtüten. Längs nicht endenwollender Stallungen der berittenen Schutzpolizei machten Polizeirekruten Hindernisläufe: über Kletterwände und Wassergräben, über Kriechbalken und Drahtverhaue hinweg beeilten sie sich. Alle Kasernenhöfe wurden von jungen, etwa kinderarmdicken Linden, die an Stützen lehnten, regelmäßig eingefaßt. Dann wurde es ratsam, unseren Harras kurz zu fassen. Auf kleinem Viereck – links rechts fensterlose Magazine, im Hintergrund ein flaches Gebäude – mußten Schäferhunde, vielleicht neun, bei Fuß gehen, vorstehen, apportieren, anschlagen, ähnlich den Rekruten über Kletterwände hetzen und schließlich, nach umständlicher Fährtenarbeit mit tiefer Nase, einen Polizisten anfallen, der, als Ganove verkleidet und mit Polstern geschützt, einen klassischen Fluchtversuch durchspielte. Gutgehaltene Tiere, aber keines wie Harras. Alle eisengrau, aschgrau mit weißen Abzeichen, fahlgelb mit schwarzem Sattel oder dunkel gewolkt auf lichtbrauner Unterwolle. Der Platz hallte von Kommandos und vom anbefohlenen Blaffen der Hunde.
In der Schreibstube des Schutzpolizei-Hundezwingers mußten wir warten. Leutnant Mirchau trug den sehr geraden Scheitel links. Harras wurde fortgeführt. Leutnant Mirchau wechselte mit meinem Vater Worte, wie eben ein Tischlermeister und ein Polizeileutnant Worte wechseln, wenn sie für kurze Zeit in einem Raum sitzen. Dann senkte sich Mirchaus Kopf.

Über der Arbeit – wahrscheinlich sah er Rapporte durch – wanderte sein Scheitel. Der Raum hatte zwei Fenster links und rechts der Tür. Man hätte die exerzierenden Polizeihunde sehen können, wären die Fenster nicht bis zum oberen Drittel blind gestrichen gewesen. An der gekälkten Wand, der Fensterfront gegenüber, hingen zwei Dutzend schmal schwarzgerahmte Fotos. Alle hatten das gleiche Format und flankierten in zwei pyramidenartig aufgestockten Gruppen – zu unterst sechs Fotos, dann vier, zu oberst zwei Fotos – ein größeres Hochformatbild, das zwar breiter aber gleichfalls schwarzgerahmt war. Alle vierundzwanzig gestaffelten Fotos zeigten Schäferhunde, die von Polizisten bei Fuß geführt wurden. Das große feierlich flankierte Foto zeigte das Antlitz eines alten Mannes mit Pickelhaube. Unter schweren Augenlidern blickte er müde. Viel zu laut stellte ich die Frage nach dem Namen des Mannes. Leutnant Mirchau antwortete, ohne Kopf und Scheitel zu heben, es sei der Reichspräsident, und die Tintenunterschrift habe der alte Herr selber drunter gesetzt. Auch unter den Hundefotos und Polizistenfotos drängten sich Tintenspuren: wahrscheinlich die Namen der Hunde, Hinweise auf ihre Stammbäume, die Namen und Dienstränge der Polizisten, womöglich, da es sich offensichtlich um Polizeihunde handelte, auch Taten aus den Dienstjahren der Hunde und hundeführenden Polizisten, etwa die Namen der Einbrecher, Schmuggler und Raubmörder, die mit Hilfe des einen oder anderen Hundes hatten dingfest gemacht werden können.
Hinter dem Schreibtisch und Rücken des Leutnant Mirchau hingen, gleichfalls symmetrisch gestaffelt, sechs, von meinem Platz aus, unleserliche, verglaste und gerahmte Papiere. Dem Schrifttyp, den verschiedenen Schriftgrößen nach mochte es sich um Urkunden mit Fraktur und Goldprofilierung, mit Siegel und erhabenem Stempel handeln. Wahrscheinlich hatten Hunde, die bei der Schutzpolizei Dienst getan, die im Zwinger der Schutzpolizei Langfuhr-Hochstrieß ihren Drill mitbekommen hatten, auf überregionalen Polizeihundwettkämpfen – oder sagt man, auf Wettkämpfen für Polizeihunde? – erste, zweite, auch dritte Preise erkämpft. Auf dem Schreibtisch, rechts von dem geneigten, langsam den Arbeitsvorgängen folgenden Scheitel, stand in gespannter Haltung ein dackelhoher Schäferhund aus Bronze, womöglich nur aus Gips, der, das sah jeder Hundekenner auf den ersten Blick, hinten kuhhessig stand und die Kruppe zum Rutenansatz viel zu steil abfallen ließ.
Bei aller Kynologie roch es in der Schreibstube des Polizeihundezwingers Langfuhr-Hochstrieß nicht nach Hunden, eher nach Kalk; denn die Schreibstube war frisch gekälkt – und nach den sechs oder sieben Zimmerlinden, die beide Fenstersimse bestückten, roch es scharf und trocken: mein Vater mußte mehrmals laut niesen, was mir peinlich war.
Nach einer guten halben Stunde wurde Harras zurückgebracht. Man konnte ihm nichts ansehen. Mein Vater bekam fünfundzwanzig Gulden Deckgeld und den hellblauen Deckschein, dessen Wortlaut die näheren

Umstände des Belegens, so die sofortige Deckfreudigkeit des Rüden und die Nummern zweier Zuchtbucheintragungen angab. Leutnant Mirchau spuckte in einen weißemaillierten Spucknapf, der am linken hinteren Bein seines Schreibtisches stand, damit ich ihn mir bis heute im Gedächtnis bewahre, lehnte dann schlaff im Stuhl und sagte, man werde Nachricht geben, ob es geklappt habe. Den Rest der Deckungsgebühr werde er, falls sich der erwünschte Erfolg einstelle, wie üblich überweisen lassen.
Harras trug wieder einen Maulkorb, mein Vater hatte den Deckschein und die fünf Fünfguldenstücke versorgt, wir waren schon auf die Tür aus, da kam Mirchau noch einmal von seinen Rapporten hoch: »Sie müssen das Tier mehr zurückhalten. Die Leinenführung ist miserabel. Der Stammbaum sagt deutlich genug, daß das Tier, drei Generationen zurück, aus Litauen kommt. Plötzlich, von heut auf morgen, kann es zur Mutation kommen. Alles schon gehabt. Zudem hätte der Züchter Matern das Belegen der Hündin Senta von der Luisenmühle durch den Deckrüden Pluto von der Tiege vom Ortsverein Neuteich überwachen und bestätigen lassen müssen.« Er schoß mit dem Finger auf mich: »Und überlassen Sie das Tier nicht zu oft Kindern. Das Tier zeigt Anzeichen beginnender Verwilderung. Uns kann das gleich sein, aber Sie haben nachher Scherereien.«

Nicht Dich,
mich hatte des Leutnants Finger gemeint. Dabei warst Du es, die Harras falsch abrichtete.
Tulla, mager knochig. Durch jeden Zaunspalt hindurch. Unter der Treppe ein Knäuel; ein Knäuel das Treppengeländer herunter.
Tullas Gesicht, in dem die übergroßen, zumeist verkrusteten Naslöcher – sie sprach durch die Nase – alles, auch die eingbeieinandersitzenden Augen an Wichtigkeit übertrafen.
Tullas aufgeschlagene, verschorfende, heilende, neu aufgeschlagene Knie.
Tullas Knochenleimdunst, Tischlerleimpuppen und Perücken aus Hobelspänen, die ein Geselle ihr extra von langem Holz hobeln mußte.
Tulla konnte mit unserem Harras machen, was sie wollte; und sie machte mit Harras, was ihr einfiel. Unser Hund und ihr taubstummer Bruder waren lange Zeit ihr eigentliches Gefolge gewesen, während ich, der ich brennend dazu gehören wollte, immer nur hinter den Dreien her war, und dennoch abseits von Tullas Knochenleimdunst atmen mußte, wenn ich sie am Strießbach, am Aktienteich, auf der Fröbelwiese, im Kokoslager der Margarinefabrik Amada oder in den Zingelgräben einholte; denn wenn meine Cousine meinen Vater lange genug umschmeichelt hatte – Tulla konnte das – durfte Harras mit. In den Olivaer Wald, nach Saspe und über die Rieselfelder, quer durch die Holzräume hinter der Jungstadt oder auf den Brösener Seesteg führte Tulla unseren Harras, bis der taubstumme Konrad beim Baden ertrank.

Tulla schrie fünf Stunden lang,
stellte sich dann taubstumm. Während zwei Tagen, bis Konrad auf den vereinigten Friedhöfen neben der Hindenburgallee unter der Erde lag, lag sie steif im Bett, neben dem Bett, unter dem Bett, wollte sich ganz und gar verkrümeln und zogen am vierten Tag nach Konrads Tod in jene Hundehütte an der Stirnwand des Holz- und Sperrholzschuppens ein, die eigentlich nur für Harras bestimmt war.
Aber es zeigte sich, daß alle beide in der Hütte Platz fanden. Nebeneinander lagen sie. Oder Tulla lag alleine in der Hütte, und Harras lag quer vor dem Hütteneingang. Es dauerte nie lange, dann lagen wieder beide, Flanke an Flanke, in der Hütte. Für das kurze Anbellen und Anknurren eines Lieferanten, der Türbeschläge oder Sägeblätter für die Kreissäge brachte, verließ Harras die Hütte; und wenn Harras ein Hinterbein heben, seine Wurst herauspressen wollte, wenn es ihn zum Freßnapf oder Trinknapf zog, verließ Harras für knappe Zeit Tulla, um sich dann eilig und rückwärts – denn drehen konnte er in der engen Hütte nunmehr schlecht – in das warme Loch hineinzuschieben. Er ließ seine übereinandergelegten Pfoten, sie ihre dünnen, mit Bindfaden verschnürten Zöpfe über die Schwelle der Hütte hängen. Endweder schien die Sonne auf die Teerpappe des Hüttendaches, oder sie hörten den Regen auf dem Teerpappendach; oder sie hörten den Regen nicht, hörten vielleicht die Fräse, den Gleichrichter, die wummernde Hobelmaschine und die erregte, sich wieder abregende, neu und heller erregte Kreissäge, die ja auch ihren hohen und steilen Weg machte, wenn draußen der Regen ballerte und auf dem Tischlereihof immer dieselben Pfützen bildete.
Sie lagen auf Sägespänen. Am ersten Tag kamen mein Vater und der Maschinenmeister Dreesen, mit dem sich mein Vater nach Feierabend duzte. In Holzschuhen kam August Pokriefke. Erna Pokriefke kam in Schlorren. Meine Mutter kam nicht. Alle sagten: »Nu kemm wieder raus und hoch und laß das.« Aber Tulla kam nicht raus, nicht hoch und ließ das nicht. Wer das Reich um des Hundes Hütte betreten wollte, verzagte beim ersten Schritt; denn aus der Hütte, ohne daß Harras die Pfoten voneinander nahm, steigerte sich ein Knurren und bedeutete etwas. Geborene Koschnäwjer, alteingesessene Langfuhrer, die Mieter die Zweieinhalbzimmerwohnungen tauschten von Stockwerk zu Stockwerk die Meinung aus: »Sie wird schon kommen, wennse jenug hat, und wennse einsieht, daß man durch sowas kainen Konrad nich lebendich machen kann.«
Aber Tulla sah nicht ein,
kam nicht raus und hatte am Abend des ersten Hundehüttentages auch nicht genug. Zwei lagen auf Sägespänen. Die wurden jeden Tag erneuert. Das tat seit Jahren August Pokriefke; und Harras legte Wert auf das Erneuern der Späne. So blieb Vater Pokriefke, von all denen, die sich um Tulla bemühten, der einzige, der sich der Hütte mit einem Korb röscher

Späne nähern durfte. Zudem hatte er Schaufel und Besen unter den Oberarm geklemmt. Harras verließ, sobald August Pokriefke sich beladen herantappte, unaufgefordert die Hütte, zerrte wenig, dann mehr an Tullas Kleid, bis auch sie sich ins Licht schleppte und sich neben der Hütte niederkauerte. Im Kauern, aber ganz ohne Blick, die Augen so verdreht, daß nur das Weiße schimmerte, also mit »eingetäpperten Feneten« ließ sie ihr Wasser ab. Ohne Trotz, eher teilnahmslos wartete sie, bis August Pokriefke die Sägespäne erneuert und jenen Teil der Rede aus sich heraus hatte, der ihm als Vater einfallen mußte: »Kemm nu rauf. Bald mußte in Schule, wänn och noch Ferjen sind. Dänks bloß Du? Mainst, wä ham dem Junksken nech och lieb jahabt? Un nu tu nech wie beschubst. Se wäden Diä abholn un inne Anstalt stäcken, wos Dresche jiebt von morjens an. Füä dwatsch wäden se Diä halten. Un kemm nu rauf. Glaich wird duster. De Mammä macht Flinsen. Kemm nu, sonst holen se Diä.«

Tullas erster Hundehüttentag endete so:
sie blieb in der Hütte. August Prokriefke nahm Harras von der Kette. Er schloß den Holzschuppen, den Sperrholzschuppen, den Maschinenraum und das Kontor, wo die Furniere und die Beschläge, die Sägeblätter und Tafeln Knochenleim lagerten, mit verschiedenen Schlüsseln ab, verließ den Tischlereihof, schloß auch die Tür zum Hof ab; und kaum hatte er abgeschlossen, wurde es dunkler und dunkler. So dunkel wurde es, daß ich, zwischen den Gardinen unseres Küchenfensters, die Teerpappe der Hundehütte von der sonst helleren Stirnwand des Holzschuppens nicht mehr unterscheiden konnte.

Am zweiten Hundehüttentag,
einem Dienstag, mußte Harras Tulla nicht mehr zerren, als August Pokriefke die Sägespäne erneuern wollte. Tulla begann Speise zu sich zu nehmen, das heißt, sie fraß mit Harras aus einem Napf, nachdem Harras ihr einen knochenlosen Brocken Freibankfleisch in die Hütte gezerrt und ihr mit kalter, den Brocken stoßender Schnauze Appetit gemacht hatte. Nun war dieses Freibankfleisch wirklich nicht übles Fleisch. Zumeist war es lappiges Kuhfleisch und wurde auf dem Herd unserer Küche in immer demselben Topf – rostbraun emailliert war der – in größeren Mengen abgekocht. Wir alle, Tulla und ihre Brüder, auch ich, hatten schon aus blanker Hand, und ohne Brot zum Nachstopfen, von diesem Fleisch gegessen. Kalt und schwer schmeckte es am besten. Wir schnitten es mit dem Taschenmesser in Würfel. Es wurde zweimal in der Woche gekocht und war dicht, graubraun, durchzogen von blaßblauen Äderchen, Sehnen und wasserschwitzenden Fettstreifen. Es schmeckte süßlich seifig verboten. Lange nach dem Hinunterschlingen der marmorierten Fleischwürfel – oft hatten wir beim Spiel beide Taschen voll – blieben unsere Gaumen stumpf und talgig. Auch sprachen wir anders, wenn wir vom Würfelfleisch gegessen hatten: gaumiger verwandelt vierbeinig: wir

bellten uns an. Dieses Gericht zogen wir vielen Gerichten vor, die am Familientisch serviert wurden. Wir nannten das Fleisch: Hundefleisch. Doch wenn es kein Kuhfleisch war, war es allenfalls Pferdefleisch oder das Fleisch notgeschlachteter Hammel. Grobkörniges Kochsalz, eine Hand voll, warf meine Mutter in den Emailletopf, schichtete die fußlangen Fleischlappen im siedenden Salzwasser, ließ das Gericht kurz aufkochen, tat Majoran dran, weil Majoran gut sein soll für den Geruchssinn der Hunde, drehte das Gas kleiner, gab dem Topf seinen Deckel und rührte eine Stunde lang nicht mehr daran; denn solange brauchte das Kuh-Pferde-Hammelfleisch, bis es zu jenem Hundefleisch wurde, von dem Harras und wir aßen, das uns allen, Harras und uns, dank mitgekochtem Majoran, zu verfeinerten Geruchsorganen verhalf. Das war ein Koschnäwjer-Rezept. Zwischen Osterwick und Schlangenthin sagte man: Majoran macht schön. Majoran verlängert das Geld. Gegen Deikert und Hölle streu Majoran über die Schwelle. Berühmt für ihren majorangesegneten Geruchssinn waren die niedrigen langhaarigen koschnäwjer Hirtenhunde.
Selten, wenn auf der Freibank kein Fleisch auslag, füllten Innereien den Topf: knotig verfettete Rinderherzen, seichige weil ungewässerte Schweinenieren, auch kleine Hammelnieren, die meine Mutter aus einem daumendicken Fettmantel, der mit knisternder Pergamenthaut gefüttert war, lösen mußte: die Nieren kamen in den Hundetopf; das Hammelnierenfett wurde in gußeiserner Pfanne ausgelassen und für Familiengerichte zum Braten verwendet, weil Hammelnierenfett vor der bösen Tuberkulose schützt. Gelegentlich kochte auch ein Stück dunkle, vom Purpur zum Violett übergehende Milz oder ein Klumpen sehnige Rinderleber im Topf. Nur weil Lunge eine längere Kochzeit, einen größeren Kochtopf verlangte und am Ende nicht viel hergab, kam sie so gut wie nie, eigentlich erst während der Fleischknappheit einiger Sommermonate, als im Kaschubischen wie in der Koschneiderei die Rinderpest umging, in den Emailletopf. Von den gekochten Innereien aßen wir nie. Nur Tulla trank heimlich, aber vor unseren Augen, die wir beim Zusehen einen engen Hals bekamen, mit langen süchtigen Schlucken von dem braungrauen Sud, in dem die geronnenen Ausscheidungen der Nieren graupelig schwammen und mit schwärzlichem Majoran gekreuzt, Inseln bildeten.

Am vierten Hundehüttentag,
– man ließ Tulla, da die Schule noch nicht begonnen hatte, auf Anraten der Nachbarn und jenes Arztes, der bei Betriebsunfällen in unsere Tischlerei kam, in Ruhe – brachte ich ihr, noch vor dem Aufstehen – selbst der Maschinenmeister, der immer als erster kam, war noch nicht da – einen Napf voller Herz-Nieren-Milz- und Lebersud. Der Sud in dem Napf war kalt, denn Tulla trank den Sud am liebsten kalt. Eine Fettschicht, gemischt aus Rindertalg und Hammeltalg, schloß den Napf gleich einer Eisdecke. Nur an den Rändern schwappte die trübe Flüssigkeit und rollte

in Kugeln über die Talgschicht. Ich war im Schlafanzug Schritt für Schritt vorsichtig. Den Hofschlüssel hatte ich vom großen Schlüsselbrett gehoben, ohne mit den anderen Schlüsseln zu klirren. Ganz früh und ganz spät knarren alle Treppen. Auf dem flachen Holzschuppendach begannen die Sperlinge. In der Hütte kein Anzeichen. Aber bunte Fliegen auf Teerpappe, die schon schräge Sonne hatte. Bis zum zerwühlten Halbkreis, der die Reichweite der Hundekette mit Wall und fußtiefem Graben bezeichnete, wagte ich mich vor. In der Hütte Ruhe, Dunkel und keine bunte Fliege. Dann erwachten im Dunkel: Tullas Haare, gemischt mit Sägespänen. Harras hielt den Kopf auf den Pfoten. Die Lefzen gedrückt. Kaum spielten seine Ohren, aber sie spielten. Mehrmals rief ich, kam aber, da der Schlaf mir im Hals saß, nicht weit, schluckte und rief lauter: »Tulla!« nannte auch meinen Namen: »Harry ist da und bringt was.« Ich lockte mit dem Sud im Napf, versuchte mich in Schmatzgeräuschen, pfiff leise und zischend, als wollte ich nicht Tulla, sondern Harras an den Rand des Halbkreises locken.

Als nur Fliegen, bißchen schräge Sonne und Spatzengerede Bewegung zeigten oder ahnen ließen, allenfalls Hundeohren – und einmal gähnte Harras anhaltend, ließ aber die Augen zu – stellte ich den Napf an den Rand des Halbkreises, genauer gesagt: in jenem Graben, den die Vorderpfoten des Hundes gewühlt hatten, setzte ich den Napf ab und ging, ohne mich umzublicken ins Haus zurück: Sperlinge, bunte Fliegen, kletternde Sonne und die Hütte in meinem Rücken.

Gerade schob der Maschinenmeister sein Fahrrad durch den Flur. Er fragte, aber ich antwortete nicht. In unserer Wohnung war noch alles verhängt. Der Schlaf meines Vaters war ruhig und vertraute dem Wecker. Einen Schemel schob ich ans Küchenfenster, griff einen Kanten trocken Brot, den Topf mit der Pflaumenkreide, schob links rechts die Gardinen, tunkte den Brotkanten in die Kreide, nagte und zerrte schon: da kroch Tulla aus der Hütte. Auch als Tulla die Schwelle der Hütte hinter sich hatte, blieb sie auf allen Vieren, schüttelte sich schlaksig, wurde Sägespäne los, kroch schleppend und torkelig gegen den von der Hundekette bestimmten Halbkreis, stieß, kurz vor der Tür zum Sperrholzschuppen, auf Graben und Wall, drehte von der Hüfte weg bei, schüttelte abermals Späne – mehr und mehr wurde ihr blauweißes Waschkleid blauweiß kariert – gähnte gegen den Hof – dort stand im Schatten, und nur an der Mütze von schräger Sonne getroffen, der Maschinenmeister neben seinem Fahrrad, rollte sich eine Zigarette und blickte in Richtung Hundehütte; während ich mit Brotkanten und Pflaumenkreide von oben auf Tulla herabsah, die Hütte aussparte und nur sie, sie und ihren Rücken visierte. Und Tulla zog unter zähen verschlafenen Bewegungen den Halbkreis entlang, ließ Kopf und verfilzte Haare vornüberhängen und hielt erst, aber immer noch hinter gesenktem Kopf, auf Höhe des braunglasierten Steingutnapfes, dessen Inhalt von einer ungebrochenen Talgschicht bedeckt wurde.

Solange ich oben das Kauen vergaß, solange der Maschinenmeister, dem die Mütze mehr und mehr in die Sonne wuchs, beide Hände brauchte, seiner tütenförmig gedrehten Zigarette Feuer zu geben – dreimal versagte das Feuerzeug – hielt Tulla das Gesicht starr gegen den Sand, drehte dann langsam und abermals von der Hüfte weg bei, ohne den Kopf mit Haaren und Sägespänen zu heben. Als ihr Gesicht überm Napf ankam und sich gespiegelt hätte, wäre die Talgschicht ein rundes Taschenspiegelchen gewesen, verging ihr jede Bewegung. Auch ich, von oben herab, kaute immer noch nicht. Kaum merklich verlagerte sich Tullas Gewicht von beiden stützenden Armen auf den linken stützenden Arm, bis der linke flachaufliegende Handteller, vom Küchenfenster aus gesehen, unter ihrem Körper verschwand. Und da war sie schon, ohne daß ich den freien Arm hatte kommen sehen, mit der rechten Hand am Napf, während ich meinen Brotkanten in die Pflaumenkreide stippte.
Der Maschinenmeister rauchte gleichmäßig und ließ die Zigarette, wenn er Rauch ausstieß, bis ihn die immer noch flache Sonne traf, an der Unterlippe kleben. Tullas linkes angestrengtes Schulterblatt spannte den blauweißkarierten Waschkleidstoff. Harras, mit dem Kopf auf den Pfoten, hob die Augenlider ungleich langsam und blickte in Richtung Tulla: sie streckte den kleinen Finger der rechten Hand; er senkte langsam und nacheinander beide Lider. Jetzt waren, weil Sonne die Hundeohren zeigte, aufleuchtende und verlöschende Fliegen in der Hütte.
Während die Sonne kletterte und in der Nachbarschaft ein Hahn krähte – dort gab es Hähne – stellte Tulla den gestreckten kleinen Finger der rechten Hand senkrecht auf die Mitte der Talgschicht, und begann mit behutsamer Zähigkeit, der Talgschicht ein Loch zu bohren. Ich legte den Brotkanten weg. Der Maschinenmeister wechselte das Standbein und ließ das Gesicht aus der Sonne rutschen. Das wollte ich sehen, wie Tullas kleiner Finger die Talgschicht durchbohren, in den Sud dringen und die Schicht mehrmals aufbrechen würde; aber ich sah nicht, wie Tullas kleiner Finger in den Sud drang, auch brach die Talgschicht nicht mehrmals und schollig, sondern wurde heil und rund von Tullas kleinem Finger aus dem Napf gehoben. Hoch hob sie die bierdeckelgroße Scheibe über Schulter, Haar und Sägespäne in den Siebenuhrfrühmorgenhimmel, gab die Ansicht ihres verkniffenen Gesichtes dazu, und schnellte dann die Scheibe, aus dem Handgelenk heraus, auf den Hof, Richtung Maschinenmeister: im Sand zerbrach sie für immer, wälzte sich scherbig im Sand; und einige Talgsplitter, die sich zu talgigen Sandbällen gewandelt hatten, wuchsen in Schneeballmanier und rollten bis zu dem rauchenden Maschinenmeister und seinem Fahrrad mit der neuen Fahrradklingel.
Wie nun mein Blick von der zerworfenen Talgscheibe zu Tulla zurückkehrt, kniet sie knochig und steil, aber immer noch kühl, unter der Sonne. Die Finger der linken überanstrengten Hand spreizt sie fünfmal seitwärts, faltet sie über drei Gelenke und spreizt über die gleichen Gelenke zurück.

Rechtshändig, den Handrücken zur Erde, hält sie den Fuß des Napfes und führt langsam ihren Mund und den Rand des Napfes zusammen. Sie lappt schlürft verplempert nicht. Zügig und ohne abzusetzen trinkt Tulla den fettlosen Milzherznierenlebersud mit all seinen graupeligen Feinheiten und Überraschungen, mit den winzigen Knorpeln des Bodensatzes, mit koschnäwjer Majoran und geronnenem Harnstoff. Tulla trinkt bis zur Neige: Das Kinn hebt den Napf. Der Napf hebt die Hand am Fuß des Napfes bis unter die schräge Sonne. Ein Hals wird frei und immer länger. Ein Hinterkopf mit Haaren und Sägespänen sinkt in den Nacken und bettet sich. Zwei Augen, eng beieinander, bleiben geschlossen. Solange arbeitet Tullas magerer, sehniger und fahler Kinderhals, bis der Napf auf ihrem Gesicht liegt und sie die Hand vom Napf heben und zwischen Napffuß und abrutschender Sonne wegziehen kann. Der gestülpte Napf verdeckt die verkniffenen Augen, die verkrusteten Naslöcher, den Mund, der genug hat.
Ich glaube, ich war glücklich im Schlafanzug hinter unserem Küchenfenster. Pflaumenkreide hatte meine Zähne stumpf gemacht. Im Schlafzimmer der Eltern beendete der Wecker den Schlaf meines Vaters. Unten mußte sich der Maschinenmeister neu Feuer geben. Harras hob Augenlider. Tulla ließ den Napf vom Gesicht wegkippen. Der Napf fiel in den Sand. Er zerbrach nicht. Tulla fiel langsam auf beide Handteller. Wenige Späne, die die Fräse gespieen haben mochte, krümelten von ihr. Von der Hüfte weg drehte sie um etwa neunzig Grad bei, kroch zäh satt pomadig zuerst in die schräge Sonne, nahm Sonne auf dem Rücken zum Hütteneingang mit, drehte vor dem Loch auf der Stelle und schob sich rückwärts, mit hängendem Kopf und Haar, mit der flach aufsetzenden und Haar wie Sägespäne zu einem Flimmern bringenden Sonne beladen, über die Schwelle in die Hütte.
Da schloß Harras wieder die Augen. Zurück kamen bunte Fliegen. Meine stumpfen Zähne. Sein schwarzer, über dem Halsband stehender Kragen, den kein Licht aufhellen konnte. Meines Vaters Geräusche beim Aufstehen. Sperlinge um den leeren Napf gestreut. Ein Fetzen Stoff: blauweiß kariert. Strähnen Flimmern Späne Pfoten Fliegen Ohren Schlaf Morgensonne: Teerpappe wurde weich und roch.
Der Maschinenmeister Dreesen schob sein Fahrrad auf die halbverglaste Tür zu, die den Maschinenraum abschloß. Langsam und im Schritt schüttelte er den Kopf von links nach rechts und von rechts nach links. Im Maschinenraum waren die Kreissäge, die Bandsäge, die Fräse, der Gleichrichter und die Hobelmaschine noch kalt aber hungrig. Ernst hustete mein Vater auf der Toilette. Ich drückte mich vom Küchenschemel.

Gegen Abend des fünften Hundehüttentages,
an einem Freitag, versuchte der Tischlermeister, Tulla zu bewegen. Seine Zigarre zu fünfzehn, Fehlfarbe, bildete in seinem ordentlichen Gesicht einen rechten Winkel und ließ seinen Bauch – er stand im Profil – weniger

spitz erscheinen. Der stattliche Mann sprach vernünftig. Güte als Köder. Dann sprach er dringlicher, ließ die Asche vorzeitig von der wippenden Zigarre brechen und bekam einen spitzeren Bauch. Strafe in Aussicht gestellt. Als er den Halbkreis, dessen Radius die Hundekette ausmaß, überschritt und offene Tischlermeisterhände zeigte, fuhr Harras, von Sägespänen begleitet, aus der Hütte, machte die Kette straff und warf seine Schwärze mit beiden Vorderläufen gegen die Brust des Tischlermeisters. Mein Vater taumelte hinter sich, bekam einen blauroten Kopf, dem aber immer noch, doch ungenau die Fehlfarbe anhing. Eine der Dachlatten, die an Sägeböcken lehnten, griff er, schlug aber dennoch nicht auf Harras ein, der starr ohne Blaffen die Kette erprobte, ließ vielmehr die Tischlermeisterhand mit der Dachlatte sinken und prügelte erst eine halbe Stunde später mit bloßer Hand den Lehrling Hotten Scherwinski, weil Hotten Scherwinski, nach Angabe des Maschinenmeisters, versäumt hatte, die Fräse zu reinigen und zu ölen; auch hieß es, der Lehrling habe Türbeschläge und ein Kilo zöllige Nägel entwendet.

Tullas nächster Hundehüttentag,
der sechste, war ein Sonnabend. August Prokriefke in Holzschuhen stellte die Sägeböcke zusammen, nahm Harras' Losung auf, fegte und harkte den Hof, wobei er regelmäßige, nicht einmal häßliche, eher starke und einfältige Muster in den Sand kerbte. Verzweifelt und immer wieder, wobei der Sand dunkler und feuchter wurde, harkte er nahe dem gefährlichen Halbkreis. Tulla ließ sich nicht sehen. Sie pinkelte, wenn sie pinkeln mußte – und Tulla mußte stündlich ihr Wasser ablassen – in Sägespäne, die August Pokriefke am Abend zu erneuern hatte. Aber am Abend des sechsten Hundehüttentages wagte er nicht, das Sägespänelager neu aufzuschütten. Sobald er mit klobigen Holzschuhen, mit Schaufel und Strauchbesen, mit dem Korb geringelter Späne aus Fräse und Gleichrichter gewagte Schritte machte und sich und sein allabendliches Vorhaben über den zerwühlten Graben des Halbkreises schob und »Bravbravbrav seidochbrav« murmelte, kam aus der Hütte ein kaum bösartiges, eher vorwarnendes Knurren.
Es wurden am Sonnabend die Sägespäne in der Hundehütte nicht erneuert; auch ließ August Pokriefke den Hofhund Harras nicht von der Kette. Mit angekettetem scharfem Hofhund lag die Tischlerei bei magerem Mond unbewacht: es wurde aber nicht eingebrochen.

Der Sonntag,
Tullas siebenter Hundehüttentag, brachte Erna Pokriefke auf den Plan. Am frühen Nachmittag kam sie, zog links einen Stuhl hinter sich her, dessen viertes Bein den Mustern ihres hofharkenden Mannes eine harte Querspur riß. Rechts trug sie den Hundefreßnapf voller knolliger Rindernieren und halbierter Hammelherzen: alle Herzkammern mit ihren Röhren, Bändern, Sehnen und glatthäutigen Innenwänden klafften anschau-

lich. Nahe der Sperrholzschuppentür stellte sie den Napf mit den Innereien ab. Einen respektvollen Schritt von der Mitte des Halbkreises weg, dem Eingang der Hundehütte gegenüber, rückte sie den Stuhl zurecht, saß endlich verhutzelt, schief mit Rattenblick und mehr genagtem als geschnittenem Bubikopf in ihrem schwarzen Sonntagskleid. Strickzeug zog sie aus dem vorne aufknöpfbaren Taft und strickte in Richtung Hundehütte, Harras und Tochter Tulla.

Wir, also der Tischlermeister, meine Mutter, August Pokriefke, sowie dessen Söhne Alexander und Siegesmund, standen den Nachmittag über am Küchenfenster und blickten, gedrängt oder einzeln, auf dem Hof. Auch an den Hoffenstern der anderen Mietwohnungen standen und saßen die Nachbarn und deren Kinder; oder es saß ein alleinstehendes Fräulein wie Fräulein Dobslaff am Fenster ihrer Parterrewohnung und blickte auf den Hof.

Ich ließ mich nie ablösen und stand unentwegt. Mich konnte kein Menschärgerdichnichtspiel, kein sonntäglicher Streuselkuchen weglokken. Es war ein lauwarmer Augusttag, und am nächsten Tag sollte die Schule beginnen. Die unteren Doppelfenster hatten wir, auf Erna Pokriefkes Wunsch hin, verschließen müssen. Die quadratischen Oberfenster, gleichfalls Doppelfenster, standen einen Spalt weit offen, ließen Luft, Fliegen und das Krähen des Hahnes aus der Nachbarschaft in unsere Wohnküche dringen. Alle Geräusche, auch die Trompetentöne, die ein Mann ausstieß, der Sonntag für Sonntag auf dem Dachboden eines Hauses am Labesweg Trompete übte, wechselten ab. Beständig blieb ein atemloses Zischeln, Brabbeln, Gleischbern, Scharwietern und Näseln: eindringlich nasales Schwellen, koschnäwjer Erlen im Flugsandwind, viele viele Spitzen, ein Rosenkranz Perlen, geknülltes Papier glättet sich eigenhändig, die Maus räumt auf, Strohhalme bündeln sich: Mutter Pokriefke strickte nicht nur in Richtung Hundehütte, sie wisperte, raunte, brasselte, schnalzte, zirpte und pfiff lockend in gleiche Richtung. Im Profil sah ich ihre Lippen, ihr zuckendes, mahlendes, hämmerndes, weichendes und vorschnellendes Kinn, ihre siebzehn Finger und vier tanzenden Nadeln, unter denen etwas Hellblaues in ihren Taftschoß wuchs, das war für Tulla bestimmt; und später trug Tulla es auch.

Die Hundehütte mit ihren Bewohnern gab kein Zeichen. Bei Beginn der Strickerei und während ein Lamento nicht aufhören wollte, hatte Harras träge und blicklos die Hütte verlassen. Nach Gähnen mit knackendem Fang und Streckübungen hatte er zum Fleischnapf gefunden, hatte unterwegs, aus krampfigem Hocken heraus, seine knotige Wurst gedrängt, auch das Bein gehoben. Den Napf zerrte er zur Hütte, schlang vor der Hütte, ruckend, mit tanzenden Hinterläufen, die Rinderniere, die Hammelherzen mit allen klaffenden Kammern in sich hinein, verdeckte aber den Hütteneingang und ließ nicht erkennen, ob Tulla, gleich ihm, von der Niere, von den Herzen aß.

Gegen Abend kam Erna Pokriefke mit fast fertiger hellblauer Strickjacke zurück ins Haus. Sie sagte nichts. Wir wagten nicht zu fragen. Das Menschärgerdichnichtspiel mußte weggeräumt werden. Streuselkuchen war übriggeblieben. Nach dem Abendessen straffte sich mein Vater, blickte streng geradeaus gegen das Ölbild mit dem kurischen Elch und sagte, es müsse nun etwas getan werden.

Am Montagmorgen:
Der Tischlermeister machte sich fertig, zur Polizei zu gehen; Erna Pokriefke, breitbeinig und lautstark in unserer Küche, schimpfte auf ihn ein, nannte ihn einen mistigen Schorfkreet; ich bewachte als einziger, schon mit dem Schultornister behängt, das Küchenfenster: da verließ Tulla schwankend, knochig, von Harras mit hängendem Kopf gefolgt, die Hundehütte. Zuerst kroch sie auf allen Vieren, richtete sich dann wie ein richtiger Mensch auf und überschritt, ohne daß Harras sich dazwischenstellte, mit zerbrechlichen Schritten den Halbkreis. Auf zwei Beinen, verschmiert, grau, an einigen Stellen von langer Hundezunge blankgeleckt, fand sie die Hoftür.
Harras heulte ihr nur einmal nach, aber sein Geheul lag hoch über dem Geschrei der Kreissäge.

Während für Tulla und mich,
für Jenny und alle anderen Schulkinder wieder die Schule begann, fand Harras wieder in sein Hofhundleben, ein Allerlei, das auch nicht dadurch unterbrochen wurde, daß knappe drei Wochen später die Nachricht eintraf, der Deckrüde Harras habe für meinen Vater, den Tischlermeister Liebenau, abermals fünfundzwanzig Gulden verdient. Der Besuch im Hundezwinger der Schutzpolizeikaserne Langfuhr-Hochstrieß hatte, so kurz er gewesen war, angeschlagen. Nach angemessener Zeit hieß es auf einer weiteren, extra für den Schriftverkehr des Schutzpolizeihundezwingers vorgedruckten Karte, die Schäferhündin Thekla von Schüddelkau, Züchter: Albrecht Leeb, SZ 4356, habe fünf Welpen geworfen. Und dann, nach einigen Monaten, nach den Adventssonntagen, nach dem Weihnachtsfest, nach Neujahr, Schnee, Tauwetter, wieder Schnee, langem Schnee, nach beginnendem Frühjahr, nach dem Verteilen der Osterzeugnisse – alle wurden versetzt – nach einer Zeitspanne, in der sich nichts ereignete – es sei denn, ich erwähne den Unfall im Maschinenraum: der Lehrling Hotten Scherwinski verlor an der Kreissäge Mittel- und Zeigefinger der linken Hand – traf jener eingeschriebene Brief ein, der uns über der Unterschrift des Gauleiters Forster mitteilte, man habe aus dem Zwinger der Schutzpolizei Langfuhr-Hochstrieß den jungen Schäferhund Prinz aus dem Wurf Falko, Kastor, Bodo, Mira, Prinz – Züchtung Thekla von Schüddelkau, Züchter A. Leeb – Danzig-Ohra; und Harras von der Luisenmühle, Züchter und Besitzer Friedrich Liebenau, Tischlermeister zu Danzig-Langfuhr – angekauft und im Namen der Partei und der deutschen Bevölkerung der deutschen Stadt Danzig beschlossen, den

Schäferhund Prinz dem Führer und Reichskanzler, anläßlich seines sechsundvierzigsten Geburtstages durch eine Delegation übergeben zu lassen. Der Führer und Reichskanzler habe sich wohlwollend geäußert und sei entschlossen, das Geschenk des Gaues Danzig anzunehmen und den Schäferhund Prinz neben seinen anderen Hunden zu halten.
Dem eingeschriebenen Brief lag ein postkartengroßes Foto des Führers mit dessen eigenhändiger Unterschrift bei. Auf dem Foto trug er die Kleidung oberbayrischer Dorfbewohner; nur hatte die Trachtenjacke einen mehr gesellschaftlichen Zuschnitt. Zu seinen Füßen hechelte ein graugewolkter Schäferhund, der auf der Brust und überm Stop helle, wahrscheinlich gelbe Abzeichen trug. Im Hintergrund türmten sich Bergmassive. Der Führer lachte jemanden an, der auf dem Foto nicht zu sehen war.
Brief und Führerfoto – beides wurde sogleich unter Glas gelegt und in eigener Tischlerei gerahmt – machten lange Wege durch die Nachbarschaft und bewirkten, daß zuerst mein Vater, dann August Pokriefke, danach etliche Nachbarn in die Partei eintraten, daß der Tischlergeselle Gustav Mielawski – seit über fünfzehn Jahren in unserem Betrieb und ruhiger Sozialdemokrat – kündigte und erst nach zwei Monaten, nach langem Zureden von des Tischlermeisters Seite, wieder bei uns an der Hobelbank stand.
Tulla bekam von meinem Vater einen neuen Schultornister. Ich bekam eine komplette Jungvolkuniform. Harras bekam ein neues Halsband, konnte aber nicht besser gehalten werden, weil er schon gut gehalten wurde.

Liebe Tulla,
hatte die plötzliche Karriere unseres Hofhundes Harras für uns Folgen? Mir brachte Harras Schülerruhm. Ich mußte nach vorne an die Tafel kommen und erzählen. Natürlich durfte ich nicht vom Decken, Belegen, vom Deckschein und dem Deckgeld, von der im Zuchtbuch vermerkten Deckfreudigkeit unseres Harras und der Hitze der Hündin Thekla sprechen. Drollig kindlich mußte und vermochte ich vom Vater Harras und der Mutter Thekla, von den Hundekindern Falko, Kastor, Bodo, Mira und Prinz zu plappern. Fräulein Spollenhauer wollte alles wissen: »Warum hat der Herr Gauleiter den kleinen Hund Prinz unserem Führer geschenkt?«
»Weil der Führer Geburtstag hatte und sich schon immer einen kleinen Hund aus unserer Stadt gewünscht hat.«
»Und warum geht es dem kleinen Hund Prinz auf dem Obersalzberg so gut, daß er sich gar nicht mehr nach seiner Hundemama sehnt?«
»Weil unser Führer die Hunde liebt und immer gut ist zu Hunden.«
»Und warum sollen wir uns freuen, daß der kleine Hund Prinz beim Führer ist?«
»Weil Harry Liebenau unser Mitschüler ist.«

»Weil der Schäferhund Harras seinem Vater gehört.«
»Weil Harras der Vater vom kleinen Hund Prinz ist.«
»Und weil das für unsere Klasse und unsere Schule und unsere schöne Stadt eine große Ehre ist.«

Warst Du dabei, Tulla,
als Fräulein Spollenhauer mit mir und der Klasse unserem Tischlereihof einen Besuch abstattete? Du warst in der Schule und nicht dabei.
Im Halbkreis umstand die Klasse den Halbkreis, den Harras um sein Reich gezogen hatte. Noch einmal mußte ich meinen Vortrag wiederholen, dann bat Fräulein Spollenhauer meinen Vater, nun seinerseits den Kindern etwas zu erzählen. Der Tischlermeister setzte voraus, daß die Klasse über die politische Laufbahn des Hundes unterrichtet worden war und gab einiges über den Stammbaum unseres Harras zum besten. Von einer Hündin Senta sprach er und einem Rüden Pluto. Beide, genau so schwarz wie Harras und nun auch der kleine Prinz, seien die Eltern von Harras gewesen. Die Hündin Senta habe einem Müller in Nickelswalde an der Weichselmündung gehört – »Seid Ihr denn schon mal in Nickelswalde gewesen, Kinder? Mit der Kleinbahn bin ich vor Jahren hingefahren, und die Mühle dort ist historisch wichtig, weil in ihr die Königin Luise von Preußen übernachtete, als sie vor den Franzosen fliehen mußte.« – Unter dem Mühlenbock aber, so sagte der Tischlermeister, habe er sechs Welpen gefunden – »So nennt man kleine Hundekinder« – und einen kleinen Hund habe er dem Müller Matern abgekauft. – »Das ist unser Harras gewesen, der uns immer und besonders in der letzten Zeit soviel Freude bereitet hat.«

Wo warst Du, Tulla,
als ich, unter Aufsicht des Maschinenmeisters, unsere Klasse in den Maschinenraum führen durfte? Du warst in der Schule und konntest nicht sehen und hören, wie ich meinen Mitschülern und dem Fräulein Spollenhauer alle Maschinen aufzählte: Die Fräse. Der Gleichrichter. Die Bandsäge. Die Hobelmaschine. Die Kreissäge.
Darauf erklärte Meister Dreesen den Kindern die Holzsorten. Er unterschied zwischen Hirnholz und Langholz, klopfte an Rüster, Kiefer, Birne, Eiche, Ahorn, Buche und weiche Linde, plauderte von Edelhölzern und von den Jahresringen der Baumstämme.
Dann mußten wir auf dem Tischlereihof ein Lied singen, das Harras nicht hören wollte.

Wo war Tulla,
als der Hauptbannführer Göpfert mit dem Jungbannführer Wendt und einigen Unterführern unseren Tischlereihof besuchten? Wir waren beide in der Schule und nicht dabei, als beschlossen wurde, ein neuaufgestelltes Jungvolk-Fähnlein nach unserem Harras zu benennen.

Und Tulla und Harry fehlten,
als man sich nach dem Röhm-Putsch und dem Ableben des alten Herrn zu Neudeck auf dem Obersalzberg, in niedrig nachgemachter Bauernstube, hinter buntbäurischen Kattunvorhängen ein Stelldichein gab; aber Frau Raubal, Rudolf Hess, Herr Hanfstängel, der Danziger SA-Führer Linsmayer, Rauschning, Forster, August Wilhelm von Preußen, kurz »Auwi« genannt, der lange Brückner und der Reichsbauernführer Darré hörten dem Führer zu – und Prinz war dabei. Unser Prinz. Der Prinz von unserem Harras, den Senta geworfen hatte, und Perkun zeugte Senta.
Sie aßen Apfelkuchen, den Frau Raubal gebacken hatte, und sprachen von Stiel und Stumpf, von Strasser, Schleicher, Röhm, von Stumpf und Stiel. Dann sprachen sie von Spengler, Gobineau und den Protokollen der Weisen zu Zion. Dann nannte Hermann Rauschning den jungen Schäferhund Prinz fälschlich einen »herrlichen schwarzen Wolfshund«. Das plapperte ihm später jeder Historiker nach. Dabei werden mir alle Kynologen zustimmen: es gibt nur den Irischen Wolfshund, der sich vom deutschen Schäferhund wesentlich unterscheidet. Mit langem schmalem Kopf ist er dem degenerierten Windhund verwandt. Bis zum Widerrist mißt er zweiundachtzig Zentimeter, also achtzehn Zentimeter mehr, als unser Harras maß. Langhaarig ist der Irische Wolfshund. Kleine Faltohren stehen nicht sondern kippen. Ein repräsentativer Luxushund, den der Führer nie in seinem Zwinger gehalten hätte; womit für alle Zeiten bewiesen ist, daß Rauschning irrte: kein irischer Wolfshund strich nervös um die Beine der kuchenessenden Gesellschaft, Prinz, unser Prinz hörte Gesprächen zu und sorgte sich, treu wie ein Hund, um seinen Herrn; denn der Führer bangte um sein Leben. Abgefeimte Anschläge konnten in jedem Stück Kuchen eingebacken sein. Furchtsam trank er seine Limonade und mußte sich oft, ohne Grund, übergeben.
Aber Tulla war dabei,
als die Journalisten und Fotografen kamen. Nicht nur der »Vorposten« und die »Neuesten Nachrichten« schickten welche. Aus Elbing, Königsberg, Schneidemühl, Stettin, sogar aus der Reichshauptstadt meldeten sich Herren und sportlich gekleidete Damen an. Einzig Brost, der Redakteur der bald darauf verbotenen »Volksstimme«, weigerte sich, unseren Harras zu interviewen. Vielmehr glossierte er den Presserummel unter dem Titel: »Auf den Hund gekommen.« Dafür kamen Mitarbeiter konfessioneller Blätter und Fachzeitschriften. Das Blättchen des Vereins Deutscher Schäferhunde schickte einen Kynologen, den mein Vater, der Tischlermeister, vom Hof weisen mußte. Denn jener Hundefachmann begann sogleich am Stammbaum unseres Harras herumzumäkeln, die Namengebung sei liederlich und zuchtfremd; kein Material über die Hündin finde sich, die Senta geworfen habe; das Tier selber sei nicht übel, dennoch müsse man polemisch gegen diese Art Hundehaltung schreiben,

gerade weil es sich um einen historischen Hund handle, sei Verantwortungsgefühl vonnöten.
Mit einem Wort: ob polemisch oder kritiklos lobpreisend, Harras ist beschrieben, gedruckt, fotografiert worden. Auch die Tischlerei mit Maschinenmeister, Gesellen, Hilfsarbeitern und Lehrlingen kam zu Wort. Aussprüche meines Vaters, wie dieser: »Wir sind einfache Handwerker, die ihrem Beruf nachgehen, aber trotzdem freuen wir uns, daß unser Harras...« also schlichte Tischlermeisterbekenntnisse wurden wörtlich, oft als Bildtitel, zitiert.
Ich schätze, daß von unserem Harras acht Solofotos in die Zeitungen kamen. Dreimal mag er mit meinem Vater abgebildet worden sein, einmal, als Gruppenfoto mit gesamter Tischlereibelegschaft, niemals mit mir; aber genau zwölfmal fand Tulla mit unserem Harras in deutschsprachige und internationale Zeitungen: schmal, auf zerbrechlichen Spazierstöcken, hielt sie neben unserem Harras still.

Liebe Cousine,
dabei hast Du ihm geholfen, als er einzog. Seine Noten hast Du stapelweis getragen und die Tänzerin aus Porzellan. Denn während vierzehn Mietparteien in unserem Mietshaus wohnen blieben, räumte das alte Fräulein Dobslaff die linke Parterrewohnung, deren Fenster zum Hof geöffnet werden konnten. Es zog mit ihren Stoffresten und numerierten Fotoalben, mit Möbeln, aus denen das Holzmehl rieselte, nach Schönwarling zu seiner Schwester; und der Klavierlehrer Felsner-Imbs, mit seinem Klavier und seinen gelblichen Notenbergen, mit seinem Goldfisch und seiner Sanduhr, mit seinen unzähligen Fotos einst berühmter Künstler, mit seiner Porzellanfigurine im Porzellantutu, die auf spitzem Porzellanschuh in vollendeter Arabesque verharrte, zog in die leergewordene Wohnung ein, ohne die verblichenen Tapeten des Wohnzimmers, ohne die großgeblümten des Schlafzimmers zu wechseln. Zudem waren die vormals Dobslaffschen Zimmer von Natur aus dunkel, weil, keine sieben Schritt' von den Fenstern beider Zimmer entfernt, die Schmalseite des Tischlereigebäudes mit der außen klebenden Treppe zum Stockwerk ragte und Schatten warf. Auch wuchsen zwischen dem Mietshaus und der Tischlerei zwei Fliederbüsche, die Frühjahr um Frühjahr erfolgreich waren. Mit Erlaubnis meines Vaters hatte Fräulein Dobslaff beide Büsche mit einem Gartenzaun umstellen lassen, was Harras nicht hinderte, auch in des Fräuleins Garten seine Duftmarken zu setzen. Aber nicht der Hundelosung, nicht der dunklen Wohnung wegen zog das Fräulein aus, sondern weil es in Schönwarling, wo es hergekommen war, sterben wollte.
Felsner-Imbs mußte elektrisches Licht, umgeben von einem grünlichen Glasperlenschirm, brennen lassen, wenn am Vormittag oder Nachmittag, während draußen der Sonnenschein Orgien feierte, Klavierschüler zu ihm kamen. Links vorm Hauseingang hatte er ein Emailleschild fest-

dübeln lassen: Felix Felsner-Imbs – Konzertpianist und staatlich geprüfter Klavierlehrer. Noch keine zwei Wochen wohnte der schlottrige Mensch in unserem Mietshaus, da kamen die ersten Eleven, brachten das Stundengeld und die Dammsche Klavierschule mit, mußten bei Lampenlicht links rechts, zweihändig und nochmals Tonleitern und Etüden klimpern, bis die große Sanduhr auf dem Klavier im oberen Gehäuse kein Körnchen mehr beherbergte und auf mittelalterliche Weise bewies, daß die Klavierstunde beendet war.

Ein Samtbarett trug Felsner-Imbs nicht. Aber schlohweißes, obendrein gepudertes, wallend wehendes Haar fiel ihm über den Schillerkragen. Zwischen Schülerbesuch und Schülerinbesuch bürstete er seine Künstlermähne. Auch wenn auf dem baumlosen Neuen Markt ein Windstoß seine Mähne frisiert hatte, griff er nach dem Bürstchen in weiter Jackentasche und fand, indem er sein erstaunliches Haar öffentlich pflegte, sogleich Zuschauer: Hausfrauen, Schulkinder, uns. Während er das Haar bürstete, bezog der Ausdruck reinen Hochmutes seinen Blick, der hellblau wimpernlos Konzertsäle überflog, in denen imaginäres Publikum nicht aufhören wollte, ihn, den Konzertpianisten Felsner-Imbs zu feiern. Unter dem Glasperlenschirm fiel grünlicher Glanz auf seinen Scheitel: ein Oberon, der die Klavierauszüge der gleichnamigen Oper zu interpretieren verstand, saß auf solidem Drehschemel und verzauberte Schüler und Schülerinnen in Nöcke und Nixen.

Dabei mußten es feinhörige Schüler sein, die der Klavierlehrer vor aufgeschlagener Klavierschule sitzen hatte, denn nur ein besonders Ohr konnte aus den tagsüber immer allgegenwärtigen Arien der Kreissäge und Fräse, aus den wechselnden Stimmlagen des Gleichrichters und der Hobelmaschine, aus dem naiven Singsang der Bandsäge säuberlich Tonleitern Ton für Ton pflücken, die unterm wimpernlosen Blick des Felsner-Imbs dem Klavier angeschlagen werden mußten. Weil dieses Maschinenkonzert selbst einen Fortissimolauf von Klavierschülers Hand auf dem Tischlereihof klaftertief begrub, glich der Grüne Salon hinter den Fliederbüschen einem Aquarium, lautlos und dennoch voller Bewegung. Des Klavierlehrers Goldfisch im Glas auf lackiertem Konsölchen war, um diesen Eindruck zu bestätigen, überflüssig und ein Requisit zuviel.

Besonderen Wert legte Felsner-Imbs auf eine vorschriftsmäßige Handhaltung. Falsche Töne konnten, bei einigem Gück, in dem satten und dennoch alles verschluckenden Sopran der Kreissäge untergehen, ließ aber ein Schüler beim Etüdenspiel, beim Aufundab der Tonleitern die Handballen aufs schwarze Holz des insgesamt schwarzen Klaviers sinken und bot nicht mehr den erwünschten waagerechten Handrücken, vermochte kein Tischlereigeräusch diesen augenfälligen Formfehler ungesehen machen. Zudem hatte Felsner-Imbs es sich zur Lehrmethode gemacht, seinen Schülern auf jede Hand, die ihr Tonleiternsoll erfüllen mußte, quer und locker einen Bleistift zu legen. Jeder Handballen, der aufs Holz abrutschte und nach Ruhe verlangte, bestand die Probe nicht und

brachte den beweisführenden Bleistift zum Absturz.
Solch einen Kontrollstift mußte auch Jenny Brunies, des Studienrates angenommene Tochter von schräg gegenüber, auf rechter und linker Patschhand tonleiterlang spazieren führen; denn einen Monat nach des Klavierlehrers Einzug wurde sie seine Schülerin.

Du und ich,
wir sahen Jenny vom Fliedergärtchen aus. Wir drückten unsere Gesichter an den Fensterscheiben des algengrünen Aquariums platt und sahen sie auf dem Drehschemel sitzen: dick, puppig, in braunem Waschsamt. Eine riesige Propellerschleife saß als Zitronenfalter – in Wirklichkeit war die Schleife weiß – auf ihrem glattfallenden, halblanggeschnittenen, etwa mittelbraunen Haar. Während andere Schüler oft genug einen empfindlich raschen Schlag mit dem zuvor gestürzten Bleistift auf den Handrücken erhielten, mußte Jenny, obgleich auch ihr Stift gelegentlich auf das Eisbärfell unter dem Klavierschemel fiel, nie den strafenden Schlag fürchten, allenfalls kam ihr ein besorgter Felsner-Imbs-Blick zu.
Womöglich war Jenny hochmusikalisch – wir, Tulla und ich, jenseits der Fensterscheiben hörten ja, mit Kreissäge und Fräse im Rücken, nur selten ein Tönchen; auch waren wir, von Veranlagung her, nicht dazu bestellt, musikalisch bestiegene Tonleitern von mühsam erkletterten zu unterscheiden – jedenfalls durfte das pummelige Geschöpf von schräg gegenüber zeitiger als andere Schüler des Felsner-Imbs zweihändig die Tasten drücken; auch purzelte der Stift seltener und seltener und durfte endlich ganz und gar, in aller Länge und Spitze, als Bleistift und Damoklesschwert fortbleiben. Schon konnte man bei gutem Willen, durch das Geschrei und Geschrille der alltäglichen, sägenden, fräsenden und Falsett singenden Tischlereioper hindurch, die dünnen Melodien der Dammschen Klavierschule mehr erraten als erlauschen: Winter ade – Ein Jäger aus Kurpfalz – Bald gras ich am Neckar bald gras ich am Rhein...

Tulla und ich,
wir erinnern uns, daß Jenny bevorzugt wurde. Während die Unterrichtsstunden aller anderen Schüler oftmals mitten im »Mit dem Pfeil dem Bogen« ihr Ende fanden, weil das letzte Sandkörnchen der mittelalterlichen Sanduhr auf dem Klavier Amen gesagt hatte, schlug, wenn Jenny ihr Puppenfleisch auf dem Drehschemelchen unterrichten ließ, weder dem Lehrer noch der Schülerin eine Sanduhrstunde. Und als es zur Gewohnheit wurde, daß der dicke Eddi Amsel die dicke Jenny Brunies zur Klavierstunde begleitete – Amsel war ja der Lieblingsschüler des Studienrates und ging schräg gegenüber ein und aus – konnte es vorkommen, daß der nächste Schüler eine Sanduhrviertelstunde lang im schummrigen Hintergrund des Musikzimmers auf dem verquollenen Sofa warten mußte, bis er an die Reihe kam; denn Eddi Amsel, der auf dem Alumnat des Conradinums Klavierstunden genommen haben mochte, liebte es, an der

Seite des grünmähnigen Felsner-Imbs vierhändig und schmissig Preußens Gloria, den Finnländischen Reitermarsch und Alte Kameraden zu schmettern.
Außerdem sang Amsel. Nicht nur im Chor des Gymnasiums siegte seine Oberstimme, auch in der ehrwürdigen Marienkirche, deren Mittelschiff einmal im Monat Bachkantaten und Mozartmessen voll und rund tönen ließ, sang Amsel im Kirchenchor Sankt Marien. Eddi Amsels Oberstimme wurde entdeckt, als Mozarts Frühwerk, die Missa Brevis aufgeführt werden sollte. Ein Knabensopran wurde in allen Schulchören gesucht. Den Knabenalt hatten sie schon. Der hochgeschätzte Leiter des Kirchenchors Sankt Marien kam auf Amsel zu und schwärmte ihn an: »In der Tat, mein Sohn, Du wirst den berühmten Kastraten Antonio Cesarelli, der seinerzeit, als die Messe uraufgeführt wurde, seine Stimme hergab, beim Benedictus überflügeln, beim Dona nobis hör' ich Dich jubeln, bis alle Welt denken mag, dieser Stimme ist Sankt Marien wahrlich zu eng geraten.«
Eddi Amsel soll damals, obgleich Mister Lester noch den Völkerbund in der Freistadt vertrat und alle Rassengesetze an den Grenzen des Zwergstaates halt machen mußten, zu bedenken gegeben haben: »Aber Herr Professor, man sagt, ich sei Halbjude.«
Die Antwort des Professors: »Ach was, Sopran biste, und das Kyrie wirste mir anstimmen!« Diese Punktum-Antwort erwies sich als langlebig und soll noch nach Jahren in konservativen Widerstandskreisen Respekt abgenötigt haben.
Jedenfalls übte der erwählte Knabensopran die schwierigen Stellen der Missa Brevis im grünen Musikzimmer des Klavierlehrers Felsner-Imbs. Wir beide, Tulla und ich, hörten, als einmal Kreissäge und Fräse gleichzeitig Atem holen mußten, seine Stimme: Silber baute er ab. Hauchdünn geschliffene Messerchen viertelten die Luft. Nägel schmolzen. Spatzen schämten sich. Mietshäuser wurden fromm, denn ein dicker Engel sang Dona nobis immerzu.

Liebe Cousine Tulla,
nur weil Eddi Amsel in unser Mietshaus kam, fügte sich diese tonleiterlange Einführung. Anfangs kam er nur mit Jenny, dann brachte er seinen bulligen Freund mit. Man hätte Walter Matern als unseren Verwandten ansehen können, weil seines Vaters Schäferhündin Senta unseren Harras geworfen hatte. Mein Vater stellte oft, sobald er den Jungen sah, Fragen nach dem Ergehen des Müllers und nach der wirtschaftlichen Lage im Großen Werder. Zumeist antwortete ihm Eddi Amsel, der auf ökonomischem Gebiet beschlagen war, wortreich und mit Fakten, die den Arbeitsbeschaffungsplan der Partei und des Senates als unrealistisch erscheinen ließen. Er empfahl Anlehnung an den Sterling-Block, sonst werde es zu empfindlicher Guldenabwertung kommen. Sogar Zahlen nannte Eddi Amsel, man werde um zweiundvierzig Prozent herum abwerten müssen;

polnische Importwaren hätten mit einer Verteuerung von siebzig Prozent zu rechnen; den Tag der Abwertung könne man jetzt schon zwischen den ersten Maitagen des Jahres suchen; alle diese Daten und Zahlen habe er von Materns Vater, dem Müller, der wisse immer alles im voraus. Müßig zu sagen, daß sich des Müllers Voraussagen am zweiten Mai fünfunddreißig bestätigten.

Amsel und sein Freund saßen damals in der Prima und arbeiteten mäßig aufs Abitur hin. Beide trugen richtige Anzüge mit langen Hosen, tranken in der Sporthalle oder auf Zinglers Höhe Aktien-Bier, und von Walter Matern, der Regatta- und Artuszigaretten rauchte, hieß es, er habe im Vorjahr eine Obersekundanerin der Helene-Lang-Schule im Olivaer Wald verführt. Niemand wäre auf den Gedanken gekommen, dem umfangreichen Eddi Amsel dererlei Eroberungen zuzutrauen. Mitschüler und gelegentlich eingeladene Mädchen hielten ihn, schon seiner immer im Oberstübchen wohnenden Stimme wegen, für etwas, das sie kühn als Eunuchen bezeichneten. Andere drückten sich vorsichtiger aus. Eddi sei noch recht infantil, eine Art Neutrum. Soviel mir vom Hörensagen bekannt wurde, schwieg Walter Matern lange zu diesen Nachreden, bis er eines Tages vor mehreren Schülern und halb dazugehörenden Mädchen eine längere Rede hielt, die seinen Freund ins rechte Licht stellte. Amsel, so etwa hieß es, sei allen Jungs, was Mädchen und so weiter angehe, weit voraus. Er besuche ziemlich regelmäßig die Nutten in der Tischlergasse, gegenüber Adlers Brauhaus. Doch treibe er es nicht etwa auf die übliche Fünfminutenweise, sondern sei dort geachteter Gast, und zwar weil die Mädchen in ihm einen Künstler sähen. Amsel habe mit Tusche, Pinsel und Feder, anfangs auch mit Bleistift, einen Stoß Porträt- und Aktzeichnungen angefertigt, die nicht etwa schweinisch seien, die sich vielmehr sehen lassen könnten. Denn mit einer Mappe solcher Zeichnungen habe Eddi Amsel den berühmten Professor und Pferdemaler Pfuhle, der auf der Technischen Hochschule die Architekten im Zeichnen unterrichte, unangemeldet aufgesucht und die Zeichnungen vorgelegt: Pfuhle, der als unzugänglich bekannt sei, habe sogleich Amsels Begabung erkannt und versprochen, ihn zu fördern.

Nach dieser Rede, die ich nur sinngemäß wiedergeben kann, soll Amsel kaum mehr gehänselt worden sein. Man begegnete ihm sogar mit Hochachtung. Mehrmals kamen Mitschüler und wollten von ihm in die Tischlergasse mitgenommen werden, Ansinnen, die er freundlich und mit Materns Unterstützung ablehnte. Als Eddi Amsel jedoch eines Tages – so wurde es mir hinterbracht – seinen Freund bat, ihn in die Tischlergasse zu begleiten, mußte er erleben, daß Walter Matern abwinkte. Er habe nicht vor, die armen Mädchen zu enttäuschen, erklärte er mit frühmännlicher Sicherheit. Das Gewerbsmäßige stoße ihn ab. Da könne er keinen Steifen bekommen. Das würde ihn nur brutal stimmen; was am Ende für beide Teile peinlich sei. Liebe gehöre nun mal dazu oder wenigstens Leidenschaft.

Amsel mag sich die starken Sprüche seines Freundes unter Kopfwiegen angehört haben und wird mit seiner Zeichenmappe und einem zierlich verpackten Angebinde Mix-Konfekt allein zu den Mädchen gegenüber Adlers Brauhaus gegangen sein. Dennoch – und wenn ich recht unterrichtet bin – soll er seinen Freund an einem mißlichen Dezembertag überredet haben, mit ihm und den Mädchen den zweiten oder dritten Advent zu feiern. Matern traute sich erst am vierten Advent. Dabei stellte sich heraus, daß das Gewerbsmäßige der Mädchen ihn so anziehend abstieß, daß er seiner Prognose zum Trotz einen Steifen bekam, den er sicher und zu Schülerpreisen bei einem wortkargen Mädchen, namens Elisabeth, unterbringen und entladen konnte. Diese Gunst soll ihn aber nicht gehindert haben, auf dem Heimweg, den Altstädtischen Graben hoch und Pfefferstadt hinunter, bösartig mit den Zähnen zu knirschen und in finstere Meditationen über das käufliche Weib zu verfallen.

Liebe Cousine,
mit genau der gleichen, schokoladenbraunen und dottergelb getigerten Zeichenmappe, die seine Besuche in der verrufenen Tischlergasse zu legalen künstlerischen Exkursionen machte, betrat Eddi Amsel, begleitet von Walter Matern, unser Miethaus. Im Musikzimmer des Klavierlehrers Felsner-Imbs sahen wir beide ihn, nach dem Modell der Porzellan-Ballerina, Skizzen aufs Papier hauchen. Und eines schöngeputzten Maitages sah ich, wie er an meinen Vater, den Tischlermeister herantrat, auf seine getigerte Mappe wies und die Mappe sogleich öffnend, seine Zeichnungen sprechen lassen wollte. Aber mein Vater gab ihm blanco die Erlaubnis, unseren Hofhund Harras zu zeichnen. Nur legte er ihm nahe, sich mit seinen Utensilien außerhalb jenes Halbkreises zu postieren, der die Reichweite der Hofhundkette mit Wall und Graben bewies. »Der Hund ist scharf und hält sicher nicht viel von Künstlern«, sagte mein Vater, der Tischlermeister.
Vom ersten Tag an hörte unser Harras auf Eddi Amsels leisesten Zuruf. Amsel machte Harras zu einem Modellhund. Amsel sagte nicht etwa »Platz Harras!«, wie Tulla »Harras, Platz!« sagte, wenn Harras sich setzen sollte. Vom ersten Tag an negierte Amsel den Hundenamen Harras und sagte zu unserem Hofhund, sobald er ihm eine neue Position abverlangte: »Ach, Pluto, würden Sie sich bitte zuerst auf alle vier Beine stellen, dann das rechte Vorderbein heben, leicht anwinkeln, aber locker bitte, noch gelockerter. Und nun wollen Sie so gut sein und den edlen Schäferhundkopf nach halblinks drehen, so, so, bitte Pluto, bleiben Sie so.«
Und Harras hörte auf Pluto, als wäre er immer schon ein Höllenhund gewesen. Beinahe sprengte der ungefüge Amsel seinen sportlich geschnittenen graukarierten Anzug. Seinen Kopf deckte eine weiße Leinenmütze, die ihm etwas englisch Reporterhaftes gab. Doch war die Kluft nicht neu: alles was Eddi Amsel am Leibe trug, wirkte wie aus zweiter Hand, war aus zweiter Hand; denn es hieß, obgleich er über ein märchen-

haftes Taschengeld verfüge, kaufe er nur getragene Sachen aus dem Pfandhaus oder aus den Trödlerläden in der Tagnetergasse. Seine Schuhe mochten zuvor einem Briefträger gehört haben. Er saß mit breitem Hintern auf einem lächerlichen Klappstühlchen, das aber unbegreiflich stabil sein mußte. Während er auf linken prallen Schenkel die steife Pappe mit dem festgeklemmten Zeichenbogen stützte und rechtshändig, aus dem Handgelenk heraus, einen immer sattschwarzen Pinsel führte, der den Zeichenbogen von links oben nach rechts unten mit hingehuschten, mal mißlungenen, dann trefflichen und frisch wirkenden Skizzen des Hofhundes Harras oder des Höllenhundes Pluto füllte, kam es, von Tag zu Tag mehr – und Eddi Amsel zeichnete etwa sechs Nachmittage lang auf unserem Hof – zu verschiedenen Spannungen.
Da stand Walter Matern im Hintergrund. Er trug Räuberzivil: ein kostümierter Proletarier, der in einem zeitkritischen Theaterstück soziale Anklagen auswendig gelernt hat, im dritten Akt zum Rädelsführer werden wird und dennoch zu einem Opfer unserer Kreissäge wurde. Ähnlich unserem Harras, der immer wieder und bei besonderer Witterung das Lied der Kreissäge – niemals das der Fräse – mit auf- und abschwellendem Heulen aus steilgehaltenem Kopf begleitete, sprach auch den düsteren jungen Mann aus Nickelswalde unsere Säge direkt an. Zwar stellte er nicht den Kopf steil, verfiel nicht dem Heulen, stammelte keine anarchistischen Manifeste, sondern untermalte auf altbekannte Weise, mit trockenem Zähneknirschen das Arbeitsgeräusch.
Dieses Knirschen wirkte sich auf Harras aus: Die Lippen zog es ihm übers Scherengebiß. Die Lefzen labberten. Beiderseits der Nasenkuppe weiteten sich die Löcher. Der Nasenrücken bis zum Stop krauste sich. Die berühmten stehenden, leicht nach vorn geneigten Schäferhundohren wurden unsicher, kippten. Harras zog die Rute ein, rundete den Rücken vom Widerrist bis zur Kuppe zum feigen Buckel, bot einen hündischen Anblick. Und diese schmählichen Positionen gab Eddi Amsel mit hurtigem sattschwarzem Pinsel, mit kratzender spreizfüßiger Feder, mit einem spritzenden genialischen Rohrkiel mehrmals und peinlich treffend wieder. Unsere Kreissäge, Walter Materns knirschende Zähne und unser Harras, den die Kreissäge und das Knirschen zum Bastard machten, arbeiteten dem Künstler Eddi Amsel in die zeichnende Hand; insgesamt bildeten die Kreissäge, Matern, der Hund und Amsel ein ähnlich fruchtbares Arbeitsteam wie das Autorenkollektiv des Herrn Brauxel: er, ich und noch einer schreiben gleichzeitig und sollen fertig sein, wenn der Quatsch mit den Sternen am vierten Februar beginnt.

Aber meine Cousine Tulla,
die von Tag zu Tag wütender daneben stand, wollte nicht mehr abseits stehen. Amsels Macht über den Höllenhund Pluto wurde zu ihrer Ohnmacht unserem Harras gegenüber. Nicht etwa, daß der Hund ihr nicht mehr folgte – nach wie vor machte er Platz, wenn Tulla »Harras,

Platz!« sagte – nur führte er ihre immer strenger hervorgestoßenen Anforderungen so zerstreut und mechanisch aus, daß weder Tulla es sich noch ich es mir und Tulla verschweigen konnten: Dieser Amsel verdarb unseren Hund.

Tulla,
blindwütend, warf zuerst mit Kieselsteinen, traf auch mehrmals den runden Rücken und speckigen Hinterkopf Amsels. Der aber gab durch zierliches Schulterzucken und träges Wenden des Kopfes zu verstehen, daß er den Treffer zwar gemerkt habe, aber nicht gewillt sei, sich getroffen zu fühlen.

Tulla,
mit winzig weißem Gesicht, warf ihm das Skriptolfläschchen um. Eine schwarze metallblanke Lache stand auf dem Sand des Hofes und brauchte lange, um zu versickern. Amsel holte ein neues Fläschchen Skriptol aus der Rocktasche und zeigte, wie nebenbei ein drittes Fläschchen in Reserve.

Als Tulla,
von rückwärts heranstürmend, eine Handvoll Sägemehl, wie es sich im Treibriemengehäuse der Kreissäge ablagerte, auf ein nahezu fertiges, noch feucht und frisch glänzendes Blatt warf, lachte Eddi Amsel, nach kurzem Erstaunen, verärgert und gutmütig zugleich, drohte Tulla, die abseits den Effekt ihrer Handlung beobachtete, onkelhaft mit wurstigem Zeigefinger und begann dann, mehr und mehr an der neuen Technik interessiert, das haftende Sägemehl auf dem Blatt zu verarbeiten und der Zeichnung das zu geben, was man heutzutage Struktur nennt; er entwikkelte die zwar amüsante aber kurzlebige Manier, aus der Zufälligkeit Kapital zu schlagen, griff in das Treibriemengehäuse der Kreissäge, beutelte in seinem Taschentuch Sägemehl, danach die graupeligen Späne der Fräse, die kurzen Locken der Hobelmaschine, die feinkörnige Losung der Bandsäge und gab seinen Pinselzeichnungen eigenhändig, ohne daß Tulla hinterrücks anstürmen mußte, ein pickeliges Relief, dessen Reiz sich noch erhöhte, sobald ein Teil der nur oberflächlich geschwärzten Holzpartikel abfiel und den weißen Papiergrund inselig und geheimnisvoll freigab. Einmal – er war wohl nicht zufrieden mit seinen zu bewußten Streuungen und Sägemehlgrundierungen – bat er Tulla auf ein frischgezeichnetes Blatt von hinten anstürmend und wie zufällig Mehl, Späne oder auch Sand zu schleudern. Er versprach sich viel von Tullas Mitarbeit; aber Tulla weigerte sich und machte »eingetäpperte Feneten«.

Meiner Cousine Tulla gelang es nicht,
dem Künstler und Hundebezwinger Eddi Amsel beizukommen. Erst August Pokriefke vermochte Amsel ein Bein zu stellen. Mehrmals, mit

Sägeböcken behängt, stand er dem Zeichner daneben, gab mit knisternden Leimfingern kritische und lobende Worte von sich, erzählte umständlich von einem Maler, der seinerzeit Sommer für Sommer in die Koschneiderei gekommen sei und den Osterwicker See, die Kirche zu Schlangenthin und etliche Koschnäwjer-Typen, wie Joseph Butt aus Annafeld, den Schneider Musolf aus Damerau und die Witwe Wanda Jentak, in Öl gemalt habe. Auch er sei beim Torfstechen gemalt und dann als Torfstecher in Konitz ausgestellt worden. Eddi Amsel interessierte sich für seinen Kollegen, gab aber das flinke Skizzieren nicht auf. August Pokriefke verließ die Koschneiderei und kam auf die politische Karriere unseres Hofhundes zu sprechen. In aller Breite erläuterte er, wie der Führer auf dem Obersalzberg zu dem Schäferhund Prinz gekommen war. Vom Foto mit Unterschrift, das in unserem guten Zimmer über einem Gesellenstück aus Birnbaum hing, erzählte er und rechnete nach, wie oft seine Tochter Tulla geknipst und mit oder zwischen langen Artikeln über Harras in die Zeitung gekommen war. Amsel freute sich mit ihm über Tullas frühe Erfolge und begann, einen sitzenden Harras oder Pluto zu zeichnen. August Pokriefke fand, der Führer werde schon alles richtig machen, auf den könne man sich verlassen, der wisse mehr als alle anderen zusammen und zeichnen könne er auch. Zudem sei der Führer nicht einer von denen, die immer nur den großen Herrn spielen wollten. »Dä Fierer, wänna Auto fährt, dänn setztä emmer nebm Schofför on nech henten wien Bochert.« Amsel fand die volkstümliche Bescheidenheit des Führers lobenswert und ließ die Ohren des Höllenhundes auf seinem Papier übertrieben steil stehen. August Pokriefke wollte wissen, ob Amsel noch in der Hitlerjugend oder schon Parteimitglied sei; denn irgendwo müsse er, Amsel, so heiße er doch, drinnen sein.
Da ließ Eddi Amsel langsam den Pinsel sinken, überflog bei schräger Kopfhaltung noch einmal die Zeichnung des sitzenden Harras oder Pluto, drehte dann sein volles, glänzendes und sommersprossenbesprenkeltes Gesicht dem Fragesteller zu und antwortete bereitwillig, leider sei er weder noch Mitglied und von jenem Mann – wie hieß er doch nur schnell? – höre er zum erstenmal, aber er wolle sich gerne erkundigen, wer der Herr sei, wo er herkomme und was er in Zukunft plane.

Tulla
gab Eddi Amsel am nächsten Nachmittag die Quittung für seine Unwissenheit. Kaum saß er auf seinem stabilen Feldstühlchen, kaum hielt er auf linkem prallem Oberschenkel Karton und Zeichenpapier, kaum hatte Harras als Pluto seine neue Modellhaltung, das Liegen mit gestreckten Vorderläufen und steil wachem Hals, eingenommen, kaum hatte sich Amsels Tuschpinsel im Skriptolfläschchen sattgesogen, kaum hatte Walter Matern seinen Platz, mit dem rechten Ohr zur Kreissäge, gefunden, da spuckte die Tür zum Tischlereihof zuerst August Pokriefke, den Leimkoch aus, darauf des Leimrührers Tochter.

Mit Tulla steht er unter der Tür, wispert, wirft schräge Blicke zum schwerbeladenen Klappstühlchen, impft seine Tochter mit Aufträgen: und da kommt sie schon, zuerst träg und auf schlenkerigen Umwegen, hält dünne Arme verschränkt auf dem Dirndlkleidrücken, schleudert bloße Beine ziellos, zieht dann rasche, sich verengende Halbkreise um den pinselführenden Eddi Amsel, ist mal links mal rechts von ihm: »Sie?« und wieder von links: »Sie, hallo!« schon wieder links: »Was wolln Sie überhaupt hier?« links gesprochen: »Was Sie hier wollen, Sie?« und von rechts: »Sie gehören hier überhaupt nicht hin!« links gesagt: »Sie sind nämlich...« und ganz nah von rechts: »Wissen Sie, was Sie sind?« nun von links ins Ohr: »Soll ich mal sagen?« jetzt ins rechte Ohr gefädelt: »Ein Itzich sind Sie. Ein Itzich. Jawohl Itzich! Oder sind Sie etwa kein Itzich und zeichnen hier unsern Hund, wenn Sie kein Itzich sind.« Amsels Pinsel hält still. Tulla in Abstand aber immerzu: »Itzich.« Eddi Amsel mit starrem Pinsel. Tulla: »Itzich!« Das Wort in den Hof geschleudert, zuerst nahe Amsel, dann laut genug, daß Matern sein Ohr von der gerade beginnenden Kreissäge wegzieht. Er greift nach dem Ding, das Itzich schreit. Amsel steht. Matern faßt Tulla nicht: »Itzich!« Die Pappe mit den ersten noch feuchten Tuscheintragungen ist, Zeichnung nach unten, auf den Sand gefallen. »Itzich!« Oben, in der dritten, vierten Etage, dann in der ersten Etage, werden Fenster aufgestoßen: Hausfrauengesichter kühlen ab. Aus Tullas Mund: »Itzich!« Über die Kreissäge weg. Matern greift daneben. Tullas Zunge. Schnelle Beine. Amsel steht neben dem Klappstühlchen. Das Wort. Matern hebt Karton und Zeichnung auf. Tulla federt auf Bohlen, über Sägeböcke gelegt: »Itzich Itzich!« Matern schraubt dem Skriptolfläschchen den Deckel drauf. Tulla federt sich von der Bohle weg – »Itzich!« rollt im Sand: »Itzich!« Jetzt alle Fenster besetzt und die Gesellen hinter den Fenstern des Stockwerkes. Das Wort, dreimal nacheinander das Wort. Amsels Gesicht, das beim Zeichnen glühte, erkaltet. Ein Lächeln ist nicht wegzubekommen. Schweiß, doch nun klamm, läuft über Fett und Sommersprossen. Matern legt ihm die Hand auf. Sommersprossen werden grau. Das Wort. Immerzu das eine. Materns Hand wiegt. Jetzt von der Treppe zum Stockwerk. Zappelig Tulla: »Itzichitzichitzich!!« Rechts führt Matern Amsel am Arm. Eddi Amsel zittert. Links, schon mit der Mappe beladen, rafft Matern den Klappstuhl. Da gibt Harras, dem Zwang entlassen, seine anbefohlene Stellung auf. Er wittert, begreift. Schon spannt sich die Kette: Die Stimme des Hundes. Tullas Stimme. In einer Fünfmeterbohle frißt sich die Kreissäge. Noch schweigt der Gleichrichter. Jetzt auch er. Nun die Fräse. Lange siebenundzwanzig Schritte bis zur Hoftür. Harras will den Holzschuppen, an den er gekettet ist, bewegen. Tulla, tanzend und losgelassen, immer das Wort. Und nahe der Hoftür, wo August Pokriefke mit knisternden Fingern in Holzschuhen steht, kämpft der Leimgeruch mit dem Geruch aus dem Gärtchen vor den Fenstern des Klavierlehrers: Fliedergeruch schlägt zu und gewinnt. Es ist ja Mai. Das Wort bleibt aus, ist aber immer noch in der Luft. August Pokriefke will ausspucken, was er seit Minuten in der Mundhöhle gespeichert. Aber er spuckt nicht, weil Matern ihn mit lauten Zähnen anschaut.

Liebe Cousine Tulla,
ich mach' einen Sprung: Eddi Amsel und Walter Matern wurden von unserem Hof gewiesen. Dir passierte nichts. Weil Amsel Harras verdorben hatte, kam Harras zweimal jede Woche in Dressur. Du mußtest wie ich das Lesen, Rechnen und Schreiben lernen. Amsel und Matern hatten ihre mündlichen und schriftlichen Prüfungen hinter sich. Harras wurde abgerichtet im Verbellen fremder Personen und im Verweigern von Futter aus fremder Hand; aber Amsel hatte ihn schon zu sehr verdorben. Dir machte das Schreiben Mühe, mir das Rechnen. Beide gingen wir gern zur Schule. Amsel und sein Freund bestanden – er mit Auszeichnung, Matern mit einigem Glück – ihr Abitur. Wendepunkt. Leben fing an oder sollte anfangen: Nach der Guldenabwertung entspannte sich die wirtschaftliche Lage leicht. Aufträge kamen herein. Mein Vater konnte einen Gesellen, den er vier Wochen vor der Guldenabwertung hatte entlassen müssen, wieder einstellen. Nach dem Abitur begannen Eddi Amsel und Walter Matern Faustball zu spielen.

Liebe Tulla,
das Faustballspiel ist ein Rückschlagspiel, das von zwei fünfköpfigen Mannschaften in zwei nebeneinanderliegenden Feldern mit einem etwa fußballgroßen aber leichteren Ball gespielt wird. Gleich dem Schlagballspiel ist es ein deutsches Spiel, wenn auch Plautus im dritten Jahrhundert vor Christus einen follis pugilatorius erwähnt. Um den eigentlich deutschen Charakter des Faustballspieles zu erhärten – denn bei Plautus handelte es sich sicherlich um faustballspielende germanische Sklaven – sei berichtet: während des ersten Weltkrieges spielten im Gefangenenlager Wladiwostok fünfzig Faustballmannschaften; im Kriegsgefangenenlager Owestry – England – veranstalteten über siebzig Mannschaften Faustballturniere, die sie auf unblutige Weise verloren oder gewannen.
Das Spiel ist nicht mit übermäßig starkem Laufen verbunden und kann daher auch von Sechzigjährigen, sogar von übermäßig dicken Männern und Frauen gespielt werden: Amsel wurde Faustballspieler. Wer hätte das gedacht! Diese kleine weiche Faust, dieses Fäustchen, gut zum Hineinlachen, Faust, die nie auf den Tisch schlug. Allenfalls Briefe hätte er mit seinem Fäustchen beschweren, am Davonflattern hindern können. War gar keine Faust: war ein Klöpschen, waren zwei Klößchen, bammelten zwei rosige Klunker an zu kurzen Armen. Keine Arbeiterfaust, Proletarierfaust, kein Rot-Front-Gruß, da ja die Luft härter war als seine Faust. Fäustchen zum Raten: auf welchem willst Du reiten? Faustrecht sprach ihn schuldig; Faustkämpfe machten ihn zum Punching-Ball; und nur beim Faustball triumphierte das Amselfäustchen;

drum soll hier der Reihe nach erzählt werden, wie Eddi Amsel zum Faustballspieler wurde, zu einem Sportler also, der mit geschlossener Faust – das Wegspreizen des Daumens war verboten – von unten, von oben, von der Seite den Faustball schlug.

Tulla und ich waren versetzt worden;
Amsel und seinen Freund brachten Ferien, wohlverdiente, an die Weichselmündung. Die Fischer sahen zu, wenn Amsel Fischerboote und Netze strichelte. Der Fährmann guckte Eddi Amsel über die Schulter, wenn er die Dampffähre konterfeite. Bei Materns, auf der anderen Seite, war er zu Besuch, orakelte mit dem Müller Matern über die Zukunft und skizzierte die Maternsche Bockwindmühle von allen Seiten. Auch mit dem Dorflehrer hat Eddi Amsel ein Schwätzchen versucht; aber der Dorflehrer soll seinen Schüler kurz abgefertigt haben. Warum wohl? Desgleichen mag eine Schiewenhorster Dorfschönheit Eddi Amsel schnippische Abfuhren erteilt haben, weil er sie zeichnen wollte, am Strand mit Wind im Haar und Kleid am Strand im Wind. Dennoch bekam Amsel seine Mappe voll; und mit voller Zeichenmappe fuhr er in die Stadt zurück. Zwar hatte er seiner Mutter versprochen, etwas Ordentliches zu studieren – Ingenieur auf der Technischen Hochschule – aber vorerst ging er beim Pferdemaler Professor Pfuhle aus und ein und konnte sich gleich Walter Matern, der Volkswirt werden sollte, aber viel lieber als Franz oder Karl Moor gegen den Wind deklamierte, nicht entschließen, mit dem Studium zu beginnen.
Da traf ein Telegramm ein: seine Mutter rief ihn nach Schiewenhorst an ihr Sterbelager. Die Todesursache soll die Zuckerkrankheit gewesen sein. Eddi Amsel machte nach dem toten Antlitz seiner Mutter zuerst eine Federzeichnung, danach eine weiche Rötelzeichnung. Während des Begräbnisses in Bohnsack soll er geweint haben. Nur wenige Leute standen ums Grab. Warum wohl? Nach dem Begräbnis begann Amsel den Witwenhaushalt aufzulösen. Er verkaufte alles: das Haus, das Geschäft mit Fischerkuttern, Außenbordmotoren, Schleppnetzen, Räuchereieinrichtungen, Flaschenzügen, Werkzeugkisten und allen verschieden riechenden Gemischtwaren. Am Ende galt Eddi Amsel als ein reicher junger Mann. Während er einen Teil seines Vermögens auf der Landwirtschaftsbank der Stadt Danzig deponierte, gelang es ihm, den größeren Teil des Vermögens in der Schweiz vorteilhaft anzulegen: es arbeitete jahrelang still vor sich hin und wurde nicht kleiner.
Nur wenige feste Gegenstände nahm Amsel aus Schiewenhorst mit. Zwei Fotoalben, kaum Briefe, die Kriegsorden seines Vaters, – der war als Leutnant der Reserve im ersten Weltkrieg gefallen – die Familienbibel, ein Schuldiarium voller Zeichnungen aus der Dorfschülerzeit, etliche Schwarten über Friedrich den Großen und seine Generale und Otto Weiningers »Geschlecht und Charakter« fuhren mit Eddi Amsel in der Werderkleinbahn davon.

Dieses Standardwerk hatte seinem Vater viel bedeutet. Weininger versuchte, in zwölf langen Kapiteln, dem Weib die Seele abzusprechen, um dann im dreizehnten Kapitel, unter der Überschrift »Das Judentum« zu spekulieren, die Juden seien eine weibliche Rasse, mithin seelenlos, erst wenn der Jude das Judentum in sich überwinde, könne Erlösung vom Judentum erwartet werden. Einprägsame Sätze hatte Eddi Amsels Vater mit einem Rotstift unterstrichen und am Rande oftmals mit einem »Sehr richtig!« versehen. Der Reserveleutnant Albrecht Amsel fand auf Seite 408 sehr richtig: »Die Juden stecken gerne beieinander wie die Weiber, aber sie verkehren nicht miteinander...« Auf Seite 413 hatte er drei Ausrufungszeichen gesetzt: »Männer, die kuppeln, haben immer Judentum in sich...« Das Schwanzstück eines Satzes hatte er mehrmals unterstrichen und, auf Seite 434, mit einem »Gott helfe uns!« versehen: »... was dem echten Juden in aller Ewigkeit unzugänglich ist: das unmittelbare Sein, das Gottesgnadentum, der Eichbaum, die Trompete, das Siegfriedmotiv, die Schöpfung seiner selbst, das Wort: »Ich bin.«
Zwei mit dem Rotstift väterlich bekräftigte Stellen gewannen auch für den Sohn Bedeutung. Weil es im Standardwerk hieß, der Jude singe nicht und treibe keinen Sport, hatte Albrecht Amsel, um wenigstens diese Thesen zu entkräften, in Bohnsack einen Turnverein gegründet und dem Kirchenchor seinen Bariton geliehen. Eddi Amsel übte sich, was die Musik anging, im schmissig flotten Klavierspiel, ließ seinen Knabensopran, der auch nach dem Abitur das Oberstübchen nicht verlassen wollte, in Mozartmessen und kleinen Arien jubilieren und warf sich, was den Sport anging, ganz und gar auf das Faustballspiel.
Er, der jahrelang ein Opfer des schulmäßigen Schlagballspieles gewesen war, schlüpfte freiwillig in die chromgrünen Turnhosen des Turnvereins »Jungpreußen« und bewegte seinen Freund, der bis dahin im Danziger Hockeyclub Landhockey gespielt hatte, bei den Jungpreußen mitzumachen. Mit Erlaubnis seines Vereinsvorstandes, und nachdem er sich verpflichtet hatte, wenigstens zweimal in der Woche auf der Kampfbahn Niederstadt seinem Hockeyclub beizustehen, ließ sich Walter Matern einschreiben: Handball und Leichtathletik; denn das gemütliche Faustballspiel allein hätte dem Körper des jungen Mannes nicht genug abverlangen können.

Tulla und ich kannten den Heinrich-Ehlers-Sportplatz:
ein Übungsgelände zwischen den Städtischen Krankenanstalten und der Blindenanstalt Heiligenbrunn. Ordentlicher Rasen, aber veraltete Holztribüne und Umkleideraum, durch deren Ritzen der Wind fand. Der große Platz und die beiden kleinen Nebenfelder wurden von Handball-Schlagball-Faustballspielern besucht. Manchmal kamen auch Fußballspieler und Leichtathleten, bis die pompöse Albert-Forster-Kampfbahn nahe dem Krematorium erbaut wurde und der Heinrich-Ehlers-Platz nur noch für Schülersportveranstaltungen gut genug war.

Weil Walter Matern im Vorjahr bei den Schülerwettkämpfen im Kugelstoßen und beim Dreitausendmeterlauf als Sieger hervorgegangen war und fortan in Sportlerkreisen den Namen eines guten Nachwuchssportlers hatte, gelang es ihm, für Eddi Amsel die Zulassung zu bekommen und ihn zu einem Jungpreußen zu machen. Zuerst wollten sie ihn nur als Linienrichter beschäftigen. Der Platzverwalter drückte Amsel einen Besen in die Hand: Umkleideräume müssen tadellos saubergehalten werden. Auch mußte er Bälle einfetten und auf dem Handballfeld die Strafraummarkierungen mit Kreide streuen. Erst als Walter Matern Einspruch erhob, wurde Eddi Amsel Mittelspieler einer Faustballmannschaft. Horst Plötz und Siegi Lewand hießen die Hinterspieler. Willy Dobbeck spielte als linker Vordermann. Und Walter Matern gab den Leinenspieler einer Mannschaft ab, die bald gefürchtet war und Tabellenerste werden sollte. Denn Eddi Amsel dirigierte, war Herz und Zentrale der Mannschaft: ein geborener Aufbauspieler. Was hinten Horst Plötz und Siegi Lewand aufnahmen und ins Mittelfeld brachten, servierte er mit gelassenem Unterarm maßgerecht an die Leine: dort stand Matern, der Schmetterer und Leinenspieler. Er nahm den Ball aus der Luft auf und schlug selten Kernschläge, eher Rückzieher. Während Amsel es verstand, tückisch aufgegebene Bälle anzunehmen und in sauber servierte Bälle zu wandeln, machte Matern aus harmlos daherspazierenden Bällchen unrettbare Punktsammler: denn wenn ein Ball ohne Drehung aufschlägt, springt er genau im selben Winkel ab, wie er aufgeschlagen ist, bleibt also berechenbar; aber Materns Bälle, im unteren Drittel angeschlagen, flogen mit Rückdrehung und sprangen zurück, sobald sie aufschlugen. Amsels Spezialschlag war der simpel aussehende aber selten präzis geübte Vorarmschlag. Flache Bälle baute er auf. Schmetterbälle, die ihm die Gegnerpartei vor die Füße legte, rettete er aus dem Liegen heraus durch Rückhandschläge. Gezogene Bälle erkannte er sofort, tippte sie mit der Kleinfingerkante oder trumpfte sie mit rascher Vorderhand. Oft bügelt er wieder glatt, was die eigenen Hinterspieler verbockt hatten und war, entgegen Weiningers Behauptungen, ein zwar belächelter aber mit Respekt belächelter nichtarischer Faustballspieler, Jungpreuße und Sportler.

Tulla und ich waren Zeugen,
wie es Amsel gelang, einige Pfund abzunehmen. Diesen Schwund nahm außer uns nur noch Jenny Brunies wahr, das mittlerweile zehnjährige Fettklößchen. Ihr wie uns fiel es auf, daß Amsels Wabbelkinn sich festigte und zum vollgerundeten Unterbau wurde. Auch seine Brüstchen gaben die beiden Zitterzitzen auf und rutschten, weil sich der Brustkorb wölbte, ins Flachrelief. Aber womöglich nahm Eddi Amsel kein einziges Pfund ab, verteilte nur sein Fett gleichmäßiger, und gab durch sportlich entwickelte Muskulatur dem vorher haltlosen Fettbelag athletischen Halt. Sein Rumpf, einst ein formloser Sack, daunengefüllt, rundete sich zum

Tonnenleib. Er bekam die Figur eines chinesischen Götzen oder Schutzgottes aller Faustballspieler. Nein, Eddi Amsel nahm kein halbes Pfündchen als Mittelspieler ab, eher nahm er zweieinhalb Pfund zu; doch sublimierte er den Gewinn auf sportliche Art: so relativ läßt sich mit dem Gewicht eines Menschen spekulieren.
Jedenfalls mag Amsels Jonglieren mit seinen hundertachtundneunzig Pfund, denen man die zweihundertdrei Pfund nicht ansah, Studienrat Brunies bewogen haben, dem puppigen Jenny-Kind gleichfalls körperliche Bewegung zu verschreiben. Der Studienrat und der Klavierlehrer Felsner-Imbs hatten beschlossen, Jenny dreimal wöchentlich in eine Ballettschule zu schicken. Im Vorort Oliva gab es eine Rosengasse, die am Markt begann und winklig in den Olivaer Wald mündete. Dort stand eine schlichte Biedermeiervilla, auf deren sandgelbem Putz, vom Rotdorn halb verdeckt, das Emailleschild der Ballettschule klebte. Jennys Aufnahme in die Ballettschule wurde, ähnlich Amsels Aufnahme in den Turn- und Sportverein Jungpreußen, durch Fürsprache vermittelt: es war nämlich Felix Felsner-Imbs seit Jahren Ballettpianist der Ballettschule. Niemand konnte wie er das Stangen-Exercice begleiten: alle Demi-pliés, von der ersten bis zur fünften Position, lauschten seinem Adagio. Das Port de bras beträufelte er. Sein beispielhaftes Tempo beim Battement dégagé, und sein schweißtreibendes Tempo bei den Petits battements sur le coude-pied. Zudem steckte er voller Geschichten. Man mochte glauben, er habe Marius Pepita und die Preobrajenska, den tragischen Nijinskij und den wunderbaren Massine, Fanny Elßler und die Barbarina gleichzeitig und persönlich tanzen sehen. Niemand zweifelte, in ihm einen Augenzeugen historischer Spektakel vor sich zu haben: so muß er dabei gewesen sein, als in biedermeierlichen Zeiten die Taglioni, die Grisi, Fanny Cerito und Lucile Grahn das berühmte Grand Pas de Quatre tanzten, rosenbeworfen. Nur mit Mühe bekam er einen Platz auf dem Olymp, als das Ballett »Coppelia« uraufgeführt wurde. Selbstverständlich vermochte der Ballettpianist Felsner-Imbs das gesamte Repertoire von der traurigen Giselle bis zu den hingehauchten Sylphiden auf dem Klavier nach Klavierauszügen widerzuspiegeln; und auf seine Empfehlung hin begann Madame Lara, aus Jenny Brunies eine Ulanova zu machen.
Es dauerte nicht lange, und Eddi Amsel wurde ausdauernder Zuschauer, vom Klavier aus. Mit einem Skizzenblock gerüstet, mit weichem Blei potent gemacht, war er mit schnellen Augen dem Stangen-Exercice hinterdrein und vermochte bald, die verschiedenen Positionen wohlgefälliger aufs Papier zu bringen, als es die Knaben und Mädchen, zum Teil Mitglieder des Kinderballettes am Stadttheater, an der Stange vermochten. Oft nahm Madame Lara Amsels Zeichenkünste in Anspruch und erläuterte ihren Eleven an Hand der Skizzen ein vorschriftsmäßiges Plié.
Einen halb unglücklichen, halb possierlichen Anblick bot Jenny im Ballettsaal. Zwar kam das Kind allen Kombinationen fleißig nach – wie wechselte sie beim Pas de bourrée emsig die Füßchen, wie rührend hob

sich ihr pummeliges Petit changement de pieds vom Changement der routinierten Ballettratten ab, wie schimmerte, wenn Madame Lara mit der Kinderklasse »Kleine Schwäne« übte, Jennys Staub und Jahrhunderte auflösender Blick, den die straffe Madame den Schwanenseeblick nannte – aber dennoch, und bei aller Ballerinen-Ausstrahlung, bot Jenny den Anblick eines rosa Schweinchens, das zur schwerelosen Sylphide werden wollte.
Warum nahm Amsel Jennys unglückselige Arabesque, Jennys herzergreifende Tour à la seconde immer wieder zum Anlaß für leicht hingewischte Zeichnungen? Weil sein Stift, ohne das Dickliche hinwegzuschmeicheln, Jennys hinter allem Fett schlummernde tänzerische Linie aufdeckte und Madame Lara bewies, daß in dem Fett ein nüßchengroßer Ballethimmelstern aufzugehen bereit war; man mußte nur verstehen die Liesen und Flomen in immer heißer Pfanne auszulassen, bis ein ballettmäßig magerer Spirkel in prasselnder Flamme die berühmten zweiunddreißig Fouettés en tournant zu drehen vermochte.

Liebe Tulla,
wie Eddi Amsel zu Jennys Zuschauer wurde, schaute Jenny Brunies am späten Nachmittag von den Rasenterrassen aus zu, wenn Amsel als Mittelspieler seiner Faustballmannschaft zum Sieg verhalf. Auch wenn Amsel trainierte, das heißt, wenn er den leichten Faustball auf breitem Unterarm drei Rosenkränze lang hüpfen ließ, staunte Jenny mit offenem Knopflochmund. Die beiden, mit ihren insgesamt dreihundertzwanzig Pfund, bildeten ein wenn nicht stadtbekanntes so doch vorortbekanntes Paar; denn alle Einwohner des Vorortes Langfuhr wußten über Jenny und Eddi im gleichen Maße Bescheid, wie ihnen ein winziges Kerlchen mit blecherner Kindertrommel zum Begriff geworden war. Nur galt jener Gnom, den alle Welt Oskar rief, als unverbesserlicher Einzelgänger.

Wir alle,
Tulla, ich und Tullas Brüder, begegneten Amsel, dem Pummel Jenny und dem Leinenspieler Walter Matern auf dem Sportplatz. Auch andere Neunjährige, Hänschen Matull, Horst Kanuth, Georg Ziehm, Helmut Lewandowski, Heini Pilenz und die Brüder Rennwand trafen sich dort. Wir waren im gleichen Jungvolkfähnlein, und unser Fähnleinführer Heini Wasmuth hatte gegen den Protest mehrerer Sportvereine durchgesetzt, daß wir auf den Aschenbahnen Stafettenläufe üben, auf dem Spielfeldrasen in Uniform und mit Straßenschuhen exerzieren durften. Einmal stellte Walter Matern unseren Fähnleinführer zur Rede. Beide brüllten sich an. Heini Wasmuth zeigte Dienstbefehle und das Zertifikat der Platzverwaltung vor, aber Matern, der offen mit Prügel drohte, setzte durch, daß die Aschenbahn und der Rasen des Spielfeldes nicht mehr in Uniform und mit Straßenschuhen betreten werden durften. Fortan exerzierten wir auf der Johanneswiese und besuchten den Heinrich-Ehlers-Platz nur

noch privat und mit Turnschuhen. Da schien die Sonne schräg, weil am Nachmittag. Betrieb herrschte auf allen Plätzen. Es pfiffen verschiedengestimmte Schiedsrichterpfeifen die verschiedenartigsten Mannschaftsspiele an oder ab. Tore wurden geworfen, Seiten gewechselt, Kerzen geschlagen, Angaben geschmettert. Es wurde zugespielt, abgeworfen, gedeckt, getäuscht, eingekesselt, aufgebaut, umspielt, überspielt, verspielt und gewonnen. Aschenschotter drückte im Turnschuh. Dösend wurde das Gegenspiel abgewartet. Der Rauch des Krematoriums zeigte die Windrichtung an. Es wurden Schlaghölzer gerieben, Bälle gefettet, Schrägräume ausgemessen, Tabellen geführt und Sieger geehrt. Viel wurde gelacht, immer geschrien, manchmal geweint und oft die Katze des Platzverwalters geärgert. Und jeder gehorchte meiner Cousine Tulla. Alle fürchteten Walter Matern. Manche warfen heimlich mit Steinchen nach Eddi Amsel. Viele machten einen Bogen um unseren Harras. Es mußte einer als letzter den Umkleideraum abschließen und den Schlüssel beim Platzverwalter abgeben; das tat Tulla nie, ich tat es manchmal.

Und einmal,
Tulla und ich waren dabei, weinte Jenny Brunies, weil ihr jemand mit dem Brennglas ein Loch in das neue maigrüne Kleid gebrannt hatte.
Jahre später – Tulla und ich waren nicht dabei – sollen einige Gymnasiasten, die dort ein Schlagballturnier veranstalteten, einem dösenden Mitschüler die Katze des Platzverwalters an den Hals gesetzt haben.
Ein anderes Mal, Jenny, Amsel und Matern fehlten, weil Jenny Ballettstunde hatte, klaute Tulla für uns zwei Schlagbälle, und ein Junge vom Turn- und Fechtverein wurde des Diebstahles verdächtigt.
Und einmal, Walter Matern, Eddi Amsel und Jenny Brunies lagen nach dem Faustballspiel auf dem Terrassenwall seitlich des kleinen Spielfeldes, passierte wirklich etwas und sah schön aus:
Wir haben uns wenige Schritte abseits gelagert. Tulla, Harras und ich können den Blick von der Gruppe nicht wegbekommen. Immerzu linst die untergehende Sonne vom Jäschkentaler Wald her schräg über die Sportanlagen. Das ungeschnittene Gras am Rande der Aschenbahn wirft lange Schatten. Über den Rauch, der senkrecht aus dem Schornstein des Krematoriums steigt, denken wir nicht nach. Manchmal kommt Eddi Amsels hohes Lachen zu uns herüber. Harras blafft kurz, und ich muß ihm ins Halsband greifen. Tulla reißt mit beiden Händen Gras aus. Sie hört nicht auf mich. Drüben mimt Walter Matern irgendeine Theaterrolle. Es heißt, er nimmt Schauspielunterricht. Einmal winkt Jenny in weißem Kleidchen, das Grasflecken haben mag, zu uns herüber. Ich winke vorsichtig zurück, bis mir Tulla ihr Gesicht mit den Naslöchern und Schneidezähnen zudreht. Schmetterlinge beschäftigen sich. Natur krabbelt ziellos, Hummeln brummen… Nein, keine Hummeln; was wir an einem späten Sommernachmittag des Jahres sechsunddreißig, da wir in getrennten Gruppen auf dem Heinrich-Ehlers-Platz hocken, an einem frühen Som-

merabend, da die letzten Mannschaftsspiele abgepfiffen sind und die Weitsprunggrube geharkt wird, zuerst hören, dann sehen, ist das Luftschiff »Graf Zeppelin«.
Wir wissen, es muß kommen. Die Zeitungen haben es angekündigt. Zuerst wird Harras unruhig, dann hören auch wir – Tulla voran – das Geräusch. Es wächst, obgleich der Zeppelin von Westen her kommen soll, aus jeder Richtung gleichzeitig. Jetzt, unvermittelt, hängt er über dem Olivaer Wald. Natürlich geht gerade die Sonne unter. Deshalb ist der Zeppelin nicht silbern, sondern rosa. Nun, da die Sonne hinter den Karlsberg rutscht, und das Luftschiff in Richtung offene See seinen Kurs nimmt, weicht das Rosa dem Silber. Alle stehen und beschatten die Augen. Von der Gewerbe- und Haushaltsschule kommt Chorgesang herüber. Vielstimmig singen die Mädchen den Zeppelin an. Eine Blaskapelle versucht, auf Zinglers Höhe, ähnliches mit dem Hohenfriedberger Marsch. Matern blickt woanders angestrengt hin. Er hat etwas gegen den Zeppelin. Eddi Amsel klatscht mit kleinen Händen an kurzen Armen Beifall. Auch Jenny jauchzt »Zeppelin! Zeppelin!« und hüpft gleich einem Ball. Selbst Tulla weitet die Naslöcher und will den Zeppelin ansaugen. Alle Unruhe hat Harras im Schwanz. So silbern ist er, daß eine Elster ihn stehlen möchte. Während auf Zinglers Höhe der Badenweiler dem Hohenfriedberger Marsch folgt, während die Gewerbemädchen endlos Heiligvaterland singen, während der Zeppelin, in Richtung Hela, kleiner und dennoch silberner wird, steigt – ich bin sicher – unentwegt und senkrecht Rauch aus dem Kamin des Städtischen Krematoriums. Matern, der nicht an den Zeppelin glaubt, belauert den evangelischen Qualm.

Meine Cousine Tulla,
sonst immer schuldig oder mitschuldig, hatte keine Schuld, als es auf dem Heinrich-Ehlers-Sportplatz zum Skandal kam. Walter Matern tat etwas. Seine Tat wurde in drei Versionen erzählt: Entweder verteilte er Flugblätter im Umkleideraum; oder er klebte Flugblätter mit Kleister auf die Bänke der Holztribüne, kurz vor dem Handballspiel Schellmühl 98 gegen den Turn- und Fechtverein; oder aber er steckte heimlich, während auf allen Plätzen gespielt und trainiert wurde, Flugzettel in die hängenden Hosen und Jacken der Jungsportler und Senioren: dabei soll ihn der Platzverwalter im Umkleideraum überrascht haben. Es bleibt ziemlich gleichgültig, welche Version begründet genannt werden kann, denn die Flugzettel, ob nun offen verteilt, mit Kleister geklebt oder heimlich in Taschen gesteckt, waren alle gleich rot.
Da aber der Danziger Senat, zuerst unter Rauschning, dann unter Greiser, die Kommunistische Partei im Jahre vierunddreißig, die Sozialdemokratische Partei im Jahre sechsunddreißig aufgelöst hatte – die Zentrumspartei, unter ihrem Vorsitzenden Dr. Stachnik, löste sich im Oktober neunzehnhundertsiebenunddreißig eigenhändig auf – mußte die Flugblattaktion des Studenten Walter Matern – er studierte immer noch nicht

sondern schauspielerte – als illegal bezeichnet werden.
Dennoch wollte man kein Aufsehen erregen. Nach kurzer Verhandlung in der Wohnung des Platzverwalters, zwischen Sportpokalen, Sportlerfotos und gerahmten Urkunden – der Platzverwalter Koschnick hatte sich in den frühen zwanziger Jahren einen Namen als Leichtathlet gemacht – wurde Walter Matern aus den Listen der Jungpreußen gestrichen. Eddi Amsel, der sich während der Verhandlung eingehend und kritisch eine bronzene Speerwerferstatue angeschaut haben soll, wurde der Austritt aus dem Turnverein, ohne daß Gründe formuliert wurden, dringend nahegelegt. Nachdem man beiden ehemaligen Jungpreußen handgeschriebene Urkunden, die den Sieg der Amselschen Faustballmannschaft beim letzten Turnier verewigten, auf dem Heimweg mitgab, verabschiedete man sich sportlich mit Handschlag. Alle Jungpreußen und auch der Platzverwalter entließen Eddie Amsel und Walter Matern mit vorsichtigen Worten des Bedauerns und mit dem Versprechen, beim Verband keine Meldung machen zu wollen.
Weiterhin blieb Walter Matern geschätztes Mitglied im Hockey-Club und meldete sich sogar für einen Segelflieger-Kursus an. Bei Kahlberg, auf der Frischen Nehrung soll er Zwölfminutenflüge gemacht und das Haff von oben fotografiert haben. Nur Eddi Amsel ließ es mit dem Sport genug sein: er versuchte es wieder mit den Schönen Künsten, und meine Cousine half ihm dabei.

Hör zu, Tulla:
manchmal, es muß nicht mal still von der Straße her sein, höre ich meine Haare wachsen. Nicht die Fingernägel, keine Fußnägel höre ich wachsen, nur die Haare. Weil Du mir einmal ins Haar gefaßt hast, weil Du Deine Hand eine Sekunde und Ewigkeit lang in meinem Haar gelassen hast – wir saßen im Holzschuppen zwischen Deiner Sammlung extra langer Hobelspäne, die wie meine Haare gewellt waren – weil Du hinterher, aber immer noch im Holzschuppenversteck sagtest: »Daas is abä och des ainzche, waas an Diä drann is.« Weil Du dieses einzige an mir erkannt hast, haben sich meine Haare selbständig gemacht, gehören mir kaum, gehören Dir. Unser Harras gehörte Dir. Der Holzschuppen gehörte Dir. Alle Leimtöpfe und schöngelockten Hobelspäne gehörten Dir. Dir schreib ich, auch wenn ich für Brauxel schreibe.
Aber kaum hatte Tulla die Hand aus meinen Haaren gezogen und etwas über meine Haare gesagt, war sie über saure Bohlen hinweg, zwischen hochkantigen Sperrholztafeln hindurch, draußen, auf dem Tischlereihof, und ich, mit noch elektrischen Haaren, war zu langsam hinterdrein, um ihren Anschlag auf den Klavierlehrer und Ballettpianisten verhindern zu können.
Felsner-Imbs hatte den Hof betreten. Vornübergebeugt stelzte er zum Maschinenraum und wollte vom Maschinenmeister wissen, wann die Kreissäge und Fräse vorhätten, eine längere Pause einzulegen, denn er,

der ehemalige Konzertpianist und immer noch Ballettpianist, habe vor, sehr leise etwas Kompliziertes, ein sogenanntes Adagio einzuüben. Ein- bis zweimal in der Woche bat Felsner-Imbs unseren Maschinenmeister oder meinen Vater um diese Gefälligkeit, die ihm jedesmal, wenn auch nicht immer sogleich, gewährt wurde. Kaum hatte der Maschinenmeister genickt und, mit dem Daumen zur Kreissäge, gesagt, er müsse nur noch zwei Bohlen durch die Säge jagen; kaum hatte Felsner-Imbs, nach umständlichen Verbeugungen, die nahe der Kreissäge gefährlich aussahen, den Maschinenraum verlassen; knapp hatte er die Hälfte des Weges zur Hoftür zurückgelegt – gerade kroch ich aus dem Holzschuppen – da ließ meine Cousine Tulla unseren Hofhund Harras von der Kette.

Zuerst konnte Harras mit der plötzlichen Freiheit nichts besonderes anfangen, denn sonst nahm man ihn sogleich an die Leine, wenn man ihn von der Kette ließ; dann aber, soeben noch mißtrauisch mit schräg gehaltenem Kopf, warf es ihn mit allen vier Läufen in die Luft, wieder unten, schoß er diagonal über den Hof, wendete kurz vor den Fliederbüschen, nahm mit gestrecktem Hals einen Sägebock, umsprang mutwillig den zur Säule erstarrten Pianisten: verspieltes Blaffen, ein harmlos schnappender Fang, tänzelnde Hinterläufe; und erst als Felsner-Imbs sein Heil im Davonlaufen suchte, und Tulla, von der Hundehütte aus – immer noch hielt sie den Karabinerhaken der Kette – mit ihrem stachelnden skiss-skiss-skiss unserem Harras den Fang scharf machte, war Harras dem Pianisten hinterdrein und faßte ihn beim wehenden Bratenrock; denn Felsner-Imbs, der während der Klavierstunden nur ein samtenes Künstlerjäckchen trug, schlüpfte, sobald er ein schwieriges Konzertstückchen einüben oder eingebildeten wie tatsächlich anwesenden Zuhörern vortragen wollte, in einen konzertanten Bratenrock.

Der Rock war hinüber, und mein Vater mußte ihn ersetzen. Sonst war dem Pianisten nichts Schmerzhaftes passiert, denn der Maschinenmeister und der Tischlermeister hatten unseren schwarzen, am feierlichen Tuch zerrenden Harras, das eigentlich immer noch spielende Tier, zurückreißen können.

Tulla sollte Prügel bekommen. Aber Tulla war zu Luft geworden, nicht zu bestrafen. Dafür bekam ich Prügel, denn ich hatte Tulla nicht zurückgehalten, hatte tatenlos danebengestanden: als Sohn des Tischlermeisters verantwortlich. Mein Vater prügelte mich mit einem Stück Dachlatte, bis Felsner-Imbs, den der Maschinenmeister Dreesen wieder auf die Beine gestellt hatte, Einspruch erhob. Während er mit einem Haarbürstchen, das in inwendiger Bratenrocktasche den Anstrum unseres Harras überstanden hatte, seine Künstlermähne zuerst gegen den Strich bürstete – ein Anblick, den Harras nur knurrend ertrug – dann wie gewöhnlich, zur Löwenhauptfrisur striegelte, gab er zu bedenken, daß eigentlich nicht ich, sondern Tulla oder der Hund Strafe verdiene. Aber wo Tulla mal gestanden hatte, war nun ein Loch; und unseren Harras schlug mein Vater nie.

Hör zu, Tulla:
eine halbe Stunde später schwieg, wie verabredet, die Kreissäge, schwiegen Fräse und Gleichrichter, die Bandsäge tonlos, Harras lag wieder träge an der Kette, es hörte das tiefe Wummern der Hobelmaschine auf, und deutlich lösten sich aus dem Musikzimmer des Felsner-Imbs zarte, umständlich langsame, mal feierliche, dann traurige Töne. Zerbrechlich stelzten sie über den Tischlereihof, erkletterten die Fassade des Mietshauses, stürzten auf Höhe des zweiten Stockwerkes ab, versammelten und zerstreuten sich: Imbs übte das komplizierte Stückchen, das sogenannte Adagio ein, für dessen dreifache Dauer der Maschinenmeister mit einem Griff an schwarzer Schalttafel alle Maschinen abgestellt hatte.
Tulla saß, wie ich vermutete, tief innen im Holzschuppen, bei ihren langgelockten Sägespänen unterm Teerpappendach. Sie mochte die Melodie hören, aber sie ging ihr nicht nach. Mich köderte des Pianisten Konzertstückchen. Über den Zaun um das Fliedergärtchen stieg ich und preßte das Gesicht gegen die Scheiben: glasgrünes Licht steht als Kegel im schummrigen Musikzimmer. Zwei beschwörende Hände und ein schlohweißer, dennoch grün übergossener Kopf im Inneren des elektrischen Lichtkegels: Felsner-Imbs auf beschworener Klaviatur, samt Noten. Die große Sanduhr lautlos und fleißig. Auch hält die Porzellanballerina ihr waagerecht in der Arabesque verharrendes Porzellanbein in den Grünlichtkegel. Schimmelig hocken Eddi Amsel und Jenny Brunies auf dem Sofa im Hintergrund. Jenny füllt ein zitronengelbes Kleid. Amsel zeichnet nicht. Die sonst gesunden und apfelblanken Gesichter der beiden Zuhörer überzieht krankhafte Blässe. Jenny hat ihre zehn Wurstfinger, die das Unterwasserlicht zu fleischigen Algen gewandelt hat, ineinander verflochten. Amsel baut mit Händen ein flaches Dach unterm Kinn. Mehrmals und genüßlich wiederholt Felsner eine bestimmte und besonders traurige Passage – Anruf Scheiden Dahin: Wellenspiel Wolkenheer Vogelflug Liebestrank Waldeslust Frühertod – dann gibt er noch einmal, während weit hinten im Zimmer, auf gelacktem Konsölchen, der Goldfisch in seinem Glase zuckt, das ganze weiche und leise Stückchen zum besten – Sterbensmüd Übergang Heiterkeit – und lauscht dem letzten Anschlag solange und mit allen zehn Fingern in grüner Luft, bis für die Fräse und den Gleichrichter, für die Kreissäge und die Bandsäge zugleich die vereinbarte halbstündige Pause vorbei ist.
Die starre Gesellschaft im Imbsschen Musikzimmer kam in Bewegung. Jennys Finger lösten sich; Amsels Fingerdach stürzte zusammen; Felsner hob seine Finger von grüner Zimmerluft ab und zeigte erst jetzt seinen Gästen den hinten und an den Seiten zerfetzten Bratenrock. Hin und her wanderte das heillose Kleidungsstück, bis es bei Eddi Amsel blieb.
Und Amsel hob es, zählte die verbliebenen stoffbespannten Knöpfe, prüfte jeden Schaden mit gespreizten Fingern, demonstrierte, was der scharfgemachte Fang eines Schäferhundes vermag und ging, nach beleh-

rendem Introitus, zur Messe über: er äugte durch Ecklöcher, linste durch Schlitze, weitete geplatze Nähte mit tückischem Fingerpaar, war Wind unter Rockschößen, kroch endlich hinein, ging im feierlichen Fetzen ganz und gar auf, wandelte sich und das Tuch und gab vor geladenem Publikum eine Vorstellung mit invalidem Bratenrock: Amsel sah zum Fürchten aus; Amsel erregte Mitleid; Amsel, das Hinkebein; der Schlotterer Amsel; Amsel im Wind, im Regen, bei Glatteis; der Schneider zu Ulm auf fliegendem Teppich; der Vogel Rock, der Kalif Storch; die Krähe, die Eule, der Specht; der Sperling beim Morgenbad, hinter dem Pferd, auf der Kanone; viele Sperlinge treffen sich, beschimpfen einander, beraten, zerstreuen und bedanken sich für Applaus. Dem folgten Amsels Späßchen im Bratenrock: die entfesselte Großmutter; der Fährmann hat Zahnschmerzen; der Pfarrer bei Gegenwind; Schugger Leo am Friedhofstor; Studienräte auf Pausenhöfen. Aber keineswegs alle dick und mit Bademeisterfigur. Einmal in den Stoff geschlüpft, täuschte er sperrige Bohnenstangen und Windmühlen vor, war Balderle und Achmatei, das Kreuz am Weg und die böse Zahl Efta. Ein tanzendes, erbärmlich dürres Gespenst ergriff die Porzellanballerina, entführte sie vom Klavier, umwarb sie mit Fledermausflügeln, besaß sie zum Gotterbarmen, ließ sie im harrasschwarzen, immer länger werdenden Tuch gottlos und wie auf ewig verschwinden, wieder und gottseidank heil auftauchen, zurückkehren aufs heimatliche Klavier. Er zeigte sich ausklingend, um Zugaben bestürmt, noch ein wenig und abermals verliebt in die Maskerade, war dies und das, dem Beifall voraus, war unserem Harras dankbar, denn dessen Scherengebiß hatte, huldigte der fernen Tulla im Holzschuppen, denn Tulla hatte Harras, und Harras hatte Felsner-Imbs, und dessen Bratenrock hatte im Inneren des Eddi Amsel Häkchen gelöst. Brunnen aufgedeckt, Groschen fallen und eine Saat Ideen aufgehen lassen, die, während Amsels Kindheit gesät, scheunensprengende Ernte versprach.
Kaum hatte sich Eddi Amsel aus schwarzem Stoffgedärm gewickelt, kaum stand er wieder als vertrauter und gemütlicher Amsel im flutenden Grünlichtmusikzimmer, da faltete er sein Requisit ordentlich zusammen, nahm die halb verängstigte halb belustigte Jenny bei der Patschhand und verließ, unter Mitnahme des Imbsschen Bratenrockes, den Pianisten und seinen Goldfisch.

Tulla und ich,
wir dachten natürlich, Amsel habe das hoffnungslos zerfetzte Kleidungsstück mitgenommen, um es zum Schneider zu tragen. Aber kein Flickschneider bekam Arbeit, weil unser Harras zugefaßt hatte. Mir wurde das Taschengeld um die Hälfte gekürzt, weil mein Vater den Rock nigelnagelneu ersetzen mußte. Dafür hätte der Tischlermeister den Fetzen fordern können; etwa zur Verwendung im Maschinenraum – dort wurden immer Schmierlappen benötigt – aber mein Vater zahlte, forderte

nicht, entschuldigte sich sogar, wie Tischlermeister sich zu entschuldigen pflegen, sich räuspernd und verlegen von oben herab, und Amsel blieb Nutznießer des fragmentarischen aber wandlungsfähigen Bratenrockes. Fortan gab sich sein Talent nicht nur dem Zeichnen und Tuschen hin; fortan baute Eddi Amsel, obgleich er nicht vorhatte, Vögel zu scheuchen, lebensgroße Vogelscheuchen.
Hier wird behauptet, Amsel hatte keine besonderen Vogelkenntnisse. Weder war Tullas Cousin ein Kynologe, noch konnte man Eddi Amsel, der Vogelscheuchen wegen, einen Ornithologen nennen. Sperlinge und Schwalben, eine Eule von einem Specht unterscheiden, mag jedermann leicht fallen. Auch Eddi Amsel waren Stare und Elstern nicht gleich diebisch; aber das Rotkehlchen und der Dompfaff, die Kohlmeise und der Buchfink, der Stieglitz und die Nachtigall waren ihm unterschiedslos Singvögel. Fragespielen wie: »Welcher Vogel ist das?« war er nicht gewachsen. Niemand hat ihn jemals im »Brehm« blättern sehen. Als ich ihn einmal fragte: »Wer ist größer, der Adler oder der Zaunkönig?« wich er mir zwinkernd aus: »Der liebe Gott, natürlich.« Aber Sperlingen gegenüber hatte er empfindliche Augen. Was kein Vogelkundiger vermag, Amsel konnte ein Volk Pulk Kongreß Sperlinge, Spatzen also, die alle Welt für gleich farblos hält, als Individuen unterscheiden. Was in Dachrinnen badete, hinter Pferdefuhrwerken lärmte und Pausenhöfe, nach dem letzten Klingelzeichen, überfiel, wertete er statistisch: lauter Einzelgänger, die sich als Massengesellschaft verkappt haben. Und auch jene Amseln, die ihm den Namen geliehen hatten, waren ihm niemals, selbst in verschneiten Gärten nicht, gleich schwarz und gelbgeschnäbelt. Dennoch baute Eddi Amsel keine Vogelscheuchen gegen die ihm vertrauten Spatzen und Atzeln; gegen niemanden baute er, aus formalen Gründen. Allenfalls hatte er vor, einer gefährlich produktiven Umwelt seinerseits Produktivität zu beweisen.

Tulla und Ich,
wir wußten, wo Eddi Amsel seine Vogelscheuchen, die er aber nicht Scheuchen sondern Figuren nannte, entwarf und baute. Im Steffensweg hatte er eine geräumige Villa gemietet. Der Erbe Amsel war reich, und die unterste Etage der Villa galt als eichengetäfelt. Der Steffensweg zog sich im südwestlichen Teil des Vorortes Langfuhr hin. Unterhalb des Jäschkentaler Waldes zweigte er vom Jäschkentalerweg ab, lief gegen das Spenden- und Waisenhaus, nahe dem Gelände der Langfuhrer Feuerwehr. Villa neben Villa. Einige Konsulate: das lettische und das argentinische. Geplante Gärten hinter eisernen, niemals schmucklosen Zäunen. Buchsbaum, Taxus und Rotdorn. Teurer englischer Rasen, der im Sommer berieselt werden mußte, und im Winter kostenlos unterm Schnee lag. Trauerweiden und Edeltannen flankierten, überragten und beschatteten die Villen. Spalierobst machte viel Ärger. Springbrunnen mußten oft repariert werden. Gärtner kündigten. Gegen Einbrecher ver-

sicherte die Wach- und Schließgesellschaft. Ein Feuermelder wurde von zwei Konsuln und der Gattin eines Schokoladenfabrikanten beantragt, alsdann bewilligt, obgleich die Feuerwehr hinterm Waisenhaus lag und der Feuerwehr-Übungsturm alle Edeltannen überragte: zwei Löschzüge in siebenundzwanzig Sekunden versprach er dem Efeu auf weißen Fassaden, allen Gesimsen und Portalen, die Schinkel vom Hörensagen kannten. Nachts waren nur wenige Fenster erleuchtet; es sei denn der Besitzer der Schokoladenfabrik »Anglas« gab einen Empfang. Schritte zwischen Laternen hörte man lange kommen und gehen. Mit einem Wort: ein ruhiges, vornehmes Viertel, in dem innert zehn Jahren nur zwei Mordfälle und ein Mordversuch hörbar, also bekannt geworden waren.

Bald zog Walter Matern, der vorher ein möbliertes Zimmer in der Altstadt, auf dem Karpfenseigen, bewohnt hatte, in Amsels Villa und belegte zwei eichengetäfelte Säle. Manchmal wohnten eine Woche lang Schauspielerinnen bei ihm, denn er wollte immer noch nicht mit dem Studium der Volkswirtschaft beginnen; aber die Komparserie des Stadttheaters am Kohlenmarkt hatte ihn aufgenommen. Als einer unter viel Volk, als ein Waffenträger unter Bewaffneten, als einer der sechs kerzentragenden Diener, als Betrunkener unter betrunkenen Landsknechten, als Murrer unter murrenden Bauern, als maskierter Venezianer, als meuternder Soldat und als einer von sechs Herren, die mit sechs Damen einer Geburtstagsgesellschaft im ersten Akt, einer Landpartie im zweiten Akt, einem Begräbnis im dritten Akt und einer lustigen Testamentseröffnung im letzten Akt Fülle und plaudernden, schäkernden, trauernden und freudig erregten Hintergrund zu spenden hatten, sammelte Walter Matern, ohne zwei zusammenhängende Sätze sprechen zu dürfen, seine ersten Bühnenerfahrungen. Zudem wollte er die Grundlage seiner schauspielerischen Begabung, das grausige Zähneknirschen, beträchtlich erweitern und ließ sich, zweimal wöchentlich, von dem stadtbekannten Komödianten Gustav Nord im komischen Fach unterrichten; denn Matern meinte, das Tragische sei ihm ohnehin mitgegeben, und nur im Komischen hapere es noch bei ihm.

Während sich zwei eichengetäfelte Säle der Amselschen Villa Walter Matern als Florian Geyer anhören mußten, wurde der dritte und größte Saal, eichengetäfelt wie die Säle des Schauspielschülers, zum Zeugen Amselscher Arbeitsweise. Kaum Möbel. Grobe Metzgerhaken in gediegener Eichendecke. Ketten über Laufkatzen. Dicht unter der Täfelung hingen sie lebensgroß. In Bergmannskauen und Trockenräumen wird nach ähnlichem Prinzip gearbeitet: Luft und Freiheit auf dem Parkett; unter der Decke Gedrängel. Ein Möbel, Pult, echtes Pult, ein Renaissancepult gab es. Drauf aufgeschlagen: das Standardwerk, Sechshundertseitenwerk, Werksondergleichen, Teufelswerk, Weiningers Werk, der verkannte überschätzte gutverkaufte falschverstandene zugutverstandene, mit Randnoten väterlicherseits, mit Fußnoten weiningerseits versehene Geniestreich: »Geschlecht und Charakter«, dreizehntes Kapitel, Seite

405: »... und es ist, vorläufig gesprochen, vielleich die welthistorische Bedeutung und das ungeheure Verdienst des Judentums kein anderes, als den Arier immerfort zum Bewußtsein seiner Selbst zu bringen, ihn an sich (›an sich‹ fettgedruckt) zu mahnen. Dies ist es, was der Arier dem Juden zu danken hat; durch ihn weiß er, wovor er sich hüte: vor dem Judentum als Möglichkeit in ihm selber.«
Diese, ähnliche, manchmal entgegengesetzte, sogar paradoxe Sentenzen deklamierte Eddi Amsel mit Pastorenpathos schon fertigen baumelnden Figuren unter der Eichendecke und all den Holz- und Drahtgerüsten, die auf blankem Parkett den eichengetäfelten Saal als amorphe und dennoch diskutierende Gesellschaft füllten: man plaudert zwanglos und läßt sich von Eddi Amsel, dem beschlagenen, sophistischen, geistreichen, immer originellen, objektiven, notfalls subjektiven, verbindlichen, allgegenwärtigen, niemals beleidigten, über der Sache schwebenden Gastgeber erkären, was es mit den Weibern und den Juden auf sich hat, ob man nun, nach Weininger, Weibern und Juden die Seele absprechen muß, oder ob es genügt, wenn man nur den Weibern oder nur den Juden, und ob das Judentum, anthropologisch gesehen, denn empirisch abgeleitet, dem widerspricht fester Glaube: »Auserwähltes Volk, um nicht zu sagen. Aber, und nur der Diskussion wegen, nimmt man im extremen Antisemiten nicht oft genug jüdische Eigenschaft wahr: Beispiel Wagner, obgleich Parsifal einem echten Juden ewig unzugänglich, genauso könne man unterscheiden, zwischen arischem Sozialismus und dem typisch jüdischen, denn Marx war, wie wir wissen. Deshalb wird kantische Vernunft dem Weibe wie dem Juden, und selbst der Zionismus wird nicht. Schaun Sie, die Juden bevorzugen bewegliche Güter. Das tun die Engländer auch. Eben, eben, wovon sprechen wir: dem Juden fehlt, im Grunde ist er, nein nicht nur staatsfremd sondern. Aber woher sollten sie auch, denn im Mittelalter und bis ins neunzehnte und heute wieder: das geht auf Konto der Christen, um nicht zu sagen. Ganz im Gegenteil, meine Liebe: schaun Sie her, sind doch bibelfest oder, na also, und was tat Jakob mit seinem sterbenden Vater? Belogen hat er den Isaak hahaha, und den Esau hat er hinters Licht, bittschön, und Laban ging's nicht besser. Aber sowas kommt doch überall. Ja, wenn wir von Prozentsätzen ausgehen, führt, was schwere Verbrechen angeht, der Arier und nicht. Womit allenfalls bewiesen ist, daß dem Juden weder Gut noch Böse, desgleichen kennt er weder die Konzeption der Engel, vom Teufel gar nicht zu reden. Da möchte ich aber doch auf die Belialgestalt und den Garten Eden. Dennoch wollen wir festhalten, daß er weder höchste sittliche Höhe noch tiefste moralische Verkommenheit: daher die wenigen Gewaltverbrechen, ähnlich die Frauen, was wiederum beweist, es mangelt an Größe in jeder Hinsicht, oder können Sie mir aus dem Stegreif einen Heiligen nennen, der. Kunststück! Deshalb sage ich: nur mit Gattungen haben wir es, und nicht mit Individualitäten, selbst der sprichwörtliche Familiensinn hat nur den einen Zweck, sich zu mehren, jawohl, deshalb die Kuppelei: der

jüdische Kuppler als Gegenposition zum Aristokratischen. Aber sagt Weininger nicht deutlich, daß er weder noch, und daß er auf keinen Fall dem Pöbel in die Hände, daß er weder Boykott noch Austreibung, schließlich war er einer. Doch für den Zionismus kann er sich auch nicht. Und wenn er sich auf Chamberlain. Schließlich sagt er selber, daß die Parallele mit dem Weibe nicht in allen Fällen. Aber die Seele spricht er beiden ab. Nun ja, aber nur platonisch gewissermaßen. Sie vergessen. Ich vergesse nichts, mein Bester. Fakten nennt er, zum Beispiel: Ach was, mit Beispielen kann man alles... ein Leninzitat, oder? Na also! Sehn Sie, der Darwinismus fand seinerzeit die meisten Anhänger, weil die Affentheorie; deshalb ist es kein Zufall, daß sich die Chemie immer noch in den Händen, wie früher bei den Arabern, die ja stammesverwandt, daher die bloß chemische Richtung in der Heilkunde, während die Naturheilkunde, wir haben es hier schließlich mit dem Organischen und dem Anorganischen überhaupt: denn die Homunkulus-Bestrebungen hat Goethe, nicht ohne Grund, dem Famulus Wagner und nicht Faust, weil Wagner, so dürfen wir getrost folgern, das typisch jüdische Element, während Faust: denn alle Genialität muß ihnen versagt bleiben. Und Spinoza? Genau den meinen wir. Denn hätte ihn nicht Goethe zur Lieblingslektüre, dann. Und von Heine gar nicht zu sprechen. Ähnlich die Engländer, die ja auch keine, denn Swift und Sterne waren, wenn ich mich nicht täusche. Und über Shakespeare wissen wir immer noch zu wenig. Tüchtige Empiriker sind sie gewiß, Realpolitiker, Psychologen aber niemals. Dennoch gibt es, nein nein, lassen Sie mich aussprechen, meine Beste, ich meine den englischen Humor, den der Jude niemals, sondern allenfalls witzig spottlustig, genau wie die Weiber, aber Humor? Niemals! Und werde Ihnen sagen warum, weil sie an nichts glauben, weil sie nichts sind, und deshalb alles werden können, weil sie mit ihrer Neigung, zum Begrifflichen, daher die Jurisprudenz, und weil sie nichts, aber auch gar nichts für unverletzlich oder heilig, weil sie alles in den Schmutz, immer nur frivol, weil sie weder einem Christen das Christentum, noch einem Juden die Taufe, weil ihnen jede Frömmigkeit, jede echte Begeisterung, weil ihnen Schillers Kuß für die ganze Welt, weil sie weder suchen noch zweifeln, echt zweifeln können, weil sie irreligiös, weil sie weder sonnenhaft noch dämonisch, weil sie sich weder fürchten noch Mut haben, weil sie unheroisch und immer nur ironisch, weil sie wie Heine, weil sie keinen Halt, weil sie nur zersetzen, das können sie und niemals, weil sie nicht einmal verzweifeln, weil sie nicht schöpferisch, weil ihnen der Gesang, weil sie sich mit keiner Sache, Idee, weil ihnen die Einfalt, weil ihnen die Scham, die Würde, die Scheu vor, weil sie nie staunen, keine Erschütterung, nur das Materielle, weil ihnen die Ehre, weil ihnen die tiefe Erotik, weil ihnen die Gnade, die Liebe, der Humor, sag ich, jawohl der Humor und die Gnade und die Ehre und der Gesang, und immer wieder der Glaube, der Eichbaum, das Siegfried-Motiv, die Trompete, das unmittelbare Sein, sage ich, abgehen, jawohl abgehen, lassen Sie mich ausreden: abgehen abgehen!«

Da löst sich Eddi Amsel leichtfüßig vom echten Renaissancepult, schlägt aber, während der Cocktail zwischen der Eichentäfelung andere Themen, die Olympiade und ihre Nebenerscheinungen bemüht, dennoch nicht das Standardwerk des Otto Weininger zu. Nur Abstand nimmt er, taxiert die erst im Gerüst gegenwärtigen und dennoch schwadronierenden und Meinungen vertretenden Figuren. Er greift hinter sich, aber nicht wahllos, in Kisten, faßt zu, verwirft, wählt aus und beginnt die muntere Gesellschaft auf dem Parkett in ähnlicher Manier aufzuputzen, wie er es mit jener Gesellschaft getan hat, die an Ketten und Fleischerhaken unter der Eichendecke hängt. Eddi Amsel kaschiert mit Zeitungsmakulatur und Tapetenresten, die er aus renovierten Wohnungen bezieht. Ausrangierte Fahnenfetzen der Seebäderflotte, Rollen Toilettenpapier, leere Konservendosen, Fahrradspeichen, Lampenschirme, Posamenten und Christbaumschmuck bestimmen die Mode. Mit einem geräumigen Topf Kaltleim, mit Ersteigertem, Eingemottetem und Gefundenem zauberte er. Es muß aber gesagt werden, daß diese Scheuchen oder, wie Amsel sagte, Figuren, bei aller ästhetischen Ausgewogenheit, bei aller Raffinesse im Detail und morbiden Eleganz der äußeren Linie, weniger eindringlich gelangen, als jene Vogelscheuchen, die der Dorfschüler Eddi Amsel im heimatlichen Schiewenhorst jahrelang gebaut, auf den Weichseldeichen aufgestellt und mit Gewinn verkauft haben soll.
Amsel war der erste, der diesen Substanzschwund bemerkte. Später wies Walter Matern, sobald er seine Eichentäfelung und die Reclam-Heftchen verließ, gleichfalls auf das zwar bestürzende Können und das nicht zu übersehende Fehlen früher Amselscher Schöpferwut hin.
Amsel verteidigte sich dem Freund gegenüber und stellte eine seiner fein aufgeputzten Figuren auf die Terrasse, die an den getäfelten Saal grenzte und von den Buchen des Jäschkentaler Waldes beschattet wurde. Zwar kam das Modell zu einigem Erfolg, denn die Sperlinge, treu und brav, guckten nicht aufs Künstlerische und ließen sich gewohnheitsgemäß ein wenig verscheuchen; aber niemand hätte sagen können, daß sich eine Wolke Vogelgetier, durch den Anblick der Figur in Panik versetzt, schreiend aus Bäumen gehoben und über dem Wald ein frühes Bild aus Amsels Dorfjugendzeit beschworen hätte. Kunst stagnierte. Weiningers Text blieb Papier. Perfektion ermüdete. Sperlinge machten nicht mit. Krähen gähnten. Waldtauben wollten nicht glauben. Buchfinken, Sperlinge, Krähen und Waldtauben setzten sich abwechselnd auf seine Kunstfigur: ein paradoxer Anblick, den Eddi Amsel zwar lächelnd ertrug; aber wir, hinterm Zaun im Gebüsch, hörten ihn seufzen.

Weder Tulla noch ich konnten ihm helfen,
die Natur half: im Oktober prügelte sich Walter Matern mit dem Fähnleinführer eines Fähnleins Jungvolk, das im nahen Wald sogenannte Kriegsspiele veranstaltete. Ein Jungzug uniformierter Pimpfe besetzte mit dem Wimpel, um den es ging, den Garten hinter Amsels Villa. Von

der offenen Terrasse hechtete Walter Matern in das nasse Laub; und gewiß hätte auch ich Prügel bezogen, wenn ich, wie mein Jungzugführer, versucht hätte, unserem Fähnleinführer Heini Wasmuth beizustehen.
In der folgenden Nacht mußten wir, vom Wald aus, mit Steinen nach der Villa werfen: wir hörten mehrmals Scheiben klirren. Damit wäre die Affäre abgetan gewesen, hätte sich Amsel, der während der Prügelei im Garten auf der Terrasse seinen Platz gehabt hatte, mit dem Zuschauen zufrieden gegeben: aber er skizzierte Beobachtungen auf billigem Papier und baute zigarrenkistenhohe Modelle: ringende Figurengruppen, ein Kuddelmuddel, ein formloses Geraufe, kurzbehost kniebestrumpft schulterberiemt braunbefetzt wimpelverrückt runenbenäht koppelverrutscht führergeimpft pimpfenmager heisergesiegt naturgetreu, wie unser Jungzug es in Amsels Garten beim Kampf um den Wimpel getrieben hatte. Amsel war es gelungen, den Zugang zur Realität wiederzufinden; fortan bastelte er keine modischen Schablonen mehr, Atelierpflanzen und Zimmerlinden, sondern ging auf die Straße, neugierig und ausgehungert.
Er zeigte sich versessen auf Uniformen, besonders auf schwarze und braune, die mehr und mehr zum Straßenbild gehörten. Eine alte SA-Uniform, noch aus der Kampfzeit, konnte er in einem Trödelladen der Tagnetergasse auftreiben, doch mit einer war sein Bedarf nicht gedeckt. Nur mit Mühe bezwang er sich, im »Vorposten« eine Annonce: »Alte SA-Uniformen zu kaufen gesucht« unter seinem Namen aufzugeben. In den Uniformgeschäften gab es die Parteikluft nur, wenn ein Parteiausweis vorgezeigt wurde. Weil es aber Eddi Amsel unmöglich war, in die Partei oder eine ihrer Organisationen einzutreten, begann er, seinen Freund Walter Matern, der zwar keine kommunistischen Flugblätter mehr verteilte, aber ein Foto der Rosa Luxemburg an seine Eichentäfelung gespießt hatte, mit schmeichelnden, lästerlichen, drolligen und immer geschickten Worten kleckerweise zu überreden, das zu tun, was Amsel, der notwendigen Uniformstücke wegen, gerne getan hätte aber nicht tun durfte.
Aus Freundschaft – die beiden sollen ja Blutsbrüder gewesen sein – halb aus Jux und halb aus Neugierde, besonders aber, damit Amsel zu jenen extrem braunen Uniformstücken kam, nach denen er und die Gerüste zukünftiger Scheuchen verlangten, gab Walter Matern Schrittchen um Schrittchen nach: er legte die Reclamhefte beiseite und füllte ein Anmeldeformular aus, in dessen Rubriken er nicht verschwieg, Mitglied der Roten Falken und später der KP gewesen zu sein.
Lachend, kopfschüttelnd, nicht mehr äußerlich, sondern nach innen mit allen Zähnen knirschend, trat er in einen Langfuhrer SA-Sturm ein, dessen Stammlokal und Versammlungsort die Gaststätte Kleinhammerpark war: ein geräumiges Lokal mit gleichnamigem Park, mit Tanzsaal, Kegelbahn und bürgerlicher Küche, zwischen der Aktien-Brauerei und dem Bahnhof Langfuhr gelegen.
Studenten der Technischen Hochschule bildeten den Stamm dieses in der

Masse kleinbürgerlichen SA-Sturmes. Bei den Kundgebungen auf der Maiwiese neben der Sporthalle leistete der Sturm Absperrdienste. Während Jahren bestand die Hauptaufgabe des Sturmes darin, auf dem Heeresanger, nahe dem polnischen Studentenheim, mit den Mitgliedern der Studentenvereinigung »Bratnia Pomoc« Schlägereien zu beginnen und das Vereinslokal der Polen zu demolieren. Zu Anfang hatte Walter Matern Schwierigkeiten, weil man um seine rote Vergangenheit und sogar um die Flugzettelaktion wußte. Da er aber nicht der einzige ehemalige Kommunist im SA-Sturm vierundachtzig, Langfuhr-Nord, war und sich die ehemaligen KP-Mitglieder, sobald sie angeduhnt waren, mit dem Rot-Front-Gruß grüßten, fühlte er sich bald heimisch, zumal ihn der Chef des Haufens begönnerte: der Sturmführer Jochen Sawatzki hatte, vor dreiunddreißig, als Rotfrontkämpfer Reden geschwungen und vor den Werftarbeitern der Schichau-Kolonie Streikaufrufe verlesen. Sawatzki stand zu seiner Vergangenheit und sagte, wenn er im Kleinhammerpark seine kurzen und beliebten Reden hielt: »Daas sag ich Euch, Jungs, där Fiehrer, wie ech den säh, där had an ainem ainzchen Kommunist, där zum SA-Mann jeworden ist, mähr Spaß als an zähn Zentrums-Bonzen, die nuä aus Schiß inne Partei jegangen sind, ond nech, weil se jemerkt haben, daß de neue Zeit anjefangen had, jawoll, anjefangen had se. Ond nuä de Bonzen, die emmer bis inne Puppen pennen, haben noch nuscht nech davon jemärkt.«

Als Anfang November eine Delegation des bewährten Sturmes zum Tag der Bewegung nach München geschickt und deswegen in neue Uniformen gesteckt wurde, gelang es Walter Matern, die alten Klamotten, die so manche Saalschlacht ausgehalten hatten, rechtzeitig in den Steffensweg abzuzweigen. Eigentlich hätte Matern, den der Sturmführer Sawatzki in kurzer Zeit zum Rottenführer gemacht hatte, den ganzen Klumpatsch mit Stiefeln und Koppelzeug nach Tiegenhof bringen sollen, weil man dort gerade einen neuen SA-Sturm aufstellte, der knapp bei Kasse war. Aber Eddi Amsel stellte seinem Freund einen Scheck aus, der Nullen genug hatte, um zwanzig Leute in neuriechende Kluft stecken zu können. Zwischen Amsels Eichentäfelung stapelte sich braun verschlissenes Zeug: Bierflecke, Fettflecke, Blutflecke, Teer- und Schweißflecke machten ihm die Koddern wertvoll. Sogleich begann er Maß zu nehmen. Er sortierte, zählte, stapelte, nahm Abstand, träumte von marschierenden Kolonnen, ließ vorbeiziehen, grüßen vorbeiziehen, grüßen, sah mit verkniffenen Augen: Saalschlachten, Bewegung, Durcheinander, Menschen gegen Menschen, Knochen und Tischkanten, Augen und Daumen, Bierflaschen und Zähne, Schreie, stürzende Klaviere, Zierpflanzen, Kronleuchter und über zweihundertfünfzig tiefgekühlte Messerchen; dabei befand sich, außer den gestapelten Klamotten, nur Walter Matern zwischen der Eichentäfelung. Der trank eine Flasche Selterswasser und sah nicht, was Eddi Amsel sah.

Meine Cousine Tulla,
von der ich schreibe, an die ich schreibe, obgleich ich, wenn es nach Brauxel ginge, immer nur über Eddi Amsel schreiben müßte, Tulla sorgte dafür, daß unser Hofhund Harras den Klavierlehrer und Ballettpianisten Felsner-Imbs zum zweitenmal anfiel. Auf offener Straße, im Kastanienweg, ließ Tulla den Hund von der Leine. Imbs und Jenny – sie in einem gelblich flauschigen Teddymantel – kamen wohl aus der Ballettschule, denn aus einem Turnbeutel, den Jenny trug, baumelten rosa seidig die Bänder der Spitzenschuhe. Tulla gab Harras frei, und es regnete schräg von allen Seiten, weil der Wind dauernd umsprang. Über gerillte und bläschenwerfende Pfützen sprang Harras, den Tulla freigegeben hatte. Felsner-Imbs trug über sich und Jenny einen Regenschirm. Harras machte keine Umwege und wußte, wen Tulla meinte, wenn sie ihn freigab. Diesmal war es der Schirm, den mein Vater dem Pianisten ersetzen mußte, denn Imbs wehrte sich, als das schwarze Tier ihn und seine Schülerin regenglatt und gestreckt ansprang, indem er den Schirm als Regendach wegzog und als schwarzen, mit einer Spitze bewehrten Schild gegen den Hund stemmte. Natürlich gab der Regenschirm nach. Aber es blieben die metallenen sternförmig zum Schirmrand strebenden Stangen. Zwar knickten sie mehrmals und durchbrachen den Schirmstoff; aber unserem Harras boten sie schmerzhaften Widerstand. Er verhedderte sich mit beiden Vorderläufen im sperrigen Gestänge und konnte von Passanten und einem Fleischermeister, der mit fleckiger Schürze aus seinem Laden sprang, gebändigt werden. Hin war der Schirm. Harras hechelte. Tulla ließ mich nicht rennen. Der Fleischer und der Pianist wurden naß. Harras kam an die Leine. Des Pianisten Künstlerhaar verfilzte zu Strähnen: verwässerter Haarpuder tropfte auf dunkles Tuch. Und Jenny, der Pummel, lag in einem Rinnstein, in dem es novemberlich rauschte, strömte, gluckerte und graue Blasen warf.

Der Fleischermeister ging nicht zu seiner Blutwurst zurück, sondern lieferte mich und Harras, so wie er aus dem Laden gesprungen war, glatz-, preß- und schweineköpfig, beim Tischlermeister ab. Er erzählte den Vorgang in für mich unvorteilhafter Weise, nannte Tulla ein ängstliches kleines Mädchen, das entsetzt davongelaufen sei, als ich den Hund an der Leine nicht mehr habe halten können; dabei hatte Tulla bis zum Schluß zugeguckt und war erst davon, als ich ihr die Leine abgenommen hatte.

Der Fleischermeister verabschiedete sich mit großer behaarter Hand. Ich bekam meine Prügel diesmal nicht mit vierkantiger Dachlatte sondern mit flacher Tischlermeisterhand. Felsner-Imbs bekam einen neuen Regenschirm. Dem Studienrat Brunies bot mein Vater die Kostenübernahme für die Reinigung des gelblich flauschigen Teddymantels an: zum Glück war Jennys Turnbeutel mit den seidig rosigen Ballettschuhen nicht im Rinnstein davongespült worden, denn der Rinnstein mündete in den Strießbach, und der Strießbach floß in den Aktienteich, und den Aktienteich verließ der Strießbach, und der Strießbach floß durch ganz Langfuhr, unter der Elsenstraße, Hertastraße, Luisenstraße hindurch, an Neuschottland vorbei, Leegstrieß hoch, mündete am Broschkeschenweg, Weichselmünde gegenüber, in die Tote Weichsel und wurde, mit Weichsel- und Mottlauwasser gemischt, durch den Hafenkanal, zwischen Neufahrwasser und der Westerplatte, der Ostsee beigemengt.

Tulla und ich waren dabei,
als es in der ersten Adventwoche in der Marienstraße dreizehn, in Langfuhrs größtem und schönstem Gartenetablissement »Kleinhammerpark«, Direktor: August Koschinski, Telefon: viereinsnullneunundvierzig – Jeden Dienstag frische Waffeln – zu einer Schlägerei kam, die erst nach eineinhalb Stunden von der Schupo, die während Parteiversammlungen immer im kleinen Jagdzimmer Bereitschaftsdienst machte, beendet werden konnte: Wachtmeister Burau rief Verstärkung: einseinsacht! und sechzehn Schupos fuhren vor und schafften mit Punktrollern Ordnung.
Die Versammlung unter dem Motto »Heim ins Reich – Gegen vertragliche Willkür!« war gut besucht. Zweihundertfünfzig Personen faßte der Grüne Saal. Programmgemäß wechselten die Redner sich zwischen Zierbäumen am Rednerpult ab: zuerst sprach Sturmführer Jochen Sawatzki knapp heiser patent; dann sprach Ortsgruppenleiter Sellke von seinen Eindrücken beim Reichsparteitag in Nürnberg. Besonders die Spaten des Arbeitsdienstes, die tausendundabertausend, hatten ihn, weil Sonnenschein Arbeitsdienstspatenblätter küßte, beeindruckt: »Das war, muß ich sagen, liebe Langfuhrer, die Ihr so zahlreich erschienen seid, einmalig, ganz und gar einmalig. Das vergißt man sein Lebtag nicht, liebe Langfuhrer, wie das blitzte, tausendundabertausendmal: ein Schrei, wie aus tausendundabertausend Kehlen: die Herzen gingen uns über, liebe Langfuhrer, und manch einem alten Kämpfer wurden die Augen naß. Da muß man sich aber nicht schämen, bei solch einem Anlaß. Und da dachte ich mir, liebe Langfuhrer, wenn ich nach Hause komm, will ich allen, die nicht wie ich dabei sein konnten, erzählen, wie es war, als die tausendundabertausend Reichsarbeitsdienstspatenblätter…« Dann sprach noch der Kreisleiter Kampe von seinen Eindrücken beim Erntedankfest in Bückeburg und von den geplanten Neubauwohnungen in der geplanten Albert-Forster-Siedlung. Danach rief der SA-Sturmführer Jochen Sawatzki, unterstützt von über zweihundertfünfzig Langfuhrern, ein dreifaches Siegheil auf den Führer und Reichskanzler aus. Beide Hymnen, eine zu langsam eine zu schnell, wurden von den Männern zu tief von den Frauen zu hoch und von den Kindern falsch und ohne Takt gesungen. Damit war der offizielle Teil der Veranstaltung beendet, und Ortsgruppenleiter Sellke verkündete den Langfuhrern den Beginn des zweiten Teiles, des gemütlichen zwanglosen Beisammenseins mit Verlosung nützlicher und schmackhafter Produkte zugunsten des Winterhilfswerkes. Spender der

Preise waren: Die Molkerei Valtinat, die Margarinefabrik Amada, die Schokoladenfabrik Anglas, die Bonbonfabrik Kanold, die Weingroßhandlung Kiesau, die Großhandlung Haubold & Lanser, die Firma Kühne-Senf, die Danziger Glashütte und die Aktienbrauerei Langfuhr, die außer den zwei Kasten Bier für die Verlosung noch ein Fäßchen Bier extra gestiftet hatte: »Für den SA-Sturm vierundachtzig, Langfuhr Nord; für die Jungs vom Langfuhrer SA-Sturm vierundachtzig; für unsere Sturmabteilungsmänner, auf die wir stolz sind; auf unsere vierundachtziger SA-Männer ein dreifaches Hipphipphurra – hurra – urra – ra!«
Und dann kam es zu jenen Wirren, die erst nach Anruf der Schupo einseinsacht, und mit Hilfe der Punktroller entwirrt werden konnten. Nicht etwa, daß Kommunisten oder Sozis gestört hätten. Die gab es damals gar nicht mehr. Vielmehr war es der Suff, die allgemeine von innen gegen die Augäpfel drängende Bläue, die der Saalschlacht im Kleinhammerpark Farbe gab; denn wie es nach langen Reden, die gehalten und angehört werden müssen, zugeht: es wurde getrunken, genippt, gegurgelt, gelöscht, gezischt, gekippt; sitzend wie stehend wurde einer genehmigt und noch einer; manche liefen von Tisch zu Tisch und wurden von Tisch zu Tisch feuchter; viele hingen am Tresen und schütteten sich zweihändig voll; wenige hielten sich aufrecht und gurgelten ohne Kopf, denn den ohnehin niedrigen Saal engten Rauchschwaden, ab Schulterhöhe, ein. Die schon Hochgestimmten tranken und stimmten gleichzeitig Rundgesänge an: Kennstdudenwaldzerschossenundzerhauen; Ineinemkühlengrunde; Ohhauptvollblutundwunden.
Ein Familienfest, alle alle waren dabei, die guten Bekannten: Alfons Bublitz mit Lotte und Fränzchen Wollschläger: »Waisst noch, wih wä warrn gewesen, im Höhnepark. Längs de Radaune auf Ohra zu, onterwejens nach Gutehärberje, ond wäm hädden wä jetroffen, dem Dulleck ond sain Bruder, da sitztä ond is all beschäkert.«
Und neben dem SA-Mann Bruno Dulleck: bierärschig die SA-Männer Willy Eggers, Paule Hoppe, Walter Matern und Otto Warnke in einer Reihe am Tresen: »Ond aimal im Café Derra! Do schpinzt Mänsch, daas wa auf Zinglershehe, da ham se dem Brill vätobackt. Ond neilich allwedder. Wo denn allwedder? Na bei de Talspärr auf Straschin-Prangschin. Rinjefeffert sollnse ihm ham, innem Stausee. Is abä rausjekrabbelt. Nech wie dä Wichmann off Klein-Katz, wo häd Schacht jekriech: Ei wei, schalle machei! Ech denk, dä is ab nach Schpanjien. Von wejen Mänsch. Abjemurkst ham se dem, ond rinngewurracht innen Sack, janz zäkeilt. Dem kenn ech noch vom Birjerschitzenhaus, bevor se ihm mit Brost ond Kruppke im Volkstach jewählt ham. Die ham sech vädrickt, bei Goldkruch ieber de Jränz. Nu kick dech dem Dau an, dem kullern nuä so de Dittchen ausse Fuppen. Neilich in Müggenwinkel sächt er...«
Gustav Dau kam angescheddert, Arm in Arm mit Lothar Budzinski. Überall gab er Runden und noch ne Runde. Tulla und ich saßen bei

Pokriefkes am Tisch. Mein Vater war gleich nach den Reden gegangen. Viele Kinder waren nicht mehr da. Tulla guckte auf die Toilettentür: Herren. Sie trank nichts, sagte nichts, guckte. August Pokriefke war duhn. Einem Herrn Mikoteit erklärte er die Eisenbahnverbindungen in der Koschneiderei. Tulla wollte durch bloßes Gucken die Toilettentür festnageln: aber sie blätterte, von vollen und entleerten Blasen bewegt. Die D-Zug-Strecke: Berlin, Schneidemühl, Dirschau, kreuzte die Koschneiderei. Aber der D-Zug hielt nicht. Tulla guckte nicht auf die Tür der Damentoilette: sie sah, wie Walter Matern in der Herrentoilette verschwand. Dabei war Mikoteit Eisenbahner bei der PKP, aber August Pokriefke erklärte ihm umständlich die Personenzugstationen der Strecke Konitz–Laskowitz. Erna Pokriefke sagte alle fünf Schluck Bier: »Nu jäht inne Haia, Kender, isall Zait.« Aber Tulla ließ die flatternde Toilettentür nicht los: jeder Eingang und Abgang wurde von ihren Lochaugen geknipst. August Pokriefke klabasterte jetzt die Stationen der dritten koschnäwjer Eisenbahnstrecke, Nakel-Konitz ab: Gersdorf, Obkass, Schlangenthin... Die Lose für die Verlosung zugunsten des Winterhilfswerkes wurden verkauft. Hauptgewinn: Ein Dessertservice für zwölf Personen, nebst Weinpokalen; alles Kristall, alles Kristall! Tulla durfte drei Lose ziehen, weil sie schon mal, im Vorjahr, eine elfpfündige Gans gezogen hatte. Aus der fast vollen SA-Mütze zog sie, ohne den Blick von der Toilettentür abzuziehen, zuerst: eine Tafel Anglas-Schokolade; jetzt zieht sie mit kleiner zerkratzter Hand das zweite Los: Niete! und dennoch Hauptgewinn und Kristall: die Tür zur Herrentoilette wird zugeballert, aufgewurracht. Wo sie die Hosen aufsperren oder fallen lassen, drinnen geht's los. Schnell bei der Hand und gleich mit's Messer. Peekern sich und trennen einander dem Jäggert auf, weil Tulla das Los zieht: China gegen Japan. Ei wei, schalle machei! Und treten gegen, ziehen über, drehen um, legen lang und belken los: »Holle Freet! Dwatscher Gnussel! Son Leidak Luntrus, son Lorbas! Nuä nech so happech!« Und alle Labse am Tresen: Willy Eggers, Paule Hoppe, Alfons Bublitz, der jüngere Dulleck und Otto Warnke eisen sich los mit ihren Springrausmesserchen: »Ei wei, schalle machei!« Ein Chor, angeduhnt, großbraatschig, sortiert Obstteller, enthauptet Pokale, räumt auf und ölt die Toilettentür. Weil Tulla die Niete zog, aasen sie rum und steekern sich mit dem Wuppdich, Knief, Poggenknief. Stuhl und Bein, hier und jetzt, keiner zoff, freisein für, übern Deetz, Zeugwelt kracht, Willy steht, Selbstpunkt wankt, Bier und Saft, Überstieg. Denn alle sind zehnmal gesiebt und müssen sich nicht verpusten. Jeder sucht jeden. Wer grabbelt da unten? Wem väblubbert die Tinte? Was belken die Absolvaten? Wie hebt man Toilettentüren aus Angeln? Wer zog das Los? Niete. Uppercut. Takelzeug. Rogenhoch. Brägenspritzt. Telefon: einseinsacht: Pollezei – schalle machei! Gnietscht und tüksch. Nicht und nie. Existenz. Grüner Saal. Leuchter klirrt. Sein und Zeit. Sicherung durch. Licht bleibt aus. Dusterkeit: denn im schwarzen Saal suchen die schwarzen Punktroller der schwarzen

Minna die pechschwarzen Schusterkugeln, bis Brägen, schwarz, unterm schwarzen Kronleuchter, und die schwarzen Weiber kreischen: »Lecht! Wo blaibt Lecht! Ei wei, Pollezei! Zwai, drai, schalle machei!«
Erst als Tulla im Dunkeln ein drittes Los aus jener SA-Mütze zog, die bei uns zwischen ihren Knien geblieben war, erst als meine Cousine das dritte Los gezogen und entrollt hatte – es eroberte ihr einen Eimer Dillgurken der Firma Kühne-Senf – gab es wieder Licht. Die vier Bereitschaftspolizisten unter Wachtmeister Burau und die sechzehn Schupos Verstärkung unter Polizeileutnant Sausin rückten vor: vom Tresen und von der Flügeltür zur Garderobe: grün, beliebt und gefürchtet. Alle zweiundzwanzig Schupos hielten Trillerpfeifen zwischen Lippen, und trillerten sich gegen das Gedränge. Sie arbeiteten mit dem neuen, erst unter Polizeipräsident Froboess aus Italien eingeführten, dort »manganello«, hier Punktroller genannten Schutzpolizeiknüppel. Die neuen Knüppel hatten den alten voraus, daß sie keine Platzwunden schlugen, sondern trocken wirkten, beinahe lautlos. Jeder Betroffene drehte sich nach einem Schlag mit dem neuen Schutzpolizeiknüppel zweieinhalbmal deutlich erstaunt um die eigene Achse und ging dann, aber immer noch in Korkenziehertechnik, zu Boden. Auch August Pokriefke gehorchte nahe der Toilettentür dem aus Mussolinis Italien importierten Artikel. Ohne Platzwunden war er acht Tage lang arbeitsunfähig. Außer ihm wurden drei Schwerverletzte und siebzehn Leichtverletzte, darunter vier Schupos, gezählt. Die SA-Männer Willy Eggers und Fränzchen Wollschläger, der Maurerpolier Gustav Dau und der Kohlenhändler Lothar Budzinski mußten aufs Revier, wurden aber am Vormittag des nächsten Tages wieder auf freien Fuß gesetzt. Der Direktor des Lokales »Kleinhammerpark«, Herr Koschinski, gab bei der Versicherung tausendzweihundert Gulden Sachschaden an: Glas, Bestuhlung, der Kronleuchter, die demolierte Toilettentür, der Toilettenspiegel, Zierpflanzen am Rednerpult, der Hauptgewinn der Verlosung: Kristall Kristall! – und so weiter. Untersuchungen der Kripo ergaben, daß es zu keinem Kurzschluß gekommen war, daß jemand – ich weiß wer! – die Sicherungen ausgedreht hatte.
Aber kein Mensch ahnte, daß meine Cousine, indem sie ein Los zog: Niete! das Signal gegeben, die Saalschlacht ausgelöst hatte.

Liebe Tulla,
das konntest Du alles, Du hattest den Blick und den Finger. Doch wichtig für diese Geschichte ist nicht Deine Saalschlacht – obgleich Du mitwirktest, blieb sie gewöhnlich und unterschied sich nicht von anderen Saalschlachten – von Wichtigkeit ist, daß Eddi Amsel, der Villenbesitzer im Steffensweg, ein biersaures Bündel geschlitzte und blutverkrustete Uniformen in Empfang nehmen konnte: Walter Matern war der nur leichtverletzte Spender.
Diesmal waren es nicht nur SA-Uniformen. Auch das Zeug einiger simpler Parteigenossen fand sich darunter. Aber alles war braun: nicht

das Braun sommerlicher Halbschuhe; kein Nüßchenbraun Hexenbraun; kein braunes Afrika; keine geriebene Borke, Möbel nicht, altersbraun, kein mittelbraun sandbraun; weder junge Braunkohle noch alter Torf, mit Torfspaten gestochen; keine Frühstücksschokolade, kein Morgenkaffee, den Sahne erhöht; Tabak, so viel Sorten, doch keine so bräunlich wie; weder das augentrügerische Rehbraun noch das Niveabraun zweier Wochen Urlaub; kein Herbst spuckte auf die Palette, als dieses Braun: Kackbraun, allenfalls Lehmbraun, aufgeweicht, kleistrig, als das Parteibraun, SA-Braun, Braun aller Braunbücher, Braunen Häuser, Braunauer Braun, Evabraun, als dieses Uniformbraun, weit entfernt vom Khakibraun, Braun aus tausend pickligen Ärschen auf weiße Teller geschissen, Braun aus Erbsen und Brühwurst gewonnen; nein nein, ihr sanften Brunetten, hexenbraun nüßchenbraun, standet nicht Pate, als dieses Braun gekocht, geboren und eingefärbt, als dieses Dunghaufenbraun – ich schmeichle noch immer – vor Eddi Amsel lag.

Amsel sortierte das Braun, nahm die große Schere aus Solingen und ließ sie probeweise zwitschern. Amsel begann, das unbeschreibliche Braun zuzuschneiden. Ein neues Arbeitsgerät stand schnörkelig neben dem echten Renaissancepult mit dem jederzeit aufgeschlagenen Weininger-Standardwerk: des Schneiders Pferd, des Schneiders Orgel, des Schneiders Beichtstuhl: eine Singer-Nähmaschine. Wie das Kätzchen schnurrte, als Eddi Amsel aus grobem Rupfen, Zwiebelsäcken und anderem durchlässigem Material hemdähnlich geschnittene Untergewänder nähte. Und der aufgepustete Amsel hinter dem schmächtigen Maschinchen: waren die beiden nicht eins? Hätten die beiden nicht so geboren, getauft, geimpft, geschult, eine einzige Entwicklung bezeugen können? Und auf die Rupfenhemden nähte er manchmal mit weitem, dann mit pingeligem Stich das entsetzliche Braun in Lappen, als Schönheitspflästerchen. Er fragmentierte aber auch das Armbindenrot und die sonnstichtollen Bauchschmerzen des Hakenkreuzes. Er fütterte mit Kapok und Sägemehl. Er suchte und fand in Illustrierten und Jahrbüchern Gesichter, etwa das grobkörnige Foto des Dichters Gerhart Hauptmann oder das glatte Schwarzweiß eines populären Schauspielers jener Jahre: Birgel oder Jannings. Er heftete Schmeling und Pacelli, den Bullen und den Asketen, unter den Mützenschirm der Braunmützen. Er machte aus des Völkerbundes Hochkommissar einen SA-Mann Brand. Er scheute sich nicht, an Reproduktionen nach alten Stichen solange herumzuschnipseln und mit Solingens Schere gottähnlich zu wirken, bis Schillers kühnes Profil oder des jungen Goethe Dandy-Haupt irgendeinem Opfer der Bewegung, Herbert Norkus oder Horst Wessel, Gesicht gaben. Amsel verhackstückte, spekulierte, kuppelte und gab den Jahrhunderten Gelegenheit, sich unter SA-Mützen zu küssen.

Der ganzfigürlichen Aufnahme des schlanken, knabenhaften, früh durch Selbstmord geendeten Standardwerkverfassers Otto Weininger, die sich auf der vierten Seite seines Exemplars befand, schnitt er den Kopf ab, ließ diesen Ausschnitt bei Foto-Sönnker bis auf Menschenmaß vergrößern und arbeitete dann lange und mit nie befriedigendem Ergebnis am »SA-Mann Weininger«.

Gelungener sah Eddi Amsels Selbstportrait aus. Neben dem Renaissancepult und der Singernähmaschine vervollständigte ein hoher schmaler, bis zur Deckentäfelung reichender Spiegel, wie er in Schneiderateliers und Ballettschulen zu finden ist, Amsels Inventar. Vor diesem antwortgebenden Glas saß er in selbstgeschneiderter Pg-Uniform – unter den SA-Uniformen hatte sich eine Kluft, die ihn hätte fassen können, nicht gefunden – und hängte sein ganzfigürliches Konterfei auf ein nacktes Gerüst, das im Zentrum, als quasi Sonnengeflecht, eine aufziehbare Mechanik beherbergte. Am Ende saß der echte Amsel, buddhagleich, im Schneidersitz und begutachtete den konstruierten noch echteren Pg Amsel. Der stand prall aufgeblasen in Rupfen und Parteibraun. Der Schulterriemen umlief ihn als Wendekreis. Rangabzeichen am Kragen machten ihn zum schlichten Amtsleiter. Eine Schweinsblase, kühn vereinfacht und nur andeutungsweise schwarz betupft, trug, portraitähnlich, die Amtsleitermütze. Da begann im Sonnengeflecht des Parteigenossen die aufziehbare Mechanik zu arbeiten: Ins Stillgestanden fanden die Breecheshosen. Vom Koppelschloß wanderte der rechte platzvolle Gummihandschuh ruckend und ferngesteuert in Brust- dann Schulterhöhe, bot zuerst den gestreckten, dann den gewinkelten Parteigruß, kehrte schleppend, denn die Mechanik lief ab, gerade noch rechtzeitig zum Koppelschloß zurück, zitterte greisenhaft und schlief ein. Eddi Amsel zeigte sich verliebt in seine neue Schöpfung. Er imitierte das Grüßen seiner lebensgroßen Imitation vor dem schmalen Atelierspiegel: Das Amselquartett. Walter Matern, dem Amsel sich und die Figur auf dem Parkett, sowie die Figur und sich selber als Spiegelbild zeigte, lachte zuerst überlaut und dann verlegen. Schießlich starrte er nur noch stumm bald zur Scheuche, bald auf Amsel, bald in den Spiegel. Er sah sich in Zivil zwischen vier Uniformträgern. Ein Anblick, der ihm das angeborene Zähneknirschen befahl. Und knirschend gab er zu verstehen, daß irgendwo für ihn der Spaß aufhöre; Amsel solle sich nicht in einunddasselbe Thema verrennen; schließlich gebe es bei der SA und auch bei der Partei Leute genug, die ernsthaft ein Ziel vor Augen hätten, Pfundskerle und nicht nur Schweinehunde.

Amsel entgegnete, genau das sei seine künstlerische Absicht, keinerlei Kritik wolle er äußern, sondern Pfundskerle wie Schweinehunde, gemischt und gewürfelt, wie nun mal das Leben spiele, mit künstlerischen Mitteln produzieren.

Daraufhin bastelte er mit schon vorfabriziertem Gerüst einen bulligen Pfundskerl: den SA-Mann Walter Matern. Tulla und ich, die wir vom nachtschwarzen Garten aus ins elektrisch erleuchtete und eichengetäfelte Atelier linsten, sahen mit runden Augen, wie Walter Materns uniformierter Abklatsch – Blutflecke zeugten noch von der Saalschlacht im

Kleinhammerpark – die Zähne des fotografierten Gesichtes mit Hilfe eingebauter Mechanik entblößte und die mechanisch bewegten Zähne knirschen ließ: das sahen wir zwar nur – aber wer Walter Materns Zähne sah, der hörte sie auch.

Tulla und ich sahen,
wie Walter Matern, der mit seinem SA-Sturm bei einer Großkundgebung auf der verschneiten Maiwiese Absperrdienst leisten mußte, den uniformierten Eddi Amsel in der Menge erblickte. Löbsack sprach. Greiser und Forster sprachen. Es schneite großflockig, und die Menge rief so anhaltend Heil, daß den Heilrufern Schneeflocken ins geöffnete Maul gaukelten. Auch der Parteigenosse Eddi Amsel schnappte heilrufend nach ausgesucht großen Schneeflocken, bis ihn der SA-Mann Walter Matern aus der Menge fischte und von der matschigen Wiese auf die Hindenburgallee schob. Dort schimpfte er mit ihm, und wir dachten, gleich wird er ihn schlagen.

Tulla und ich sahen,
wie Eddi Amsel in Uniform auf dem Langfuhrer Markt fürs Winterhilfswerk sammelte. Er klapperte mit der Büchse, streute seine Witzchen unters Volks, heimste mehr Dittchen ein als die echten Parteigenossen; und wir dachten: wenn jetzt Matern kommt und das sieht, dann...

Tulla und ich,
wir überraschten Eddi Amsel und den Sohn des Kolonialwarenhändlers im Schneegestöber auf der Fröbelwiese. Wir hockten hinter einem Rummelwagen, der auf der Fröbelwiese überwinterte. Amsel und der Gnom hoben sich als Schattenbilder vom Gestöber ab. Verschiedener als diese Schatten konnten keine anderen Schatten sein. Der Gnomschatten hielt seine Schattentrommel in den Schneefall. Der Amselschatten beugte sich. Beide Schatten hielten die Ohren an die Trommel, als lauschten sie dem Geräusch: Dezemberschnee auf weißlackiertem Blech. Weil wir nie etwas so Lautloses gesehen hatten, blieben auch wir still, mit frostroten Ohren: aber wir hörten nur den Schnee, das Blech hörten wir nicht.

Tulla und ich hielten,
als unsere Familien zwischen Weihnacht und Neujahr einen Spaziergang durch den Olivaer Wald machten, Ausschau nach Eddi Amsel; aber er war woanders und nicht in Freudental. Dort tranken wir Milchkaffee und aßen Kartoffelflinsen unter Hirschgeweihen. Im Tiergehege war nicht viel los, weil die Affen bei scharfer Witterung im Keller der Försterei warmgehalten wurden. Wir hätten Harras nicht mitnehmen sollen. Aber mein Vater, der Tischlermeister, sagte: »Der Hund muß Auslauf haben.« Freudental war ein beliebter Ausflugsort. Wir fuhren mit der Linie zwei bis Friedensschluß und liefen zwischen rotgezeichneten Bäumen quer

durch den Wald, bis sich das Tal öffnete, und das Forsthaus mit dem Tiergehege vor uns lag. Mein Vater konnte als Tischlermeister keinen gut gewachsenen Baum, ob Buche oder Kiefer, betrachten, ohne den Nutzwert des Baumes nach Kubikmetern abzuschätzen. Deshalb hatte meine Mutter, die die Natur und also die Bäume mehr als Verzierung der Welt ansah, schlechte Laune, die erst mit den Kartoffelflinsen und dem Milchkaffee verging. Herr Kamin, der Pächter des Forsthauses mit Gaststättenbetrieb, setzte sich zwischen August Pokriefke und meine Mutter. Immer wenn Gäste kamen, erzählte er die Entstehungsgeschichte des Tiergeheges. So hörten Tulla und ich zum zehntenmal, daß ein Herr Pikuritz aus Zoppot den Bisonbullen geschenkt hatte. Angefangen aber hatte er nicht mit dem Bison sondern mit einem Rotwildpärchen, das vom Direktor der Waggonfabrik gestiftet worden war. Dann kamen die Wildschweine und die Damhirsche. Jener spendete einen Affen, ein anderer zwei. Der Oberforstrat Nikolai sorgte für die Füchse und die Biber. Ein kanadischer Konsul lieferte die beiden Waschbären. Und die Wölfe? Wer hat die Wölfe? Wölfe, die später ausbrachen, ein Kind beim Beerenlesen zerfleischten und abgeschossen in die Zeitung kamen? Wer hat die Wölfe?

Bevor Herr Kamin verraten kann, daß der Breslauer Zoo die beiden Wölfe dem Tiergehege Freudental geschenkt hat, sind wir mit Harras draußen. Vorbei an Jack, dem Bisonbullen. Um den zugefrorenen Teich. Kastanien und Eicheln für Wildschweine. Kurzes Anbellen der Füchse. Der Wolfszwinger vergittert. Harras versteinert. Die Wölfe ruhelos hinter Eisenstäben. Die Schrittweite größer als bei Harras. Dafür die Vorderbrust nicht so tief entwickelt, kein ausgebildeter Stop, die Augen schräg gestellt, kleiner, geschützter. Der Kopf insgesamt gedrungener, der Leib tonnenförmig, niedriger bis zum Widerrist als bei Harras, die Wolle stockhaarig, lichtgrau, schwarzgewolkt auf gelber Unterwolle. Harras kujiehnt heiser. Die Wölfe schnüren ruhelos. Eines Tages wird der Wärter vergessen, das Gitter ... Schnee fällt plackig von Tannen. Einen Blick lang verhalten die Wölfe hinter Stäben: sechs Augen, Lefzen zucken. Dreimal krausen sich Nasenrücken. Atem dampft aus Fängen. Die grauen Wölfe – der schwarze Schäferhund. Schwarz als Folge konsequenter Durchzüchtung. Die Übersättigung der Pigmentzellen von Perkun über Senta und Pluto zu Harras von der Luisenmühle gibt unserem Hund das stockhaarige, ungewolkte, nicht gestromte, zeichenlose Schwarz. Da pfeift mein Vater, und August Pokriefke klatscht in die Hände. Tullas Familie und meine Eltern stehen in Wintermänteln vorm Forsthaus. Ruhelose Wölfe bleiben zurück. Doch für uns und Harras ist der Sonntagsspaziergang noch nicht zu Ende. Kartoffelflinsen schmecken in jeder Mundhöhle nach.

Mein Vater führte uns alle nach Oliva. Dort nahmen wir die Straßenbahn nach Glettkau. Bis zum nebligen Horizont war die Ostsee zugefroren. Der Glettkauer Seesteg blitzte bizarr vereist. Deshalb mußte mein Vater den Fotoapparat aus dem Lederfutteral nehmen, und wir mußten uns vor dem

phantastischen Zuckerwerk um Harras gruppieren. Lange brauchte mein Vater, bis er die richtige Einstellung hatte. Sechsmal mußten wir stillhalten, was Harras leicht fertigbrachte, weil er das Fotografieren aus der Zeit, da ihn die Pressefotografen geknipst hatten, gewohnt war. Es sollte sich zeigen, daß von den sechs Aufnahmen, die mein Vater gemacht hatte, vier Aufnahmen überbelichtet waren: das Eis reflektierte.
Von Glettkau ging es über die knisternde See nach Brösen. Schwarze Pünktchen bis zu den eingefrorenen Dampfern auf der Reede. Viel Volk war unterwegs. Möwen mußten nicht hungern. Zwei Tage später verirrten sich vier Schüler, die übers Eis nach Hela wollten, im Nebel und blieben, obwohl man sie mit Sportflugzeugen suchte, für immer verschollen.
Kurz vor dem gleichfalls wild vereisten Brösener Seesteg – wir wollten gegen das Fischerdorf abbiegen und zur Straßenbahnhaltestelle, denn die Pokriefkes, besonders Tulla, scheuten den Brösener Steg, weil dort vor Jahren der kleine taubstumme Konrad... also nachdem mein Vater mit flacher Tischlermeisterhand die neue Marschrichtung angewiesen hatte, etwa um vier Uhr nachmittags, kurz vor dem Sylvesterfest sechsunddreißigsiebenunddreißig, am achtundzwanzigsten Dezember, riß sich Harras, den mein Vater, der vielen anderen Hunde wegen, an der Leine gehalten hatte, mit der Leine los, machte zehn lange und flache Sprünge übers Eis, verschwand in der kreischenden Menge und bildete, als wir ihn einholten, mit einem flatternden Mantel ein schwarzes schneestiebendes Bündel.
Ohne daß Tulla ein Wort gesagt hatte, wurde der Pianist und Klavierlehrer Felsner-Imbs, der mit dem Studienrat Brunies und der zehnjährigen Jenny Brunies, wie wir, einen Sonntagsausflug gemacht hatte, zum drittenmal von unserem Harras angefallen. Diesmal blieb es nicht bei einem Bratenrock, bei einem Regenschirm, die ersetzt werden mußten. Allen Grund hatte mein Vater, die dumme Geschichte einen teuren Spaß zu nennen. Felsners rechter Oberschenkel war übel zugerichtet worden. Er mußte für drei Wochen ins Diakonissen-Krankenhaus und verlangte obendrein Schmerzensgeld.

Tulla,
es schneit. Damals und heute schneite und schneit es. Es stiemte – es stiemt. Es stöberte, stöbert. Es fiel, fällt. Sank, sinkt. Taumelte, taumelt. Flockte, flockt. Pulverte, pulvert zentnerschwer Schnee auf den Jäschkentaler Wald, auf den Grunewald; auf die Hindenburgallee, auf die Clay-Allee; auf den Langfuhrer Markt und den Berkaer Markt in Schmargendorf; auf die Ostsee und auf die Havelseen; auf Oliva, auf Spandau; auf Danzig-Schidlitz, auf Berlin-Lichterfelde, auf Emmaus und Moabit, Neufahrwasser und Prenzlauer Berg; auf Saspe und Brösen, auf Babelsberg und Steinstücken; auf die Ziegelmauer um die Westerplatte und die schnell gemauerte Mauer zwischen den beiden Berlin fällt Schnee und

bleibt liegen, fiel Schnee und blieb liegen.

Für Tulla und mich,
die wir mit Schlitten auf Schnee warteten, fiel zwei Tage lang Schnee, welcher liegenblieb. Mal verbissen schräg, Schwerarbeiterschnee, dann große ziellose Flocken – in diesem Licht zahnpastaweiß mit gerissenen Rändern, im Gegenlicht grau bis schwarz: ein feuchter pappender Schnee, auf den abermals der verbissen schräge Schnee aus östlicher Ecke pulverte. Dabei mäßige Kälte, die nachts grau und durchlässig blieb, so daß am Morgen alle Zäune neubeladen dastanden und die Äste der Bäume überladen knackten. Es bedurfte vieler Hausmeister, Kolonnen Arbeitsloser, der Technischen Nothilfe und des gesamten Städtischen Fuhrparkes, um Straßen, Straßenbahnschienen und Bürgersteige wieder deutlich zu machen. Schneeberge, verharscht schollig, liefen als Bergmassive beiderseits der Elsenstraße, verdeckten Harras ganz und meinen Vater bis zur Tischlermeisterbrust. Tullas Wollmütze war zwei Fingerbreit blau, wenn die Gebirgslinie leicht abfiel. Sand, Asche und rotes Viehsalz wurden gestreut. Mit langen Stangen stießen Männer den Schnee von den Obstbäumen in den Schrebergärten der Reichskolonie und hinter der Abtsmühle. Und während sie schaufelten, streuten und Äste entlasteten, fiel immerzu neuer Schnee. Kinder staunten. Alte Leute dachten zurück: wann fiel schon einmal soviel? Hausmeister schimpften und sagten zueinander: »Wer bezahlt das alles? Soviel Sand, Asche, Viehsalz gibt es nicht. Und wenn der Schnee nicht aufhört, dann. Und wenn der Schnee tauen wird – und das wird tauen, so wahr wir Hausmeister sind – dann wird alles in die Keller, und die Kinder bekommen die Grippe und die Erwachsenen auch: wie anno siebzehn.«
Man kann, wenn es schneit, aus dem Fenster gucken und zählen wollen. Das tut Dein Cousin Harry, der eigentlich nicht den Schnee zählen, sondern Dir schreiben sollte. Man kann, wenn es großflockig schneit, in den Schnee hinauslaufen und den offenen Mund hochhalten. Das möchte ich gerne tun, aber das darf ich nicht tun, weil Brauxel sagt, ich muß Dir schreiben. Man kann, wenn man ein schwarzer Schäferhund ist, aus seiner weißbemützten Hütte fahren und in den Schnee beißen. Man kann, wenn man Eddi Amsel heißt und von Jugend an Vogelscheuchen gebaut hat, in Zeiten, da atemlos Schnee fällt, den Vögeln Vogelhäuschen zimmern und mit Vogelfutter mildtätig sein. Man kann, während weißer Schnee auf eine braune SA-Mütze fällt, mit den Zähnen knirschen. Man kann, wenn man Tulla heißt und ganz leicht ist, durch und über den Schnee laufen, ohne eine Spur zu lassen. Man kann, solange die Ferien dauern, und der Himmel nicht aufhört, nieder zu kommen, in warmer Studierstube sitzen, seine Glimmergneise, Zweiglimmergneise, seinen Glimmergranit und Glimmerschiefer sortieren, dabei Studienrat sein und Zuckerzeug lutschen. Man kann, wenn man als Hilfsarbeiter in einer Tischlerei bezahlt wird, in Zeiten, da plötzlich viel Schnee fällt, Neben-

verdienst suchen, indem man aus dem Holz der Tischlerei Schneeschieber zusammenzimmert. Man kann, wenn man Wasser lassen muß, in den Schnee pissen, also mit gelblich dampfendem Schriftzug seinen Namen gravieren; es muß aber ein kurzer Name sein: ich schrieb auf diese Art Harry in den Schnee; da wurde Tulla eifersüchtig und zerstörte mit ihren Schnürschuhen meine Unterschrift. Man kann, wenn man lange Wimpern hat, mit langen Wimpern den fallenden Schnee auffangen; es müssen aber nicht nur lange, auch dichte Wimpern sein: Jenny hatte in ihrem Puppengesicht solche; wenn sie still stand und staunte, guckte sie bald wasserblau unter weißen Schneedächern hervor. Man kann, wenn man unbeweglich im fallenden Schnee steht, die Augen schließen und den Schnee fallen hören; das tat ich oft und hörte viel. Man kann im Schnee vergleichsweise ein Leichentuch sehen; aber das muß nicht sein. Man kann als pummeliges Findelkind, das zu Weihnachten einen Schlitten bekam, rodeln wollen; aber niemand will das Findelkind mitnehmen. Man kann mitten im Schneefall weinen, und niemand merkt etwas, außer Tulla, die mit ihren großen Naslöchern alles merkt und zu Jenny sagt: »Willste mit uns mitrodeln?«
Wir alle gingen rodeln und nahmen Jenny mit, weil der Schnee für alle Kinder dalag. Geschichten aus Zeiten, da der Regen pladderte und Jenny im Rinnstein lag, hatte der Schnee bedeckt: mehrmals. Jenny freute sich so über Tullas Angebot, daß man Angst bekommen konnte. Ihr Ponim glänzte, während Tullas Gesicht nichts verriet. Womöglich hatte Tulla ihr das Angebot nur gemacht, weil Jennys Schlitten neu und modern war. Pokriefkes schnörkeliges Eisengestell war mit Tullas Brüdern davon; und auf meinem Schlitten wollte Tulla nicht sitzen, weil ich sie immerzu anfassen mußte und deshalb schlecht rodelte. Unser Harras durfte nicht mit, denn der Hund tat im Schnee wie verrückt; dabei war er gar nicht mehr jung: ein zehnjähriger Rüde entspricht einem siebzigjährigen Mann.
Durch Langfuhr bis zur Johanneswiese zogen wir unsere leeren Schlitten. Nur Tulla ließ sich manchmal von mir, manchmal von Jenny ziehen. Jenny zog Tulla gerne und bot sich oft zum Ziehen an. Aber Tulla ließ sich nur ziehen, wenn es ihr paßte, und nicht, wenn es ihr angeboten wurde. Wir rodelten auf Zinglers Höhe, auf Albrechtshöhe oder auf der Großen Rodelbahn am Johannesberg, die von der Stadt unterhalten wurde. Die Bahn galt als gefährlich, und ich, ein eher ängstliches Kind, schlitterte lieber auf der sanft abfallenden Johanneswiese, die der Großen Rodelbahn als Auslauf diente. Oft, wenn auf dem städtischen Rodelgelände zu großer Betrieb war, rodelten wir in jenem Teil des Waldes, der rechts vom Jäschkentaler Weg begann und hinter Hochstrieß in den Olivaer Wald überging. Der Berg, auf dem wir rodelten, hieß der Erbsberg. Von seinem Gipfel führte eine Rodelbahn direkt vor Eddi Amsels Villengarten am Steffensweg. Bäuchlings lagen wir auf unseren Schlitten, spähten durch schneetragende Haselsträucher, durch Ginster hindurch, der auch im

Winter streng roch.
Amsel arbeitete oft im Freien. Er trug einen signalroten Pullover. Gestrickte abermals rote Strumpfhosen verschwanden in Gummistiefeln. Einen weißen Rodelshawl, der sich auf seiner Pulloverbrust kreuzte, hielt hinten eine auffallend große Sicherheitsnadel zusammen. Zum drittenmal rot spannte auf seinem Kopf eine Pudelmütze mit weißer Puschel: wir wollten lachen, durften aber nicht, weil sonst der Schnee von den Haselsträuchern gefallen wäre. Er bastelte an fünf Figuren, die wie die Waisenkinder aus dem Spenden- und Waisenhaus aussahen. Manchmal, wenn wir hinter verschneitem Ginster und schwarzen Ginsterschoten lauerten, kamen einige Waisen mit einer Aufseherin in Amsels Garten. In blaugrauen Kitteln, unter blaugrauen Mützen, mit mausgrauen Ohrenschützern und in schwarze Wollshawls gewickelt, standen sie elternlos und frierend Modell, bis Amsel ihnen bonbongefüllte Tüten gab und sie entließ.

Tulla und ich wußten,
daß Amsel damals einen Auftrag ausführte. Der Intendant des Stadttheaters, dem Walter Matern seinen Freund vorgestellt hatte, ließ sich von dem Bühnenbildner und Kostümzeichner Eddi Amsel eine Mappe Entwürfe und Prospekte zeigen. Amsels Kulissen und Figurinen gefielen und der Intendant gab ihm den Auftrag, für ein Heimatstück Bühnenbild und Kostüme zu entwerfen. Da während des letzten Aktes – das Stück spielte zur Zeit Napoleons: die Stadt wurde von Preußen und Russen belagert – Waisenkinder zwischen den Vorpostenlinien hin und her ziehen mußten und vor dem Herzog von Württemberg zu singen hatten, kam Amsel der amselsche Einfall, nicht waschechte Waisenkinder, sondern mechanische Waisen auf die Bühne zu stellen, weil, so behauptete er, nichts auf der Welt tiefer zu rühren vermöge, als eine zittrig laufende Mechanik; man denke nur an die rührenden Spieldöschen vergilbter Zeiten. Also rief Amsel sich, gegen milde Gaben, die Kinder des Spendenhauses in den Garten. Er ließ sie posieren und Choräle singen. »Großer Gott, wir loben Dich!« sangen die evangelischen Waisen: wir, hinter den Büschen, lachten unterdrückt und waren allesamt froh, daß wir Vater und Mutter hatten.
Wenn Eddi Amsel in seinem Atelier arbeitete, konnten wir nicht erkennen, woran er arbeitete: die Fenster hinter der Terrasse mit den vielbesuchten Vogelhäuschen spiegelten nur den Jäschkentaler Wald. Die Kinder dachten, sicher bastelt er auch drinnen komische Waisenkinder und Bräute aus Watte und Toilettenpapier; nur Tulla und ich wußten: er baut SA-Männer, die marschieren und grüßen können, weil sie im Bauch eine Mechanik haben. Manchmal glaubten wir, die Mechanik zu hören. Wir faßten uns an die Bäuche und suchten nach der Mechanik in uns: Tulla hatte eine.

Tulla und ich,
wir hielten es nie lange aus hinter den Sträuchern. Erstens wurde es zu kalt; zweitens mußten wir uns immer das Lachen verkneifen; drittens wollten wir rodeln.
Wenn die eine Rodelbahn den Philosophenweg hinunter führte und die andere Rodelbahn unsere Schlitten vor Amsels Garten trug, schleuste uns die dritte Rodelbahn bis vor das Gutenbergdenkmal. Auf jener Lichtung sah man nie viele Kinder, weil alle Kinder, außer Tulla, den Gutenberg fürchteten. Auch ich bewegte mich ungern nahe dem Gutenbergdenkmal. Niemand wußte, wie das Denkmal in den Wald gekommen war; wahrscheinlich hatten die Denkmalbauer in der Stadt keinen geeigneten Platz finden können; oder aber: sie wählten den Wald, weil der Jäschkentaler Wald ein Buchenwald war und Gutenberg, bevor er Lettern goß, Buchstaben aus Buchenholz für den Buchdruck geschnitzt hatte. Tulla zwang uns, vom Erbsberg hinab bis vors Gutenbergdenkmal zu rodeln, weil sie uns ängstigen wollte.
Denn inmitten weißer Lichtung stand ein rußschwarzer gußeiserner Tempel. Sieben gußeiserne Säulen trugen das profilierte gußeiserne Pilzdach. Von Säule zu Säulen schwangen sich kalte gußeiserne Ketten, die von gegossenen Löwenmäulern gehalten wurden. Blaue Granitstufen, fünf waren es, liefen rundum und erhöhten das Gehäuse. Und mitten im Eisentempel, zwischen den sieben Säulen, stand ein gußeiserner Mann: dem wallte ein lockiger Eisenbart über die gußeiserne Buchdruckerschürze. Links hielt er ein eisernes schwarzes Buch gegen Schürze und Bart gestemmt. Mit dem eisernen Zeigefinger der rechten Eisenhand wies er auf die Buchstaben des Eisenbuches. In dem Buch hätte man lesen können, wenn man sich, die fünf Granitstufen hinauf, vor die Eisenkette gestellt hätte. Aber wir wagten nie die paar Schritte. Nur Tulla, die federleichte Ausnahme, hüpfte, während wir abseits den Atem anhielten, über Stufen bis vor die Kette, stand, ohne die Kette zu berühren, mager und winzig vor dem Tempel, saß zwischen zwei Eisensäulen auf eiserner Girlande, schaukelte wild, dann ruhiger, glitt von nachschaukelnder Kette, war nun im Tempel, umtanzte den düsteren Gutenberg und kletterte ihm aufs linke gußeiserne Knie. Das bot Halt, weil er den linken gußeisernen Fuß mit der gußeisernen Sandalensohle auf den oberen Rand einer gußeisernen Gedenktafel gestellt hatte, deren Inschrift verriet: Hier steht Johannes Gutenberg. Um begreifen zu können, wie schwarz der Kerl in dem harrasschwarzen Tempel herrschte, muß man wissen, daß es vor, über und hinter dem Tempel mal großflockig mal kleinflockig schneite: das gußeiserne Pilzdach des Tempels trug eine Schneemütze. Während es schneite, während die Kette, von Tulla in Schwung gebracht, langsam zur Ruhe kam, während Tulla auf dem linken Oberschenkel des Eisenkerls hockte, buchstabierte Tullas weißer Zeigefinger – nie trug sie Handschuhe – dieselben eisernen Buchstaben, auf die Gutenberg mit dem Eisenfinger wies.

Als Tulla zurückkam – wir standen reglos und waren eingeschneit – fragte sie, ob wir wissen wollten, was in dem Eisenbuch geschrieben stünde. Wir wollten nicht wissen und schüttelten heftig wortlos die Köpfe. Tulla behauptete, die Buchstaben seien von Tag zu Tag ausgetauscht, täglich könne man neue aber immer schreckliche Sprüche aus dem Eisenbuch herauslesen. Diesmal sei der Spruch besonders schrecklich: »Wolltä nu wissen odä wolltä nich?« Wir wollten nicht. Dann wollte einer der Brüder Esch wissen. Hänschen Matull und Rudi Ziegler wollen wissen. Heini Pilenz und Georg Ziehm wollten immer noch nicht, bis sie es wissen wollten. Schließlich wollte auch Jenny Brunies wissen, was in dem Eisenbuch des Johannes Gutenberg geschrieben stand.
Uns, die wir starr blieben, umtanzte Tulla. Unsere Schlitten trugen dicke Kissen. Um das Gutenbergdenkmal herum lichtete sich der Wald und ließ den unerschöpflichen Himmel auf uns herab. Tullas nackter Finger wies auf Hänschen Matull: »Du!« Dessen Lippen wurden unsicher. »Nein Du!« Tullas Finger meinte mich. Bestimmt hätte ich geweint, hätte Tulla nicht gleich darauf den kleinen Esch angetippt und danach in Jennys flauschigen Teddymantel gefaßt: »Du Du Du! Da schtät jeschrieben: Du! Du solls hinjähn, sons kämmtä runter un hold Diä rauf.«
Da schmolz der Schnee auf unseren Mützen. »Dä Kuddenpäch häd jesächt, Du. Du häddä jesächt. De Jenny willä ham, sons nuscht.« Wiederholungen kamen aus Tulla heraus, immer enger gestrickt. Während sie im Schnee Hexenkreise um Jenny zog, blickte der eiserne Kuddenpäch aus gußeisernem Tempelchen düster über uns hinweg.
Wir legten uns aufs Verhandeln und wollten wissen, was denn der Kuddenpäch von Jenny wolle. Will er sie fressen oder in eine Eisenkette verzaubern? Will er sie unter seine Schürze stecken oder in seinem Eisenbuch plattpressen? Tulla wußte, was Kuddenpäch mit Jenny vorhatte: »Nä tanzen soll se fiern Kuddenpäch, weil sie doch immer balletten jäht middem Imbsen.«
Starr, ein puppiger Ball im Teddyfell, stand Jenny und hielt sich an der Leine ihres Schlittens fest. Da fielen die beiden Schneedächer von ihren langen dichten Wimpern: »Neineinichwillnichtwillnichtneinwillnicht!« flüsterte sie und wollte wohl schreien. Weil sie aber nicht den Mund zum Schreien hatte, lief sie davon mit ihrem Schlitten: tappte, kugelte, stand wieder, rollte in den Buchenwald hinein, Richtung Johanneswiese.

Tulla und ich ließen Jenny laufen,
wußten wir doch, daß sie Kuddenpäch nicht entgehen konnte. Wenn auf Kuddenpächs Eisenbuch geschrieben stand: »Jenny ist dran!« dann mußte sie vor Kuddenpäch tanzen, wie man es ihr im Ballettsaal beigebracht hatte.
Am nächsten Tag, als wir nach dem Essen unsere Schlitten auf dem hartgetretenen Schnee der Elsenstraße versammelten, kam Jenny nicht, obgleich wir zu den Fenstern der Studienratswohnung hochpfiffen, mit

Fingern und ohne Finger. Wir warteten nicht lange: einmal mußte sie kommen.
Jenny Brunies kam am übernächsten Tag. Wortlos reihte sie sich ein und füllte, wie immer, ihren gelblich flauschigen Teddymantel.

Tulla und ich konnten nicht wissen,
daß Eddi Amsel um dieselbe Zeit in seinen Garten hinaustrat. Er steckte wie immer in seiner signalroten knotig gestrickten Strumpfhose. Abermals rot war sein fußliger Pullover. Den weißen verfilzten Rodelshawl hielt hinten eine Sicherheitsnadel zusammen. All seine Wollsachen hatte er aus aufgeribbelter Wolle stricken lassen: er trug ja nie neue Sachen. Ein bleigrauer Nachmittag: es schneit nicht mehr; aber es riecht nach Schnee, der fallen will. Amsel trägt eine Figur geschultert in den Garten. Mannshoch stellt er sie in den Schnee. Spitzmäulig pfeift er sich über die Terrasse ins Haus und kommt mit einer zweiten Figur beladen zurück. Die zweite pflanzt er neben die erste. Mit dem Marsch »Wir sind die Garde ...« pfeift er sich abermals ins Atelier und schwitzt rundperlig, wie er die dritte Figur zu den beiden im Garten wartenden Figuren buckelt. Aber weiterhin und von vorne muß er den Marsch pfeifen: ein Trampelpfad quer durch den kniehohen Schnee entsteht, bis, in Reih und Glied, neun ausgewachsene Figuren im Garten stehen und auf seine Befehle warten. Rupfen mit trocknem Braun besetzt. Sturmriemen unterm Schweinsblasenkinn. Gewichst geledert einsatzbereit: eintopffressende Spartaner, neun vor Theben, bei Leuthen, im Teutoburger Wald, die neun Aufrechten, Getreuen, die neun Schwaben, neun braunen Schwäne, das letzte Aufgebot, der verlorene Haufe, die Nachhut, die Vorhut, stabgereimte Burgundernasen: daz ist der Nibelunge nôt in Eddi Etzels verschneitem Garten.

Tulla, ich und die anderen,
wir hatten inzwischen den Jäschkentaler Weg hinter uns. Eine Reihe: Schlittenspur in Schlittenspur. Gesunder knirschender Schnee. Reliefs im Schnee: viele verschieden profilierte Gummiabsätze und eisenbeschlagene Sohlen, denen zwei, fünf oder keine Krampen fehlten. Jenny trat in Tullas Spuren; ich in Jennys Spuren; Hänschen Matull in meine Spuren; gehorsam der kleine Esch und alle folgenden. Stumm, ohne Zuruf oder Widerspruch schnürten wir hinter Tulla. Nur die Schlittenglöckchen schepperten hellgestimmt. Es ging nicht etwa über die Johanneswiese zur Abfahrt der Großen Rodelbahn hinauf; knapp vorm Forsthaus dreht Tulla bei: unter den Buchen wurden wir winzig. Zuerst begegneten uns noch andere Kinder mit Schlitten oder auf Faßdauben. Als nur noch wir unterwegs waren, mußte das gußeiserne Denkmal nahe sein. Wir betraten mit kleinen Schritten Kuddenpächs Reich.

Während wir heimlich schleichen, immer noch,
pfeift Eddi Amsel offen und lustig, immer noch. Von einem SA-Mann eilt

er zum nächsten. Neun Sturmabteilungsmännern greift er in die linke Hosentasche: und nacheinander löst er bei allen den ihnen innewohnenden Mechanismus aus: zwar sitzen sie fest auf ihren Mittelachsen – schirmständerähnlichen Metallrohren mit breitem Fuß – aber dennoch, doch ohne Raumgewinn, werfen sie achtzehn götterdämmerige Stiefelbeine eine Handbreite über dem Schnee. Neun knochenmorsche Marschierer, denen der Gleichschritt beigebracht werden muß. Das tut Amsel bei zwei Marschierenden mit dem bewährten Griff in die linke Hosentasche: jetzt klappt funktioniert marschiert es ruhig fest bewußt voran weiter über durch nach auf vorbei, zuerst im Gleichschritt, dann im Stechschritt, wie ihn Paraden verlangen: alle Neune. Und neunmal fliegen die sturmriemenumspannten Schweinsblasen unter SA-Schirmmützen beinahe gleichzeitig nach rechts: Blickwendung: alle schauen ihn an; denn Eddi Amsel hat allen Schweinsblasen-Gesichter geklebt. Reproduktionen nach Bildern des Malers Schnorr von Carolsfeld, der, wie bekannt sein sollte, der Nibelungen Not gemalt hat, spenden die Personalien: der finstre SA-Mann Hagen von Tronje; die SA-Männer Vater und Sohn, Hildebrand und Hadubrand; der lichte SA-Sturmführer Siegfried von Xanten; der sensible Obersturmführer Gunther; der allzeit lustige Volker Baumann; und drei Recken, die aus der Nibelungen Not Kapital geschlagen hatten: der edle Hebbel von Wesselburen, Richard der Wagner und jener Maler, der mit mattem Nazarenerpinsel der Nibelungen Nöte konterfeit hatte. Und wie sie, alle Neune, noch starr nach rechts blicken, hebt es ihnen ruckartig und dennoch erstaunlich gleichmäßig die eben noch im Marschtakt durchgeschlagenen Prügel hoch: zäh aber emsig klettern rechte Arme in die vorschriftsmäßige Höhe des Deutschen Grußes, während sich linke Arme starr winkeln, bis geschwärzte Gummihandschuhe vor Koppelschlössern verharren. Wer aber wird gegrüßt? Wem gilt die Blickwendung? Wie heißt der Führer, der allen in die geklebten Augen schauen soll? Wer schaut, grüßt zurück und nimmt die Parade ab?
In des Reichskanzlers Manier, also mit gewinkeltem Arm, nimmt Eddi Amsel den Gruß der paradierenden Sturmabteilung entgegen. Sich selber und seinen neun mobilen Männern pfeift er den Marsch, diesmal den Badenweiler.

Was Tulla nicht wußte:
während Eddi Amsel noch pfiff, schickte Gutenberg den fürchterlich gußeisernen Blick über ein Häuflein hinweg, das mit verschieden großen Schlitten innerhalb seines Bannkreises aber dennoch in gehörigem Abstand drängelte und endlich ein Persönchen ausschied: puppig flauschig verurteilt. Schritt um Schritt trampelte sich Jenny Brunies in Richtung Gußeisen. Neuer Schnee auf altem Schnee pappte unter Gummisohlen: Jenny wuchs gute drei Zentimeter. Wahrhaftig: Krähen hoben sich aus den weißen Buchen des Jäschkentaler Waldes. Schneelasten polterten

von Ästen. Leiser Schrecken hob Jennys Patschhände. Abermals wuchs sie einen Zentimeter, weil sie sich abermals, Schritt um Schritt, dem eisernen Tempel näherte; während oben die Krähen ungeölt knarrten, als neun schwarze Löcher über den Erbsberg strichen und in Buchen fielen, die den Wald und Amsels Garten begrenzten.

Was Tulla nicht wissen konnte:
als die Krähen umzogen, befanden sich in Amsels Garten nicht nur Eddi Amsel und seine neun paradierenden Sturmabteilungsmänner: Fünf, sechs oder mehr Figuren, denen nicht Amsel sondern der liebe Gott die Mechanik eingebaut hat, treten den Schnee nieder. Nicht Amsels Atelier spuckt sie aus. Von außen steigen sie über den Zaun: maskiert vermummt verdächtig. Mit ihren herabgezogenen Zivilmützen, mit weiten Wettermänteln und schwarzen, in Augenhöhe geschlitzten Fetzen wirken sie scheuchenhaft und erfunden, sind aber keine Scheuchen, sind blutwarme Männer, die über den Zaun steigen, sobald die Mechanik in Amsels Figuren rückwärts zu laufen beginnt: die neun grüßenden rechten Prügel rucken treppab; die Gummihandschuhe vor Koppelschlössern rutschen weg; der Stechschritt vereinfacht sich zum Gleichschritt Trauermarsch Schleppschritt Stillstand; scheppernd läuft die Mechanik ab; da nimmt auch Eddi Amsel die gespitzten Lippen zurück; nicht mehr pfeift die Schweineschnute; mit schräggehaltenem Dickkopf und baumelnder Pudelmütze ist er neugierig auf seinen ungeladenen Besuch. Während seine neun erfundenen Geschöpfe, wie anbefohlen, still stehn, während die warmgelaufene Mechanik langsam erkaltet, bewegen sich neun vermummte Gestalten planmäßig: sie bilden einen Halbkreis, atmen warm durch schwarze Masken in die Januarluft und verwandeln den Halbkreis um Eddi Amsel in einen Kreis um Eddi Amsel, indem sie Schrittchen um Schrittchen näher kommen. Bald kann er sie riechen.

Da rief Tulla die Krähen zurück:
über den Erbsberg rief sie die mißtönenden Vögel in die Buchen ums Gutenbergdenkmal. Die Krähen sahen, daß Jenny vor den Granitstufen, die zu Kuddenpächs Eisentempel führten, steif wurde, dann mit rundem Gesicht zurückblickte: Jenny sah Tulla, sah mich, den kleinen Esch, Hänschen Matull, Rudi Ziegler, alle sah sie weit entfernt. Ob sie zählte? Ob die neun Krähen zählten: sieben acht neun Kinder auf einem Haufen und ein Kind allein? Es war nicht kalt. Nach nassem Schnee roch es und nach Gußeisen. »Nu tanz schon rum, um ihm rum!« schrie Tulla. Der Wald hatte Echo. Wir schrien auch und echoten nach, damit sie mit dem Getanze anfange, damit bald Schluß sei mit dem Getanze. Alle Krähen in den Buchen, Kuddenpäch unterm eisernen Pilzdach und wir sahen, wie Jenny den rechten Schnürschuh, in dem ein Strickhosenbein verschwand, aus dem Schnee zog und mit dem rechten Bein so etwas wie ein Battement développé andeutete: Passer la jambe. Dabei fiel der Schneeplacken von

der Schuhsohle, kurz bevor sie den rechten Schuh abermals im Schnee versenkte und den linken herauszog. Sie wiederholte den hilflosen Winkel, stand rechts, hob links, wagte ein vorsichtiges Rond de jambe en l'air, ging in die fünfte Position, ließ beim Port de bras die Händchen auf der Luft liegen, begann mit einer Attitude croisée devant, wackelte eine Attitude effacée und stürzte das erstemal, als ihr die Attitude croisée derrière mißglückte. Mit gar nicht mehr gelblichem, mit weißbestäubtem Teddymantel kam sie hoch. Unter verrutschtem Wollmützchen sollten nun kleine Sprünge den Tanz zu Kuddenpächs Ehren fortsetzen: aus fünfter Position ins Demi-plié: Petit changement de pieds. Die folgende Figur sollte wohl den schwierigen Pas assemblé bedeuten, aber Jenny stürzte zum zweitenmal; und als sie beim Versuch, mit kühnen Pas de chat wie eine Ballerina zu brillieren, zum drittenmal stürzte, nicht in der Luft blieb, sondern stürzte, nicht schwerelos den eisernen Kuddenpäch erfreute, sondern sackschwer in den Schnee plumpste, hoben sich die Krähen aus den Buchen und randalierten.

Tulla entließ die Krähen:
auf der Nordseite des Erbsberges sahen sie, daß die vermummten Männer ihren Kreis um Eddi nicht nur geschlossen hatten: sie verengen ihn. Neun Wettermäntel suchen Tuchfühlung. Ruckhaft wendet Amsel den glänzenden Kopf von einem zum nächsten. Trampelschrittchen macht er auf der Stelle. Seine Wolle plustert sich und hat Widerhaken. Schweiß läßt er aus glatter Stirn springen. Er lacht ganz hoch und überlegt mit unruhiger Zungenspitze zwischen den Lippen: »Was wünschen die Herren?« Armselige Ideen kommen ihm: »Soll ich den Herren vielleicht einen Kaffee brühen? Vielleicht ist auch Kuchen im Haus? Oder ein Geschichtchen: kennen Sie die von den milchtrinkenden Aalen; oder die von dem Müller und den sprechenden Mehlwürmern; oder die von den zwölf Nonnen ohne Kopf und den zwölf Rittern ohne Kopf?« Aber die neun schwarzen Lappen mit achtzehn Augenschlitzen haben wohl einem Schweigegelübde zu gehorchen. Doch wie er, womöglich um das Kaffeewasser aufzusetzen, den Kreis aus Wettermänteln und tiefgezogenen Mützen als geballte Kugel durchbrechen will, antwortet ihm eine Faust unvermummt, nackt und trocken: er fällt mit filziger Wolle zurück, kommt schnell wieder hoch, will sich haftenden Schnee abklopfen, da trifft ihn eine zweite Faust, und die Krähen steigen aus den Buchen.

Tulla hatte sie gerufen,
denn Jenny wollte nicht mehr. Nach dem zweiten und dritten Sturz kroch sie uns wimmernd, ein Schneeball, entgegen. Aber Tulla war noch nicht satt. Während wir am Fleck blieben, huschte sie schnell und spurenlos über den Schnee: dem Schneeball Jenny entgegen. Und wenn Jenny hoch wollte, stieß Tulla sie zurück. Kaum stand Jenny, lag sie wieder. Wer hätte geglaubt, daß sie unterm Schnee einen flauschigen Teddymantel trug?

Wir wichen gegen den Waldrand und schauten von dort aus zu, wie Tulla arbeitete. Über uns waren die Krähen begeistert. Das Gutenbergdenkmal war so schwarz wie Jenny weiß war. Tulla lachte meckernd mit Echo über die Lichtung und winkte uns heran. Wir blieben unter den Buchen, während Jenny im Schnee gerollt wurde. Ganz still war sie und wurde immer dicker. Als Jenny keine Beine mehr hatte, um auf die Füße kommen zu können, hatten die Krähen genug spioniert und warfen sich über den Erbsberg.

Tulla hatte mit Jenny leichtes Spiel;
aber Eddi Amsel, das können die Krähen bezeugen, muß mit der Faust geantwortet werden, solange er Fragen stellt. Alle Fäuste, die ihm antworten, bleiben stumm, bis auf eine. Diese Faust trifft ihn und knirscht hinter schwarzem Tuch mit den Zähnen. Aus Amsels Mund, der rot überläuft, wirft eine Frage Blasen: »Bist Du es? Tsib Ud se?« Doch die knirschende Faust spricht nicht sondern schlägt zu. Die anderen Fäuste ruhen aus. Nur noch die knirschende arbeitet und beugt sich über Amsel, weil Amsel nicht mehr hochkommen will. Mehrmals rammt sie, von oben nach unten, den rotsprudelnden Mund. Womöglich will er immer noch die Frage Bistdues? formen, aber er fördert nur kleine wohlgeformte Perlzähne: warmes Blut im kalten Schnee, Kindertrommeln, Polen, Kirschen mit Schlagsahne: Blut im Schnee. Jetzt rollen sie ihn, wie Tulla das Mädchen Jenny rollte.

Aber Tulla war mit ihrem Schneemann zuerst fertig.
Mit flachen Händen klopfte sie ihn rundum fest, stellte ihn aufrecht, gab ihm eine mit raschen Griffen geformte Nase, fand, um sich blickend, Jennys Wollmützchen, spannte die Mütze über den kürbisrunden Kopf des Schneemannes, kratzte mit Schuhspitzen im Schnee, bis sie auf Laub, taube Bucheckern und dürre Äste stieß, spießte dem Schneemann links rechts zwei Äste, pflanzte dem Schneemann Bucheckernaugen und ging dann hinter sich: sie nahm von ihrem Werk Abstand.

Tulla hätte Vergleiche anstellen können,
denn hinterm Erbsberg, in Amsels Garten steht auch ein Schneemann. Tulla verglich nicht, aber die Krähen vergleichen. Mitten im Garten herrscht er, während neun Scheuchen, rupfenbehängt braunbefetzt, im Hintergrund dämmern. Der Schneemann in Amsels Garten hat keine Nase. Niemand hat ihm aus Bucheckern Augen gesetzt. Kein Wollmützchen spannt über seinem Kopf. Nicht kann er mit Reisigarmen grüßen winken verzweifeln. Dafür hat er einen roten immer größer werdenden Mund.
Die neun Männer in Wettermänteln haben es eiliger, als Tulla es hat. Über den Zaun klettern sie und gehen im Wald unter, während wir, mit Tulla, immer noch vor unseren Schlitten am Waldrand stehen und auf den Schneemann mit Jennys Wollmützchen starren. Wieder fallen die Krähen

in die Waldlichtung ein, hausen aber nicht in den Buchen, sondern kreisen mißtönend ungeölt über Gutenbergs Eisentempel, dann über dem Schneemann. Kuddenpäch atmet uns kühl an. Die Krähen im Schnee sind schwarze Löcher. Es dämmert auf beiden Seiten des Erbsberges. Wir laufen mit unseren Schlitten davon. Heiß ist es uns unter Winterkleidern.

Liebe Cousine Tulla,
das hattest Du nicht bedacht: mit der Dämmerung kam das Tauwetter. Man sagt dem Tauwetter nach, daß es einsetzt. Also: es setzte Tauwetter ein. Die Luft wurde biegsam. Die Buchen schwitzten. Die Zweige gaben Schneelasten auf. Es polterte im Wald. Ein leichter Tauwind half nach. Es tropfte Löcher in den Schnee. Es tropfte mir ein Loch in den Kopf, denn ich war zwischen den Buchen geblieben. Wäre ich mit den anderen und ihren Schlitten nach Hause gegangen, hätte es mir dennoch ein Loch in den Kopf getropft. Niemand, er mag bleiben oder nach Hause gehen, kann dem Tauwetter ausweichen.
Noch standen die Schneemänner – jener im Reiche des Kuddenpäch, jener in Amsels Garten – unbewegt. Die Dämmerung sparte ein fahles Weiß aus. Die Krähen waren woanders und erzählten, was sie woanders gesehen hatten. Da rutschte die Schneemütze vom gußeisernen Pilzdach des Gutenbergdenkmals. Nicht nur die Buchen, auch ich schwitzte. Johannes Gutenberg, sonst stumpf gußeisern, schlug feucht aus und glänzte zwischen schimmernden Säulen. Über der Lichtung, auch dort wo der Wald aufhörte und an Villengärten grenzte, über Langfuhr zog der Himmel einige Stockwerke höher. Eilige Wolken trieben in nachlässig geschlossenem Verband gegen die See. Durch Löcher sternte der Nachthimmel. Und schließlich gab es, mit Pausen dazwischen, einen aufgeblasenen Tauwettermond. Der zeigte mir, mal durch ein größeres Loch, mal mit halber Scheibe, mal angefressen, mal hinter mürbem Schleier, was sich auf der Lichtung, im Reiche Kuddenpächs, unterm Tauwetter veränderte.
Gutenberg glänzte lebendig, blieb aber in seinem Tempel. Zuerst sah es aus, als wollte der Wald einen Schritt vortreten; dann aber, bei breitem Licht, trat er zurück; trat, sobald der Mond ausblieb, in gedrängter Front vor; trat wieder hinter sich, wußte nicht, was er wollte und verlor bei all dem Hin und Her allen Schnee, den er während der Schneetage mit seinem Geäst aufgefangen hatte. So, unbelastet und mit Hilfe des Tauwindes begann er zu rauschen. Der aufgewühlte Jäschkentaler Wald und der gußeiserne Johannes Gutenberg, im Bunde mit einem schauerlichen Mond, machten mir, Harry im Walde, klitschnasse Angst. Ich floh: Fort von hier! Ich stolperte den Erbsberg hoch. Vierundzwanzig Meter über dem Meeresspiegel. Ich rutschte mit Schneefuhren den Erbsberg hinab, wollte weg weg weg, landete aber vor Amsels Garten. Durch tropfende Haselsträuche und streng riechenden Ginster spähte ich bei abwesendem Mond. Mit Daumen und Zeigefinger nahm ich, sobald der Mond es

erlaubte, dem Schneemann in Amsels Garten das Maß ab: er schrumpfte, blieb aber dennoch ansehnlich.
Da besetzte mich Ehrgeiz, jenseits des Erbsberges einem anderen Schneemann das Maß abzunehmen. Immer wieder abgleitend mühte ich mich hinauf und gab acht, daß mich beim Herabrutschen keine mitfahrende Schneelawine auf die Lichtung, in Kuddenpächs Reich trug. Ein seitlicher Sprung rettete mich: eine schwitzende Buche umarmte ich. Ich ließ es über glühende Finger rinnen. Bald links bald rechts vom Stamm äugte ich in die Lichtung und war, sobald der Mond die Lichtung ausmaß, mit messenden Fingern dem Schneemann vor Gutenbergs Tempelchen hinterdrein: Zwar schrumpfte Tullas Schneemann nicht schneller als der Schneemann amselwärts des Erbsberges; aber er gab deutlichere Anzeichen: seine Reisigarme senkten sich. Es fiel ihm die Nase ab. Harry im Walde glaubte ermessen zu können, daß die Bucheckernaugen näher zusammenrücken und ihm einen tückischen Blick gaben.
Und wieder mußte ich, wenn ich auf dem laufenden bleiben wollte, den beweglichen Erbsberg hinauf, bremsend den Erbsberg hinunter, in den Ginster hinein: dürre Schoten raschelten. Ginsters Ausdünstung wollte mich ermüden. Aber Ginsters Schoten weckten und zwangen mich, mit Daumen und Zeigefinger schrumpfenden Schneemännern treu zu bleiben. Nach mehrmaligem Hinauf und Hinunter gingen beide zögernd in die Knie, was heißen soll: oben magerten sie, unter der Gürtellinie quollen sie breiig auseinander und standen auf wachsenden Füßen.
Und einmal, amselwärts, stand ein Schneemann seitlich schief, als hätte ein rechtes zu kurzes Bein ihn schief werden lassen. Einmal, in Kuddenpächs Reich, streckte ein Schneemann den Bauch vor und zeigte, im Profil, ein rachitisches Hohlkreuz.
Ein anderesmal – ich kontrollierte Amsels Garten – war dem Schneemann das rechte Bein nachgewachsen: nicht mehr stand er bedauerlich schief.
Und einmal – ich kam von Amsels Garten zurück, klammerte mich, naß heiß, mit klebender Wolle an meine rinnende Buche – war, wie das Mondlicht bewies, Gutenbergs gußeisernes Tempelchen leer: Schrecken! Kurz blendete auf der Mond: Tempelchen leer! Und bei abgeblendetem Mond: der Tempel ein wüster Schatten und Kuddenpäch unterwegs: schwitzend, glänzend und gußeisern mit eisernem Lockenbart. Mit aufgeschlagenem Eisenbuch, mit scharfkantiger Eisenschrift suchte er zwischen Buchen mich, wollte mich schnappen mit dem Buch, wollte mich plattdrücken mit dem Eisenbuch, wollte mich: Harry im Walde. Und was da rauschte: war es der Wald, war es Gutenberg, der mit rauschendem Bart zwischen Buchenstämmen durch Büsche strich? Hatte er sein Buch dort aufgeschlagen – ein hungriger Fang – wo Harry stand? Jetzt will er ihn. Was sucht Harry? Sollte er nicht zum Abendessen? Strafe. Poena. Gußeisern. Und abermals ein Beweis, wie ängstefördernd das Mondlicht täuschen kann: als die Wolken dem Täuscher ein beträchtliches Loch gönnten, stand der Eisenmann wieder wie unverrückt in seinem Gehäuse

und gab Tauwetterglanz her.
Wie war ich froh, daß ich nicht in Gutenbergs Album kleben mußte. Erschöpft glitt ich an meiner rinnenden Buche nieder. Ich zwang die müden, von all der Angst vorgetriebenen Augen, fleißig zu sein und weiterhin dem Schneemann aufzupassen. Aber sie schlossen und öffneten sich, unverriegelte Fensterläden, bei jedem Windstoß. Womöglich klapperten sie. Und zwischendurch ermahnte ich mich, von meiner Fleißaufgabe besessen: Du darfst nicht schlafen, Harry. Du mußt den Erbsberg hinauf, den Erbsberg hinunter. Vierundachtzig Meter über dem Meeresspiegel gipfelt er. Du mußt in den Ginster hinein, zwischen die dürren Schoten. Mußt buchen, was dem Schneemann in Amsels Garten an Veränderungen einfällt. Erhebe dich Harry. Steige empor!
Aber ich blieb an der rinnenden Buche kleben und hätte gewiß den Moment verpaßt, da der Schneemann in Gutenbergs Reich auseinanderfiel, hätte es nicht laute Krähen gegeben. Wie schon am Nachmittag, zeigten sie auch beim Einnachten Ungewöhnliches an, indem sie jäh aufbrachen und ungeölt knarrten. Rasch und in sich zusammen fiel der Schnee des Schneemannes. Die Krähen strichen, als gab es nur eine Richtung für sie, über den Erbsberg, amselwärts: sicherlich fiel auch dort Schnee rasch in sich zusammen.
Wer reibt nicht die Augen, wenn er Verwandlungen zuschaut, doch weder den Augen noch dem Schneewunder trauen will? Daß immer die Glocken anheben müssen, wenn Schneemänner zusammenfallen: zuerst die Herz-Jesu-Kirche, dann die Luther-Kirche am Hermannshöfer Weg. Sieben Schläge. Bei uns stand das Abendbrot auf dem Tisch. Und die Eltern, zwischen den schweren polierten Gesellstücken – Kredenz Buffet Vertiko – blickten auf meinen leeren Gesellenstückstuhl: Harry, wo bist Du? Was machst Du? Was siehst Du? Du wirst Dir die Augen wundreiben! – Da stand im matschigen, grau löcherigen Schnee nicht Jenny Brunies, kein verfrorener Pummel, kein Eisklößchen, kein Pudding stand auf Beinen, da stand ein zerbrechlicher Strich, an dem Jennys gelblicher flauschiger Mantel hing, schlaff, wie nach falscher Wäsche eingelaufen. Und der Strich hatte ein Gesicht winzig und puppig, wie ja auch Jennys Gesicht puppig gewesen war. Doch stand dort dünn, zum Vorbeisehen dünn, eine ganz andere Puppe und rührte sich nicht.
Schon kamen die Krähen laut zurück und fielen in den schwarzen Wald ein. Sicher hatten auch sie sich hinter dem Erbsberg die Augen reiben müssen. Gewiß war auch dort Wolle eingesprungen. Und es zog mich den Erbsberg hinauf. Sicherheit überkam mich, obgleich ich taumelte aber nie ausglitt. Wer hatte mir ein trockenes Seil zum Hochziehen gespannt? Wer seilte mich ab, ohne daß ich zu Fall kam?
Mit Armen, auf der Brust verschränkt, auf Standbein und Spielbein, ausgewogen, stand im trüben Schnee ein junger Mann. Hautnah saß ihm ein Wolltrikot: rosa; das mochte vor vielen Wäschen signalrot gewesen sein. Einen Rodelshawl, weiß und grobgestrickt, wie Eddi Amsel ihn

besessen hatte, trug er lässig über die linke Schulter geworfen und nicht überkreuz, mit rückwärtig raffender Sicherheitsnadel. Herren in Modejournalen pflegen ihren Shawl so asymmetrisch zu tragen. In ihm standen Pose: Hamlet und Dorian Gray. Mimosen und Nelken rochen durcheinander. Und der schmerzliche Zug um den Mund herum höhte die Pose geschickt, hob sie auf, brach und verteuerte sie. So galt auch die erste Bewegung des jungen Mannes dem schmerzlichen Mund. Ruckhaft, wie schlechtgeölter Mechanik folgend, kletterte die rechte Hand und fingerte eingesunkene Lippen; ihr folgte die linke Hand, um im Mund zu stochern: hatte der junge Mann Rindfleischfasern zwischen den Zähnen?
Was tat er, als er das Stochern aufgab und sich von den Hüften her, bei gestreckten Knien, beugte? Mit sehr langen Fingern suchte der junge Mann etwas im Schnee? Etwa Bucheckern? Einen Hausschlüssel? Ein rundes Fünfguldenstück? Suchte er Werte anderer, nicht faßlicher Art? Die Vergangenheit im Schnee? Glück im Schnee? Suchte er des Daseins Sinn, der Hölle Sieg, des Todes Stachel im Schnee? Suchte er Gott in Eddi Amsels Tauwettergarten?
Da fand der junge Mann mit dem schmerzlichen Mund etwas, fand noch etwas, fand viermal, siebenmal, fand hinter vor und neben sich. Und sobald er gefunden hatte, hielt er den Fund mit zwei langen Fingern ins Mondlicht: das schimmerte perlte meerschaumweiß.
Da zog es mich wieder den Erbsberg hoch. Während er suchte, fand und ins Mondlicht hielt, glitt ich sicher bergab, fand meine Buche und hoffte auf Gutenbergs Lichtung den vertrauten Pummel Jenny zu finden. Aber immer noch war es der windige Strich, behangen mit Jennys eingesprungenem Teddymantel, der schmalen Schatten warf, sobald sich Mondlicht an ihm brach. Es hatte aber der Strich inzwischen die Arme seitlich geführt und die Füße, Ferse an Ferse, auswärtsgestellt. Mit anderen Worten: der Strich stand ballettmäßig in erster Position, begann sogleich, wenn auch ohne sichtbare Trainingsstange mit strengem Stangenexercice: Grand plié – Demie pointe – Equilibre, Bras en couronne, je zweimal in der ersten, zweiten und fünften Position. Danach acht Dégagés gestreckt und acht Dégagés en l'air mit plié geschlossen. Sechzehn Battements dégagés lockerten den Strich. Beim Rond de jambes à la seconde, das im Equilibre in Attitude fermée abschloß, beim grand Port de bras en avant, puis en arrière, erwies sich der Strich als biegsam. Weicher und weicher wurde der Strich. Marionettenhaftes Armführen ging in fließendes Armführen über: Schon glitt Jennys Teddymantel von handbreiten Schultern. Exercice im seitlichen Flutlicht: acht Grands battements en croix: hohe Beine, etwas zu wenig Spann, aber eine Linie, als hätte Viktor Gsovsky den Strich und des Striches Linie geträumt: Finir en arabesque croisée!
Als es mich wieder den Erbsberg hinaufzog, spulte der fleißige Strich schon die Petits battements sur le cou-de-pied ab: schöne große Armführung, der lauter klassische Pünktchen in die tauwetterweiche Luft setzte.

Und des Erbsberges andere Seite? Bei einigem Draufsehen des Mondes, wollte ich glauben, der junge Mann in Amsels Garten hatte nicht nur Amsels weißen Rodelshawl, er hatte auch Eddi Amsels fuchsiges Haar, doch stand es nicht ab in brennenden Stoppeln, sondern lag straff an. Er stand jetzt seitlich seines mürben Schneehaufens. Der Scheuchengruppe, die mit Rupfen und braunen Fetzen im Waldschatten stand, drehte er den Rücken: breite Schultern bei schmalen Hüften. Wer hatte ihn so ideal wachsen lassen? In rechter hohler Hand, seitlich weggewinkelt, hielt er etwas Betrachtenswertes. Schräges Standbein. Lässiges Spielbein. Gebogene Nackenlinie, Scheitellinie, gepunktete Linie zwischen Augen und hohler Hand: verzaubert, entrückt, fotografiert: Narziß! Schon wollte ich wieder den Berg hinauf und den tiefen Pliés des fleißigen Striches aufpassen, denn mir wurde nichts Betrachtenswertes in hohler Hand gezeigt, da handelte der junge Mann: was er hinter sich warf, schimmerte vielleicht zwanzig- oder zweiunddreißigmal im Mondlicht, ehe es in die Haselbüsche, in meinen Ginster prasselte. Ich tastete danach, zumal er mich wie mit Kieselsteinen getroffen hatte. Zwei Zähne fand ich: klein, gepflegt, mit gesunden Wurzeln: aufbewahrenswert. Menschliche Zähne mit einer Bewegung verworfen. Und blickte nicht mehr hinter sich, sondern schritt federnd quer durch den Garten. Mit einem Sprung nahm er die Treppe zur Terrasse: der Mond weg, er weg. Aber gleich darauf zeigte kleines, womöglich mit Tüchern verdecktes elektrisches Licht ihn, der in Amsels Villa hantierte. Ein Lichtschein in diesem, dann in nächstem Fenster. Rasches Hin und Her. Etwas wurde getragen, noch etwas: der junge Mann packte Amsels Koffer und hatte es eilig.

Eilig auch ich und zum letztenmal den Erbsberg hinauf. Oh, ewige vierundachtzig Meter über dem Meeresspiegel! Denn heute noch auferlegt mir jeder dritte Traum, ich muß nur schwer zur Nacht gespeist haben, die mehrmalige Besteigung des Erbsberges: bis zum Erwachen mühsam hinauf, haltlos hinunter, um abermals und in alle Ewigkeit...

Von meiner Buche aus sah ich den Strich tanzen. Kein Stangenexercice mehr, sondern ein lautloses Adagio: Feierlich werden Arme geführt, liegen auf der Luft. Schritte, sicher auf unsicherem Grund. Ein Bein genügt, das andre verschenkt. Waage, die leicht ausschlägt, und wieder einschläft, ohne Gewicht. Drehen aber nicht schnell, verzögert, zum Mitschreiben. Nicht die Lichtung dreht sich, der Strich dreht zwei saubere Pirouetten. Keine Hebungen und Ballonreisen durch die Luft; es müßte schon Gutenberg kommen aus seinem Gehäuse und den Partner mimen. Aber er wie ich: Publikum, während der Strich leichthin die Lichtung ausmißt. Sprachlos die Krähen. Die Buchen weinen. Pas de bourrée, Pas de bourrée. Wechselfüßchen. Allegro nun, weil dem Adagio ein Allegro folgen muß. Schnelle Füßchen. Echappé Echappé. Und aus dem Demiplié: die Pas assemblés. Was Jenny nicht glücken wollte, die lustigen Pas de chat; der Strich mag damit nicht aufhören, springt, verweilt in der Luft und vermag, während er schwerelos ausharrt, bei gewinkelten Beinen

Fußspitze mit Fußspitze zu berühren. Ob Gutenberg es ist, der ihr aus heiterem Allegro heraus ein Adagio als Finale pfeift? Welch ein zärtlicher Strich. Immer lauscht der Strich. Anschmiegsamer Strich. Strich kann länger und kürzer werden. Gedankenstrich. Gezeichnet mit einem Strich. Strich kann einen Knicks machen. Beifall. Das sind die Krähen, die Buchen, der Tauwind.

Und nach dem letzten Vorhang, der Mond zog ihn, begann der Strich mit kleinen Schrittchen auf der zertanzten Lichtung etwas zu suchen. Doch war er nicht verlorenen Zähnen hinterher, hatte nicht, wie der junge Mann amselwärts des Erbsberges, Schmerz um den Mund, eher ein winziges verfrorenes Lächeln, das auch nicht wuchs und wärmer wurde, als der Strich gefunden hatte, was er suchte: mit Jennys neuem Schlitten zog der Strich gar nicht mehr tänzerisch, eher zaghaft kindlich über die Lichtung, nahm noch Jennys abgefallenen Teddymantel auf, legte ihn sich um die Schultern und war, ohne daß Gutenberg Einspruch erhob, im Wald, Richtung Jäschkentaler Weg, verschwunden.

Sofort, und angesichts der leeren Lichtung, stellte sich mit Gußeisen und Bäumerauschen wieder die Angst ein. Ich hastete, die leere Lichtung im Rücken, zwischen Buchen und gab, als der Wald aufhörte und mich der laternenbestückte Jäschkentaler Weg aufnahm, im Hasten und Springen nicht nach. Erst an der Hauptstraße, vor dem Kaufhaus Sternfeld machte ich halt.

Auf der anderen Seite des Platzes zeigte die Uhr vor dem Optikergeschäft wenige Minuten nach acht an. Die Straße war belebt. Kinobesucher beeilten sich in die Kunstlichtspiele hinein. Es lief, glaube ich, ein Luis-Trenker-Film. Und dann, nachdem der Film angefangen haben mochte, kam schlendernd und dennoch straff der junge Mann mit einem Koffer. Viel konnte der nicht fassen. Was hätte der junge Mann auch von Amsels geräumigen Kleidern mitnehmen können? Die Straßenbahn kam aus Oliva und wollte in Richtung Hauptbahnhof weiterfahren. Er stieg in den Anhänger und blieb auf dem Perron. Als die Bahn anfuhr, zündete er sich eine Zigarette an. Schmerzlich eingesunkene Lippen mußten die Zigarette halten. Nie hatte ich Eddi Amsel rauchen sehen.

Und kaum war er weg, kam brav, Schrittchen nach Schrittchen, der Strich mit Jennys Schlitten. Ich folgte ihm durch die Baumbachallee. Er hatte mit mir den gleichen Weg. Hinter der Herz-Jesu-Kirche beeilte ich mich, bis ich neben dem Strich Schritt hielt und etwa so sprach: »Guten Abend, Jenny.«

Der Strich war nicht erstaunt: »Guten Abend, Harry.«

Ich, um etwas zu sagen: »Warst Du rodeln?«

Der Strich nickte: »Wenn Du willst, kannst Du meinen Schlitten ziehen.«

»Du kommst aber spät nachhause.«

»Bin auch reichlich müde.«

»Hast Du Tulla gesehen?«

»Tulla und die anderen gingen schon vor sieben.«

Die neue Jenny hatte genau so lange Wimpern wie die alte: »Ich ging auch kurz vor sieben. Habe Dich aber nicht gesehen.« Artig unterrichtete mich die neue Jenny: »Das kann ich gut verstehen, daß Du mich nicht sehen konntest. Ich war nämlich in einem Schneemann drinnen.«
Die Elsenstraße wurde immer kürzer: »Wie war es dann da drinnen?«
Die neue Jenny sagte auf der Brücke über dem Strießbach: »Schrecklich heiß war es da drinnen.«
Meine Sorgen waren, glaub' ich, echt: »Hoffentlich hast Du Dich drinnen nicht erkältet.«
Vor dem Aktienhaus, in dem der Studienrat Oswald Brunies mit der alten Jenny wohnte, sagte die neue Jenny: »Ich werde, bevor ich zu Bett gehe, eine heiße Zitrone trinken, vorsichtshalber.«
Mir fielen noch viele Fragen ein: »Wie bist Du denn rausgekommen aus dem Schneemann?«
Die neue Jenny verabschiedete sich im Hauseingang: »Es fing zu tauen an. Aber jetzt bin ich müde. Ich habe nämlich ein bißchen getanzt. Zum erstenmal sind mir zwei Pirouetten gelungen, Ehrenwort. Gute Nacht, Harry.«
Da glitt die Tür ins Schloß. Ich hatte Hunger. Hoffentlich war noch etwas in der Küche. Übrigens soll der junge Mann den Zug um zweiundzwanzig Uhr genommen haben. Er und Amsels Koffer dampften ab. Sie sollen gut über beide Grenzen gekommen sein.

Liebe Tulla,
Jenny erkältete sich nicht im Inneren des Schneemannes sondern auf dem Heimweg: das Ballett auf der Lichtung mochte sie erhitzt haben. Eine Woche lang mußte sie das Bett hüten.

Liebe Tulla,
nun weißt Du, daß dem dicken Amsel ein junger Mann entschlüpfte. Leichten Schrittes, mit Amsels Köfferchen behangen, eilte er durch die Bahnhofshalle und nahm den Zug nach Berlin. Was du noch nicht weißt: im Köfferchen führt der leichtfüßige junge Mann einen Paß mit sich, der ist gefälscht. Ein Klavierbauer von Profession »Hütchen« genannt, hat, Wochen vor dem doppelten Schneewunder, diesen Paß geschaffen. Die Fälscherhand hat an alles gedacht: denn wunderbarerweise schmückt den Paß ein Foto, das die straffen, ein wenig starren Gesichtszüge des jungen Mannes mit dem Schmerz um den Mund nachbildet. Auch stellte Herr Huth den Paß nicht auf den Namen Eduard Amsel aus; er nannte den Paßbesitzer: Hermann Haseloff, geboren zu Riga am vierundzwanzigsten Februar neunzehnhundertsiebzehn.

Liebe Tulla,
als Jenny wieder gesund war, zeigte ich ihr die zwei Zähne, die der junge Mann in meinen Ginster geschleudert hatte.

»Ach!« freute sich Jenny, »Das sind ja Herrn Amsels Zähne. Schenkst Du mir einen?« Den anderen Zahn behielt ich und trage ihn deshalb noch heute bei mir; denn Herr Brauxel, der Anspruch auf den Zahn hätte, läßt ihn in meinem Portemonnaie.

Liebe Tulla,
was tat Herr Haseloff, als er in Berlin – Stettiner Bahnhof – eintraf? Er bezog ein Hotelzimmer, begab sich am nächsten Tag in eine Zahnklinik und ließ sich gegen gutes, vormals Amselsches, nun Haseloffsches Geld, den eingefallenen Mund mit Gold füllen. Herr Huth, »Hütchen« genannt, mußte im neuen Paß, hinter dem Vermerk: Besondere Kennzeichen, den Nachtrag liefern: »Künstliches Gebiß, Goldkronen.« Fortan, wenn Herr Haseloff lacht, wird man ihn mit zweiunddreißig Goldzähnen lachen sehen; aber Haseloff lacht selten.

Liebe Tulla,
diese Goldzähne wurden zu einem Begriff; sie sind es heute noch. Als ich gestern mit einigen Kollegen in der Paul's-Diele hockte, machte ich, um zu beweisen, daß Haseloffs Goldzähne keine Fiktion sind, eine Probe. Das Lokal in der Augsburger Straße wird vornehmlich von Catchern, Transportunternehmern und alleinstehenden Damen besucht. Das Rundsofa um den Stammtisch bot die Möglichkeit, auf weicher Unterlage hart zu argumentieren. Wir sprachen von Dingen, über die man in Berlin spricht. Die Wand hinter uns war ordnungslos geschmückt mit den Fotos berühmter Boxer, Sechstagefahrer und mit Berühmtheiten des Sportpalastes tapeziert. Unterschriften und Widmungen waren lesenswert; aber wir lasen nicht, sondern überlegten, wie immer zwischen dreiundzwanzig und vierundzwanzig Uhr, wo man, wenn man wegmüsse, hingehen könne. Danach machten wir uns lustig über den nahenden vierten Februar. Weltuntergangsgespräche bei Bier und Dornkaat. Ich erzählte von meinem schrulligen Arbeitgeber, dem Herrn Brauxel; und schon waren wir bei Haseloff und seinen Goldzähnen, die ich echt nannte, während meine Kollegen die Goldzähne nur als Fiktion gelten lassen wollten.
Da rief ich zur Theke hinüber: »Hannchen, haben Sie wieder einmal Herrn Haseloff gesehen?«
Hannchen gab überm Gläserspülen zurück: »Nee! Det Goldmäulchen vakehrt, wennes hiea is, neuadinks woandas, bei Diener.«

Liebe Tulla,
es stimmt also mit dem Zahnersatz. Haseloff wurde und wird Goldmäulchen genannt; und die neue Jenny bekam, als sie nach schlimmer Erkältung wieder aufstehen durfte, ein Paar Ballett-Spitzenschuhe geschenkt, deren Seidenüberzug silbrig schimmerte. Studienrat Brunies wollte sie auf silberner Spitze stehen sehen. Fortan tanzt sie in Madame Laras

Ballettsaal: Kleine Schwäne. Der Pianist Felsner-Imbs, dessen Hundebiß verheilte, spendet Chopin. Und ich entlasse, auf Wunsch des Herrn Brauxel, das Goldmäulchen und lausche dem Scharren silberner Ballettschuhe beim Exercice: Jenny steht an der Stange und beginnt eine Karriere.

Liebe Tulla,
wir alle wurden damals umgeschult: ich kam aufs Conradinum; ihr, Du und Jenny, wurdet Schülerinnen der Helene-Lange-Schule, die bald darauf umgetauft wurde und Gudrun-Schule hieß. Mein Vater, der Tischlermeister, hatte vorgeschlagen, Dich aufs Lyzeum zu schicken: »Das Kind ist hochbegabt aber haltlos. Man muß es mit ihm versuchen.«
Von der Sexta an unterschrieb Studienrat Oswald Brunies unsere Zeugnisse. Er unterrichtete uns in Deutsch und Geschichte. Von Anfang an war ich fleißig aber kein Streber und dennoch Klassenbester: von mir durften andere abschreiben. Studienrat Brunies war ein milder Lehrer. Leicht konnten wir ihn vom eigentlichen und strengen Unterricht ablenken: jemand mußte nur einen Glimmergneis mitbringen und ihn bitten, von diesem Gneis oder von allen Gneisen, von seiner Glimmergneissammlung zu sprechen, sogleich ließ Brunies Kimbern und Teutonen fallen und dozierte seine Wissenschaft. Aber er ritt nicht nur sein Steckenpferd: Glimmergneise und Glimmergranit; er betete alle Mineralien herunter: Plutonite und Vulkanite; amorphe und kristalline Gesteinskörper; die Worte: flächenreich, dicktafelig und stengelig hab ich von ihm; die Farben: lauchgrün, luftblau, erbsengelb, silberweiß, nelkenbraun, rauchgrau, eisenschwarz und morgenrot stammen von seiner Palette; er lehrte mich zärtliche Worte: Rosenquarz, Mondstein, Lazulith; kleine Schimpfworte übernahm ich: »Du Tuffkopp, Hornblenderich, Du Nagelfluh!« aber unterscheiden könnte ich heute noch nicht: Achat und Opal – Malachit und Labrador – Biotit und Muskovit.
Wenn wir ihn nicht mit Mineralien vom stundenplanmäßigen Unterricht ablenkten, mußte seine Pflegetochter Jenny herhalten. Der Klassensprecher meldete sich höflich zu Wort und bat Studienrat Brunies, von Jennys Fortschritten als zukünftige Ballerina zu erzählen. Die Klasse wünsche es, sagte er. Jedermann wolle wissen, was sich seit vorgestern im Ballettsaal ereignet habe. Und ähnlich plötzlich wie nach dem Stichwort »Glimmergneis« vermochte das Stichwort »Jenny« den Studienrat Brunies zu verführen: er brach die Völkerwanderung ab, ließ Ostgoten und Westgoten am Schwarzen Meer sauer werden und wandelte sich unterm neuen Thema: nicht mehr kauerte er unbeweglich hinterm Katheder: bärenhaft tänzerisch hüpfte er zwischen Klassenschrank und Schultafel, griff den Schwamm und löschte die soeben noch skizzierten Wanderwege der Goten. Auf noch feuchtem Grund ließ er die Kreide rasch quietschen: erst nach satter Minute, während er unten links noch schrieb, begann oben rechts die Nässe wegzutrocknen:
»Erste Position, zweite Position, dritte Position, vierte und fünfte Posi-

tion« stand auf schwarzer Schultafel geschrieben, wenn Studienrat Oswald Brunies den theoretischen Ballettunterricht mit den Worten begann: »Wie immer und überall auf der ganzen Welt beginnen wir mit den Grundpositionen und folgen alsdann dem Stangenexercice.« Der Studienrat stützte sich auf Arbeau, den ersten Tanztheoretiker. Nach Arbeau und Brunies gab es fünf Grundstellungen, die alle auf dem Prinzip der auswärts gestellten Füße basierten. Während meiner ersten Schuljahre als Gymnasiast bekam das Wörtchen »auswärts« mehr Gewicht als der Begriff »Rechtschreibung«. Heute noch lese ich jeder Ballerina an den Füßen ab, ob sie genug auswärts ist; aber die Rechtschreibung – nämlich mit oder ohne h, Grieß mit einem oder mit zwei s – läßt mich immer noch rätseln.

Wir unsicheren Orthographen saßen, fünf oder sechs Ballettomanen, auf der Galerie des Stadttheaters und schauten kritisch zu, wenn der Ballettmeister mit Hilfe der Madame Lara einen Ballettabend gewagt hatte. Einmal standen auf dem Programm: die Polowitzer Tänze; das Ballett »Dornröschen«, nach Petipas anspruchsvollem Muster; und der Valse triste, den Madame Lara einstudiert hatte.

Ich fand: »Die Petrich hat zwar beim Adagio eine starke Ausstrahlung, aber sie ist nicht genug auswärts.«

Der kleine Pioch lästerte: »Mensch guck Dir die Reinerl an: jede Pirouette verwackelt, und auswärts ist die, zum Weggucken.« Herbert Penzoldt schüttelte den Kopf: »Wenn die Irma Leuweit sich keinen besseren Spann erarbeitet, wird sie als erste Solistin nicht mehr lange tragbar sein, selbst wenn sie noch so doll auswärts ist.«

Neben dem Wort Spann und dem Wörtchen auswärts bekam das Wort »Ausstrahlung« Gewicht. Es hatte jemand »bei aller Technik keinerlei Ausstrahlung«, oder einem schon betagten Tänzer des Stadttheaters, der sich den Grand jeté nur aus der Kulisse heraus, dann allerdings in schön langsamem Bogen, erlaubte, wurde von der Galerie aus großzügig bescheinigt: »Der Brake kann sich bei seiner Ausstrahlung alles erlauben: er dreht zwar nur drei Touren, aber die haben es in sich.«

Ein viertes Modewort meiner Sextanerzeit war das Wörtchen »Ballon«. Tänzer und Tänzerinnen hatten beim Entrechat six de volèe, beim Grand jeté, bei allen Sprüngen entweder »Ballon« oder keinen »Ballon«. Das heißt, sie verstanden es, beim Sprung ballonartig in der Luft zu verweilen, schwerelos; oder es gelang ihnen nicht, das Gesetz der Schwerkraft in Frage zu stellen. Damals, als Quintaner, prägte ich den Ausdruck: »Der neue erste Solist springt langsam zum Mitschreiben.« So nenne ich heute noch Sprünge, deren Ablauf sich kunstvoll verzögert: Sprünge zum Mitschreiben. Wenn ich das könnte: Sprünge mitschreiben!

Liebe Cousine,

mein Klassenleiter, Studienrat Brunies, beschränkte sich nicht darauf, als Ersatz für eine siebzehnstrophige regelmäßig klappernde Ballade das

Ballett-ABC zu dozieren; er lehrte uns auch, was alles auf der Spitze steht, wenn es einer Ballerina gelingt, eine einzige Pirouette lang makel- und mühelos auf der Spitze zu bleiben.

Eines Tages – ich weiß nicht mehr, waren wir noch bei den Ostgoten, oder befanden sich die Vandalen schon unterwegs nach Rom? – da trug er Jennys silberne Ballettschuhe in unser Klassenzimmer. Zuerst tat er geheimnisvoll, hockte hinter dem Katheder und verbarg seinen Knollenkopf mit allen Fältchen hinter dem Silberpaar. Dann stellte er, ohne seine Hände zu zeigen, beide Schuhe auf die Spitze. Seine Altmännerstimme intonierte ein Stückchen Nußknacker-Suite: und zwischen dem Tintenfaß und der Blechdose mit seinen Pausenbroten ließ er die Spitzenschuhe alle Positionen exerzieren: Petits battements sur le cou-de-pied.

Als das Spektakel vorbei war, raunte er, flankiert von den Silberschuhen, der Spitzenschuh sei einerseits ein immer noch modernes Folterinstrument; andererseits müsse man im Spitzenschuh den einzigen Schuh sehen, mit dem ein Mädchen zu Lebzeiten in den Himmel kommen könne. Dann ließ er Jennys Spitzenschuhe, begleitet vom Klassenältesten, von Schulbank zu Schulbank durch die Bankreihen wandern: Jennys Silberschuhe bedeuteten uns etwas. Nicht, daß wir sie küßten. Wir streichelten sie kaum, sahen ihren geschundenen Silberglanz, tippten ihre harten entsilberten Spitzen an, spielten zerstreut mit Silberbändern und sprachen den Schuhen, insgesamt, Zauberkraft zu: sie hatten vermocht, aus dem armen Pummel ein leichtes Etwas zu machen, das, kraft der Spitzenschuhe, täglich imstande war, zu Fuß in den Himmel zu gelangen. Wir träumten schmerzhaft von Spitzenschuhen. Wer seine Mutter übermäßig liebte, sah sie nachts, im Spitzentanz, sein Schlafzimmer betreten. Wer sich in ein Kino-Plakat verliebt hatte, wollte endlich einen Film mit einer spitzetanzenden Lil Dagover sehen. Die Katholiken unter uns warteten vor Marienaltären, ob es der Jungfrau nicht gefiele, die üblichen Sandalen gegen Jennys Spitzenschuhe einzutauschen.

Nur ich wußte, daß nicht die Spitzenschuhe Jenny gewandelt hatten. Ich war Zeuge gewesen: mit Hilfe eines einfachen Schnees wurde Jenny Brunies wunderbar erleichtert, gleichfalls Eddi Amsel: ein Abwaschen!

Liebe Cousine,

unsere Familien und alle Nachbarn waren zwar verwundert wegen der augenfälligen Verwandlung des noch nicht elfjährigen Mädchens, aber mit seltsam zufriedenem Kopfnicken, als ob alle Welt Jennys Verwandlung vorausgeahnt und in gemeinsamem Gebet angestrebt habe, hießen sie gut, was der Schnee bewirkt hatte. Pünktlich jeden Nachmittag um viertelfünf verließ Jenny das Aktienhaus schräg gegenüber und schritt artig, mit kleinem Kopf auf langem Hals, die Elsenstraße hinauf. Nur mit den Beinen ging sie und bewegte den Oberkörper kaum. Viele Nachbarn klebten sich täglich um diese Zeit hinter die Fensterscheiben zur Straße

hin. Über Geranien und Kakteen sagten sie, sobald Jenny in Erscheinung trat: »Jätz jäht Jenny balletten.«
Wenn meine Mutter Jennys Auftritt aus hausfraulichen Gründen, oder weil sie sich im Flur plachandert hatte, um eine Minute versäumte, hörte ich sie schimpfen: »Jätz habech doch däm Brunies saine Jenny väpaßt. Na morjen wäd ech mä stelln dem Wecker auf virtelfinf, oder noch beßchen frieher.«
Jennys Anblick konnte meine Mutter rühren: »Son Sparjel isse jeworden, son Handchen voll.« Dabei war Tulla genau so dünn, wenn auch anders dünn. Aber Tullas windige Figur erschreckte. Jennys Figur stimmte nachdenklich.

Liebe Cousine,
unser Schulweg formierte sich zu einer merkwürdigen Prozession. Die Schülerinnen der Helene-Lange-Schule und ich hatten bis Neuschottland den gleichen Weg. Am Max-Halbe-Platz mußte ich rechts hinauf, während die Mädchen den Bärenweg, Richtung Christus-Kirche, einschlugen. Weil Tulla im Halbdunkel unseres Hausflures wartete und mich zwang mitzuwarten, bis Jenny das Aktienhaus verlassen hatte, bekam Jenny Vorsprung: sie ging fünfzehn, manchmal nur zehn Schritte vor uns. Alle drei gaben wir uns Mühe, Distanz zu wahren. Wenn Jenny ein Schuhband aufging, mußte auch Tulla ein Schuhband neu knüpfen. Bevor ich rechter Hand einbog, blieb ich hinter der Litfaßsäule am Max-Halbe-Platz stehen und verfolgte die beiden mit den Augen: Tulla blieb hinter Jenny. Aber nie ergab sich das Bild einer beharrlichen Hetzjagd. Vielmehr wurde deutlich: Tulla lief Jenny nach, ohne das starr und gekünstelt gehende Mädchen einholen zu wollen. Manchmal, bei halbhoher Morgensonne, wenn Jenny ihren Schatten lang und pfahlbreit hinter sich fallen ließ, trat Tulla, die mit ihrem Schatten Jennys Schatten verlängerte, Schritt um Schritt auf Jennys Schattenkopf.
Tulla stellte sich die Aufgabe, in Jennys Rücken zu bleiben, nicht nur auf dem Schulweg. Auch viertelfünf, wenn die Nachbarn sagten: »Jätz jäht Jenny balletten« drückte sie sich aus dem Treppenhaus und blieb hinterdrein.
Anfangs hielt Tulla nur bis zur Straßenbahnhaltestelle Distanz und machte kehrt, sobald sich die Bahn in Richtung Oliva davonklingelte. Dann gab sie für die Bahn Geld aus, indem sie von meinen Pfennigen nahm. Tulla lieh kein Geld, sie nahm. In den Küchenschrank der Mutter Pokriefke griff die Tochter, ohne zu fragen. Sie fuhr im gleichen Anhänger wie Jenny, doch Tulla stand auf dem hinteren, Jenny auf dem vorderen Perron. Am Olivaer Schloßgarten entlang spurten sie in gewohnter Distanz, die erst in schmaler Rosengasse leicht verringert wurde. Und neben dem Emailleschild: »Lara Bock-Fedorowa – Ballettmeisterin« stand Tulla eine Stunde lang und war von keiner vorbeistreichenden Katze abzulenken. Nach der Ballettstunde ließ sie, bei verriegeltem

Gesicht, den Schub schwatzender Ballettratten mit baumelndem Turnbeutel an sich vorbei. Alle Mädchen gingen mit Füßen, leicht auswärts, und trugen Köpfe, zu klein, auf Stengelhälsen: stützenbedürftig. Die Rosengasse roch, obgleich Mai war, einen Atemzug lang nach Kreide und sauren Trikots. Erst als Jenny, an der Seite des Pianisten Felsner-Imbs, durch das Gartentor trat, setzte sich Tulla, sobald die beiden gehörige Distanz hatten, in Bewegung.
Welch ein Trio: Der gebogene Imbs in Gamaschenschuhen und das Kind, mit dem stumpfblonden Zopf im Nacken, immer voran; Tulla mit Abstand hinterdrein. Einmal blickt Felsner-Imbs sich um. Jenny blickt sich nicht um. Tulla hält den Blick des Pianisten aus.
Einmal verzögert Imbs den Schritt und pflückt im Gehen einen Zweig Rotdorn. Den steckt er Jenny an. Da bricht Tulla gleichfalls einen Rotdornzweig, steckt ihn sich aber nicht an, sondern wirft ihn, nachdem sie mit raschen Schritten die Distanz wieder hergestellt hat, in einen Garten, in dem kein Rotdorn wächst.
Einmal bleibt Felsner-Imbs stehen: Jenny bleibt stehen: Tulla bleibt stehen. Während Jenny und Tulla auf dem Fleck bleiben, macht der Pianist auf beängstigend entschlossene Weise kehrt, schreitet zehn Schritte auf Tulla zu, wirft, angekommen, den rechten Arm hoch, schüttelte die Künstlermähne und weist mit gestrecktem Pianistenfinger in Richtung Schloßpark: »Kannst Du nicht Ruhe geben? Hast Du keine Schularbeiten zu machen? Marsch, fort! Wir wollen Dich nicht mehr sehen!« Abermals und verzweifelt waghalsig macht er kehrt, denn Tulla gibt weder Antwort noch gehorcht sie dem Zeigefinger, der den Schloßpark anpreist. Imbs ist wieder rechts von Jenny. Noch geht es nicht voran, denn des Pianisten Haare gerieten, während er Tulla eine Predigt hielt, durcheinander und müssen gebürstet werden. Nun wallen sie wieder ordentlich. Schritte macht Felsner-Imbs. Taubenschritte mit Auswärtsfüßen macht Jenny. Tulla hält Abstand. Alle drei nähern sich der Straßenbahnhaltestelle, dem Eingang des Schloßgartens gegenüber.

Liebe Cousine,
Euer Anblick übte Zwang aus. Straßenpassanten vermieden sorgsam, in die Distanz zwischen Jenny und Tulla zu geraten. Auf belebten Straßen wirkten beide Kinder erstaunlich. Durch bloßes und weiträumiges Hintereinandergehen gelang es ihnen, im Gedränge einer Geschäftsstraße ein wanderndes Loch zu bilden.
Nie nahm Tulla unseren Harras mit, wenn sie Jenny hinterdrein war. Aber ich schloß mich den beiden an und verließ, wie beim Schulweg, mit Tulla das Haus und lief an ihrer Seite die Elsenstraße hoch: der Mozartzopf vor uns gehörte Jenny. Im Juni scheint die Sonne besonders schön zwischen alten Mietshäusern. Auf der Brücke über den Strießbach löste ich mich von Tulla, und brachte mich mit raschen Schritten an Jennys linke Seite. Es war ein Maikäferjahr. Sie hingen aufgeregt in der Luft und krabbelten

irre auf Bürgersteigen. Einige waren zertreten, andere zertraten wir. Immer klebten an unseren Schuhsohlen die trockenen Reste verspäteter Maikäfer. An Jennys Seite, – sie gab sich Mühe, keinen Käfer zu treten – erbot ich mich, ihren Turnbeutel zu tragen. Sie gab ihn mir: ein luftblaues Tuch, dem sich die Kuppen der Spitzenschuhe abzeichneten. Hinter dem Kleinhammerpark – zwischen Kastanien brausten Trauben Maikäfer – verzögerte ich meinen Schritt, bis ich mit Jennys Trainingsbeutel an Tullas Seite Schritt hielt. Hinter der Eisenbahnunterführung, zwischen den leeren Marktständen des Wochenmarktes, auf nassem Pflaster und zwischen den singenden Besen der Straßenkehrer, bat mich Tulla um Jennys Beutel. Da Jenny sich nie umblickte, erlaubte ich Tulla, Jennys Beutel bis zur Hauptstraße zu tragen. Vor dem Filmpalast sah sich Jenny Bilder an, auf denen eine Filmschauspielerin breite Backenknochen hatte und einen weißen Arztkittel trug. Wir schauten Bilder in einem anderen Kasten an. Programmvorschau: Ein kleiner Schauspieler schmunzelte sechsmal. Kurz vor der Straßenbahnhaltestelle nahm ich den Trainingsbeutel wieder an mich und stieg mit Jenny und Jennys Beutel in den Anhänger der Bahn nach Oliva. Während der Fahrt knallten Maikäfer gegen die Scheiben des Vorderperrons. Hinter der Haltestelle »Weißes Lamm« verließ ich Jenny mit dem Beutel und besuchte Tulla, ohne ihr den Beutel zu geben, auf dem Hinterperron. Ich zahlte für sie das Fahrgeld, denn damals verstand ich es, Kleingeld zu machen, indem ich Brennholz aus meines Vaters Tischlerei verkaufte. Hinter der Haltestelle Friedensschluß, als ich wieder bei Jenny zu Besuch war, hätte ich auch für sie gezahlt, aber Jenny zeigte ihre Monatskarte vor.

Liebe Cousine,
noch während der Sommerferien wurde bekannt, Herr Sterneck, der Ballettmeister des Stadttheaters, habe Jenny ins Kinderballett aufgenommen. Sie werde beim Weihnachtsmärchen mittanzen, die Proben hätten schon begonnen. Das Stück, so hieß es, nenne sich in diesem Jahr »Die Eiskönigin«, und Jenny, so konnte man im »Vorposten« und auch in den »Neuesten Nachrichten« lesen, werde die Eiskönigin tanzen, denn die Eiskönigin sei keine Sprechrolle, sei eine Tanzrolle.
Jenny fuhr jetzt nicht nur mit der Zwei nach Oliva; dreimal in der Woche nahm sie die Linie Fünf zum Kohlenmarkt; dort stand das Stadttheater, wie Herr Matzerath es in seinem Buch vom Stockturm aus beschrieben hat.
Ich mußte viel Brennholz schneiden und heimlich verkaufen, um das Straßenbahngeld für Tulla und mich zusammenzubekommen. Mein Vater hatte mir diesen Handel streng verboten, aber der Maschinenmeister hielt zu mir. Einmal, ich hatte mich verspätet und ließ meine Absätze auf dem Pflaster des Labesweges knallen, holte ich die beiden Mädchen kurz vor dem Max-Halbe-Platz ein. Jemand hatte mich verdrängt: der Sohn des Kolonialwarenhändlers hielt sich winzig und stämmig bald

neben Tulla bald neben Jenny. Manchmal tat er, was sonst niemand wagte: er schob sich in die menschenleere Distanz. Ob neben Tulla, neben Jenny, ob zwischen beiden: immer hing die blecherne Kindertrommel vor seinem Bauch. Auf diesem Blech lärmte er lauter, als es der Marschtakt für zwei schmale Mädchen verlangte. Seine Mutter, so hieß es, war kürzlich gestorben. An Fischvergiftung. Eine schöne Frau.

Liebe Cousine,
erst im Spätsommer hörte ich Dich mit Jenny sprechen. Einen Frühling und einen Sommer lang hatte Jennys Trainingsbeutel, von Hand zu Hand, den Dialog ersetzen können. Oder Maikäfer, von Jenny gemieden, von Dir getreten. Allenfalls ich oder Felsner-Imbs, die ein Wörtchen hinter sich warfen oder hin und her trugen.
Als Jenny das Aktienhaus verließ, stand Tulla ihr im Weg und sagte, mehr an Jenny vorbei als zu Jenny: »Darf ich Deinen Beutel tragen mit den Schuhen aus Silber drinnen?« Jenny gab Tulla wortlos den Beutel, guckte aber ähnlich weit an Tulla vorbei, wie Tulla an Jenny vorbeigesprochen hatte. Tulla trug den Beutel. Nicht, daß sie neben Jenny ging und trug; weiterhin hielt sie Abstand und stand, als wir mit der Zwei nach Oliva fuhren, mit Jennys Beutel auf dem hinteren Perron. Ich durfte zahlen und war dennoch überflüssig. Erst vor der Ballettschule in der Rosengasse gab Tulla den Beutel mit dem Wort »Danke!« an Jenny zurück.
So blieb es bis in den Herbst hinein. Nie sah ich sie Jennys Schultornister tragen, immer nur den Beutel. Jeden Nachmittag stand sie in Kniestrümpfen bereit. Durch mich erfuhr sie, wann Jenny Probe, wann sie Training hatte. Sie stand vor dem Aktienhaus, fragte nicht mehr, streckte wortlos die Hand aus, griff in die Schlaufe der Beutelschnur, trug den Beutel hinterdrein und achtete auf gleichbleibenden Abstand.
Jenny besaß mehrere Trainingsbeutel: einen lauchgrünen, einen morgenroten, den luftblauen, einen nelkenbraunen und einen erbsengelben. Sie wechselte die Farben ohne System. Als Jenny an einem Oktobernachmittag die Ballettschule verließ, sagte Tulla zu Jenny ohne vorbeizugukken: »Ich will mal die Schuhe sehn, ob sie wirklich aus Silber sind.« Felsner-Imbs war dagegen, aber Jenny nickte und drückte die Hand des Pianisten mit sanftem Blick beiseite. Tulla zog die mit Seidenbändern zu einem ordentlichen Päckchen verschnürten Spitzenschuhe aus dem erbsengelben Beutel. Sie machte das Päckchen nicht auf, hielt es mit flachen Händen in Augenhöhe, ließ ihre engen Augen die Schuhe entlangwandern, von der Fersenkappe bis zur harten Spitze, prüfte die Schuhe auf ihren Silbergehalt und fand sie, obgleich sie abgetanzt und unansehnlich waren, silbrig genug. Jenny hielt den Beutel auf, und Tulla ließ die Spitzenschuhe im gelben Tuch verschwinden.
Drei Tage vor der Premiere, Ende November, sprach Jenny zum erstenmal mit Tulla. Sie trat in einem grauen Lodenmäntelchen aus dem Bühneneingang des Stadttheaters, und Imbs begleitete sie nicht. Dicht vor Tulla

blieb sie stehen; und während sie ihr den lauchgrünen Trainingsbeutel reicht, sagt sie, ohne sehr weit an Tulla vorbeizublicken: »Ich weiß jetzt, wie der eiserne Mann im Jäschkentaler Wald heißt.«
»In seinem Buch stand auch was andres drinnen, als ich gesagt habe.«
Jenny will ihre Kenntnisse loswerden: »Der heißt nämlich nich Kuddenpäch, der heißt Johannes Gutenberg.«
»In dem Buch stand drinnen, daß Du mal ganz doll balletten wirst, vor allen Leuten.«
Jenny nickt: »Das wird wohl so sein, aber der Johannes Gutenberg hat nämlich in der Stadt Mainz die Buchdruckerkunst erfunden.«
»Na ja, sag ich doch. Der weiß alles.«
Jenny weiß noch mehr: »Und vierzehnhundertachtundsechzig ist er gestorben.«
Tulla will wissen: »Wieviel wiegst Du eigentlich?«
Jenny antwortet genau: »Vor zwei Tagen wog ich siebenundsechzig Pfund und zweihundertdreißig Gramm. Wieviel wiegst Du denn?«
Tulla lügt: »Sechsundsechzig Pfund und neunhundertneunzig Gramm.«
Jenny: »Mit Schuhen?«
Tulla: »Mit Turnschuhen.«
Jenny: »Ich ohne Schuhe, nur im Trikot.«
Tulla: »Dann sind wir gleichschwer.«
Jenny freut sich: »Ungefähr gleichschwer. Und vor dem Gutenberg habe ich nie mehr Angst. Und hier sind für Dich und für Harry zwei Karten für die Premiere, falls ihr kommen wollt.«
Tulla nimmt die Karten. Die Straßenbahn fährt vor. Jenny steigt wie immer vorne ein. Da steigt auch Tulla vorne ein. Ich sowieso. Am Max-Halbe-Platz steigt Jenny zuerst aus, dann Tulla, ich hinterdrein. Den Labesweg hinunter halten die beiden keinen Abstand, gehen nebeneinander und sehen wie Freundinnen aus. Ich darf ihnen den grünen Trainingsbeutel nachtragen.

Liebe Cousine,
Du mußt zugeben, die Premiere war, was Jenny anging, toll. Sie drehte zwei saubere Pirouetten und wagte den Grand Pas de Basque, vor dem selbst gefuchste Ballerinen zittern. Herrlich »auswärts« war sie. Ihre »Ausstrahlung« machte die Bühne eng. Wenn sie sprang, sprang sie langsam zum Mitschreiben, hatte also »Ballon«. Und kaum fiel es auf, daß Jenny zu wenig Spann hatte.
Sie trug als Eiskönigin ein silbernes Trikot, eine eisig silbrige Krone und einen Schleier, der den Frost versinnbildlichen mußte: alles was Jenny als Eiskönigin anfaßte, erstarrte sofort. Mit ihr kam der Winter. Eiszapfenmusik kündigte ihre Auftritte an. Das Corps de ballet, Schneeflocken und drei komische Schneemänner, gehorchten ihren frostklirrenden Befehlen.

An die Handlung kann ich mich nicht erinnern. Es kam aber in allen drei Akten ein sprechendes Rentier vor. Das mußte einen spiegelbesetzten Schlitten ziehen, in dem, auf Schneekissen, die Eiskönigin saß. Das Rentier sprach in Versen, konnte schneller laufen als der Wind und läutete hinter der Kulisse, die Ankunft der Eiskönigin verkündend, mit Silberglöckchen.
Dieses Rentier wurde, wie im Programmheft zu lesen stand, von Walter Matern gespielt. Das war seine erste größere Rolle. Bald darauf, so hieß es, bekam er ein Engagement ans Stadttheater Schwerin. Er machte das Rentier ganz gut und hatte am nächsten Tag eine freundliche Presse. Aber als eigentliche Entdeckung wurde in beiden Zeitungen Jenny Brunies gefeiert. Ein Kritiker war der Meinung, wenn Jenny gewollt hätte, hätte sie als Königin das Parkett und beide Ränge in Eis, tausend Jahre lang, erstarren lassen können.
Mir machte das Klatschen heiße Hände. Tulla klatschte nach der Aufführung nicht. Das Programmheft hatte sie ganz klein gefaltet und während des letzten Aktes aufgegessen. Studienrat Brunies, der zwischen mir und den anderen Ballettomanen unserer Klasse saß, lutschte während drei Akten und der Pause nach dem zweiten Akt eine Tüte Malzbonbons leer. Nach siebzehn Vorhängen warteten Felsner-Imbs, Studienrat Brunies und ich vor Jennys Garderobe. Tulla war schon gegangen.

Liebe Tulla,
jener Schauspieler, der das Rentier gespielt hatte und den Schlagball zur Kerze, den Faustball zum tückischen Rückzieher schlagen konnte, jener Schauspieler und Sportler, der Landhockey spielte und als Segelflieger zwölf Minuten in der Luft zu bleiben verstand, jener Schauspieler und Segelflieger, der immer andere Damen am Arm führte – und alle sahen sie leidend und mitgenommen aus – jener Schauspieler und Liebhaber, der rote Flugzettel verteilt hatte, der Reclam-Heftchen, Kriminalromane und Einführungen in die Metaphysik systematisch durcheinander las, dessen Vater Müller war und prophezeien konnte, dessen mittelalterliche Vorfahren Materna geheißen hatten und entsetzliche Aufrührer gewesen waren, jener gutgewachsene, vergrübelte, untersetzte, tragische, kurzhaarige, unmusikalische, lyrikliebende, einsame und gesunde Schauspieler und SA-Mann, jener SA-Rottenführer, den man nach einer Aktion im Januar zum Unterscharführer gemacht hatte, jener Schauspieler, Sportler, Liebhaber, Metaphysiker und Unterscharführer, der bei Gelegenheit und Ungelegenheit mit den Zähnen knirschen konnte, also eindeutig und unüberhörbar nach den letzten Dingen fragte, jener Knirscher, der gerne den Othello gespielt hätte, aber das Rentier spielen mußte, als Jenny die Eiskönigin tanzte, jener SA-Mann, Knirscher und Schauspieler verfiel, noch bevor er als »Jugendlicher Held« ans Stadttheater Schwerin ging, aus diesen und jenen Gründen dem Alkohol.
Eddi Amsel, der in den Schneemann einging, um den Schneemann als

Hermann Haseloff zu verlassen, wurde nicht zum Trinker; er begann zu rauchen.
Weißt Du, warum er sich Haseloff nannte und nicht Drossel, Fink oder Star? Mich hat diese Frage, während Ihr, Jenny und Du, ein Jahr lang Distanz hieltet, namendeutend und bis in den Schlaf bewegt. Bevor ich ahnte: Amsel heißt jetzt anders, stattete ich der leeren, womöglich immer noch, mittels langfristigen Mietvertrags, für Amsel leerstehenden Villa im Steffensweg vielleicht einen tatsächlichen, gewiß einen eingebildeten Besuch ab. Womöglich war Walter Matern, der, sollte man annehmen, treue Untermieter, kaum aus dem Haus – er hatte wohl Vorstellung – da fand ich, nehmen wir an: vom Garten über die Terrasse in Amsels ehemaliges Atelier. Etwa zwei Scheiben drückte ich ein. Höchstwahrscheinlich gehörte mir eine Taschenlampe. Was ich suchte, konnte ich nur im Renaissancepult finden und fand es auch; oder hätte es finden können: wichtige Papiere. Über mir hing immer noch Amsels Scheuchenproduktion des vergangenen Jahres. Ich hatte, wie ich mich kenne, keine Angst vor bizarren Schatten, oder erträgliche Angst. Die Papiere waren Schmierzettel voll großgeschriebener Gedankensprünge und Namen, wie für mich hingelegt. Auf einem Blatt hatte Amsel versucht, aus dem Steppenhuhn für sich einen Namen zu basteln: Stephun, Steppuhn, Steputat, Stepius, Steppat, Stepoteit, Steppanowski, Stoppka, Steffen. Als er das Steppenhuhn, weil es ihn so verräterisch schnell in die Nähe des eilig verlassenen Steffensweges geführt hatte, fallen ließ, versuchte er sich an den Vögeln Sperling, Specht und Sperber gleichzeitig: Sperla, Sperlinski, Spica, Sperluch, Spekun, Sperballa, Spercherling, Spechling. Dieser mißglückten Serie folgte eine originelle Entwicklung des Wochentages Sonntag: Sonntau, Sonntowski, Sonatowski, Sopalla, Sorau, Sosath, Sowert, Sorge. Davon kam er ab. Die Reihe Rosin, Rossinna, Rosenoth führte er nicht weiter. Wahrscheinlich hatte er ein Pendant zum Amsel-A finden wollen, als er mit Zoch begann, Zocholl hinter Zuchel reihte, Zuphat aus Zuber kelterte und bei dem hübschen Namen Zylinski die Lust verlor; denn Ausrufe wie: »Neue Namen und Zähne sind goldeswert!« oder: »Hab ich den Namen, dann hab ich auch Zähne!« bekannten mir, dem immerhin denkbaren Spion, wie schwer es ihm fiel, anders und dennoch richtig zu heißen. Endlich, zwischen zwei aus Krisun-Krisin und Krupat-Krupkat halbentwickelten Reihen, fand ich einen Namen alleine und unterstrichen. Keine Serie hatte ihn gefördert. Aus der Luft war er aufs Papier gesprungen. Sinnlos selbstverständlich bot er sich an. Originell und dennoch in jedem Telefonbuch zu finden. Ließ sich eher auf den hakenschlagenden Hasen als auf den zustoßenden Habicht zurückführen. Das doppelte »f« erlaubte russischen, notfalls baltischen Zungenschlag. Künstlername. Agentenname. Deckname. Namen haften. Namen trägt man. Jeder Mensch heißt.
Da verließ ich mit dem Namen Haseloff im Herzen Eddi Amsels eichengetäfeltes Atelier. Ich möchte schwören, niemand hatte es gelüftet, bis ich

kam und Scheiben eindrückte. Alle Scheuchen unter der Decke mochten Mottenkugeln in den Taschen hüten. Hatte Walter Matern die Hausfrau gespielt und Amsels Nachlaß gegen Zerfall gesichert?
Ich hätte die Papiere mitnehmen sollen, als Beweis für später.

Liebe Tulla,
jener Schauspieler, den man schon in der Schule, dann regelmäßig in seinem SA-Sturm »Knirscher« genannt hatte – »Ist der Knirscher schon da? Der Knirscher soll mit drei Mann die Haltestelle Feldstraße sichern, während wir den Mirchauerweg oberhalb der Synagoge abkämmen. Der Knirscher soll dreimal laut knirschen, sobald er das Gemeindehaus verläßt.« – jener vielbeschäftigte Knirscher bildete die Kunst des Zähneknirschens beträchtlich aus, indem er nicht mehr dann und wann, sondern regelmäßig zur Flasche griff: kaum nahm er sich Zeit zum Eingießen; sein Frühstück hob an mit Machandel.
Da warf man ihn aus der SA. Doch schaßte man ihn nicht, weil er soff – dort pichelten ja alle – weil er im Suff gestohlen hatte, warf man ihn raus. Anfangs deckte ihn der Sturmführer Jochen Sawatzki, denn beide waren dick befreundet, standen am Tresen Schulter an Schulter und beschlauchten sich mit derselben Flüssigkeit. Erst als es im Langfuhrer SA- Sturm vierundachtzig unruhig wurde, setzte Sawatzki ein Ehrengericht ein. Die sieben Männer, alle bewährte Unterführer, bewiesen Matern den einmaligen Griff in die Abteilungskasse. Zeugen gaben an, er habe im Duhnas damit geprahlt. Von dreihundertfünfzig Gulden sprach man. Die hatte Matern rundenweise in Machandel angelegt. Sawatzki warf ein, was jemand angeäthert vor sich hin quaßle, könne nicht als Beweis gelten. Matern trumpfte auf, ob man mit ihm etwa nicht zufrieden sei – »Ohne mich hättet Ihr den Brill bei Kahlbude überhaupt nicht erwischt.« – im übrigen stehe er gerade für alles, was er getan habe – »Außerdem habt Ihr, alle Mann, mitgesoffen. Ich habe nicht geklaut, ich hab nur für Stimmung gesorgt!«
Nun mußte Jochen Sawatzki eine seiner knappen Reden halten. Er soll geweint haben, während er Walter Matern fertig machte. Zwischendurch war von Freundschaft die Rede: »Abä ech duld nu mal kaine Schwainehunde in mainem Sturm. Kainer von ons läßt gärn sain bästen Kumpel inne Binsen jähn. Abä Kameradendiebstahl isses allerschlemmste. Daas wäscht kain Persil saubä ond kaine Kärnsaif!« Er soll Walter Matern die Hand auf die Schulter gelegt und ihm mit verquollener Stimme geraten haben, möglichst geräuschlos zu verduften. Er könne ins Reich gehen und dort in die SS eintreten: »En mainem Sturm beste abjemeldet – abä hiea drennen nech!«
Danach sollen sie – neun Männer in Zivil – dem Kleinhammerpark einen Besuch abgestattet haben. Den Tresen besetzten sie unvermummt ohne Wettermäntel. Bier und Schnaps schütteten sie in sich hinein und aßen Blutwurst im Stück dazu. Angestimmt wurde: »Ich hatt' einen Kamera-

den...« Matern soll wüste Gedichte geknurrt und vom Wesen des Grundes geunkt haben. Einer von Neunen war jeweils auf der Toilette. Aber keine Tulla saß als immer dünner werdender Abreißkalender auf hochbeinigem Stühlchen. Keine Tulla behielt die Toilettentür im Auge: keine Saalschlacht fand statt.

Liebe Tulla,
Walter Matern ging nicht ins Reich: die Spielzeit dauerte an: immer noch, bis in den Februar hinein, stand »Die Eiskönigin« auf dem Spielplan; und mit der Eiskönigin mußte das Rentier auftreten. Auch wurde Matern nicht Mitglied der SS, er wurde, was er vergessen hatte, doch von der Taufe her war: katholisch. Dabei half ihm der Alkohol. Im Mai achtunddreißig – man spielte das Billingerstück »Der Gigant«; Matern, der den Sohn der Donata Opferkuch brachte, bekam mehrere Geldbußen auferlegt, weil er angetrunken zur Probe erschienen war – während die Spielzeit also zu Ende ging, trieb er sich viel auf dem Holm, in der Hafenvorstadt und auf Strohdeich herum. Wer ihn sah, hörte ihn. Nicht nur bot er auf Kaianlagen und zwischen Speichern das übliche Knirschen, er zitierte großmäulig. Erst heute, da ich in Büchern nachschlagen kann, bekomme ich auseinander, was sich Matern als Zitatenschatz zusammengebraut hatte: Liturgische Texte, einer Zipfelmütze Phänomenologie und weltlich krause Lyrik mischte er zu einem Salat, den billigster Wacholderschnaps zu würzen hatte. Besonders die Lyrik – ich lief ihm manchmal nach – bildete Kügelchen in meinem Ohr und dauerte an: da saßen Lemuren auf einem Floß. Von Schutt war die Rede und Bachanalien. Wie rätselte ich als neugieriger Knabe an dem Wort Levkojenwelle herum. Matern setzte Endpunkte. Die Hafenarbeiter, gutmütig, wenn sie kein Sperrholz bei seitlichem Wind verladen mußten, hörten zu: »... es ist schon spät.« Die Stauersleute nickten. »Oh Seele, um und um verweste...« Sie klopften ihm die Schulter, und er dankte es ihnen: »Welch Bruderglück um Kain und Abel, für die Gott durch die Wolken strich – kausalgenetisch, haïssable: das späte Ich.«
Damals ahnte ich nur, wer mit Kain und Abel gemeint war. Ich zockelte ihm hinterdrein, und er torkelte – den Mund voller Totenschau, Geworfenheit und Dies irae, dies illa – zwischen den Kränen auf Strohdeich. Und dort, die Werft Klawitter im Rücken, von der Mottlau angeatmet, erschien ihm die Jungfrau Maria.
Er sitzt auf einem Poller und hat mich schon mehrmals nach Hause geschickt. Aber ich will kein Abendbrot. An seinem und an den anderen Pollern, auf denen niemand sitzt, liegt ein mittelgroßer schwedischer Frachter festgezurrt. Es ist eine Nacht unter eiligen Wolken, denn der Frachter schläft unruhig und die Mottlau zieht und drängelt. Alle Trosse, mit denen der Schwede an den Pollern hängt, knirschen. Er aber will lauter. Das späte Ich, alle Geworfenheit und die Trauer-Sequenz hat er ausgespuckt, nun nimmt er es mit den Trossen auf. In Windjacke und

Knickerbockern bleibt er auf dem Poller kleben, knirscht, bevor er die Flasche ansetzt, knirscht dasselbe Lied weiter, sobald der Flaschenhals frei wird, und bekommt immer stumpfere Zähne.

An Strohdeichs äußerster Ecke sitzt er: am Polnischen Haken, wo die Mottlau und die Tote Weichsel zusammenfließen. Ein Ort zum Zähneknirschen. Die Fähre vom Milchpeter am Schuitensteg hat ihn, mich und die Werftarbeiter herübergebracht. Auf der Fähre, nein, schon auf dem Fuchswall, Jakobswall, an der Gasanstalt vorbei, begann er mit den Zähnen, aber erst auf dem Poller trinkt und knirscht er sich in Zustände: »Tuba mirum spargens sonum...« Der tiefliegende Schwede hilft. Die Mottlau drängt, zieht und mischt sich mit dem zähen Ausfluß der Toten Weichsel. Die Werften helfen und machen Nachtschicht: Klawitter in seinem Rücken; die Werft hinterm Milchpeter; entfernter die Schichauwerft und die Waggonfabrik. Auch die Wolken, die sich fressen, helfen ihm. Und ich helfe, denn er braucht Zuhörer.

Das war schon immer meine Stärke: hinterdreinzockeln, neugierig sein, zuhören.

Jetzt, da die Niethämmer schweigen und kurz, auf allen Werften gleichzeitig, den Atem anhalten, bleiben übrig: Materns Zähne und der mürrische Schwede, bis der Wind vom Kielgraben kommt: dort, auf dem Englischen Damm, wird Vieh in den Schlacht- und Viehhof getrieben. Still aber hell aus drei Stockwerken verhält sich die Germania-Brotfabrik. Matern ist mit der Flasche fertig. Der Schwede rutscht weg. Ich bin hellwach im Rangierhäuschen eines Güterwagens. Mit Schuppen, Speichern, Rampen und Verladekränen läuft Strohdeich schräg an gegen die Bastion Braunes Roß, wo mit Lichtern die Fähre zum Löschplatz Brabank zuckelt. Er knirscht nur noch Reste und hört nicht mehr auf Trosse. Was mag er hören, wenn er Niethämmer nicht hört? Heisere Rinder und empfindliche Schweine? Hört er Engel? Liber scriptus proferetur. Liest er Zeile um Zeile Topplichter, Backbord- und Steuerbordlichter? Entwirft er die Nichtung oder setzt er Endpunkte: Rosenletztes, Floß Lemuren, Ost-Gerölle, Barkarolen, Hades steigt, die Totenschau, Inkaplatten, Mondchâteau? Der ist natürlich auch im Spiel, immer noch scharf, nach zweiter Rasur. Überm Bleihof und der Pumpstation leckt er an städtischen Salzmagazinen, pißt seitlich an den Ausschneidebogen Altstadt, Pfefferstadt, Jungstadt, also die Kirchen Sankt Johannes – Sankt Katharinen – Sankt Bartolomäi – Sankt Marien; bis Sie mit mondgeblähtem Hemd aufkommt. Gewiß kam Sie mit der Fähre vom Brabank. Von Laterne zu Laterne schlendert Sie Strohdeich hoch, verschwindet hinter vogelhalsigen Kränen am Kai, weht zwischen Rangiergleisen, blüht wieder auf unter einer Laterne; und immer näher knirscht er Sie an seinen Poller heran: »Gegrüßet seist Du!« Doch wie Sie vor ihm windet und ein Lichtchen unterm Hemd hütet, steht er nicht etwa auf, sondern klebt und mault: »Du, sag mal Du. Was soll man da machen? Bist, mich suchend, müd' gegangen... Darum hör zu, Maria: weißt Du, wo er abgeblieben ist. Gegrüßt seist Du, aber nun sag schon, was ich dafür kann, das war das Zynische an ihm, das ich nicht ausstehen konnte: nichts war ihm heilig, deshalb. Eigentlich wollten wir ihm nur einen Denkzettel: Confutatis maledictis... und jetzt ist er weg, hat mir die Klamotten gelassen. Eingemottet hab ich die, ich, stell Dir vor: eingemottet, den ganzen verdammten Plunder! Nun setz Dich, Maria. Das mit dem Geld aus der Kasse, das stimmt, aber er, wo ist er? Ist er nach Schweden ab? Oder in die Schweiz, wo er seine Moneten hat? Paris, da paßt er hin? Oder nach Holland? Übersee? Nun setz Dich endlich: Tränenreich der Tag wird werden... Schon als Junge – mein Gott, war der dick – immer diese Übertreibungen: einmal wollte er einen Totenkopf unter Sankt Trinitatis. Alles fand er lächerlich, und immerzu Weininger, deshalb haben wir ihn. Wo ist er? Ich muß. Sag mir. Gegrüßt seist Du. Aber nur, wenn Du. Die Brotfabrik Germania macht Nachtschicht. Siehst Du? Wer soll all das Brot essen? Sag mir. Das sind keine Niethämmer, das sind. Setz Dich. Wo?«

Aber das illuminierte Hemd will sich nicht setzen. Stehend, zwei Handbreit überm Pflaster, hat Sie ein Sprüchlein bereit: »Donna eis requiem: bald wird es Dir besser gehen. Im rechten Glauben wirst Du wandeln und in Schwerin Theater spielen. Aber bevor Du Dich nach Schwerin aufmachen wirst, wird Dir ein Hund im Wege sein. Fürchte Dich nicht.«

Er auf dem Poller will es genau wissen: »Ein schwarzer Hund?«

Sie im Hemd mit Ballon: »Ein Höllenhund.«

Er, auf den Poller genagelt: »Gehört er einem Tischlermeister?«

Sie belehrt ihn: »Wie kann jener Hund einem Tischlermeister gehören, wenn er der Hölle geweiht und auf Satan abgerichtet ist.«

Er erinnert sich: »Eddi nannte ihn Pluto, aber nur aus Spaß.«

Sie mit dem Zeigefinger: »Er wird Dir im Wege sein!«

Er will kneifen: »Schick ihm die Staupe.«

Sie berät ihn: »Das Gift ist in jeder Apotheke erhältlich.«

Er will sie erpressen: »Aber erst mußt Du mir sagen, wo Eddi...«

Ihr Schlußwort heißt: »Amen!«

Ich, im Rangierhäuschen des Güterwagens, weiß mehr als beide zusammen: Er raucht Zigaretten und heißt ganz anders.

Liebe Tulla,

wahrscheinlich nahm die Jungfrau Maria, als sie nachhause ging, die Fähre zum Milchpeter, neben der Gasanstalt; und Walter Matern setzte mit mir am Brabank über. Gewiß ist, daß er noch katholischer als vorher wurde: sogar billigen Wermut trank er, weil Korn und Wacholder ihn nicht mehr schafften. Die Zähne stumpf vom gezuckerten Süßwein, mag er sich noch zwei- oder dreimal die Jungfrau auf Sprechweite herangeknirscht haben: auf dem Holm, zwischen den Holzräumen beiderseits der Breitenbachbrücke oder, wie gewohnt, auf Strohdeich. Neues werden sie kaum besprochen haben. Er wollte wissen, wo jemand abgeblieben war; sie wird ihn auf den Hund gehetzt haben: »Früher nahm man Krähenau-

gen, doch heute besitzt der Apotheker Grönke am Neuen Markt eine Apotheke, die führt alles; ätzende, narkotische und septische Gifte. Zum Beispiel: As zwo O drei – ein weißes glasiges Mehl wird aus Erzen gewonnen, eine simple arsenige Säure, mit einem Wort: Rattengift, kann aber auch, wenn man nicht spart, einem Hund den Rest geben.«
So kam es, daß Walter Matern wieder und nach langer Pause in unserem Mietshaus auftauchte. Nicht, daß er schnurstracks auf unseren Tischlereihof getorkelt wäre und zu den Dachrinnen hoch gegröhlt hätte; bei Felsner-Imbs klopfte er an und fiel ihm sogleich aufs schwache Sofa. Der Pianist goß Tee auf und blieb geduldig, als Matern ihn auszufragen begann: »Wo ist er? Mann, tun Sie doch nicht so. Wissen doch, wo er steckt. Kann sich doch nicht aufgelöst haben, einfach. Wenn einer es weiß, dann Sie. Nun los doch!«
Hinter angelehnten Fenstern war ich nicht sicher, ob der Pianist mehr als ich wußte. Matern drohte. Aus dem Sofa heraus arbeitete er mit den Zähnen, und Imbs hielt sich an einem Stoß Noten fest. Matern torkelte im grünelektrischen Musikzimmer. Einmal griff er in das Goldfischglas, warf eine Handvoll Wasser gegen die Blumentapete und bemerkte nicht, daß er nur Wasser geworfen hatte. Aber die Porzellanballerina traf er, als er die große Sanduhr mit seiner Shag-Pfeife kaputtschmeißen wollte. Das waagerecht gehaltene Arabesquebein fiel nach glattem Bruch auf weiche Noten. Matern entschuldigte sich und versprach, den Schaden beheben zu wollen, doch Imbs flickte die Figur eigenhändig mit einem Kitt, der »Alleskleber« hieß. Walter Matern wollte helfen, aber der Pianist stand sehr gebeugt und abweisend im Zimmer. Tee goß er ihm nach und gab ihm Fotos zur Ansicht: im steifen Tutu stand Jenny in Arabesque, ähnlich der Porzellanballerina, aber mit heilem Bein. Matern sah wohl mehr als das Foto, denn er brasselte Dinge, die nicht in Silberschuhen auf der Spitze standen. Die üblichen Fragen: »Wo? Kann doch nicht einfach. Macht sich auf die Socken und hinterläßt kein Wörtchen. Dampft ab, ohne. Hab überall gefragt, auch in der Tischlergasse und in Schiewenhorst. Die hat inzwischen geheiratet, die Hedwig Lau, und jeden Verkehr mit ihm abgebrochen, sagt sie: abgebrochen ...«
Die angelehnten Fenster des Musikzimmers stieß Walter Matern auf, schob sich über das Sims, und schubste mich in den Flieder. Als ich auf die Beine gefunden hatte, näherte er sich schon dem zerwühlten Halbkreis, der die Reichweite jener Kette anzeigte, die unseren Harras tagsüber an den Holzschuppen zwang.
Harras war immer noch scharf und schwarz. Nur über den Augen standen zwei eisgraue Inselchen. Auch schlossen die Lefzen nicht mehr so dicht. Sobald Walter Matern das Fliedergärtchen verlassen hatte, war Harras aus der Hütte und straffte die Kette bis zum Halbkreis. Auf einen Meter wagte sich Matern heran. Harras hechelte, und Matern suchte nach einem Wort. Doch die Kreissäge kam ihm dazwischen oder die Fräse. Und zu unserem schwarzen Schäferhund sagte Walter Matern, als er das Wort

zwischen Kreissäge und Fräse gefunden, als er es hochgeholt und zerkaut hatte, als es ihm unverdaulich zwischen den Zähnen lag: »Nazi!« zu unserem Harras sagte er: »Nazi!«

Liebe Tulla,
dieser Besuch kam eine Woche lang oder länger. Matern brachte das Wort mit; und Harras stand vornüber, denn an ihm hing der Holzschuppen, in dem wir hausten: Du, ich und manchmal Jenny, die nicht viel Platz verlangte. Wir knieten mit schmalen Augen hinter Sehschlitzen. Draußen ging Matern gleichfalls auf die Knie und nahm die Haltung des Hundes an. Menschendeetz gegen Hundeschädel, und ein Kinderkopf Luft dazwischen. Hier auf- und abschwellendes aber verhaltenes Knurren; dort knirschte mehr Seesand als Kies, und dann in rascher Folge das Wort: »Nazi Nazi Nazi Nazi!«
Gut, daß niemand außer uns im Schuppen das gepreßte Wort hörte. Dennoch waren die Fenster zum Hof gespickt voll. »Dä Schauschpielä is allwedder da«, sagten die Nachbarn sich von Fenster zu Fenster, wenn Walter Matern unseren Harras besuchte. August Pokriefke hätte ihn vom Hof weisen müssen, aber auch der Maschinenmeister meinte, damit habe er nichts zu tun.
Da mußte mein Vater, der Tischlermeister, quer über den Hof gehen. Eine Hand bewahrte er in der Tasche; und ich bin sicher, er hielt sich ein Stemmeisen warm. Hinter Matern blieb er stehen und legte ihm die freie Hand gewichtig auf die Schulter. Laut, damit alle besetzten Fenster des Mietshauses und die Gesellen in den Fenstern des Stockwerkes es hören konnten, sagte er: »Lassen Sie sofort den Hund in Ruhe. Und machen Sie, daß Sie fortkommen. Betrunken sind Sie auch noch. Schämen sollten Sie sich!«
Matern, den mein Vater mit seinem Tischlermeistergriff auf die Beine gestellt hatte, konnte es nicht lassen, ihm drohend hintergründig und auf platteste Schauspielermanier in die Augen zu blicken. Mein Vater hatte ganz helle festgerundete Augen, an denen Materns Blick stumpf wurde. »Ja, gucken Sie nur. Da ist die Hoftür!« Aber Matern nahm den Weg durch das Fliedergärtchen ins Musikzimmer des Pianisten Felsner-Imbs. Und einmal, als Matern unseren Tischlereihof nicht durch die Pianistenwohnung verließ, sagte er, aus der Hoftür heraus, zu meinem Vater: »Ihr Hund hat die Staupe, haben Sie das noch nicht gemerkt?«
Mein Vater, mit dem Stemmeisen in der Tasche: »Das lassen Sie mal meine Sorge sein. Und der Hund hat nicht die Staupe, sondern Sie sind duhn und sollten sich hier nicht mehr sehen lassen.«
Die Tischlergesellen gröhlten in seinem Rücken und drohten mit Wasserwaagen und Drehbohrern. Mein Vater ließ trotzdem den Tierarzt kommen: Harras hatte keine Staupe. Weder schleimten Augen noch Nase, nichts trübte den Blick, kein Erbrechen nach der Futternahme, dennoch wurde ihm ein Hefepräparat eingelöffelt: »Man weiß nie!«

Liebe Tulla,
da war wohl die Spielzeit siebenunddreißig-achtunddreißig zu Ende, und Jenny sagte uns: »Jetzt ist er in Schwerin am Theater.« In Schwerin blieb er nicht lange, sondern ging, auch das wußten wir von Jenny, nach Düsseldorf am Rhein. Weil sie ihn aber in Schwerin fristlos entlassen hatten, konnte er an der Düssel oder sonst wo nicht mehr theaterspielen. »Sowas spricht sich rum«, sagte Jenny. Folgerichtig stand im nächsten Brief, er sei beim Radio beschäftigt, als Sprecher beim Kinderfunk; er habe sich verlobt, aber das werde nicht lange vorhalten; er wisse immer noch nicht, wo Eddi Amsel stecke, dabei sei er sicher, daß der irgendwo; auch leide er nicht mehr so stark unterm Alkohol, sondern treibe wieder Sport: Landhockey und sogar Faustball, wie einst im Mai; er verkehre mit Freunden, lauter Ehemalige, die wie er die Nase voll hätten; aber der Katholizismus sei ganz große Scheiße – stand in dem Brief – er habe da einige Pfaffen kennengelernt, in Neuß und Maria Laach, einfach zum Kotzen; wahrscheinlich komme es ja doch bald zum Krieg; ob es immer noch das schwarze Hundevieh gäbe, wollte Walter Matern wissen – aber Felsner-Imbs antwortete ihm nicht.

Liebe Tulla,
da kam Matern persönlich mit der Eisenbahn nach Langfuhr, um nachzugucken, ob es unseren Harras noch gebe. Plötzlich und selbstverständlich, als ob nicht Monate seit seinem letzten Besuch vergangen seien, stand er auf unserem Tischlereihof, tipptopp eingekleidet: englisches Tuch, rote Nelke im Knopfloch, kurzhaarig und steif besoffen. Alle Vorsicht hatte er in der Eisenbahn oder sonstwo gelassen, ging nicht mehr vor Harras auf die Knie, zischte und knirschte nicht das Wörtchen, er röhrte in den Hof. Nicht nur unseren Harras meinte er, den Nachbarn in den Fenstern, unseren Gesellen, dem Maschinenmeister und meinem Vater blieb es im Hals stecken, das Wort. Deshalb verschwanden alle in ihren Zweieinhalbzimmerwohnungen. Die Gesellen setzten Scharniere ein. Der Maschinenmeister ließ die Kreissäge los. Mein Vater stellte sich an die Fräse. Keiner wollte das gehört haben. August Pokriefke rührte Tischlerleim.
Denn zu unserem Harras, der übrig blieb, sagte Walter Matern: »Du schwarzes katholisches Schwein!« Er kotzte sich hymnisch aus: »Du katholisches Nazischwein! Hundeklopse mach ich aus Dir. Dominikaner! Christenhund! Zweiundzwanzig Hundejahre bin ich alt, und noch nichts für die Unsterblichkeit... na warte!«
Felsner-Imbs nahm den tobenden jungen Mann, der ohne Atem gegen Fräse und Kreissäge anbrüllte, am Ärmel und führte ihn ins Musikzimmer, wo er ihm Tee eingoß.
In vielen Wohnungen, im Stockwerk und im Maschinenraum wurden polizeiliche Anzeigen formuliert; aber niemand schwärzte ihn an.

Liebe Tulla,
vom Mai neununddreißig bis zum siebenten Juni neununddreißig saß Walter Matern im Keller des Polizeipräsidiums Düsseldorf in Untersuchungshaft.
Das flüsterte uns nicht Jenny zu, als Bühnenklatsch; das habe ich mir aktenkundig herausklamüsert.
Zwei Wochen lag er im Marien-Hospital zu Düsseldorf, weil man ihm im Keller des Polizeipräsidiums einige Rippen angeknackst hatte. Lange mußte er einen Verband tragen und durfte nicht lachen, was ihm nicht schwer fiel. Zähne wurden ihm keine ausgeschlagen.
Diese Einzelheiten mußte ich nicht klamüsern, das alles stand nackt und blank – allerdings ohne Erwähnung des Polizeikellers – auf einer Ansichtspostkarte, die auf der Ansichtsseite die Düsseldorfer Lambertuskirche zeigte. Empfänger der Karte war nicht der Pianist Felsner-Imbs sondern der Studienrat Oswald Brunies.
Wer hatte Walter Matern in den Polizeikeller befördert? Der Dramaturg des Stadttheaters Schwerin hatte gegen ihn keine Anzeige erstattet. Nicht wegen politischer Unzuverlässigkeit wurde ihm gekündigt; wegen andauernder Trunkenheit durfte er in Schwerin kein Schauspieler mehr sein. Dieses Wissen fiel mir nicht in den Schoß, das mußte mühsam klamüsert werden.
Warum aber blieb Walter Matern nur fünf Wochen in Untersuchungshaft, warum nur einige Rippen und keine Zähne? Nicht herausgekommen wäre er aus dem Polizeikeller, hätte er sich nicht freiwillig zur Wehrmacht gemeldet: sein Danziger freistädtischer Paß rettete ihn. In Zivil, aber mit einem Gestellungsbefehl über immer noch schmerzenden Rippen, wurde er in seine Heimatstadt geschickt. Dort meldete er sich in der Polizeikaserne Langfuhr-Hochstrieß. Bis sie Uniformen anziehen durften, mußten Walter Matern und einige hundert Zivilisten aus dem Reich noch gute acht Wochen Eintopf löffeln: der Krieg war noch nicht gar.

Liebe Tulla,
im August neununddreißig – die beiden Linienschiffe hatten schon gegenüber der Westernplatte festgemacht; in unserer Tischlerei wurden Fertigteile für Militärbaracken und Etagenbetten zusammengeklopft – am siebenundzwanzigsten August ging es mit unserem Harras zu Ende. Jemand vergiftete ihn; denn Harras hatte nicht die Staupe. Walter Matern, der gesagt hatte: »Der Hund hat die Staupe!« gab ihm As zwo O drei: Rattengift.

Liebe Tulla,
Du und ich, wir hätten gegen ihn zeugen können.
Es war eine Nacht vom Sonnabend auf den Sonntag: wir sitzen im Holzschuppen, in Deinem Versteck. Wie richtest Du es ein, daß beim ständigen Kommen und Gehen der Bohlen, Vierkanthölzer und Sperrholzplatten

Dein Nest ausgespart bleibt?
Wahrscheinlich kennt August Pokriefke das Versteck seiner Tochter. Bei Holztransporten hockt er als einziger im Schuppen, dirigiert das Einschieben der Langhölzer und sorgt dafür, daß Tullas Zuflucht nicht mit einem Stapel bündig gelegter Bohlen abgedeckt wird. Niemand, auch er nicht, wagt es, am Inventar ihrer Wohnung zu rühren. Niemand setzt sich ihre Hobelspanperücken auf, legt sich in ihr Hobelspanbett und deckt sich zu mit geflochtenen Spänen.
Nach dem Abendessen bezogen wir den Schuppen. Eigentlich wollten wir Jenny mitnehmen, aber Jenny war müde; und wir verstehen sie gut: nach Ballett-Training und Probe am Nachmittag muß sie früh zu Bett, denn sogar am Sonntag hat sie Probe: es wird Die verkaufte Braut einstudiert, da gibt's viel Böhmisches zu tanzen.
Also zu zweit hocken wir im Dunkeln und spielen Schweigen. Tulla gewinnt viermal. Draußen läßt August Pokriefke Harras von der Kette. Lange kratzt er an den Schuppenwänden, kujiehnt leise und will zu uns: aber wir wollen unter uns sein. Tulla steckt ein Licht an und setzt sich eine ihrer Hobelspanperücken auf. Ihre Hände um die Flamme sind aus Pergament. Sie sitzt im Schneidersitz hinter der Kerze und bewegt den Kopf mit den vornüberhängenden Hobelspänen über der Flamme. Ich sage mehrmals »Hör auf, Tulla!« damit sie ihr zundertrockenes Spielchen weitertreiben kann. Einmal knistert ein röscher Span, aber kein Holzschuppen geht himmelhoch in Flammen auf und spendet die Lokalnachricht: Totalschaden in Langfuhrer Tischlerei.
Nun nimmt Tulla mit zwei Händen die Perücke ab, und ich muß mich ins Bett aus Hobelspänen legen. Mit der geflochtenen Decke – extralange Späne, die ihr der Geselle Wischnewski vom langen Holz hobelt – deckt sie mich zu. Ich bin Patient und muß mich krank fühlen. Eigentlich bin ich zu alt für dieses Spiel. Aber Tulla ist gerne Arzt, und manchmal macht mir das Kranksein Spaß. Ich spreche heiser: »Herr Doktor, ich fühle mich krank.«
»Das glaube ich nicht.«
»Doch Herr Doktor, überall.«
»Wo überall?«
»Überall, Herr Doktor, überall!«
»Ist es diesmal die Milz?«
»Die Milz, das Herz und die Nieren.«
Tulla mit der Hand unter der Spandecke: »Dann sind Sie zuckerkrank.«
Jetzt muß ich sagen: »Und Stangenfieber habe ich auch.«
Schon kneift sie mich in den Pümmel: »Da? sitzt es da?«
Laut Spielregel und weil es wirklich schmerzt, schreie ich. Nun wiederholen wir das Spiel anders herum. Tulla darf unter die Hobelspäne kriechen und ich muß, weil sie krank ist, mit meinem kleinen Finger in ihrem Loch Fieber messen. Jetzt ist auch dieses Spiel zu Ende. Wir spielen

zweimal Angucken und nicht Blinzeln. Wieder gewinnt Tulla. Jetzt spielen wir, weil uns kein anderes Spiel einfällt, abermals Schweigen: einmal gewinnt Tulla; und jetzt gewinne ich, weil Tulla mitten ins Schweigen platzt: aus starrem, von unten beleuchtetem Gesicht, mit zehn hellroten Papierfingern zischte sie: »Da kriecht wer auffem Dach, hörste?« Sie pustet die Kerze aus. Ich höre das Knistern der Dachpappe auf dem Holzschuppendach. Es macht einer, womöglich mit Gummisohlen, Schritte mit Pausen dazwischen. Harras knurrt schon. Die Gummisohlen folgen der Teerpappe bis zum Rand des Daches. Wir, Tulla voran, kriechen in gleicher Richtung über die Bohlen. Er steht genau über der Hundehütte. Unter ihm haben wir zwischen Dach und gestapelten Bohlen knapp Platz. Er sitzt und läßt die Beine über die Regenrinne baumeln. Harras knurrt in immer gleichtiefer Etage. Wir linsen durch den Lüftungsschlitz zwischen Dach und Schuppenrand. Tullas kleine Hand könnte durch den Schlitz und ihn ins eine oder ins andere Bein kneifen. Jetzt raunt er: »Brav Harras, brav.« Und jenen, der »Bravharrasbrav!« und »Kuschwirstdukuschen!« raunt, sehen wir nicht, nur seine Hosen; aber der Schatten, den er, bei halbem Mond im Rücken, auf den Hof wirft, ist, wett ich, Walter Materns Schatten.

Und was Matern in den Hof wirft, ist Fleisch. Ich hauche in Tullas Ohr: »Bestimmt vergiftet.« Aber Tulla rührt sich nicht. Jetzt stößt Harras den Fleischbrocken mit der Schnauze, während Matern auf dem Dach dem Hund unten Mut macht: »Nu friß schon, friß doch, friß!« Harras zerrt den Brocken, schleudert ihn. Er will nicht fressen, will spielen, obgleich er ein alter Hund ist: schon dreizehn Hundejahre zählt er und einige Monate.

Da sagt Tulla, nicht einmal leise, eher mit gewöhnlicher Stimme: »Harras!« aus dem Schlitz zwischen Dach und Schuppenwand: »Faß zu, Harras, faß zu!« und unser Harras hält erst den Kopf schräg und schlingt jetzt in sich hinein: Fetzen um Fetzen.

Über uns knirschen sich Gummisohlen eilig über die Dachpappe: Richtung angrenzende Höfe. Ich wette, er ist es. Heute weiß ich: er war es.

Liebe Tulla,

wir kamen mit Deinem Schlüssel ins Haus hinein. Harras hatte noch mit dem Fleisch zu schaffen und sprang uns nicht nach, was er sonst immer tat. Im Treppenhaus klopfte ich mir die Sängespäne aus den Klamotten und nagelte Dich fest: »Warum haste Harras fressen lassen davon, warum?«

Vor mir warst Du die Treppe hoch: »Na ihm hättä doch nicht jehorcht, oder?«

Ich, zehn Stufen hinter Dir: »Und wenn da nun Gift drinnen war?« Du, schon einen Treppenabsatz höher: »Na denn krepiert er.«

Ich durchs steigende Treppengeländer: »Aber warum?«

»Na darum!« lachte Tulla durch die Nase und war weg.

Liebe Tulla,
am nächsten Morgen – ich schlief rücksichtslos ohne besonderen Traum – weckte mich mein Vater. Er weinte richtig und sagte: »Unser guter Harras ist tot.« Auch ich konnte weinen und zog mich rasch an. Der Tierarzt kam und schrieb einen Schein aus: »Der Hund hätte bestimmt noch drei Jahre gehabt. Schade drum.«
Meine Mutter sprach es aus: »Wenn das man nech dä Schauschpielä, dä Komunist jeweesen is, wo immer auffem Hof krakeelt.« Natürlich weinte sie dabei. Irgend jemand verdächtigte Felsner-Imbs.
Harras fand auf dem Hundefriedhof der Schutzpolizei, zwischen Pelonken und Brenntau, sein regelmäßig besuchtes Grab. Mein Vater erstattete Anzeige. Er nannte Walter Matern und den Pianisten. Imbs wurde verhört, aber er hatte während der fraglichen Zeit mit Studienrat Brunies Schach gespielt, Glimmersteine begutachtet und zwei Flaschen Mosel getrunken. Das Verfahren gegen Walter Matern, der gleichfalls ein Alibi parat hatte, verlief im Sande: zwei Tage später begann in Danzig, in Langfuhr und auch an anderen Orten der Krieg. Walter Matern marschierte in Polen ein.

Du nicht, Tulla,
aber ich hätte beinahe den Führer sehen dürfen. Er kündigte sein Kommen mit Krachen und Gebumse an. Aus allen Rohren und in ziemlich jede Richtung wurde am ersten September geschossen. Zwei Tischlergesellen nahmen mich mit aufs Dach unseres Mietshauses. Sie hatten beim Optiker Semrau ein Fernglas geliehen: der Krieg sah putzig aus und enttäuschte. Immer nur sah ich Abschüsse – Wattewölkchen paffte der Olivaer Wald – niemals sah ich Einschläge. Erst als die Sturzkampfflugzeuge über Neufahrwasser turnten und eine wuchernde Rauchfahne dem Fernglas anzeigte, wo die Westerplatte lag, glaubte ich, daß nicht gespielt wurde. Aber sobald ich vom Dach in die Elsenstraße linste und mir die einkaufenden Hausfrauen, die streunenden Gören und Katzen im Sonnenschein an zehn Fingern abklavierte, wurde ich unsicher: Vielleicht spielen sie nur, und morgen beginnt wieder die Schule.
Doch der Lärm war enorm. Die Sturzkampfflugzeuge, zwölf knickbeinige Brummer, hätten unseren Harras bestimmt heiser werden lassen; aber unser Harras war tot. Nicht an der Staupe starb der Schäferhund; jemand vergiftete ihn mit vergiftetem Fleisch. Da weinte mein Vater männliche Tränen und ließ seine Fehlfarbe kalt im Gesicht hängen. Verloren stand er mit untätigem Zimmermannsstift am Aufreißtisch und war durch die einmarschierenden reichsdeutschen Truppen nicht zu trösten. Auch die Radionachricht, Dirschau, Konitz, Tuchel – und somit die Koschneiderei – befänden sich in deutscher Hand, brachte ihm keinen Trost, obgleich seine Frau und die Pokriefkes, also alle geborenen Koschnäwjer, es laut über den Tischlereihof trompeteten: »Nu ham se Petzin besätzt, ond Schlangenthin ham se ainjenommen, ond Lichtnau, Granau. Herste

Friedrich, en Osterwick sindse ainmarschiert voä paar Stunden!«
Wahrer Trost kam dem Tischlermeister erst am dritten September in Gestalt eines uniformierten Motorradfahrers. Der Brief des Kuriers sagte aus, der Führer und Reichskanzler weile in der befreiten Stadt Danzig und wünsche, verdiente Bürger der Stadt kennenzulernen, so auch den Tischlermeister Friedrich Liebenau, dessen Schäferhund Harras des Führers Schäferhund Prinz gezeugt habe. Der Hund Prinz weile auch in der Stadt. Der Tischlermeister Liebenau möge sich um die und die Zeit vor dem Kurhaus Zoppot einfinden und sich dort an den wachhabenden Adjutanten, SS-Sturmbannführer Soundso wenden. Nicht notwendig sei es, den Hund Harras mitzubringen, aber ein Familienangehöriger, am besten ein Kind, dürfe zur Begleitung gehören. Erforderlich: Personalausweis. Bekleidung: Uniform oder sauberer Straßenanzug.
Mein Vater wählte seinen Sonntagsanzug. Ich, das angeforderte Familienmitglied, steckte ohnehin seit drei Tagen nur noch in Jungvolkuniform, weil überall etwas los war. Meine Mutter bürstete mein Haar, bis die Kopfhaut prickelte. Vater und Sohn fehlte kein Knopf. Als wir die Wohnung verließen, war das Treppenhaus eng von all den Nachbarn. Nur Tulla fehlte: sie sammelte in Neufahrwasser Granatsplitter. Aber draußen waren alle Fenster mit Neugierde und Bewunderung besetzt. Schräg gegenüber, im Aktienhaus stand ein Fenster der Bruniesschen Wohnung offen: die schmale Jenny winkte mir aufgeregt; doch Studienrat Brunies zeigte sich nicht. Ich vermißte sein Knollengesicht lange: als wir schon im offenen Dienstwagen hinter dem uniformierten Fahrer saßen, als die Elsenstraße zu Ende war, als wir die Marienstraße, den Kleinhammerpark und den Kastanienweg hinter uns hatten, als wir zuerst auf der Hauptstraße, dann auf der Zoppoter Chaussee in Richtung Zoppot schnell fuhren, mangelte es mir immer noch an dem tausendfältigen Gesicht.
Das war, Omnibusfahrten abgerechnet, meine erste richtige Autofahrt. Noch während der Fahrt beugte sich mein Vater und schrie mir ins Ohr: »Das ist ein großer Augenblick in Deinem Leben. Mach die Augen schön auf, damit Du alles siehst und später davon erzählen kannst.«
So weit sperrte ich beide Augen auf, daß der Fahrwind sie tränen ließ; und auch jetzt, da ich ganz und gar im Sinne meines Vaters und gleichfalls im Sinne des Herrn Brauxel von dem erzähle, was ich mit aufgerissenen Augen verschluckte und als Erinnerung stapelte, strengt sich mein Auge an und wird naß: damals befürchtete ich, mein Auge könnte den Führer womöglich tränenblind erblicken; heute muß ich mir Mühe geben, nichts tränenblind schwimmen zu lassen, was damals eckig, uniformiert, beflaggt, sonnenbeschienen, weltbedeutend, schweißdurchsuppt und tatsächlich war.
Das Kurhaus und Grand Hotel Zoppot machte uns, als wir aus dem Dienstwagen kletterten, sehr klein. Der Kurgarten abgesperrt; dahinter standen sie – Bevölkerung! – und waren schon heiser. Auch die großzü-

gige Auffahrt zum Hauptportal sperrten Doppelposten ab. Dreimal mußte der Fahrer stoppen und seitlich ein Papier herausschwenken. Ich vergaß, von den Fahnen in den Straßen zu sprechen: schon bei uns, in der Elsenstraße, hingen längere und kürzere Hakenkreuzfahnen. Arme oder sparsame Leute, die sich keine richtige Fahne leisten konnten oder wollten, hatten Papierfähnchen in die Blumenkästen gespickt. Ein Fahnenhalter war leer, stellte alle gefüllten Fahnenhalter in Frage und gehörte Studienrat Brunies. Aber in Zoppot, glaub ich, hatten alle geflaggt; jedenfalls sah es so aus. Das Rundfenster im Giebel des Grand Hotels ließ eine Fahnenstange im rechten Winkel zur Hotelfassade wachsen. An vier Stockwerken vorbei hing die Hakenkreuzfahne bis knapp übers Portal. Die Fahne sah sehr neu aus und bewegte sich kaum, da die Portalseite des Hotels windgeschützt lag. Hätte ich einen Affen auf der Schulter getragen, der Affe hätte sich an der Fahne hochhangeln können, vier Stockwerke hoch, bis die Fahne aufhören mußte.
Ein Riese in Uniform unter viel zu kleiner schräg verdrückter Schirmmütze nahm uns in der Hotelhalle in Empfang. Über einen Teppich, der mir weiche Knie machte, führte er uns diagonal durch die Halle, den Taubenschlag: das kam, ging, löste sich ab, meldete einander, übergab, nahm entgegen: lauter Siege und Gefangenenzahlen mit vielen Nullen. Eine Treppe führte in den Hotelkeller. Rechter Hand öffnete sich uns eine Eisentür: im Luftschutzraum des Grand Hotels warteten schon mehrere verdiente Bürger der Stadt. Wir wurden nach Waffen durchsucht. Ich durfte, nach telefonischer Rückfrage, mein Jungvolkfahrtenmesser behalten. Mein Vater mußte sein zierliches Federmesser, mit dem er seinen Fehlfarben die Kerbe schnitt, abgeben. Alle verdienten Bürger, darunter jener Herr Leeb aus Ohra, dem die inzwischen gleichfalls eingegangene Thekla von Schüddelkau gehört hatte – Thekla und Harras zeugten Prinz – also mein Vater, Herr Leeb, einige Herren mit goldenem Parteiabzeichen, vier fünf Jungens in Uniform aber älter als ich, wir alle standen stumm und präparierten uns. Mehrmals ging das Telefon: »Geht in Ordnung. Jawohl Sturmführer, wird gemacht!« Etwa zehn Minuten, nachdem mein Vater sein Federmesser abgegeben hatte, bekam er es wieder ausgehändigt. Mit einem »Alle mal herhören!« begann der Riese und diensthabende Adjutant seine Erklärung: »Der Führer kann zur Zeit niemanden empfangen. Große und entscheidende Aufgaben sind zu bewältigen. Da heißt es zurückstehen und schweigen, denn an allen Fronten sprechen die Waffen für uns alle, also auch für Sie und Sie und für Sie!«
Sogleich und auffallend routiniert begann er postkartengroße Fotos des Führers zu verteilen. Eigenhändige Unterschriften machten die Fotos wertvoll. Wir hatten ja schon solch eine signierte Postkarte; aber die zweite Postkarte, die wie die erste hinter Glas und in einen Rahmen kam, zeigte einen ernsteren Führer als die erste: Feldgrau trug er und keine oberbayrische Trachtenjacke.

Schon drängelten alle aus dem Luftschutzraum, waren teils erleichtert, teils enttäuscht, da sprach mein Vater den diensttuenden Adjutanten an. Ich bewunderte seinen Mut; aber dafür war er bekannt: in der Tischlerinnung und bei der Handelskammer. Den verjährten Brief der Gauleitung, als Harras noch deckfreudig gewesen war, zeigte er vor und hielt dem Adjutanten einen kurzen und sachlichen Vortrag über die Vor- und Nachgeschichte des Briefes, Harras Stammbaum – Perkun, Senta, Pluto, Harras, Prinz – wurde abgespult. Der Adjutant zeigte sich interessiert. Mein Vater schloß: »Da nun der Schäferhund Prinz zur Zeit in Zoppot weilt, bitte ich darum, den Hund sehen zu dürfen.« Wir durften; und auch Herr Leeb, der schüchtern abseits gestanden hatte, durfte wie wir. In der Hotelhalle winkte der Diensthabende einen anderen, gleichfalls großgewachsenen Uniformierten herbei und gab ihm Anweisungen. Der zweite Riese hatte ein Bergsteigergesicht und sagte zu uns: »Folgen Sie mir.« Wir folgten. Herr Leeb ging über Teppiche auf Halbschuhspitzen. Wir durchquerten einen Saal, in dem zwölf Schreibmaschinen klapperten und noch mehr Telefone bedient wurden. Ein Gang wollte nicht aufhören: Türen gingen. Entgegenkommen. Akten unterm Arm. Ausweichen. Herr Leeb grüßte jeden. In einem Vestibül umstanden sechs Medaillonsessel einen schweren Eichentisch. Der Blick des Tischlermeisters klopfte die Möbel ab. Furniere und Intarsien. Drei Wände voller schwergerahmter Fruchtstücke, Jagdstilleben, Bauernszenen – und die vierte Wand ist verglast und himmelhell. Wir sehen den Wintergarten des Grand Hotels: verrückte unglaubliche verbotene Pflanzen: die mögen duften, aber wir riechen nichts durch das Glas.
Und mitten im Wintergarten, womöglich vom Duft der Pflanzen ermüdet, sitzt ein Mann in Uniform, der, verglichen mit unserem Riesen, klein ist. Zu seinen Füßen spielt ein ausgewachsener Schäferhund mit einem mittelgroßen Blumentopf. Die Pflanze, etwas blaßgrün Fasriges, liegt mit Wurzeln und kompaktem Erdreich daneben. Der Schäferhund rollt den leeren Blumentopf. Wir meinen das Rollen zu hören. Der Riese neben uns klopft mit Knöcheln an die Glaswand. Sofort steht der Hund. Der Wächter dreht den Kopf, ohne den Oberkörper zu bewegen, grinst wie ein alter Bekannter, erhebt sich, will wohl zu uns, setzt sich dann wieder. Die äußere Glasfront des Wintergartens bietet eine teure Aussicht: die Kurgartenterrasse, den abgestellten großen Springbrunnen, den breit ansetzenden, schmal zulaufenden, am Ende dicker werdenden Seesteg: viele Fahnen von derselben Sorte aber keine Menschen, außer den Doppelposten. Die Ostsee kann sich nicht entscheiden: mal ist sie grün, mal grau, vergeblich versucht sie, blau zu glänzen. Aber der Hund ist schwarz. Auf vier Beinen steht er und hält den Kopf schräg. Das ist genau unser Harras, als er noch jung war.
»Wie unser Harras!« sagt mein Vater.
Ich sage: »Genau unser Harras.«
Herr Leeb bemerkt: »Aber die lange Kruppe könnte er von meiner Thekla

haben.«
Mein Vater und ich: »Die hatte unser Harras auch: eine lange, leicht abfallende Kruppe.«
Herr Leeb bewundert: »Wie fest und trocken die Lefzen schließen, wie bei meiner Thekla.«
Vater und Sohn: »Auch unser Harras schloß gut. Ebenfalls die Zehen. Und die Ohrhaltung, wie abgegossen!«
Herr Leeb sieht nur seine Thekla: »Ich möchte behaupten – man kann sich irren – des Führers Hund hat dieselbe Rutenlänge, wie meine Thekla sie hatte.«
Ich vertrete meinen Vater: »Und ich möchte wetten, des Führers Hund mißt genau wie unser Harras bis zum Widerrist vierundsechzig Zentimeter.«
Mein Vater klopft an die Scheibe. Des Führers Hund blafft kurz; genau so hätte Harras Laut gegeben.
Mein Vater will durch die Scheibe wissen: »Verzeihung! Können Sie uns verraten, wieviel Zentimeter Prinz bis zum Widerrist mißt? Zentimeter? Jawohl, bis zum Widerrist.«
Der Mann im Wintergarten darf uns sagen, wie hoch der Hund des Führers bis zum Widerrist mißt: sechsmal zeigt er zehn Finger, einmal hat seine rechte Hand nur vier Finger. Mein Vater klopft gutmütig die Schulter des Herrn Leeb: »Ist nun mal nen Rüde, die fallen vier bis fünf Zentimeter höher aus.«
Alle drei sind wir uns über die Wolle des Hundes im Wintergarten einig: kurzhaarig, jedes Haar gerade, jedes Haar liegt fest an: harsch und schwarz.
Mein Vater und ich: »Wie unser Harras!«
Herr Leeb unerschüttert: »Wie meine Thekla.«
Unser Riese in Uniform meint: »Na, nun haben Sie sich nicht wichtig. Die sehen doch alle mehr oder weniger gleich aus, Schäferhunde. Der Führer hat nen ganzen Zwinger voll, auffem Berghof. Diesmal hat er diesen Hund mitgenommen. Manchmal nimmt er andere Hunde mit, das wechselt.«
Mein Vater will ihm einen Vortrag halten über unseren Harras und dessen Vorgeschichte, aber der Riese winkt ab und winkelt den Arm mit der Uhr. Des Führers Hund spielt schon wieder mit dem leeren Blumentopf, wie ich, im Weggehen, wage, an die Scheibe zu klopfen: nicht mal den Kopf hebt er. Auch der Mann im Wintergarten guckt lieber die Ostsee an.
Unser Rückzug über weiche Teppiche, an Fruchtstücken, Bauernszenen, Jagdstilleben vorbei: Vorstehhunde lecken an toten Hasen und Wildschweinen, Schäferhunde sind keine gemalt. Mein Vater streichelt Möbel. Der Saal voller Schreibmaschinen und Telefone. In der Hotelhalle ist kein Durchkommen. Mein Vater nimmt meine Hand. Eigentlich müßte er auch den Herrn Leeb an der Hand nehmen: immer wird er angerempelt. Motorradfahrer mit staubgrauen Mänteln und Helmen torkeln zwischen

korrekten Uniformen. Das sind Melder, die Siegesmeldungen in den Taschen haben. Ob Modlin schon gefallen ist? Die Melder geben die Taschen ab und fallen in breite Sessel. Offiziere geben ihnen Feuer und plaudern dabei. Unser Riese schiebt uns durch das Portal unter die vierstocklange Fahne. Immer noch habe ich keinen Affen auf der Schulter, der hinaufmöchte. Durch alle Sperren werden wir geleitet, dann entlassen. Die Bevölkerung hinter der Absperrung will wissen, ob wir den Führer gesehen haben. Mein Vater schüttelt den Tischlermeisterkopf: »Nee, Leute, den Führer nicht, aber seinen Hund haben wir gesehen, der ist schwarz, sag ich Euch, wie unser Harras schwarz war.«

Liebe Cousine Tulla,
zurück nach Langfuhr brachte uns kein offener Dienstwagen. Mit der Vorortbahn fuhren mein Vater, Herr Leeb und ich. Wir stiegen zuerst aus. Herr Leeb fuhr weiter und versprach, uns bei Gelegenheit zu besuchen. Ich fand es beschämend, daß wir zu Fuß durch die Elsenstraße mußten. Es war aber trotzdem ein schöner Tag gewesen; und jenen Aufsatz, den ich auf Wunsch meines Vaters am Tag nach dem Besuch in Zoppot schreiben und dem Studienrat Brunies zeigten mußte, überschrieb ich: »Mein schönster Tag.«
Als Studienrat Brunies mir den Aufsatz korrigiert zurückgab, sagte er vom Katheder herab: »Gut bis vortrefflich beobachtet. Im Grand Hotel hängen in der Tat einige kostbare Jagdstilleben, Fruchtstücke und derbe Bauernszenen, zumeist holländische Meister des siebzehnten Jahrhunderts.«
Vorlesen durfte ich den Aufsatz nicht. Vielmehr hielt sich der Studienrat bei den Jagdstilleben und Bauernszenen auf, sprach von Genremalerei und seinem Lieblingsmaler Adriaen Brouwer. Dann kam er wieder aufs Grand Hotel, Kurhaus und Spielkasino zurück – »Besonders schön und festlich nimmt sich der Rote Saal aus. – Und in diesem Roten Saal wird demnächst Jenny tanzen.« Er raunte geheimnisvoll: »Sobald sie weg ist, auf und davon, die momentan herrschende Kriegerkaste, sobald sie sich mit Waffenlärm und Siegestaumel in andere Kurorte verzogen hat, will der Kurdirektor im Bunde mit dem Intendanten des Stadttheaters einen kleinen aber gediegenen Ballettabend veranstalten.«
»Dürfen wir zusehen und dabei sein?« fragten vierzig Schüler.
»Eine Wohltätigkeitsveranstaltung. Der Erlös soll dem Winterhilfswerk zufließen.« Brunies war mit uns betrübt, daß Jenny nur vor geschlossener Gesellschaft tanzen würde: »Zweimal soll sie auftreten. Sogar in dem berühmten Pas de Quatre; allerdings in leichter Fassung für Kinder, aber trotzdem!«
Mit meinem Aufsatzheft fand ich wieder in die Schulbank. »Mein schönster Tag« lag lange zurück.

Weder Tulla noch ich

sahen Jenny balletten. Aber sie muß gut gewesen sein, denn jemand aus Berlin wollte sie sogleich engagieren. Der Ballettabend fand kurz vor Weihnachten statt. Zuschauer waren die übliche Parteiprominenz aber auch Wissenschaftler, Künstler, hohe Marine- und Luftwaffenoffiziere, sogar Diplomaten. Brunies sagte, sogleich nach dem Schlußapplaus sei ein eleganter Herr gekommen, der habe Jenny auf beide Wangen geküßt und habe sie mitnehmen wollen. Ihm, Brunies, habe er seine Karte gezeigt und sich als erster Ballettmeister des Deutschen Ballettes, Berlin, vormals »KdF-Ballett«, ausgewiesen.
Doch der Studienrat lehnte ab und vertröstete den Ballettmeister auf einen späteren Zeitpunkt: Jenny sei noch zu kindlich unentwickelt. Die gewohnte Umgebung, Schule und Elternhaus, das gute alte Stadttheater und die Madame Lara müßten ihr noch einige Jahre lang erhalten bleiben.
Da trete ich auf dem Pausenhof an den Studienrat Oswald Brunies heran. Wie immer lutscht er, mal links mal rechts, seinen Malzbonbon. Ich sage: »Herr Studienrat, wie hieß denn der Ballettmeister?«
»Das, mein Sohn, sagte er mir nicht.«
»Aber sagten Sie nicht, er habe Ihnen so etwas wie eine Visitenkarte gzeigt?«
Studienrat Brunies klatscht in die Hände: »Richtig, das Kärtchen! Aber was stand da nur drauf? Vergessen, mein Sohn, vergessen!«
Da rätsle ich: »Hieß er etwa Steppuhn, Stepoteit oder Steppanowski?«
Brunies sückelt seinen Bonbon vergnügt: »Nicht annähernd, mein Sohn!«
Ich versuche es mit anderen Vögeln: »Hieß er etwa Sperla oder Sperlinski oder Sperballa?«
Brunies kichert: »Daneben, mein Sohn, daneben!«
Ich hole Atem: »Dann hieß er Sorius. Oder er hieß Zuchel, Zocholl, Zylinski. Also wenn er nicht so oder so und auch nicht Krisin und Krupkat geheißen hat, dann bleibt nur noch ein Name übrig.«
Der Studienrat hüpft von einem Bein aufs andere Bein. Der Malzbonbon hüpft mit: »Und dieser letzte Name wäre?« Jetzt flüstere ich ihm ins Ohr, und er hüpft nicht mehr. Ich wiederhole den Namen leise, und er macht unter zotteligen Augenbrauen verängstigte Äugelchen. Nun beruhige ich ihn und sage: »Ich hab beim Portier im Grand Hotel nachgefragt, und der hat Auskunft gegeben.« Jetzt klingelt es und die Pause ist zu Ende. Zwar will der Studienrat Brunies wieder vergnügt sückeln, aber er findet den Malzbonbon nicht mehr in seiner Mundhöhle. Nun fingert er einen neuen aus der Jackentasche und sagt, indem er auch mir einen Bonbon gibt: »Du bist recht neugierig, mein Sohn, überaus neugierig.«

Liebe Cousine Tulla,
da feierten wir Jennys dreizehnten Geburtstag. Dem Findelkind hatte der Studienrat den Geburtstag bestimmen dürfen: am achtzehnten Januar – der König von Preußen wird zum Deutschen Kaiser ausgerufen – feierten

wir ihn. Draußen war Winter, aber Jenny hatte sich eine Eisbombe gewünscht. Studienrat Brunies, der es verstand, Bonbons zu kochen, hatte beim Bäcker Koschnick die Eisbombe nach eigenem Rezept hergestellt. Das war Jennys immerwährender Wunsch. Sagte jemand: »Möchtest Du etwas essen? Was darf ich Dir mitbringen. Was wünschst Du Dir zu Weihnachten, zum Geburtstag, zur Premierenfeier?« immer begehrte sie Eis, Eis zum Lecken, Speiseeis!
Zwar leckten auch wir gerne Eis, aber unsere Wünsche zielten auf andere Dinge. Tulla zum Beispiel, die ein gutes halbes Jahr jünger als Jenny war, fing an, sich ein Kind zu wünschen. Beide, Jenny und Tulla, hatten, um die Zeit nach dem Polenfeldzug, kaum den Anflug von Brüsten. Erst im Sommer darauf, während des Frankreichfeldzuges und Wochen nach Dünkirchen, veränderten sie sich. Im Holzschuppen fühlten sich beide an: zuerst wie von Wespen, dann wie von Hornissen gestochen. Diese Schwellungen blieben und wurden von Tulla bewußt, von Jenny verwundert umhergetragen.
Langsam mußte ich mich entscheiden. Eigentlich war ich lieber um Tulla herum; aber Tulla wollte, kaum waren wir im Holzschuppen allein, ein Kind von mir. Da schloß ich mich Jenny an, die allenfalls nach Eis zu zehn Pfennigen verlangte oder nach einem Becher zu fünfunddreißig bei Toskani, einer Eiskonditorei von beträchtlichem Ruf. Die größte Freude konnte ich ihr bereiten, wenn ich sie zum Eiskeller begleitete; der lag hinter dem Kleinhammerpark neben dem Aktienteich, gehörte zur Aktienbrauerei, stand aber außerhalb der Backsteinmauer, die alle Brauereigebäude glasscherbengespickt umlief.
Der Eiskeller war viereckig, der Aktienteich rund. Weiden standen mit Füßen im Wasser. Der Strießbach floß, von Hochstrieß kommend, in ihn hinein, durch ihn hindurch, aus ihm heraus, teilte den Vorort Langfuhr in zwei Hälften, verließ Langfuhr bei Leegstrieß und mündete im Broschkeschen Weg in die Tote Weichsel. Im Jahre zwölfhunderteinundneunzig wird der Strießbach, »Fluuium Strycze«, zum erstenmal, als Grenzflüßchen zwischen den Besitzungen des Klosters Oliva und dem Stadtgebiet, urkundlich erwähnt und bestätigt. Breit war der Strießbach nicht, tief auch nicht, aber reich an Blutegeln war er. Auch den Aktienteich belebten Blutegel, Poggen und Kaulquappen. Von Fischen im Aktienteich wird noch die Rede sein. Über zumeist glattem Wasser hielten Mücken den einen hohen Ton, standen Libellen, durchsichtig und gefährdet. Wenn Tulla dabei war, mußten wir aus dem einmündenden Strießbach Blutegel in eine Konservendose sammeln. Es gab ein haltloses, schief am Uferschlamm faulendes Schwanenhäuschen. Schwäne hatte es vor Jahren, eine Saison lang, auf dem Aktienteich gegeben, dann waren sie eingegangen; nur das Schwanenhäuschen blieb. Immerzu und unter allen Regierungen, machten spaltenlange Artikel und empörte Leserbriefe Wind um den Aktienteich: er sollte, der Mücken wegen, und weil die Schwäne eingegangen waren, zugeschüttet werden. Aber dann spendete die Aktien-

brauerei irgend etwas für ein städtisches Altersheim, und der Teich wurde nicht zugeschüttet. Während des Krieges bestand für den Teich keine Gefahr. Er bekam einen Untertitel, hieß nicht nur Aktienteich, sondern auch Löschteich am Kleinhammerpark. Der Luftschutz hatte ihn entdeckt und in seinen Einsatzkarten eingeplant. Aber das Schwanenhäuschen gehörte weder der Brauerei noch dem Luftschutz; das Schwanenhäuschen, etwas größer als die Hundehütte unseres Harras, gehörte Tulla. In ihm hauste sie Nachmittage lang, und ins Häuschen hinein reichten wir ihr die Konservendose mit den Blutegeln. Sie machte sich frei und setzte sie an: am Bauch und an den Beinen. Die Egel gingen auf, wurden blauschwarz wie Blutergüsse, zitterten leicht und immer weniger, und Tulla, mit mehligem Gesicht, warf sie, sobald sie voll waren und sich leicht abnehmen ließen, in eine zweite Konservendose.

Wir mußten uns auch Blutegel ansetzen: ich drei, Jenny einen, am Oberarm und nicht an den Beinen, weil sie ja tanzen mußte. Mit kleingehackten Brennesseln und Wasser aus dem Aktienteich kochte Tulla ihre und unsere Egel über kleinem Holzfeuer, bis sie gar waren, platzen und die Suppe, trotz mitgekochter Brennesseln, braunschwarz färbten. Wir mußten den schlammigen Sud trinken; denn Tulla war das Egelkochen heilig. Sie sagte, wenn wir nicht trinken wollten: »Der Itzich und sein Freund waren ja auch Blutsbrüder, hat mir der Itzich mal gesagt.« Da tranken wir bis zum Bodensatz und fühlten uns alle verwandt.

Aber einmal hätte Tulla uns beinahe den Spaß verdorben. Nachdem sie abgekocht hatte, erschreckte sie Jenny: »Wenn wir jetzt trinken, kriegen wir beide jeder ein Kind, und zwar von ihm.« Aber ich wollte nicht Vater werden. Und Jenny meinte, es sei noch zu früh für sie, zuallererst wolle sie tanzen, in Berlin und überall.

Und einmal, als es zwischen mir und Tulla wegen der Kinderkriegerei schon ziemliche Spannungen gab, zwang Tulla im Schwanenhäuschen Jenny, sich neun Blutegel anzusetzen: »Wenn Du das nicht machst sofort, dann verblutet mein ältester Bruder sofort, der in Frankreich im Krieg ist.« Jenny setzte sich die Blutegel alle neun überall an, wurde weiß und dann ohnmächtig. Tulla verduftete und ich riß Jenny mit zwei Händen die Blutegel ab. Sie hafteten, weil sie noch nicht voll waren. Einige platzten, und später mußte ich Jenny abwaschen. Unterm Wasser kam sie wieder zu sich, blieb aber immer noch ohne Farbe. Sogleich wollte sie wissen, ob Siegesmund Pokriefke, Tullas Bruder in Frankreich, jetzt gerettet sei.

Ich sagte: »Vorläufig bestimmt.«

Die opferbereite Jenny sagte: »Dann müssen wir das alle paar Monate wiederholen.«

Ich belehrte Jenny: »Die haben jetzt überall Blutkonserven, hab ich gelesen.«

»Ach so,«, sagte Jenny und war ein bißchen enttäuscht. Wir setzten uns neben das Schwanenhäuschen in die Sonne. Im glatten Aktienteich spiegelte sich die breite Front des Eiskellergebäudes.

Dir, Tulla,
sage ich, was Du weißt: Der Eiskellerbau war ein Kasten mit Flachdach. Von Ecke zu Ecke hatten sie ihn mit Teerpappe beschlagen. Seine Tür war eine Teerpappentür. Fenster hatte er keine. Ein schwarzer Würfel ohne weiße Punkte. Wir mußten ihn immerzu anstarren. Mit Kuddenpäch hatte er nichts zu tun; aber Kuddenpäch hätte ihn dorthin gesetzt haben können, obgleich er nicht aus Gußeisen sondern aus Teerpappe war, obgleich Jenny sich nicht mehr vor Kuddenpäch fürchtete und immer in den Eiskellerbau hinein wollte. Wenn Tulla sagte: »Jetzt will ich ein Kind, sofort«, sagte Jenny: »Ich möchte schrecklich gerne den Eiskellerbau von innen besichtigen, kommst Du mit?« Ich wollte weder noch; ähnlich geht es mir heute.
Der Eiskellerbau roch wie die leere Hundehütte auf unserem Tischlereihof. Nur hatte die Hundehütte kein Flachdach, und eigentlich roch sie trotz der Teerpappe ganz anders: immer noch nach Harras. Zwar wollte mein Vater, der Tischlermeister, sich keinen neuen Hund halten, ließ aber die Hundehütte dennoch nicht zu Kleinholz schlagen, stand vielmehr oft, während alle Gesellen an den Hobelbänken standen, und alle Maschinen ins Holz bissen, vor der Hütte und starrte sie an, fünf Minuten lang.
Der Eiskellerbau spiegelte sich im Aktienteich und machte das Wasser düster. Trotzdem gab es Fische im Aktienteich. Alte Männer, mit Kautabak hinter eingesunkenen Lippen, angelten am Kleinhammerparkufer und fingen, gegen Abend, handgroße Plötze. Entweder warfen sie die Plötze wieder zurück oder sie gaben sie uns. Denn essen konnte man die Plötze eigentlich nicht. Sie waren durch und durch modrig und verloren auch in frischem Wasser nichts von ihrer lebendigen Fäule. Zweimal wurden Leichen aus dem Aktienteich gefischt. Vor dem Ausfluß des Strießbachs hielt ein Eisenwehr Treibholz an. Dort trieben die Leichen an: einmal war es ein alter Mann, einmal eine Hausfrau aus Pelonken. Ich kam jedesmal zu spät, um die Leichen sehen zu können. So sehnlich, wie Jenny in den Eiskellerbau hinein verlangte und Tulla auf ein Kind aus war, wollte ich eine richtige Leiche sehen; aber wenn Verwandte in der Koschneiderei starben – meine Mutter hatte dort Tanten und Cousinen – war der Sarg immer schon zu, wenn wir in Osterwick ankamen. Tulla behauptete, auf dem Grund des Aktienteiches lägen kleine Kinder, mit Steinen beschwert. Tatsache war, daß der Aktienteich sich zum Ersäufen junger Katzen und Hunde anbot. Auch ältere Katzen schwammen manchmal ziellos und aufgedunsen, fingen sich endlich am Wehr und wurden von dem städtischen Wärter – der hieß Ohnesorge wie der Reichspostminister – mit einer Hakenstange herausgefischt. Aber nicht deshalb stank der Aktienteich, er stank, weil die Abwässer der Brauerei in ihn flossen. »Baden verboten« stand auf einer Holztafel. Wir nicht, nur die Jungens aus dem Indianerdorf badeten trotzdem und rochen immer, auch im Winter, nach Aktienbier.

Die Gartensiedlung hinter dem Teich, die sich bis zum Flugplatz erstreckte, wurde von aller Welt so genannt. In der Siedlung wohnten Hafenarbeiter mit vielen Kindern, alleinstehende Großmütter und Maurerpoliere, die sich zur Ruhe gesetzt hatten. Ich reime mir den Namen Indianerdorf politisch zusammen: weil dort früher mal, lange vor dem Krieg, viele Sozis und Kommunisten gewohnt hatten, mag sich aus »Rotes Dorf« ein »Indianerdorf« gemausert haben. Jedenfalls wurde, als Walter Matern noch ein SA-Mann war, im Indianerdorf ein Schichau-Arbeiter ermordet. Im »Vorposten« stand: »Mord im Indianerdorf.« Aber die Mörder – vielleicht waren es neun Vermummte in Wettermänteln – wurden nie gegriffen.

Weder Tullas
noch meine Aktienteichgeschichten – ich bin voll damit und muß mich zurückhalten – übertreffen Geschichten, die den Eiskellerbau zum Mittelpunkt haben. So hieß es, die Mörder des Schichau-Arbeiters hätten damals im Eiskeller Zuflucht gesucht und säßen seitdem, acht oder gar neun vereiste Mörder, im Keller, wo er am eisigsten sei. Auch den spurlos verschwundenen Eddi Amsel vermuteten viele, nur ich nicht, im Eiskellerbau. Mütter drohten Kindern, die ihre Suppe nicht löffeln wollten, mit dem schwarzen fensterlosen Würfel; und den kleinen Matzerath, so munkelte man, habe seine Mutter, weil er nicht essen wollte, für ein paar Stunden in den Eiskeller gesperrt, seitdem wachse er keinen Zentimeter mehr, zur Strafe.
Denn in dem Eiskellerbau lagerte Geheimnisvolles. Solange die Eiswagen vorfuhren und klingende Eisblöcke aufgeladen wurden, stand seine Teerpappentür offen. Wenn wir, um Mut zu zeigen, an der offenen Tür vorbeisprangen, hauchte der Eiskeller uns an, und wir mußten uns in die Sonne stellen. Besonders Tulla, die an keiner offenen Tür vorbeigehen konnte, fürchtete den Eiskeller und versteckte sich, wenn sie die breiten schaukelnden Männer sah, die schwarze Lederschürzen trugen und blaurote Gesichter hatten. Wenn die Eismänner die Blöcke mit Eisenhaken aus dem Kellerbau zogen, ging Jenny zu den Männern und bat, einen Eisblock anfassen zu dürfen. Manchmal erlaubten sie es ihr. Dann hielt sie eine Hand solange an einen Block, bis ein viereckiger Mann ihr die Hand wegzog: »Nu is genuch. Wills wohl kleben blaiben!«
Später waren auch Franzosen unter den Eisträgern. Sie schulterten die Blöcke genau so wie die einheimischen Eisträger, waren genau so viereckig und hatten blaurote Gesichter. Man nannte sie Fremdarbeiter und wußte nicht, ob man mit ihnen sprechen durfte. Aber Jenny, die auf dem Lyzeum französisch lernte, sprach einen Franzosen an: »Bonjour Monsieur!«
Der war sehr höflich: »Bonjour Mademoiselle.«
Jenny knickste: »Pardon Monsieur, vous permettez, Monsieur, que j'entre pour quelques minutes?«

Eine einladende Bewegung machte der Franzose: »Avec plaisir, Mademoiselle.«
Da knickste Jenny abermals: »Merci Monsieur« und ließ ihre Hand in der Hand des französischen Eisträgers verschwinden. Beide schluckte, Hand in Hand, der Eiskellerbau. Die anderen Eisträger lachten und machten Witze.
Wir lachten nicht, sondern begannen leise zu zählen: »vierundzwanzig fünfundzwanzig... Wenn sie bis zweihundert nicht draußen ist, schrein wir um Hilfe.«
Sie kamen bei einhundertzweiundneunzig unverändert Hand in Hand. Links hielt sie einen Eisbrocken, knickste noch einmal vor ihrem Eisträger und zog dann mit uns in die Sonne. Wir fröstelten. Jenny leckte am Eis mit blasser Zunge und bot Tulla das Ei zum Lecken an. Tulla wollte nicht. Ich leckte: kaltes Eisen schmeckt so.

Liebe Cousine Tulla,
als das mit Deinen Blutegeln und Jennys Ohnmacht passierte, als wir deswegen und weil Du fortwährend von mir ein Kind bekommen wolltest, Krach bekamen, als Du selten mit uns zum Aktienteich mitkamst, als wir, Jenny und ich, nicht mehr zu Dir in den Holzschuppen kriechen wollten, als der Sommer vorbei war und die Schule begann, saßen Jenny und ich entweder im Dill vor den Gartenzäunen des Indianerdorfes oder neben dem Schwanenhäuschen, und ich half Jenny, indem ich unverwandt den Eiskellerbau im Auge behielt, denn Jenny hatte nur Augen für den schwarzen fensterlosen Würfel. Deshalb ist mir der Eiskellerbau deutlicher geblieben als die Gebäude der Aktien-Bierbrauerei hinter Kastanien. Vielleicht türmte sich der Komplex burgähnlich hinter der Mauer aus düsterem Backstein. Gewiß faßten blanke Klinker die hohen Kirchenfenster des Maschinenhauses ein. Der untersetzte Schornstein überragte dennoch Langfuhr, von allen Seiten gesehen. Beschwören möchte ich: der Aktien-Schornstein trug einen komplizierten Ritterhelm. Vom Wind reguliert, entließ er schwarzen, in sich wühlenden Rauch und mußte zweimal im Jahr geputzt werden. Neu und in hellem Ziegelrot schaut mir, wenn ich die Augen verkneife, das Verwaltungsgebäude über die glasgespickte Mauer. Regelmäßig, nehme ich an, verließen Zweispänner auf Gummirädern den Brauereihof. Fette, belgisch kurzschwänzige Pferde. Hinter Lederschürzen, unter Ledermützen, mit starren blauroten Gesichtern: der Bierkutscher und sein Beifahrer. Die Peitsche im Halfter. Lieferbuch und Geldkatze hinter der Schürze. Kautabak unterwegs. Metallknöpfe punkten das Pferdegeschirr. Das Springen und Klirren der Bierkästen, wenn Vorder- und Hinterräder über die Eisenschwelle des Brauereitores stolpern. Eiserne Buchstaben im Bogen über dem Tor: D. A. B. Nasse Geräusche: die Flaschenspülerei. Um halbeins spricht die Sirene. Um eins wiederholt sich die Sirene. Der Xylophoneinsatz der Flaschenspülerei: diese Partitur ging verloren, aber der Geruch blieb.

Wenn Ostwind den Helm auf dem Brauereischornstein drehte und schwarzen Schmok über die Kastanien, über den Aktienteich, den Eiskellerbau und das Indianerdorf in Richtung Flugplatz wälzte, schlug es sauer nieder: übergärige Hefe, aus Kupferkesseln, abgestanden: Bock Pils Malz Gerste Märzen Urquell Bräu. Dazu die Abwässer. Obgleich es immer hieß, sie fließen woanders hin, mischte sich der Ausfluß der Aktien-Bierbrauerei dennoch in den Teich, daß er sauer wurde und stank. Deshalb tranken wir, wenn wir Tullas Blutegelsuppe tranken, eine bittre Biersuppe. Wer eine Kröte zertrat, öffnete gleichzeitig eine Flasche Bockbier. Als mir einer der mümmelnden Kautabakmänner einen handlangen Plötz zuwarf, und ich den Plötz neben dem Schwanenhäuschen ausnahm, waren Leber, Milch und der Rest: verschmorte Malzbonbons. Und als ich ihn über kleinem prasselndem Feuer rösch werden ließ, ging er für Jenny wie Hefe auf, wurde obergärig und schmeckte – ich hatte ihn reichlich mit frischem Dill gefüllt – wie Gurkenjauche vom Vorjahr. Jenny aß nur wenig von dem Fisch.

Wenn aber der Wind vom Flugplatz kam und den Dunst vom Teich mit dem Schmok des Brauereischornsteines gegen den Kleinhammerpark und den Bahnhof Langfuhr trieb, stand Jenny auf, zog den Blick vom eisgefüllten Teerpappenwürfel ab und zeigte im Dillkraut gezählte Schritte. Ohnehin leicht, wog sie beim Balletten nur noch die Hälfte. Mit kleinem Sprung und mit zierlicher Reverenz beendete sie ihren Auftritt, und ich mußte klatschen wie im Theater. Manchmal schenkte ich ihr ein Sträußchen Dill, über dessen Stengel ich einen Bierflaschengummi gezogen hatte. Diese niewelkenden immerroten Blumen schwammen zu Hunderten auf dem Aktienteich, bildeten Inseln und wurden gesammelt: ich häufte zwischen Polenfeldzug und Einnahme der Insel Kreta über Zweitausend Bierflaschengummis, und fühlte mich beim Zählen reich. Einmal bastelte ich für Jenny eine Kette aus Gummiringen, die sie wie echten Schmuck trug: und ich genierte mich ihretwegen: »Die Dinger mußt Du nicht auf der Straße tragen, nur am Teich oder zuhause.«

Aber Jenny war die Kette nicht billig: »Ich hänge nun mal daran, weil Du sie gemacht hast. Sie wirkt so persönlich, weißt Du.«

Häßlich war die Kette nicht. Eigentlich hatte ich sie für Tulla aufgezogen. Doch Tulla hätte sie fortgeworfen. Wenn Jenny im Dill tanzte, wirkte die Kette sogar hübsch. Nach dem Tanz sagte sie immer: »Jetzt bin ich aber müde«, und guckte am Eiskellerbau vorbei: »Ich muß auch noch Schularbeiten machen. Und morgen haben wir Probe und übermorgen auch.«

Ich versuchte mit dem Aktienteich im Rücken: »Hast Du mal wieder was gehört von dem Ballettmeister aus Berlin?«

Jenny erteilte Auskunft: »Herr Haseloff hat kürzlich eine Postkarte aus Paris geschickt. Er schreibt, ich müsse an meinem Spann arbeiten.«

Ich bohrte: »Wie sieht der eigentlich aus, dieser Haseloff?«

Jennys nachsichtiger Vorwurf: »Aber das hast Du mich nun schon zehnmal gefragt. Er ist sehr schlank und elegant gekleidet. Immerzu

raucht er lange Zigaretten. – Nie lacht er oder höchstens mit den Augen.«
Ich wiederholte mich planvoll: »Und wenn er mal mit dem Mund lacht oder wenn er spricht?«
Jenny sagte es: »Das wirkt dann komisch aber auch ein bißchen unheimlich, weil er, wenn er spricht, den Mund voller Goldzähne hat.«
Ich: »Richtige?«
Jenny: »Ich weiß nicht.«
Ich: »Frag ihn doch mal.«
Jenny: »Das wäre mir peinlich. Womöglich sind sie aus falschem Gold.«
Ich: »Deine Kette ist ja auch nur aus Flaschengummi.«
Jenny: »Also, dann schreib ich ihm und frag danach.«
Ich: »Heut' noch?«
Jenny: »Heute werd ich zu müde sein.«
Ich: »Dann morgen.«
Jenny: »Wie soll ich denn danach fragen?«
Ich diktierte ihr den Text: »Schreib einfach: Was ich noch fragen wollte, Herr Haseloff, Ihre Goldzähne, sind die echt? Hatten Sie früher mal andere Zähne? Und wenn Sie die hatten, wo sind die geblieben?«
Diesen Brief schrieb Jenny; und der Herr Haseloff antwortete postwendend: das Gold sei echt; früher habe er kleine weiße Zähne, zweiunddreißig Stück besessen; die hätte er weggeworfen, hinter sich ins Gebüsch, und hätte sich neue angeschafft, goldene; die wären teurer gewesen als zweiunddreißig Paar Ballettschuhe.
Da sagte ich zu Jenny: »Nun zähl mal nach, wieviel Flaschengummis Deine Kette hat.«
Jenny zählte und begriff nicht: »Welch ein Zufall, auch zweiunddreißig, genau!«

Liebe Tulla,
es konnte nicht ausbleiben, daß Du wieder näher kamst, mit Deinen zerkratzten Beinen.
Ende September, das Dillkraut schoß aus, wurde gelb, und der Aktienteich warf mit kurzen Wellen einen seifigen Schaumkranz ans Ufer, Ende September kam Tulla.
Das Indianerdorf spuckte sie und sieben oder acht Jungens. Einer rauchte Pfeife. Als Windschutz stand er hinter Tulla und gab ihr den Kocher. Sie rauchte sprachlos. Langsam, über gezielten Umweg, kamen sie näher, standen, guckten in die Luft, guckten an uns vorbei, drehten wieder und waren weg: hinter den Zäunen und weißgekälkten Katen des Indianerdorfes.
Und einmal gegen Abend – wir hatten die Sonne im Rücken, der Helm des Brauereischornsteines saß einem blutenden Ritter auf blutendem Kopf – kamen sie seitlich des Eiskellerbaus auf und zogen im Gänsemarsch durch die Brennesseln, längs der frontalen Teerpappenwand. Im Dillkraut gingen sie in die Breite, Tulla reichte die Pfeife nach links und sagte zu den

Mücken: »Die ham vergessen, zuzuschließen. Willste nich mal reingehen Jenny und gucken, wies drinnen is?«
Jenny war so freundlich und immer gut erzogen: »Ach nein, es ist schon spät, und ich bin ein wenig müde. Weißt Du, morgen haben wir Englisch, und beim Training muß ich frisch sein.«
Tulla besaß wieder die Pfeife: »Na denn nich. Dann gehn wir zum Pförtner, damit er zuschließt.«
Aber Jenny stand schon, und ich mußte aufstehen: »Kommt nicht in Frage, daß Du mitgehst. Außerdem bist Du müde, hast Du gesagt.« Jenny war nicht mehr müde und wollte nur kurz hineinschauen: »Es ist nämlich sehr interessant drinnen, bitte Harry!«
Ich blieb neben ihr und geriet in die Brennesseln. Tulla voran, die anderen hinter uns. Tullas Daumen zeigte auf die Teerpappentür: einen Spalt stand sie offen und atmete kaum. Da mußte ich sagen: »Aber alleine gehste nich.« Und Jenny, schmal in dem Spalt, sagte guterzogen: »Das ist wirklich nett von Dir, Harry.«

Wer sonst als Tulla,
schob mich hinter Jenny durch den Spalt. Und ich hatte vergessen, Dich und die Jungs draußen sicher zu machen, mit Handschlag und Ehrenwort. Während uns der Atem des Eiskellerbaus an die Leine nahm – zusätzlich verhakte sich Jennys kleiner Finger mit meinem kleinen Finger – während eisige Lungen uns schleusten, wußte ich: jetzt ist Tulla alleine oder mit dem Bengel und Pfeife weg zum Pförtner und holt den Schlüssel, oder holt den Pförtner samt Schlüssel; und die Bande quatscht neunstimmig, damit der Pförtner uns nicht hört, während er abschließt.
Deshalb oder weil Jenny mich am Finger hatte, gelang mir kein Hilferuf. Sie führte mich sicher durch die schwarze knisternde Luftröhre. Von allen Seiten, auch von oben und unten, machte uns Atem leicht, bis kein Boden mehr war. Dabei ging es über Wege und Treppen, die durch rote Positionslichterchen angezeigt waren. Und Jenny sagte mit ganz normaler Stimme: »Paß bitte auf, Harry: jetzt kommen Stufen, treppab, zwölf Stück.«
Aber so sehr ich bedacht war, von Stufe zu Stufe Grund zu finden, ich sank, eingeatmet von einem Sog, der von unten her vorherrschte. Und als Jenny sagte: »So, jetzt sind wir im ersten Kellergeschoß und müssen uns links halten, dort soll der Zugang zum zweiten Kellergeschoß sein«, wäre ich gerne im ersten Geschoß geblieben, obgleich Hautjucken mich besetzte. Das sind die Brennesseln von vorhin; aber das war der Atem von allen Seiten, der auf der Haut niederschlug. Und jede Richtung knackte, nein, knisterte, nein knirschte: Blöcke gestapelt, vollständige Gebisse rieben sich, daß der Schmelz splitterte, und Eisen atmete vergoren überständig, magensauer pelzig klamm. Kaum noch Teerpappe. Hefe ging auf. Essig verdunstete. Pilze schlugen aus. »Vorsicht, Stufe!« sagte Jenny. In wessen malzbitterem Schlund? Welcher Hölle zweites Kellerge-

schoß ließ Gurken offenstehen und verderben? Welcher Teufel heizte uns ein unter Null?
Da wollte ich schreien und flüsterte: »Die werden uns einschließen, wenn wir nicht...«
Aber Jenny blieb ordentlich: »Immer um Sieben wird oben abgeschlossen!«
»Wo sind wir?«
»Jetzt befinden wir uns im zweiten Kellergeschoß. Hier liegen Blöcke, die sind schon viele Jahre alt.«
Meine Hand wollte es genau wissen: »Wie viele Jahre?« und war links weg, suchte Widerstand, fand ihn und blieb haften an vorzeitlichen Riesenzähnen: »Ich kleb fest! Jenny, ich klebe!«
Da legt sich Jennys Hand auf meine klebende Hand: sofort kann ich meine Finger vom Riesenzahn lösen, behalte aber Jennys glühenden Arm, Arm schön vom Tanzen, Arm, der auf der Luft liegen und schlafen kann, der andere auch. Und beide heiß gerieben von Atem in Blöcken. In den Achseln: August. Jenny kichert: »Du mußt mich nicht kitzeln, Harry.«
Ich will mich aber: »nur festhalten, Jenny.«
Sie erlaubt es und ist schon wieder: »ein bißchen müde, Harry.«
Ich glaube nicht: »daß hier eine Bank ist, Jenny.«
Sie ist nicht kleingläubig: »Warum soll hier keine Bank sein, Harry?« Und weil sie es sagt, ist eine da, aus Eisen. Aber weil Jenny sich setzt, wird die Eisenbank, je länger sie sitzt, zur gemütlichen abgesessenen Holzbank. Jetzt sagt Jenny im zweiten Kellergeschoß des Eiskellerbaus zu mir, altklug und besorgt: »Nun mußt Du nicht mehr frieren, Harry. Weißt Du, ich war mal in einem Schneemann verborgen. Und als ich in dem drinnen war, hab ich viel gelernt. Wenn Du also nicht aufhören kannst mit dem Frieren, dann mußt Du Dich an mir festhalten, weißt Du. Und wenn Du dann immer noch frierst, weil Du nie in einem Schneemann drinnen warst, dann mußt Du mich küssen, das hilft, weißt Du. Ich könnte Dir auch mein Kleid geben, denn das brauche ich nicht, bestimmt nicht. Da mußt Du Dich gar nicht genieren. Hier ist ja sonst niemand. Und ich bin hier wie zu Hause. Du kannst es Dir ja als Shawl um den Hals legen. Ich schlaf' dann nachher ein bißchen, weil ich morgen zu Madame Lara muß, und übermorgen hab' ich auch Training. Außerdem bin ich wirklich ein bißchen müde, weißt Du.«
So saßen wir die Nacht über auf der eisernen Holzbank. Ich hielt mich an Jenny fest. Ihre trockenen Lippen waren geschmacklos. Ihr Kleid aus Baumwolle – wenn ich nur wüßte: war es gepunktet, gestreift, kariert? – ihr kurzärmeliges Sommerkleidchen legte ich mir über die Schultern, um den Hals. Ohne Kleid, aber in Wäsche lag sie in meinen Armen, die nicht ermatteten, weil Jenny leicht war, auch wenn sie schlief. Ich schlief nicht, damit sie mir nicht entglitt. Denn ich war nie in einem Schneemann gewesen und wäre, ohne die trocknen Lippen, ohne das Baumwollkleid, ohne das leichte Gewicht in meinen Armen, ohne Jenny wär' ich verloren

gewesen. Umgeben vom Knistern, Seufzen und Knirschen, im Atem der Blöcke, angehaucht eingeatmet, hätte das Eis von mir Besitz genommen, bis heutzutage.
So aber erlebten wir den anderen Tag. Der Morgen rumorte im Keller über uns. Das waren die Eismänner mit den Lederschürzen. Jenny in ihrem Kleid wollte wissen: »Hast Du auch ein bißchen geschlafen?«
»Natürlich nicht. Einer mußte ja aufpassen.«
»Du, stell Dir vor, ich habe geträumt, mit meinem Spann wird es besser, und am Ende konnte ich die zweiunddreißig Fouettées drehen: da hat Herr Haseloff gelacht.«
»Mit den Goldzähnen?«
»Mit allen, während ich drehte und drehte.«
Mühelos und unter Flüstern und Traumdeuten fanden wir ins erste Kellergeschoß und abermals Stufen hinauf. Die roten Positionslichterchen zeigten den Weg zwischen gestapelten Eisblöcken, den Ausgang, das viereckige Licht. Aber Jenny hielt mich zurück. Keiner sollte uns sehen, denn, »Wenn sie uns erwischen«, sagte Jenny, »dürfen wir nie mehr hinein.«
Als das grelle Viereck keine Lederschürzenmänner mehr zeigte, als die fetten belgischen Pferde anzogen und der Eiswagen auf Gummirädern davonrollte, sprangen wir durch die Tür, ehe der nächste Eiswagen vorfuhr. Die Sonne schien schräg aus Kastanien. An Teerpappenwänden drückten wir uns vorbei. Alles roch anders als gestern. Mit den Beinen geriet ich wieder in die Brennesseln. Auf dem Kleinhammerweg, während sich Jenny ihre unregelmäßigen englischen Verben aufsagte, begann ich, die zu Hause wartende Hand des Tischlermeisters zu fürchten.

Du weißt,
unser Übernachten im Eiskellerbau hatte einige Folgen: ich bekam Prügel; die Polizei, durch Studienrat Brunies benachrichtigt, stellte Fragen; wir waren älter geworden und überließen den Aktienteich mit seinen Gerüchen fortan den Zwölfjährigen. Meine Flaschengummisammlung gab ich ab, als wieder einmal Altmaterial gesammelt wurde. Ob Jenny die Flaschengummikette ablegte, weiß ich nicht. Wir gingen uns umständlich aus dem Wege: Jenny errötete, wenn wir auf der Elsenstraße einander nicht ausweichen konnten; und ich bekam einen Ballon, sobald mir Tulla auf der Treppe, oder in unserer Küche begegnete, wo sie Salz holen oder einen Kochtopf ausleihen mußte.

Hast Du ein Gedächtnis?
Wenigstens fünf Monate, mit Weihnachten dazwischen, bekomme ich nicht mehr zusammen. Während dieser Zeit, in dem Loch zwischen Frankreichfeldzug und Balkanfeldzug, wurden immer mehr Gesellen unserer Tischlerei eingezogen und später, als es auch im Osten losging, durch Ukrainer als Hilfsarbeiter und durch einen französischen Tischler-

gesellen ersetzt. Der Geselle Wischnewski fiel in Griechenland; der Geselle Artur Kuleise fiel, ganz zu Anfang, bei Lemberg; und dann fiel mein Cousin, Tullas Bruder Alexander Pokriefke – das heißt, er fiel nicht, er ersoff in einem Unterseeboot: die Atlantikschlacht hatte begonnen. Die Pokriefkes, aber auch der Tischlermeister und seine Frau, trugen jeder einen Trauerflor. Auch ich trug einen Flor und war sehr stolz darauf. Sobald mich jemand nach dem Grund meiner Trauer fragte, sagte ich: »Ein Cousin von mir, der mir sehr nahe stand, ist von einer Feindfahrt in die Karibische See nicht heimgekehrt.« – Dabei kannte ich Alexander Pokriefke kaum, und auch die Karibische See war Angabe.

Ereignete sich noch etwas?
Mein Vater bekam dicke Aufträge. In seiner Tischlerei wurden nur noch Türen und Fenster für Marineunterkünfte in Putzig hergestellt. Plötzlich und ohne offenbaren Grund begann er zu trinken und verprügelte einmal, an einem Sonntagvormittag meine Mutter, weil sie stand, wo er stehen wollte. Aber niemals vernachlässigte er seine Arbeit und rauchte weiterhin Fehlfarben, die er im Schwarzhandel gegen Türbeschläge eintauschte.

Was ereignete sich außerdem?
Deinen Vater machten sie zum Zellenleiter. Völlig ging August Pokriefke in seinem Parteikram auf. Er ließ sich von einem Parteiarzt krankschreiben – der übliche Meniskusschaden – und wollte im Maschinenraum unserer Tischlerei Schulungsvorträge halten. Aber mein Vater erlaubte das nicht. Alte Familiengeschichten wurden ausgegraben. Es ging um die zwei Morgen Weideland meiner Großeltern in Osterwick. Die Aussteuer meiner Mutter wurde an den Fingern abklaviert. Mein Vater hielt dagegen, er bezahle für Tulla das Schulgeld. August Pokriefke schlug auf den Tisch: das Schulgeld für Tulla könne er sich von der Partei vorschießen lassen, jawohl! Und er, August Pokriefke, werde dafür sorgen, daß die Schulungsvorträge stattfänden, von ihm aus nach Feierabend.

Und wo warst Du im Sommer?
Weg, in Brösen, mit Tertianern. Wer Dich suchte, fand Dich auf dem Wrack eines polnischen Minensuchbootes, das nahe der Hafeneinfahrt auf Grund lag. Die Tertianer tauchten in dem Wrack und holten Zeug hoch. Ich schwamm schlecht und wagte unter Wasser nie, die Augen zu öffnen. Deshalb suchte ich Dich woanders und nie auf dem Kahn. Außerdem hatte ich Jenny; und Du wolltest immer nur einunddasselbe: ein Kind. Machten sie Dir eines auf dem Wrack?
Nichts war Dir anzusehen. Oder die Jungs im Indianerdorf? Sie hinterließen bei Dir keine Spuren. Die beiden Ukrainer in unserer Tischlerei, mit ihren immer verängstigten Kartoffelgesichtern? Keiner von beiden nahm

Dich in den Schuppen, und dennoch stellte Dein Vater mit ihnen Verhöre an. Und den einen, Kleba gerufen, weil er immer nach Brot bettelte, schlug August Pokriefke zwischen Gleichrichter und Fräse mit einer Wasserwaage zusammen. Da warf mein Vater Deinen Vater aus dem Betrieb. Dein Vater drohte mit einer Anzeige: aber mein Vater, der bei der Handelskammer und auch bei der Partei einiges Ansehen hatte, machte die Anzeige. Man veranstaltete eine Art Ehrengericht. August Pokriefke und der Tischlermeister Liebenau hatten sich zu vergleichen; die Ukrainer wurden gegen zwei andere eingetauscht – es hatte ja genug – und die beiden ersten Ukrainer, so hieß es, brachte man nach Stutthof.

Deinetwegen: Stutthof!
Dieses Wörtchen bekam mehr und mehr Bedeutung. »Du hast wohl Sehnsucht nach Stutthof?« – »Wenn Du nicht die Klappe hältst, wirst Du noch nach Stutthof kommen.« Ein dunkles Wort lebte in Mietshäusern, stieg treppauf treppab, saß in Wohnküchen bei Tisch, sollte ein Witz sein, und manche lachten auch: »Die machen jetzt Seife in Stutthof, man möcht sich schon nich mehr waschen.«

Wir beide waren nie in Stutthof.
Tulla kannte nicht einmal Nickelswalde; mich brachte ein Jungvolk-Zeltlager nach Steegen; aber Herr Brauxel, der mir die Vorschüsse zahlt und meine Briefe an Tulla wichtig nennt, kennt die Gegend zwischen der Weichsel und dem Frischen Haff. Zu seiner Zeit war Stutthof ein reiches Dorf, größer als Schiewenhorst und Nickelswalde und kleiner als die Kreisstadt Neuteich. Zweitausendsechshundertachtundneunzig Einwohner hatte Stutthof. Die verdienten Geld, als bald nach Kriegsbeginn nahe dem Dorf ein Konzentrationslager gebaut wurde und immer wieder vergrößert werden mußte. Sogar Eisenbahngleise wurden in dem Lager verlegt. Diese Gleise hatten Anschluß zur Strecke der Werderkleinbahn nach Danzig-Niederstadt. Das wußten alle, und wer es vergessen hat, mag sich erinnern: Stutthof, Kreis Danziger Niederung, Reichsgau Danzig-Westpreußen, zuständiges Amtsgericht Danzig, bekannt durch seine schöne Fachwerkkirche, beliebt als ruhiger Badeort, uraltes deutsches Siedlungsgebiet – im vierzehnten Jahrhundert legte der Deutsche Ritterorden die Niederung trocken; im sechzehnten Jahrhundert kamen fleißige Menoniten aus Holland; im siebzehnten Jahrhundert plünderten die Schweden mehrmals das Werder; achtzehnhundertdreizehn lief quer durch die Niederung Napoleons Rückzugstraße; und zwischen neunzehnhundertneununddreißig und neunzehnhundertfünfundvierzig starben im Konzentrationslager Stutthof, Kreis Danziger Niederung, Menschen, ich weiß nicht, wie viele.

Nicht Dich aber uns,
die Untertertianer des Conradinums, brachte die Schule nach Nickels-

walde, nahe Stutthof. Das alte Landschulheim Saskoschin erwarb die Partei und baute es zum Schulungsheim für den Führungsstab um. Ein Stück Land, zwischen der Nickelswalder Luisenmühle und dem Strandwald wurde zur Hälfte dem Müller Matern, zur Hälfte der Gemeinde Nickelswalde abgekauft und mit einem einstöckigen Gebäude unter hohem Ziegeldach bebaut. Wie in Saskoschin spielten wir in Nickelswalde Schlagball. In jeder Klasse gab es Asse, die himmelhoch Kerzen schlagen konnten und Prügelknaben, die mit hart ledernen Bällen eingekesselt und zermürbt wurden. Morgens wurde die Fahne gehißt, abends wurde sie eingeholt. Das Essen war schlecht; trotzdem nahmen wir zu; die Luft im Werder nährte.

Oft, zwischen den Spielen, beobachtete ich den Müller Matern. Er stand zwischen Mühle und Haus. Links drückte ein Mehlsack sein Ohr. Er lauschte den Mehlwürmern und sah in die Zukunft.

Angenommen, ich führte mit dem schiefen Müller ein Gespräch. Vielleicht sagte ich laut: denn er hörte schlecht: »Was gibt's Neues, Herr Matern?«

Bestimmt antwortete er: »In Rußland wird der Winter zu früh einsetzen.«

Womöglich wollte ich mehr wissen: »Kommen wir noch bis Moskau?«

Er orakelte: »Viele von uns werden sogar bis nach Sibirien kommen.«

Jetzt hätte ich das Thema wechseln können: »Kennen Sie einen, der heißt Haseloff und wohnt meistens in Berlin?«

Sicherlich lauschte er lange in seinen Mehlsack hinein: »Ich hör nur von einem, der hieß früher mal anders. Den fürchteten die Vögel.«

Grund genug hätte ich gehabt, neugierig zu sein: »Hat er Gold im Mund und lacht nie?«

Des Müllers Mehlwürmer sprachen nie direkt: »Er raucht viele Zigaretten nacheinander, obgleich er immerzu heiser ist, weil er sich mal erkältet hat.«

Gewiß schloß ich ab: »Dann ist er es!«

Genau sah die Müller die Zukunft: »Er bleibt es.«

Da es in Nickelswalde keine Tulla und keine Jenny gab,

kann es nicht meine Aufgabe sein, von den Abenteuern der Tertianer in Nickelswalde zu berichten; ohnehin ging der Sommer zu Ende.

Der Herbst brachte Änderungen im Schulbetrieb. Die Gudrun-Schule, vormals Helene-Lange-Schule, verwandelte sich in eine Luftwaffenkaserne. Alle Mädchenklassen zogen in unser nach Knaben stinkendes Conradinum. Schichtweise wurde Unterricht erteilt: vormittags die Mädchen, nachmittags die Knaben; und umgekehrt. Einige Lehrer, darunter Studienrat Oswald Brunies, mußten gleichfalls in den Mädchenklassen unterrichten. In Tullas und Jennys Klasse gab er Geschichte.

Wir sahen uns überhaupt nicht mehr. Weil wir schichtweise unterrichtet wurden, konnten wir mühelos aneinander vorbeileben: Jenny mußte nicht mehr erröten; ich bekam keinen Ballon; Ausnahmen sind erzäh-

lenswert:
denn einmal, um die Mittagszeit – ich war zu früh unterwegs und trug rechts die Schultasche – kam mir unter den Haselnußbäumen des Uphagenweges Jenny Brunies entgegen. Sie mochte fünf Stunden Unterricht gehabt und sich im Conradinum aus mir unbekannten Gründen verweilt haben. Jedenfalls kam sie aus der Schule und trug ihre Tasche gleichfalls rechts. Grüne und einige blaßbräunliche Haselnüsse lagen schon unten, weil am Vortag ein Wind gegangen war. Jenny, in einem dunkelblauen Wollkleid mit weißen Ärmelaufschlägen, unter einer dunkelblauen Mütze, die aber keine Baskenmütze, eher ein Barett war, Jenny wurde rot und wechselte die Schultasche von rechts nach links, als sie noch fünf Haselnußbäume von mir entfernt war.
Die Villen beiderseits des Uphagenweges schienen unbewohnt zu sein. Überall Edeltannen und Trauerweiden, Blutahorn und Birken, die Blatt um Blatt fallen ließen. Vierzehn Jahre waren wir alt und gingen aufeinander zu. Jenny kam schmäler auf, als ich sie in Erinnerung hatte.
Ihre Füße auswärts, vom vielen Balletten. Warum trug sie blau, wenn sie wußte: Ich werde rot, wenn er kommt!
Weil ich zu früh war, und weil sie anlief bis zum Mützenrand, weil sie die Schultasche gewechselt hatte, blieb ich stehen, wechselte gleichfalls die Tasche und bot meine Hand an. Sie ließ ihre Hand kurz trocken schreckhaft in meinen Griff schlüpfen. Wir standen zwischen unreifen Nüssen. Einige waren zertreten oder taub. Als ein Vogel in einem Ahorn fertig war, fing ich an: »Na, Jenny, so spät erst? Hast Du schon von den Nüssen? Soll ich Dir einige? Schmecken nach nichts, sind aber nun mal die ersten. Und was machst Du sonst? Dein alter Herr ist ja sehr rüstig, immer noch. Neulich hatte er wieder seine Tasche voller Glimmerzeug: mindestens fünf Kilo oder wenigstens vier, allerhand. Und in dem Alter noch zu Fuß, unentwegt, und was ich noch fragen wollte: was macht das Ballett? Wieviel Pirouetten drehst Du? Wie gehts dem Spann, besser? Ich hätt' mal wieder Lust, in die olle Kaffeemühle zu gehen. Wie ist die erste Solistin, die Ihr aus Wien bekommen habt? Habe gehört, Du machst mit im ›Maskenball‹. Konnte leider nicht, weil ich. Aber Du sollst gut gewesen sein, freut mich. Und warst Du mal wieder im Eiskellerbau? Nicht doch. War nur Spaß. Aber erinnere mich genau, weil mich mein Vater hinterher. Hast Du die Kette noch, die mit den Flaschengummis mein ich. Und aus Berlin? Hast Du mal wieder was gehört von denen?«
Ich plauderte redete wiederholte mich. Mit dem Schuhabsatz knackte ich Haselnüsse, pulte mit flinken Fingern halbzerdrückte Kerne aus Schalensplittern, gab ihr und mir; und Jenny futterte brav seifige Nüsse, die die Zähne stumpf machten. Meine Finger klebten. Sie stand starr, hatte noch immer alles Blut im Kopf und gab Antwort, leise monoton gehorsam. Ihre Augen hatten Platzangst. Ihr Blick hing in den Birken Trauerweiden Edeltannen: »Ja danke, meinem alten Herrn geht es ganz gut. Nur zuviel Unterricht. Ich muß manchmal helfen, beim Korrigieren. Dabei raucht er

zuviel. Doch, ich bin immer noch bei Madame Lara. Sie plaziert wirklich ausgezeichnet und ist bekannt dafür überall. Aus Dresden und sogar aus Berlin kommen Solisten und lassen sich von ihr zurecht rücken. Sie hat eben die russische Schule von Kindheit an mitbekommen. Weißt Du, sie hat sich viel bei der Preobrajenska abgeguckt und bei der Trefilova. Denn wenn sie auch noch so pedantisch überall herumdrückt, hier noch ein bißchen und da noch das Pünktchen, bleibt man dennoch tänzerisch und bekommt nicht nur Technik mit. ›Maskenball‹ mußt Du Dir wirklich nicht ansehen. Weißt Du, uns fehlen hier die Maßstäbe. Ja, Harry, gewiß erinnere ich mich. Aber drinnen war ich nie wieder. Ich hab mal gelesen, daß man manche Dinge nicht wiederholen kann oder soll, sonst verschwinden sie ganz. Aber Deine Kette trage ich manchmal. Doch, der Herr Haseloff hat wieder geschrieben. An Papa natürlich. Er ist wirklich ein komischer Kerl und schreibt tausend Einzelheiten, die anderen nicht auffallen. Aber Papa sagt, er hat in Berlin Erfolg. Er macht alles Mögliche, auch Bühnenbilder. Sein Training soll sehr streng sein, aber gut. Er reist mit der Neroda, die eigentlich das Ballett leitet: Paris, Belgrad, Saloniki. Aber sie tanzen nicht nur vor Soldaten. Doch Papa sagt, es ist noch zu früh für mich.«

Da gab es am Boden keine Nüsse mehr. Auch waren schon einige Schüler an uns vorbei. Einer feixte, den kannte ich. Jenny ließ ihre rechte Hand rasch in meiner rechten Hand verschwinden. Einen Augenblick lang drehte ich ihren Handrücken: fünf glatte leichte Finger; und am Ringfinger trägt sie einen schwärzlichen primitiv geschmiedeten Silberring. Den zieh ich ihr ab, ohne zu fragen.

Jenny mit leeren Ringfinger: »Das ist Angustri, der heißt so.«

Ich reibe den Ring: »Wieso Angustri?«

»Das ist Zigeunersprache und heißt Ring.«

»Hast Du den immer schon?«

»Aber das darfst Du niemand erzählen. Der lag in meinem Kissen, als ich gefunden wurde.«

»Und woher weißt Du, daß er so heißt?«

Jennys Röte nimmt zu, nimmt ab: »Der mich liegen ließ, damals, der hat den Ring so genannt.«

Ich: »Ein Zigeuner?«

Jenny: »Er hieß Bidandengero.«

Ich: »Dann bist Du vielleicht auch eine.«

Jenny: »Bestimmt nicht, Harry. Die sind doch schwarzhaarig.«

Ich bringe den Beweis: »Aber tanzen können sie alle!«

Alles erzählte ich Tulla,

sie, ich und wer noch waren wild auf den Ring. Wir trauten dem Silber Hokuspokus zu und nannten Jenny, wenn das Gespräch um sie kreiste, nicht Jenny, sondern Angustri. Bestimmt waren jene Mitschüler, die sich von Anfang an in Jennys silberne Ballettschuhe vernarrt hatten, nun

krank nach Angustri. Nur ich blieb Jenny und Angustri gegenüber ruhig bis neugierig. Wir hatten wohl zuviel gemeinsam erlebt. Auch war ich von Anfang an von Tulla verseucht. Selbst als Oberschülerin, in einigermaßen reinlichen Kleidern, blieb ihr der Knochenleimgeruch; und ich haftete und wehrte mich kaum.
Als Tulla sagte: »Klau ihr den Ring nächstes Mal«, winkte ich ab und hatte, als ich Jenny im Uphagenweg auflauerte, nur halbwegs vor, ihr das Silber vom Finger zu ziehen. Zweimal in einer Woche wurde sie rot, weil ich ihr in den Weg trat. Jedesmal hatte sie keinen Angustri bei sich, sondern trug die alberne Kette aus Flaschengummis um den Hals.

Aber Tulla, die um ihrem Bruder Alexander Trauer trug,
sorgte dennoch dafür, daß Jenny bald Trauer tragen mußte. Im Spätherbst einundvierzig – Sondermeldungen über Erfolge im Osten blieben aus – konnte das Conradinum schon auf zweiundzwanzig gefallene Conradiner hinweisen. Die Marmortafel mit den Namen, Daten und Diensträngen hing im Hauptportal zwischen Schopenhauer und Kopernikus. Unter den Gefallenen gab es einen Ritterkreuzträger. Zwei Ritterkreuzträger lebten noch und besuchten, wenn sie Urlaub hatten, regelmäßig ihre alte Schule. Manchmal hielten sie in der Aula knappe oder weitschweifige Vorträge. Wir saßen angenagelt und die Lehrer nickten zustimmend. Nach den Vorträgen durften Fragen gestellt werden. Die Schüler wollten wissen, wie viele Spitfire man abschießen, wieviel Bruttoregistertonnen man versenken müsse. Denn wir waren alle darauf aus, später einmal das Ritterkreuz zu bekommen. Die Lehrer stellten entweder sachliche Fragen – ob es immer mit dem Nachschub klappe – oder sie gefielen sich in starken Sätzen und sprachen vom Durchhalten und vom Endsieg. Studienrat Oswald Brunies fragte einen Ritterkreuzträger – ich glaub, es war der von der Luftwaffe – was ihm durch den Kopf gegangen sei, als er zum erstenmal einen toten Menschen, Freund oder Feind, gesehen habe. Die Antwort des Jagdfliegers ist mir entfallen.
Dieselbe Frage stellte Brunies dem Feldwebel Walter Matern, der, weil er nicht Ritterkreuzträger war, nur in unserer Klasse vom Katheder herunter einen Vortrag über das Thema »Einsatz der Heeresflak im Osten« halten durfte. Auch die Antwort des Feldwebels mit den Eisernen Kreuzen erster und zweiter Klasse habe ich vergessen. Ich sehe nur, daß er feldgrau, hager und bullig zugleich, mit beiden Händen den Pultdeckel klammert, über uns hinwegstarrt und mit seinem Blick einen Öldruck an der Rückwand des Klassenzimmers meint: die spinatgrüne Thoma-Landschaft. Wo er atmet, wird die Luft dünn. Wir wollen etwas vom Kaukasus wissen, doch er spricht unentwegt über das Nichts.
Wenige Tage nach dem Vortrag zog Walter Matern wieder nach Rußland und kam dort zu einer Verwundung, die ihn für den Kampf der Flak im Erdeinsatz untauglich machte: leicht hinkend wurde er zur Heimatflak versetzt, zuerst nach Königsberg, dann nach Danzig. In der Strandbat-

terie Brösen-Glettkau und in der Batterie Kaiserhafen bildete er Luftwaffenhelfer aus.
Beliebt und gefürchtet wurde er allen und mir zum Vorbild; nur Studienrat Brunies stellte den Feldwebel, sobald er besuchsweise bei uns hinterm Katheder stand, in Frage, indem er Spottlichterchen aufsetzte und Matern bat, an Stelle eines Vortrages über die Kämpfe bei Orel, ein Eichendorffgedicht zu lesen, etwa: »Dunkle Giebel, hohe Fenster...«
Ich kann mich nicht erinnern, daß der Studienrat uns ernsthaft unterrichtete. Einige Aufsatzthemen fallen mir ein: »Hochzeitsvorbereitungen bei den Zulus.« Oder: »Das Schicksal einer Konservendose.« Oder: »Als ich noch ein Malzbonbon war und im Munde eines kleinen Mädchens immer kleiner wurde.« Es kam dem Studienrat wohl darauf an, unsere Phantasie zu füttern; und da unter vierzig Schülern in der Regel zwei Schüler Phantasie besitzen, durften achtunddreißig Tertianer dösen, während zwei Tertianer – ein anderer und ich – das Schicksal der Konservendose aufrollten, den Zulus originelle Hochzeitsbräuche andichteten und einem Malzbonbon nachspionierten, der im Mund eines Mädchens immer kleiner wurde.
Dieses Thema beschäftigte mich, meinen Mitschüler und den Studienrat Brunies vierzehn Tage lang oder länger. Knollig und tausendfach ledern hockte er hinterm abgegriffenen Pultholz und machte, um uns zu inspirieren, das Saugen, Sückeln und Saftziehen nach. Einen imaginären Malzbonbon ließ er von einer Backe in die andere ziehen, er verschluckte ihn beinahe, verminderte ihn mit geschlossenen Augen, ließ den Bonbon sprechen, erzählen; kurz, Studienrat Brunies war zu einer Zeit, da Süßigkeiten rar und bewirtschaftet waren, doppelt süchtig den Bonbons hinterdrein: wenn er keine in seiner Tasche hatte, erfand er sich welche. Und wir schrieben übers gleiche Thema.
Etwa vom Herbst einundvierzig an wurden an alle Schüler Vitamintabletten verteilt. Sie hießen Cebiontabletten und wurden in großen Apothekergläsern aus braunem Glas aufbewahrt. Im Konferenzzimmer, wo vorher Meyers-Konversations-Lexikon Rücken neben Rücken gestanden hatte, standen nun beschriftete Gläser – Sexta bis Prima – in einer Reihe und wurden täglich vom zuständigen Klassenleiter in die Klassen getragen, zu den vitaminarmen Gymnasiasten des dritten Kriegsjahres.
Natürlich fiel es auf, daß Studienrat Brunies schon sückelte und süßen Genuß um den Altmännermund hatte, wenn er mit dem Apothekerglas im Arm die Klasse betrat. Das Verteilen der Cebiontabletten nahm der Unterrichtsstunde die gute Hälfte, denn Brunies ließ das Glas nicht etwa wandern, von Bank zu Bank: in alphabetischer Reihe, streng nach dem Klassenbuch, ließ er die Schüler vortreten, griff umständlich in den gläsernen Behälter, tat, als fische er für jeden etwas Besonderes und holte dann, mit Triumph in allen Runzeln, eine der vielleicht fünfhundert Cebiontabletten hervor, zeigt sie wie das Ergebnis eines schwierigen

Zauberaktes und übergab sie dem Schüler.
Wir alle wußten: Studienrat Brunies hat wieder beide Rocktaschen voller Cebiontabletten. Die Dinger schmeckten süßsäuerlich: ein bißchen nach Zitrone, ein bißchen nach Traubenzucker, ein bißchen nach Krankenhaus. Da wir gerne Cebiontabletten lutschten, hatte Brunies, der ja wild nach allem Süßen war, Grund, seine Rocktaschen zu füllen. Auf dem Weg vom Konferenzzimmer zu unserem Klassenzimmer suchte er täglich mit braunem Apothekerglas die Lehrertoilette auf, war nach einer Minute wieder auf dem Korridor, sückelte sich voran: Cebionstaub puderte die Klappen seiner Rocktaschen.
Ich möchte sagen: Auch Brunies wußte, daß wir wußten. Oft verschwand er während der Unterrichtsstunde hinter der Schultafel, gab sich dort Proviant, trat vor die Klasse und zeigte uns seinen beschäftigten Mund: »Ich nehme an, Ihr habt nichts gesehen; und solltet Ihr etwas gesehen haben, so habt Ihr falsch gesehen.«
Wie andere Studienräte mußte Oswald Brunies häufig und lautstark niesen. Wie seine Kollegen zog er bei solchem Anlaß das große Taschentuch; nur ließ er, im Gegensatz zu seinen Kollegen, mit dem Sacktuch ganze und zerbrochene Cebiontabletten aus der Tasche springen. Was auf geölten Dielen rollte, retteten wir. Eine Traube gebückter, eifrig sammelnder Schüler lieferte dem Studienrat halbe und viertel Tabletten ab. Wir sagten – dieser Spruch wurde zur Redensart: »Herr Studienrat, Sie haben soeben mehrere Glimmersteine verloren.«
Brunies antwortete gemessen: »Wenn es sich um einfache Glimmergneise handelt, dürft Ihr sie behalten; sollte es sich aber bei dem Fund um einen oder mehrere Zweiglimmergneise handeln, so bitte ich um die Rückgabe derselben.«
Wir, und das war abgemacht, fanden nur Zweiglimmergneise, die Brunies prüfend zwischen bräunlichen Zahnstümpfen verschwinden, prüfend von Backe zu Backe wandern ließ, bis er Gewißheit hatte: »In der Tat, es handelte sich bei dem Fund um mehrere höchst seltene Zweiglimmergneise, wie erfreulich, daß wir sie gefunden haben.«
Später unterließ Studienrat Brunies alle Umwege zum Cebion, ging nicht mehr hinter die Tafel und sprach nie mehr von verlorenen Zweiglimmergneisen. Wenn er vom Konferenzzimmer zu unserem Klassenzimmer unterwegs war, suchte er mit dem Apothekerglas keine Lehrertoilette auf, sondern vergriff sich süchtig und offen während der Unterrichtsstunde an unseren Cebiontabletten. Ein peinliches Zittern der Hände fiel auf. Mitten im Satz, zwischen zwei Eichendorffstrophen, kam es ihn an: nicht ein Cebion fingerte er, mit drei knotigen Fingern raffte er fünf Tabletten, warf sich alle fünf in den unersättlichen Mund und schmatzte, daß wir wegsehen mußten.

Nein Tulla,
wir haben ihn nicht angezeigt. Es wurden ja mehrere Anzeigen gemacht;

aber aus unserer Klasse kam keine. Zwar mußten später einige Schüler, darunter ich, als Zeugen im Konferenzzimmer aussagen; aber wir hielten uns zurück und sagten allenfalls, es stimme zwar, daß der Herr Studienrat während des Unterrichtes Süßigkeiten zu sich genommen habe, doch habe es sich nicht um Cebiontabletten, sondern um gewöhnliche Malzbonbons gehandelt. Diese Gewohnheit habe Studienrat Brunies immer gehabt, schon als wir noch in der Sexta und Quinta saßen; damals sei von Cebiontabletten noch gar nicht die Rede gewesen.
Unsere Aussagen nützten nicht viel; als man Brunies verhaftete, fand sich in seinem Taschenfutter Cebionstaub.
Zuerst hieß es, unser Direktor, Oberstudienrat Klohse, habe die Anzeige erstattet; einige tippten auf Lingenberg, einen Mathematiklehrer; dann sprach es sich herum: Schülerinnen der Gudrun-Schule, Mädchen jener Klasse, in der Brunies Geschichtsunterricht erteilte, hatten ihn angeschwärzt. Bevor ich denken konnte, das hat bestimmt Tulla getan, wurde Tulla Pokriefke genannt.

Du warst es!
Warum? Darum! – Nach vierzehn Tagen – Studienrat Brunies hatte unsere Klasse an Studienrat Hoffmann abgeben müssen, er gab keinen Unterricht mehr, befand sich aber nicht in Haft, sondern saß in der Elsenstraße über seinen Glimmersteinen – nach vierzehn Tagen sahen wir noch einmal den alten Herrn. Zwei Schüler meiner Klasse und ich wurden ins Konferenzzimmer gerufen. Dort warteten schon zwei Obersekundaner und fünf Mädchen der Gudrun-Schule, unter ihnen: Tulla. Wir grinsten angestrengt, und die Sonne streifte alle braunen Apothekergläser auf dem Regal. Wir standen auf weichem Teppich und durften uns nicht setzen. Die Klassiker an den Wänden mißachteten einander. Über grünem Sammet auf langem Konferenztisch wühlte das Licht im Staub. Die Tür war geölt: Studienrat Brunies wurde von einem Herrn in Zivil, der aber kein Lehrer sondern ein Kriminalbeamter war, hereingeführt. Den Beiden folgte Oberstudienrat Klohse. Brunies nickte uns freundlich und zerstreut zu, rieb die braunen knotigen Hände, setzte Spottlichterchen auf, als wollte er zum Thema übergehen und von den Hochzeitsvorbereitungen der Zulus, vom Schicksal einer Konservendose, vom Bonbon im Munde eines Mädchens erzählen. Es sprach aber der Herr in Zivil. Er nannte das Treffen im Konferenzzimmer eine notwendige Gegenüberstellung. Schleppend stellte er Studienrat Brunies die wohlbekannten Fragen. Um Cebion ging es und um die Entnahme von Cebiontabletten aus Gläsern. Unter Bedauern und Kopfwiegen verneinte Brunies alle Fragen. Die Obersekundaner wurden verhört, dann wir. Es wurde belastet entlastet. Gestotterte Widersprüche: »Nein, gesehen hab ich das nicht, nur sagte man. Wir dachten immer. Nur weil er gerne Bonbons aß, nahmen wir an. In meiner Gegenwart nicht. Aber es stimmt, daß er ...«
Ich glaube nicht, daß ich es war, der am Ende sagte: »Gewiß hat

Studienrat Brunies drei- oder höchstens viermal von den Cebiontabletten gekostet. Aber diese kleine Freude haben wir ihm gegönnt. Wir wußten ja, daß er gerne Süßigkeiten ißt, immer schon.«
Während gefragt und geantwortet wurde, fiel mir auf, wie töricht und hilflos Studienrat Brunies mal links mal rechts seine Rocktaschen durchwühlte. Dabei befeuchtete er aufgeregt seine Lippen. Der Herr in Zivil ging auf das Taschendurchwühlen und Lippenlecken nicht ein. Zuerst sprach er, nahe dem hohen Fenster, mit Oberstudienrat Klohse, dann winkte er Tulla ans Fenster: sie trägt einen schwarzen Faltenrock. Hätte Brunies wenigstens seine Pfeife bei sich; aber die hat er im Mantel gelassen. Der Beamte in Zivil flüstert unanständig in Tullas Ohr. Meine Sohlen brennen auf weichem Teppich. Die rastlosen Hände des Studienrates und seine Zunge, unermüdlich. Jetzt macht Tulla im schwarzen Faltenrock Schritte. Der Stoff rauscht, bis sie steht. Mit beiden Händen faßt sie ein bräunliches Apothekerglas, das zur Hälfte mit Cebiontabletten gefüllt ist. Vom Regal hebt sie es, und niemand hindert sie. Um den langen leeren Konferenztisch geht sie Fuß vor Fuß in ihrem Faltenrock, die Augen klein und noch enger gemacht. Alle schauen ihr nach, und Brunies sieht sie kommen. Auf Armlänge bleibt sie vor dem Studienrat stehen, zieht das Glas an die Brust, hält es nur noch mit linker Hand und hebt mit rechter Hand den Glasdeckel ab. Brunies wischt sich die Hände am Rock trocken. Sie legt den Glasdeckel seitlich weg: auf dem grünen Filz des Konferenztisches trifft ihn Sonnenlicht. Des Studienrates Zunge wandert nicht mehr, bleibt aber draußen. Sie hält das Glas wieder mit zwei Händen, hebt es höher, geht in ihrem Faltenrock auf die Schuhspitzen, Tulla sagt: »Bitte, Herr Studienrat.«
Brunies wehrte sich nicht. Er versteckte keine Hände in Rocktaschen. Er drehte den Kopf nicht weg und den Mund voller brauner Zahnstümpfe. Kein Ohr hörte: »Was soll der Unsinn!« Studienrat Brunies griff zu, hastig und mit ganzer Hand. Als die drei Finger aus dem Glas zurückkamen, hoben sie sechs oder sieben Cebiontabletten: zwei fielen ins Glas zurück; eine fiel auf den hellbraunen Velourteppich und rollte unter den Konferenztisch; was er zwischen Fingern hatte halten können, stopfte er sich in den Mund. Aber da tat es ihm um die eine Cebiontablette leid, die sich unter den Tisch verloren hatte. Er ging auf die Knie. Vor uns, dem Direktor, vor dem Beamten in Zivil und vor Tulla ging er auf beide Knie, suchte mit tastenden Händen neben und unter dem Tisch und hätte die Tablette gefunden, seinem nach Süßigkeit kranken Mund zugeführt, wären sie nicht gekommen: der Direktor und der Beamte in Zivil. Rechts und links henkelten sie seine Arme und stellten ihn auf die Beine. Ein Obersekundaner öffnete die geölte Tür. »Nun muß ich Sie aber ernsthaft bitten, Herr Kollege!« sagte Oberstudienrat Klohse. Tulla bückte sich nach der Tablette unter dem Konferenztisch.
Tage später wurden wir noch einmal verhört. Einer nach dem anderen betrat das Konferenzzimmer. Die Geschichte mit den Cebiontabletten

reichte nicht aus. Die Obersekundaner hatten Sprüche des Studienrates mitgeschrieben, die lasen sich zersetzend und negativ. Auf einmal sagten alle: Er war Freimaurer. Dabei wußte niemand, was das war: Freimaurer. Ich hielt mich zurück. Das hatte mir mein Vater, der Tischlermeister, geraten. Vielleicht hätte ich nichts sagen sollen von dem immer leeren Fahnenhalter des Studienrates, aber er war ja unser Nachbar, und jeder sah, daß er nicht flaggte, wenn alle flaggten. Auch war der Beamte in Zivil schon unterrichtet und nickte ungeduldig, als ich sagte: »Also zum Beispiel an Führers Geburtstag, wenn alle flaggen, dann hängt Studienrat Brunies nie eine Fahne heraus, obgleich er eine besitzt.«
Jennys Pflegevater kam in Untersuchungshaft. Noch einmal, so hieß es, sollen sie ihn für wenige Tage nach Hause gelassen haben, um ihn dann endgültig zu holen. Der Pianist Felsner-Imbs, der täglich die Wohnung im Aktienteich aufsuchte und nach der zurückgebliebenen Jenny schaute, sagte zu meinem Vater: »Jetzt haben sie den alten Herrn nach Stutthof gebracht. Wenn er das nur übersteht!«

Die Pokriefkes und die Liebenaus,
Deine und meine Familie, legten, weil Dein Bruder Alexander ein Jahr tot war, das Trauerschwarz ab; da ließ Jenny ihre Kleider färben. Einmal in der Woche besuchte eine Jugendfürsorgerin das Haus schräg gegenüber: Jenny empfing sie in Schwarz. Zu Anfang hieß es: Jenny kommt in ein Fürsorgeheim; die Wohnung des Studienrates soll geräumt werden. Aber die schwarzgekleidete Jenny fand Fürsprecher. Felsner-Imbs schrieb Briefe; die Direktorin der Gudrun-Schule machte eine Eingabe; der Intendant des Stadttheaters sprach bei der Gauleitung vor; und Madame Lara Bock-Fedorowa hatte Beziehungen. So kam es, daß Jenny weiterhin, aber in Schwarz, zur Schule, zum Balletttraining und zu den Proben ging. Nicht, daß sie auf der Straße, unter schwarzer weicher Mütze, in zu weitem schwarzen Mantel, Schritt für Schritt in schwarzen baumwollenen Strümpfen, in verweintes Gesicht gezeigt hätte, etwas bleich – aber das mochte vom Trauerschwarz herrühren – mit unbeweglichem Oberkörper, die Schuhe ballettmäßig auswärts, trug sie ihre Schultasche – die war braun und aus Kunstleder – in die Schule, trug sie ihre lauchgrünen, morgenroten und luftblauen Trainingsbeutel schwarzgefärbt nach Oliva oder ins Theater und kam pünktlich, auswärts, eher brav als aufsässig, zurück in die Elsenstraße.
Dennoch gab es Stimmen, die Jenny Brunies das tagtägliche Schwarz als Farbe der Aufsässigkeit auslegten: man durfte in jenen Jahren Trauerkleidung nur dann anlegen, wenn der Anlaß bescheinigt und abgestempelt vorlag. Um gefallene Söhne und verstorbene Großmütter durfte getrauert werden; aber die knappe Benachrichtigung der Kriminalpolizei Danzig-Neugarten, man habe den Studienrat Oswald Brunies wegen unwürdigen Verhaltens und Verbrechens gegen die Volkswohlfahrt in Haft nehmen müssen, galt nicht als Dokument für das Wirtschaftsamt; denn

nur dort, bei der Ausgabestelle für Kleiderkarten, gab es Bezugsscheine für Trauerkleidung im Trauerfall.
»Was hat sie denn, er lebt ja noch. Die werden den alten Mann doch nicht. Damit hilft sie ihm bestimmt kein bißchen, im Gegenteil. Jemand müßte ihr sagen, daß das nichts nützt, sondern nur auffällt.«
Die Nachbarn und die Fürsorgerin sprachen mit Felsner-Imbs. Der Pianist wollte Jenny zum Ablegen der Trauerkleidung bewegen. Er sagte, es komme niemals auf Äußerlichkeiten an. Wenn sie Trauer im Herzen trage, genüge es vollauf. Seine Trauer sei kaum geringer, denn ihm habe man einen Freund genommen, den einzigen.
Aber Jenny Brunies bestand auf dem äußerlichen Schwarz und lief weiterhin als Anklage durch Langfuhr und die Elsenstraße. Einmal, an der Haltestelle der Linie Zwei nach Oliva, sprach ich sie an. Natürlich wurde sie rot, schwarzumrahmt. Wenn ich sie malen müßte, aus der Erinnerung, hätte sie hellgraue Augen, schattenwerfende Wimpern, braunes, in der Mitte gescheiteltes Haar, das von der Stirn in zwei müden Bögen glatt und stumpf über Wangen und Ohren fließt und hinten zu einem straffen Zopf geflochten ist. Das lange schmale Gesicht würde ich elfenbeinbleich malen, denn das Erröten blieb Ausnahme. Ein zur Trauer geschaffenes Antlitz: Giselle in der Friedhofsszene. Ihr unauffälliger Mund sprach nur, wenn er gefragt wurde.
An der Straßenbahnhaltestelle sagte ich: »Muß das wirklich sein, Jenny, daß Du immerzu Trauer trägst? Dabei kann Papa Brunies heut oder morgen zurückkommen.«
»Für mich ist er schon gestorben, auch wenn sie nicht geschrieben haben, daß er tot ist.«
Ich suchte nach einem Thema, denn die Straßenbahn kam nicht: »Bist Du abends eigentlich immer alleine zu Hause?«
»Oft kommt Herr Imbs. Dann sortieren und beschriften wir die Steine. Weißt Du, er hat viel Material unsortiert hinterlassen.«
Ich wollte weg, aber ihre Bahn kam nicht: »Ins Kino gehst Du wohl nie, oder?«
»Als Papa noch lebte, gingen wir manchmal am Sonntagvormittag in den Ufa-Palast. Am allerliebsten sah er Kulturfilme.«
Ich blieb beim Hauptfilm: »Hast Du nicht mal Lust, mit mir ins Kino zu gehen?«
Jennys Bahn kam strohgelb: »Wenn Du es möchtest, gerne.« Leute mit Wintermänteln stiegen aus: »Muß ja nicht gerade ein lustiger Film sein, können ja in einen ernsten gehen, oder?«
Jenny stieg ein: »Im Filmpalast spielen sie ›Befreite Hände‹, der ist frei für Jugendliche ab sechzehn Jahren.«

Hätte Tulla gesagt:
»Einmal zweiter Sperrsitz«, hätte die Kassiererin bestimmt Tullas Ausweis sehen wollen; wir aber mußten uns nicht ausweisen, weil Jenny

Trauerschwarz trug. Wir saßen in Mänteln, denn das Kino war schlecht geheizt. Nirgends saßen Bekannte. Sprechen mußten wir nicht, weil Potpourrimusik nicht aufhörte. Gleichzeitig schnurrte der Vorhang auf, lief mit signalhaftem Motiv die Wochenschau an, wurde es dunkel im Kino. Dann erst legte ich den Arm um Jennys Schultern. Da blieb er nicht lange, weil wenigstens dreißig Sekunden lang schwere Artillerie Leningrad beschoß. Beim Abschuß eines englischen Bombers durch unsere Jäger wollte Jenny nichts sehen und drückte die Stirn gegen meinen Mantel. Ich ließ wieder meinen Arm wandern, blieb aber mit den Augen den Jagdflugzeugen hinterdrein, zählte Rommels Panzer beim Vormarsch in der Cyrenaika, verfolgte die Sprudelbahn eines Torpedos, sah den Tanker im Fadenkreuz schwanken, zuckte, als es ihn traf und übertrug das Flimmern und Zucken des auseinanderbrechenden Tankers auf Jenny. Als die Wochenschaukamera das Führerhauptquartier besuchte, flüsterte ich: »Paß auf, Jenny, gleich kommt der Führer, vielleicht ist der Hund dabei.« Beide waren wir enttäuscht, als nur Keitel, Jodl und sonst wer um ihn herumstanden, zwischen Bäumen auf Kieswegen.
Als es wieder hell wurde im Kino, zog sich Jenny den Mantel aus, ich nicht. Der Kulturfilm zeigte Rehe und Hirsche, die im Winter gefüttert werden müssen, weil sie sonst verhungern. Ohne Mantel war Jenny noch schmäler. Die Rehe waren nicht scheu. Die Tannen im Gebirge standen schneebeladen. Im Kino waren alle Kleider schwarz, nicht nur Jennys Trauerpullover.
Eigentlich wollte ich sie schon während des Kulturfilmes, aber ich machte es erst, nachdem der Hauptfilm angelaufen war. »Befreite Hände« war kein Kriminalfilm mit Schießerei und Handfesseln. Die Hände gehörten einer Bildhauerin, die in ihren Bildhauerprofessor verknallt war und in Wirklichkeit Brigitte Horney hieß. Etwa so oft, wie sie ihn auf der Leinwand, ich gleichfalls Jenny im Kino. Sie machte die Augen zu; ich sah das. Immer wieder kneteten auf der Leinwand Hände die Tonklumpen zu nackten Figuren und spielenden Fohlen. Jennys Haut war kühl und trokken. Da sie ihre Schenkel eng hielt, war ich der Meinung, sie müßte sie lösen. Sie tat es sofort, behielt aber die Augen in Richtung laufender Hauptfilm. Ihr Loch war noch kleiner als Tullas Loch; das hatte ich wissen wollen. Als ich den zweiten Finger dazunahm, drehte Jenny den Kopf vom Hauptfilm weg: »Bitte nicht, Harry. Du tust mir weh.« Ich hörte sogleich auf, ließ aber den anderen Arm bei ihr. Die dunkle und brüchige Stimme der Horney füllte den schwachbesetzten Kinosaal. Kurz vor Schluß roch ich an meinen Fingern: so rochen die unfertigen Haselnüsse auf unserem Schulweg: bitter seifig fade.
Unser Heimweg brachte es mit sich, daß ich sachlich wurde. Die Bahnhofstraße hinunter plauderte ich, der Film sei prima gewesen, aber in der Wochenschau bekomme man immer nur einunddasselbe zu sehen; mit den Rehen, das sei ziemlich langweilig; und morgen wieder die blöde Schule; mit Papa Brunies werde sicher alles gut gehen: »Was sagen die

denn in Berlin dazu? Haste dem Haseloff mal geschrieben die ganze Geschichte?« Jenny fand den Hauptfilm auch gut; die Horney sei wirklich eine große Künstlerin; das hoffe sie auch, daß es mit Papa Brunies gut enden werde, obgleich sie das sichere Gefühl habe, daß er; aber Herr Haseloff habe schon zweimal geschrieben seitdem; er werde demnächst kommen und sie mitnehmen: »Er meint, Langfuhr ist für mich nicht mehr das richtige Pflaster. Das findet Herr Imbs auch. Wirst Du mir manchmal schreiben, wenn ich in Berlin beim Ballett bin?«
Jennys Auskünfte stimmten mich übermütig. Die Aussicht, sie und ihr Trauerschwarz bald weit weg zu wissen, gab mir freundliche Worte ein. Gutmütig nahm ich sie bei der Schulter, machte Umwege durch dunkle Nebenstraßen, blieb mit ihr im Februar oder März unter blauen Luftschutzlaternen stehen, schob sie zur nächsten Laterne, drückte sie gegen schmiedeeiserne Vorgartenzäune und redete ihr zu, mit dem Haseloff nach Berlin zu gehen. Immer wieder versprach ich ihr, nicht nur dann und wann, sondern regelmäßig zu schreiben. Schließlich befahl ich ihr, Langfuhr zu verlassen, denn Jenny übertrug mir alle Verantwortung: »Wenn Du nicht willst, daß ich von Dir weggehe, bleib ich bei Dir; aber wenn Du findest, der Herr Haseloff hat Recht, dann geh ich.«
Da berief ich mich auf jemanden, den man nach Stutthof gebracht hatte: »Also, ich möchte wetten, wenn Papa Brunies hier wäre, der würde genau wie ich sagen: Ab nach Berlin! Was besseres kann Dir doch gar nicht passieren.«
In der Elsenstraße bedankte sich Jenny für den Kinobesuch. Ich küßte sie einmal schnell trocken. Ihr Schlußsatz lautete wie immer: »Nun bin ich aber ein wenig müde und muß außerdem noch Englisch für morgen machen.«
Ich war froh, daß sie mich nicht in die leere Wohnung des Studienrates mitnehmen wollte. Was hätte ich mit ihr anfangen können zwischen Kisten voller sortierter Glimmersteine, zwischen unausgekochten Pfeifen und mit Wünschen im Kopf, die von Jenny nichts, von Tulla eine Menge verlangten.

Liebe Cousine,
dann fiel, kurz vor Ostern, Schnee. Der taute schnell weg. Gleichzeitig fingst Du Geschichten an mit Fronturlaubern, bekamst aber kein Kind. Dann gab es kurz nach Ostern Fliegeralarm; aber Bomben fielen bei uns keine. Und Anfang Mai kam Haseloff und holte Jenny.
In einem schwarzen Mercedes, hinterm Chauffeur, fuhr er vor und stieg aus: schmal wendig fremd. Einen viel zu geräumigen, auffallend großkarierten Mantel hatte er sich locker über die Schulter geworfen. Hände in weißen Handschuhen rieb er, musterte die Fassade des Aktienhauses, klopfte unser Haus ab, jedes Stockwerk: ich, halb hinter Gardinen, trat ins Zimmer zurück bis auf den Teppichrand. Meine Mutter hatte mich ans Fenster gerufen: »Nu kick dech dem an!«

Den kenn' ich. Den sah ich als erster, als er noch neu war. Der warf mir den Zahn zu, ins Haselgebüsch. Der dampfte ab mit der Eisenbahn, kurz nachdem er wiedergeboren. Der fing an zu rauchen und raucht noch immer, mit weißen Handschuhen. Dessen Zahn hab ich im Portemonnaie. Der ging weg mit eingesunkenem Mund. Der kommt wieder, die Fresse voller Gold: denn er lacht, läuft die Elsenstraße rauf ein Stück und runter ein Stück, lacht, läuft und guckt sich alles genau an. Die Häuser auf beiden Seiten, Hausnummern, gerade und ungerade, Vorgärten, breit zum Drüberspucken, Stiefmütterchen. Kann sich nicht sattsehen und verfällt offenem Gelächter: allen Fenstern zeigt er voller Gold Haseloffs Mund. Mit zweiunddreißig Goldzähnen spuckt er lautloses Gelächter, als gäbe es auf dieser eiförmigen Welt keinen witzigeren Anlaß, die Zähne zu zeigen, als unsere Elsenstraße. Doch da verläßt Felsner-Imbs unser Haus, ehrerbietig. Und der Vorhang über zuviel Gold bei Maiwetter und Sonnenschein fällt. Die beiden, von meiner Gardine aus, verkürzten Männer begrüßen sich mit vier Händen, als feierten sie Wiedersehn. Der Chauffeur vertritt sich die Beine neben dem Mercedes und will nichts sehen. Aber alle Fenster sind Logen. Die ewig nachwachsenden Gören bilden den Kreis ums Wiedersehn. Ich und die Sperlinge in den Dachrinnen begreifen: er ist wieder da, nimmt den Pianisten am Arm, durchbricht den Kreis nachgewachsener Gören, schiebt den Pianisten ins Aktienhaus, hält ihm ehrerbietig die Tür auf und folgt ihm, ohne hinter sich zu schauen.
Jenny hatte schon ihre beiden Koffer gepackt, denn es dauerte keine halbe Stunde, da verließ sie mit Felsner-Imbs und Haseloff das Aktienhaus. Sie verließ in Trauerschwarz. Sie verließ mit Angustri am Finger und ohne meine Flaschengummikette; die lag zwischen Wäsche in einem der beiden Koffer, die Imbs und Haseloff an den Chauffeur abgaben. Die Gören zeichneten Männchen in den Staub auf schwarzem Mercedes. Jenny stand unschlüssig. Der Chauffeur zog die Mütze. Haseloff wollte Jenny sanft in den Fond des Autos schieben. Den Mantelkragen hatte er hochgeschlagen, zeigte der Elsenstraße kein Gesicht mehr, hatte es eilig. Aber Jenny wollte noch nicht ins Auto, auf unsere Gardinen zeigte sie und war, bevor Imbs und Haseloff sie zurückhalten konnten, in unserem Haus verschwunden.
Zu meiner Mutter, die alles tat, was ich wollte, sagte ich hinter Gardinen: »Mach nicht auf, wenn es klingelt. Was wird sie schon wollen?«
Viermal ging die Klingel. Unsere Klingel war keine zum Drücken, war eine zum Drehen. Unsere Drehklingel schrillte nicht nur, sie schnarrte viermal, ohne daß meine Mutter und ich den Platz hinter den Gardinen aufgaben.
Das wird mir im Ohr bleiben, was unsere Klingel viermal wiederholte.
»Jetz send se weg«, sagte meine Mutter; aber ich schaute die Gesellenstücke aus Nußbaum, Birne und Eiche in unserem Eßzimmer an.
Auch das Motorengeräusch eines davonfahrenden Autos, in sich selbst

kleiner werdend, ist mir geblieben und wird wohl dauern.

Liebe Cousine Tulla,
eine Woche später kam ein Brief aus Berlin; den hatte Jenny mit ihrem Füllfederhalter geschrieben. Ich freute mich über den Brief, als hätte mir Tulla geschrieben, eigenhändig. Aber Tulla schrieb an einen Mariner, eigenhändig. Mit Jennys Brief lief ich herum und erzählte allen, meine Freundin aus Berlin habe mir geschrieben: Jenny Brunies oder Jenny Angustri, wie sie sich neuerdings nenne; denn der Haseloff, ihr Ballettmeister, und die Madame Neroda, eine Staatsrätin, die dem ehemaligen KdF-Ballett, nun Deutschen Ballett vorstehe, hätten ihr geraten, einen Künstlernamen anzunehmen. Das Training habe schon begonnen, auch probe man Kontertänze nach altdeutscher Musik, die Madame Neroda, die eigentlich Engländerin sei, ausgegraben habe. Überhaupt müsse diese Neroda eine merkwürdige Frau sein, zum Beispiel: »Wenn die ausgeht, in die Stadt oder auf einen richtigen Empfang, dann trägt sie einen teuren Pelzmantel aber kein Kleid darunter, sondern nur das Trikot vom Training. Aber das kann die sich leisten. Und einen Hund hat die, einen schottischen, der hat die gleichen Augen wie sie. Manche halten sie für eine Spionin. Aber das glaub ich nicht und meine Freundin auch nicht.«
In Abständen von wenigen Tagen schrieb ich Jenny eine Reihe Liebesbriefe voller Wiederholungen und direkter Wünsche. Jeden Brief mußte ich zweimal schreiben, denn in den ersten Fassungen wimmelten Unachtsamkeiten. Allzu oft schrieb ich: »Glaub mir, Tulla!« schrieb: »Warum, Tulla? Heut früh, Tulla. Wenn Du willst, Tulla. Ich möcht Dich Tulla. Ich träumte Tulla. Tulla aufessen, festhalten, liebhaben, Tulla ein Kind machen.«
Jenny antwortete mir pünktlich mit kleiner sauberer Handschrift. Gleichmäßig, dabei den Rand wahrend, füllte sie zwei Blatt blaues Briefpapier doppelseitig mit Erwiderungen meiner Anträge und Beschreibungen ihrer neuen Umgebung. Zu allem, was ich von Tulla wollte, sagte Jenny ja; nur mit dem Kinderkriegen sei es noch etwas zu früh – auch für mich – zuerst müsse jeder in seinem Beruf etwas leisten, sie auf der Bühne und ich als Historiker; das wollte ich werden.
Von der Neroda berichtete sie, diese außergewöhnliche Frau besitze die größte Ballettbibliothek der Welt, sogar ein Originalmanuskript des großen Noverre. Den Herrn Haseloff nannte sie einen etwas unheimlichen, wenn auch gelegentlich komischen Kauz, der, sobald sein strenges aber phantastisch aufgebautes Training vorbei sei, in seinem Kelleratelier merkwürdige und menschenähnliche Maschinen bastle. Jenny schrieb: »Im Grunde hält er nicht allzuviel vom klassischen Ballett, denn oft, beim Exercice, wenn nicht alles so läuft, wie er es wünscht, spottet er ziemlich lästerlich und sagt: ›Alle diese Hampelmänner werde ich morgen entlassen. In Munitionsfabriken sollen sie Euch stecken. Da könnt Ihr Granaten drehen, wenn Ihr nicht imstande seid, eine einzige Pirouette so sauber wie

meine Maschinchen zu drehen!‹ Er behauptet, seine Figuren im Keller zeigten eine Attitude, zum fromm werden schön; seine Figuren seien immer auswärts; demnächst werde er eine seiner Figuren ganz vorne an die Stange stellen: ›Da werdet Ihr blaß vor Neid werden und begreifen, was klassisches Ballett sein kann, Ihr Stöpsel und Löchlein.‹«
So nannte Herr Haseloff die Tänzer und Tänzerinnen. In einem der nächsten Briefe, die mir Jenny in die Elsenstraße schickte, fand ich als PS eine solche Figur beschrieben und als Strichmann skizziert. Sie stand an der Ballettstange und zeigte den Stöpseln und Löchlein ein vorschriftsmäßiges Port de bras.
Jenny schrieb: »Ich habe, man sollte es nicht glauben, eine Menge von der Maschinenfigur, die übrigens weder ein Stöpsel noch ein Löchlein ist, gelernt. Vor allem hab ich jetzt den rechten Ballettrücken, und die Pünktchen bei der Armführung – Madame Lara hat das vernachlässigt – sind mir ganz deutlich. Wo ich geh' und steh', ob ich die Schuhe putze oder ein Glas Milch hebe, immer sind Pünktchen in der Luft. Und selbst wenn ich gähne – denn abends sind wir alle rechtschaffen müde – achte ich, sobald ich die Hand vor den Mund führe, auf die Pünktchen. Doch nun will ich schließen und Dich ganz fest liebhaben, wenn ich einschlafe, und morgen früh auch, wenn ich aufwache. Und bitte, lies nicht zu viel, sonst verdirbst Du Dir die Augen. – Immer Deine Jenny.«

Liebe Tulla,
mit solch einem Jennybrief versuchte ich, eine Brücke zu schlagen: zu Dir. Im Treppenhaus unseres Mietshauses kamen wir nicht aneinander vorbei, und ich wehrte mich nicht gegen das übliche Rotwerden: »Guck mal, Jenny hat mir wieder geschrieben. Interessiert Dich das? Sie schreibt ziemlich komisch von Liebe und so weiter. Wenn Du mal lachen willst, mußte nur lesen, was die für'n Zeug zusammenschreibt. Sie heißt jetzt Angustri, wie der Ring, und bald will sie mit dem Theater auf Tournée gehen.«
Wie etwas Gleichgültiges und einigermaßen Amüsantes hielt ich ihr den offenen Brief hin. Tulla klatschte mit einem Finger das Papier: »Du solltest Dir endlich mal was anderes überlegen und nicht immerzu mit dem Quatsch und Ballettmist kommen.«
Tulla trug die Haare offen, mostrichbraun, schulterlang und strähnig. Eine Dauerwelle, die ihr der Mariner aus Putzig spendiert hatte, war noch zu ahnen. Übers linke Auge hing eine Strähne. Mit mechanischer Bewegung, wie sie Haseloffs Figur nicht mechanischer hätte ausführen können, warf sie bei gleichzeitigem und verächtlichem Luftausstoßen die Strähne zurück, und holte sie mit einem Zucken der knochigen Schultern wieder vors gleiche Auge. Aber geschminkt war sie noch nicht. Erst als der HJ-Streifendienst sie nach Mitternacht auf dem Hauptbahnhof, danach mit einem Fähnrich der Fähnrichschule Neuschottland auf einer Bank im Uphagenpark erwischte, war Tulla schon überall geschminkt.

Sie wurde aus der Schule geworfen. Mein Vater sprach von rausgeschmissenem Geld. Zur Direktorin der Gudrun-Schule, die es trotz der Meldung des Streifendienstes noch einmal mit Tulla versuchen wollte, soll Tulla gesagt haben: »Schmeißen Sie mich nur raus, Frau Direktor. Mir steht der Laden sowieso bis hier. Am liebsten möcht ich von irgend jemand ein Kind bekommen, damit endlich mal was passiert, hier in Langfuhr und überhaupt.«
Warum wolltest Du ein Kind? Na darum! – Tulla flog, bekam aber kein Kind. Tagsüber saß sie zu Hause und hörte Radio, nach dem Abendbrot war sie unterwegs. Einmal brachte sie ihrer Mutter und sich sechs Meter bestes Marinetuch mit. Einmal kam sie mit einem Fuchsfell von der Eismeerfront. Einmal erbeutete sie einen Ballen Fallschirmseide. Unterwäsche trugen sie und ihre Mutter aus ganz Europa. Als Leute vom Arbeitsamt kamen und sie ins Elektrizitätswerk stecken wollten, ließ sie sich von Dr. Hollatz krank schreiben: Blutarmut und Schatten auf der Lunge. Tulla bekam extra Lebensmittelkarten und Krankengeld, aber nicht viel.
Als Felsner-Imbs mit großer Sanduhr, Porzellanballerina, Goldfisch, Notenbergen und vergilbten Fotos nach Berlin umzog – Haseloff rief ihn als Ballettpianisten – gab Tulla ihm einen Brief mit: Für Jenny. Nie habe ich erfahren können, was Tulla mit ihrem Füllfederhalter geschrieben hatte, denn Jenny erwähnte im übernächsten Brief nur, daß Felsner-Imbs wohlbehalten eingetroffen sei, daß Tulla ihr sehr nett geschrieben habe und daß sie Tulla grüßen lasse, vielmals.
Da stand ich wieder außerhalb, und die beiden hatten etwas Gemeinsames. Wenn ich auf Tulla stieß, wurde ich nicht mehr rot sondern kalkig. Zwar klebte ich immer noch an Dir, aber langsam lernte ich Dich und Deinen Klebstoff hassen; und der Haß – eine Gemütskrankheit, mit der man alt werden kann – erleichterte mir den Umgang mit Tulla: freundlich und von oben herab gab ich ihr gute Ratschläge. Nie ließ der Haß mich tätlich werden, denn erstens beobachtete ich mich bis in den Schlaf hinein, zweitens las ich zuviel, drittens war ich ein fleißiger Schüler, ein Streber beinahe, der keine Zeit hatte, seinen Haß auszuleben, und viertens baute ich mir einen Altar, auf dem stand Jenny auswärts mit Tutu und Armen auf der Luft; besser gesagt: ich stapelte Jennys Schreibebriefe und wollte mich mit ihr verloben.

Geliebte Tulla,
so wohlerzogen und langweilig Jenny sein konnte, wenn man ihr gegenüber saß oder an ihrer Seite ging, so unterhaltsam verstand sie es, Briefe zu schreiben witzig frecher Art. Ihr, von außen gesehen, wehmütig bewimpertes und törichtes Auge besaß, von innen gewertet, die Gabe, Dinge zu ersehen, trocken und abklopfbar, auch wenn sie in Silberschuhen auf der Spitze standen und im Bühnenlicht einen sterbenden Schwan bedeuteten.

So beschrieb sie mir eine Ballettstunde, die Haseloff seinen Stöpseln und Löchlein gegeben hatte. Ein Ballett sollte einstudiert werden, welches heißen sollte: »Vogelscheuchen« oder: »Die Vogelscheuchen« oder: »Der Gärtner und die Vogelscheuchen.«
Da wollte das Training weder beim Stangenexercice noch im Freien klappen. Felsner-Imbs saß mit endlos gebeugtem Rücken und wiederholte das Stückchen Chopin ohne Nutzen. Da standen Kiefern vor den Fenstern im Regen, voller Eichhörnchen und preußischer Vergangenheit. Es hatte am Vormittag Fliegeralarm und Training im Heizungskeller gegeben. Nun welkten die Löchlein in schwarzen Trikots an langer Ballettstange. Die Stöpsel klapperten trangeimpft mit den Wimpern, bis Haseloff mit gestreckten Knien aufs Klavier sprang; ein Vorgang, dem Pianisten Felsner-Imbs wohlvertraut und dem Klavier kaum schädlich, denn Haseloff verstand es, aus dem Stand heraus hochangesetzte, langsame und weittragende Sprünge zu machen und behutsam auf braunem Klavierdeckel aufzusetzen, ohne die Innereien des hartgestimmten Instrumentes zu rütteln. Jetzt hätten die Stöpsel und Löchlein allesamt erwachen müssen, denn diesen wie jenen war bekannt, was Haseloffs wutgetriebener Sprung aufs Klavier bedeutete und folgenreich versprach.
Von oben, aber nicht direkt, sondern gegen den großen Ballettspiegel, der die Stirnwand des Saales zum Spion machte, sprach Haseloff zu Stöpseln und Löchlein vorwarnend: »Muß etwa das Pinselchen vortanzen? Mangelt es an Lebenslust? Sollen Ratten die Schwäne von unten beißen? Muß Haseloff wieder sein Tütchen zücken?«
Abermals baute er sein berüchtigtes Stangenexercice auf: »Grand plié – je zweimal in der ersten, zweiten und fünften Position; acht gestreckte Dégagés und sechzehn schnelle in der zweiten Position; acht Petits battements dégagés, nach außen betont, auf den Boden getupft. Aber nur die Löchlein betonten nach außen und tupften das Pünktchen, den Stöpseln vermochte weder das angedrohte Tütchen noch Chopin, im Bunde mit Felsner-Imbs, zu Lebenslust und sauberem Plié zu verhelfen: Teig am Löffel, halbsteif geschlagenes Salatöl, türkischer Honig zieht Fäden; so räkelten sich die Knaben oder Stöpsel – Wölfchen, Marcel, das Schmittchen, Serge, Gotti, Eberhard und Bastian – klappdeckelten mit den Wimpern, seufzten ein bißchen zwischen Battements fondus auf halber Spitze, verdrehten beim Rond de jambes à la seconde die Hälse gleich Schwänen kurz vor der Fütterung und warteten ergeben, sieben schlafwarme Stöpsel, auf Haseloffs zweiten Sprung, der beim Grand battement nicht auf sich warten ließ.
Abermals aus dem Stand heraus ereignete sich Haseloffs Sprung: vom Klavierdeckel trug es ihn übers schlohweiße Haar des Pianisten, bei gestrecktem Knie und bestaunenswert hohem Spann, mitten in den Saal, dem Spiegel gegenüber. Und ohne dem Glas etwas vorzuenthalten, zog er das angekündigte Tütchen, wundersam. Das spitze Tütchen, Spitztütchen, das berühmte Tütchen, gefürchtete, das so beliebte, das Tütchen

pulverweich dastutgut dochmitmaß, das Achtelpfundtütchen zog er aus dem extra Brusttäschchen und befahl allen Mädchen oder Löchlein, von der Ballettstange abzulassen. In die Ecke neben den bullernden wangendurchglühten Kanonenofen schickte er sie. Dort drängelten sie piepsend, drehten sich zur Wand, verdeckten obendrein mit blassen Fingern die Augen. Und auch Felsner-Imbs verhüllte mit einem Seidenshawl sein Löwenhaupt.

Denn während Augen verdeckt und ein Haupt schamhaft verhüllt wurden, befahl Haseloff: »Face à la barre!« Sieben Knaben und Stöpsel pellten sich gegenseitig und schrecklich aufgeregt die schwarzen, rosaroten, dottergelben und maigrünen Wolltrikots vom Knabenfleisch. »Und Préparation!« schnalzte Haseloff mit trockenen Fingern: Köpfchen zur Wand, reihten sie sich mit unermüdlichen Wimpern an der Ballettstange und faßten vierzehnhändig das abgegriffene Holz. Sieben Rümpfe, unterstützt vom blind angeschlagenen Chopin, beugten sich bei gestreckten Armen, drückten die Knie durch und ließen siebenmal einunddenselben sanfthäutigen Knabenpopo in den gutdurchheizten Trainingsraum ragen.

Da nahm Haseloff seitlich des ersten Popos die Anfangsposition ein, hielt links das Spitztütchen, hatte rechts, wie aus der Luft heraus, ein Pinselchen zwischen Fingern, tauchte das Dachshaarpinselchen, teuer und haltbar, ins spitze Tütchen und begann, von Filsner-Imbs unterstützt, sich selber und munter die bewährte Polonaise zu pfeifen: er wechselte drahtig, immer des Spiegels gewiß, von Knabenpopo zu Stöpselpopo.

Dabei – und deswegen der Aufwand – ließ er siebenmal das pulverbeladene Dachshaarpinselchen aus dem Tütchen kommen und siebenmal pulverbeladen in den Löchlein der Knaben, in Stöpselpopos verschwinden, Simsalabim.

Das war kein Fußpuder. Kein Schlafpülverchen wurde eingeführt. Kein Pulver zum schlank werden, keines gegen Löwen, Backpulver nicht, nicht DDT, keine Trockenmilch, weder Kakao noch Puderzucker, kein Mehl zum Brötchenbacken, nicht Augenpulver und keine Schlemmkreide; das war Pfeffer, schwarzer und fein gemahlener Pfeffer, den Haseloff mit dem Pinselchen siebenmal abzuladen nicht müde wurde. Endlich, hauchnah dem Spiegel, beendete er seinen erzieherischen Auftritt mit langsamer Pirouette, stand, Mund voller Goldzähne, zum Saal und trompetete: »Alors mes enfants! Zuerst Stöpsel, nachher Löchlein. Première position: Grand plié, bras en couronne!«

Und kaum hatte Imbs, nicht mehr blind, seine Finger chopinbeladen auf die Tasten geworfen, rollten sich blitzschnell und wie von selbst die farbigen Wolltrikots über die sieben gepfefferten Knabenpopos: Ein Exercice machte Fortschritte: schnelle Füße, hohe Beine, große Armführung. Wimpern schwiegen, Linien erwachten, Schönheit schwitzte; und Haseloff ließ das Dachshaarpinselchen verschwinden, irgendwo.

So anhaltend wirkte der Pfeffer, daß nach gelungenem Exercice die Löch-

lein ohne Pfeffer und die vom Pfeffer belebten Stöpsel aufgerufen werden konnten zu einer Probe des Vogelscheuchenballettes: Dritter Akt, Zerstörung des Gartens durch die Masse der Scheuchen bis zum Pas de deux.
Weil in der Folge der große Auftritt zu preußisch-traditioneller Militärmusik so wohlgewürzt gelang – ein präzises Chaos auf hoher Spitze – machte Haseloff mit zweiunddreißig Goldzähnen Schluß, schwenkte sein Frottiertuch, befahl Felsner-Imbs, den Klavierdeckel zu schließen, Chopin und Preußens Märsche in der Aktentasche zu begraben und teilte Noten aus: »Bravo Wölfchen, bravo das Schmittchen, bravo alle Stöpsel und Löchlein! Besonderes Bravo für Marcel und Jenny. Ihr bleibt noch ein bißchen. Wir machen Gärtnerstochter und Prinz, erster Akt ohne Musik auf halber Spitze. Ihr anderen pünktlich zu Bett und nicht schwarwenzelt. Morgen früh: Ganzes Corps de ballet, Entführung der Gärtnerstochter und großes Finale!«

Liebe Tulla, in jenem Jennybrief, dessen Inhalt ich wiederzugeben versuchte, stand wie in allen anderen Jennybriefen geschrieben, wie sehr sie mich weiter und immerzu fest liebe, obgleich ihr Haseloff den Hof mache, zurückhaltend und schrecklich ironisch. Doch deshalb müsse ich keine Angst haben. Übrigens werde sie, wenn auch nur für zwei Tage, nach Langfuhr kommen: »Die Wohnung muß nun doch geräumt werden. Deshalb wollen wir die Möbel und die Steinsammlung sicherstellen. Du kannst Dir nicht vorstellen, was für Schreibereien notwendig waren, bis wir die Genehmigung für den Umzug bekamen. Aber Haseloff versteht es, mit den Leuten umzugehen. Allerdings ist er der Meinung, in Langfuhr wären die Möbel sicherer, weil Berlin immer mehr bombardiert wird. Die Glimmersteine will er auf jeden Fall aufs Land verlagern, nach Niedersachsen. Er kennt da Bauern und einen Bergwerksdirektor.«

Liebe Tulla,
zuerst fuhr schräg gegenüber ein Möbelwagen vor. Fünfzehn Mietparteien besetzten die Fenster unseres Hauses. Dann, lautlos, schob sich der Mercedes hinter den Möbelwagen, ließ aber Platz zum Einladen. Der Chauffeur war mit gezogener Mütze rechtzeitig an der Tür: in schwarzem Pelmantel, Maulwurf womöglich, den Kopf im hochgestellten Kragen, stand Jenny auf dem Bürgersteig, hob flüchtig die Augen zu unseren Fenstern: eine Dame, die sich nicht erkälten darf. In schwarzem Ulster, mit braunem Pelzkragen. Nutria, nahm Haseloff Jennys Arm. Der Gleisesteller, der große Impressario, einen halben Kopf kleiner als Jenny: Hermann Haseloff, Mund voller Goldzähne. Aber er lachte nicht, musterte nicht unser Haus. Es gab keine Elsenstraße.
Mein Vater sagte hinter der Zeitung: »Du könntest ruhig helfen gehen beim Umzug, wenn Ihr Euch schon soviel schreibt.«
Beinahe verfehlte ich Jennys Hand im weiten Ärmel des Pelzmantels. Sie stellte mich vor. Haseloff hatte nur einen achtel Blick übrig. »Soso«, sagte

er, und: »Hübscher Stöpsel.« Dann dirigierte er die Möbelmänner wie ein Corps de ballet. Helfen durfte ich nicht, auch nicht in die Wohnung hinauf. Das Verladen der Möbel, schwere, zumeist dunkelbraune Stücke, alles in Eiche, war spannend, weil unter Haseloffs Anweisungen ein wandbreiter Bücherschrank schwerelos wurde. Als Jennys Zimmer das Aktienhaus verließ – Biedermeier in heller Birke – schwebten die Stücke über den viereckigen Männern und hatten Ballon. Zwischen Flurgarderobe und flämischer Truhe trat Haseloff halb an mich heran. Ohne die Packer ihrer Kraft zu überlassen, lud er mich und Jenny zum Abendessen ein, ins Hotel Eden am Hauptbahnhof, dort wohnten beide. Schwere offene Kisten stapelten sich zwischen den letzten Küchenstühlen auf dem Trottoir. Ich sagte zu: »Um halbacht.« Auf einmal, als hätte Haseloff es inszeniert, brach oben die Sonne durch und belebte den Glimmer in offenen Kisten. Auch der Geruch des abwesenden Studienrates lebte auf: der kalte Pfeifenrauch zog mit um; aber ein Teil der Glimmergneise mußte zurückbleiben. Acht oder neun Kisten mauerten den Möbelwagen zu, zwei blieben übrig. Da hatte ich meinen Auftritt in Haseloffs Möbelpacker-Ballett, indem ich mich anbot, in unserem Keller Platz zu schaffen für Glimmergneise und Glimmergranit, für Biotit und Muskovit.
Mein Vater, den ich im Maschinenraum um Erlaubnis fragte, überraschte mich mit ruhiger Zusage: »Tu das, mein Sohn. Im zweiten Keller neben den Fensterbeschlägen ist noch Platz die Menge. Stell da die Kisten ab vom Herrn Studienrat. Wird schon seine Bedeutung gehabt haben, wenn der alte Herr sein ganzes Leben ans Steinesammeln gesetzt hat.«

Liebe Tulla,
die Kisten kamen in unseren Keller, und am Abend saß ich neben Jenny, Haseloff gegenüber, im kleinen Speisesaal des Hotels Eden. Angeblich hattest Du Dich mit Jenny am Nachmittag, ohne Haseloff, in der Stadt getroffen. Warum? Darum! Wir sprachen kaum, und Haseloff guckte zwischen Jenny und mir hindurch. Ihr habt Euch im Café Weitzke in der Wollwebergasse getroffen, hieß es. Was hattet Ihr zu bereden? Allerhand! Jennys kleiner Finger hatte sich mit meinem kleinen Finger unterm Tisch verhakt. Ich bin sicher, Haseloff merkte es. Was gab's schon im Café Weitzke? Schlechten Kuchen und wäßriges Speiseeis für Jenny. Im Hotel Eden gab es Schildkrötensuppe, Wiener Schnitzel mit Büchsenspargel und hinterher, auf Jennys Wunsch, Halbgefrorenes. Vielleicht bin ich Euch nachgefahren bis zum Kohlenmarkt und sah Euch im Café Weitzke: sitzen sprechen lachen schweigen weinen warum? Na darum! Nach dem Essen bemerkte ich in Haseloffs straffem oder starrem Gesicht tausend und mehr eisgraue Sommersprossen. Eddi Amsel, als es den noch gab, hatte im feisten Gesicht weniger aber größere Sprossen gehabt, bräunlich echte. Wenigstens zwei Stunden habt Ihr im Café Weitzke verquatscht. Um halbzehn mußte ich sprechen: »Ich kannte mal einen, der sah ähnlich aus wie Sie, hieß aber anders.«

Haseloff winkte den Ober herbei: »Ein Glas heiße Zitrone, bitte.«
Ich hatte meinen Text beisammen: »Der hieß zuerst Steppuhn, dann hieß er Sperballa, dann Sperlinski. Kennen Sie den?«
Der erkältete Haseloff bekam seine heiße Zitrone: »Danke, zahlen bitte.«
Hinter mir setzte der Ober die Rechnung auf: »Ein paar Minuten lang hieß der Mann, den ich kannte, sogar Zocholl. Dann hieß er Zylinski. Und dann fand er einen Namen, den trägt er noch heute. Wollen Sie ihn wissen, oder willst Du, Jenny?«
Haseloff ließ zwei weiße Tabletten im Teelöffel vergehen und zahlte mit Scheinen, unter der Rechnung verborgen: »Stimmt so!«
Als ich sagen wollte, wie der Mann hieß, nahm Haseloff die Tabletten ein und trank lange aus dem Zitronenglas. Da war es zu spät. Und Jenny war müde. Erst in der Hotelhalle, nachdem mir Jenny ihren Kuß hatte geben dürfen, zeigte Haseloff einige seiner Goldzähne und sprach heiser: »Sie sind begabt. Sie kennen viele Namen. Ich werde Sie fördern, heut' oder übermorgen, und Ihnen noch einen Namen nennen: Brauxel mit x geschrieben; oder wie Häksel geschrieben: Brauksel; oder wie Weichsel geschrieben: Brauchsel. Merken Sie sich diesen Namen und seine drei Schreibweisen.«
Dann stiegen beide elegant und unnatürlich langsam die Treppe hoch. Jenny blickte sich um und um und um; auch als ich nicht mehr in der Hotelhalle stand mit dreimal Brauxel im Kopf.

Liebe Tulla,
den gibt es. Den hab ich gefunden, als ich Dich suchte. Der rät mir, wie ich zu schreiben habe, wenn ich Dir schreibe. Der läßt mir Geld überweisen, damit ich Dir schreiben kann, sorgenlos. Der besitzt ein Bergwerk zwischen Hildesheim und Sarstedt. Oder verwaltet es nur. Oder hat das größere Aktienpaket. Oder das Ganze ist Schwindel Tarnung Fünfte Kolonne, auch wenn er so heißt: Brauxel Brauksel Brauchsel. Brauxels Bergwerk fördert kein Erz, kein Salz, keine Kohle. Brauksels Bergwerk fördert was anderes. Das darf ich nicht beim Namen nennen. Nur immerzu Tulla darf muß ich sagen. Und den Termin, den vierten Februar, muß ich einhalten. Und den Knochenberg muß ich türmen. Und mit dem Schlußmärchen muß ich beginnen, denn Brauchsel telegrafiert dringlich: »wassermannkonjunktion rückt näher stop knochenberg türmen stop fehlgeburt einleiten stop hund laufen lassen und schluß machen rechtzeitig.«

Es war einmal ein Mädchen, das hieß Tulla
und hatte eine reine Kinderstirn. Aber nichts ist rein. Auch der Schnee ist nicht rein. Keine Jungfrau ist rein. Selbst das Schwein ist nicht rein. Der Teufel nie ganz rein. Kein Tönchen steigt rein. Jede Geige weiß es. Jeder Stern klirrt es. Jedes Messer schält es: auch die Kartoffel ist nicht rein: sie hat Augen, die müssen gestochen werden.
Aber das Salz? Salz ist rein! Nichts, auch das Salz ist nicht rein. Nur auf

Tüten steht: Salz ist rein. Lagert doch ab. Was lagert mit? Wird doch gewaschen. Nichts wäscht sich rein. Doch die Grundstoffe: rein? Sind steril, doch nicht rein. Die Idee, die bleibt rein? Selbst anfangs nicht rein. Jesus Christus nicht rein. Marx Engels nicht rein. Die Asche nicht rein. Und die Hostie nicht rein. Kein Gedanke hält rein. Auch die Kunst blüht nicht rein. Und die Sonne hat Flecken. Alle Genien menstruieren. Auf dem Schmerz schwimmt Gelächter. Tief im Brüllen hockt Schweigen. In den Ecken lehnen Zirkel. – Doch der Kreis, der ist rein!
Kein Kreis schließt sich rein. Denn wenn der Kreis rein ist, dann ist auch der Schnee rein, ist die Jungfrau, sind die Schweine, Jesus Christus, Marx und Engels, leichte Asche, alle Schmerzen, das Gelächter, links das Brüllen, rechts das Schweigen, die Gedanken makellose, die Oblaten nicht mehr Bluter und die Genien ohne Ausfluß, alle Ecken reine Ecken, gläubig Zirkel schlügen Kreise: rein und menschlich, schweinisch, salzig, teuflisch, christlich und marxistisch, lachend, brüllend, widerkäuend, schweigend, heilig, rund rein eckig. Und die Knochen, weiße Berge, die geschichtet wurden neulich, wüchsen reinlich ohne Krähen: Pyramidenherrlichkeit. Doch die Krähen, die nicht rein sind, knarrten ungeölt schon gestern: nichts ist rein, kein Kreis, kein Knochen. Und die Berge, hergestellte, um die Reinlichkeit zu türmen, werden schmelzen kochen sieden, damit Seife, rein und billig; doch selbst Seife wäscht nicht rein.

Es war einmal ein Mädchen, das hieß Tulla
und ließ auf ihrer Kinderstirn viele kleine und große Pickel blühen und welken. Ihr Cousin Harry arbeitete lange gegen eigene Pickel. Tulla griff nie zu Tinkturen und Mittelchen. Weder Mandelkleie noch stinkiger Schwefel, keine Gurkenmilch und keine Zinksalbe fanden Platz auf ihrer Stirn. Ruhig trug sie ihre Pickel, da die Stirn kindlich ausladend blieb, vor sich her und schleppte Unteroffiziere und Fähnriche in nachtschwarze Parkanlagen: denn sie wollte ein Kind bekommen, bekam aber keins.
Als Tulla es mit allen Waffengattungen und Diensträngen vergeblich versucht hatte, gab ihr Harry den Rat, es mit uniformierten Gymnasiasten zu probieren. Er trug neuerdings das kleidsame luftwaffenblaue Zeug und wohnte nicht mehr in der Elsenstraße sondern, bei schönstem Badewetter, in einer Baracke der Strandbatterie Brösen-Glettkau, die sich als Großbatterie mit zwölf Achtkommaachtgeschützen und einer Menge Vierlingsflak hinter Dünen hinzog.
Gleich zu Anfang wurde Harry als K 6 einem Achtkommaachtgeschütz auf Kreuzlafette zugeteilt. Der K 6 mußte mittels zweier Kurbeln die Zünderrichtmaschine bedienen. Harry tat das bis zum Ende seiner Luftwaffenhelferzeit. Eine bevorzugte Stellung, denn der K 6 durfte als einziger Kanonier von neun Kanonieren auf einem am Geschütz befestigten Schemelchen sitzen, fuhr also, wenn das Geschütz rasch geschwenkt werden mußte, kostenlos mit und zerschlug sich nicht die Schienbeine am Eisen der Kreuzlafette. Beim Geschützexerzieren saß

Harry mit dem Rücken zur Geschützmündung und grübelte sich, während er kurbelnd mit zwei Folgezeigern zwei Richtzeigern hinterdreineilte, zwischen Tulla und Jenny hin und her. Er machte das ziemlich geschickt: der Folgezeiger hetzte den Richtzeiger, Tulla hetzte Jenny, und die Zünderrichtmaschine wurde, was den Kanonier Harry Liebenau betraf, zur vollen Zufriedenheit des ausbildenden Feldwebels bedient.

Es war einmal ein Feldwebel,
der konnte laut mit den Zähnen knirschen. Neben anderen Orden trug er das silberne Verwundetenabzeichen. Deshalb hinkte er leicht aber dem Auge einprägsam zwischen den Baracken der Strandbatterie Brösen-Glettkau. Er galt als streng und gerecht, wurde bewundert und oberflächlich nachgeahmt. Wenn er in die Dünen zog, Strandhasen schießen, wählte er sich einen Luftwaffenhelfer, den die anderen Störtebeker nannten, als Begleiter. Der Feldwebel sprach beim Strandhasenschießen entweder kein einziges Wort, oder er zitierte, mit lastenden Pausen dazwischen, einunddenselben Philosophen. Störtebeker sprach ihm nach und erschuf eine philosophische Gymnasiastensprache, die bald von vielen mit wechselndem Geschick nachgeplappert wurde.
Den meisten Sätzen gab Störtebeker den Vorspann: »Ich, als Vorsokratiker.« Wer ihn beim Wacheschieben beobachtete, sah ihn mit einem Stock im Sand zeichnen. Die Ankunft des noch unausgesprochenen Wesens der Unverborgenheit, also schlankweg das Sein, entwarf er mit überlegen geführtem Stock. Sagte aber Harry: »Das Sein«, verbesserte Störtebeker ihn ungeduldig: »Du meinst wieder mal das Seiende!«
Selbst im Alltäglichen machten die philosophischen Zungen vorsokratische Sprünge und maßen mit des Feldwebels zäh gewonnenen Erkenntnissen jeden banalen Anlaß und Gegenstand. Halbgare Pellkartoffeln – die Küche wurde schlecht beliefert und noch schlechter geleitet – wurden seinsvergessene Bulwen genannt. Erinnerte jemand jemanden an etwas vor Tagen Entliehenes, Versprochenes oder Behauptetes, kam prompt und absolut die Antwort: »Wer denkt noch an Gedachtes!« – beziehungsweise: Entliehenes, Versprochenes, Behauptetes. Tagtägliche Fakten, wie sie das Leben in einer Flakbatterie förderte, etwa ein halbscharfes Strafexerzieren, lästige Probealarme oder das stinkfingrige Gewehrreinigen, wurden mit einer dem Feldwebel abgelauschten Redensart abgetan: »Das Wesen des Daseins liegt nun mal in seiner Existenz.«
Und eben das Wörtchen Existenz paßte überall hin: »Existier mir mal ne Zigarette. Wer kommt mit, Kinoexistieren? Wenn Du nicht gleich die Fresse hältst, existier ich Dir eine.«
Wer krank geschrieben war, machte auf Strohsackexistenz. Wochenendurlaub hieß Existierpause. Und hatte jemand ein Mädchen geangelt – wie Störtebeker Harrys Cousine Tulla – prahlte er nach dem Zapfenstreich, wie oft er des Mädchens Existenz gestoßen habe.
Und auch sie, die Existenz, versuchte Störtebeker mit einem Stock in den

Sand zu zeichnen: jedesmal sah sie anders aus.

Es war einmal ein Luftwaffenhelfer,
Störtebeker genannt, der sollte Harrys Cousine ein Kind machen und versuchte es wohl auch. An Sonntagen, wenn die Batterie Brösen-Glettkau offenstand für Besuch, kam Tulla auf Stöckelschuhen und führte ihre Naslöcher und die Pickelstirn zwischen Achtkommaachtgeschützen spazieren. Oder sie stöckelte zwischen dem Feldwebel und dem Luftwaffenhelfer Störtebeker in die Dünen, damit die beiden ihr ein Kind machten; aber Feldwebel und Luftwaffenhelfer lieferten sich mit Vorzug andere Existenzbeweise: sie schossen Strandhasen.

Es war einmal ein Cousin,
der hieß Harry Liebenau und eignete sich nur zum Zugucken und Nachplappern. Da lag er platt mit halboffenen Augen im Seesand zwischen windgeschliffenem Strandhafer und wurde noch platter, als drei Figuren über den Dünenkamm zogen. Der viereckige Feldwebel, mit der Sonne im Rücken, hielt Tulla schwer und behutsam um die Schulter gefaßt. Tulla trug rechts ihre Stöckelschuhe und klammerte links die Hinterläufe eines ausblutenden Strandhasen. Störtebeker, rechts von Tulla – aber ohne sie zu berühren – hielt den Karabiner mit dem Lauf nach unten. Die drei Figuren bemerkten Harry nicht. Eine Ewigkeit standen sie reglos ausgeschnitten, weil immer noch mit der Sonne im Rücken, auf dem Dünenkamm. Tulla reichte dem Feldwebel bis zur Brust. Seinen Arm trug sie wie einen Querbalken. Störtebeker abseits und doch dazugehörend, starr und das Sein bedauernd. Ein schönes und genaues Bild, das den plattliegenden Harry im Strandhafer schmerzte, denn an den drei Figuren vor absakkender Sonne hatte er weniger Anteil als der ausblutende Strandhase.

Es war einmal ein Bildchen,
schmerzlich bei Sonnenuntergang, das sollte der Luftwaffenhelfer Harry Liebenau nie wieder sehen, denn von einem Tag auf den nächsten mußte er packen. Unerforschlicher Ratschluß versetzte ihn, Störtebeker, dreißig weitere Luftwaffenhelfer und den Feldwebel in eine andere Batterie. Keine Dünen mehr, sanft gewellt. Keine Ostsee, glatt jüngferlich. Strandhafer, anschmiegsam musikalisch. Nicht mehr ragten düster zwölf Achtkommaachtgeschütze vor lauem Zapfenstreichhimmel. Nie wieder heimelten im Hintergrund an: Brösens Holzkirche, Brösens schwarzweiße Fischerkühe, Brösens Fischernetze an Stangen aufgehängt, zum Trocknen und Fotografieren. Nicht mehr ging ihnen die Sonne hinter Strandhasen unter, die auf Dünenkämmen Männchen machten und mit steilen Ohren die abgemeldete Sonne anbeteten.
In der Batterie Kaiserhafen gab es solch frommes Getier nicht, nur Ratten; und Ratten verehren Fixsterne.
Der Weg zur Batterie führte vom Troyl, einem Hafenviertel zwischen der

Niederstadt und dem Holm, eine dreiviertel Stunde lang über Sandwege durch Holzfelder in Richtung Weichselmünde. Zurück blieben die weitverstreuten Ausbesserungswerkstätten der Reichsbahn, die Holzräume hinter der Wojahn-Werft; und hier, hineingehalten zwischen die Straßenbahnhaltestelle Troyl und die Batterie Kaiserhafen, waren die Wasserratten zugegebene Platzhalter.
Der Geruch jedoch, der über der Batterie lag und selbst bei starkem Westwind keinen Schritt machte, kam nicht von den Ratten.
Als Harry die Batterie bezog, wurden während der ersten Nacht seine Turnschuhe, alle beide, angefressen. Niemand durfte, laut Dienstverordnung, barfuß die Betten verlassen. Überall saßen sie und wurden fetter, wovon nur? Sie wurden als im Grunde Gründende beschimpft; aber auf diese Namen hörten sie nicht. Die Batterie wurde mit Blechspinden gegen Rattenfraß ausgerüstet. Viele wurden erschlagen, planlos. Das half nicht viel. Da gab der Feldwebel, der seiner Batterie als Spieß zur Seite stand und jeden Morgen seinem Hauptmann Hufnagel meldete, wieviel Obergefreite und Unteroffiziere, Luftwaffenhelfer und ukrainische Hilfswillige angetreten waren, einen Tagesbefehl heraus, demzufolge die Wasserratten erheblich vermindert wurden; der Geruch jedoch, der über der Batterie lag, nahm nicht ab, denn er kam nicht von den im Grunde Gründenden.

Es war einmal ein Tagesbefehl,
der versprach Prämien für erlegte Nagetiere. Die Gefreiten und Obergefreiten, lauter ergraute Männer, erhielten für drei Ratten eine Zigarette. Den ukrainischen Hilfswilligen wurde ein Päckchen Machorka zugeschoben, wenn sie achtzehn Stück vorlegen konnten. Die Luftwaffenhelfer bekamen für fünf Ratten eine Rolle Drops. Es gab aber Obergefreite, die uns für zwei Rollen Drops drei Zigaretten gaben. Machorka rauchten wir nicht. Laut Tagesbefehl teilte sich die Batterie in Jagdgruppen auf. Harry gehörte einer Gruppe an, die im Waschraum, der nur einen Eingang und keine Fenster hatte, ihr Revier absteckte. Zuerst wurden bei offener Waschraumtür Speisereste in den Waschrinnen aufgestellt. Dann wurden beide Abflüsse verstopft. Daraufhin warteten wir hinter den Fenstern der Unterrichtsbaracke, bis es dämmerte. Bald sah man die gezogenen Schatten längs der Baracke mit einem einzigen gleichgestimmten Pfeifen zur Waschraumtür strömen. Kein Flötenton lockte; der Sog offener Tür. Dabei standen nur kalte Graupen und Kohlrabistrünke bereit. Rinderknochen, zehnmal ausgekochte, und zwei Hände voll stockiger Haferflocken – die hatte die Küche freigegeben – sollten, über die Türschwelle gestreut, Ratten ködern. Die wären auch ohne Flocken gekommen.
Als der Waschraum genug Beute versprach, spuckte die gegenüberliegende Unterrichtsbaracke fünf Burschen in hohen Wasserstiefeln, mit Knüppeln bestückt, deren Spitzen draufgepfropfte Mauerhaken bestückten. Der Waschraum schluckte die Fünf. Die Tür schlug zu der Letzte.

Draußen mußten bleiben: Ratten verspätet und seinsvergessen; der Geruch, über der Batterie gegründet; der Mond, falls er nichtete; Sterne, soweit sie geworfen waren; das Radio, lauthals aus weltbezüglicher Unteroffiziersbaracke; die ontischen Stimmen der Schiffe. Denn drinnen hob an eigene Musik. Nicht mehr gleichgestimmte sondern Sprünge über Oktaven: graupenschrill kohlrabiweich knöchern blechern gezupft nasal uneigentlich. Und eingeübt plötzlich ereignete sich Beleuchtung: linkshändig teilen fünf Stabtaschenlampen das Dunkel. Zwei Seufzer lang Stille. Jetzt bäumt es sich bleigrau im Licht, rutscht bäuchlings auf blechbeschlagenen Abwaschrinnen, klatscht halbpfündig auf den Fliesenbelag, drängelt vor Abflüssen, wergverstopft, will den Betonsockel hoch und das braune Holz fassen. Krallt sich fest, schurrt weg. Will nicht von Graupen und Strünken lassen. Will Rinderknochen retten und nicht das eigene Fell: das glatte, gewachste, wasserdichte, heile, schöne, teure, hinfällige, seit Jahrtausenden gestriegelte, in das nun die Mauerhaken fallen ohne Ansehen: Nein, ist nicht grün Rattenblut sondern. Werden mit Stiefeln abgestreift, und sonst nichts. Werden geheftet, zwei mit dem gleichen Haken: Sein bei – Mitsein mit. Werden im Sprung: Musik! Und dieses Liedchen seit Noahs Zeiten. Rattengeschichten, wahre und erfundene. Weltbezug Haltung Einbruch: Die leergefressenen Getreideschiffe. Kornhäuser ausgehöhlt. Das Nichts zugegeben. Ägyptens magere Jahre. Und als Paris belagert wurde. Und als die Ratte im Tabernakel saß. Und als das Denken die Metaphysik verließ. Und als die Not am größten war. Und als die Ratten von Bord gingen. Und als die Ratten wiederkamen. Als sie selbst kleine Kinder und Greise, die fest im Stuhl saßen. Als sie der jungen Frau das Neugeborene von der Brust weg verneinten. Als sie die Katzen anfielen, und von den Rattenbeißern nur blanke Zähne blieben, die perlen noch heute, aufgereiht im Museum. Und als sie die Pest hin und her trugen und den Schweinen ins rosige Fleisch fuhren. Als sie die Bibel fraßen und sich vermehrten, wie da geschrieben stand. Als sie die Uhren ausweideten und die Zeit widerlegten. Als sie in Hameln heilig gesprochen wurden. Und als das Gift erfunden wurde, das ihnen schmeckte. Als Rattenzagel und Rattenzagel das Seil knüpften, den Brunnen zu loten. Als sie weise wurden, gedichtelang, und im Theater auftraten. Als sie die Transzendenz kanalisierten und ans Licht drängten. Als sie den Regenbogen anknabberten. Als sie den Welteingang zeitigten und die Hölle durchlässig machten. Als Ratten in den Himmel kamen und der heiligen Cäcilie die Orgel versüßten. Als Ratten im Äther pfiffen und umgesiedelt wurden auf Sterne, rattenlose. Als Ratten existierten umwillen ihrer. Als ein Tagesbefehl bekannt wurde, der für Ratten, hingelegte, Belohnung versprach: groben Tabak, gedrehte Zigaretten und süßsauere Himbeerdrops. Rattengeschichten Rattengeschichten: Sie suchen die Ecken auf. Trifft es nicht sie, trifft es Beton. Sie türmen sich. Bindfädenschwänze. Nasen gekraust. Fliehen vorwärts. Hinfällig greifen sie an. Stange muß Stange helfen. Da fallen Stabtaschenlampen weich, rollen hart, werden

gerollt; doch immer noch grell schimmern sie durch, als sie kreuzweis begraben sind, um ausgebuddelt wieder zu zeigen, was sich hochschnellt aus Bergen, die schon abgebucht stillhielten. Denn jeder Knüppel zählt mit: siebzehn, achtzehn, einunddreißig; doch die zweiunddreißigste rennt, ist weg, wieder da, zwei Mauerhaken zu spät, ein Knüppel will sie zu früh, da beißt sie sich durch durch durch und wirft Harry um: seine Gummistiefelsohlen schlüpfen von angstnassen Fliesen. Er fällt rückwärts weich und schreit laut während die anderen Knüppel verklemmt lachen. Auf durchsuppten Fellen, auf Beute, auf zuckenden Schichten, auf gefräßigen Generationen, auf nicht enden wollender Rattengeschichte, auf Graupen vereinnahmt, auf Strünken schreit Harry: »Ich bin gebissen worden. Gebissen worden. Bissen worden...« Aber es hatte ihn keine Ratte. Nur der Schreck, als er fiel und nicht hart sondern weich fiel.
Da wurde es ruhig zwischen den Wänden des Waschraumes. Wer ein Ohr übrig hatte, hörte das weltbezügliche Radio lauthals aus der Unteroffiziersbaracke. Einige Knüppel zielten noch lustlos und trafen, was sich zu Ende zitterte. Vielleicht konnten Knüppel nicht plötzlich und nur weil Stille war, aufhören zu existieren. Es lebte noch ein Rest in den Knüppeln, der wollte heraus und restexistieren. Als aber nicht nur Stille, als Knüppelruhe eintrat, war immer noch kein Feierabend; denn diese Existenzpause füllte Harry Liebenau aus: weil er weich gefallen war, mußte er sich lange in eine leere Graupenschüssel hinein übergeben. Zwischen die Ratten durfte er seinen Magen nicht entleeren. Die mußten ausgezählt, gereiht und mit Schwänzen an einen Blumendraht geknotet werden. Es waren vier dichtbestückte Blumendrähte, die der Feldwebel mit buchführendem Furier beim Morgenappell abzählen konnte: hundertachtundfünfzig Ratten ergaben, nach oben aufgerundet, zweiunddreißig Rollen Drops, die Harrys Jagdgruppe zur Hälfte gegen Zigaretten eintauschte.
Die aufgereihten Ratten – noch am Vormittag mußten sie hinter der Latrine vergraben werden – rochen feucht, erdig, sauer durchstimmt, gleich einer geöffneten Kartoffelmiete; der Geruch über der Batterie war von anderer Dichte: keine Ratte atmete ihn aus.

Es war einmal eine Batterie,
die lag nahe dem Kaiserhafen und hieß deshalb Batterie Kaiserhafen. Diese Batterie hatte im Verband mit der Großbatterie Brösen-Glettkau, mit den Batterien Heubude, Pelonken, Zigankenberg, Narvik-Lager und Altschottland den Luftraum über der Stadt Danzig und ihrem Hafen zu schützen.
Als Harry in der Batterie Kaiserhafen Dienst tat, gab es nur zweimal Alarm; aber jeden Tag wurden Ratten gejagt. Als einmal über dem Olivaer Wald ein viermotoriger Bomber abgeschossen wurde, hatten die Batterien Pelonken und Altschottland Anteil an dem Abschuß; die Batterie Kaiserhafen ging leer aus, konnte aber auf wachsende Erfolge beim Säubern des Batteriegeländes von Wasserratten hinweisen.

Oh, dieses Inmittensein-von überstieg sich zum Weltentwurf! Und Harrys Jagdgruppe zählte zu den erfolgreichsten. Aber alle Gruppen, auch die Hiwis, die hinter der Latrine arbeiteten, wurden von Störtebeker, der sich keiner Gruppe anschloß, übertroffen.
Er entzog Ratten am hellen Tag und hatte immer Zuschauer. Zumeist lag er bäuchlings vor der Küchenbaracke, knapp neben dem Deckel. Er gründete mit langem Arm in einem Gulli, der Störtebeker überschwingenden Entzug aus der Kanalisation zwischen dem Troyl und den Rieselfeldern erlaubte.
Oh, mannigfaltiges Warum! Warum so und nicht anders? Warum Wasserratten und nicht ähnlich Seiende? Warum überhaupt etwas und nicht nichts? Diese Fragen enthielten schon die erst-letzte Urantwort für alles Fragen: »Das Wesen der Ratte ist die transzendental entspringende dreifache Streuung der Ratte im Weltentwurf oder in der Kanalisation.«
Man mußte Störtebeker bewundern, obgleich ein schwerer Lederhandschuh, wie Schweißer ihn tragen, seine rechte, im Gulli geöffnet wartende Hand schützte. Eigenlich lauerten alle, daß Ratten, vier fünf, ihm den Handschuh zerfetzen und seine nackte Hand aufreißen würden. Aber Störtebeker lag gelassen mit kaum offenen Augen, lutschte seinen Himbeerdrops – er war Nichtraucher – und klatschte alle zwei Minuten mit jäh hochfahrendem Lederhandschuh eine Wasserratte mit dem Rattenkopf auf den profilierten Rand des Gullideckels. Zwischen Rattentod und Rattentod flüsterte er mit eigener aber von des Feldwebels Sprache dunkel gefärbter Zunge Rattensätze und ontologische Rattenwahrheiten, die ihm, so glaubten alle, die Beute in dem Zugriff des Handschuhes lockten und ihm den überschwingenden Entzug erlaubten. Unentwegt, während er unten erntete und oben stapelte, lief seine Rede: »Die Ratte entzieht sich, indem sie sich in das Rattige entbirgt. So beirrt die Ratte, es lichtend, das Rattige mit der Irre. Denn das Rattige ist in die Irre ereignet, in der es die Ratte umirrt und so den Irrtum stiftet. Er ist der Wesensraum aller Geschichte.«
Manchmal nannte er noch nicht entzogene Ratten: Spätlinge. Die gestapelten Ratten hießen bei ihm Vorzeitige oder Seiende. Überschaute Störtebeker nach getaner Arbeit die geordnete Beute, sprach er beinahe zärtlich und mild belehrend: »Wohl west die Ratte ohne das Rattige, aber niemals kann Rattiges sein ohne die Ratte.« Er schaffte in einer Stunde an die fünfundzwanzig Wasserratten und hätte mehr entzogen, wenn er gewollt hätte. Den gleichen Blumendraht, den auch wir beim Aufreihen der Wasserratten verwendeten, benutzte Störtebeker. Diese zagelgeknüpfte und abzählbare allmorgendliche Demonstration nannte er seinen Daseinsbezug. Mit ihm verdiente er sich Unmengen Himbeerdrops. Manchmal schenkte er Harrys Cousine eine Rolle. Oft warf er, wie um das Rattige zu beschwichtigen, drei einzelne Drops zelebral in den offenen Gulli vor der Küchenbaracke. Ein Gymnasiastenstreit entzündete sich an Begriffen. Nie waren wir sicher, ob die Kanalisation als Weltentwurf oder

als Irre bezeichnet werden sollte.
Aber der Geruch, der über die Batterie gründete, eignete weder dem Weltentwurf noch der Irre, wie Störtebeker seinen bezugreichen Gulli nannte.

Es war einmal eine Batterie,
über der strichen vom ersten bis zum letzten Grau ruhelos und beschäftigt: Krähen. Keine Möwen sondern Krähen. Möwen gab es über dem eigentlichen Kaiserhafen, über den Holzräumen und nicht über der Batterie. Fielen jemals Möwen in das Gelände ein, verdunkelte gleich darauf eine wütende Wolke kurzes Geschehen. Krähen dulden keine Möwen.
Der Geruch jedoch, der über der Batterie lag, kam weder von den Krähen noch von den Möwen, die ohnehin ausblieben. Während Gefreite, Obergefreite, Hiwis und Luftwaffenhelfer gegen Prämien Ratten erlegten, hatten die Dienstränge vom Unteroffizier bis zum Hauptmann Hufnagel andere Muße: sie schossen – doch nicht ausgesetzter Prämien wegen, nur um zu schießen und zu treffen – einzelne Krähen aus der Ansammlung Krähen über der Batterie. Dennoch blieben die Krähen und wurden nicht weniger.
Der Geruch jedoch, der über der Batterie lag, der zwischen Baracken und Geschützstellungen, dem Kommandogerät und den Splittergräben stand und kaum das Standbein wechselte, der Geruch, von dem alle und Harry wußten, daß weder Ratten noch Krähen ihn entwarfen, der keinem Gulli und also auch keiner Irre entstieg, diesen Geruch hauchte, ob der Wind von Putzig oder Dirschau, von der Nehrung oder von offener See her arbeitete, ein weißlicher Berg, der hinter Stacheldraht südlich der Batterie vor einer ziegelroten Fabrik lag, die halbverdeckt aus gedrungenem Schornstein schwarzen, in sich wühlenden Rauch entließ, dessen Rückstände auf dem Troyl oder in der Niederstadt ablagern mochten. Zwischen Berg und Fabrik endeten Eisenbahngleise, die zum Werderbahnhof führten. Den Berg, sauber kegelig geschichtet, überragte knapp eine rostige Schüttelrutsche, wie sie auf Kohlenhöfen und neben Kalibergwerken für die Schichtung des überschüssigen Abraumes verwendet wird. Am Fuß des Berges standen auf verlegbaren Gleisen reglos Kipploren. Der Berg glänzte matt, wenn ihn die Sonne traf. Grell ausgeschnitten trat er hervor, wenn der Himmel niederhing und troff. Sobald man von den Krähen absah, die ihn bewohnten, war der Berg reinlich; aber als dieses Schlußmärchen begann, hieß es: Nichts ist rein. Und so war auch der Berg seitlich der Batterie Kaiserhafen bei aller Weiße nicht rein, sondern ein Knochenberg, dessen Bestandteile nach fabrikmäßiger Präparation immer noch bewachsen waren mit Rückständen; denn die Krähen konnten nicht aufhören, auf ihnen zu wohnen, unruhig schwarz. So kam es, daß ein Geruch, der als Glocke, die nicht wandern wollte, über der Batterie lag, in jeder, auch in Harrys Mundhöhle einen Geschmack verbreitete, der selbst nach übermäßigem Genuß saurer Drops nichts von seiner schweren Süße verlor.

Niemand sprach von dem Knochenberg. Aber alle sahen rochen schmeckten ihn. Wer Baracken verließ, deren Türen sich nach Süden hin öffneten, hatte den Berg als Kegel im Auge. Wer, wie Harry, als K 6 erhöht dem Geschütz daneben saß und mit dem Geschütz und der Zünderrichtmaschine bei Übungen nach befehlendem Kommandogerät rundum geschwenkt wurde, wurde immer wieder, als hielten Kommandogerät und Knochenberg Zwiesprache, vor ein Bild geschwenkt, das einen weißlichen Berg mit qualmender Fabrik, untätiger Schüttelrutsche, starren Kipploren und beweglichem Krähenbelag darstellte. Niemand sprach von dem Bild. Wer von dem Berg bilderreich träumte, sagte beim Morgenkaffee, er habe etwas Komisches geträumt: Treppensteigen oder von der Schule. Allenfalls bekam bei den üblichen Gesprächen ein bislang leerverwendeter Begriff vage Fracht, die vom unbenannten Berg hätte stammen können. Worte fallen Harry ein: Ortschaft – Inständigkeit – Nichtung; denn nie schoben Arbeiter tagsüber Kipploren und verringerten die Ortschaft, obgleich die Fabrik unter Dampf stand. Kein Güterwagen rollte auf Gleisen und kam vom Werderbahnhof. Die Schüttelrutsche gab der Inständigkeit am Tage nichts zu fressen. Aber anläßlich einer Nachtübung – die Achtkommaachtrohre mußten eine Stunde lang einem Übungsflugzeug hinterdrein, das vier Scheinwerfer eingefangen hatten – hörten alle und Harry erstmals Arbeitsgeräusche. Zwar blieb die Fabrik verdunkelt, aber auf den Eisenbahngleisen wurden Lampen, rote und weiße geschwenkt. Güterwagen stießen einander. Gleichbleibendes Scheppern hob an: die Schüttelrutsche. Rost gegen Rost: die Kipploren. Stimmen Kommandos Gelächter: auf dem Gelände der Nichtung herrschte eine Stunde lang Betrieb, während die Übungs-Ju die Stadt abermals von der Seeseite anflog, aus dem Scheinwerfern rutschte und neu eingefangen zum platonischen Ziel wurde: Der K 6 bedient die Zünderrichtmaschine, indem er durch Kurbeln mit zwei Folgezeigern zwei Richtzeiger zu decken versucht und das entgleitend Seiende unausgesetzt nichtet.
Am nächsten Tag wollte allen und Harry, die den Berg aussparten, die Ortschaft erwachsener vorkommen. Die Krähen hatten Besuch bekommen. Der Geruch blieb sich gleich. Aber niemand fragte nach seinem Gehalt, obgleich alle und Harry ihn auf der Zunge hatten.

Es war einmal ein Knochenberg,
der hieß so, seitdem Harrys Cousine Tulla das Wort in Richtung Berg gespuckt hatte.
»Das issen Knochenberg«, sagte sie und half mit dem Daumen nach. Viele und Harry widersprachen, ohne genau zu sagen, was südlich der Batterie zuhauf lag.
»Wetten, daß das Knochen sind? Und zwar Menschenknochen, genau? Das weiß doch jeder.« Tulla bot eher Störtebeker als ihrem Cousin die Wette an. Alle drei und noch andere lutschten Drops.

Störtebekers Antwort lag, obgleich frisch ausgesprochen, schon seit Wochen bereit: »Wir müssen das Zuhaufliegen in der Offenheit des Seins, das Austragen der Sorge und das Ausdauern zum Tode als das volle Wesen der Existenz denken.«
Tulla wollte es genauer wissen: »Und ich sag Dir, die kommen direkt aus Stutthof, wetten?«
Störtebeker konnte sich geografisch nicht festlegen lassen. Er winkte ab und wurde ungeduldig: »Quatscht doch nicht immer mit Euren abgeklapperten naturwissenschaftlichen Begriffen. Allenfalls kann man sagen: Hier ist Sein in Unverborgenheit angekommen.«
Als Tulla jedoch weiterhin auf Stutthof beharrte und die Unverborgenheit beim Namen nannte, entzog sich Störtebeker der ihm angebotenen Wette mit großer, die Batterie und den Knochenberg segnender Gebärde: »Das ist der Wesensraum aller Geschichte!«
Weiterhin wurden nach Dienstschluß und sogar während der Putz- und Flickstunde Ratten erlegt. Die Dienstgrade ab Unteroffizier schossen Krähen. Der Geruch stand in der Batterie und wurde nicht abgelöst. Da sagte Tulla nicht zu Störtebeker, der abseits im Sand Figuren zeichnete, sondern zum Feldwebel, der seinen Karabiner zweimal leergeschossen hatte: »Wetten, daß das richtige Menschenknochen sind, und zwar jede Menge?«
Es war Besuchssonntag. Aber nur wenige Besucher, Eltern zumeist, standen fremd in Zivil neben ihren zu schnell gewachsenen Söhnen. Harrys Eltern waren nicht gekommen. Der November dauerte, und immer hing Regen zwischen niedrigen Wolken und der Erde und ihren Baracken. Harry stand bei der Gruppe um Tulla und den Feldwebel, der seinem Karabiner das Magazin zum drittenmal füllte.
»Wetten, daß...« sagte Tulla und hielt eine kleine weiße Hand zum Einschlagen hin. Niemand wollte. Die Hand blieb solo. Störtebekers Stock entwarf die Welt im Sand. Auf Tullas Stirn krümelten Pickel. Harrys Hände spielten mit Knochenleimstücken in Hosentaschen. Da sagte der Feldwebel: »Wetten, daß nicht...« und schlug ein, ohne Tulla anzugucken.
Sofort, wie im Besitz eines fertigen Planes, machte Tulla kehrt und nahm den breiten Unkrautstreifen zwischen zwei Geschützstellungen als Weg. Trotz nasser Kälte trug sie nur Pullover und Faltenrock. Sie ging auf nackten staksigen Beinen, mit Armen, auf dem Rücken verschränkt, mit Haaren strähnig ohne Farbe und weit entfernt von der letzten Dauerwelle. Kleiner werdend ging sie und blieb deutlich in feuchter Luft.
Zuerst dachten alle und Harry: Sie wird, weil sie so fehlerlos geradeaus geht, stockgerade durch den Stacheldrahtzaun schreiten; aber knapp vor den Stacheln ließ sie sich fallen, hob den untersten Draht des Zaunes zwischen Batteriegelände und Fabrikgelände, rollte sich wie mühelos hinüber, stand wieder knietief in braunverschossenem Unkraut und ging abermals, doch nun wie gegen Widerstand, auf jenen Berg zu, den Krähen

bewohnten.
Alle und Harry blickten Tulla nach und vergaßen Himbeerdrops am Gaumen. Störtebekers Stock zögerte im Sand. Ein Knirschen nahm zu: das hatte jemand körnig zwischen den Zähnen. Und erst als Tulla winzig vor dem Berg stand, als sich Krähen träg lüfteten, als Tulla sich bückte – sie knickte dabei in der Mitte – erst als Tulla kehrt machte und zurückkam, schneller als alle und Harry befürchtet hatten, verebbte das Knirschen zwischen den Zähnen des Feldwebels; worauf Stille ausbrach, ohrenauslöffelnde.
Sie kam nicht ohne zurück. Was sie zwischen zwei Händen trug, rollte mit ihr unterm Draht des Stacheldrahtzaunes aufs Batteriegelände. Zwischen zwei Achtkommaachtrohren, die nach letzter Order des Kommandogerätes genau wie die restlichen beiden Rohre im gleichen Winkel nach Nordnordwest wiesen, wurde Tulla größer. Eine kleine Schulpause dauert so lang, wie Tullas Weg, hin und zurück, dauerte. Während fünf Minuten schrumpfte sie zur Spielzeuggröße und kam wieder auf: beinahe erwachsen. Noch war ihre Stirn pickellos, aber was sie vor sich hertrug, bedeutete schon etwas. Störtebeker begann einen neuen Weltentwurf. Nochmals zerknirschte der Feldwebel Kies, nunmehr groben, zwischen den Zähnen. Die Stille wurde um ihrer selbst willen mit Geräuschen schraffiert.
Als Tulla mit dem Geschenk vor allen und seitlich ihres Cousins stand, sagte sie ohne besondere Betonung: »Was hab ich gesagt? Gewonnen oder nicht gewonnen?«
Des Feldwebels flache Hand traf die linke Seite ihres Gesichtes von der Schläfe übers Ohr bis zum Kinn. Ihr Ohr fiel nicht ab. Tullas Kopf wurde kaum kleiner. Aber den Schädel, den mitgebrachten, ließ sie fallen, wo sie stand.
Mit zwei klammgelben Händen rieb Tulla ihre geschlagene Seite, lief aber nicht davon. Auf ihrer Stirn krümelten genau so viele Pickel wie vorher. Der Schädel war ein Menschenschädel und zerbrach nicht, als Tulla ihn fallen ließ, sondern hopste zweimal im Unkraut. Der Feldwebel schien mehr als nur den Schädel zu sehen. Einige blickten über Barackendächer hinweg. Harry konnte den Blick nicht lösen. Dem Schädel fehlte ein Stück des Unterkiefers. Mister und der kleine Drescher machten Witze. Viele lachten dankbar an den richtigen Stellen. Störtebeker versuchte Angekommenes im Sand erscheinen zu lassen. Seine engstehenden Augen sahen das Seiende, welches in seinem Geschick an sich hielt, worauf sich jäh und unversehens Welt ereignete; denn der Feldwebel schrie mit gesichertem Karabiner: »Saublase! Los, ab in die Unterkünfte. Putz- und Flickstunde!«
Alle verdrückten sich träge und machten Umwege. Witze froren ein. Zwischen den Baracken drehte Harry den Kopf auf Schultern, die sich nicht mitdrehen wollten: Der Feldwebel stand starr und viereckig mit hängendem Karabiner, bewußt, wie im Theater. Hinter ihm hielt geome-

trisch still: die Ortschaft, die Inständigkeit, die Nichtung, der Wesensraum aller Geschichte, der Unterschied zwischen Sein und Seiendem: die ontologische Differenz.
Aber die Hiwis in der Küchenbaracke schwatzten überm Kartoffelschälen. Das Radio der Unteroffiziere vermittelte Wunschkonzert. Der Sonntagsbesuch verabschiedete sich halblaut. Tulla stand leicht neben ihrem Cousin und rieb die geschlagene Seite ihres Gesichtes. Ihr Mund, den die massierende Hand verzog, maulte an Harry vorbei: »Dabei bin ich schwanger.«
Natürlich mußte Harry sagen: »Von wem?«
Aber das war ihr nicht wichtig: »Wetten wir, daß ich bin!«
Harry wollte nicht, denn Tulla gewann jede Wette. Vor dem Waschraum wies er mit dem Daumen auf die halboffene Tür: »Dann mußt Du Dir gleich die Hände waschen, mit Seife.«
Tulla gehorchte. – Nichts ist rein.

Es war einmal eine Stadt,
die hatte neben den Vororten Ohra, Schidlitz, Oliva, Emaus, Praust, Sankt Albrecht, Schellmühl und dem Hafenvorort Neufahrwasser einen Vorort, der hieß Langfuhr. Langfuhr war so groß und so klein, daß alles, was sich auf dieser Welt ereignet oder ereignen könnte, sich auch in Langfuhr ereignete oder hätte ereignen können.
In diesem Vorort zwischen Schrebergärten, Exerzierplätzen, Rieselfeldern, leicht ansteigenden Friedhöfen, Werftanlagen, Sportplätzen und Kasernenblöcken, in Langfuhr, das rund zweiundsiebzigtausend gemeldete Einwohner beherbergte, das drei Kirchen und eine Kapelle, zwei Gymnasien, ein Lyzeum, eine Mittelschule, eine Gewerbe- und Haushaltschule, immer zuwenig Volksschulen aber eine Bierbrauerei mit Aktienteich und Eiskeller besaß, in Langfuhr, dem die Schokoladenfabrik Baltic, der Flugplatz der Stadt, der Bahnhof und die berühmte Technische Hochschule, zwei ungleich große Kinos, ein Straßenbahndepot, die immer überfüllte Sporthalle und eine ausgebrannte Synagoge Ansehen gaben; in dem bekannten Vorort Langfuhr, dessen Behörden ein städtisches Spenden- und Waisenhaus und eine bei Heiligenbrunn malerisch gelegene Blindenanstalt verwalteten, im seit achtzehnhundertvierundfünfzig eingemeindeten Langfuhr, das sich unterhalb des Jäschkentaler Waldes, in dem das Gutenbergdenkmal stand, in guter Wohnlage hinzog, in Langfuhr, dessen Straßenbahnlinien den Badeort Brösen, den Bischofssitz Oliva und die Stadt Danzig berührten, in Danzig-Langfuhr also, einem durch die Mackensen-Husaren und den letzten Kronprinzen berühmt gewordenen Vorort, den in aller Breite der Strießbach durchfloß, wohnte ein Mädchen, das hieß Tulla Pokriefke und war schwanger, wußte aber nicht, von wem.
Im gleichen Vorort, sogar im selben Mietshaus in der Elsenstraße, die gleich der Herta- und Luisenstraße den Labesweg mit der Marienstraße

verknüpfte, wohnte Tullas Cousin; der hieß Harry Liebenau, tat Dienst als Luftwaffenhelfer in der Flak-Batterie Kaiserhafen und gehörte nicht zu denen, die Tulla geschwängert haben mochten. Denn Harry dachte sich bloß im Köpfchen aus, was andere regelrecht taten. Ein Sechzehnjähriger, der unter kalten Füßen litt und immer ein wenig abseits stand. Ein Vielwisser, der Bücher mit historischem und philosophischem Inhalt durcheinander las und sein hübschgewelltes mittelbraunes Haar pflegte. Ein Neugieriger, der mit grauen aber nicht kaltgrauen Augen alles widerspiegelte und seinen glatten aber nicht schwächlichen Körper als anfällig und porig empfand. Ein immer vorsichtiger Harry, der nicht an Gott aber an das Nichts glaubte und dennoch seine empfindlichen Mandeln nicht schälen lassen wollte. Ein Melancholiker, der gerne Bienenstich Mohnkuchen Kokosflocken aß und sich freiwillig – obgleich er schlecht schwimmen konnte – zur Marine gemeldet hatte. Ein Nichttäter, der seinen Vater, den Tischlermeister Liebenau, mittels langer Gedichte in Schulheften zu ermorden versuchte und seine Mutter als Köchin bezeichnete. Ein empfindsamer Junge, der stehend und liegend, seiner Cousine wegen, in Schweiß geriet und unentwegt, wenn auch wohlverpackt, an einen schwarzen Schäferhund dachte. Ein Fetischist, der einen perlweißen Schneidezahn aus Gründen im Portemonnaie trug. Ein Phantast, der viel log, leise sprach, rot wurde wenn, dies und das glaubte und den andauernden Krieg als Ergänzung des Schulunterrichtes betrachtete. Ein Knabe, ein Jüngling, ein uniformierter Gymnasiast, der den Führer, Ulrich von Hutten, den General Rommel, den Historiker Heinrich von Treitschke, Augenblicke lang Napoleon, den schnaufenden Schauspieler Heinrich George, mal Savonarola, dann wieder Luther und seit einiger Zeit den Philosophen Martin Heidegger verehrte. Mit Hilfe dieser Vorbilder gelang es ihm, einen tatsächlichen, aus menschlichen Knochen erstellten Berg mit mittelalterlichen Allegorien zuzuschütten. Er erwähnte den Knochenberg, der in Wirklichkeit zwischen dem Troyl und dem Kaiserhafen gen Himmel schrie, in seinem Tagebuch als Opferstätte, errichtet, damit das Reine sich im Lichten ereigne, indem es das Reine umlichte und so das Licht stifte.

Neben dem Tagebuch unterhielt Harry Liebenau einen oft schleppenden, dann wieder munteren Briefwechsel mit einer Freundin, die unter dem Künstlernamen Jenny Angustri in Berlin beim Deutschen Ballett engagiert war und in der Reichshauptstadt oder auf Torneen in den besetzten Gebieten zuerst als Mitglied des Corps de ballet, dann als Solistin auftrat. Wenn der Luftwaffenhelfer Harry Liebenau Ausgang hatte, ging er ins Kino und nahm die schwangere Tulla Pokriefke mit. Als Tulla noch nicht schwanger gewesen war, hatte Harry mehrmals vergeblich versucht, sie zu einem Kinobesuch an seiner Seite zu überreden. Nun, da sie jedem in Langfuhr erzählte: »Jemand hat mich dick gemacht«, – dabei war noch gar nichts zu sehen – wurde sie nachgiebiger und sagte zu Harry: »Wenn Du bezahlen willst, meinetwegen.«

Sie ließen sich in Langfuhrs beiden Kinos mehrere Filme vorflimmern. In den Kunstlichtspielen lief zuerst die Wochenschau, dann der Kulturfilm, zum Schluß der Hauptfilm. Harry trug Uniform; Tulla saß in einem viel zu geräumigen Mantel aus Marinetuch, den sie sich extra für ihren Zustand hatte schneidern lassen. Während auf verregneter Leinwand Weinlese gehalten wurde und Winzerinnen traubenbehängt, reblaubbekränzt und miedergezwängt lächelten, versuchte Harry seine Cousine anzufassen. Doch Tulla entzog sich mit leisem Vorwurf: »Laß das doch, Harry. Das hat nun keinen Zweck mehr. Da hättste früher kommen müssen.«

Harry hatte im Kino immer einen Vorrat saurer Dropse bei sich, die in seiner Batterie, sobald man eine bestimmte Zahl Wasserratten erlegt hatte, ausgezahlt wurden. Deshalb hießen die Dropse Rattendrops. Harry pellte im Dunkeln, während vorne die Wochenschau mit Getöse anlief, Papier und Silberpapier von der Dropsrolle, schob den Daumennagel zwischen den ersten und zweiten Drops und bot Tulla an. Tulla hob den Drops mit zwei Fingern ab, klebte mit beiden Pupillen an der Wochenschau, lutschte schon hörbar und flüsterte, während vorne die Schlammperiode im Mittelabschnitt einsetzte: »Bei Euch stinkt alles, sogar die Dropse, nach dem Zeugs hinterm Zaun. Ihr solltet Euch mal ne neue Batterie wünschen.«

Aber Harry hatte andere Wünsche, die wurden im Kino erfüllt: Weg die Schlammperiode. Keine Weihnachtsvorbereitungen mehr an der Eismeerfront. Abgezählt alle ausgebrannten T 34. Eingelaufen das U-Boot von erfolgreicher Feindfahrt. Gestartet unsere Jäger zum Einsatz gegen Terrorbomber. Neue Musik. Anderer Kameramann: friedlich, herbstlaubdurchleuchtet, nachmittäglich und kiesbestreut: das Führerhauptquartier. »Mensch, nu guck bloß. Da läuft steht wedelt er. Zwischen ihm und dem Flieger. Klar doch, das isser: unser Hund. Der Hund von unserem Hund, mein ich, wie gespuckt: Prinz, das ist Prinz, den hat unser Harras ...«

Eine gute Minute lang, während der Führer und Reichskanzler unter tiefgedrücktem Mützenschirm, hinter verankerten Händen mit einem Offizier der Luftwaffe – War es Rudel? – plaudert und zwischen den Bäumen des Führerhauptquartiers wandelt, darf ein offensichtlich schwarzer Schäferhund sich neben seinen Stiefeln halten, sich an des Führers Stiefeln reiben, sich seitlich den Hals klopfen lassen – denn einmal löst der Führer die verankerten Hände, um sie, nachdem die Wochenschau das trauliche Verhältnis zwischen Herr und Hund eingefangen hat, sogleich wieder miteinander zu koppeln.

Bevor Harry mit der letzten Straßenbahn zum Troyl fuhr – er mußte am Hauptbahnhof in die Bahn nach Heubude umsteigen – brachte er Tulla nachhause. Beide sprachen abwechselnd ohne Gehör: sie vom Hauptfilm, er von der Wochenschau. In Tullas Film wurde ein Bauernmädchen beim Pilzesuchen geschändet und ging deshalb, was Tulla nicht begreifen wollte, ins Wasser; Harry versuchte, das Wochenschaugeschehen mit Störtebekers Philosophensprache lebendig zu halten und gleichzeitig zu bestimmen: »Das Hundsein, dieses – Daß es ist – bedeutet mir das Geworfensein des seienden Hundes in sein Da; und zwar so, daß sein In-der-Welt-sein das Hunde-Da ist; gleich, ob nun Tischlereihof oder Führerhauptquartier Dasein bedeutet, auch abseits aller vulgären Zeit: denn zukünftiges Hundsein ist nicht später als das Hunde-Da der Gewesenheit und dieses nicht früher als das Hineingehaltensein in das Hunde-Jetzt.«

Trotzdem sagte Tulla vor der Wohnungstür der Pokriefkes: »Ab nächste Woche bin ich im zweiten Monat, und zu Weihnachten, da kann man bestimmt schon was sehen.«

Harry guckte noch für eine Viertelstunde in die Wohnung seiner Eltern. Er wollte frische Wäsche holen und etwas Eßbares. Sein Vater, der Tischlermeister, hatte geschwollene Füße, weil er den ganzen Tag über auf den Beinen hatte sein müssen: von einer Baustelle zur anderen. Deshalb badete er in der Küche seine Füße. Groß und knotig bewegten sie sich traurig in der Waschschüssel. Die Seufzer des Tischlermeisters verrieten nicht, ob die Wohltat des Fußbades oder verquere Erinnerungen ihn seufzen ließen. Harrys Mutter hielt schon das Handtuch. Sie kniete und hatte die Lesebrille abgelegt. Harry zog sich einen Stuhl vom Tisch und setzte sich zwischen Vater und Mutter: »Soll ich Euch mal ne dolle Geschichte erzählen?«

Da der Vater einen Fuß aus der Schüssel hob, und die Mutter den Fuß kundig mit dem Frottiertuch einfing, begann Harry: »Es war einmal ein Hund, der hieß Perkun. Dieser Hund zeugte die Hündin Senta. Und Senta warf Harras. Und der Deckrüde Harras zeugte Prinz. Und wißt Ihr, wo ich soeben unseren Prinz gesehen habe? In der Wochenschau. Im Hauptquartier. Zwischen dem Führer und Rudel. Ganz deutlich im Freien. Hätte auch unser Harras sein können. Mußt Du Dir unbedingt anschauen, Papa. Kannst ja vorm Hauptfilm rausgehen, wenn es Dir zuviel wird. Ich guck ihn mir bestimmt nochmal an, wenn nicht zweimal.«

Der Tischlermeister mit einem trockenen aber noch dampfenden Fuß nickte zerstreut. Er sagte, er freue sich natürlich und werde sich, wenn er Zeit finde, die Wochenschau ansehen. Er war zu müde, um sich laut freuen zu können, obgleich er sich Mühe gab und auch später, mit zwei trockenen Füßen, seine Freude laut werden ließ: »Soso, der Prinz von unserem Harras. Und getätschelt hat er ihn, der Führer in der Wochenschau. Und der Rudel war auch dabei. Was Du nicht sagst.«

Es war einmal eine Wochenschau,
die zeigte die Schlammperiode im Mittelabschnitt, Weihnachtsvorbereitungen an der Eismeerfront, Ergebnisse einer Panzerschlacht, lachende Arbeiter in einem Rüstungsbetrieb, Wildgänse in Norwegen, Jungvolk beim Altmaterialsammeln, Wachtposten am Atlantikwall und einen

Besuch im Führerhauptquartier. Dieses alles und noch mehr konnte nicht nur in den beiden Kinos des Vorortes Langfuhr angeschaut werden sondern auch in Saloniki. Denn von dort kam ein Brief, den hatte Jenny Brunies, die unter dem Künstlernamen Jenny Angustri vor deutschen und italienischen Soldaten auftrat, an Harry Liebenau geschrieben.
»Stell Dir vor«, schrieb Jenny, »die Welt ist klein: gestern abend – wir hatten ausnahmsweise keine Vorstellung – ging ich mit Herrn Haseloff ins Kino. Und wen sah ich da in der Wochenschau? Ich täusch mich bestimmt nicht. Und auch Herr Haseloff war der Meinung, der schwarze Schäferhund, der in der Hauptquartierszene mindestens eine Minute lang zu sehen gewesen war, könne nur Prinz gewesen sein, der Prinz von Eurem Harras!
Dabei kann Herr Haseloff Euren Harras, außer auf Fotos, die ich ihm zeigte, nie gesehen haben. Er hat eben eine enorme Vorstellungskraft, nicht nur im Künstlerischen. Außerdem will er immer bis in Kleinigkeiten hinein unterrichtet sein. Wahrscheinlich deshalb hat er bei der hiesigen Propaganda-Kompanie den Antrag gestellt. Er möchte gerne eine Kopie der Wochenschau haben, als Anschauungsmaterial. Wahrscheinlich bekommt er sie, denn Beziehungen hat Herr Haseloff überall, und sogut wie nie wird ihm etwas abgeschlagen. Du, dann können wir uns später die Wochenschau angucken, nach dem Krieg, zusammen und so oft wir wollen. Und wenn wir mal Kinder haben, können wir ihnen auf der Leinwand erklären, wie es früher gewesen ist.
Hier ist es blöde. Von Griechenland sehe ich keine Spur, nur immer Regen. Den guten Felsner-Imbs haben wir leider in Berlin lassen müssen. Die Schule läuft ja weiter, auch wenn wir auf Tournee sind.
Aber stell Dir vor – doch das weißt Du sicher schon – Tulla erwartet ein Kind. Das schrieb sie mir auf einer offenen Postkarte. Ich freu mich für sie, obgleich ich manchmal denke, daß sie es schwer haben wird, so ganz ohne Mann, der für sie sorgt, und ohne richtigen Beruf...«
Jenny schloß diesen Brief nicht ab, ohne darauf hinzuweisen, wie sehr sie das ungewohnte Klima ermüde und wie sehr sie – auch vom fernen Saloniki aus – ihren Harry liebe. In einem Nachwort bat sie Harry, sich so gut und so oft wie möglich um seine Cousine zu kümmern. »Weißt Du, in diesem Zustand bedarf sie einer Stütze, zumal in ihrem Elternhaus nicht gerade geregelte Verhältnisse herrschen. Ich werde ihr ein Päckchen schicken mit griechischem Honig. Außerdem habe ich zwei fast neue Pullover, die ich kürzlich in Amsterdam erstehen konnte, aufgeribbelt. Einen hellblauen und einen zartrosa. Daraus kann ich ihr mindestens vier Strampelhöschen und zwei Bettjäckchen stricken. Wir haben ja soviel Zeit zwischen den Proben und sogar während der Vorstellung.«

Es war einmal ein Kind,
das sollte, obgleich ihm schon Strampelhöschen gestrickt wurden, nicht geboren werden. Nicht etwa, daß Tulla das Kind nicht wollte. Zwar sah

man ihr immer noch nichts an, aber schon gab sie sich sanftmütig bis zur Rührseligkeit als werdende Mutter. Auch war kein Vater da, der mit abgewandtem Gesicht maulte: Ich will kein Kind! denn alle Väter, die in Frage kamen, waren von früh bis spät mit sich selber beschäftigt. Um nur den Feldwebel der Batterie Kaiserhafen und den Luftwaffenhelfer Störtebeker zu nennen: der Feldwebel schoß mit seinem Karabiner Krähen und knirschte, sobald er ins Schwarze getroffen hatte, mit den Zähnen; Störtebeker zeichnete, was seine Zunge flüsterte, lautlos in den Sand: die Irre, die ontologische Differenz, den Weltentwurf in allen Variationen. Wie sollten die beiden bei solch existentieller Beschäftigung Zeit finden, an ein Kindchen zu denken, das Tulla Pokriefke Sanftmut eingab, aber im übrigen noch nicht ihren extra geschneiderten Mantel wölbte.
Einzig Harry, der Briefempfänger, der Briefeschreiber, sagte: »Wie fühlst Du Dich? Wird es Dir immer noch schlecht vor dem Frühstück? Was sagt Dr. Hollatz? Verheb Dich nicht. Du solltest wirklich nicht mehr rauchen. Soll ich Dir Malzbier besorgen? Bei Matzerath gibt es gegen Nährmittelmarken saure Gurken. Sei ganz ruhig. Ich sorg schon für das Kind, später.«
Und manchmal, als wollte er der werdenden Mutter die beiden in Frage kommenden, doch beharrlich abwesenden Väter ersetzen, starrte er düster auf imaginäre Punkte, knirschte in des Feldwebels Manier mit ungeübten Zähnen, zeichnete mit dürrem Stock Störtebekers Symbole in den Sand und plauderte mit Störtebekers philosophischer Zunge, die, mit leichten Abweichungen, auch des Feldwebels Zunge hätte sein können: »Paß auf Tulla, ich erklär es Dir. Nämlich, die durchschnittliche Alltäglichkeit des Kind-Seins kann bestimmt werden als das geworfen entwerfende In-der-Kind-Welt-sein, dem es in seinem Kind-Sein bei der Welt und im Mit-Kind-sein mit Anderen um das eigenste Kindseinkönnen selbst geht. – Verstanden? Nein? Also nochmal…«
Aber nicht nur der ihm angeborene Nachahmungsdrang gab Harry diese Sprüche ein; bei Gelegenheit stellte er sich in kleidsamer Luftwaffenhelferuniform mitten in die Pokriefkesche Wohnküche und hielt Tullas quengelndem Vater, einem mickrigen Koschneider aus der Gegend zwischen Konitz und Tuchel, selbstbewußte Vorträge. Ohne sich als Vater zu bekennen, nahm er alles auf sich, bot sich sogar – »Ich weiß, was ich tu!« – als künftiger Ehemann seiner schwangeren Cousine an und war dennoch froh, daß August Pokriefke ihn nicht beim Wort nahm, sondern Grund fand, eigenen Kummer zu kauen: August Pokriefke wurde zur Wehrmacht eingezogen. Nahe Oxhöft – er war nur heimatverwendungsfähig – mußte er Kasernenanlagen bewachen, eine Beschäftigung, die ihm während ausgedehnter Wochenendurlaube Gelegenheit bot, vor großer Familie – auch der Tischlermeister und seine Frau mußten ihr Ohr hinhalten – endlose Partisanengeschichten zu erzählen; denn im Winter dreiundvierzig begannen die Polen, ihre Operationsgebiete zu erweitern: wenn sie vorher nur die Tuchler Heide unsicher gemacht hatten, wurde

nun aus der Koschneiderei Partisanentätigkeit gemeldet, und auch im waldigen Hinterland der Danziger Bucht bis zum Fuß der Halbinsel Hela verübten sie Anschläge und gefährdeten August Pokriefke.

Aber Tulla, mit flachen Händen auf immer noch flachem Leib, war mit ihren Gedanken nie bei Heckenschützen und Einsatzgruppen, meuchlings und hinterrücks. Oft erhob sie sich mitten in einem nächtlichen Feuerüberfall westlich Heisternest und verließ so spürbar die Wohnküche, daß August Pokriefke seine beiden Gefangenen nicht einbringen und das zu bewachende Kraftfahrzeugdepot nicht vor Plünderung retten konnte.

Wenn Tulla die Küche verließ, begab sie sich in den Holzschuppen. Was konnte ihr Cousin tun, als ihr, wie während Jahren, da er den Schultornister noch auf dem Rücken hatte tragen dürfen, dorthin zu folgen. Immer noch gab es zwischen Langholz Tullas Versteck. Immer noch wurden die Bohlen so in den Schuppen geschoben, daß ein Raum, gerade groß genug für Tulla und Harry, ausgespart blieb.

Da sitzen eine werdende sechzehnjährige Mutter und ein Luftwaffenhelfer und Kriegsfreiwilliger, der seiner Einberufung entgegensieht in einem Kinderversteck: Harry muß Tulla die Hand auflegen und sagen: »Ich fühl schon etwas. Ganz deutlich. Jetzt wieder.« Tulla bastelt an winzigen Hobelspanperücken, flicht Hobelspanpuppen aus weichem Lindenspan und verbreitet wie immer ihren Knochenleimdunst. Gewiß wird das Kindchen, sogleich nach der Ausfahrt, den mütterlichen, nicht zu verscheuchenden Geruch an sich haben; aber erst Monate später, wenn genug Milchzähne vorhanden sind, und noch später, im Sandkastenalter, wird sich herausstellen, ob das Kind oft und bedeutsam mit den Zähnen knirscht oder lieber im Sand zeichnet: Strichmännchen und Weltentwürfe.

Weder Knochenleimdunst noch knirschender Feldwebel oder zeichensetzender Störtebeker! Das Kindchen wollte nicht; und anläßlich eines Spazierganges – Tulla gehorchte Harry, der mit angenommener Vatermiene meinte, eine werdende Mutter müsse oft und lange an die frische Luft – unter freiem Himmel also, gab das Kindchen zu verstehen, daß es nicht gewillt war, nach Mutters Art Knochenleimdunst auszuströmen, die väterlichen Gewohnheiten des Zähneknirschens oder des Weltentwerfens fortzusetzen.

Harry hatte Wochenendurlaub: Existierpause. Cousin und Cousine wollten, weil die Luft so klar dezemberlich war, in den Olivaer Wald und, wenn es Tulla nicht zu beschwerlich werden würde, bis zur Schwedenschanze laufen. Die Straßenbahn, Linie zwei, war voll und Tulla ärgerte sich, weil niemand ihr Platz machte. Mehrmals stieß sie Harry an, aber der zuweilen schüchterne Luftwaffenhelfer wollte nicht laut werden und Platz für Tulla fordern. Vor ihr saß mit runden Knien ein dahindämmernder Gefreiter der Infanterie. Den zischte Tulla an, ob er nicht sehe, daß sie in Hoffnung sei. Der Gefreite machte aus seinen runden Sitzknien

sofort faltenwerfende Stehknie. Tulla saß, und kreuz und quer wechselten Leute, die sich fremd waren, vertrauliche Blicke. Harry schämte sich, weil er keinen Platz gefordert hatte, und schämte sich noch einmal, weil Tulla so laut Platz forderte.
Die Bahn hatte die große Kurve am Hohenfriedberger Weg schon hinter sich und schlingerte auf schnurgerader Strecke von Haltestelle zu Haltestelle. Abgemacht war: beide wollten am »Weißen Lamm« aussteigen. Knapp hinter der Haltestelle Friedensschluß erhob sich Tulla und drängelte zwischen Wintermänteln dicht hinter Harry auf den hinteren Perron. Der Anhänger hatte die Verkehrsinsel der Haltestelle »Weißes Lamm« – so hieß ein beliebtes Ausflugslokal nahe der Haltestelle – noch nicht erreicht, da stand Tulla bereits auf dem untersten Trittbrett und machte im Fahrtwind Kneifaugen.
»Laß den Unsinn«, sagte Harry über ihr.
Tulla sprang schon immer gerne von Straßenbahnen ab.
»Wart', bis sie hält«, mußte Harry von oben sagen.
Das Auf- und Abspringen war seit frühesten Zeiten Tullas kleines Vergnügen.
»Nich, Tulla, paß auf!« aber Harry hielt sie nicht.
Etwa vom achten Lebensjahr an sprang Tulla von fahrenden Straßenbahnen. Nie war sie zu Fall gekommen. Nie hatte sie, wie Dumme und Leichtsinnige es tun, einen Sprung entgegengesetzt der Fahrtrichtung gewagt; und auch vom Anhänger der Straßenbahn, Linie zwei, die seit der Jahrhundertwende zwischen dem Hauptbahnhof und dem Vorort Oliva verkehrte, sprang sie nicht vom Vorderperron sondern vom Hinterperron ab. Mit der Fahrtrichtung sprang sie geschickt katzenleicht und setzte mit kiesschurrenden Sohlen lässig nachfedernd auf.
Tulla sagte zu Harry, der knapp hinter ihr abgesprungen war: »Daß Du immer unken mußt. Denkst, ich bin dammlich?«
Sie nahmen den Feldweg, der seitlich der Gaststätte »Weißes Lamm« im rechten Winkel von der schnurgeraden Straßenbahnlinie abzweigte und gegen den dunklen, auf Hügeln hockenden Wald zulief. Die Sonne schien altjüngferlich vorsichtig. Ein etwa bei Saspe abgehaltenes Übungsschießen setzte trockne unregelmäßige Punkte in den Nachmittag. Das Ausflugslokal »Weißes Lamm« war geschlossen verhängt vernagelt. Den Wirt, so hieß es, hatte man wegen Wirtschaftsvergehen – Schleichhandel mit Fischkonserven – eingesperrt. Verwehter Schnee hielt sich in Ackerfurchen und gefrorenen Fahrrinnen. Vor ihnen wechselten Nebelkrähen von Feldstein zu Feldstein. Klein, unter zu hohem und zu blauem Himmel, hielt Tulla sich den Bauch zuerst überm, dann unterm Mantelstoff. Bei aller frischen Dezemberluft wollte ihrem Gesicht keine gesunde Farbe gelingen: zwei Naslöcher weiteten sich erschreckt in einem schumpfenden kreidigen Ponim. Zum Glück hatte Tulla Skihosen an.
»Nu ist mir doch was passiert.«
»Was issen los? Versteh kein Wort. Is Dir schlecht? Willste Dich setzen?

Oder geht's noch bis zum Wald? Sag doch, was is!«
Harry war sehr aufgeregt, wußte nichts, verstand nichts, ahnte halb und wollte nicht wissen. Tullas Nase krauste sich und warf an der Wurzel Schweißkügelchen, die nicht abfallen wollten. Er schleppte sie bis zum nächsten Feldstein – den gaben Nebelkrähen auf – dann bis zu einer Feldwalze, deren Deichsel die Dezemberluft spießte. Aber erst am Waldrand, nachdem die Krähen noch paarmal hatten umziehen müssen, lehnte Harry seine Cousine gegen einen glatten Buchenstamm. Ihr Atem flog weiß. Auch Harrys Atem riß sich als weißer Rauch los. Noch immer setzte entferntes Übungsschießen spitze Bleistiftpunkte auf nahes Papier. Aus krümeligen, bis dicht zum Wald laufendem Acker äugten Krähen mit schrägen Köpfen. »Gut, daß ich Hosen anhab, sonst hätt' ich das nicht geschafft bis hierher. Das geht alles ab!«
Der Atem der Beiden am Waldrand ging und verwehte. Unentschlossen. »Soll ich?« Zuerst ließ Tulla ihren Mantel aus Marinetuch abgleiten. Harry legte ihn ordentlich zusammen. Den Bund der Hose knüpfte sie selber auf, den Rest besorgte Harry vorsichtig entsetzt neugierig: das fingergroße Zweimonatskind lag da in den Schlüpfern. Offenbargemacht: da. Schwamm in Gallerten: da. In blutigen auch farblosen Säften: da. Durch den Welteingang da. War ein Händchen voll: unbehalten, vorhaft, teilweise da. Grämlich in scharfer Dezemberluft da. Das Gründen als Stiften dampfte und kühlte rasch ab. Das Gründen als Bodennehmen und Tullas Taschentuch dazu. Entborgen in was? Von wem durchstimmt? Eingenommenheit, nie ohne Weltenthüllung. Darum Schlüpfer aus. Skihosen hoch, kein Kindchen sondern. Das war ne Wesensschau! Lag da, warm, dann kalt: Entzug verschafft der Verbindlichkeit des verbleibenden Vorwurfs ein Loch am Olivaer Waldrand: »Steh' nich da! Fang schon an! Mach'n Loch! Nich da, lieber da.« Ach, sind wir je selbst, ist je meines, nun im Laub, Boden, nicht tief gefroren; denn höher als Wirklichkeit: Möglichkeit: offenbar solches, was sich zunächst und zumeist gerade nicht zeigt, was gegenüber dem, was sich zunächst zumeist zeigt, verborgen ist, aber zugleich etwas ist, was wesenhaft zu dem, was sich zunächst und zumeist zeigt, gehört, so zwar daß es seinen Sinn und Grund ausmacht, der nicht gefroren sondern locker mit Schuhabsätzen aus der Luftwaffenbekleidungskammer, damit das Kindchen in sein Da. Da in sein Da. Nur Entwurf aber da. Entwesentlicht: da. Nur Neutrum, nur: Man – und das Man nicht da wie das Da überhaupt, daß die Stimmung das Dasein vor das Daß seines Da bringt und dareinlegt ohne Ekel und nur mit Fingern, nicht handschuhgeschützten: Ach, die ekstatisch-horizontale Struktur! Nur da zum Tode, das heißt: alles übereinander und bißchen Laub und taube Bucheckern drauf, damit die Krähen nicht, oder falls Füchse kämen, der Förster, Rutengänger, Aasgeier, Schatzgräber, Hexen, wenn's gibt, sammeln Ausschnettliche, machen Talglichte draus oder Pulver, über Türschwellen zu streuen, Salben gegen alles und nichts. Darum: Feldstein drüber. Im Grunde grün-

dend. Ortschaft und Abortus. Zeug und Werk. Mutter und Kind. Sein und Zeit. Tulla und Harry. Springt von der Straßenbahn in ihr Da, ohne zu stolpern. Springt kurz vor Weihnachten, zwar geschickt aber überschwingend: vor zwei Monden rein, durchs selbe Loch raus. Pleite! Nichtendes Nichts. Große Scheiße! In die Irre ereignet. Spuckfotze! Nicht mal transzendental sondern vulgär ontisch entborgen entknirscht entstörtebekert. Feierabend. Irrtum gestiftet. Windei. War kein Vorsokratiker. Bißchen Sorge. Pustekuchen! War'n Spätling. Verdünnisiert, verduftet, hat Leine gezogen. »Und daß Du die Schnauze hältst. Sauerei! Daß mir sowas passieren mußte. Käse! Sollte Konrad heißen oder nach ihm. Nach wem? Na nach ihm. Komm Tulla gehen wir. Ja los, komm gehen wir.«
Und Cousin und Cousine gingen, nachdem sie den Ort mit einem großen und mehreren kleineren Feldsteinen gegen Krähen, Förster, Füchse, Schatzgräber und Hexen sicher gemacht hatten.
Um weniges erleichtert gingen sie; und Harry durfte Tulla anfangs am Arm stützen. Immer noch punktierten fern übende Schützen unregelmäßig den schon abgebuchten Nachmittag. Flau war ihnen im Munde. Aber Harry hatte in seiner Brusttasche eine Rolle saurer Dropse.
Als sie an der Haltestelle »Weißes Lamm« standen und die Straßenbahn von Oliva her gelb und größer wurde, sagte Tulla aus grauem Gesicht in sein frisches Gesicht: »Wir warten, bis sie anfährt. Dann springst Du vorne rauf und ich auffen Hinterperron.«

Es war einmal ein Abortus,
Konrad geheißen, von dem erfuhr niemand auch Jenny Brunies nicht, die als Jenny Angustri in Saloniki, Athen, Belgrad und Budapest vor gesunden und genesenen Soldaten auf Spitzenschuhen tanzte und aus aufgeribbelter Wolle Sächelchen, rosa und blau, strickte, die für das Kindchen einer Freundin bestimmt waren, das Konrad heißen sollte; so hatte man den kleinen Bruder der Freundin gerufen, bevor er beim Baden ertrank.
In jedem Brief, der Harry Liebenau ins Haus flatterte – im Januar vier, im Februar nur drei – schrieb Jenny etwas von langsam wachsenden Wollsachen: »Zwischendurch bin ich wieder fleißig gewesen. Die Proben ziehen sich schrecklich in die Länge, weil es nie mit der Beleuchtung klappt und die hiesigen Bühnenarbeiter so tun, als verstünden sie kein Wort. Manchmal, wenn der Umbau dauert und dauert, möchte man an Sabotage denken. Jedenfalls bleibt mir, dank des hier üblichen Schlendrians, viel Zeit zum Stricken. Ein Strampelhöschen ist schon fertig, und dem ersten Bettjäckchen muß ich nur noch die Mausezähnchen an den Halsausschnitt häkeln. Du kannst Dir nicht vorstellen, wie mir das Spaß macht. Als Herr Haseloff mich einmal in der Garderobe mit dem fast fertigen Strampelhöschen überraschte, bekam er einen heillosen Schreck, zumal ich ihn zappeln ließ und nicht sagte, für wen ich stricke.
Seitdem denkt er bestimmt, ich erwarte was Kleines. Beim Training, zum

Beispiel, starrt er mich manchmal minutenlang an, richtig unheimlich. Aber sonst ist er nett und voller Rücksichtnahme. Zum Geburtstag hat er mir pelzgefütterte Handschuhe geschenkt, dabei trag ich nie, und wenn es noch so kalt ist, irgend etwas an den Fingern. Auch sonst gibt er sich alle Mühe: zum Beispiel spricht er oft und ganz gelassen von Papa Brunies, als wäre dessen Rückkehr stündlich zu erwarten. Doch wissen wir beide ganz genau, daß das nie sein wird.«

So plapperte Jenny wöchentlich je einen Brief voll. Und Mitte Februar meldete sie außer der Fertigstellung des dritten Strampelhöschens und zweiten Bettjäckchens, den Tod des Studienrates Brunies. Sachlich, und ohne einen Absatz zu machen, teilte Jenny mit: »Nun ist endlich die offizielle Benachrichtigung eingetroffen. Er ist am zwölften November neunzehnhundertdreiundvierzig im Stutthof-Lager verstorben. Als Todesursache steht geschrieben: Herzschwäche.«

Ihrer Unterschrift, dem gleichbleibenden »Immer Deine treue und ein wenig müde Jenny«, folgte als Postskriptum eine Neuigkeit extra für Harry: »Übrigens ist die Wochenschau eingetroffen, die mit dem Führerhauptquartier und dem Hund von Eurem Harras dazwischen. Herr Haseloff hat sich die Episode mindestens zehnmal angeschaut, sogar in Zeitlupe, um von dem Hund Skizzen anfertigen zu können. Ich habe es nur zweimal ausgehalten. Du mußt mir deswegen nicht böse sein, aber die Nachricht von Papas Tod – alles war so entsetzlich amtlich geschrieben – hat mich ziemlich mitgenommen. Manchmal könnt' ich immerzu weinen, aber ich kann nicht.«

Es war einmal ein Hund,
der hieß Perkun und gehörte einem litauischen Mahlknecht, der an der Weichselmündung Arbeit gefunden hatte. Perkun überlebte den Mahlknecht und zeugte Senta. Die Hündin Senta, die einem Müller in Nickelswalde gehörte, warf Harras. Der Deckrüde, der einem Tischlermeister in Danzig-Langfuhr gehörte, belegte die Hündin Thekla, die einem Herrn Leeb gehörte, der Anfang zweiundvierzig, kurz nach der Hündin Thekla, verstarb. Der Hund Prinz jedoch, von dem Schäferhundrüden Harras gezeugt und von der Schäferhündin Thekla geworfen, machte Geschichte: Er wurde dem Führer und Reichskanzler zum Geburtstag geschenkt und kam, als dessen Lieblingshund, in die Wochenschau.

Als der Hundezüchter Leeb beerdigt wurde, ging der Tischlermeister auf des Züchters Begräbnis. Als Perkun starb, wurde ins Zuchtbuch eine normale Hundekrankheit eingetragen. Senta mußte, weil sie hysterisch wurde und Schaden anrichtete, erschossen werden. Die Hündin Thekla starb, laut Zuchtbucheintragung, an Altersschwäche. Harras jedoch, der des Führers Lieblingshund Prinz gezeugt hatte, wurde aus politischen Gründen mit vergiftetem Fleisch vergiftet und auf dem Hundefriedhof begraben. Zurück blieb eine leere Hundehütte.

Es war einmal eine Hundehütte,
die hatte ein schwarzer Schäferhund namens Harras bewohnt, bis er vergiftet wurde. Seitdem stand die Hütte leer auf dem Tischlereihof, denn der Tischlermeister Liebenau wollte sich keinen neuen Hund zulegen; so einmalig war ihm Harras gewesen.
Oft sah man den stattlichen Mann, wenn er zum Maschinenraum seiner Tischlerei unterwegs war, vor der Hundehütte zögern, einige Züge lang aus seiner Zigarre oder noch länger. Jener Erdwall, den Harras, an straffer Kette, mit beiden Vorderläufen aufgeworfen hatte, war eingeebnet worden vom Regen und den Holzschuhen der Hilfsarbeiter. Aber die offene Hütte atmete noch immer den Geruch eines Hundes aus, der, in den eigenen Geruch verliebt, auf dem Tischlereihof wie überall in Langfuhr, seine Duftmarken gesetzt hatte. Besonders unter stechender Augustsonne oder in feuchter Frühjahrsluft roch die Hütte streng nach Harras und lockte Fliegen an. Kein Schmuckstück für einen lebendigen Tischlereihof. Die Teerpappe des Hundehüttendaches franste schon rund um Pappnägel, die sich lockern mochten. Ein trauriger Anblick, leer und voller Erinnerungen: einmal, als Harras noch scharf an der Kette lag, hatte des Tischlermeisters kleine Nichte eine Woche lang neben dem Hund in der Hütte gewohnt. Später kamen Fotografen und Reporter, knipsten den Hund und beschrieben ihn. Der Tischlereihof wurde, wegen berühmter Hundehütte, in vielen Zeitungen ein historischer Platz genannt. Namhafte Leute, sogar Ausländer kamen und verharrten fünf Minuten lang an bedeutsamer Stelle. Später zeichnete ein Dicksack, namens Amsel, den Hund mit Pinsel und Feder, stundenlang. Der nannte Harras nicht so, wie er hieß, sondern Pluto; den rief des Tischlermeisters kleine Nichte nicht so, wie er hieß, sondern schimpfte ihn Itzig. Da wurde Amsel vom Tischlereihof verwiesen. Und einmal hätte es beinahe einen Unfall gegeben. Aber es wurde nur das Kleidungsstück eines Klavierlehrers, der in der rechten hinteren Parterrewohnung wohnte, übel zerfetzt und mußte bezahlt werden. Und einmal oder mehrmals kam jemand betrunken torkelig und beschimpfte Harras politisch, lauter als Kreissäge und Fräse zum Himmel schreien konnten. Und einmal warf jemand, der mit den Zähnen knirschen konnte, vergiftetes Fleisch vom Dach des Holzschuppens direkt vor die Hundehütte. Das Fleisch blieb nicht liegen.
Erinnerungen. Dabei sollte niemand versuchen, die Gedanken eines Tischlermeisters zu lesen, der einer leeren Hundehütte gegenüber zögert und den Schritt verhält. Mag sein, er denkt zurück. Mag sein, er denkt an Holzpreise. Mag sein, er denkt nichts Bestimmtes, sondern verliert sich, seine Fehlfarbe rauchend, zwischen Erinnerungen und Holzpreisen. Dieses eine halbe Stunde lang, bis ihn der Maschinenmeister vorsichtig zurückruft: es müssen zugeschnitten werden Fertigteile für Marineunterkünfte. Die Hundehütte, leer und voller Erinnerungen, läuft nicht davon.
Nein, nie war er krank gewesen, der Hund, immer nur schwarz: Deckhaar und Unterwolle. Stockhaarig, wie seine fünf Wurfgeschwister, die sich im

Polizeidienst bewährten. Trocken schlossen die Lefzen. Der straffe Hals ohne Wamme. Die lange, leicht abfallende Kruppe. Die knapp geneigten immer stehenden Ohren. Und nochmals und wieder: jedes einzelne Harrashaar gerade, fest anliegend, harsch und schwarz.
Einzelne Haare, nun spröde und stumpf, findet der Tischlermeister zwischen den Bodenbrettern der Hundehütte. Manchmal, nach Feierabend, bückt er sich und kramt in dem torfwarmen Loch, ohne der Mieter zu achten, die in den Fenstern hängen.
Als aber der Tischlermeister eines Tages sein Portemonnaie verlor, in dem sich außer Kleingeld ein Büschel abgestorbener Hundehaare befunden hatte; als aber der Tischlermeister des Führers Lieblingshund, den Harras gezeugt hatte, in der Wochenschau sehen wollte, doch vor seinen Augen schon die neueste Wochenschau ohne des Führers Hund abrollte; als aber der Soldatentod des vierten ehemaligen Gesellen der Tischlerei Liebenau gemeldet wurde; als an des Tischlermeisters Hobelbänken nie mehr schwereichene Buffets, keine Nußbaumkredenzen, keine ausziehbaren Eßtische auf reichprofilierten Beinen angefertigt werden durften und nur noch numerierte Kiefernbretter zusammengeklopft wurden: Einzelteile für Militärbaracken; als das Jahr vierundvierzig im vierten Monat stand; als es hieß: »Nun haben sie auch den alten Herrn Brunies geschafft«; als Odessa geräumt wurde und das eingeschlossene Tarnopol nicht mehr gehalten werden konnte, als der Gong zur vorletzten Runde schlug; als die Lebensmittelkarten nicht mehr hielten, was sie versprachen; als der Tischlermeister Liebenau erfuhr, daß sein einziger Sohn sich freiwillig zur Marine gemeldet hatte; als dieses zusammen eine Summe ergab: das verlorene Portemonnaie und die flimmernde Wochenschau, der gefallene Tischlergeselle und die elenden Barackenteile, das geräumte Odessa und die lügenhaften Nährmittelmarken, der alte Herr Brunies und sein kriegsfreiwilliger Sohn, – als diese Summe rund war und abgebucht werden wollte, verließ der Tischlermeister Friedrich Liebenau sein Kontor, griff sich eine Axt, die neu war und noch eingefettet, überquerte am zwanzigsten April neunzehnhundertvierundvierzig um zwei Uhr nachmittags den Tischlereihof, pflanzte sich breitbeinig vor die leere Hundehütte des vergifteten Schäferhundes Harras und zerschlug den Bau mit gleichmäßig geführten Rundschlägen wortlos und einsam zu Kleinholz.
Weil aber am zwanzigsten April der fünfundfünfzigste Geburtstag desselben Führers und Reichskanzlers gefeiert wurde, dem zehn Jahre zuvor der junge Schäferhund Prinz, aus Harras Stamm, geschenkt worden war, begriff alle Welt in den Fenstern des Mietshauses und hinter den Hobelbänken der Tischlerei, daß mehr zerschlagen wurde als morsches Holz und löchrige Teerpappe.
Nach dieser Tat mußte sich der Tischlermeister gute zwei Wochen lang zu Bett legen. Er hatte sich übernommen.

Es war einmal ein Tischlermeister,

der zerschlug mit geübten Rundschlägen eine Hundehütte, stellvertretend, zu Kleinholz.
Es war einmal ein Attentäter, der verpackte eine Bombe, probeweise, in seiner Aktentasche.
Es war einmal ein Luftwaffenhelfer, der wartete ungeduldig auf seine Einberufung zur Marine; er wollte untertauchen und feindliche Schiffe versenken.
Es war einmal eine Ballerina, die strickte in Budapest, Wien und Kopenhagen Strampelhöschen und Bettjäckchen für ein Kindchen, das schon längst am Rand des Olivaer Waldes begraben lag, von Feldsteinen beschwert.
Es war einmal eine werdende Mutter, die sprang gerne von fahrenden Straßenbahnen ab und verlor dabei, obgleich sie geschickt und nicht gegen die Fahrtrichtung abgesprungen war, ihr Zweimonatskind. Da nahm die werdende Mutter, als nun wieder plattes Mädchen, Arbeit an: Tulla Pokriefke wurde – das lag nahe – Straßenbahnschaffnerin.
Es war einmal ein Polizeipräsident, dessen Sohn wurde von aller Welt Störtebeker genannt, wollte später einmal Philosoph werden, wäre beinahe Vater geworden und gründete, nachdem er die Welt im Sand entworfen hatte, eine Jugendbande, die später unter dem Namen Stäuberbande berühmt wurde. Nicht mehr Symbole malte er in den Sand, sondern das Wirtschaftsamt, die Herz-Jesu-Kirche, die Oberpostverwaltung: lauter kantige Gebäude, in die er später und nachts die Stäuberbande umwillen ihrer führte. Halb und halb gehörte die Straßenbahnschaffnerin Tulla Pokriefke zu der Bande. Nicht dazu gehörte ihr Cousin. Allenfalls stand er Schmiere, wenn die Bande sich in den Lagerschuppen der Schokoladenfabrik Baltic versammelte. Fester Besitz der Bande soll, als Maskottchen, ein dreijähriges Kind gewesen sein, das wurde Jesus genannt und überlebte die Bande.
Es war einmal ein Feldwebel, der bildete Luftwaffenhelfer als Flakkanoniere und quasi Philosophen aus, hinkte leicht, konnte mit den Zähnen knirschen, wäre beinahe Vater geworden, wurde aber zuerst vor ein Sondergericht, dann vor ein Kriegsgericht gestellt, kurzerhand degradiert und in ein Strafbataillon versetzt, weil er im Zustand der Trunkenheit zwischen den Baracken der Batterie Kaiserhafen den Führer und Reichskanzler mit Redensarten beleidigt hatte, in denen Worte vorkamen wie: Seinsvergessen, Knochenberg, Sorge-Struktur, Stutthof, Todtnau und Konzentrationslager. Als man ihn abführte – am hellen Tag – gröhlte er rätselhaft: »Du ontischer Hund! Alemannischer Hund! Du Hund mit Zipfelmütze und Schnallenschuhen! Was hast Du mit dem kleinen Husserl gemacht? Was hast Du angestellt mit dem dicken Amsel? Du vorsokratischer Nazihund!« Dieser reimlosen Hymne wegen mußte er, trotz des hinkenden Beines, zuerst an der immer näher rückenden Ostfront und später, nach erfolgter Invasion, im Westen Minen ausbuddeln; aber der degradierte Feldwebel flog nicht in die Luft.

Es war einmal ein schwarzer Schäferhund, der hieß Prinz, wurde mit dem Führerhauptquartier nach Rastenburg, Ostpreußen, verlegt, hatte Glück, lief auf keine Mine; aber das wilde Kaninchen, dem er hinterdrein war, sprang auf eine Mine und war nur noch in Resten aufzufinden.
Wie schon das Lager »Werwolf«, nordostwärts Winniza, grenzte das ostpreußische Führerhauptquartier an verminte Wälder. Der Führer und sein Lieblingshund wohnten sehr zurückgezogen im Sperrkreis A der »Wolfsschanze«. Damit Prinz Auslauf hatte, führte ihn der Hundemeister, ein SS-Oberscharführer, der vor dem Krieg einen namhaften Hundezwinger besessen hatte, in den Sperrkreisen I und II spazieren; der Führer jedoch mußte im engen Sperrkreis A bleiben, weil er unentwegt Lagebesprechungen abzuhalten hatte.
Langweilig war das Leben im Führerhauptquartier. Immer dieselben Baracken, in denen das Führer-Begleit-Bataillon, der Wehrmachtführungsstab oder die zur Lage vorsprechenden Gäste untergebracht waren. Etwas Abwechslung bescherte der Betrieb am Lagertor des Sperrkreises II.
Dort geschah es, daß ein Kaninchen außerhalb des Sperrkreises zwischen die Posten geriet, mit Gelächter gescheucht wurde und einen schwarzen Schäferhund das Abrichtungspensum der Schulzeit im Hundezwinger vergessen ließ: Prinz riß sich los, schoß an den immer noch lachenden Posten vorbei durchs Tor, überquerte mit schleifender Leine die Lagereinfahrt – Kaninchen rümpfen die Nasen, das kann kein Hund ertragen – wollte also einem naserümpfenden Kaninchen hinterdrein, das glücklicherweise genug Vorsprung hatte; denn als es in den verminten Wald auswich und mit detonierender Mine auseinanderging, gefährdete es den Hund kaum, obgleich er schon einige Sprünge tief in vermintem Gelände stand. Schritt für Schritt vorsichtig führte ihn der Hundemeister zurück.
Als der Rapport vorlag und den Dienstweg nahm – zuerst versah ihn der SS-Obergruppenführer Fegelein mit Bemerkungen, dann kam er dem Führer unter die Augen – wurde der Hundemeister degradiert und in das gleiche Strafbataillon versetzt, in dem der degradierte Feldwebel Minen räumen mußte.
Der ehemalige Hundemeister tat ostwärts Mogilew einen unglücklichen Schritt; der Feldwebel jedoch lief, als das Bataillon nach dem Westen verlegt war, mit zwar hinkendem aber glückhaftem Bein zu den Alliierten über. Von einem Gefangenenlager wurde er ins nächste verlegt und fand schließlich Ruhe in einem englischen Lager für antifaschistische Kriegsgefangene; denn er konnte sich mit einem Soldbuch ausweisen, in dem die üblichen Arreststrafen und der Grund seiner Degradierung eingetragen waren. Bald darauf, während die Schallplatte mit der Götterdämmerung-Musik schon bereitgelegt lag, gründete er mit Gleichgesinnten ein Lagertheater. Auf improvisierter Bühne spielte er, ein Schauspieler von Beruf, Hauptrollen in den Stücken deutscher Klassiker: einen leichthinkenden Nathan und einen zähneknirschenden Götz.

Dem Attentäter jedoch, der schon vor Monaten seine Proben mit Bombe und Aktentasche abgeschlossen hatte, gelang es nicht, in ein Kriegsgefangenenlager für Antifaschisten zu kommen. Auch mißglückte sein Attentat, weil er kein Attentäter von Beruf war, ungelernt nicht aufs Ganze ging, sich verdrückte, bevor die Bombe deutlich Ja gesagt hatte, und sich aufsparen wollte für große Aufgaben nach geglücktem Attentat. Zwischen dem General Warlimont und dem Kapitän zur See Assmann steht er, während die Führer-Lagebesprechung dauert und weiß nicht, wohin mit der Aktentasche. Ein Verbindungsoffizier des Feldwirtschaftsamtes beendet sein Referat über die Treibstofffrage. Mangelstoffe wie Gummi, Nickel, Bauxit, Mangan und Wolfram werden aufgezählt. Überall fehlen Kugellager. Jemand vom Auswärtigen Amt – ist es der Gesandte Hewel? – wirft die Frage auf, welche Lage sich in Japan nach dem Rücktritt des Kabinetts Tojo ergeben könne. Die Aktentasche hat immer noch kein solides Plätzchen gefunden. Die Neuaufstellung der zehnten Armee nach der Räumung von Ancona, die Kampfstärke der vierzehnten Armee nach dem Fall Livornos kommen zur Sprache. General Schmundt meldet sich zu Wort, aber es spricht immer nur Er. Wohin mit der Aktentasche? Eine frischeingetroffene Nachricht bringt Bewegung in die Gruppe um den Kartentisch: Amerikaner in St. Lô eingedrungen! Schnell, bevor die Ostfront, etwa die Lage südwestlich Bialystok, aufs Tapet kommt, wird gehandelt: planlos plaziert der Attentäter die Tasche mit Inhalt unter dem Kartentisch, auf dem kompliziert markierte Generalstabskarten liegen, um den die Herren Jodl, Scherff, Schmundt und Warlimont ruhig stehen oder auf Stiefelspitzen wippen, um den des Führers schwarzer Schäferhund unruhig schweift, weil sein Herr, gleichfalls unruhig, mal hier mal dort stehen will, jenes ablehnt, dieses mit hartem Knöchel fordert und immerzu spricht von den mangelhaften Fünfzehnkommazwohaubitzen, sodann über die ausgezeichnete einundzwanziger Skoda-Haubitze. »Hatte Rundumfeuer und wäre, ohne Lafettenschwanz, etwas für Küstenbefestigungen gewesen, zum Beispiel St. Lô.« Dieses Gedächtnis! Namen, Zahlen, Entfernungen kunterbunt durcheinander, dabei immer unterwegs, überall mit Hund bei Fuß, nur nicht nahe der Aktentasche, zu Füßen der Generale Schmundt und Warlimont.
Mit einem Wort: der Attentäter versagte; die Bombe jedoch versagte nicht, detonierte pünktlich, beendete einige Offizierskarrieren, nahm aber weder den Führer noch des Führers Lieblingshund aus der Welt. Denn Prinz, dem, wie allen Hunden, die Region unter dem Tisch gehörte, hatte an der ledigen Aktentasche geschnuppert, hatte womöglich etwas Unheimliches ticken hören: jedenfalls befahl ihm das flüchtige Schnuppern ein Geschäft, das gut gehaltene Hunde nur im Freien verrichten dürfen.
Ein aufmerksamer Adjutant, der neben der Barackentür stand, bemerkte das Verlangen des Hundes, öffnete die Tür einen Spalt – breit genug für Prinz – schloß sie ohne störendes Geräusch und fand für seine Rücksicht-

nahme dennoch keine Belohnung; denn als die Bombe Jetzt! sagte, als sie Fertig! Feierabend! Sense! sagte, als die Bombe in der Aktentasche des inzwischen schon flüchtigen Attentäters Amen sagte, traf es neben anderen mehrmals den Adjutanten, doch kein einziges Mal den Führer und dessen Lieblingshund.

Der Luftwaffenhelfer Harry Liebenau – um aus der großen Welt der Attentäter, Generalstabskarten und heilgebliebenen Führergestalt in den Vorort Langfuhr zurückzukehren – erfuhr aus lautgestelltem Radioapparat von dem mißglückten Anschlag. Auch wurden die Namen des Attentäters und seiner Mitverschworenen genannt. Da machte Harry sich Sorgen um den Hund Prinz, der vom Hund Harras abstammte; denn keine Sondermeldung, keine Zeitungszeile, nicht einmal eine Flüsterparole verriet, ob der Hund zu den Opfern gehörte oder ob ihn die Vorsehung verschont hatte wie seinen Herrn.

Erst eine Wochenschau später – Harry hatte den Einberufungsbefehl in der Tasche, trug keine Luftwaffenhelferuniform mehr, machte Abschiedsbesuche und ging, weil noch sieben Tage totgeschlagen werden mußten, oft ins Kino – berichtete die Deutsche Wochenschau, ganz am Rande, über den Hund Prinz.

Das Führerhauptquartier mit zerstörter Baracke und lebendigem Führer wurde auf Distanz gezeigt. Und an den Stiefeln des Führers, dessen Gesicht unter tief gezogener Mütze leicht verquollen erschien, aber ähnlich geblieben war, rieb sich schwarz mit steifen Ohren ein Schäferhundrüde, den Harry ohne Mühe als Hund von des Tischlermeisters Hund identifizierte.

Der ungeschickte Attentäter jedoch wurde gehenkt.

Es war einmal ein kleines Mädchen,

das wurde von Waldzigeunern einem Studienrat untergeschoben, der in einer toten Fabrik Glimmersteine sortierte und Oswald Brunies hieß. Das Mädchen wurde auf den Namen Jenny getauft, wuchs auf und geriet dicker und dicker. Pummelig unnatürlich sah Jenny aus und mußte viel erleiden. Schon früh erteilte ein Klavierlehrer, namens Felsner-Imbs, dem dicken Mädchen Klavierstunden. Imbs besaß schlohweiß wallendes Haar, das täglich eine runde Stunde lang gebürstet werden wollte. Auf seinen Rat hin gab man Jenny, um dem Dickerwerden entgegenzuarbeiten, Ballettunterricht in einer richtigen Ballettschule.

Doch Jenny ging weiterhin auf und versprach, so dick zu werden wie Eddi Amsel, der Lieblingsschüler des Studienrates Brunies. Amsel besichtigte mit seinem Freund oft die Glimmersteinsammlung des Studienrates und war auch dabei, wenn Jenny Tonleitern klimperte. Eddi Amsel besaß viele Sommersprossen, wog zweihundertdrei Pfund, konnte komische Dinge sagen, ganz schnell und ähnlich zeichnen, obendrein silberhell singen – sogar in der Kirche.

An einem Winternachmittag, da überall Schnee lag, auf den immer wieder neuer Schnee fiel, wurde Jenny hinter dem Erbsberg, nahe dem düsteren Gutenbergdenkmal, von spielenden Kindern in einen Schneemann verwandelt.

Der Zufall wollte es, daß zur selben Stunde, auf der anderen Seite des Erbsberges, der dicke komische Amsel gleichfalls in einen Schneemann verwandelt wurde; doch waren es nicht spielende Kinder, die ihn verwandelten.

Es setzte aber plötzlich und von allen Seiten Tauwetter ein. Die beiden Schneemänner schmolzen dahin und entließen: nahe dem Gutenbergdenkmal einen tänzerischen Strich; auf der anderen Seite des Berges einen grazilen Jüngling, der seine Zähne im Schnee suchte und fand. Worauf er sie in die Büsche prasseln ließ.

Der tänzerische Strich zog nach Hause, gab sich dort als Jenny Brunies aus, erkrankte leicht, wurde schnell wieder gesund und begann die mühsame Laufbahn einer Ballettänzerin auf erfolgreiche Art.

Der schlanke Jüngling jedoch packte Eddi Amsels Reiseköfferchen und fuhr als ein Herr Haseloff mit der Eisenbahn von Danzig über Schneidemühl nach Berlin. Dort ließ er sich den Mund mit neuen Zähnen füllen und versuchte, eine heftige Erkältung, die er sich im Schneemann eingefangen hatte, auszukurieren; aber seine chronische Heiserkeit haftete.

Der tänzerische Strich mußte weiterhin zur Schule gehen und beim Ballett-Exercice fleißig sein. Als das Kinderballett des Stadttheaters beim Weihnachtsmärchen »Die Eiskönigin« mitwirkte, durfte Jenny die Eiskönigin tanzen und wurde von Kritikern gelobt.

Da kam der Krieg. Aber nichts änderte sich, allenfalls das Ballettpublikum: Jenny durfte im Roten Saal des Zoppoter Kurhauses vor hohen Offizieren, Parteiführern, Künstlern und Wissenschaftlern tanzen. Jener chronisch heisere Herr Haseloff, der dem amselschen Schneemann entronnen war, hatte es in Berlin mittlerweile zum Ballettmeister gebracht, saß deshalb als geladene Prominenz im Roten Kurhaussaal und sagte sich überm langanhaltenden Schlußapplaus: »Erstaunlich diese Ausstrahlung. Himmlisch die Armführung. Diese Linie beim Adagio. Etwas kühl aber ganz und gar klassisch. Saubere, noch zu bewußte Technik. Der Spann zu niedrig. Gewiß Veranlagung. Man müßte mit dem Kind arbeiten, arbeiten und das Letzte herausholen.«

Erst als der Studienrat Oswald Brunies wegen einer peinlichen Geschichte – er hatte Vitamintabletten, die für seine Schüler bestimmt gewesen waren, sich selber zu Munde geführt – von der Kriminalpolizei verhört, von der geheimen Staatspolizei verhaftet und ins Konzentrationslager Stutthof eingeliefert worden war, fand der Ballettmeister Haseloff Gelegenheit, Jenny nach Berlin zu entführen.

Sie trennte sich schwer vom Vorort Langfuhr. Trauerschwarz trug sie und hatte sich in einen Gymnasiasten namens Harry Liebenau verliebt. Dem schrieb sie viele Briefe. Ihre saubere Schrift erzählte von einer mysteriösen Madame Neroda, die dem Ballett vorstand, vom Pianisten Felsner-

Imbs, der mit ihr nach Berlin gezogen war, vom kleinen Fenchel, ihrem Partner beim Pas de deux und vom Ballettmeister Haseloff, der chronisch heiser und immer ein bißchen unheimlich das Exercice und die Proben leitete.

Jenny schrieb von Fortschritten und kleinen Rückschlägen. Insgesamt ging es mit ihr aufwärts; nur an einer Stelle haperte es und wollte nicht besser werden. Denn so sehr Jennys Entrechats gelobt werden konnten, ihr Spann blieb unansehnlich flach und schmerzte den Ballettmeister und die Tänzerin, weil jede echte Ballerina – schon seit Zeiten Ludwig des Vierzehnten – einen schönen hohen Spann haben muß.

Es wurden mehrere Ballette, darunter altdeutsche Kontertänze und die üblichen Glanzstücke aus dem Repertoire des Altmeisters Petipa einstudiert und vor Soldaten aufgeführt, die halb Europa besetzt hielten. Lange Reisen brachten Jenny überall hin. Und von überall her schrieb Jenny an ihren Freund Harry, der dann und wann antwortete. Zwischen den Proben und während der Vorstellung saß Jenny nicht dumm da und blätterte in Illustrierten; fleißig strickte sie Kindersachen für eine Schulfreundin, die ein Baby erwartete.

Als die Ballettgruppe im Sommer vierundvierzig aus Frankreich zurückkam – sie wurde von der Invasion überrascht und verlor mehrere Décors sowie einen Teil der Kostüme – wollte der Ballettmeister Haseloff ein dreiaktiges Ballett einstudieren, an dem er schon seit seiner Kindheit herumbastelte. Nun, nach der Pleite in Frankreich, hatte er es eilig, seinen Kindheitstraum auf die Beine zu stellen, denn schon im August sollte das Ballett unter den Titeln »Die Vogelscheuchen« oder »Der Aufstand der Vogelscheuchen« oder »Die Gärtnerstochter und die Vogelscheuchen« uraufgeführt werden.

Da es ihm an geeigneten Komponisten fehlte, ließ er sich von Felsner-Imbs eine Mischung aus Scarlatti und Händel arrangieren. Der in Frankreich zerstörte oder stark lädierte Teil der Kostüme fand zwanglos ins neue Ballett. Gleichfalls wurden die Reste einer Liliputanergruppe, die zu Haseloffs Propagandakompanie gehörte und bei Beginn der Invasion Verluste erlitten hatte, als akrobatische Statisterie aufgenommen. Es sollte ein Handlungsballett werden mit Masken, Zwitschermaschinen und beweglichen Automaten auf großer Zauberbühne.

Jenny schrieb an Harry: »Der erste Akt zeigt des alten bösen Gärtners bunten Garten, den tanzende Vögel plündern. Die Gärtnerstochter – das bin ich – halb im Bunde mit den Vögeln, neckt den alten bösen Gärtner. Der tanzt, von den Vögeln umschwirrt, einen furios komischen Solopart und befestigt ein Schild am Gartenzaun, drauf steht geschrieben: ›Vogelscheuche gesucht!‹ Alsbald, mit Grand jeté über den Zaun, meldet sich ein junger Mann, malerisch zerlumpt, und bietet seine Dienste als Vogelscheuche an. Nach einigem tänzerischen Hin und Her – Pas battus, Entrechats und Brisés dessus dessous – erklärt sich der alte böse Gärtner einverstanden, geht nach links ab, und der junge Mann verscheucht nun – Pas chassé und Glissaden in jede Richtung – alle Vögel und zuletzt eine besonders freche Amsel – Tours en l'air. Natürlich verliebt sich die junge hübsche Gärtnerstochter – also ich – in die junge sprungkräftige Vogelscheuche: Pas de deux zwischen den Rhabarberstauden des alten bösen Gärtners – süßes Adagio, gemessenes Führen: Attitude en promenade. Gespielte Scheu, Zurückweichen, Ergebung und Entführung der Gärtnerstochter über den Zaun, abermals mit Grand jeté. Wir beide – der kleine Fenchel macht übrigens den jungen Mann – gehen nach rechts ab. Im zweiten Akt offenbart sich – wie Du gleich sehen wirst – des jungen Mannes wahre Natur. Er ist der Präfekt aller Vogelscheuchen und regiert ein unterirdisches Reich, in dem sich Vogelscheuchen dieser und jener Natur unermüdlich drehen müssen. Hier machen sie Springprozessionen, dort sammeln sie sich zur Vogelscheuchenmesse und opfern einem alten Hut. Schon bilden unsere Liliputaner, allen voran der alte Bebra, eine mal lange mal kurze aber immer ineinander verknotete Liliputanerscheuche. Jetzt wechseln sie anschaulich durch die Geschichte: zottelige Germanen, pludrige Landsknechte, kaiserliche Kuriere, mottenzerfressene Bettelmönche, mechanische Ritter ohne Kopf, geblähte Nonnen, von Fallsucht besessen, Zieten aus dem Busch und Lützows verwegene Schar. Da wandern vielarmige Kleiderständer. Da erbrechen Schränke Herrscherdynastien samt Hofzwergen. Da werden zu Windmühlen alle: die Mönche, die Ritter, Nonnen, Kuriere und Landsknechte, preußische Grenadiere und Natzmer-Ulanen, Merowinger und Karolinger, zwischendurch und wieselflink unsere Liliputaner. Es wird mit tollen Flügeln Luft bewegt, doch kein Korn wird gemahlen. Dennoch füllt den großen Mahlkasten: Lumpengedärm Spitzengewölk Fahnensalat. Hutpyramiden und Hosenbrei mengen sich zum Kuchen, von dem alle Scheuchen geräuschvoll essen. Da knarrt rattert heult es. Gepfiffen wird auf Schlüsseln. Wimmern erstickt. Zehn Äbte rülpsen. Der Nonnen Furz. Ziegen und Liliputaner meckern. Geklapper, Verscharren, Ausschlürfen, Wiehern. Seide singt. Sammet summt. Auf einem Bein. Zwei in einem Rock. In Hosen vergattert. Sie segeln im Hut. Sie fallen aus Taschen. Sie vermehren sich in Kartoffelsäcken. Arien, in Gardinen verwickelt. Gelblicht bricht durch Nähte. Die selbständigen Köpfe. Der springende Leuchtknopf. Die mobile Kindstaufe. Und Götter gibt es: Potrimpos, Pikollos, Perkunos – dazwischen ein schwarzer Hund. Doch mitten ins exerzierende, gymnastische, kompliziert dressierte Hin und Her – unklassische Vibratos wechseln sich ab mit reich variierten Pas de bourrée – setzt der Präfekt aller Vogelscheuchen, also der kleine Fenchel, die geraubte Gärtnerstochter ab. Und ich, also die Gärtnerstochter, fürchte mich auf entsetzten Spitzenschuhen. Bei aller Liebe zu dem jungen Mann und Präfekten – natürlich nur auf der Bühne – ängstige ich mich sehr und tanze, nachdem mich die garstigen Scheuchen mit mottenwolkendem Brautstaat behängt, mit klappernder Nußschalenkrone gekrönt haben, zu feierlich scheppernder Hofstaatmusik – die Liliputaner tragen die

Schleppe – ein ängstlich königliches Solo; wobei es mir, also der gekrönten Gärtnerstochter, gelingt, alle Vogelscheuchen nacheinander, einzelne und in Gruppen stehende, in den Schlaf zu tanzen: zuletzt den kleinen Fenchel, den Präfekten also. Nur jener struppige schwarze Hund, der zum nächsten Gefolge des Präfekten gehört, wirft sich unruhig zwischen hingestreuten Liliputanern, findet aber nicht auf seine zwölf Höllenbeine. Da beuge ich mich als Gärtnerstochter aus vollendeter Arabesque noch einmal über den schlafenden Präfekten, hauche den schmerzlichen Ballerinenkuß – wobei ich den kleinen Fenchel nie berühre – und entfliehe. Zu spät heult auf der schwarze Hund. Zu spät plärren die Liliputaner. Zu spät läuft an die Mechanik der Vogelscheuchen. Viel zu spät erwacht der Präfekt. Es ergibt sich am Ende des zweiten Aktes ein furioses Finale: Sprünge und Akrobatik. Musik, kriegerisch genug, um Türkenheere zu jagen. Die hektisch gesteigerten Vogelscheuchen brechen auf und lassen Schlimmes für den dritten Akt befürchten.
Der zeigt abermals den Garten des alten bösen Gärtners. Traurig und den Vögeln ausgeliefert dreht er sich erfolglos. Da kommt verschämt – halb reumütig halb trotzig muß ich das machen – des alten bösen Gärtners Töchterlein in zerschlissenem Brautstaat zurück und sinkt nieder zu Füßen des Gärtners und Vaters. Seine Knie umklammert sie und will aufgerichtet werden: Pas de deux: Vater und Tochter. Ein tänzerisches Ringen mit Hebungen und Promenaden. Am Ende zeigt sich die böse Natur des Alten: er verstößt mich, seine Tochter. Ich will nicht mehr leben und kann nicht sterben. Da braust es von hinten heran: Vogelscheuchen und Vögel seltsam im Bunde. Ein flatternd schilpend flirrend knarrend zischend Ungetüm wälzt sich über die Bühne, trägt über sich, von den Greifern unzähliger Scheuchen gestützt, einen leeren Vogelkäfig von riesigem Ausmaß, walzt platt den Garten, fängt ein mit hurtigen Liliputanern die Gärtnerstochter. Auf jauchzt der Präfekt, da er mich im Käfig sieht. Schnelle Kreise zieht schwarz der struppige Hund. Mit mir davon, Triumph in allen Gelenken, rattert und quäkt das tausendstimmige Ungetüm. Zurück bleibt der zerstörte Garten. Zurück bleibt eine in Lumpen hinkende Gestalt: der böse alte Gärtner. Zurück kommen noch einmal die neckenden Vögel – Pas de chat, Pas de basque – und kreisen den Alten ein. Jetzt hebt er müde und wie zur Abwehr die Arme in Fetzen gehüllt: und seht, schon die erste Bewegung erschreckt, scheucht die Vögel. Er hat sich in eine Vogelscheuche verwandelt, ist fortan Gärtner und Scheuche in einer Person. Über seinem makabren Vogelscheuchensolo – Herr Haseloff spielt mit dem Gedanken, diese Rolle zu tanzen – fällt der Schlußvorhang des letzten Aktes.«
Dieses Ballett, so mitfühlend Jenny es ihrem Freund Harry beschrieben hatte, dieses Ballett in drei Akten, so sauber es einstudiert worden war, dieses reich ausgestattete Ballett – Haseloff hatte eigenhändig lautstarke Mechaniken und knopfspuckende Automaten entworfen – dieses Vogelscheuchenballett wurde dennoch niemals uraufgeführt. Zwei Herren

vom Reichspropagandaministerium, die der Hauptprobe zuschauten, fanden den ersten Akt hübsch und vielversprechend, räusperten sich erstmals beim zweiten Akt und erhoben sich sogleich nach Schluß des dritten Aktes. Insgesamt war ihnen die fortschreitende Handlung zu sinister und anzüglich. Es fehle das Lebensbejahende, denn so sagten beide Herren gleichzeitig: »Soldaten an der Front wollen was Lustiges sehen und keine düster rumorende Unterwelt.«

Hin und her wurde verhandelt. Madame Neroda ließ ihre Verbindungen spielen. Schon zeigte man sich an höchster Stelle geneigt, einer Neufassung Wohlwollen zu bekunden, da zerstörte, ehe Haseloff dem Stück einen lustigen und der Frontlage entsprechenden Schluß anflicken konnte, ein Bombenschlag Kostüme und Dekor des Ballettes. Auch das Ensemble hatte Verluste zu beklagen.

Obgleich bei Fliegeralarm die Probe hätte unterbrochen werden müssen, probte man doch noch einmal: Die Gärtnerstochter tanzt die Vogelscheuchen, den Höllenhund, alle Liliputaner und den Präfekten in den Schlaf – Jenny machte es vorzüglich, nur war ihr Spann immer noch nicht hoch genug und fiel auf als kleiner aber störender Schönheitsfehler – gerade wollte Haseloff die neue und positive Handlung arrangieren – Jenny hätte alle Scheuchen und den Präfekten fesseln und hernach der oberen Welt, also dem vormals bösen und nunmehr kreuzbraven Gärtner dienstbar machen sollen – im Moment, da Jenny mit den plumpen Handschellen beladen allein und, der neuen Fassung wegen, unsicher auf der Bühne stand, schlug in die Ausstellungshalle am Funkturm, die als Probebühne eingerichtet worden war, die Luftmine ein.

Das Magazin mit empfindlichen Mechaniken, leichten Kostümen und verstellbaren Kulissen fiel aufs Knie, für immer. Den Pianisten und Künstler Felix Felsner-Imbs, der alle Proben zehnfingrig begleitet hatte, dürckte es auf die Klaviatur, endgültig. Vier Tänzerinnen, zwei Tänzer, die Liliputanerin Kitty und drei Bühnenarbeiter wurden verletzt, gottlob nur leicht. Aber die Haut des Ballettmeisters Haseloff blieb heil, und sogleich nachdem sich Rauch und Staub gelegt hatten, suchte er Jenny mit heiseren Rufen.

Er fand sie liegend, und mußte ihre Füße unter einem Balken hervorziehen. Zuerst befürchtete man das Schlimmste, den Ballerinentod. In Wahrheit hatte der Balken nur ihren rechten wie linken Fuß gedrückt. Nun, da beide Spitzenschuhe den anschwellenden Füßen zu eng wurden, entstand der Eindruck: Endlich hat Jenny Angustri jenen perfekt hohen Spann, den jede Ballerina haben sollte. – Oh, schwebt herbei, ihr gehauchten Sylphiden! Giselle und Coppélia, erscheint bräutlich oder weint aus Emailleaugen. Die Grisi und die Taglioni, Lucile Grahn und Fanny Cerito mögen ihr Pas de Quatre weben und Rosen auf arme Füße streun. Alle Lichter sollen Ja sagen im Palais Garnier, damit sich im großen Défilé die Steinchen der Pyramide fügen: die erste und zweite Quadrille, die hoffnungsvollen Koryphäen, die Petits Sujets und die

Grands Sujets, les Premiers Danseurs und verbittert wie unerreichbar: les Etoiles! Spring, Gaetano Vestris! Besungene Camargo, immer noch mächtig der Entrechats huit. Laß ab von den Schmetterlingen und schwarzen Spinnen, langsam springender Gott und Rosengeist, Waslaw Nijinskij. Unruhiger Noverre, unterbreche die Reise und steige hier aus. Löst die Schwebemaschinerie, damit sylphidenleicht Mondlicht geistern und kühlen kann. Böser Diaghilew, leg ihr die magische Hand auf. Vergiß, diesen Schmerz lang, Deine Millionen, Anna Pawlowa. Spucke noch einmal Dein Blut auf die Tasten, kerzenbelichtet, Chopin. Wendet Euch ab, Bellastriga und Archisposa. Einmal noch schwelge der sterbende Schwan. Nun lege Dich zu ihr, Petruschka. Die letzte Position. Grand-plié.

Dabei lebte Jenny fort: mühsam und nie mehr auf Spitzen. Man mußte ihr – wie schwer schreibt sich das! – die Zehen beider Füße abnehmen. Sie gaben ihr Schuhe, klobige, für den Restfuß. Und Harry Liebenau, den Jenny bis dahin geliebt hatte, erhielt einen sachlich maschinengeschriebenen Brief, den letzten. Auch er, bat ihn Jenny, möge nicht mehr schreiben. Das sei nun zu Ende. Er solle versuchen, zu vergessen: alles, beinahe alles. »Auch ich werde mir Mühe geben, nie mehr an uns zu denken.«

Tage später – Harry Liebenau packte seine Koffer: er wollte unter die Soldaten – traf ein Päckchen ein voller traurigem Inhalt. Da lagen gebündelt und mit Seide verschnürt: Harrys halbwahre Briefe. Strickjäckchen und Strampelhosen, fertig, rosa und blau. Eine Kette fand er, gebildet aus Flaschengummis. Die hatte Harry Jenny geschenkt, als sie Kinder gewesen waren, die am Aktienteich spielten, auf dem Flaschengummis und keine Lotosblüten schwammen.

Es war einmal eine Straßenbahn,

die fuhr vom Heeresanger in Langfuhr zur Weidengasse in der Niederstadt und diente der Linie Fünf. Wie alle Bahnen, die zwischen Langfuhr und Danzig verkehrten, hielt die Fünf auch am Hauptbahnhof. Der Straßenbahnführer dieser einen besonderen Bahn, von der es hieß, sie war einmal, hieß Lemke; der Schaffner im Motorwagen hieß Erich Wentzeck; und die Schaffnerin im Anhänger jener besonderen Bahn hieß Tulla Pokriefke. Nicht mehr tat sie Dienst auf der Linie Zwei nach Oliva. Mit der Fünf fuhr sie täglich neun Stunden lang hin und her: behende, wie geboren für diesen Beruf, etwas waghalsig; denn wenn die Bahn während der Büroschlußzeit überbesetzt war und im Wageninnern kein Durchkommen war, sprang sie, bei mäßiger Fahrtgeschwindigkeit, vom Vorderperron ab, auf den Hinterperron auf – wenn Tulla Pokriefke kassierte, wurden alle, die mit ihr mitfuhren, ihr Fahrgeld los, selbst ihr Cousin Harry mußte zahlen.

Als Tulla Pokriefke jene besondere Bahn, von der es hieß, sie war einmal, also die Bahn zweiundzwanziguhrfünf, die um zweiundzwanziguhrsiebzehn am Hauptbahnhof sein sollte, an der Endstation Heeresanger

abklingelte, stieg zwei Minuten später, am Max-Halbe-Platz, ein siebzehnjähriger Junge ein, der einen Pappkoffer, den Lederecken verstärkten, auf den hinteren Perron des Anhängers schob und sich sogleich eine Zigarette anzündete.
Die Bahn war leer und blieb ziemlich leer. An der Haltestelle Reichskolonie stieg ein älteres Ehepaar zu, das an der Sporthalle wieder ausstieg. Halbe-Allee setzten sich vier Rotkreuzschwestern in den Anhänger und lösten Umsteiger nach Heubude. Im Motorwagen war mehr Betrieb.
Während die Straßenbahnschaffnerin Tulla Pokriefke auf dem hinteren Perron des Anhängers Eintragungen in ihr Fahrtenbuch kritzelte, rauchte der Siebzehnjährige ungeschickt neben seinem schlingernden Pappkoffer. Nur weil die beiden, sie mit dem Fahrtenbuch, er mit ungewohnter Zigarette, einander kannten, sogar miteinander verwandt waren – Cousin und Cousine – nur weil beiden Abschied fürs Leben bevorstand, war die Bahn der Linie Fünf eine besondere Bahn; im übrigen blieb sie planmäßig.
Als Tulla die Haltestelle Frauenklinik abgeklingelt hatte, sagte sie mit zugeklapptem Fahrtenbuch: »Willste verreisen?« Harry Liebenau, mit dem Einberufungsbefehl in der Brusttasche seiner Jacke, antwortete ganz im Sinn der unumgänglichen Abschiedsszene: »Möglichst weit weg.«
Tullas Fahrtenbuch, ein nüchternes Requisit, steckte zwischen abgegriffenen Holzdeckeln: »Gefällt Dir wohl nicht mehr bei uns?«
Weil Harry wußte, daß Tulla keinen Dienst auf der Linie Zwei tat, hatte er sich für eine Abschiedsfahrt mit der Linie Fünf entschieden: »Muß zu den Preußen. Die werden ohne mich nicht mehr fertig.«
Tulla klappte mit den Holzdeckeln: »Denk, Du wolltest zur Marine?«
Harry bot Tulla eine Zigarette an: »Bei denen ist doch nischt mehr los heutzutage.«
Tulla steckte die Juno ins Fahrtenbuchfach: »Paß auf, die stecken Dich inne Infanterie. Da kennen die nix.«
Harry köpfte das abschiedstrunkene Zwiegespräch: »Schon möglich. Ist mir vollkommen egal. Hauptsache: weg von hier, raus aus dem Laden.«
Die besondere Bahn mit Anhänger schlingerte durch die Allee. Gegenbahnen huschten vorbei. Rausgucken konnten beide nicht, denn blaue Luftschutzfarbe machte alle Scheiben des Anhängers blind. So mußten sie sich ansehen immerzu; doch niemand wird jemals erfahren, wie Tulla ihren Cousin Harry sah, als er sie anguckte wie auf Vorrat: Tulla Tulla Tulla! Die Pickel auf ihrer Stirn waren abgetrocknet. Dafür trug sie frische Dauerwellen, selbstverdiente. Wenn man nicht hübsch ist, muß man was für sich tun. Aber immer noch und zum letztenmal fuhr der Geruch Knochenleim und Tischlerleim mit ihr mit und hin und her, zwischen Heeresanger und Weidengasse. Die vier Rotkreuzschwestern im Wageninneren redeten gleichzeitig halblaut. Harry hatte den Mund voller kunstvoll gedrechselter Worte, aber kein zierliches Wörtchen wollte den Anfang machen. Hinter der Haltestelle »Vier Jahreszeiten« quälte er sich:

»Wie geht's eigentlich Deinem Vater?« aber Tulla antwortete mit einem Schulterzucken und der beliebten Gegenfrage: »Und Deinem?«
Da hatte auch Harry nur ein Schulterzucken übrig, obgleich es seinem Vater nicht besonders ging: der Tischlermeister hatte, geschwollener Füße wegen, verzichten müssen, seinen Sohn zum Bahnhof zu begleiten; und Harrys Mutter ging nie ohne Harrys Vater aus.
Immerhin, ein Familienmitglied war Zeuge, als Harry Abschied nahm: die Straßenbahnkluft stand seiner Cousine gut. Schief auf Dauerwellen klebte das Uniformschiffchen. Kurz vor dem Olivaer Tor löste sie zwei leere Fahrscheinblöcke aus ihrem Blockkasten: »Willste nen Block?«
Das Abschiedsgeschenk! Harry empfing zwei Pappdeckel, auf denen Metallklammern die fingerdicken Falzreste gelöster Fahrscheine zwängten. Seine Finger wurden sogleich kindlich und ließen die schmalen Papierblöcke schnurren. Tulla lachte meckernd und beinahe gutmütig. Doch da fiel ihr ein, was unterm andauernden Abschiednehmen vergessen worden war: Ihr Cousin hatte noch nicht gezahlt. Harry spielte mit leeren Fahrscheinblöcken und hatte noch keinen ordentlichen Fahrschein gelöst. Tulla deutete auf die Blöcke und Harrys genügsame Spielfinger: »Darfste behalten, aber zahlen mußte trotzdem. Einmal einfach und Gepäck.«
Nachdem Harry sein Portemonnaie wieder in die Gesäßtasche hatte rutschen lassen, fand er in der Luftschutzfarbe auf der Perronverglasung einen farblosen Sehschlitz; jemand hatte mit Fingernägeln gekratzt, damit Harry nicht mehr seine Cousine anstarren, sondern mit einem Auge das Panorama der nähergerückten Stadt einfangen konnte. Mondschein, extra für ihn. Er zählte die Türme. Keiner fehlte. Alle wuchsen ihm entgegen. Welch ein Ausschneidebogen! Backsteingotik strengte sein Auge an, daß es überging: Tränen? Nur eine. Denn schon rief Tulla seine Station aus – »Hauptbahnhof!« – und Harry ließ zwei leere Fahrscheinblöcke in die Tasche gleiten.
Als er seinen Pappkoffer beim Griff faßte, hielt ihm Tulla eine kleine Hand hin, deren Daumen ein roter Gummiüberzug schützen und beim Geldwechseln sicher machen sollte. Tullas andere Hand wartete bei der Klingelleine: »Paß schön auf, daß sie Dir nicht die Nase wegschießen. Hörst Du!«
Da nickte Tullas Cousin wieder und wieder gehorsam, auch als Tulla die Bahn schon abgeklingelt hatte, und er für sie und sie für ihn, er auf dem Bahnhofsvorplatz – sie mit abfahrender Linie Fünf, kleiner und kleiner wurden.
Kein Wunder, daß Harry Liebenau, als er im D-Zug auf seinem Koffer saß und von Danzig bis Berlin mit leeren Fahrscheinblöcken spielte, ein koschnäwjer Liedchen im Ohr hatte, das hieß, im Rhythmus der Schienenstöße: »Duller Duller, Tulla. Dul Dul, Tulla. Tulla Tulla, Dul.«

Es war einmal ein Liedchen,

das handelte von der Liebe, war kurz, leicht zu behalten und so einprägsam rhythmisch, daß der Panzergrenadier Harry Liebenau, der mit zwei schnurrenden Fahrscheinblöcken ausgezogen war, das Fürchten zu lernen, es knieend stehend liegend, im Schlaf, über der Erbsensuppe, beim Gewehrreinigen, robbend hüpfend pennend, unter der Gasmaske, beim Abziehen richtiger Handgranaten, während der Wachvergatterung, weinend schwitzend erbärmlich, auf Fußblasen, unterm Stahlhelm, ärschlings auf Latrinen, beim Fahneneid in Fallingbostel, knieend freihändig, das Korn in der Kimme suchend, also scheißend schwörend schießend, desgleichen beim Stiefelwichsen und beim Kaffeefassen zwischen den Zähnen hatte; so zäh und überall hingehörend war das Liedchen. Denn als er einen Nagel in seinen Spind klopfte, um ein gerahmtes Foto – Führer mit schwarzem Schäferhund – aufzuhängen, meldeten Schlagfläche und Nagelkopf: Dul Dul, Tulla! Als das Aufpflanzen des Bajonettes zum erstenmal geübt wurde, hießen seine drei Ausführungszeiten: Tulla Tulla, Dul! Als er hinter dem Magazin Knochenhauer-Zwo Nachtwache schieben mußte und der Schlaf ihm mit flacher Hand in die Kniekehle schlug, weckte er sich rhythmisch: Duller Duller, Tulla! Jedem Marschlied, es mochte von Erika, Rosmarie, Anuschka oder von schwarzbraunen Haselnüssen handeln, unterschob er den immerpassenden Tullatext. Als er sich Läuse wegfing und Abend für Abend – bis die Kompanie in Munster entlaust wurde – die Nähte seiner Unterhosen und Unterhemden mit läuseknackenden Fingernägeln absuchte, knackte er nicht zweiunddreißig Läuse, sondern besiegte zweiunddreißigmal Tulla. Selbst als ihm Ausgang bis zum Wecken Gelegenheit bot, zum erstenmal und ganz schnell sein Glied in ein richtiges Mädchen zu stecken, wählte er sich keine Flakhelferin, auch keine Krankenschwester, sondern vögelte in Lüneburgs herbstlichen Parkanlagen eine Lüneburger Straßenbahnschaffnerin; die hieß Ortrud, aber er nannte sie zwischendurch Tulla Tulla Tulla! Das machte ihr mäßig Spaß.

Und all das – Tullalied, Fahneneid, Läuse und Lüneburg – schlägt nieder in Liebesbriefen, drei Stück pro Woche, an Tulla. Geschichte ereignet sich im Januar Februar März; er aber sucht nach zeitlosen Worten für Tulla. Zwischen Plattensee und Donau wehrt die vierte Kavallerie-Brigade Gegenangriffe ab; doch er schildert seiner Cousine die landschaftlichen Schönheiten der Lüneburger Heide. Der Entlastungsangriff erreicht Budapest nicht und bleibt hinter Preßburg liegen; er vergleicht unermüdlich die Lüneburger Heide mit der Tuchler Heide. Im Raum von Bastogne kleine Geländegewinne; da schickt er Tulla ein Säckchen Wacholderbeeren mit violetten Grüßen verpackt. Die südlich Bologna bereitgestellte dreihundertzweiundsechzigste Infanterie-Division kann Panzerangriffe nur in zurückgenommener HKL auffangen; er jedoch verfaßt ein Gedicht – für wen wohl? – in dem immer noch, anfangs Januar, Heidekraut blüht: violett violett! Tagsüber tausend amerikanische Bomber gegen Ziele im Raum Paderborn, Bielefeld, Koblenz, Mannheim; er, ungerührt, liest

Löns, der seinen Briefstil prägt und das angefangene Tullagedicht violett färbt. Bei Baranow Großangriff; er malt, ohne aufzublicken, mit seinem Schulfüllfederhalter das eine, nicht blaue, nicht rote Wort. Der Brückenkopf Tarnow wird geräumt – Durchbrüche bis zur Inster; aber der ausgebildete Panzergrenadier Harry Liebenau sucht ein Tulla beschwörendes Reimwort. Vorstöße über Kutno gegen Leslau – Durchbruch bei Hohensalza; doch der Panzergrenadier in der Marschkompanie Munster-Nord findet immer noch keinen passenden Reim auf seine Cousine. Panzerspitzen in Gumbinnen und über die Rominte hinweg; da wird der Panzergrenadier Harry Liebenau mit Marschbefehl und Marschverpflegung aber ohne das lebensnotwendige Wort nach Kattowitz in Bewegung gesetzt, wo er auf die achtzehnte Panzerdivision stoßen soll, die zur Zeit von der nördlichen Donaufront nach Oberschlesien verlegt wird. Gleiwitz und Oppeln fallen – Kattowitz wird nicht erreicht, denn ein neuer Marschbefehl soll den Panzergrenadier Harry Liebenau mit nachgefaßter Marschverpflegung nach Wien schleusen: dort bietet sich ihm die Möglichkeit, die elfte, aus dem Südosten abgezogene Luftwaffenfelddivision und eventuell jenes Deckelchen zu finden, das auf das Töpfchen Tulla paßt. Die HKL verläuft zwanzig Kilometer ostwärts Königsberg; in Wien besteigt der Panzergrenadier Harry Liebenau den Stephansdom und hält unter halbbewölktem Himmel Ausschau, wonach? Feindliche Panzerspitzen erreichen die Oder und bilden bei Steinau einen Brückenkopf; Harry schickt nunmehr reimlose Ansichtspostkarten und findet die Meldestelle der ihm versprochenen Luftwaffenfelddivision nicht. Ardennenschlacht zu Ende. Budapest hält sich noch. In Italien geringe Kampftätigkeit. Generaloberst Schörner übernimmt den Mittelabschnitt. Der Sehnenriegel bei Lötzen gesprengt. Vor Glogau Abwehrerfolge. Angriffsspitzen in Preußisch-Holland. Geographie! Bielitz – Pless – Ratibor. Wer weiß, wo Zielenzig liegt? Denn dorthin, nordwestlich Küstrin, soll ein neuer Marschbefehl den frischverpflegten Panzergrenadier Harry Liebenau bringen; aber schon in Pirna wird er eingesammelt und einer namenlosen Ersatzabteilung zugeteilt, die in ausgeräumter Volksschule warten soll, bis die einundzwanzigste Panzerdivision von Küstrin in den Raum nördlich Breslau verlegt worden ist. Eingreifreserve. Harry findet im Schulkeller ein Lexikon, lehnt es aber ab, Namen wie Sulla und Abdullah, die keinen Sinn ergeben, auf Tulla zu reimen. Die versprochene Panzerdivision kommt nicht. Aber Budapest fällt. Glogau wird abgeschnitten. Blindlings wird die Eingreifreserve mit dem Panzergrenadier Harry Liebenau in Bewegung gesetzt. Und jeden Tag gibt's pünktlich einen Klacks Vierfruchtmarmelade, ein Drittel Komißbrot, den sechzehnten Teil einer Kilodose Schmalzfleisch und drei Zigaretten. Schörnerbefehle: Heldenklau geht um. Frühling bricht durch. Knospen knallen zwischen Troppau und Leobschütz. Bei Schwarzwasser sprießen vier Frühlingsgedichte. In Sagan lernt der Panzergrenadier Harry Liebenau, kurz bevor nördlich der Stadt die Bober überschritten wird, ein schlesisches Mädchen kennen, das

heißt Ulla und stopft ihm zwei Paar Wollsocken. Und in Lauban schluckt ihn die aus dem Westen abgezogene und nach Schlesien verlegte fünfundzwanzigste Panzergrenadierdivision.
Jetzt weiß er endlich, wo er hingehört. Keine Marschbefehle mehr zu unauffindlichen Truppenteilen. Grübelnd und reimesuchend hockt er mit fünf anderen Panzergrenadieren auf einem Sturmgeschütz, das zwischen Lauban und Sagan, aber immer hinter den Linien, hin und her geschoben wird. Post bekommt er keine. Doch das hindert ihn nicht, weiterhin an seine Cousine Tulla zu schreiben, die mit Teilen der Heeresgruppe Weichsel abgeschnitten in Danzig-Langfuhr sitzt oder als Straßenbahnschaffnerin Dienst tut; denn die Straßenbahn fuhr bis zum Schluß.

Es war einmal ein Sturmgeschütz,
Panzer IV, altes Modell, das sollte im bergigen Schlesien hinter der Hauptkampflinie in Stellung gebracht werden. Damit es gegen Fliegersicht geschützt war, schob es sich mit seinen über vierzig Tonnen auf zwei Laufketten rückwärts in einen Holzschuppen, den nur ein Vorhängeschloß schützte.
Weil aber dieser Schuppen einem schlesischen Glasbläser gehörte, befanden sich in ihm, auf Regalen und in Stroh gebettet, fünfhundert und mehr Glasprodukte.
Die Begegnung zwischen dem rückwärts auf Laufketten einfahrenden Sturmgeschütz und den schlesischen Gläsern führte zu zwei Ergebnissen. Erstens verursachte der Panzer beträchtlichen Glasschaden; und zweitens bewirkten die verschieden gestimmten Töne brechender Gläser, daß der Panzergrenadier Harry Liebenau, der dem Sturmgeschütz als Infanteriebegleitung zugeteilt war und also neben dem aufschreienden Glasschuppen stand, zu neuer Sprache kam. Keine violette Schwermut fortan. Nie wieder sucht er einen Reim auf den Namen Tulla. Keine Gedichte mehr mit Gymnasiastensamen und Herzblut geschrieben. Von stundan, da ihm das Geschrei des Schuppens als Kügelchen im Ohr sitzt, nur einfache Sätze ins Tagebuch: Der Panzer fährt rückwärts in den Glasschuppen. Der Krieg ist langweiliger als die Schule. Alle warten auf Wunderwaffen. Nach dem Krieg will ich oft ins Kino gehen. Gestern sah ich meinen ersten Toten. Meine Gasmaskenbüchse habe ich mit Erdbeermarmelade gefüllt. Wir sollen verlegt werden. Ich habe noch keinen Russen gesehen. Manchmal denke ich nicht mehr an Tulla. Unsere Feldküche ist weg. Ich lese immer ein und dasselbe. Flüchtlinge verstopfen die Straßen und glauben an nichts mehr. Löns und Heidegger irren in vielen Dingen. In Bunzlau hingen fünf Soldaten und zwei Offiziere an sieben Bäumen. Heute früh haben wir ein Waldstück beschossen. Zwei Tage lang konnte ich nichts schreiben, weil wir Feindberührung hatten. Viele leben nicht mehr. Nach dem Krieg werde ich ein Buch schreiben. Wir sollen nach Berlin verlegt werden. Dort kämpft der Führer. Jetzt gehöre ich zur Kampfgruppe Wenck. Wir sollen die Reichshauptstadt retten.

Morgen hat der Führer Geburtstag. Ob der Hund bei ihm ist?

Es war einmal ein Führer und Reichskanzler,
der beging am zwanzigsten April neunzehnhundertfünfundvierzig seinen sechsundfünfzigsten Geburtstag. Da an jenem Tag das Zentrum der Reichshauptstadt und also das Regierungsviertel mit der Reichskanzlei zeitweilig unter Artilleriebeschuß lag, fand die schlichte Feier im Führerbunker statt.
Bekannte Namen, auch solche, die sich üblicherweise zu den Lagebesprechungen – Abendlage, Mittagslage – versammelten, beteiligten sich an der Gratulationscour: der Generalfeldmarschall Keitel, Oberstleutnant von John, Korvettenkapitän Lüdde-Neurath, die Admirale Voss und Wagner, die Generale Krebs und Burgdorf, Oberst von Below, Reichsleiter Bormann, der Gesandte Hewel vom Auswärtigen Amt, Fräulein Braun, der FHQu-Stenograph Dr. Herrgesell, SS-Hauptsturmführer Günsche, Dr. Morell, SS-Obergruppenführer Fegelein und Herr und Frau Goebbels mit allen sechs Kindern.
Als die Gratulanten ihre Glückwünsche vorgetragen hatten, blickte der Führer und Reichskanzler sich suchend um, als fehlte ihm noch ein letzter und notwendiger Gratulant: »Wo ist der Hund?«
Sogleich begann die Geburtstagsgesellschaft den Lieblingshund des Führers zu suchen. »Prinz!« wurde gerufen. »Hierher Prinz!« Des Führers persönlicher Adjutant, SS-Hauptsturmführer Günsche, durchkämmte den Garten der Reichskanzlei, obgleich dieses Gelände nicht selten von Artillerieschlägen gezeichnet wurde. Im Bunker wurden viele unsinnige Vermutungen laut. Jeder wußte Vorschläge zu unterbreiten. Als einziger erfaßte SS-Obergruppenführer Fegelein die Situation. Er griff, vom Oberst von Below sogleich unterstützt, zu Telefonen, die den Führerbunker mit allen Stäben und dem Wachbataillon rings um die Reichskanzlei verbanden: »An Alle! An Alle! Hund des Führers wird vermißt. Hört auf den Namen Prinz. Deckrüde. Schwarzer deutscher Schäferhund Prinz. Verbinden Sie mich mit Zossen. Weisung an alle: Des Führers Hund wird vermißt!«
Während der folgenden Lagebesprechung – eintreffende Nachricht bestätigt: Panzerfeindspitzen sind südlich Cottbus vorgestoßen und in Calau eingedrungen – werden alle Pläne zur Verteidigung der Reichshauptstadt mit der sogleich anberaumten Operation »Wolfsgrube« koordiniert. So verschiebt die vierte Panzerarmee südlich Spremberg Gegenangriff bis auf weiteres und sichert die Straße Spremberg-Senftenberg vor überlaufendem Führerhund. Desgleichen verwandelt die Gruppe Steiner das Aufmarschgebiet des aus dem Raum Eberswalde nach Süden angesetzten Entlastungsangriffes in tiefgestaffeltes Auffanggebiet. Im Rahmen planmäßiger Operation beginnen alle verfügbaren Maschinen der sechsten Luftflotte mit Bodenaufklärung zwecks Fluchtweganspra-che des Führerhundes Prinz. Ferner wird, »Wolfsgrube« zufolge, die HKL

hinter die Havel verlegt. Aus Eingreifreserven werden Führerhundsuchtrupps gebildet, die mit teils motorisierten, teils aus Radfahrerkompanien erstellten Führerhundfanggruppen über Sprechfunk in Verbindung stehen müssen. Das Korps Holste gräbt sich ein. Hingegen schreitet die zwölfte Armee unter General Wenck zum Entlastungsangriff aus Südwesten und schneidet Fluchtweg des Führerhundes ab, da Führerhund vermutlich zum Westfeind überlaufen will. Es hat sich, um »Wolfsgrube« zu ermöglichen, die siebente Armee von neunter und erster amerikanischer Armee zu lösen und im Raum zwischen Elbe und Mulde Westriegel zu bilden. Auf der Linie Jüterbog-Torgau werden eingeplante Panzergräben durch Führerhundfallgruben ersetzt. Die zwölfte Armee, die Armeegruppe Blumentritt, das achtunddreißigste Panzerkorps werden dem OKW unmittelbar unterstellt. Dieses wird ab sofort von Zossen nach Wannsee verlegt und bildet unter General Burgdorf einen »Führungsstab Operation Wolfsgrube« – FOW.
Aber trotz zügig anlaufender Umgruppierung treffen außer üblichen Lagemeldungen – sowjetische Angriffsspitzen erreichen die Linie Treuenbritzen–Königswusterhausen – keine Nachrichten ein, die Auskunft geben über den Fluchtweg des Führerhundes.
Um neunzehn Uhr vierzig, während der Abendlage, führt Feldmarschall Keitel ein Ferngespräch mit dem Chef des Stabes Steiner: »Laut Führerbefehl wird erwartet, daß die fünfundzwanzigste Panzergrenadierdivision die Frontlücke Cottbus schließt und gegen Hundedurchbruch sichert.«
Darauf läuft Antwort ein, Stab Gruppe Steiner: »Die fünfundzwanzigste Panzergrenadierdivision wurde, laut Weisung vom siebzehnten vierten, aus dem Raum Bautzen abgezogen und der zwölften Armee überstellt. Verfügbare Restverbände stellen sich gegen Hundedurchbruch.«
Endlich, in den frühen Morgenstunden des einundzwanzigsten April, wird kurz vor erbittert umkämpfter Linie Fürstenwalde-Strausberg-Bernau ein schwarzer Schäferhund angeschossen, der sich aber nach Überführung ins Führerhauptquartier und nach eingehender Untersuchung durch Dr. Morell als Fehlmeldung erweist.
Daraufhin werden, laut Weisung FOW, alle im Raum Groß-Berlin eingesetzten Einheiten über Führerhundausmaße belehrt.
Die Schwerpunktbildung zwischen Lübben und Baruth findet Unterstützung durch gleiche Absicht sowjetischer Panzerfeindspitzen. Waldbrände entfalten sich trotz Nieselregen und bilden natürliche Hundesperre.
Am zweiundzwanzigsten April schiebt sich Panzerfeind über die Linie Lichtenberg – Niederschönhausen – Frohnau in die äußerste Verteidigungszone der Reichshauptstadt. Doppelmeldungen über Hundefang im Raum Königswusterhausen erweisen sich als unzutreffend, da beide Fangobjekte nicht als Rüden erkannt werden können.
Dessau und Bitterfeld gehen verloren. Amerikanischer Panzerfeind ver-

sucht Elbübersetzung bei Wittenberge.
Am dreiundzwanzigsten April gibt der Gauleiter und Reichsverteidigungskommissar Dr. Goebbels folgende Erklärung ab: »Der Führer weilt in der Reichshauptstadt und hat den Oberbefehl über alle zum Endkampf angetretenen Kräfte übernommen. Führerhundsuchtrupps und ihre Eingreifreserven hören fortan nur noch auf Führerweisungen.«
Der FOW meldet: »Verlorengegangener Bahnhof Köpenick wurde im Gegenstoß wieder genommen. Die zehnte Fü-hu-fa-gruppe und der einundzwanzigste Fü-hu-su-trupp, die den Raum entlang der Prenzlauer Allee sichern, riegelten Feindeinbruch ab. Dabei wurden zwei sowjetische Hundeauffanggeräte erbeutet. Hiermit steht fest, daß Ostfeind von Operation ›Wolfsgrube‹ Kenntnis genommen hat.« Da Feindsender und Feindpresse wiederholt entstellte Hetzmeldungen über Führerhundverlust verbreiten, gibt der FOW ab vierundzwanzigstem April Führerweisungen in neuer Code nach vorangegangener Sprachregelung, protokolliert Dr. Herrgesell: »Wovon ist die Offenbarkeit des Deckrüden Prinz durchstimmt?«
»Die ursprüngliche Offenbarkeit des Führerhundes ist vom Fernsinn durchstimmt.«
»Als was wird der vom Fernsinn durchstimmte Führerhund zugegeben?«
»Der vom Fernsinn durchstimmte Führerhund wird zugegeben als das Nichts.«
Darauf Hinausgesprochenheit an alle: »Als was ist das vom Fernsinn durchstimmte Nichts zugegeben?«
Darauf antwortet Stab Gruppe Steiner aus Gefechtsstand Liebenwerda: »Das vom Fernsinn durchstimmte Nichts ist im Raum Gruppe Steiner zugegeben als das Nichts.«
Darauf Führerhinausgesprochenheit an alle: »Ist das vom Fernsinn durchstimmte Nichts ein Gegenstand und überhaupt ein Seiendes?«
Darauf läuft umgehend Antwort ein vom Führungsstab Gruppe Wenck: »Das vom Fernsinn durchstimmte Nichts ist ein Loch. Das Nichts ist ein Loch in der zwölften Armee. Das Nichts ist ein schwarzes Loch, das soeben vorbei lief. Das Nichts ist ein schwarzes laufendes Loch in der zwölften Armee.«
Daraufhin Führerhinausgesprochenheit an alle: »Das vom Fernsinn durchstimmte Nichts läuft. Das Nichts ist ein vom Fernsinn durchstimmtes Loch. Es ist zugegeben und kann befragt werden. Ein schwarzes laufendes vom Fernsinn durchstimmtes Loch offenbart das Nichts in seiner ursprünglichen Offenbarkeit.«
Darauf Zusatzhinausgesprochenheiten, FOW: »Zunächst und zumeist müssen Begegnisarten zwischen vom Fernsinn durchstimmten Nichts und der zwölften Armee auf ihre Begegnisstruktur befragt werden. Allererst und im vorhinein sollen Einbruchsspielräume im Raum Königswusterhausen auf ihren Wasgehalt befragt werden. Der gebrauchend-hantierende Umgang mit Bezug verursachendem Gerät Wolfsgrube 1 und

dem Zusatzgerät Wolfspunkt hat Ankunft zu bergen des vom Fernsinn durchstimmten Nichts. Die Umwegigkeit des Unzuhandenen wird zwecks Verendlichung probehaltiger Zuhandenheit von Hündinnen, in Hitze befindlich, vorgängig überschwungen, da vom Fernsinn durchstimmtes Nichts ursprünglich und jeweils deckfreudig immer noch stiftet.«

Auf Alarmmeldung von umkämpfter Linie Neubabelsberg – Zehlendorf – Neukölln: »Das Nichts ereignet sich zwischen Panzerfeind und eigenen Spitzen. Das Nichts läuft auf vier Beinen«, folgt Führerhinausgesprochenheit direkt: »Nichts laufend nachvollziehen. Alle und jede Tätigkeit des vom Fernsinn durchstimmten Nichts muß in Hinblicknahme auf den Endsieg substantiviert werden, auf daß sie späterhin im Seinsstand der Anblicksbeschaffung in Marmor oder Muschelkalk gehauen zuhanden sei.«

Erst am fünfundzwanzigsten April antwortet hierauf General Wenck, zwölfte Armee, aus dem Raum Nauen – Ketzin: »Nichts wird laufend nachvollzogen und substantiviert. Das vom Fernsinn durchstimmte Nichts offenbart an allen Frontabschnitten die Angst. Die Angst ist da. Die Angst verschlägt uns das Wort. Ende.«

Nachdem die Vollzugsmeldungen der Kampfgruppen Holste und Steiner ähnliche Angst offenbar machen, erfolgt, auf Führerweisung, FOW-Hinausgesprochenheit vom sechsundzwanzigsten April an alle: »Da Angst kein Erfassen des Nichts erlaubt, wird Angst ab sofort durch Reden oder Gesang überwunden. Vom Fernsinn durchstimmtes Nichts weiterhin nicht verneinen. Niemals darf die Reichshauptstadt in ihrer Platzganzheit in der Angst hinfällig werden.«

Da Vollzugsmeldungen aller Kampfgruppen weiterhin angstbereit sind, ergeht Ergänzung der Führerweisung vom sechsundzwanzigsten April an alle: »Der fahlen Ungestimmtheit der Reichshauptstadt hat zwölfte Armee Gegenstimmung anzudemonstrieren. Seinsentlastungen in Steglitz und am Südrand des Tempelhofer Feldes haben vorgeschobenen Selbstpunkt zu entwerfen. Der Endkampf des deutschen Volkes ist zu führen im Hinblick auf das vom Fernsinn durchstimmte Nichts.«

Auf Zusatzweisung des Stabes Burgdorf, FOW an Luftflotte sechs: »Zwischen Tegel und Siemensstadt laufendes Nichts vor Panzerfeindspitzen aufklären«, spricht, nach Klarmeldung, Luftflotte sechs: »Nichts laufend zwischen Schlesischem und Görlitzer Bahnhof gesichtet. Das Nichts ist weder ein Gegenstand noch überhaupt ein Seiendes und also auch kein Hund.«

Drauf ergeht nach Führerweisung mit neuer Sprachregelung, direkte Hinausgesprochenheit an Luftflotte sechs, gezeichnet Oberst von Below: »Sichhineinhaltend in das Nichts, ist der Hund bereits hinaus über das Seiende und wird fortan Transzendenz genannt!«

Am siebenundzwanzigsten fällt Brandenburg. Die zwölfte Armee erreicht Beelitz. Nach sich häufenden Meldungen aus allen Abschnitten

über zunehmende Verneinung des flüchtenden Führerhundes Prinz und seiner Decknamen »Nichts« und »Transzendenz« erfolgt um vierzehn Uhr zwölf Führerbefehl an alle: »Jedes nichtende Verhalten laufender Transzendenz gegenüber wird ab sofort standgerichtlich verfolgt.«
Da Vollzugsmeldungen ausbleiben und auch im Regierungsviertel angstbereite Tendenzen festgestellt werden, wird durchgegriffen und hinausgesprochen: »Das führende nichtende Verhalten der vom Fernsinn durchstimmten Transzendenz gegenüber offenbart primär und entscheidend die Gewesenheit folgender Offiziere.« (Es folgen Namen und Dienstränge.) Jetzt erst, nach wiederholter Führeranfrage: »Wo sind die Spitzen von Wenck? Wo Spitzen von Wenck? Wo Wenck?« antwortet Führungsstab Wenck, zwölfte Armee, am achtundzwanzigsten April: »Liegen südlich Schwielow-See fest. Zusammenarbeit mit Luftflotte sechs ergibt, daß wegen Schlechtwetter Transzendenz nicht eingesehen werden kann. Ende.«
Nichtende Meldungen laufen ein vom Halleschen Tor, vom Schlesischen Bahnhof und vom Tempelhofer Feld. Der Raum ist in Plätze aufgesplittert. Die Hundeauffangstellung Alexanderplatz will zwölfbeinige Transzendenz vor Panzerfeindspitzen befragt haben. Dem widerspricht Sichtmeldung dreiköpfiger Transzendenz im Raum Prenzlau. Zugleich läuft Meldung der zwölften Armee an Führerhauptquartier ein: »Leichtverwundeter Panzergrenadier behauptet, in Villengarten am Schwielow-See Hund, untranszendent, gesehen, gefüttert und mit dem Namen Prinz angesprochen zu haben.«
Darauf Rückfrage, Führer direkt: »Name des Panzergrenadiers?«
Darauf zwölfte Armee: »Panzergrenadier Harry Liebenau, leicht verwundet beim Essenfassen.«
Darauf Führer direkt: »Panzergrenadier Liebenau zur Zeit wo?«
Darauf zwölfte Armee: »Panzergrenadier Liebenau bereits lazarettreif nach Westen verlagert.«
Darauf Führer direkt: »Verlagerung beenden. Panzergrenadier mit Luftflotte sechs in Gartengelände Reichskanzlei einfliegen.«
Darauf General Wenck, zwölfte Armee, an Führer direkt: »Das entgleitenlassende Verweisen auf die versinkende Platzganzheit Groß-Berlin bis zur Endlichkeit transzendierender Zuwendung legt Endestruktur frei.«
Der nun folgenden Führerhinaussprache: »Die Frage nach dem Hund ist eine metaphysische und stellt das deutsche Volk in seiner Gesamtheit in Frage« schließt sich die bekannte Führerweisung an: »Berlin bleibt deutsch. Wien wird wieder deutsch. Und der Hund wird niemals verneint werden können.«
Darauf läuft Alarmmeldung ein: »Panzerfeind in Malchin eingedrungen.
Darauf Funkspruch, unverschlüsselt, an Reichskanzlei: Feindsender verbreiten Nachricht: Hund gesichtet Ostufer Elbe.«
Darauf werden in den umkämpften Bezirken Kreuzberg und Schöneberg sowjetische Flugblätter sichergestellt, nach deren Wortlaut flüchtender

Führerhund bereits vom Ostfeind eingebracht worden ist.
Daraufhin Lageentwicklung vom neunundzwanzigsten April: »Bei erbittertem Häuserkampf längs der Potsdamer Straße und am Belle-Alliance-Platz lösen sich Führerhundsuchtrupps eigenmächtig auf. Sowjetische Lautsprecheraktionen mit echtem verstärktem Hundegebell wirken zunehmend zersetzend. Beelitz wieder verlorengegangen. Von neunter Armee keine Meldung mehr. Zwölfte Armee versucht weiterhin Druck auszuüben gegen Potsdam, da Gerüchte über Hundetod auf historischem Gelände in Umlauf. Meldungen über englische Hundeauffangstellungen um den Brückenkopf Lauenburg, Elbe, sowie über amerikanischen Hundefang im Fichtelgebirge, bleiben unbestätigt. Deshalb letzte Führerweisung mit neuer Sprachregelung an alle: »Der Hund selbst – als solcher – war da, ist da und wird bleiben da.«
Darauf General Krebs an Generaloberst Jodl: »Bitte um vorausschauende Orientierung über Führernachfolge, falls dieser fallen sollte.«
Daraufhin wird, laut Lageentwicklung vom dreißigsten April, der Führungsstab Operation »Wolfsgrube« aufgelöst. Das OKW zieht, da Hundefang in Transzendenz und auf historischem Gelände ergebnislos verlaufen ist, die zwölfte Armee aus dem Raum Potsdam-Beelitz zurück. Panzerfeind dringt in Schöneberg ein.
Darauf Funkspruch, gezeichnet Bormann, an Großadmiral Dönitz: »An Stelle des bisherigen Reichsmarschalls Göring setzt der Führer Sie, Herr Großadmiral, als seinen Nachfolger ein. Schriftliche Vollmacht sowie Stammbaum des Führerhundes unterwegs.«
Darauf gegenwärtigt Führervorhabe Überstieg. Darauf wird schwedische inoffizielle Meldung, wonach Führerhund mit Unterseeboot nach Argentinien verbracht worden sei, nicht dementiert. Der sowjetischen Feindmeldung: »Zerrissenes Fell eines zwölfbeinigen schwarzen Hundes in zerstörtem Ballettmagazin gefunden« widerspricht Vollzugsmeldung des Bayrischen Befreiungskomitees über den Sender Erding: »Schwarzer Hundekadaver vor Feldherrnhalle, München, sichergestellt.« Gleichzeitig laufen Meldungen ein, wonach Führerhundkadaver angeschwemmt wurden: erstens im Bottnischen Meerbusen; zweitens an der Ostküste Irlands; drittens an der spanischen Atlantikküste. Letzte Führervermutungen, festgehalten von General Burgdorf und im Führertestament aufgenommen, besagen: »Hund Prinz wird versuchen, Vatikanstaat zu erreichen. Sollte Pacelli Ansprüche stellen, sofort Einspruch erheben und auf Testamentzusatz hinweisen.«
Darauf Weltdämmer. Über die Trümmer der Zeugwelt klettert die Weltzeit. Lageentwicklung vom ersten Mai: »Im Stadtkern der Reichshauptstadt verteidigt sich die tapfere Besatzung, verstärkt durch aufgelöste Führerhundsuchtrupps, auf verengtem Raum.«
Darauf verabschiedet sich die Zuhandenheit in der Unauffälligkeit des Unverwendbaren und löst geheime Kommandosache aus, Reichsleiter Bormann an Großadmiral Dönitz: »Führer gestern fünfzehn Uhr dreißig

verschieden. Testament in Kraft und unterwegs. Des Führers Lieblingshund Prinz, schwarzer stockhaariger Schäferhundrüde, ist, laut Weisung vom neunundzwanzigsten April, Geschenk des Führers an das deutsche Volk. Eingang bestätigen.«
Daraufhin spielen letzte Sender Götterdämmerung. Umwillen seiner. Daraufhin bleibt keine Zeit für eine Schweigeminute umwillen seiner. Daraufhin versuchten die Reste der Heeresgruppe Weichsel, die Reste der zwölften und neunten Armee, die Reste Holste und Steiner, westlich der Linie Dömitz-Wismar in englischen und amerikanischen Machtbereich zu gelangen.
Daraufhin tritt im Regierungsviertel der Reichshauptstadt Funkstille ein. Die Platzganzheit, die Nichtung, angstbereit und zusammenstückbar. Die Großheit. Die Gänze. Die Hergestelltheit Berlin. Die Verendlichung. Das Ende.
Aber der Himmel über die Endestruktur verdunkelte sich daraufhin nicht.

Es war einmal ein Hund,
der gehörte dem Führer und Reichskanzler und war dessen Lieblingshund. Eines Tages lief dieser Hund dem Führer davon. Warum wohl?
Im allgemeinen konnte der Hund nicht reden, aber hier, nach dem großen Warum befragt, spricht er und sagt warum: »Weil genug hin und her. Weil kein festes Hunde-Hier Hunde-Da Hunde-Jetzt. Weil überall Knochen vergraben und nie mehr wiedergefunden. Weil kein Entspringenlassen. Weil immer Im-Sperr-Raum-sein. Weil seit Hundejahren unterwegs, von Fall zu Fall, und für jeden Fall Decknamen: Fall Weiß dauert achtzehn Tage. Als Weserübung im Norden läuft, muß gleichzeitig Operation Hartmut anlaufen zum Schutz von Weserübung. Auf dem Fall Gelb gegen neutrale Kleinstaaten entpuppt sich Operation Rot bis zur spanischen Grenze. Und schon soll Herbstreise Seelöwe ermöglichen, der perfides Albion niederzwingen will; wird abgeblasen. Dafür rollt Marita den Balkan auf. Oh, welchen Dichter bezahlt er? Wer dichtet für ihn? Tannenbaum gegen Eidgenossen; da wird nichts draus. Barbarossa und Silberfuchs gegen Untermenschen; da wird was draus. Das führt mit Siegfried von Charkow nach Stalingrad. Da helfen der sechsten Armee nicht Donnerschlag und Wintergewitter. Nun sollen es Fridericus I und Fridericus II noch einmal versuchen. Rasch verblüht Herbstzeitlose. Landbrücke nach Demjansk stürzt ein. Wirbelwind muß Fronten begradigen. Büffelbewegungen mit Stallgeruch. Nach Hause! Nach Hause! Da hat selbst ein Hund genug, wartet aber, treu wie ein Hund ab, ob sich die frischgeplante Zitadelle bei Kursk halten wird, und was sich entwickeln mag aus Rösselsprung gegen Geleitzüge unterwegs nach Murmansk. Aber ach! Vorbei sind die schönen Zeiten, da Sonnenblume nach Nordafrika verpflanzt wurde, da Merkur Handel auf Kreta betrieb, da die Maus tief im Kaukasus wühlte. Nur noch Maigewitter, Kugelblitz und Napfku-

chen gegen Titos Partisanen. Eiche soll Duce wieder aufs Roß setzen. Aber Westfeinde: Gustav, Ludwig und Marder II kommen an Land und lösen Morgenröte aus bei Nettuno. Schon erblüht in der Normandie feindliche Blume. Der können in den Ardennen nichts anhaben: Greif, Herbstnebel und Wacht. Vorher platzt in kaninchenloser Wolfsschanze die Bombe, tut zwar dem Hund nichts, aber stumpft ihn ab: Genug, genug! Immer hin und hergeschleppt. Sonderzüge, Sonderverpflegung, aber kein Auslauf, dabei ringsum dicke Natur.
Oh, Hund, weitgereister! Vom Berghof ins Felsennest. Aus dem Zoppoter Wintergarten in die Tannenburg. Aus dem Schwarzwald in die Wolfsschlucht I. Nichts von Frankreich gesehen, und auf dem Berghof nur Wolken. Nordostwärts Winniza, in angeblich fuchsreichem Wäldchen, liegt das Lager Werwolf. Pendelverkehr zwischen Ukraine und Ostpreußen. Aus der Wolfsschanze in die zweite Wolfsschlucht geschleust. Nach einem Tag Aufenthalt hoch in den Adlerhorst, um endgültig ins Loch zu müssen: hinab in den Führerbunker. Tag für Tag: nur noch Bunker! Nach Adler, Wolf und nochmals Wolf: tagtäglich Bunker! Nach Wolkenschau und Felsennest, nach Tannenburg und Schwarzwaldluft: nur noch Bunkermief!
Da reicht es einem Hund. Da will ein Hund nach mißglücktem Zahnarzt und nach hilfloser Bodenplatte teilnehmen an geplanter Westgotenbewegung. Das Entspringenlassen. Das Im-Raum-Sein. Das Nicht-mehr-treu-wie-ein-Hund-sein. Da sagt ein Hund, der zunächst und im allgemeinen nicht sprechen kann: Ich setz mich ab!«
Während die Geburtstagsvorbereitungen im Führerbunker Fortschritte machten, verdrückte er sich quer und harmlos über den Innenhof der Reichskanzlei. Als gerade der Reichsmarschall vorfuhr, passierte er die Doppelposten und machte sich auf in südwestliche Richtung, weil er den Lageberichten entnommen hatte, bei Cottbus gäbe es eine Frontlücke. Aber so schön und breit sich das Loch anbot; angesichts sowjetischer Panzerfeindspitzen, machte der Hund östlich Jüterbog kehrt, gab also die Ostgotenbewegung auf und rannte dem Westfeind entgegen: über die Trümmer der Innenstadt, ums Regierungsviertel herum, beinahe hopsgegangen auf dem Alex, von zwei heißen Hündinnen quer durch den Tiergarten gelenkt und fast geschnappt am Flakbunker Zoologischer Garten: dort warteten riesige Mausefallen auf ihn, doch er zögerte siebenmal um die Siegessäule, zielte sich durch den Paradeschlauch und schloß sich, vom uralten Hausmittelchen, dem Hundeinstinkt beraten, einer zivilen Transportgruppe an, die Theaterutensilien vom Ausstellungsgelände am Funkturm nach Nikolassee verlagerte. Aber eigene Lautsprecher, sowie die weithintragenden Lautsprecher des Ostfeindes – lockende Stimmen, die ihm Kaninchen versprachen – machten ihm Villenvororte wie Wannsee und Nikolassee verdächtig: nicht westlich genug gelegen! – Und er setzte sich die Elbebrücke bei Magdeburg-Burg als erstes Etappenziel.

Ohne Zwischenfälle passierte er südlich des Schwielow-Sees die Angriffsspitzen der zwölften Armee, die von Südwesten her die Reichshauptstadt entlasten sollte. Nach kurzer Rast in verwildertem Villengarten fütterte ihn ein Panzergrenadier mit noch warmer Erbsensuppe und nannte ihn, ohne dienstlich zu werden, beim Namen. Gleich darauf belegte Artilleriefeind das Villengelände mit Störfeuer, verwundete den Panzergrenadier leicht und sparte den Hund aus; denn was dort gestreckt, auf gleichmäßig zuverlässigen Läufen vorgezeichneter Westgotenbewegung folgt, ist noch immer ein und derselbe schwarze deutsche Schäferhund, umwillen seiner.
Hecheln zwischen gerillten Seen an einem windigen Maitag. Der Äther überfüllt mit wichtigem Geschehen. Zielschnappend westwärts auf märkischem Sand, in den sich Kiefern krallen. Ein waagerechter Schweif, ein Fang, weit voraus, verringert mit wehender Zunge die Fluchtstrecke auf sechzehn mal vier Beinen: Sprung eines Hundes in aufeinanderfolgenden Teilbewegungen. Alles gesechzehntelt: Landschaft, Frühling, Luft, Freiheit, Pinselbäume, schöne Wolken, erste Schmetterlinge, Vogelsang, Insektensirren, grün ausschlagende Schrebergärten, hochmusikalische Lattenzäune, Äcker spucken Kaninchen aus, Feldhühner lüften sich, maßstablose Natur, kein Sandkasten mehr sondern Horizonte, Gerüche aufs Brot zu schmieren, langsam wegtrocknende Sonnenuntergänge, knochenlose Dämmerungen, dann und wann Panzerwracks romantisch gegen den Fünfuhrmorgenhimmel, Mond und Hund, Hund im Mond, Hund frißt Mond, Hundetotale, verduftender Hund, Hundevorhabe, überlaufender Hund, Hauab-Hund, Ohne-mich-Hund, Hundegeworfenheit, Abkünftigkeiten: Und Perkun zeugte Senta; und Senta warf Harras; und Harras zeugte Prinz... Großheit Hund, ontisch und naturwissenschaftlich, fahnenflüchtiger Hund, der den Wind im Rücken hat; denn der Wind will auch nach Westen, wie alle: Die zwölfte Armee, die Reste der neunten Armee, was übrigblieb von den Gruppen Steiner und Holste, die müden Heeresgruppen Löhr, Schörner, Rendulic, vergeblich die Heeresgruppen Ostpreußen und Kurland aus den Häfen Libau und Windau, die Besatzung der Insel Rügen, was sich von Hela und dem Weichseldelta lösen kann, also die Reste der zweiten Armee; wer eine Nase hat, rennt, schwimmt, schleppt sich ab: vom Ostfeind weg dem Westfeind entgegen; und Zivilisten, zu Fuß, zu Pferde, in einstmals Vergnügungsdampfern verpackt, humpeln auf Socken, versaufen, papiergeldumwickelt, krebsen mit zuwenig Benzin und zuviel Gepäck; seht den Müller, mit seinem Zwanzigpfundsäckchen Mehl, den Tischlermeister, mit Türbeschlägen und Knochenleim beladen, Verwandte und Angeheiratete, Eingestufte und Mitläufer, Kinder mit Puppen und Großmütter mit Fotoalben, Erfundene und Tatsächliche, alle alle alle sehen die Sonne im Westen aufgehen und richten sich nach dem Hund.
Zurück bleiben Knochenberge, Massengräber, Karteikästen, Fahnenhalter, Parteibücher, Liebesbriefe, Eigenheime, Kirchenstühle und schwer zu

transportierende Klaviere.
Nicht bezahlt werden: fällige Steuern, Raten für Bausparkassen, Mietrückstände, Rechnungen, Schulden und Schuld.
Neu beginnen wollen alle mit dem Leben, mit dem Sparen, mit dem Briefeschreiben, auf Kirchenstühlen, vor Klavieren, in Karteikästen und Eigenheimen.
Vergessen wollen alle die Knochenberge und Massengräber, die Fahnenhalter und Parteibücher, die Schulden und die Schuld.

Es war einmal ein Hund,
der verließ seinen Herrn und brachte einen langen Weg hinter sich. Nur Kaninchen rümpfen die Nase; doch niemand, der lesen kann, möge glauben, der Hund sei nicht angekommen.
Am achten Mai neunzehnhundertfünfundvierzig, früh, um vier Uhr fünfundvierzig durchschwamm er oberhalb Magdeburg beinahe ungesehen die Elbe und suchte sich westlich des Flusses einen neuen Herrn.

Drittes Buch Materniaden

Die erste Materniade

Der Hund steht zentral. Zwischen ihm und dem Hund läuft alter und neuer Stacheldraht von Lagerecke zu Lagerecke. Während der Hund steht, kratzt Matern das Weißblech aus leerer Dose. Er besitzt einen Löffel, aber kein Gedächtnis. Alle wollen ihm zu einem verhelfen: der zentrale Hund; die mit Luft gefüllte Konservendose; der englische Fragebogen; und jetzt schickt Brauxel Vorschüsse und setzt Termine, die von den Auftritten und Abgängen gewisser Planeten bestimmt werden: Matern soll von damals quasseln.

Anfangen heißt Auswählen. Der doppelte Stacheldraht zwischen Hund und Konservendose bietet sich an: zum Beispiel Lagerkoller, Freiheitsentzug, Graphisches, doch nicht mehr elektrisch geladen. Oder halte Dich an den Hund, dann stehst Du zentral. Gieße ihm Suppe, mit Namen genudelt, ins Weißblech und dränge die Luft aus der Dose. Denn überall Abfälle, Hundefutter: Die neunundzwanzig Kartoffeljahre. Die Brühe Erinnerung. Das Klößchen Weißtdunoch. Ale gewürzlosen Lügen. Theaterrollen und Leben. Materns gedörrtes Gemüse. Die körnige Schuld: das Salz.

Kochen heißt Auswählen. Welche Nährmittel kochen länger, Graupen oder Stacheldraht? Die einen werden gelöffelt, doch ungarer Stacheldraht zwischen ihm und dem Hund verursacht Zähneknirschen. Matern mochte nie: Draht und Zäune. Schon seinen Ahn, der noch Materna hieß, brachte unbotmäßiges Zähneknirschen in den Stockturm, den fensterlosen.

Erinnern heißt Auswählen. Diesen, den oder jenen Hund? Jeder Hund steht zentral. Was vertreibt einen Hund? So viele Steine hat die Welt nicht; und das Munsterlager – wer kennt es nicht von früher? – wurde auf Sand gebaut und hat sich kaum verändert. Baracken brannten aus, Nissenhütten entstanden. Das Lagerkino, vereinzelte Kiefern, die ewige Knochenhauer-Kaserne, drum herum alter Draht, bereichert durch neuen Draht: Matern, den ein englisches Antifa-Lager ausgespuckt hat, löffelt Graupen hinter dem Extradraht um ein Entlassungslager.

Zweimal am Tage lappt er Suppe aus lautem Blech und ist, längs dem Doppelzaun, seinen Spuren im Sand hinterdrein. Dreht Euch nicht um, der Knirscher geht um. Zweimal täglich will immer der gleiche Hund keine Steine fressen: »Hau ab! Mach, daß Land gewinnst! Geh hin, wo Du hergekommen!«

Denn morgen oder übermorgen sind die Papiere fertig für jemanden, der ohne Hund allein sein will.

»Entlassen wohin?«

»Mal sehen, Mister Brooks, nach Köln oder Neuß.«

»Geboren wann wo?«

»April siebzehn, Momentmal: genau am neunzehnten in Nickelswalde, Kreis Danziger Niederung.«

»Schule und Ausbildungsgang?«
»Na erst das Übliche: Volksschule auffem Dorf, dann Gymnasium bis zum Abitur, hinterher sollte ich studieren, Volkswirtschaft, nahm aber Schauspielunterricht beim guten alten Gustav Nord, unübertrefflicher Shakespearedarsteller, aber auch Shaw, Heilige Johanna...«
»Also Beruf Schauspieler?«
»Jawoll, Mister Brookes. Hab alles gespielt, was vorkam: Karl und Franz Moor: Pöbelweisheit Pöbelfurcht! Und einmal, in unserer guten alten Kaffeemühle, als ich noch Schauspieleleve war, sogar ein sprechendes Rentier. War ne dolle Zeit, Mister...«
»Mitglied der KP gewesen? Von wann bis wann?«
»Also fünfunddreißig hab ich mein Abitur gebaut, und ab Untersekunda etwa hab ich bei den Roten Falken mitgemacht, gleich darauf eingeschriebenes KP-Mitglied, bis sie bei uns verboten wurde, Ende vierunddreißig. Hab ich hinterher noch illegal weitergemacht, Flugzettel und Klebeaktionen, hat alles nichts genützt.«
»Mitgliedschaft der NSDAP oder einer ihrer Organisationen?«
»Paar Monate SA, so aus Jux und als quasi Spion, um mal reinzuriechen in den Laden, und weil ein Freund von mir...«
»Von wann bis wann?«
»Sagte schon, Mister Braux, paar Monate: Vom Spätsommer siebenunddreißig bis Frühjahr achtunddreißig. Dann haben sie mich geschaßt, mit SA-Sturmgericht, wegen Gehorsamsverweigerung.«
»Welcher Sturm?«
»Wenn ich das noch wüßte! War ja nur kurze Zeit dabei. Und alles, weil ein guter Freund von mir Halbjude, und ich ihn vor der Meute. Außerdem meinte mein Freund... Also: war der SA-Sturm vierundachtzig, Langfuhr-Nord. Gehörte zur Standarte hundertachtundzwanzig, SA-Brigade sechs, Danzig.«
»Wie hieß der Freund?«
»Amsel, Eduard Amsel. War ein Künstler. Wir sind zusammen aufgewachsen sozusagen. Konnte sehr komisch sein. Machte Bühnenbilder, mechanische. Trug zum Beispiel nur getragene Anzüge und Schuhe. War schrecklich dick, aber konnte gut singen. Pfundskerl, wirklich!«
»Was wurde aus Amsel?«
»Keine Ahnung! Mußte ja weg, weil sie mich bei der SA geschaßt hatten. Hab noch nachgeforscht hinterher überall, zum Beispiel bei Brunies, unserem ehemaligen Deutschlehrer...«
»Jetziger Aufenthaltsort des Lehrers?«
»Brunies? Der wird umgekommen sein. Wanderte dreiundvierzig ins KZ.«
»Welches?«
»Stutthof. Lag bei Danzig.«
»Letzte und vorletzte militärische Einheit?«
»Bis November dreiundvierzig: Zweiundzwanzigstes Flak-Regiment,

Batterie Kaiserhafen. Dann abgeurteilt wegen Führerbeleidigung und Wehrkraftzersetzung. Degradiert vom Feldwebel zum einfachen Schützen und versetzt ins vierte Strafbataillon zum Minenräumen. Lief am dreiundzwanzigsten Januar fünfundvierzig in den Vogesen zur achtundzwanzigsten amerikanischen Infanterie-Division über.«

»Sonstiges Strafverfahren?«

»Ne Menge, Mister Brooks. Also erstens die Sache mit meinem SA-Sturm, dann, ein knappes Jahr später – ich ging nach Schwerin ans Theater, fristlose Entlassung wegen Beleidigung des Führers und so weiter; dann, ich zog nach Düsseldorf und hatte ab und zu beim Rundfunk, Kinderfunk zu tun und spielte nebenbei Faustball bei den Unterrather Sportfreunden, da wurde ich von so ein paar Sportfreunden verpfiffen: Untersuchungshaft, Polizeipräsidium Kavalleriestraße, wenn Ihnen das ein Begriff ist. Die haben mich krankenhausreif geschlagen, und wenn nicht der Krieg gekommen wäre, rechtzeitig... Ach so, die Geschichte mit dem Hund hätte ich beinahe vergessen. Das war im Hochsommer neununddreißig...«

»In Düsseldorf?«

»Wieder in Danzig, Mister Brookes. Hatte mich ja freiwillig melden müssen, sonst hätten die mich. Lag also in den ehemaligen Schutzpolizeikasernen auf Hochstrieß, und hab damals aus Wut oder weil ich einfach dagegen war, einen Schäferhund vergiftet.«

»Name des Schäferhundes?«

»Hieß Harras und gehörte einem Tischlermeister.«

»Besondere Bewandtnis des Hundes?«

»Das war ein Zuchtrüde, wie man so sagt. Und dieser Harras hat anno fünfunddreißig oder sechsunddreißig einen Hund gezeugt, Prinz – ist authentisch, so wahr ich hier stehe! – der wurde Hitler zum Geburtstag geschenkt und soll – dafür wirds Zeugen geben – sein Lieblingshund gewesen sein. Außerdem – und jetzt, Mister Braux, wird die Geschichte privat – war Senta, unsere Senta, die Mutter von dem Harras gewesen. In Nickelswalde – liegt an der Weichselmündung – hat sie Harras und noch ein paar andere Welpen unter dem Bock unserer Windmühle geworfen, als ich knapp zehn Jahre alt war. Brannte daraufhin ab. War eben ne besondere Mühle unsere Windmühle...«

»Bewandtnis?«

»Also, man nannte sie auch die historische Mühle zu Nickelswalde, weil die Königin Luise von Preußen, als sie sich auf der Flucht vor Napoleon befand, in unserer Mühle übernachtet hat. War eine schöne deutsche Bockwindmühle. Die hat mein Urgroßvater erbaut: August Matern. Der stammte ab in direkter Linie von dem berühmten Freiheitshelden Simon Materna, der fuffzehneinssechs von dem Stadthauptmann Hans Nimptsch gefangen gesetzt und im Stockturm zu Danzig hingerichtet wurde; aber sein Vetter, der Barbiergeselle Gregor Materna, blies schon anno fuffzehnzwovier abermals zum Aufstand, und am vierzehnten

August, als gerade Dominiksmarkt war, wurde er gleichfalls, denn so sind wir Materns, können nicht den Mund halten, immer frei heraus, selbst mein Vater, der Müller Anton Matern, der die Zukunft voraussagen konnte, weil ihm die Mehlwürmer...«

»Danke Herr Matern. Diese Angaben reichen. Morgen früh werden Ihre Entlassungspapiere ausgehändigt. Hier ist Ihr Laufzettel. Sie können gehen.«

Durch diese Tür in zwei Angeln, damit draußen die Sonne sogleich Erfolg hat: auf dem Lagerplatz werfen der POW Matern, Baracken und Nissenhütten, restliche Kiefern, die Tafel voller Bekanntmachungen, der doppelte Stacheldrahtzaun und der geduldige Hund jenseits des Zaunes Schatten in eine Richtung. Erinnere Dich! Wieviele Flüsse münden in die Weichsel? Wieviele Zähne hat der Mensch? Wie hießen die pruzzischen Götter? Wieviele Hunde? Acht oder neun Vermummte? Wieviele Namen leben noch? Wieviele Frauen hast Du? Wielange saß Deine Oma fest im Stuhl? Was flüsterten die Mehlwürmer Deines Vaters, als der Sohn den Müller fragte, wie es jemandem gehe und was der treibe? Sie flüsterten, erinnere Dich, jener sei stockheiser und rauche dennoch den lieben langen Tag lang Zigaretten aneinandergereiht. Und wann spielten wir Billinger »Der Gigant« im Stadttheater? Wer machte die Donata Opferkuch, wer ihren Sohn? Was schrieb der Kritiker Strohmenger im Vorposten? Da stand, erinnere Dich: »Der junge begabte Matern zeichnete als Sohn der Donata Opferkuch, die übrigens von Maria Bargheer kraftvoll schlampig gebracht wurde; Sohn und Mutter, zwei bemerkenswerte und zwielichtige Gestalten...« Chien – Cane – Dog – Kyon! Ich bin entlassen. In meiner Windjacke stecken Papiere, sechshundert Reichsmark und Lebensmittelmarken, Reisemarken! Mein Seesack faßt zwei Unterhosen, drei Unterhemden, vier Paar Socken, ein Paar amerikanische Armeeschuhe mit Gummisohle, zwei fast neue Ami-Hemden, schwarzgefärbt, einen Barras-Offiziersmantel, ungefärbt, einen richtigen Zivilhut aus Cornwall, gentlemanlike, zwei K-Rationen Marschverpflegung, eine Pfundbüchse englischen Pfeifentabak, vierzehn Pakete Camel, etwa zwanzig Reclam-Heftchen – meistens Shakespeare Grabbe Schiller – eine vollständige Ausgabe »Sein und Zeit« – noch mit Widmung für Husserl – fünf Stück prima Seife und drei Dosen Corned-Beef... Chien, ich bin reich! Cane, wo ist Dein Sieg! Go ahead Dog! Weiche Kyon!

Zu Fuß, mit geschultertem Seesack macht Matern Schritte auf einem Sand, der außerhalb des Lagers weniger festgetreten ist als im Lager. Nur keine Tuchfühlung mehr! Deshalb Müllers Lust und keine Eisenbahn, vorläufig. Der Hund weicht rückwärts und will nicht begreifen. Richtige und getäuschte Steinwürfe treiben ihn in umgebrochene Felder oder den Weg hoch. Faule Steinwürfe spannen ihn; echte Steine apportiert er: Zellacken!

Vier sandige Kilometer, Richtung Fallingbostel, legt Matern mit unvermeidlichem Hund zurück. Da der Feldweg erster Ordnung nicht wie er nach Südwesten will, treibt er das Viech querfeldein. Wer begriffen hat, daß Matern rechts normal ausschreitet, wird zugeben müssen: links hinkt er kaum merklich. Das war mal alles Truppenübungsplatz und wird es bleiben in Ewigkeit: Flurschaden. Braune Heide beginnt und geht in jungen Wald über. Ein Kahlschlag schenkt ihm einen Knüppel: »Hau ab Hund! Namenlos, Treuwienhund. Misthund verkommener, hau ab!« Kann ihn doch nicht mitnehmen. Mal wirken ohne Bewunderer. Mich haben sie gehetzt mit allen. Was sollte ich anfangen mit dem Gissert? Erinnerungen auffrischen? Rattengift, Kuckucksuhren, Friedenstauben, Pleitegeier, Christenhunde, Judenschweine, Haustiere Haustiere... Hau ab, Hund!

Das bis zum Abend und nahe der Heiserkeit. Zwischen Ostenholz und Essel das Maul voller Abwehr und Titel, die nicht allein den Hund meinen sondern rundum die Welt. In seiner kalten Heimat klaubte man Zellacken und nicht Steine aus dem Acker, sobald jemand gesteinigt werden sollte. Diese, auch Erdklumpen und Knüppel, sollen das Viech und wen sonst noch alles treffen. Nie hat ein Hund, der vom selbstgewählten Herrn nicht lassen wollte, soviel lernen können vom Verhältnis des Hundes zur Mythologie: keine Unterwelt, die er nicht zu bewachen hat; kein Totenfluß, dessen Wasser nicht irgendein Hund lappt; Lethe Lethe, wie wird man Erinnerungen los? Keine Hölle ohne Höllenhund!

Nie ist ein Hund, der vom Herrn, dem selbsterwählten, nicht lassen wollte, in so viele Länder und Städte gleichzeitig geschickt worden: Hin, wo der Pfeffer wächst. Nach Buxtehude, Jericho und Todtnau. Wen soll der Hund nicht alles lecken? Namen Namen – aber er fährt nicht ein in die Hölle, zieht nicht nach Pfefferstadt, leckt nicht fremd sondern folgt, treuwienhund, dem Selbsterwählten.

Dreh Dich nicht um, ein Hund folgt Dir stumm.

Da rät Matern einem Bauern in Mandelsloh – sie folgten zuletzt dem Flüßchen Leine – einem niedersächsischen Bauern also, der ihn in richtigem Bett – oben weiß unten weiß – gegen vier Camel schlafen läßt, rät Matern über dampfenden Bratkartoffeln: »Brauchen Sie etwa nen Hund? Der streicht draußen rum und läuft mir nach schon seit morgens. Den werd ich nich los. Kein übles Tier, nur ziemlich verkommen.«

Aber der nächste Tag, von Mandelsloh nach Rothenuffeln, ist keinen Schritt weit hundelos, obgleich der Bauer meint, übel sei er nicht, der Hund, nur verwildert, er müsse sich erst überschlafen, ob er ihn wolle oder nicht. Der Bauer will beim Frühstück, aber der Hund ist nicht willens und hat sich schon entschieden.

Verkuppelt sieht sie das Steinhuder Meer; Marscherleichterung zwischen Rothenuffeln und Brackwede, weil ein Dreiradkarren ihn auflädt, während der Hund sich strecken muß, damit er; und auch im Westfälischen, da ihr Etappenziel Rinkerode heißt, bleibt es bei dieser Paarung: kein Hund mehr, kein Hund weniger. Und wie sie von Rinkerode an Othmarsbocholt vorbei bis Ermen laufen, teilt er schon mit ihm: Komißbrot und Corned-Beef. Doch während der Hund Brocken schlingt, knallt ein Knüppel, der aus Niedersachsen mitkam, dumpf auf verfilztem Fell. Deshalb schrubbt er ihn tagsdrauf, da beide von Ermen über Olfen bis Eversum mäßigen Abstand halten, im Flüßchen Stever, bis er schwarz glänzt: Deckhaar und Unterwolle. Ein Pfeifenkopf Tabak handelt einen alten Hundekamm ein. »Issen Rassehund«, bekommt Matern bescheinigt. Das sieht er selber, hat Ahnung von Hunden: »Das weiß ich, Mann. Bin schließlich mit nem Hund aufgewachsen. Gucken sich mal die Läufe an. Steht nicht faßbeinig und nicht kuhhessig. Und die Linie von der Kruppe zum Widerrist: keine Spur von Überbau, bloß jung isser nich mehr. Sieht man an den Lefzen, schließen nich gut. Und hier, die beiden grauen Inselchen überm Stop. Aber das Gebiß macht noch lange.«

Taxieren und Fachsimpeln mit englischem Pfeifentabak in den Kochern:

»Was wird er haben: seine zehn Jahre, schätz ich.«

Matern ist genauer: »Wenn nicht elf, aber die Rasse bleibt mobil bis siebzehn, wohlgemerkt, bei guter Pflege.«

Nach dem Essen bißchen Weltlage und Atombombe, dann westfälische Hundegeschichten: »In Bechtrup, da hat's mal nen Schäferhundrüden gegeben, lang vorm Krieg, der ging sachte ein mit zwanzich, das macht sage und schreibe hundertvierzig Menschenjahre. Un mein Großvater, der hat von nem Hund aus Rechede erzählt, der kam aber außem Dülmer Zwinger und wurde, allerdings halbblind, runde zweiundzwanzig Jahre alt, das macht hundertvierundfünfzig. Da is Ihrer mit elf Hundejahre, macht siebenundsiebzig Menschenjahre, nochen Jüngling dagegen.«

Sein Hund, den er nicht wegschickt mit Wurf und Geheiser, sondern streng hält als namenlosen Besitz. »Wie heißt der denn?«

»Der heißt noch nicht.«

»Suchen Sie etwa nen Namen für'n Hund?«

»Such nicht nach Namen, sonst findest Du Namen.«

»Na, nennen Sie ihn doch Greif oder Luchs, Falko oder Hasso, Castor, Wotan... Ich kannt mal'n Schäferhundrüden, der hieß, ob Sie's glauben oder nich, Jasomir.«

Oh elende Scheiße! Wer hat sich da aufs freie Feld gehockt, hat eine harte Wurst geworfen und betrachtet nun seine Losung? Jemand, der sie nicht fressen will und sich dennoch in ihr erkennt: Matern, Walter Matern, der mit dem Zähnen knirschen kann: Kies im Kot; der immerzu Gott sucht und allenfalls Exkremente findet; der seinen Hund tritt: Scheiße! Aber über den gleichen Acker, schräg über Furchen winselt er sich zurück und hat immer noch keinen Namen. Scheiße Scheiße! Soll Matern seinen Hund Scheiße nennen?

Namenlos schlagen sie sich über den Lippe-Seiten-Kanal in die Haard, einen mäßig hügeligen Forst. Eigentlich will er mit namenlosem Hund quer durch den Mischwald bis Marl – Soll er Kuno oder Thor heißen? – aber dann biegen sie mit dem Weg links ab – Audifax? – bis sie, schon außerhalb des Forstes, auf die Eisenbahnstrecke Dülmen – Haltern –

Recklinghausen stoßen. Und hier gibt's Zechennamen, die könnten auch als Hundenamen taugen; Hannibal, Regent, Prosper? – In Speckhorn finden Herr und namenloser Hund ein Bett.

Schlag nach, zähl auf. In Granit und Marmor gemeißelt. Namen Namen. Die Geschichte besteht daraus. Kann soll darf man einen Hund Totila nennen, Etzel oder Kaspar Hauser? Wie hieß der erste der langen Reihe? Perkun. Vielleicht sollten die restlichen Götter namenspenden: Potrimp oder Pikoll?

Wälzt sich und schläft nicht, weil ihm Namen, doch nun private, die keinen Hund kleiden möchten, den Rücken unruhig machen? Früh, bei Bodennebel halten sich beide an den Eisenbahndamm, treten auf Schotter, lassen überfüllte Morgenzüge vorbei. Ruinenscherenschnitte: das ist Recklinghausen oder schon Herne, rechts Wanne, links Eickel. Notbrücken führen über die Emscher und den Rhein-Herne-Kanal. Namenlose sammeln Kohlen im Nebel. In Fördertürmen schweigen oder drehen sich Seilscheiben über namenlosen Zechen. Kein Lärm. Alles auf Watte gebettet. Allenfalls spricht der Schotter oder Krähen wie üblich: namenlos. Bis etwas abzweigt nach rechts und einen Namen hat. Schienen, eingleisig, kommen von Eickel und wollen nicht nach Hüllen. So kann man bei offener Einfahrt auf verwittertem Namensschild Großbuchstaben lesen: ABZWEIGUNG PLUTO.

Der tuts: »Hierher Pluto. Pluto Platz. Bei Fuß Pluto. Faß zu Pluto. Brav Pluto. Kusch bring friß Pluto. Hopp Pluto. Such Pluto. Meine Pfeife Pluto!« Pluton steht Pate, der das Getreide und die Moneten scheffelt, der, Hades ähnlich – oder dem alten Pikollos – die unteren Geschäfte besorgt: Schattengeschäfte, tempellose Geschäfte, unsichtbare Geschäfte, Untertagegeschäfte, die große Pension, die Seilfahrt zum Schachtsumpf, da kannst Du rein und nicht raus, bei dem ist Bleibe, den besticht keiner, alle alle müssen zu Pluto, den niemand verehrt. Nur Matern und die Eleer stapeln auf dem Altar: Herz, Milz und Nieren für Pluto!

Sie folgen der Abzweigung. Unkraut zwischen den Gleisen meint, hier fuhr schon lange kein Zug, und die Schienen stumpfte Rost ab. Matern probiert den neuen Namen aus, laut und leise. Seitdem er von dem Hund Besitz ergriffen hat, läßt seine Heiserkeit nach. Es klappt mit dem Namen. Zuerst Erstaunen, dann wird mit Eifer gehorcht. Der Hund hat mal Schule gehabt. Das ist kein X-Beliebiger. Pluto steht und liegt ab nach Pfiffen mitten im Kohlenpütt. Auf halber Strecke, zwischen Dortmund und Oberhausen, zeigt Pluto, was er gelernt hat und nicht vergessen, nur ein wenig verdrängt, weil die Zeiten so unruhig herrenlos waren. Kunststücke. Schon gerinnt der Nebel und verschluckt sich eigenhändig. Sogar eine Sonne gibt es hier so gegen halb fünf.

Diese Manie, einmal täglich die eigene Lage zu peilen: Wo sind wir denn? Bedeutende Ecke! Links Schalke-Nord mit Wilhelmine-Viktoria, rechts Wanne ohne Eickel, hinterm Emscher Bruch hört Gelsenkirchen auf, und hier, wo die Abzweigung mit rostigen Schienen und Unkraut hinwill,

liegt unter altmodisch knickbeinigem Förderturm, halbzerbombt und stillgelegt, jene Zeche Pluto, die dem schwarzen Schäferhundrüden Pluto den Namen gab.
Was der Krieg alles schafft: überall Feierabend. Brennesseln und Butterblumen wachsen schneller, als die Welt zu begreifen vermag. Zerknautschte Klamotten, von denen man dachte: die halten ewig. T-Träger und Heizkörper mit zwei Fingern zu eisernen Bauchschmerzen verbogen. Trümmer sollte man nicht beschreiben, sondern verwerten; deshalb werden Schrotthändler kommen und die alteisernen Fragezeichen wieder gerade biegen. Wie Schneeglöckchen den Frühling einläuten, werden Händler dem Schrott friedliche Töne abklopfen und die große Schmelze verkünden. Oh, Ihr unrasierten Friedensengel, breitet die verbeulten Kotflügel und laßt Euch nieder auf Plätzen wie diesem: Zeche Pluto, zwischen Schalke und Wanne!
Dieses Milieu gefällt beiden: Matern und dem vierbeinigen Kumpel. Gleich ein bißchen Dressurübungen abhalten. Blieb da ein hübscher, etwa einsdreißig hoher Mauerrest stehen. Hopp Pluto! Ist doch kein Kunststück, bei ideal gewinkelten Vorderläufen und langem Widerrist, bei mäßig langem aber kräftigem Rücken, bei zweimal günstig geschnittener Hinterhand. Spring Pluto! Schwarzer Wauwau, ohne Abzeichen oder Aalstrich längs gestreckter Rückenlinie: Schnelligkeit Stehvermögen Sprungfreudigkeit. Hopp, mein Hundchen, ich leg noch was drauf. Nachschub erteilt die doppelte Hinterhand. Weg vom Irdischen. Kleine Reise durch rheinisch-westfälische Luft. Nachgiebig aufsetzen, das schont die Gelenke. Guterhund Musterhund: straffgetrimmter Pluto.
Hechelt hier, stöbert da. Eine tiefe Nase sammelt Duftmarken: Antiquitäten. In ausgebrannter Kaue werden baumelnde Kettenaufzüge und Haken verbellt, obgleich die Plünnen der letzten Frühschicht allenfalls übersichtig zu ahnen sind. Widerhall. Es ist eine Lust, Laut zu geben in ausgeräumten Ruinen; aber der Herr pfeift den Hund in die Sonne, aufs Tummelplätzchen. In geplatzter Rangierlok findet sich eine Heizermütze. Die kann man in die Luft werfen oder aufsetzen. Heizer Matern: »Das alles gehört uns. Die Kaue haben wir schon. Jetzt wollen wir die Verwaltung besetzen. Das Volk ergreift Besitz von den Produktionsmitteln!«
Doch kein einziger Stempel blieb in gründlich gelüfteten Büroräumen zurück. Und wäre nicht das – »Da ist ja'n Loch im Boden!« – hätten sie allen Grund, wieder den sonnenbeschienenen Tummelplatz zu beziehen. »Da kann ma ja runter!« auf einer beinahe vollzähligen Kellertreppe. »Aber schön vorsichtig!« es könnte eine Mine rumliegen von vorgestern. Liegt aber keine im Heizungskeller: »Den woll'n wir mal besichtigen.« Schrittchen für Schrittchen: »Wo ist denn mein Kirchenlicht und das gute alte Feuerzeug: hab ich in Dünkirchen gefunden, hat Piräus, Odessa und Nowgorod gesehen, hat heimgeleuchtet und immer gefunkt, warum nicht hier!«
Jede Dunkelheit weiß warum. Jedes Geheimnis ist kitzlig. Jeder Schatzsu-

cher hat sich mehr erwartet. Da stehen sie auf sechs Pedalen im proppenvollen Keller. Keine Kisten zum Aufbrechen; keine Fläschchen zum Ausgluckern; weder verlagerte Perserteppiche noch silberne Löffel; kein Kirchengut oder Schloßinventar: nur Papier. Kein weißes nacktes, das wär noch'n Handel. Oder Briefwechsel auf Bütten zwischen zwei Größen. Bedrucktes, vier Farben: vierzigtausend Plakate riechen noch frisch. Eines so glatt wie das andere. Auf jedem Er drauf mit tiefgedrückter Schirmmütze: ernst starr Führerblick: Ab heute früh vier Uhr fünfundvierzig. Vorsehung hat mich. Als ich damals, da beschloß ich. Zahllose. Schimpflich. Erbärmlich. Nötigenfalls. Darüber hinaus. Am Ende. Bleibt, wird wieder, niemals. Bildet eine verschworene. In dieser Stunde blickt. Wird sich die Wende. Rufe Euch auf. Werden wir antreten. Ich habe. Ich werde. Ich bin mir. Ich...
Und jedes Plakat, das Matern mit zwei Fingern vom Stapel wischt, schwebt seine Zeit und legt sich dann vor Plutos Vorderläufen. Nur wenige Exemplare fallen aufs Gesicht. Zumeist blickt Er gegen die Heizungsrohre der Kellerdecke: ernst starr Führerblick. Materns Fingerpaar bleibt rastlos, als hätte er sich vom nächsten oder drittnächsten Din-Format einen neuen Blick zu erwarten. Der Mensch hofft, solange er...
Da beginnt den mäuschenstillen Keller eine Sirene zu füllen. Diese Arie hat der Führerblick in des Hundes Brust ausgelöst. Nun tönt der Hund, und Matern kann ihn nicht abstellen. »Still Pluto. Kusch Pluto!«
Aber der kujiehnende Hund läßt die Steilohren kippen, alle Läufe knicken und den Schweif verkümmern. Zur Betondecke hoch, in geplatzte Rohre fädelt sich dieser Ton, dem Matern allenfalls trockenes Zähneknirschen zu bieten hat. Das bricht ergebnislos ab, und er spuckt: Qualster auf ein Portraitfoto, das noch vorm Attentat auf die Platte kam; Lungenbutter zwischen dem Führerblick ernst starr; Rachenschleim überschlägt sich und trifft: ihn ihn ihn. Und bleibt nicht liegen, denn der Hund hat eine Zunge, die leckt lang und farbig des Führers flachliegendes Gesicht: Rotz von seiner Wange. Spucke behindert den Blick nicht mehr. Speichel lappt er vom viereckigen Bärtchen: treuwienhund.
Hierauf die Gegenaktion. Zehn Finger hat Matern, die zerknüllen was glatt ein Vierfarbengesicht aufbewahrt, was am Boden liegt, was gestapelt liegt, was zur Decke blickt, durchdringend: Er Er Er. Nein! sagt der Hund. Knurren nimmt zu. Plutos Scherengebiß: Nein! Ein Hund stellt sich dagegen: Aufhören, sofort aufhören! Die Faust über Matern entspannt sich: »Is ja gut Pluto. Platz Pluto. Jadoch jadoch. Nicht so gemeint, Pluto. Wolln wir ein Nickerchen machen und das Kirchenlicht sparen? Schlafen und wieder lieb sein miteinander? Brav Pluto brav.«
Matern bläst die Kerze aus. Auf gestapeltem Führerblick liegen Herr und Hund. Sie schnaufen schwer im Dunkeln. Jeder atmet für sich. Der liebe Gott schaut zu.

Die zweite Materniade

Sie laufen nicht mehr auf sechs Pedalen, von denen eines defekt zu sein scheint und nachgezogen werden muß; sie fahren in gespickt voller Eisenbahn von Essen über Duisburg nach Neuß, denn irgendein Ziel muß der Mensch haben: Doktorhut oder Schützensilber, Himmelreich oder Eigenheim, unterwegs nach Robinson Weltrekord Kölnamrhein.
Die Reise ist beschwerlich und dauert. Viele, wenn nicht alle liegen auf der Achse und haben Säcke Kartoffeln oder Zuckerrüben bei sich. Demnach – wenn auf Zuckerrüben Verlaß ist – fahren sie nicht in den Frühling hinein, sondern Sankt Martin entgegen. Also aus Gründen November ist es, bei aller Enge riechender Mäntel, im proppenvollen Wageninneren erträglicher zu reisen, als auf rundem Wagendach, auf schunkelnden Puffern oder auf Trittbrettern, die auf jeder Station neuumkämpft werden müssen. Nicht alle Reisenden haben das gleiche Ziel.
Schon in Essen sorgt Matern für Pluto. Im Wageninneren mischt sich sein strenger Geruch mit dem Dunst später Kartoffeln, erdnasser Zuckerrüben und transpirierender Menschen.
Matern riecht im Fahrtwind nur die Lokomotive. Mit seinem Seesack verbündet, hält er das Trittbrett gegen Anstürme auf den Bahnhöfen Großenbaum und Kalkum. Es wäre sinnlos, mit Zähnen gegen den Fahrtwind zu knirschen. Früher, als er mit dem Gebiß gegen Kreissägen anging – man sagte ihm nach, er könne mit seinen Zähnen sogar unter Wasser knirschen – früher hätte er auch im Fahrtwind Laut gegeben. Also stumm, doch das Köpfchen voller Theaterrollen, eilt er durch stillstehende Landschaft. In Derendorf räumt Matern einem mickrigen Uhrmacher, der auch Professor sein könnte, ein Plätzchen auf dem Trittbrett ein, indem er seinen Seesack hochkant stellt. Acht Briketts will der Uhrmacher nach Küppersteg bringen. In Düsseldorf-Hauptbahnhof kann er den Mann noch retten, aber in Benrath schluckt die Meute den Professor samt Briketts. Nur der Gerechtigkeit wegen zwingt Matern jenen Kerl, der an Stelle des Uhrmachers seine Küchenwaage unbedingt nach Köln bringen will, in Leverkusen zum Umsteigen. Blicke über die Schulter bestätigen: Im Wageninneren steht immer noch ein Hund auf vier Pfoten und hat, treuwienhund, das Abteilfenster im Blick: »Jadoch, jadoch. Nur noch'n Weilchen. Dieser Ziegelhaufen zum Beispiel, verspricht, Mülheim zu sein. In Kalk hält er nicht. Doch von Deutz aus sehn wir schon den Doppelzinken, des Teufels gotische Hörner, den Dom. Und wo der ist, da liegt auch des Domes weltliche Entsprechung nicht weit: DER HAUPTBAHNHOF. Die beiden gehören zusammen wie Skylla und Charybdis, Thron und Altar, Sein und Zeit, Herr und Hund.«
Und das soll nun der Rhein sein! Matern ist an der Weichsel aufgewachsen. Jede Weichsel ist in der Erinnerung breiter als jeder Rhein. Und nur weil die Materns immer an Flüssen wohnen müssen – der ewige Vorbeimarsch des Wassers spendet Lebensgefühl – kommt es zum Kreuzzug

nach Köln. Auch weil Matern schon mal hiergewesen. Und weil seine Vorfahren, die Brüder Simon und Gregor Materna, auch dessen Vetter, der Barbier Materna, immer zurückgekommen sind, meistens um Rache zu nehmen mit Feuer und Schwert: so gingen Drehergasse und Petersiliengasse in Flammen auf, Langgarten und die Barbarakirche brannten bei Ostwind ab; na, hier haben schon andere ihre Feuerzeug ausprobieren dürfen. Kaum noch Zunder vorhanden. Zudem ist Materns Rache nicht brandstifterisch geschult: »Ich komme, zu richten mit schwarzem Hund und einer Liste Namen in Herz, Milz und Nieren geschnitten, DIE WOLLEN ABGEZINKT WERDEN.«

Oh, saurer entglaster zugiger heiliger katholischer Hauptbahnhof Köln! Völker mit Koffern und Rucksäcken kommen sehen riechen Dich, gehen davon in alle Welt und können nie mehr vergessen: Dich und die steinerne doppelte Ausgeburt schräg gegenüber. Wer Menschen begreifen will, muß in Deinen Wartesälen niederknien; denn hier sind alle fromm und beichten einander über dünnem Bier. Was immer sie tun, ob sie schlafen mit offenem Rachen, ob sie ihr kümmerliches Gepäck umarmen, ob sie irdische Preise nennen für himmlische Feuersteine und Zigaretten, was immer sie auslassen und verschweigen, hinzufügen und wiederholen, sie arbeiten an der großen Beichte. Vor den Schaltern, in der papierdurchwanderten Halle – zwei Mäntel ein Komplott, drei Mäntel gebündelt: ein Auflauf! – auch unten, in den gekachelten Toiletten, wo das Bier wieder abfließt warm. Männer knöpfen sich auf, stellen sich still, beinahe versonnen in weißemaillierte Buchten, flüstern mit früh verarbeiteten Schwänzen, selten folgerichtig, zumeist mit leichtem, doch einberechnetem Winkel. Urin ereignet sich. Pissende Hengste stehen Ewigkeiten lang mit hohlem Kreuz auf zwei Beinen in Hosen, überdachen mit rechter Hand, zumeist verheiratet, ihr Gewächs, stützen links die Hüfte, blicken mit Traueraugen vor sich hin und entziffern Inschriften, Widmungen, Bekenntnisse, Gebete, Aufschreie, Gereimtes und Namen, gekritzelt mit Blaustift, geritzt mit Nagelschere, Dorn oder Nagel.

So auch Matern. Nur stützt er nicht links die Hüfte, sondern hält hinter sich eine lederne Leine, die in Essen zwei Camel gekostet hat und in Köln ihn und Pluto verbindet. Alle Männer stehen Ewigkeiten, aber Materns Ewigkeit währt länger, auch wenn sich sein Wasser nicht mehr gegen Emaille lehnt. Schon fingert er Knopf um Knopf, mit Pausen vaterunserlangen dazwischen, ins entsprechende Loch, kein Hohlkreuz mehr, eher ein Leserücken. So nah halten Kurzsichtige ihre Augen über gedruckte und geschriebene Schrift. Wissensdurst. Lesesaalatmosphäre. Der Schriftgelehrte. Störe den Lesenden nicht! Wissen ist Macht. Ein Engel geht durch die große fußbodengekachelte warme strengsüßriechende heilige katholische Männertoilette des Hauptbahnhofs Köln.

Da steht geschrieben: »Holzauge sei wachsam.« Für alle Zeiten wird festgehalten: »Dobsche Dobsche Trallala – Schnaps ist gut für Cholera.« Da ritzte ein lutherischer Nagel: »Und wenn die Welt voll Teufel wär...« Mit

Mühe liest sich: »Deutschland erwache!« Großbuchstaben haben verewigt: »Alle Frauen sind Säue!« Da schrieb ein Dichter: »Im Warmen oder Kalten – wir bleiben doch die Alten.« Und jemand faßte sich kurz: »Der Führer lebt!« aber andere Schrift wußte es besser und fügte hinzu: »Und zwar in Argentinien.« Kurze Ausrufe wie: »Nein! Ohne mich! Kopf hoch!« wiederholen sich, desgleichen Zeichnungen, die wieder und wieder die unverwüstliche strahlenförmig behaarte Semmel zum Motiv haben, desgleichen liegende Frauen, die mit Mantegnas Blick auf den liegenden Christus, also von den Fußsohlen her, betrachtet sind. Endlich, eingeklemmt zwischen dem Freudeschrei: »Prost Neujahr sechsundvierzig!« und veralteter Warnung: »Vorsicht Feind hört mit!« liest Matern, unten zugeknöpft – oben offen, einen Namen mit Vornamen und Adresse ohne gereimten oder profanen Kommentar: »Jochen Sawatzki – Fliesteden – Bergheimer Straße zweiunddreißig.«
Sofort hat Matern – mit Herz, Milz und Nieren schon unterwegs nach Fliesteden – einen Nagel in der Tasche, der will schreiben. Bedeutend und quer über Widmungen, Bekenntnisse, Gebete, über die komisch behaarten Semmeln und liegenden Mantegnafrauen ritzt der Nagel den Kinderreim: »DREHT EUCH NICHT UM, DER KNIRSCHER GEHT UM.«
Das ist ein Straßendorf und liegt zwischen Köln und Erft. Der Autobus von der Hauptpost über Müngersdorf, Lövenich, Brauweiler nach Grevenbroich hält dort, bevor er hinter Büsdorf nach Stommeln abbiegt. Matern findet, ohne fragen zu müssen. In Gummistiefeln öffnet Sawatzki: »Mänsch Waltä, leebs noch! Daas is abä ne Iebäraschung. Kemm doch rinn, odä wolls jarnech zu ons?«
Drinnen riecht es nach kochenden Zuckerrüben. Aus dem Keller kommt eine Puppe mit Kopftuch hoch, die riecht auch nicht besser. »Waisst, wiä kochen jrad Sirup ain, dem väscheuern wä hintähär. Macht zwar ne Mänge Arbait, abä bringt och was ain jehörrich. Daas hiä is main Frauchen, die haißt Inge ond is ne Ainhaimische os Frechen. Heehr zu Inge, daas hiä, daas issen Freund von miä, son Kumpel! Wiä waarn ne Zait lang im sälbigen Sturm. Main Jottchen, was ham se ons värratzt: Ei wai, schalle machai! Ställ dä voä, wiä baide im Kleinhammäpark, Lecht aus – Mässa rauss! Emmer druff ond nuä kaine Sperenschens jemacht. Kanns Diä noch äinnern an Justav Dau ond Lothar Budczinski? Fränzchen Wollschläger ond die Dulleck-Brieder? An Willy Eggers, Mänsch! ond an Otto Warnke, an Hoppe, dem Deikert, ond dem klainen Bublitz? All die Leidacken abä treu wie Jold, nuä väsoffen warrn se ond daas nech zu knapp. – Da best also nu wieder. Mänsch voä dem Gissert keent ech miä firrchten. Kanns dem nech inne andre Stube spärrn? – Na scheen, sollä hiä blaiben. Nu äzähl ma: wo best abjeblieben jenau em rechtjen Moment? Dänn als Du nech mä bai ons warrst em Sturm, da war Faiäabend. Na hintähär kann jädä sagen: wiä warrn scheen bleed jewesen, daas wiä diä rausjefeffert ham wechen nuscht ond wiedänuscht. Dabei war nech de Reede wert. Abä die wolltens ja wessen, besonners die Dulleck-Brieder

und Wollschläger och: Ährenjericht! SA-Mann klaut nech! Kameradendiebstahl! – Rechtich jewaint hab ech – kannst mä glauben, Inge – aals ä hädd jehen jemißt. Na nu best ja allwedder hiä. Ruh Diä man aus oder kemm runter inne Waschkich, da kochen die Rieben. Kannst Diä hinhaun im Liejestuhl ond zugucken. Mänsch, alter Pomuchelskopp! Unkraut väjeht nech, sag ech emmer zu Inge, waas Inge? Ech freu miä wie dammlech.«

In der gemütlichen Waschküche kochen die Zuckerrüben Süße spendend vor sich hin. Matern fläzt sich im Liegestuhl und hat was zwischen den Zähnen, das kann nicht heraus, weil die beiden Leutchen sich so freuen und dabei Sirup einkochen mit vier Händen. Sie rührt im Waschküchenbottich mit einem Spatenstiel: kräftig kräftig, dabei nur ein Handchen voll; er sorgt für gleichmäßige Feuerung: Briketts haben sie stapelweise, das schwarze Gold. Sie ist ne richtige Rheinische: Puppe mit Kulleraugen und muß immerzu gucken; er hat sich kaum verändert, bißchen breiter geworden. Sie guckt bloß und sagt nicht pieps; er quasselt aus alten Zeiten: »Waisst noch, un kannst Diä noch äinnern, von wejen SA marschiert ond Ei wai, schalle machai?« Sie soll endlich das Gucken lassen, denn das Hühnchen hab ich mit ihm zu rupfen und nicht mit Ingefrau. Von wegen Sirupeinkochen. Die haben Sorgen. Nachts auffen Acker gehn, Rüben klauen, schälen, kleinschnitzeln undsoweiter. So schnell werdet Ihr Walter Matern nicht los, denn Matern ist gekommen, zu richten mit schwarzem Hund und einer Liste Namen in Herz, Milz und Nieren geschnitten, von denen stand einer zu lesen in Kölns Hauptbahnhof, wo er fußbodengekachelt, pißwarm und in sanften Buchten emailliert ist: Sturmführer Jochen Sawatzki führte den beliebten und berüchtigten SA-Sturm vierundachtzig, Langfuhr-Nord, durch dick und dünn. Seine knappen und dennoch gemütvollen Reden. Sein jungenshafter Charme, wenn er vom Führer und Deutschlands Zukunft sprach. Seine Lieblingslieder und Lieblingsschnäpse: Argonnerwald um Mitternacht und immerzu Machandel mit und ohne Punkt. Dabei praktischer Junge. Handfest und ehrliche Haut. Restlos enttäuscht von der Kommune, deswegen um so unerschütterlicher überzeugt von neuer Idee. Seine Aktionen gegen die Sozis Brill und Wichmann; der Rabatz im polnischen Studentenlokal Café Woike; der Einsatz, acht Mann hoch, im Steffensweg...

»Sag mal«, sagt Matern aus dem Liegestuhl über den querliegenden Hund durch den Zuckerrübendunst, »was ist eigentlich aus dem Amsel geworden? Na, Du weißt schon. Der mit den komischen Figuren. Den Ihr Euch vorgeknöppt habt im Steffensweg, dort wohnte der nämlich.«

Dem Hund sagt das nichts, aber kleine Pause bei den Rüben. Der erstaunte Sawatzki mit Feuerhaken: »Nä Mänsch, da mußt doch nech miä fragen. War doch Daine Idee, der klaine Besuch. Hab ech ja nie rechtich västähn kennen, zumal der doch mit Diä befreundet jewesen is – odä?«

Der Liegestuhl antwortet gegen den Dunst: »Das hatte gewisse Gründe,

private, auf die ich nicht näher eingehen möchte. Doch was ich gerne wissen will, ist: Was habt Ihr mit ihm hinterher, ich meine, nachdem Ihr ihn acht Mann hoch im Steffensweg...?«
Ingefrau guckt und rührt. Sawatzki vergißt nicht das Brikettauflegen: »Wiä? Na nuscht mäh. Un waas frägst ieberhaupt, wo wiä nech acht Mann hoch sondern neune, mit Diä neun Mann hoch warrn jewesen. Un Du häst ihm aijenhändich so fertich jemacht, daß nuscht nischt mäh iebrig blieb. Außerdem häddes Schlimmre jegeben. Dem Doktä Citron ham wä laider nich mäh äwischt. Jing ab nach Schweden. Doch waas haißt hiä laider? Iss ja glicklich väbai dä janze Zaubä mit Ändleesung und Ändsieg. Heer bloß auf damit. Schwamm drieber ond nuä kaine Vorwirrfe nech. Da weerd ech fuchtich. Dänn wiä baide, main lieber Schwan, wiä send middem selbijen Wasser jewaschen, ond kainer von ons is ain Stickchen saubrer als dä andre, stemmts?«
Da brummelt der Liegestuhl. Der Hund Pluto guckt treuwienhund. Geschnitzelte Zuckerrüben kochen gedankenlos aus: Koch keine Rüben – sonst riechst Du nach Rüben. Zu spät, sie duften schon gleichgestimmt: der Heizer Sawatzki, Ingefrau mit Augen im Kopf, der untätige Matern, und auch der Hund riecht nicht nur nach Hund. Schon blubbert der Waschküchenkessel: Sirup Sirup stundenlang – Fliegen sterben zuckerkrank. Gegen Widerstand führt Ingefrau den Spatenstiel rundum: Niemand soll beim Siruprühren an vergangene Dinge rühren. Letzte Briketts legt Sawatzki auf: Zuckerrüben muß man ziehn – Gott hat Zucker im Urin!
Dann ist es soweit, bestimmt Sawatzki und stellt dickbauchige Zweiliterflaschen in Doppelreihe auf. Matern will helfen, aber er darf nicht: »Nee main Liebä. Abä nachher, wänn dä Sirup abjefillt is, dänn jehn wiä rauf und jiessen ons ains hintä de Binde. Muß doch begossen werden son Wiedersehn, waas Ingemaus?«
Das tun sie mit Kartoffelschnaps. Und für Ingemaus ist Eierlikör da. Die Sawatzkis haben sich, für ihre Verhältnisse, schon ganz gut eingerichtet. Ein großes Ölbild, »Ziegen«, zwei Standuhren, drei Clubsessel, ein original Teppich unter den Füßen, der leisegestellte Volksempfänger und ein verglaster schwereichener Bücherschrank, den ein zweiunddreißigbändiges Konversationslexikon füllt: A wie »abblasen« – Der Dampfkessel Matern ist entleert. B wie »Bacchanal« – Nun laßt uns lustig sein. C wie »Cato« – Im übrigen bin ich der Ansicht, daß wir noch einer Flasche den Hals. D wie »Danzig« – Im Osten war scheener, abä im Westen is bässer. E wie »Eau de Cologne« – Ech sag Diä, der Russe säuft daas wie Bliemchenwasser. F wie »Fadenkreuz« – Da hadd ech ihm drinn, direkter Beschuß, druff druff, weg isser. G wie »Galle« – Nu fang nech allwedder mid die ollen Kamellen an. H wie »Hahnrei« – Also Aifersucht, die jibbts bai ons nech. I wie »Inge« – Nu tanz ons waas voä, abä orrjentalisch. J wie »Jackett« – Mänsch, zieh Diä doch ab dem Jäggert. K wie »Kabale« – Bist doch ma Schauspieler jewesen, nu mach ma. L wie »Lachgas« – Heer uff

zu kichern, Ingemaus, deä schpielt Franz Moor. M wie »Maas« – bis an die Memel. N wie »Nachgeburt« – Nu muß nech wainen, kriegst schon wieder mal ains vllaicht. O wie »Oase« – Hieä laaßt ons Hitten baun. P wie »Palästina« – Dorthin hädd man die solln oder nach Madagaska. Q wie »Quadrat« – Und ech sag Diä, zu Dritt jeht viel bässer als zu Viert. R wie »Rabbiner« – Ond deä hädd miä auffem Zeddel geschrieben, daßech ihm anständech hädd behandelt, hieß Doktä Weiß ond hädd jewohnt auf Mattenbuden finfundzwanzich. S wie »Saalschlacht« – Ech hab vlaicht fuffzehn middjemacht, zähn fier de Kommune ond mindest zwanzich fier de Nazis, abä mainst, ech kennt die heute noch ausenanderhalten, nur noch de Lokalitäten: Ohra-Raitbahn, Café Derra, Birrgerwiesen ond Klainhammerpark. T wie »Tabak« – Füä zwelf Luckie Strieke ham wä jekriecht das janze Zerwiess ond de Tassen dazu. U wie »Uhr« – Daas is ne Schwaizer, die looft off sächzähn Staine. V wie »Vater« – Mainer soll midde Gustlow abjesoffen sain, ond Dainer? W wie »Walter« – Nu sätz Diä schon zu ihm auffem Schoß, emmä nuä gucken is langwailich. X wie »Xantippe« – Midd deä kannste Feerde stähln jähn, Ains-a-Frauchen. Y wie »Yankee« – Da is mech kain Ami drann jewesen ond kain Tommy sowieso. Z wie »Zapfensteich« – Ond nu jähn wiä all zusaam inne Haia. Hoch die Tassen! Die Nacht is noch lang. Ech liech links, Duä liechst rächts, ond Ingemaus nähmen wä scheen inne Midde. Abä dä Hund kommt mä nech rain. Dä Gissert blaibt inne Kich. Däm jäm wä zu frässen waas, dassä och scheen had. Wänn Diä noch waaschen wellst, Walterchen, da is Saife.«

Und drei Menschen legen sich, nachdem sie Kartoffelschnaps und Eierlikör aus Kaffeetassen getrunken haben, nachdem Ingemaus solo getanzt, Matern solo geschauspielert und Sawatzki sich und den beiden aus vergangenen und gegenwärtigen Zeiten erzählt hat, nachdem sie dem Hund ein Lager in der Küche bereitet und sich selbst schnell und mit Seife gewaschen haben, in das breite seetüchtige Ehebett, das die Sawatzkis Eheburg nennen, das sie gekauft haben, Preis: Sieben Zweiliterflaschen Sirup aus Zuckerrüben gekocht. SCHLAFT NIEMALS ZU DRITT – SONST ERWACHT IHR ZU DRITT.

Matern will lieber links liegen. Sawatzki, als Gastgeber, ist mit dem rechten Platz zufrieden. Ingemaus gehört die Mitte. Oh, alte Freundschaft, erkaltet nach zweiunddreißig Saalschlachten, nun wieder aufgewärmt in schlingernder Eheburg. Matern, der kam, zu richten mit schwarzem Hund, mißt mit zärtlichem Finger Ingeloch aus: da trifft er des Freundes gutmütigen Ehemannsfinger; und beide, einträchtig zärtlich gutmütig, wie einst auf Bürgerwiesen, wie auf Ohras Reitbahn oder am Tresen Kleimhammerpark, halten zusammen, finden es wohnlich und lösen sich ab: das macht ihr Spaß, soviel Auswahl und Abwechslung; das spornt die Freunde an, denn Kartoffelschnaps macht schläfrig. Ein Rennen wird als Wettkampf ausgetragen: Kopf an Kopf. Oh Nacht der offenen Tür, da sich Ingemaus auf die Ingeseite legen muß, damit der

Freund sie von vorne, damit der Ehemann höflich von achtern nachzukommen vermag: so geräumig, obgleich zierlich gebaut und rheinisch mädchenhaft, bietet Ingeloch Wohnrecht und Bleibe. Wenn nicht die Unruhe wäre. Oh Freundschaft, verwickelte! Jeder des anderen Phänotyp. Absichten, Leitmotive, Mordmotive, der unterschiedliche Bildungsweg, das Verlangen nach komplizierter Harmonie: soviele Glieder! Wer küßt hier wen? Hast Du – habe ich? Wer mag noch auf Besitz pochen? Wer kneift sich selber, damit das Gegenspiel schreit? Wer will hier richten mit Namen in Herz, Milz und Nieren geschnitten? Laßt uns gerecht sein! Jeder will mal über die Sonnenseite kriechen. Jeder will mal auf der Butterseite liegen. Jedes Lager zu Dritt bedarf eines Schiedsrichters: Ach, das Leben ist ja so reich: neunundsechzig Stellungen hat der Himmel entworfen, hat die Hölle uns gewährt: den Knoten, die Öse, das Parallelogramm, die Kippe, den Amboß, das närrische Rondo, die Waage, den Dreisprung, die Einsiedelei; und Namen, entzündet an Ingeloch: Ingeknie – Lutschinge – Ingeschrei – Schnappinge Ingefisch Jainge Grätschinge Pustinge Beißinge – Ingemüde Ingezu Ingepause – Wachaufinge Machaufinge Besuchkommtinge Bringtdorschleberinge Zweifreundeinge Deinbeinmeinarminge. Seinarmdeinbeininge – Das Ingetrio – Dreieinigeinge Schlafbittenichteininge Drehdichdochuminge – Warsoschöninge Istschonspätinge Hatheutvielgearbeitetinge: Zuckerrübeninge–Sirupinge–Hundemüdeinge – Gutenachtinge – Derliebegottgucktzuinge!
Jetzt liegen sie im schwarzen, vormals viereckigen Zimmer und atmen ungleichmäßig. Keiner hat verloren. Ale haben gewonnen: Drei Sieger in einem Bett. Inge hält ihr Kopfkissen umarmt. Die Männer schlafen mit offenem Mund. Das hört sich so an: Sie sägen Bäume. Den ganzen schönen Jäschkentaler Wald, rings um das Gutenbergdenkmal, fällen sie: Buche um Buche. Schon ist der Erbsberg kahl. Bald kann man den Steffensweg sehen: Villa neben Villa. Und in solch einer Steffenswegvilla wohnt Eddi Amsel in eichengetäfelten Räumen und baut Vogelscheuchen, lebensgroße: die eine stellt einen schlafenden SA-Mann dar; die andere stellt einen schlafenden SA-Sturmführer dar; die dritte bedeutet ein Mädchen, von oben bis unten mit Zuckerrübensirup bekleckert, der zieht die Ameisen an. Während der einfache SA-Mann im Schlaf mit den Zähnen knirscht, schnarcht der SA-Sturmführer normal. Nur das Sirupmädchen gibt kein Tönchen von sich, zappelt aber mit allen Gliedern, weil überall Ameisen. Während draußen weiterhin die schönen glatten Buchen des Jäschkentaler Waldes Stamm um Stamm gefällt werden – dabei wäre es ein reiches Bucheckernjahr geworden – baut Eddi Amsel in seiner Steffenswegvilla die vierte lebensgroße Vogelscheuche: einen mobilen schwarzen zwölfbeinigen Hund. Damit der Hund bellen kann, baut Eddi Amsel ihm eine Bellmechanik ein. Nun bellt er und weckt den Schnarcher, den Knirscher, die ameisentolle Sirupfigur.
Das ist Pluto in der Küche. Er will gehört werden. Es rollen sich drei aus einem Bett, ohne einander Gutenmorgen zu sagen. »Schlaft niemals zu

Dritt – sonst erwacht Ihr zu Dritt.«

Zum Frühstück gibt es Milchkaffee und Sirupbrote. Jeder kaut für sich. Jeder Jedes Jede. Jeder Sirup ist zu süß. Jede Wolke hat schon mal geregnet. Jedes Zimmer ist zu viereckig. Jede Stirn ist dagegen. Jedes Kind hat zwei Väter. Jeder Kopf ist woanders. Jede Hexe brennt besser. Und das drei Wochen lang Frühstück für Frühstück: Jeder kaut jedes für sich. Solange schon steht das Dreipersonenstück auf dem Spielplan. Heimliche und halboffene Absichten bestehen, die Posse zu teilen in ein Einpersonenstück: Jochen Sawatzki kocht monologisierend Zuckerrüben. In ein Zweipersonengeflüster: Walterchen und Ingemaus verkaufen einen Hund, werden reich und glücklich; aber Matern will nicht verkaufen und zu zweit flüstern, lieber alleine mit Hund allein sein. Keine Tuchfühlung mehr.

Inzwischen ist außerhalb der viereckigen Wohn- und Schlafzimmer also zwischen Fliestedten und Büsdorf, auch zwischen Ingendorf und Glessen, desgleichen zwischen Rommerskirchen, Pulheim und Quadrath-Ichendorf strenger Nachkriegswinter. Es schneit aus Entnazifizierungsgründen: jeder stellt Gegenstände und Tatsachen in die strengwinterliche Landschaft, damit sie einschneien.

Matern und Sawatzki haben ein Vogelhäuschen gezimmert für die arme Kreatur, die nichts dafür kann. Das wollen sie im Garten aufstellen und vom Küchenfenster aus beobachten. Sawatzki erinnert sich: »Soviel Schnee hab ech nuä ainmal auffem Haufen jesehn. Daas war anno siebendraißich-aachtendraißich, als wiä dem Dicksack em Steffenswej ain Besuchchen abhabenjestattet. Da häddes jeschnait wie heut, emmerzu emmerzu.«

Später ist er in der Waschküche: Zweiliterflaschen zukorken. Das Stubenhockerpärchen hat inzwischen alle Freilichtsperlinge gezählt. Deshalb muß ihre Liebe Auslauf haben. Sie stiefeln mit Hund im berühmten Dreieck: Fliesteden – Büsdorf – Stommeln, sehen aber keinen der genannten Flecken, weil es rings stöbert und stiemt. Nur die Telegrafenstangen längs der Chaussee Büsdorf – Stommeln, die von Bergheim-Erft kommen und nach Worringen am Rhein laufen, erinnern Walterchen und Ingemaus daran, daß dieser Winter gezählt, daß dieser Schnee irdisch ist, daß unterm Schnee einst Zuckerrüben wuchsen, von deren begehrter Substanz sie heute noch leben; alle vier, denn der Hund muß gut gehalten werden, sagt er; während sie meint, man müsse ihn verkaufen, der Köter sei zum Weggraulen, nur ihn liebe sie, ihn ihn ihn: »Wennes nich so kalt wär, möcht ich direkt hier im Freien, im Stehen, im Liegen, unterm Himmel, inmitten Natur – aber der Hund muß weg, hörste? Der irritiert mich!«

Pluto bleibt schwarz. Schnee steht ihm gut. Ingemaus möchte weinen, aber es ist zu kalt. Matern übt Nachsicht und spricht zwischen einseitig angeschneiten Telegrafenstangen vom Abschied, dem man immer voraus oder voran sein müsse. Auch seinen Lieblingsdichter gießt er aus.

Abgänger spricht von Eigen-Immortelle und Rosenletztem. Doch verliert er sich nicht im Kausalgenetischen, sondern steigt rechtzeitig um ins Ontische. Ingemaus mag das, wenn er schneeflockenschnappend brüllt, knirscht, zischt und merkwürdige Worte preßt: »Ich existiere umwillen meiner! Welt ist nie, sondern weltet. Freiheit ist Freiheit zum Ich. Ich seiend. Das entwerfende Ich als entwerfendes Inmitten. Ich, befindlich und eingenommen. Ich, Weltentwurf! Ich, Ursprung des Gründens! Ich, Möglichkeit–Boden–Ausweis! ICH, GRUND, GRÜNDEND IM ABGRUND!« Den Sinn dieser dunklen Rede erfährt Ingemaus kurz vor Weihnachten. Obgleich sie für den Gabentisch schon viele nette und nützliche Sächelchen beieinander hat, geht er. Er entfernt sich – »Nimm mich mit!« – er will Weihnachten, Ich Ich Ich, alleine mit Hund feiern – »Nimm mich mit!« – Deshalb Lamento im Schnee kurz vor Stommeln: »Mich mit!« Aber so dünn sie auch ihr Stimmchen ins haarige Männerohr fädelt: Jeder Zug fährt ein. Jeder Zug dampft ab. Ingemaus bleibt.
Der gekommen war, zu richten mit schwarzem Hund und Namen in Herz, Milz und Nieren geschnitten, verläßt das Zuckerrübenmilieu und fährt, nachdem er den Namen Jochen Sawatzki nebst Frau abgezinkt hat, mit der Eisenbahn nach Köln am Rhein. Im heiligen Hauptbahnhof, angesichts des racheschwörenden Doppelfingers, stehen Herr und Hund auf sechs Pedalen abermals zentral.

Die dritte bis vierundachtzigste Materniade

So hat Matern sich das gedacht: Wir, Pluto und ich, feiern das Weihnachtsfest ganz allein mit Wurst und Bier im großen stillen zugigen heiligen katholischen Wartesaal zu Köln. Wir denken, allein zwischen Menschen, an Ingemaus und Ingeloch, an uns und an die Frohe Botschaft. Aber es kommt anders, jedesmal: Da steht in Kölns fußbodengekachelter Männertoilette eine Nachricht in sechster emaillierter Buhne von rechts geritzt. Zwischen den üblichen bedeutungslosen Aufschreien und Sprichwörtern liest Matern, nachdem er sich zugeknöpft hat, die bedeutsame Eintragung: Hauptmann Erich Hufnagel, Altena, Lenneweg vier.
So feiern sie Heiligabend nicht allein in Kölns Hauptbahnhof, sondern im Sauerland mit Familienanschluß. Eine waldig hügelige Weihnachtsgegend, in der es während übriger Jahreszeit meistens regnet: ein saures Klima, das speziell sauerländische Krankheiten verursacht: kontaktarme Wald-Westfalen verfallen der Schwermut und arbeiten und trinken zuviel zuschnell zubillig.
Um nicht sogleich wieder sitzen zu müssen, steigen Herr und Hund schon in Hohenlimburg aus und klettern am frühen Heiligabend bergan. Mühsam, denn auch hier fiel Schnee reichlich und kostenlos. Übern Hohbräcker Rücken gen Wibblingswerde rezitiert Matern sich und den Hund Pluto durch räuberisch echten Wald: abwechselnd rufen Franz und

Karl Moor das Schicksal, Amalie und die Götter an: »Schon wieder ein Kläger wider die Gottheit! – Nur weiter.« Schritt für Schritt. Schnee knirscht, Sterne knirschen, Franz Moor knirscht, Urgeäst knirscht, Natur knirscht: »Hör ich euch zischen, ihr Nattern des Abgrunds?« – aber aus funkelndem Lennetal läuten Altenas nicht eingeschmolzene Glocken die zweite Nachkriegsweihnacht ein.
Der Lenneweg führt von Eigenheim zu Eigenheim. Jedes Eigenheim hat schon seinem Lichterbaum zu Flämmchen verholfen. Jeder Engel lispelt. Jede Tür kann man öffnen. Hauptmann Hufnagel öffnet in Hausschuhen, persönlich.
Diesmal riecht es nicht nach Zuckerrüben sondern sogleich und verteufelt nach Pfefferkuchen. Die Hausschuhe sind neu. Hufnagels hatten schon Bescherung. Herr und Hund werden gebeten, sich sechs Pedalen auf der Hausmatte abzutreten. Mühelos wird offenbar: Frau Dorothea Hufnagel wurde mit einem Tauchsieder glücklich gemacht. Der dreizehnjährige Hans-Ulrich schmökert Luckners Seeteufel, und die gelungene Tochter Elke probiert auf Weihnachtseinwickelpapier, das auf Mutter Hufnagels Rat eigentlich geglättet und für die nächste Weihnacht aufbewahrt werden soll, einen richtigen Pelikan-Füllfederhalter aus. Sie schreibt nieder mit Großbuchstaben: ELKE ELKE ELKE.
Matern schaut sich über unbeweglichem Oberkörper um und um. Milieu wie gehabt. Da wären wir also. Nur keine Umstände. Bleibe nur kurz. Jeder Besuch stört, besonders er, der gekommen ist, am Heiligabend zu richten: »Na Hauptmann Hufnagel? Kleine Gedächtnisauffrischung? Sehen so desorientiert aus. Bin Ihnen gerne behilflich: Zweiundzwanzigstes Flakregiment, Batterie Kaiserhafen. Herrliche Gegend: Holzstapel, Wasserratten, Luftwaffenhelfer, Hilfswillige, Krähenschießen, Knochenberg gegenüber, stank bei jedem Wind, hab die Sauredropsaktion gestartet, bin Ihr Spieß gewesen: Matern, Feldwebel Walter Matern meldet sich zum Rapport. Hab nämlich mal was geschrien in Ihrer prima Batterie von Reich Volk Führer Knochenberg. Hat Ihnen leider nicht gefallen, mein Gedicht. Haben es aber trotzdem aufgeschrieben mit nem Füllfederhalter. War auch'n Pelikan wie dem Fräulein da ihrer. Und hinterher Meldung gemacht: Kriegsgericht, degradiert, Strafbataillon, Minenräumen, Himmelfahrtskommando. Alles, weil Sie mit nem Pelikan-Füllfederhalter ...«
Doch nicht den angeklagten Kriegsfüller, den unbescholtenen Nachkriegsfüller grabscht Matern aus warmen Elkefingern und zerbricht ihn, wobei er sich Tintenfinger macht: Sauerei!
Sogleich begreift Hauptmann Hufnagel die Situation. Frau Dorothea begreift nichts und tut dennoch das Richtige: in der Meinung, einen der herrenlosen ehemaligen Ostarbeiter im zerbrechlichen Weihnachtszimmer zu beherbergen, reicht sie dem Eindringling mit tapfer zitternden Händen den nigelnagelneuen Tauchsieder hin, damit der Rohling sein Mütchen kühle und den Haushaltsgegenstand verwüste. Aber Matern,

verkannt wegen gespreizter Tintenfinger, läßt sich nicht wahllos füttern, allenfalls könnte ihm der Weihnachtsbaum schmecken oder Stühle, die ganze Garnitur: Jede Gemütlichkeit hört einmal auf!
Zum Glück ist Hauptmann Hufnagel, der bei der kanadischen Besatzungsbehörde in der Zivilverwaltung arbeitet und deshalb in der Lage ist, sich und seiner Familie eine echte Friedensweihnacht zu bescheren – sogar Nußbutter hat er auftreiben können! – anderer und zivilisierter Ansicht: »Einerseits – andererseits. Jede Sache hat schließlich zwei Seiten. Setzen Sie sich aber erstmal, Matern. Bitteschön, wenn Sie lieber stehen wollen! Also einerseits haben Sie natürlich vollkommen; aber andererseits – auch wenn Ihnen noch so großes Unrecht – war ich damals derjenige, der Sie vorm Schlimmsten. Wissen wohl nicht, daß in Ihrem Fall Todesstrafe, und hätten meine Zeugnisse nicht das Kriegsgericht bewogen, Ihren Fall dem zuständigen Sondergericht aus den Fingern, dann... Gut, Sie werden es mir nicht glauben wollen, haben eben zuviel durchgemacht. Verlang ich auch gar nicht. Aber dennoch – und das sage ich heute, am Heiligen Abend, mit vollem Bewußtsein – ohne mich stünden Sie nicht hier und spielten den wildgewordenen Beckmann. Übrigens ausgezeichnetes Theaterstück. Hat die gesamte Familie sich in Hagen, notdürftiges Zimmertheaterchen. Geht an die Nieren, der Stoff. War'n Sie nicht Schauspieler von Beruf? Also, das wär doch 'ne Rolle für Sie. Dieser Borchert trifft den Nagel auf den Kopf. Ist es nicht uns allen, auch mir so? Standen wir nicht draußen und waren uns selber und unseren lieben Angehörigen fremd geworden? Ich kam vor vier Monaten zurück. Französische Kriegsgefangenschaft. Kann Ihnen sagen! Lager Bad Kreuznach, wenn Ihnen das ein Begriff. Aber immerhin besser als. Das hätte uns geblüht, wenn wir nicht rechtzeitig aus dem Weichselabschnitt. Jedenfalls stand ich da mit leeren Händen, stand sprichwörtlich vor dem Nichts. Meine Firma hinüber, das Häuschen mit Kanadiern belegt, Frau und Kinder in Espei, Ebbegebirge, evakuiert, keine Kohlen, nur Scherereien mit den Behörden, kurzum: eine Beckmann-Situation, wie sie im Buche steht: Draußen vor der Tür! Deshalb, mein lieber Matern, – nun setzen Sie sich doch bitte – kann ich doppelt und dreifach, wie es in Ihnen. Schließlich habe ich Sie beim zweiundzwanzigsten Flakregiment als einen ernsthaften Menschen, der allen Dingen auf den Grund. Ich glaube und hoffe, Sie haben sich nicht verändert! Seien wir also Christen und geben wir dem Abend, was ihm gebührt. Mein lieber Herr Matern, ich wünsche Ihnen von ganzem Herzen und im Namen meiner lieben Familie, ein frohes gesegnetes Weihnachtsfest.«
Und in diesem Sinne verläuft der Abend: Matern säubert sich in der Küche die Tintenfinger mit Bimsstein, sitzt frischgekämmt am Familientisch, erlaubt Hans-Ulrich, den Hund Pluto zu streicheln, knackt, da es an einem regelrechten Nußknacker mangelt, mit bloßen Händen Walnüsse für die ganze Hufnagelfamilie, bekommt von Frau Dorothea ein Paar nur einmal gewaschene Socken geschenkt, verspricht der gelungenen Elke-

tochter einen neuen Pelikan-Füllfederhalter, erzählt bis zum Einbruch der Müdigkeit Geschichten von seinen mittelalterlichen Vorfahren, den Räubern und Freiheitshelden, schläft mit Hund in der Dachkammer, speist mit Familie am ersten Weihnachtsfeiertag: Sauerbraten mit Stampfkartoffeln, ersteht am zweiten Feiertag auf Altenas Schwarzem Markt gegen zwei Päckchen Camel einen fast neuen Mont-Blanc-Füllfederhalter, erzählt am Abend der versammelten Familie restliche Geschichten von der Weichselmündung und den Freiheitshelden Simon und Gregor Materna, hat vor, zu später Stunde, da jedes müde Haupt woanders liegt, den Mont-Blanc-Füllfederhalter vor Elkes Schlafkammer sockenleis zu deponieren; aber die Dielen machen nicht mit, sondern knarren, worauf sich leises »Herein« durchs Schlüsselloch fädelt. Nicht jede Kammer ist verschlossen. So betritt er sockenleis das Elkegemach, um den Füller. Aber da ist er willkommen und vermag sich am Vater zu rächen, indem er die Tochter: Elkeblut fließt nachweisbar: »Du bist der erste, der. Schon als Du am Heiligabend, und nicht mal den Hut abnehmen wolltest. Denkst Du jetzt schlecht von mir? Sonst bin ich gar nicht so, und meine Freundin sagt immer. Bist Du jetzt auch so glücklich wie ich und hast keinen Wunsch mehr, sondern möchtest. Du, wenn ich mein Abitur gemacht habe, will ich reisen, immerzu reisen! Und das da? Sind das Narben, hier und da auch? Dieser Krieg! Und jeder hat was abbekommen. Bleibst Du jetzt hier? Hier kann es ganz schön sein, wenn es nicht regnet: Der Wald, die Tiere, die Berge, die Lenne, der Hohe Sondern, die vielen Talsperren, Lüdenscheid liegt ganz hübsch, und überall Wälder und Berge und Seen und Flüsse und Hirsche und Rehe und Talsperren und Wälder und Berge, bleib doch!«
Dennoch geht Matern sockenleis mit schwarzem Hund davon. Sogar den fast neuen Mont-Blanc-Füllfederhalter nimmt er mit nach Köln am Rhein; denn er hatte sich nicht ins Sauerland aufgemacht, um zu schenken, vielmehr galt es, den Vater zu richten, indem er die Tochter: Nur der liebe Gott schaute zu, diesmal gerahmt und verglast überm Bücherbord.
So nimmt Gerechtigkeit weiterhin ihren Lauf. Kölns Bahnhofstoilette, der warme katholische Ort, erzählt von einem Unteroffizier Leblich, wohnhaft zu Bielefeld, wo die Makkowäsche blüht und der Kinderchor singt. Deshalb langer Anlauf auf Schienen, die Rückfahrkarte in der Tasche, drei Treppen hoch, zweite Tür rechts, hinein ins Milieu ohne anzuklopfen: aber Erwin Leblich hat einen unverschuldeten Arbeitsunfall gehabt und liegt mit hochgezurrtem Gipsbein und in Gips gewinkeltem Arm im Bett, ist aber dennoch nicht maulfaul: »Also mach mit mir was Du willst und laß Deinen Hund Gips fressen. Gut, ich hab Dich geschliffen und mit der Gasmaske pumpen lassen; aber zwei Jahre vorher hat mich ein andrer geschliffen und mit der Gasmaske pumpen lassen; dem ist es ähnlich ergangen: pumpen und singen mit Gasmaske. Also was willst Du eigentlich!«
Matern, nach seinen Wünschen befragt, blickt sich um und will Leblichs

Frau; aber Veronika Leblich starb schon im März vierundvierzig im Luftschutzkeller. Da verlangt Matern nach Leblichs Tochter; aber die Sechsjährige geht seit neulich zur Schule und wohnt seitdem bei der Großmutter in Lemgo. Nun will Matern seiner Rache um jeden Preis ein Denkmal setzen: er tötet Leblichs Kanarienvogel, der es verstanden hat, den Krieg unter Bombenteppichen und Tieffliegerangriffen glücklich zu überleben.
Weil Erwin Leblich ihn bittet, ihm ein Glas Wasser aus der Küche zu holen, verläßt er das Krankenzimmer, faßt in der Küche mit linker Hand ein Glas, füllt es unterm Wasserhahn auf und sucht auf dem Rückweg, kurz im Vorbeigehn, mit rechter Hand den Vogelbauer heim: außer dem tropfenden Wasserhahn schaut ihm nur der liebe Gott auf die Finger.
Der gleiche Zuschauer sieht Matern in Göttingen. Dort murkst er, ohne Hilfe des Hundes, des ledigen Postboten Wesseling Hühner ab – fünf Stück – weil Paul Wesseling, als er noch Feldgendarm war, ihn, Matern, bei einer Prügelei in Le Havre erwischt hat. Drei Tage verschärfter Arrest war die Folge; auch konnte Matern, den ein Offizierslehrgang für entschlossenes Handeln während des Frankreichfeldzuges belohnen sollte, dieser Arreststrafe wegen nicht Leutnant werden.
Die abgemurksten Hühner verkauft er tags drauf zwischen Kölns Dom und Kölns Hauptbahnhof für zweihundertachtzig Reichsmark ungerupft. Seine Reisekasse bedarf der Auffrischung; denn die Fahrt Köln – Stade bei Hamburg, erster Klasse mit Hund und zurück nach Köln kostet ein rundes Sümmchen.
Dort, hinterm, Elbdeich, wohnt Wilhelm Dimke mit unansehnlicher Frau und taubem Vater. Dimke, der als Gerichtsassessor Beisitzer gewesen war, als beim Sondergericht Danzig-Neugarten über Wehrkraftzersetzung und Beleidigung des Führers verhandelt wurde – Matern drohte die Todesstrafe, bis das zuständige Kriegsgericht auf Anraten seines ehemaligen Hauptmanns den Fall übernahm – der Beisitzer Dimke also hat aus Stargard, wo er zuletzt beim Sondergericht Beisitzer gewesen war, eine umfängliche Briefmarkensammlung von womöglich erheblichem Wert retten können. Auf dem Tisch, zwischen halbvollen Kaffeetassen, liegen die Bände, teils aufgeschlagen: die Dimkes katalogisieren gerade ihren Besitz. Milieustudien? Matern findet keine Zeit. Da Dimke sich an viele verhandelte Fälle, nur nicht an den Fall Matern erinnert, wirft Matern, um Dimkes Gedächtnis zu stützen, Sammelband um Sammelband in den bullernden Kanonenofen, zuletzt die bunten exotischen Kolonialmarken: der Ofen freut sich, Wärme verteilt sich im überbelegten Flüchtlingszimmer, sogar den Vorrat Klebefalze und die Pinzetten verlagert er endgültig; aber Wilhelm Dimke kann sich immer noch nicht erinnern. Seine unansehnliche Frau weint. Der taube Vater Dimkes spricht das Wort »Vandalismus« aus. Auf dem Schrank liegen schrumpelige Winteräpfel. Niemand bietet ihm an. Matern, der gekommen war zu richten, fühlt sich verkannt und verläßt mit nahezu unbeteiligtem Hund grußlos die Familie

Dimke.
Oh, ewige fußbodengekachelte Männertoilette Köln, Hauptbahnhof! Sie hat Gedächtnis. Ihr geht kein Name verloren: denn wie zuvor in neunter und zwölfter Buhne der Name des Feldgendarmen und der Name des Beisitzers geschrieben standen, steht nun lesbar Name und Adresse des vormaligen Sonderrichters Alfred Lüxenich, exakt gestochen in die Emaille der zweiten Buhne von links: Aachen, Karolingerstraße hundertzwölf.
Dort gerät Matern in Musikerkreise. Amtsgerichtsrat Lüxenich ist der Meinung, Musik, die große Trösterin, könne über die schlimmen und verworrenen Zeiten hinweghelfen. So rät er Matern, der gekommen ist, den vormaligen Sonderrichter zu richten, sich erst einmal den zweiten Satz eines Schubert-Trios anzuhören: Lüxenich meistert die Violine; ein Herr Petersen ist nicht ungeschickt auf dem Piano; Fräulein Oelling handhabt das Cello; und Matern, mit unruhigem Hund, hört gefaßt zu, obgleich sein Herz, seine Milz, seine Nieren genug haben und auf ihre verinnerlichte Art zu husten beginnen. Danach bekommen Materns Hund und Materns drei empfindliche Organe den dritten Satz des gleichen Trios zu hören. Woraufhin der Amtsgerichtsrat Lüxenich mit sich und dem Cellostreichen des Fräulein Oelling nicht vollauf zufrieden ist: »Aber aber! Bitte den dritten Satz noch einmal; und sodann wird Ihnen unser Herr Petersen, übrigens Mathematiklehrer am hiesigen Karls-Gymnasium, die Kreutzersonate spielen; ich meinerseits möchte den Abend, bevor wir uns ein Gläschen Mosel zu Gemüte führen werden, mit einer Bachschen Violinsonate abschließen. Fürwahr, ein Stückchen für Kenner!«
Jede Musik fängt an. Matern verfällt mit unmusikalischem Oberkörper klassischem Takt. Jede Musik füttert Vergleiche. Er und das Cello zwischen den Knien des Fräulein Oelling. Jede Musik deckt Abgründe auf. Das zieht, zerrt und untermalt Stummfilme. Die Großen Meister. Unvergängliches Erbe. Leitmotive und Mordmotive. Gottes frommer Spielmann. Im Zweifelsfall Beethoven. Der Harmonielehre ausgeliefert. Wie gut, daß niemand singt; denn er sang silberte schäumte: Dona nobis. Stimme immer im Oberstübchen. Ein Kyrie, das Zähne zog. Butterweiches Agnus Dei. Schneidbrenner: Knabensopran. Denn in jedem Dicken verbirgt sich was Schlankes, das will raus und höher als Kreis- und Bandsäge singen. Die Juden singen nicht, er sang. Tränen kullern über die Briefwaage, schwerwiegend. Nur wahrhaft Unmusikalische vermögen bei ernster klassischer deutscher Musik zu weinen. Hitler weinte beim Tod seiner Mutter und anno achtzehn, als Deutschland zusammenbrach; und Matern, der gekommen ist, zu richten mit schwarzem Hund, weint, während der Studienrat Petersen des Genies Klaviersonate Ton für Ton anschlägt. Er vermag, während Amtsgerichtsrat Lüxenich die Bachsche Violinsonate aus heilgebliebenem Instrument Note für Note herausstreicht, den hochgehenden Strom nicht zu dämmen.

Wer schämt sich männlicher Tränen? Wer bewahrt noch Haß im Herzen, wenn die heilige Cäcilie durchs Musikzimmer gleitet? Wer ist Fräulein Oelling nicht dankbar, weil sie allesbegreifend Materns Nähe sucht, den Frauenblick fußfassen läßt, ihre gepflegten und zugleich griffigen Cellistinnenfinger auf seine Hand legt und mit Flüsterworten Materns Seele pflügt? »Sprechen Sie sich aus, lieber Freund. Bitte! Großer Schmerz mag Sie bewegen. Dürfen wir teilhaben? Ach, wie mag es in Ihnen? Als Sie eintraten mit diesem Hund, war mir, als stürze Welt auf mich ein, leidzerfurchte sturmgepeitschte desjammersvolle. Doch nun, da ich sehe, ein Mensch, verstehen Sie, ein Mensch ist zu uns gekommen – fremd und dennoch irgendwie nah – wir haben ihm helfen dürfen mit unseren bescheidenen Mitteln, nun will ich wieder glauben und tapferen Herzens sein. Und Sie aufrichten. Denn auch Sie sollten, mein Freund. Was rührte Sie an, so mächtig? Erinnerungen? Stiegen dunkle Tage vor Ihrem Auge? Hat ein geliebter Mensch, der schon lange dahingegangen, Ihre Seele?«
Da spricht Matern brockenweise. Bauklötzchen setzt er aufeinander. Doch heißt das zu erbauende Gebäude nicht Oberlandesgericht Danzig-Neugarten mit dem Sondergericht im dritten Stock; vielmehr ist es die dicke Marienkirche, die er, Backstein um Backstein, gotisch errichtet. Und in jener akustisch superben Hallenkirche – Grundsteinlegung am achtundzwanzigsten März dreizehnvierdrei – singt, unterstützt von der Hauptorgel und der Echoorgel, ein dicker Knabe ein schlankes Credo. »Ja, ich habe ihn geliebt. Und sie haben ihn mir genommen. Schon als Knabe schützte ich ihn mit meinen Fäusten, denn wir Materns, alle meine Vorfahren, Simon Materna, Gregor Materna, wir haben immer die Schwachen. Aber die anderen waren stärker, und ich konnte nur ohnmächtig zusehen, wie Terror diese Stimme zerbrach. Eddi, mein Eddi! Seitdem ist auch in mir viel zerbrochen unheilbar: Mißklang, Scherbengericht, Bruchstücke meiner selbst, nie mehr zu ordnen.«
Hier widerspricht Fräulein Oelling, und die Herren Lüxenich und Petersen, anteilnehmend über funkelndem Mosel, stimmen ihr zu: »Lieber Freund, nie zu spät. Zeit heilt Wunden. Musik heilt Wunden. Glaube heilt Wunden. Kunst heilt Wunden. Besonders Liebe heilt Wunden!« – Alleskleber. Gummi Arabicum. Uhu. Porzellankitt. Spucke.
Matern, immer noch ungläubig, will es auf einen Versuch ankommen lassen. Zu später Stunde, da die beiden Herren schon überm Mosel blinzeln, bietet er dem Fräulein Oelling seinen starken Arm und den kräftigen Fang des Hundes Pluto als Begleitung an für den Heimweg durchs nächtliche Aachen. Da der Weg die beiden in keinen Park und an keinen Uferwiesen vorbeiführt, setzt Matern das Fräulein Oelling – sie ist gewichtiger, als sie sich anhörte – auf eine Mülltonne. Gar nichts hat sie gegen Unrat und Gestank einzuwenden. Ja sagt sie zum gärenden Abfall und verlangt von der Liebe, daß sie stärker sei als das Häßliche dieser Welt: »Wohin Du willst, in die Gosse, an den wüstesten Ort, hinab in unaussprechliche Keller wirf mich, wälz stoß trag mich; wenn Du es nur bist,

der mich wirft, wälzt, stößt und trägt.«
Daran besteht kein Zweifel: Sie reitet die Mülltonne, kommt aber nicht vom Fleck, weil Matern, der gekommen war zu richten, dreibeinig dagegensteht: eine unbequeme Stellung, die nur verzweifelte Menschen längere Zeit lang mit Gewinn beibehalten können.
Diesmal – es regnet schneit mondscheint nicht – schaut außer dem lieben Gott noch jemand zu: Pluto auf vier Beinen. Er bewacht das Mülltonnenroß, die Mülltonnenreiterin, den Roßbändiger und jenes Cello voller allesheilender Musik.
Sechs Wochen lang verbleibt Matern in Fräulein Oellings Kur. Er erfährt, daß sie Christine mit Vornamen heißt und nicht gerne Christel genannt wird. Sie bewohnen ihr Mansardenzimmer, in dem es nach Milieu, Kolophonium und Gummi Arabicum riecht. Das ist schlimm für die Herren Lüxenich und Petersen. Der Amtsgerichtsrat und sein Freund müssen sich der Trios enthalten. Matern straft einen ehemaligen Sonderrichter, indem er ihn zwingt, vom Februar bis zum Anfang des Monats April Duette zu üben; und als Matern mit Hund und drei frischgebügelten Oberhemden Aachen wieder verläßt – Köln ruft ihn und er folgt – müssen ein Amtsgerichtsrat und Studienrat viele tröstende, scherbenklebende und glaubenaufrichtende Worte finden, bis Fräulein Oelling wieder in der Lage ist, dem Trio ihr nahezu fehlerloses Cellospiel beizumengen.
Jede Musik hört einmal auf, aber die fußbodengekachelte Männertoilette des Hauptbahnhofs Köln wird nie und bis in alle Ewigkeit nicht aufhören, Namen zu flüstern, die geschnitten sind in die Innereien des Eisenbahnreisenden Walter Matern: jetzt muß er den ehemaligen Kreisleiter Sellke in Oldenburg besuchen. Plötzlich begreift er, wie groß immer noch Deutschland ist; denn von Oldenburg, wo es noch richtige Hoffriseure und Hofkonditoren gibt, muß er über Köln nach München eilen. Dort wohnt, laut Bahnhofstoilette, der gute alte Freund Otto Warnke, mit dem er Gespräche beenden muß, die einst am Tresen Kleinhammerpark begonnen wurden. Die Stadt an der Isar wird ihm zur knapp zweitägigen Enttäuschung; aber das Weserbergland lernt er ganz gut kennen, denn in Witzenhausen, wie Matern in Köln erfahren muß, haben sich Bruno Dulleck und Egon Dulleck, die sogenannten Dulleckbrüder verkrochen. Mit beiden spielt er, da allen Dreien bald der Gesprächsstoff ausgeht, gute zwei Wochen lang Skat, um abermals aufzubrechen und heimzusuchen. Diesmal die Stadt Saarbrücken, wo er in die Kreise des Willy Eggers gerät, dem er von Jochen Sawatzki, Otto Warnke, von Bruno und Egon Dulleck, von lauter alten Bekannten erzählen muß: schon sind sie, dank Materns Vermittlung, in der Lage, sich gegenseitig Postkarten und Kumpelgrüße zu schicken.
Doch auch Matern reist nicht umsonst. Als Andenken oder Jagdbeute – denn Matern reist mit Hund, um zu richten – bringt er nach Köln zurück: einen dichtgestrickten Wintershawl, den spendete die Sekretärin des ehemaligen Kreisleiters Sellke; einen bayrischen Lodenmantel, Otto Warn-

kes Putzfrau verfügte über wärmende Oberbekleidung; und aus Saarbrücken, wo Willy Eggers ihm den kleinen Grenzverkehr zwischen Groß-Rosseln und Klein-Rosseln erklärt, holt er sich, weil die Brüder Dulleck im Weserbergland nichts als Landluft und Dreimännerskat zu bieten hatten, einen handfesten, städtischen und französisch besetzten Tripper.
Dreht euch nicht um – der Tripper geht um. Mit so geladener Pistole, mit solch widerhäkiger Liebesgeißel, mit einer Spritze, serumtoll, bereist Matern mit Hund die Städte Bückeburg und Celle, den einsamen Hunsrück, die liebliche Bergstraße, Oberfranken nebst Fichtelgebirge, sogar Weimar in sowjetisch besetzter Zone – wo er im Hotel »Elephant« absteigt – und den Bayrischen Wald, eine unterentwickelte Gegend.
Wo immer die Beiden, Herr und Hund, ihre sechs Pedalen hinsetzen, ob auf die rauhe Alp, auf ostfriesisches Marschland oder in karge Westerwalddörfer, überall hat der Tripper einen anderen Namen: hier sagt man Tropfhansl, dort warnt man vorm Liebesrotz; hier zählt man Kerzentropfen, dort kennt man den Schnepfenhonig; Stangengold und Edelschnupfen, Witwentränen und Pimperöl sind anschauliche Mundartprägungen, desgleichen Rittmeister und Läuferle; Matern nennt den Tripper: »Die rächende Milch.«
Versehen mit diesem Produkt sucht er heim alle vier Besatzungszonen und den gevierteilten Rest der ehemaligen Reichshauptstadt. Dort überkommt den Hund Pluto krankhafte Nervosität, die sich erst wieder legt, als sie westlich der Elbe die rächende Milch, also den Schweiß verteilen, gesammelt von der tropfenden Stirn blinder Justitia.
Dreht Euch nicht um, der Tripper geht um! Und zwar immer geschwinder, weil Materns rachevollziehendes Gerät dem Rächer keine Ruhe gönnt, sondern, soeben getätigter Rache bereits voraus, neuen Anlauf nimmt: auf nach Freudenstadt; ein Katzensprung nur bis Rendsburg; von Passau nach Kleve; Matern scheut viermaliges Umsteigen nicht und läuft sogar breitbeinig zu Fuß.
Wer heute nachliest in den Krankheitsstatistiken der ersten Nachkriegsjahre, wird bemerken, wie die Kurve dieser harmlosen aber lästigen Geschlechtskrankheit ab Mai siebenundvierzig jäh ansteigt, ihren Höhepunkt Ende Oktober des gleichen Jahres erreicht, sodann spontan sinkt und endlich auf dem Frühjahrsniveau verbleibt, einer Linie, die vorherrschend vom innerdeutschen Reiseverkehr und dem Standortwechsel der Besatzungstruppen bestimmt wird, und nicht mehr von Matern, der privat und ohne Lizenz durch die Lande zog, um mit gonokokkengeladener Spritze Namen abzuzinken und einen weitverstreuten Bekanntenkreis zu entnazifizieren. Deshalb nennt Matern später, wenn unter Freunden Nachkriegsabenteuer erzählt werden, seinen halbjährigen Tripper einen antifaschistischen Tripper; und in der Tat, Matern hat über den weiblichen Anhang ehemaliger Parteimittelgrößen einen Einfluß ausüben können, den man im übersetzten Sinn einen heilsamen nennen kann.

Und wer heilt ihn? Wer nimmt ihm, der jener Plage das Laufen beibringt, den Schmerz aus der Wurzel? Arzt, hilf Dir selbst!
Schon befindet er sich, nach Streifzügen durch den Teutoburger Wald und nach kurzem Aufenthalt in Detmold, in einem Dörfchen nahe dem Munster-Lager, wo Materns Reiselust ihren Anfang nahm. Zurückgerechnet und mit dem Notizbüchlein verglichen: rings blühende Heide, desgleichen das Stangengold, denn Matern findet zwischen Heidschnukken und Heidebauern eine Menge alter Bekannter; neben anderen den Hauptbannführer Uli Göpfert, der einst mit dem Jungbannführer Wendt Jahr für Jahr die beliebten Zeltlager im Poggenkruger Wäldchen bei Oliva eröffnete. Hier, in Elmke, wohnt er, ohne Otto Wendt, aber gebunden an einen langhaarigen, vormals mädchenführenden Haarknoten, in zwei Zimmern, die sogar elektrisches Licht haben.
Pluto hat viel Auslauf. Dagegen sitzt Göpfert genagelt am Herd, legt Torf auf, den er im Frühjahr gestochen hat, hadert mit sich und der Welt, schimpft auf Schweine, die er nie beim Namen nennt und überlegt, was nun? Soll er auswandern? Soll er sich den Christdemokraten, den Sozialdemokraten oder dem verlorenen Haufen von einst zuwenden? Später wird er sich, nach Umwegen, den Liberalen anschließen und als sogenannter Jungtürke in Nordrhein-Westfalen Karriere machen; aber vorläufig – und hier in Elmke – muß er noch erfolglos an einem Harnröhrentripper herumkurieren, den ein kranker Bekannter ihm mit gesundem Hund ins Haus gebracht hat.
Manchmal, wenn Frau Vera Göpfert Schule gibt, und ihr Haarknoten dem Tropfhansl keinen Anlaß zu bieten vermag, sitzen Göpfert und Matern einträchtig am Herdfeuer, bereiten sich lindernde Torfumschläge, doktern also auf Heidebauernart am gleichen Elend herum und schimpfen auf Schweine, namenlose und namhafte.
»Was haben die uns verratzt, diese Lumpen!« klagt der ehemalige Hauptbannführer. »Und wir haben geglaubt und gehofft und fest darauf gebaut, mitgemacht blindlings, und nun, was nun?«
Matern betet Namen herunter von Sawatzki bis Göpfert. Runde achtzig Eintragungen hat er bisher auf Herz, Milz und Nieren abzinken können. Viele gemeinsame Bekannte. Da erinnert sich Göpfert zum Beispiel an den Musikführer der SA – Brigade sechs, Erwin Bukolt hieß der: »Das war, mein Lieber, nicht sechsunddreißig sondern genau am zwanzigsten April achtunddreißig, denn Du, ob Du es glauben willst oder nicht, warst bei der Absperrung dabei. Im Jäschkentaler Wald vormittags zehn Uhr. Führerwetter. Waldbühne. Ostlandfeier der Jugend mit Baumann-Kantate: ›Ruf aus dem Osten.‹ Hundertzwanzig Jungens und hundertachtzig Mädels als Mitwirkende. Lauter ausgesuchte Stimmen. Aufmarsch über drei Terrassen. Gemessenes Schreiten aus dem Wald über Bucheckern vom Vorjahr. Waren alles Landjahrmädels. Sehe sie noch: volle Blusen, dazu die roten und blauen Schürzen und Kopftücher. Dieses rhythmische Strömen und Schreiten. Das Zusammenfließen der Chöre. Auf der

Hauptterrasse steht der kleine Jungenchor und stellt, nachdem ich die Feier kurz eingeleitet habe, die Schicksalsfragen. Zwei große Jungenchöre und zwei große Mädchenchöre geben langsam Wort für Wort die Antworten. Zwischendurch – erinnerst Du Dich? – rief ein Kuckuck von der Gutenberglichtung herüber. Immer hinein in die Pausen zwischen Schicksalsfragen und Schicksalsantworten sein: Kuckuck! Aber die vier Jungens auf der zweiten Terrasse, die als Einzelsprecher über der Hauptterrasse stehen, lassen sich nicht beirren. Auf der dritten Terrasse steht der Fanfarenzug. Ihr, vom SA-Sturm Langfuhr-Nord, habt Euch hinter Bukolts Musikzug unten links in Bereitschaft zu halten, denn ihr müßt nachher den Abmarsch organisieren. Mensch, das klappte! Eine phantastische Echowirkung hat der Jäschkentaler Wald: das kommt von der Gutenberglichtung, wo der Kuckuck nicht aufhören will, vom Erbsberg und von der Friedrichshöhe zurück. Die Kantate behandelt das Schicksal des Ostens. Ein Reiter reitet durch deutsche Lande und spricht: »Das Reich ist größer als die Grenze steht!« Fragen der Chöre und der vier Hauptfragensteller beantwortet der Reiter mit Worten, wie auf Metall gehämmert: »Die Burg müßt Ihr halten und gen Osten das Tor!« Langsam münden Fragen und Antworten in ein einziges heißes Bekenntnis. Schließlich klingt die Kantate mit einem Hymnus auf Großdeutschland machtvoll aus. Echowirkung. War ein Buchenwald. Prima Stimmen. Störte überhaupt nicht der Kuckuck. Führerwetter. Gäste aus dem Reich waren beeindruckt. Du warst auch dabei, mein Lieber. Mach Dir nichts vor. Anno achtunddreißig. Am zwanzigsten April. Scheiße verdammte. Nach Ostland wollten wir mit Hölderlin und Heidegger im Tornister. Jetzt hocken wir im Westen und haben den Tripper.«
Da knirscht Matern, Ost gegen West reibend, mit den Zähnen. Genug hat er vom rachebringenden Brennesselsud, von rächender Milch, von Liebesperlen und Stangengold. Niedrig und torfwarm ist die Bauernstube, in der er nach vierundachtzig Materniaden breitbeinig steht. Genug genug! schreit seine schmerzbewohnte Wurzel.
Genug ist nie genug! mahnen restliche Namen, geschnitten in Herz, Milz und Nieren.
»Zwei Zementspritzen und stündlich eine frische Torfpackung«, klagt der ehemalige Hauptbannführer Göpfert, »und immer noch keine Besserung! Penicillin nicht zu bezahlen, selbst Belladonna äußerst rar.«
Da schreitet Matern mit offener Hose auf eine weißgekälkte Wand zu, die die Bauernstube nach Osten begrenzt. Diese Feierstunde wird ohne Kuckuck und Fanfaren abgehalten werden. Aber gen Osten richtet er dennoch seinen honigschwitzenden Penis. »Das Reich ist größer als die Grenze steht!« Neun Millionen Flüchtlingsausweise stapeln sich westwärts Matern: »Die Burg müßt Ihr halten und gen Osten das Tor!« Ein Reiter reitet durch deutsche Lande, sucht aber ostwärts keine Tür sondern eine simple Steckdose. Und zwischen dieser Dose und seinem Penis entsteht Kontakt. Matern – um es eindeutig zu sagen – pißt in die Steck-

dose und erhält mittels ungebrochener Wasserlinie einen starken, elektrischen, umwerfenden und heilsamen Schlag; denn sobald er wieder steht, bleich zitternd, unter entsetzten Haaren, fließt aller Honig ab. Die rächende Milch gerinnt. Die Liebesperlen rollen in Dielenritzen. Das Stangengold schmilzt. Tropfhansl atmet auf. Läuferle tritt auf der Stelle. Die Witwentränen versiegen. Geheilt ist der Edelschnupfen durch Stromschlag. Der Arzt half sich selber. Der Hund Pluto schaute zu. Der ehemalige Hauptbannführer Göpfert schaute zu. Natürlich schaute auch der liebe Gott zu. Nur Frau Vera Göpfert sieht nichts; denn wie sie mit reichem Haarknoten aus der Dorfschule zurückkommt, findet sie von Matern allenfalls Gerüchte und ungestopfte Wollsocken: Geheilt aber nicht erlöst verlassen Herr und Hund die verblühte Lüneburger Heide. Von stundan ist der Tripper in Deutschland im Abklingen begriffen. Jede Pest läutert. Jede Seuche war einmal. Jede Lust ist die letzte.

Die philosophische fünfundachtzigste und die gebeichtete sechsundachtzigste Materniade

Was will Brauxel? Er löchert Matern. Nicht genug, daß er sich für die paar Kröten Vorschuß seitenlang auskotzen muß; jetzt hat er ihm wöchentlich Rapport zu geben: »Wieviele Seiten heute? Wieviele morgen? Wird die Episode mit Sawatzki und Frau Nachwirkungen zeigen? Fiel schon Schnee, als der Pendelverkehr zwischen Freiburg im Breisgau und dem Wintersportgelände Todtnau begann? In welcher Buhne der Männertoilette Köln-Hauptbahnhof fand sich der Marschbefehl in den Schwarzwald? Geschrieben oder gestochen?«
Hör zu Brauxel! Materns Auswurf beträgt: Heute sieben Seiten. Morgen sieben Seiten. Gestern sieben Seiten. Jeden Tag sieben Seiten. Jede Episode zeigt Nachwirkungen. Es fiel nicht Schnee zwischen Todtnau und Freiburg, es fällt. In zwölfter Buhne von links stand nicht geschrieben, es steht geschrieben. Matern schreibt Präsens: Jeder Feldweg ist ein Holzweg!
Gedränge vor allen Buhnen. Naßkaltes Wetter füllt die Männertoilette, denn der Dom ist ungeheizt. Matern drängelt nicht, aber als er seine Buhne, die zwölfte von links, endlich bezogen hat, will er sie nicht mehr verlassen: Der Mensch hat Wohnrecht auf Erden. Und schon drängeln sie hinter ihm: Hat nämlich kein Wohnrecht. »Nu mach schon Kumpel! Wir wollen auch, Kumpel. Der pißt ja gar nicht mehr, der guckt nur. Was gibt's denn da zu gucken, Kumpel? Erzähl mal!«
Zum Glück verschafft der Hund Pluto dem lesenden Matern Abstand und Muße. Siebenmal vermag er die zierliche, wie mit Silberstift gehauchte Inschrift zu schlürfen. Nach soviel Lust und Seuche labt ihn endlich geistige Kost. Das abgeschlagene Wasser aller Männer dieser Welt dampft. Doch Matern steht für sich und kopiert den subtilen Silber-

stifttext auf Herz, Milz und Nieren. Die dampfende katholische Männertoilette ist eine dampfende katholische Küche. Hinter Matern drängeln Köche und wollen abkochen: »Mach Kumpel! Du bist nicht der einzige, Kumpel! Liebe Deinen Nächsten, Kumpel!«

Aber Matern steht zentral. Der große Wiederkäuer mampft jedes Wort in zwölfter Buhne von links: »Die Alemanische Mütze zipfelt zwischen Todtnau und Freiburg. Das Seyn wird fortan mit ›y‹ geschrieben.«

So belehrt, wendet Matern sich ab. »Na endlich!« Knapp bei Fuß hält er Pluto: »Denk mal nach, Hund, aber ohne Vernunft! Der hat mich begleitet beim Segelfliegen und Schachspielen. Mit dem ging ich – Seele und Seele, Arm in Arm – Hafenkais hoch, die Langgasse runter. Den schenkte mir Eddi aus Jux. Der las sich weg wie Butter. Der war gut gegen Kopfschmerzen und half gegen das Denken, wenn Eddi mit Vernunft über Sperlinge nachdachte. Denk mal zurück, Hund, aber ohne Vernunft! Den hab ich laut vorgelesen: dem Langfuhrer SA-Sturm vierundachtzig. Die haben sich gebogen am Tresen und nur noch in Sein und Zeit gewiehert. Der schreibt jetzt Sein mit ›y‹. Der trägt eine Zipfelmütze, die zipfelt länger als alle Vormarschwege und Rückzugstraßen. Den hab ich nämlich im Brotbeutel von Warschau nach Dünkirchen, von Saloniki nach Odessa, von der Miusfront in die Batterie Kaiserhafen, aus dem Untersuchungsgefängnis nach Kurland, von dort – und das sind Entfernungen! – in die Ardennen mitgehen lassen, mit dem lief ich über bis Südengland, den schleppte ich ins Munsterlager, den hat Eddi in der Tagnetergasse antiquarisch erstanden: Ein Exemplar erste Auflage, anno zwosieben, noch dem kleinen Husserl zugeeignet, den er später mit der Zipfelmütze… Hör gut zu, Hund: Der wurde geboren in Messkirch. Das liegt bei Braunau am Inn. Der und der Andere wurden abgenabelt im gleichen Zipfelmützenjahr. Der und der Andere haben sich gegenseitig erfunden. Der und der Andere werden einst auf dem gleichen Denkmalsockel. Der ruft mich immerzu. Denk mal nach Hund, aber ohne Vernunft! Wohin wird uns die Eisenbahn heute noch?«

Sie steigen in Freiburg im Breisgau aus und klopfen an bei der Universität. Zwar hallt das Milieu noch wider von dicker Rede, die er im Jahre dreidrei gehalten hat – »Wir wollen uns selbst!« – aber in keinem Hörsaal hängt eine Zipfelmütze. »Der darf nicht mehr, weil er…«

Herr und Hund fragen sich durch und finden eine Villa mit eisernem Gartentor davor. Sie brüllen und bellen in ruhiger Villengegend: »Mach auf, Zipfelmütze! Matern ist da und offenbart sich als Ruf der Sorge. Mach auf!«

Still winterlich bleibt die Villa. Kein Fenster wird gelb durch elektrisches Licht. Aber ein Zettelchen klebt auf dem Briefkasten neben dem Eisentor und gibt Auskunft: »Die Mütze zipfelt beim Skilaufen.«

So müssen Herr und Hund auf sechs Pedalen im Schatten des Feldberges kraxeln. Oberhalb Todtnau beutelt sie der Schneesturm. Philosophenwetter – Erkenntniswetter! Gestöber im Gestöber gründend. Und keine

Schwarzwaldtanne, die Auskunft gäbe. Wäre der Hund nicht, ohne Vernunft, sie blieben in der Irre. Mit tiefer Nase findet er die Skihütte, den Windschatten. Und sogleich werden große Worte und hündisches Bellen vom Sturm frisiert: »Tür auf, Zipfel! Matern ist da und offenbart die Rache! Die hier gekommen sind, wesen in Materniaden und machen Simon Materna sichtbar, den Freiheitshelden. Der zwang die Städte Danzig, Dirschau und Elbing aufs Knie, ließ Drehergasse und Petersiliengasse in Flammen aufgehen; also wird Deiner Mütze geschehen, skilaufendes Nichts – mach auf!«

Wenn auch die Hütte verrammelt, gedübelt, fugenlos und ungastlich bleibt, klebt doch ein Zettelchen, angeschneit und kaum leserlich, auf rindelosem Schwarzwaldholz: »Die Zipfelmütze muß Platon lesen im Tal.«

Bergab. Das ist kein Erbsberg, das ist der Feldberg. Ohne Wanderkarte und Vernunft über Todtnau und Notschrei – so heißen hier Ortschaften – nach Sorge, Überstieg, Nichtung. Ebendarum, Platon verbiesterte sich, warum nicht er? Was dem einen sein Syrakus, wird dem anderen zur Rektoratsrede. Deshalb immer hübsch in der Provinz bleiben. Warum bleiben wir in der Provinz? Weil die Zipfelmütze sie nicht verläßt. Entweder läuft sie oben Ski, oder sie liest tief unten Platon. Das ist die kleine provinzielle Differenz. Ein Spielchen unter Philosophen: Kuckuck, hier bin ich. Nein, Kuckuck, hier bin ich: oben unten – unten oben. Pustekuchen! Pustekuchen! Oh, Matern, siebenmal rauf runter den Feldberg, ohne sich selbst je eingeholt zu haben! Zipfel, Ge-zipfel, Zipflung, entzipfelt, Gezipfeltheit: sich immer vorweg, niemals sein bei, kein schon sein in, kein Beisammen vorhanden, nur das von sich aus bis zu auf, weder heilbar noch unheilbar, heillos zwischen Milieutannen, ausnahmelos. Abermals fällt Matern aus hohem Gestimmtsein in tiefunterste Befindlichkeit ohne Zuhandenheit; denn im Tal, auf viereckigem Zettelchen neben dem Gartentor, flüstert schon wohlvertraute Schrift: »Die Zipfelmütze, wie alles Große, steht im Sturm.« und oben, sturmgelüftet, liest er: »Die Zipfelmütze muß unten den Feldweg harken.«

Welch eine Arbeit ist der Vollzug der Rache! Wut schnappt nach Schneeflocken. Haß säbelt Eiszapfen. Aber die Tannen nichten und verwahren das Rätsel des Bleibenden: Irrt er nicht unten, so west er oben; ereignet er sich nicht oben, so gründet er auf dem Zettelchen neben eisernem Gartentor: »Die Weite aller gewachsenen Schwarzwaldtannen, die um die Zipfelmütze verweilen, spendet Welt und Pulverschnee.« Skiwetter Skiwetter! Oh, Matern, was wirst Du tun, wenn Du Dich siebenmal, rauf und runter den Feldberg, nicht eingeholt hast, wenn Du siebenmal unten hast lesen müssen: »Zipfelmütze oben.« und siebenmal Dir oben vor Augen flimmerte: »Unten offenbart die Zipfelmütze das Nichts.«

Da hecheln in stillem Villenviertel vor bestimmter Villa Herr und Hund: erschöpft genarrt tannentoll. Rache, Haß und Wut versuchen, in einen Briefkasten zu pissen. Geschrei klettert über Eisenzäune, pausenge-

spickt: »Sag, wo bekomme ich Dich zu fassen, Mütze? In welchem Buch steckt als Lesezeichen Dein Zipfel? – In welcher Mütze hast Du sie versteckt, die chlorbestreuten Seinsvergessenen? – Wie lang maß die Zipfelmütze, mit der Du den kleinen Husserl erwürgt hast? Wieviele Zähne muß ich mir ziehen, damit die Geworfenheit seiendes Sein wird, zipfelmützenbedeckt?«
Nur keine Bange, der vielen Fragen wegen. Matern antwortet sich eigenhändig. Das ist er gewohnt. Wer immer zentral steht – Phänotyp, selbstpunktbesessen – dessen Fragen sind nie um Antworten verlegen. Matern formuliert nicht, er handelt mit zwei Pfoten. Zuerst wird das Eisengitter vor dem Villengarten bestimmter Villa gerüttelt und beschimpft. Aber keine alemanische Zipfelmützensprache mehr; Matern spuckt volkstümlich und eigenständig provinziell: »Kemm ruauss, Du Leidak! Ech wärd Diä, Du Unnossel! Plästriger Bunk! Großbratschiger Zror! Du Je-stell! Kemm ruauss! Ech wurrach Diä em Gulli rain! Bai miä jähst koppskegel! Ech tu Diä väarzten ond tränn diä dem Schäggert off. Ech zäkail Diä ond lass Diä väblubbern. Ech well Diä aufribbeln wien ollen Sock. Ech mach nuscht nischt aus Diä ond wärf Diä dem Gissert voä, stickchenwais. Schluß nu mid alle Jeworfenhait ond Emmernechdasainichkait. Matern is gnietscht auf Diä. Matern is tiksch auf Diä. Kemm ruauss Filesof! Matern is och Filesof: Ei wai, schalle machai!«
Diese Worte und Materns Griffe schaffen es: nicht etwa, daß der Philosoph freundlichem Zuruf folgt und mit Zipfelmütze und Schnallenschuhen alemanisch bieder vor die Villentür tritt; doch das schmiedeeiserne Gartentor hebt Matern aus den Angeln. Hoch stemmt er es und macht den Hund Pluto sprachlos, denn mehrmals vermag er es gen Himmel zu wuchten. Und da der nächtliche, nach Schnee riechende Himmel ihm das geschmiedete Eisentor nicht abnehmen will, wirft er es in den Garten: erstaunlich weit.
Der Abbrucharbeiter klopft sich die Hände ab: »Das wäre geschafft!« Der Täter blickt sich nach Zeugen um: »Habt Ihr gesehen? So und nicht anders arbeitet Matern. Phänomenal!« Der Rächer kostet den Nachgeschmack vollzogener Rache aus: »Der hat sein Fett. Nun sind wir quitt!« Aber außer dem Hund kann niemand beschwören, daß es so und nicht anders geschah; es sei denn, der liebe Gott spionierte, trotz Neigung zu Schneefällen, von oben herab: nichtend seiend verschnupft.
Und keine Polizei hat etwas dagegen, als Matern mit Hund die Stadt Freiburg im Breisgau verlassen will. Er muß dritter Klasse fahren, weil das bergauf bergab seine Reisekasse erschöpft hat: einmal mußte er in Todtnau, zweimal in Notschrei und je einmal in Nichtung und Überstieg übernachten; so kostspielig ist der Umgang mit Philosophen – und gäbe es nicht mildtätige Frauen und weiche Mädchen, Herr und Hund müßten darben dürsten draufgehen.
Aber sie reisen ihm nach und wollen eine vom philosophischen Disput erhitzte Stirn kühlen, wollen einen Mann, den die Transzendenz schon

halbwegs anzuheuern vermochte, der Erde und ihren zweischläfrigen Bettgestellen zurückgewinnen: das cellospielende Fräulein Oelling, Hauptmann Hufnagels gelungenes Töchterlein, die braunhaarige Sekretärin aus Oldenburg, Warnkes schwarzkraushaarige Putzfrau, auch Gerda, die ihm zwischen Völklingen und Saarbrücken den Tropfhansl schenkte, alle, die er mit und ohne Stangengold reich machte, wollen nur ihn, nur ihn: Ebelings Schwiegertochter aus Celle; Grete Diering aus Bückeburg; Budczinskis Schwester verläßt den einsamen Hunsrück; Irma Jaeger, die Blüte der Bergstraße; Klingenbergs oberfränkische Töchter: Christa und Gisela; aus sowjetischer Zone setzt sich ab: Hildchen Wollschläger ohne Fränzchen Wollschläger; Johanna Tietz will nicht mehr mit ihrem Tietz im Bayrischen Wald leben; es suchen ihn: eine Prinzessin zu Lippe nebst Freundin, die ostfriesische Hotelierstochter, Berlinerinnen und Mädchen vom Rhein. Deutsche Frauen tasten nach Matern mit Suchanzeigen und Auskunfteien. Beim Roten Kreuz fragen sie nach. Mit Finderlohn ködern sie. Und festverschnürter Wille lauert mit zweisilbigem Ziel. Sie hetzen finden stellen ihn, wollen ihn erwürgen mit Vera Göpferts reichem Haar. Sie schnappen nach ihm mit Irmalöchern, Gretefallen, Putzfrauenschluchten, Mülltonnendeckeln, Elkeritzen, Hausfrauentaschen, Berlinerschrippen, Adelsösen, Fischklopsen und Schlesischem Himmelreich. Dafür bringen sie mit: Tabak, Socken, silberne Löffel, Eheringe, Wollschlägers Taschenuhr, Budczinskis goldne Manschettenknöpfe, Otto Warnkes Rasierseife, des Schwagers Mikroskop, des Gatten Ersparnisse, des Sonderrichters Violine, des Hauptmanns kanadische Devisen und Herzen Seelen Liebe.

Diesen Reichtümern kann Matern nicht immer entgehen. Sie warten, rührend anzuschauen, zwischen Kölns Hauptbahnhof und Kölns unverrückbarem Dom. Schätze wollen bestaunt werden in Bunkerhotels und Absteigen, auf Rheinwiesen und Tannennadeln. Auch an den Hund haben sie mit Wurstpellen gedacht, damit Gegenleistungen nicht von fordernder Hundeschnauze gestört werden: Tu nicht zweimal das gleiche, sonst erlebst Du das gleiche!

Doch wenn immer er solo mit Hund die stille Männertoilette besuchen will, um Einkehr zu halten und Abstand von dieser Welt zu gewinnen, rühren ihn in bewegter Bahnhofshalle Mädchenfinger Hausfrauenfinger Prinzessinnenfinger fordernd an: »Komm mit. Ich weiß wo. Ich kenne einen Hausmeister, der vermietet. Eine Bekannte von mir ist verreist für ein paar Tage. Ich kenne eine Kiesgrube, die ist nicht mehr in Betrieb. Ich habe für uns in Deutz. Wenigstens ein Stündchen. Nur mal aussprechen. Wollschläger schickt mich. Mir blieb keine andere Wahl. Hinterher geh ich, Ehrenwort. Komm mit!«

Diese Fürsorge bringt Matern auf den Hund und läßt Pluto fett werden. Oh, rückläufige Rache! Wut beißt Watte. Haß scheißt Liebe. Der Bumerang trifft ihn, da er meint, fünfundachtzigmal getroffen zu haben: TU NICHT ZWEIMAL DAS GLEICHE – ES IST NIEMALS DAS GLEICHE! Denn bei

bester Ernährung nimmt er ab: schon passen ihm Göpferts Oberhemden; so wohltuend Otto Warnkes Birkenhaarwasser seine Kopfhaut kühlt, Materns Haare fallen aus. Als Konkursverwalter tritt auf: der Heimkehrer Tropfhansl; denn was er meint, im Bayrischen Wald oder im Regierungsbezirk Aurich deponiert zu haben, verseucht ihn oberfränkisch sowjetzonal hinterwäldlerisch. Leitmotive sind Mordmotive: sechsmal muß er, Tropfhansls wegen, in Steckdosen pissen. Das wirft ihn um. Das haut ihn hin. Roßkuren kurieren ihn. Gonokokken verseuchen ihn. Elektrizität schlägt Matern k.o. Doppelschläfrige Bettgestelle machen aus einem reisenden Rächer einen auslaufenden Don Juan. Schon hat er den übersättigten Blick. Schon plappert er hinreißend und auswendig über Liebe und Tod. Zärtlich vermag er zu sein, ohne hinschaun zu müssen. Schon tätschelt er seine Leustseuche wie des Genies liebstes Kind. Der kleine Wahnsinn gibt sein Visitenkärtchen ab. Bald wird er sich nach dem Rasieren entmannen wollen, wird Leporello, dem Hund, hinwerfen wollen seinen gefällten Phänotyp.
Wer rettet Matern? Denn was ist alle verstiegene Philosophie gegen ein einziges Stehaufmännchen ohne Vernunft! Was ist die siebenmalige und zipfelmützensüchtige Besteigung des Feldberges gegen sechs kontaktwütige Steckdosen! Dazu das Geplärre: »Mach mir'n Kind. Mach mir eins weg. Mach mich dick. Paß auf, daß nischt hängenbleibt. Spuck mich voll. Kratz mich aus. Rein. Weg. Eierstöcke!« Wer rettet Matern, kämmt ihm die toten Haare aus und knöpft ihm bis auf weiteres die Hose zu? Wer ist lieb zu ihm, selbstlos? Wer stellt sich zwischen ihn und die behaarten aufgeweichten Semmeln?
Allenfalls der Hund. Pluto versteht es, das Schlimmste zu verhüten: Otto Warnkes Putzfrau und Göpferts Vera jagt er, die eine im April, die andere im Mai, über die Rheinwiesen, aus einer Kiesgrube, wo sie Matern das Rückenmark aussaugen, ihm die Hoden abbeißen wollen. Auch vermag Pluto inzwischen zu wittern und anzukünden, sobald sich eine nähert, die des Tropfhansls Liebesperlen im Täschchen verwahrt. Er bellt, knurrt, stellt sich dazwischen und deutet mit stoßender Schnauze den tückischen Seuchenherd an. Indem er Hildchen Wollschläger und die Freundin der Prinzessin entlarvt, erspart der Diener seinem Herrn zwei weitere Stromschläge; aber retten kann auch er nicht Matern.
So sieht ihn Kölns Doppelzinken: gebrochen tiefäugig schläfenkahl, von Pluto, treuwienhund, umsprungen. Als theaternahe Jammergestalt nimmt er abermals Anlauf, will die bewegte Halle des Hauptbahnhofs durchqueren, will hinabsteigen in stille Regionen, fußbodengekachelte katholische flüsternde; denn Matern spürt immer noch Namen, in innere Organe schmerzhaft geschnitten, die wollen abgezinkt werden – und sei es mit zitternder Hand.
So schafft er es beinahe Schritt für Schritt mit Knotenstock. So sieht sie ihn: Mann am Stock mit Hund. Dieses Bildchen rührt sie. Unumgänglich kommt sie, die Zuckerrübenfrau, bei der alle Rache ihren Anfang nahm,

auf ihn zu: mitleidend mildtätig mütterlich. Inge Sawatzki schiebt einen Kinderwagen, in dem ein novemberliches Zuckerrübenfrüchtchen wohnt, das im Juli vor einem Jahr sirupsüß auf die Welt kam und seitdem Wally gerufen wird, aus Walburga gebildet; so sicher ist Inge Sawatzki, daß der Vater der kleinen Walli auf einen Vornamen hört, der mit W anfängt, wie Walter, – obgleich Willibald und Wunibald, die heiligen Brüder der großen hexenvergrämenden Heiligen, deren heute noch begehrtes Produkt das Walburgisöl ist, näher liegen, katholisch besehen. Matern starrt düster in den vollen Kinderwagen. Inge Sawatzki verkürzt die Zeit üblicher stummer Betrachtung: »Ein hübsches Kind, oder? Du siehst nicht gut aus. Kann sicher bald laufen. Hab keine Angst. Ich will nichts von Dir. Aber Jochen würde sich freuen. Mitgenommen siehst Du aus. Wirklich, wir mögen Dich beide. Außerdem sorgt er rührend für das Kind. War eine leichte Geburt. Wir haben Glück gehabt. Sollte eigentlich im Krebs, ist aber ein Löwemädchen geworden, Aszendent Waage. Die haben es später leicht: meistens hübsch, häuslich, anpassungsfähig, vielseitig, anhänglich und trotzdem willensstark. Wir wohnen jetzt drüben in Mülheim. Wenn Du willst, können wir das Bötchen nehmen: Heidewitzka, Herr Kapitän. Du hast wirklich Ruhe und Pflege nötig. Jochen arbeitet in Leverkusen. Ich hab ihm ja abgeraten, aber er will partout wieder politisieren und schwört auf Reimann. Mein Gott, siehst Du müde aus. Wir können auch die Bahn nehmen, aber ich fahr gern mit dem Bötchen. Na, Jochen muß wissen, was er tut. Er sagt, man muß Farbe bekennen. Du warst ja auch mal bei denen. Kennt Ihr Euch eigentlich von da her oder erst außem SA-Sturm? Du sagst ja gar nichts. Ich will wirklich nichts von Dir. Wenn Du magst, päppeln wir Dich ein paar Wochen. Du mußt Ruhe haben. So etwas wie ein Zuhause. Wir haben zweieinhalb Zimmer. Du kriegst die Kammer unterm Dach ganz für Dich. Ich laß Dich in Frieden, bestimmt. Ich liebe Dich. Aber auf 'ne ganz ruhige Art. Eben hat Dich Walli angelacht. Haste gesehn? Jetzt wieder. Mag der Hund Kinder? Man sagt ja, Schäferhunde lieben Kinder. Ich liebe Dich und den Hund. Und damals wollt' ich ihn verkaufen, so dumm war ich damals. Du mußt was tun gegen Haarausfall.«
Sie gehen an Bord: Mutter und Kind – Herr und Hund. Die guternährte Sonne kocht Mülheims Trümmer und Mülheims knapp ernährte Lebensmittelempfänger im gleichen Töpfchen. Nie war Deutschland so schön. Nie war Deutschland so gesund. Nie gab es ausdrucksvollere Köpfe in Deutschland, als zur Zeit der tausendundzweiunddreißig Kalorien. Aber Inge Sawatzki meint, während das Mülheimer Bötchen anlegt: »Jetzt kriegen wir ja bald neues Geld. Goldmäulchen weiß sogar wann. Was, den kennste nicht? Den kennt doch jeder hier, der einigermaßen Bescheid weiß. Der hat, kann ich Dir sagen, überall den Daumen drauf. Der gesamte Markt, von der Trankgasse bis zu den Amis in Bremerhaven, hört auf Goldmäulchen. Aber er sagt, jetzt ist bald Ebbe. Wir sollen uns umstellen, sagt er. Das neue Geld wird nicht nur aus Papier sein sondern

teuer und selten, muß man was tun für. War übrigens bei der Taufe dabei. Wie er richtig heißt, wissen nur ganz wenige. Jochen sagt zwar, der ist nicht ganz astrein. Aber von mir aus soll er. Inne Kirche ist er jedenfalls nicht rein, hat aber zwei Babygarnituren geschenkt und jede Menge Gin. Trinkt zwar selber keinen Tropfen, nur rauchen tut er. Ich sag Dir, der raucht nicht, der frißt die. Momentan ist er weg. Es heißt, sein Hauptquartier liegt zur Zeit bei Düren. Andre sagen, bei Hannover. Aber bei Goldmäulchen weiß man nie. Hier sind wir zuhause. An den Anblick gewöhnt man sich.«

Bei guten alten Bekannten erlebt Matern den bedeutungsvollen X-Tag, die Währungsreform. Jetzt heißt es, die Lage erkennen. Sawatzki tritt schnurstracks aus der KP aus. Die stinkt ihm sowieso. Jeder bekommt eine Kopfquote, die wird nicht versoffen sondern: »Daas is jätz onser Grundkapital. Läben tun wä von Vorräte. An däm Sirup lecken wä noch zwelf Monate, mindinst. Wänn wä all die Hämden ond Onterhosen aufjetragen ham, jeht Walli schon in Schule. Wä send nämlech nech auf Vorräte setzen jeblieben, wiä ham rechtich vorjesorcht ond abjestoßen. Daas häd ons Goldmäulchen jeraten. Son Tipp ist nech zu bezahlen. Inge hädder ne Quelle fier Care-Pakete väraten, rain aus Gefälligkait, wail ä ons mag. Nach Diä frächt ä och alle naslang, wail wiä hädden äzählt von Diä. Wo hast aijentlech jestäckt all die Zait ieber?«

Mit pfundschweren Pausen dazwischen zählt Matern, der langsam wieder zu Kräften kommt, deutsche Landschaften auf: Ostfriesland, die rauhe Alb, Oberfranken, die liebliche Bergstraße, das Sauerland, den Hunsrück, die Eifel, das Saargebiet, die Lüneburger Heide, Thüringen oder das grüne Herz Deutschlands, den Schwarzwald schildert er, wo er am höchsten und schwärzesten ist. Dazu Städtenamen beim anschaulichen Geografieunterricht: »Als ich von Celle nach Bückeburg reiste. Aachen, die alte, von den Römern gegründete Krönungsstadt. Passau, wo Inn und Ilz in die Donau fließen. Natürlich hab ich in Weimar auch den Frauenplan besichtigt. München enttäuscht, aber Stade, das Alte Land hinter den Elbdeichen, ein hochentwickeltes Obstanbaugebiet.«

Die Frage der Sawatzkis »Und was nun?« könnte gestickt und verziert über dem Sofa hängen. Matern will schlafen, essen, Zeitung lesen, schlafen, aus dem Fenster gucken, in sich ruhen und Matern im Rasierspiegel beobachten: Keine Triefaugen mehr. Die Löcher unter den Backenknochen prima ausgestopft. Aber die Haare sind nicht mehr zu halten und wandern aus. Seine Stirn wächst und verlängert einen Charakterkopf, den einunddreißig Hundejahre formten. »Und was jetzt?« Etwa klein beigeben? In die Wirtschaft, da sie zu keimen anfängt, ohne Hund einsteigen? Theaterspielen, und den Hund in der Garderobe lassen? Nicht mehr auf freier Wildbahn, nur noch auf der Bühne mit Zähnen knirschen? Franz Moor? Danton? Faust in Oberhausen? Unteroffizier Beckmann in Trier? Hamlet im Zimmertheater? Nein. Niemals! Noch nicht. Da blieb noch ein Rest. Maternas X-Tag ist noch nicht angebrochen. Matern möchte heim-

zahlen in alter Währung, deshalb macht er Stunk in Sawatzkis Zweieinhalbzimmerwohnung. Mit schwerer Hand zerknautscht er eine Zelluloid-Kinderklapper und zweifelt an, daß Walli vom Stamme Walter zweigt. Auch wischt Matern alle unfehlbaren Tips aus Goldmäulchens Garten mit der Zuckerdose vom Frühstückstisch. Nur auf sich, auf Herz, Milz und Nieren, will er hören. Er und Sawatzki nennen sich nicht mehr beim Vornamen, sondern schimpfen einander je nach Tageszeit und Laune: »Trotzkist, Nazi, Du Verräter, Du mieser kleiner Mitläufer!« Aber erst als Matern Inge Sawatzki mitten im Wohnzimmer ohrfeigt – der Grund mag in Materns Dachkammer begraben liegen – wirft Jochen Sawatzki den Gast mit Hund aus der Zweieinhalbzimmerwohnung. Sogleich will Inge mit Kind auch hinausgeworfen werden. Aber Sawatzki haut flach die wachstuchbespannte Tischplatte: »Daas Kind blaibt mia hieä! Daas kommt miä nech onter de Räder. Jäht wo Ihä wollt ond macht Aich färtich auf Daiwelkommraus. Abä nech midde Marjell, dafier sorch ech.«
Also ohne Kind aber mit Hund und wenig neuer Währung. Matern besitzt noch Wollschlägers Taschenuhr, Budczinskis goldne Manschettenknöpfe und zwei kanadische Dollars. Die Uhr verjubeln sie zwischen Kölns Dom und Kölns Hauptbahnhof. Der Rest reicht für eine Woche Hotel in Benrath, mit Blick aufs Schloß mit rundem Teich und quadratischem Garten.
Sie sagt: »Und was nun?«
Er massiert vor dem Kleiderschrankspiegel seine Kopfhaut.
Sie weist mit dem Daumen gegen die Gardinen: »Ich meine, wenn Du Arbeit willst, drüben liegen die Henkelwerke, und rechts fängt die Demag wieder an. Wir könnten uns Wohnung suchen in Wersten oder in Düsseldorf direkt.«
Aber vor dem Spiegel und später, in naßkalter Natur, will Matern nicht arbeiten sondern wandern. Er komme nun mal aus einer Müllerfamilie. Außerdem müsse der Hund Auslauf haben. Und bevor er für diese Kapitalistenschweine einen Finger krumm mache, wolle er lieber... »Henkel, Demag, Mannesmann! Daß ich nicht lache!«
Zu zweit mit Hund am Trippelsberg entlang, über die Rheinwiesen bis Himmelgeist. Da gibt's einen Gasthof, der hat noch ein Zimmer frei und fragt nicht viel nach Eheschein und Mannundfrau. Unruhige Nacht, denn Inge Sawatzki hat aus Mülheim zwar keine Wanderschuhe aber das Zierdeckchen mit gestickter Frage »Und was nun?« mitgebracht. Ihn nicht schlafen lassen. Immer in dieselbe Kerbe. Kopfkissenzischeln: »Mach doch was. Irgendwas. Goldmäulchen hat gesagt: Investieren, investieren und nochmals investieren, das zahlt sich aus in drei Jahren spätestens. Sawatzki, zum Beispiel, will deswegen in Leverkusen Schluß machen und in irgendeiner Kleinstadt selbständig werden. Goldmäulchen hat ihm Herrenoberbekleidung vorgeschlagen. Willste nich auch was anfangen, irgendwas. Hast doch studiert, sagste immer. Zum Beispiel ein Bera-

tungsbüro oder ne Horoskopzeitung, seriös aufgemacht. Goldmäulchen sagt, sowas hat Zukunft. Die Leute glauben einfach nicht mehr an den alten Schwindel. Die wollen anders und besser informiert werden: Was in den Sternen steht geschrieben... Du bist zum Beispiel Widder, und ich bin Krebs. Du kannst mit mir machen, was Du willst.«
Folgsam macht Matern sie am nächsten Tag fix und fertig. Das Geld reicht gerade noch für die Rheinfähre von Himmelgeist nach Üdesheim. Den Regen bekommen sie gratis. Oh, naßkalte Hörigkeit! In suppenden Schuhen laufen sie hintereinander, der Hund voraus, bis Grimlinghausen. Da bekommen sie Hunger aber nichts zu essen. Nicht mal die Seite können sie wechseln und mit der Fähre das rechte Ufer, Volmerswerth, gewinnen. Linksrheinisch macht er sie fertig, und zwar unter den Augen des heiligen Quirinus, der in Moskau unter dem Namen Kuhlmann verbrannt wurde und dennoch die Stadt Neuß nicht vor Bombenteppichen schützen konnte.
Wo schläft man, ohne Geld zwischen den Fingern, aber frommen sündigen Herzens? In einer Kirche, genauer: in einer alleinseligmachenden, ungeheizten, also katholischen Kirche läßt man sich einschließen. Bekanntes Milieu. Unruhige Nacht. Sie liegen lang, jeder auf eigener Kirchenbank, bis nur noch sie liegt, und er mit Hund und nachgezogenem Bein durch das Kirchenschiff wandert: überall Baugerüste und Kalkeimer. Alles schief! Von allem was dran. Typischer Übergangsstil. Romanisch begonnen, als es schon zu spät war, später mit Barock bekleistert, zum Beispiel die Kuppel. Feuchter Verputz dünstet. In wandernden Gipsstaub mischt sich der Geruch umständlicher Pontifikalämter aus den dreißiger Hundejahren. Noch wabbert er unschlüssig und will sich nicht legen. Hier war Matern schon mal, als er noch mit der Jungfrau Gespräche führte. Heut' quasselt Ingefrau. »Und was nun?« heißt ihre immerbereite Frage. »Kalt«, sagt sie und: »Setz Dich doch endlich«, und: »Wolln wir uns nen Teppich holen?« und: »Wennes nicht ne Kirche wäre, würd ich ja sagen, hättste auch Lust?« Darauf im schummrigen Dreivierteldustern: »Guck mal da! Da issen Beichtstuhl. Ob der zu ist?«
Der ist nicht verschlossen sondern allzeit bereit. In einem Beichtstuhl macht er sie fertig. Das ist mal was Neues. In dem hat bestimmt noch niemand. Also muß der Hund da rein, wo sonst der Priester sein Ohr hat. Denn Pluto spielt mit. Matern bezieht mit ihr die Gegenkabine, stößt sie im Knien, unbequem von hinten, während sie quasseln muß vorne weg durch das Gitterchen, hinter dem Pluto den Beichtvater mimt. Und er drückt ihr vervögeltes Puppengesicht gegen das sündhaft verschnörkelte Holzgitter: barocke, meisterliche rheinische Holzschnitzerkunst überdauert Jahrhunderte, bricht nicht, sondern quetscht dem Puppengesichtchen die Nase. Jede Sünde zählt. Bußwerke werden auferlegt. Fürbitte wird eingelegt. Nicht etwa: Heiliger Quirinus, Hilfe! Vielmehr: »Sawatzki, komm, helf mir doch! Ogottogott!«
Nun, ja, nachher ist der Beichtstuhl nicht kaputt. Aber sie liegt lang auf

kühlen Fliesen und läßt die Nase bluten im Dustern. Er wandert wieder, Hund bei Fuß, wortlos. Und wie er nach zwei einsamen nachhallenden Runden wieder vor dem nicht kaputtzubekommenden Beichtstuhl steht, läßt er, um einem beschwichtigenden Pfeifchen Feuer zu geben, sein gutes altes Feuerzeug springen; das tut mehr, als verlangt wird: erstens hilft es der Pfeife, zweitens beweist es, daß Inges Nasenblut rot ist, und drittens macht es ein Schildchen am Beichtstuhl deutlich, auf dem steht etwas geschrieben, ein Name schwarz auf weiß: Joseph Knopf – ohne nähere Adresse. Denn dieser Name wohnt zeitweilig hier und muß nicht, wie die anderen Namen, in Kölns heiliger Männertoilette Straße und Hausnummer angeben; dieser Knopf bewohnt täglich ein halbes Stündchen lang, von viertel vor zehn bis viertel nach zehn, den unverwüstlichen Beichtstuhl und stellt jedermann sein geeichtes Ohr zur Verfügung. Oh Leit- und Mordmotive! Oh Rache, sirupsüße! Oh Gerechtigkeit, kreuz und quer eisenbahnfahrende. Oh Namen, abgezinkte und noch abzuzinkende: Joseph Knopf – oder die sechsundachtzigste Materniade!
Diesen zinkt Matern punkt zehn Uhr solo und persönlich ab. Den Hund Pluto – schwer fällt die Trennung – hat er zwischen den Trümmern der Stadt Neuß an einen heilgebliebenen Fahrradstand gebunden. Die immerzu weinende Inge verdrückt sich wortlos kurz vor der Frühmesse und tippelt mit zerknautschter Nase rückläufig in Richtung Köln. Irgendein Lastwagen wird sie schon mitnehmen – er aber bleibt, sucht nicht, sondern findet auf der Batteriestraße, ziemlich genau zwischen Münsterplatz und Industriehafen, zehn Pfennige in einem Stück. Reichtum! Diesen Groschen hat der heilige Quirinus extra für ihn. Dafür kann man sich einen Glimmstengel; dafür gäbe es eine druckfrische »Rheinische Post«; soviel kosten eine Schachtel Streichhölzer, ein Kaugummi; diese könnte man in einen Schlitz stecken, und es käme, stellte man sich auf die Waage, ein Kärtchen auf die Welt: Dein Gewicht! Doch Matern raucht Pfeife und läßt bei Bedarf sein Feuerzeug springen. Matern liest Zeitungen im Schaukasten. Matern hat genug zu kauen. Nicht zu wägen ist Matern. Matern kauft für zehn gefundene Pfennige eine schöne lange blanke keusche Stricknadel, wofür?
Dreht Euch nicht um, Stricknadel geht um.
Denn die ist für des Priesters Ohr und soll einfahren in das Ohr des Joseph Knopf. Vorsätzlich geht Matern um viertel vor zehn in des heiligen Quirinus asymmetrische Kirche, um zu richten mit langer zweckentfremdeter Stricknadel.
Vor ihm beichten zwei alte Weiber kurz und spärlich. Jetzt kniet er dort nieder, wo in schummriger Kirchennacht die vorgepflanzte Inge dem Hund hat beichten wollen. Da mag noch – wer Indizien sucht – Ingeblut am hölzernen Gitter kleben und ein Martyrium bezeugen. Er flüstert gezielt. Das Ohr des Joseph Knopf ist groß, fleischig und zuckt nicht. Das ganze Sündenbekenntnis, an Fingern abzuknicken, findet Platz, mittenmang eine uralte Geschichte, die sich in den enddreißiger Hundejahren

abspielte zwischen einem ehemaligen SA-Mann, dann Neukatholiken, und einem berufsmäßigen Altkatholiken, der, gestützt auf die sogenannten Maria Laacher Beschlüsse, dem Neukatholiken riet, doch ja wieder in einen ordentlichen SA-Sturm einzutreten und mit Hilfe der heiligen Jungfrau den katholischen Flügel der an sich gottlosen SA zu stärken. Eine verzwickte und auf heißem Pflaster radschlagende Mär. Aber des Priesters Ohr zuckt nicht. Matern flüstert Namen Daten Zitate. Er haucht: der hieß soundso, und der andere hieß soundso. Des Priesters Ohr wird von keiner Fliege belästigt. Matern bleibt emsig: Und der soundso hieß, sagte zu dem anderen nach einer Maiandacht im Jahre des Herrn... Des Priesters Ohr bleibt steingehauen. Und ab und zu kommen solide Worte von drüben: »Mein Sohn, bereust Du auch von Herzen? Du weißt, Jesus Christus, der für uns am Kreuz gestorben ist, weiß um jede, auch um die kleinste Sünde und schaut uns immer zu. Gehe in Dich. Verschweige nichts, mein Sohn.«

Genau das hat Matern vor. Noch einmal spult er die gleiche Geschichte ab. Aus kunstvoller Spieluhr treten die geschnitzten Figuren: der Prälat Kaas, der Nuntius Pacelli, der ehemalige SA-Mann, der reuige Neukatholik, der verschlagene Altkatholik und der Vertreter des katholischen SA-Flügels. Alle, zum Schluß die hilfreiche Jungfrau Maria, machen ihr Tänzchen und gehen wieder ab; nur Matern hat sein Flüstergarn noch nicht von der Rolle: »Und das warn Sie, genau Sie, der gesagt hat, wieder rinn in die SA. Immerzu Konkordatsgequatsche und Anekdötchen aus Maria Laach. Sogar heimlich ne Standarte gesegnet und Gebete für'n Führer geschnalzt. Dominikaner! Schwarzer Drecksack! – und zu mir, Matern, gesagt: Mein Sohn, lege wieder an das braune Ehrenkleid. Jesus Christus, der für uns am Kreuz gestorben ist und all unseren Werken zuschaut, hat uns den Führer geschickt, damit er mit Deiner und meiner Hilfe die Saat der Gottlosen zertritt. Verstanden? Zertritt!« Aber des Priesters Ohr, mehrmals beim Namen genannt, bleibt eines gotischen Steinmetz' kunstfertige Arbeit. Auch als die Stricknadel, Ladenpreis zehn Pfennige, schon in Anschlag gebracht wird, als also der Rache Vollzugsgerät auf schnörkeligem Beichtgitter ruht und stricknadelspitz ins Priesterohr zielt, zuckt nichts, ums Trommelfell besorgt; nur die Altmännerstimme läßt, weil Meinung besteht, das Beichtkind sei am Ende, müde und routiniert milde den ewigen Text los: »Ego te absolvo a peccatis tuis in nomine Patris et Filii et Spiritus Sancti. Amen.« – Die auferlegte Buße lautet: neun Vaterunser und zweiunddreißig Gegrüßetseistdumaria.

Da läßt Matern, der gekommen war, zu richten mit einer Zehnpfennigstricknadel, sein Instrument wieder rücklaufen: Der hält sein Ohr hin nur beispielhaft. Der ist nicht zu treffen. Dem kannst Du alles jeden Tag doppelt sagen, der hört immer nur den Wald rauschen oder nicht mal den. Joseph Knopf. Tauber Knopf. Tauberpriesterknopf. Knopftauber Priester spricht mich los im Namen von dem und von dem und im Namen der Taube. Stocktauber Joseph macht hinterm Gitter mit Händen Firlefanz, damit ich gehe. Hau ab, Matern! Andre wollen auch ins taube Ohr. Hebe Dich fort, Du hast keine Sünden mehr. Nun los doch, sauberer geht's nicht! Mische Dich unter die Büßer: Maria Laach ist nahe Neviges. Such Dir ein hübsches Canossa aus. Trage die Stricknadel zurück in das Kurzwarengeschäft. Vielleicht nimmt man sie Dir wieder ab und gibt Dir runde zehn Pfennige zurück. Dafür kannst Du Streichhölzer, Kaugummi einhandeln. Soviel kostet eine »Rheinische Post«. Für zehn Pfennige könntest Du Dein Gewicht nach erleichternder Beichte prüfen. Oder kaufe Deinem Hund für einen Groschen Wurstpellen. Pluto muß bei Kräften bleiben.

Die siebenundachtzigste wurmstichige Materniade

Jeder Mensch hat mindestens zwei Väter. Diese müssen sich nicht kennen. Manche Väter wissen gar nicht. Oft gehen Väter verloren. Matern, um einen ungewissen Vater zu nennen, besitzt einen besonders denkmalswürdigen, von dem er nicht weiß, wo er; von dem er nicht ahnt, was er; von dem er hofft. Aber er sucht ihn nicht.
Vielmehr, und bis in seine Träume hinein, deren Arbeit darin besteht, einen rauschenden Buchenwald Stamm um Stamm abzuholzen, tastet er nach Goldmäulchen, von dem überall und dunkel die Rede ist; aber so gründlich er alle Buhnen der Männertoilette des Hauptbahnhofs Köln nach Goldmäulchenhinweisen absucht, kein richtungweisender Pfeil setzt ihn in Trab; doch liest er – und diese Lektion lehrt ihn, die Spuren seines Vaters Anton Matern lesen – eine frischgravierte Lebensweisheit in schadhafter Emaille:
»Hört nicht auf den Wurm, im Wurm ist der Wurm!«
Ohne die Goldmäulchenfahndung und seine Traumbeschäftigung Buchenfällen aus dem Programm zu streichen, bricht Matern auf in Richtung Vater.
Der Müller mit dem platten Ohr. Neben der historischen Bockwindmühle zu Nickelswalde, die östlich der Weichselmündung inmitten sibirisch winterfestem Urtobaweizen stand, hielt er den Zentnersack geschultert, bis die Mühle, bei gehendem Rutenzeug, vom Bock über den Mehlboden zum Sackboden abbrannte. Da entzog sich der Müller dem Zugriff des von Tiegenhof über Scharpus aufmarschierenden Krieges. Beladen mit einem Zwanzigpfundsäckchen Weizenmehl – aus Eppscher Sorte gemahlen – fanden er, sowie Frau und Schwester des Müllers Platz auf einem Fährprahm, der jahrzehntelang die Weichseldörfer Nickelswalde und Schiewenhorst verbunden hatte. Mit im Geleit fuhren das Fährschiff »Rothebude«, die Eisenbahnfähre »Einlage«, der Schlepper »Zukunft«, sowie ein Rudel Fischkutter. Nordöstlich Rügen mußte der Fährprahm »Schiewenhorst« wegen Maschinenschadens entlastet und von der Rothebude-Käsemark-Fähre in Schlepp genommen werden. Der Müller, das Zwan-

zigpfundsäckchen Weizenmehl und des Müllers Familienangehörige durften auf ein Torpedoboot umsteigen. Das war mit Kindergeschrei und Seekrankheit überbelegt, lief westlich Bornholm auf eine Mine, ging sehr schnell unter, nahm Geschrei, Übelkeit, auch Frau und Schwester des Müllers mit sich; ihm jedoch gelang es, mit seinem Mehlsäckchen auf dem Seebäderdampfer »Schwan«, der von Danzig-Neufahrwasser aus Kurs auf Lübeck genommen hatte, einen Stehplatz zu gewinnen. Ohne abermals das Schiff wechseln zu müssen, erreichte der Müller Anton Matern mit plattem Ohr und trocken gebliebenem Zwanzigpfundsäckchen den Hafen Travemünde, das Festland, den Kontinent.
Während folgender Monate – Geschichte ereignet sich andauernd: Der Frieden bricht aus! – muß der Müller sein geschultertes Flüchtlingsgut oft und listig verteidigen, denn um ihn herum gibt es viele, die Kuchen essen wollen, aber kein Mehl haben. Er selber ist oft versucht, die zwanzig Pfund um eine Handvoll zu schmälern und sich ein schleimiges Klumpersüppchen zu kochen; aber so oft ihn sein Magen anficht, so streng schlägt seine linke Hand seine rechten, das Säckchen aufdröselnden Finger. So sieht ihn denn die schleichende und Milieustudien betreibende Misere: schief, still und enthaltsam in Wartesälen, in Flüchtlingsbaracken gelagert, in Nissenhütten gedrängt. Das eine Ohr steht mächtig ab, während das platte Ohr vom ungeschmälerten Zwanzigpfundsäckchen gedrückt wird. Da liegt es sicher und – von außen besehen – mucksmäuschenstill.
Als der Müller Anton Matern zwischen dem Hauptbahnhof Hannover und dem zwar durchlöcherten aber immer noch langschweifigen Reiterdenkmal in eine Polizeirazzia gerät, vorgeführt und – des mehlgefüllten Säckchens wegen – als Schwarzhändler abgeurteilt werden soll, steigt nicht etwa der König Ernst August vom Roß, um den Müller zu retten; ein Beamter der Besatzungsbehörde ergreift seine Partei, verteidigt ihn und die zwanzig Pfund mit fließender Rede und läßt, während halbstündigem Plädoyer, nach und nach zweiunddreißig Goldzähne schimmern: Goldmäulchen bürgt für den Müller Matern, nimmt den schiefen Mann samt Mehlsäckchen in Obhut, mehr noch: er beurteilt den Müller nach seinen beruflichen Fähigkeiten und kauft für ihn zwischen Düren und Krefeld, also auf planem Lande, eine leicht beschädigte Bockwindmühle, deren Dach er flicken läßt, deren lückenhaftes Rutenzeug er aber nicht zurichten und in den Wind drehen lassen will.
Denn der Müller soll, auf Goldmäulchens Geheiß, ein beschauliches Leben führen in zwei Etagen: Oben, unter der Rutenwelle und dem staubverfilzten Getriebe für den Mahlgang, auf dem sogenannten Sackboden, schläft er. Obgleich der große Bodenstein, der Aufschüttungsrumpf und das durch die Dachrähme brechende Stirnrad den Raum verstellen, ergibt sich dort, wo früher das Mahlgut stand, ein nicht zu knappes Geviert für das Bett, jenes beinahe holländische Möbel; so nahe ist die Grenze. Der Stein dient als Tisch. Der Schuh des Aufschüttungsrumpfes bewahrt Habseligkeiten und Leibwäsche. Fledermäuse räumen die Knaggen und

Riegel, das Quergebälk und den Wellbalken, damit Platz entsteht für Goldmäulchens kleine Geschenke: das Radio, die Lampe – er läßt elektrisches Licht legen – die illustrierten Zeitungen und das wenige Geschirr für einen alten Mann, der einem Spirituskocher Bratkartoffelgeschmack abzugewinnen versteht. Die Treppe hinunter wird das Geländer erneuert. Denn auf geräumigem Mehlboden, dessen Mitte der Hausbaum bezeichnet, ergibt sich des Müllers Gute Stube, die bald zum Sprechzimmer werden wird. Unterm Mühleisensteg und der Hängedocke, unterm gewiß verklemmten Wirrwarr, der einst der Steinstellung diente, plaziert Goldmäulchen, dem des Müllers Wünsche in die eigenen Vorschläge münden, den pompösen frischgepolsterten Ohrensessel, der, weil das eine Sesselohr dem geschulterten Zwanzigpfundsäckchen im Wege ist, schlußendlich gegen einen ohrenlosen Sessel ausgetauscht werden muß. Die Mühle knarrt, auch bei Windstille. Pustet es draußen, wölkt immer noch Staub vom Mehlloch durch den Mahlgang zum löchrigen, schief in den Leisten hängenden Beutel. Bei Ostwind qualmt der Kanonenofen. Aber zumeist rutschen die Wolken, vom Kanal kommend, flach übers Niederrheinische. Einmal, kaum ist er eingezogen, ölt der Müller den Stöpsel zum Feststellen des Preßbalkens, auch schlägt er Spannriegel nach, damit Genüge getan ist an dem Umstand: ein Müller hat eine Mühle bezogen. Alsdann lebt er in Hausschuhen und dunklem Zeug schläft bis um neun, frühstückt allein oder mit Goldmäulchen, falls jener auf Besuch ist, und durchblättert Kriegs- und Nachkriegsjahrgänge der amerikanischen Illustrierten »Life«. Den Arbeitsvertrag hat er anfangs, sogleich nach dem bedeutungsvollen Nachschlagen der Spannriegel, unterschrieben. Viel verlangt das Goldmäulchen nicht: außer am Donnerstagvormittag, hat der Müller zwischen zehn Uhr und zwölf Uhr mit plattem Ohr Sprechstunden abzuhalten. Nachmittags, bis auf den Donnerstag, der ihn zwischen drei und fünf Uhr fleißig sieht, hat er dienstfrei. Dann hockt er mit abstehendem Ohr neben dem Radio, oder er läuft nach Viersen ins Kino, oder er spielt Skat mit zwei Funktionären der Flüchtlingspartei, der auch er seine Stimme gibt, weil, wie er meint, die Friedhöfe links und rechts der Weichselmündung, besonders der in Steegen, fetter im Efeu standen, als alle Friedhöfe zwischen Krefeld und Erkelenz.

Wer aber besucht den schiefen Müller mit dem platten Ohr während Sprechstunden am Vormittag und am Donnerstagnachmittag? Anfangs kommen die Bauern der Umgebung und zahlen mit Naturalien wie Butter und Stangenspargel; dann suchen ihn Kleinindustrielle aus Düren und Gladbach mit tauschwertigen Fertigprodukten auf; zu Beginn des Jahres sechsundvierzig entdeckt ihn die Presse.

Was lockt den zuerst überschaubaren Besuch, später nur noch schwer zu regulierenden Zustrom? Wer es noch nicht weiß: Der Müller Anton Matern lauscht mit plattem Ohr in die Zukunft. Der schiefe Müller weiß wichtige Daten im voraus. Sein anliegendes Ohr, das alltäglichem Geräusch gegenüber taub zu sein scheint, hört Weisungen, nach denen

sich die Zukunft lenken läßt. Dabei kein Tischrücken, Kartenlegen, Kaffeesatzrühren. Nicht, daß er vom Sackboden aus ein Fernrohr gegen die Sterne richtet. Kein Aufdröseln vielsagend verlaufender Handlinien. Weder in Igelherzen und Fuchsmilzen noch in den Nieren eines rotblessigen Kalbes wird herumgestochert. Wer es noch nicht weiß: das Zwanzigpfundsäckchen ist so allwissend. Genauer gesagt, Mehlwürmer, die im Mehl, gemahlen aus Eppscher Sorte, die Fahrt auf dem Fährprahm, den raschen Untergang des Torpedobootes, kurz, Kriegs- und Nachkriegswirren zuerst mit Gottes, zuletzt mit Goldmäulchens Hilfe überlebt haben, flüstern im voraus, und des Müllers plattes Ohr – zehntausend und mehr Zentnersäcke Urtobaweizen, Eppscher Weizen, Weizenmehl aus Schliephackes Sorte Numero fünf gemahlen, haben es so platt, taub und hellhörig werden lassen – vernimmt, was die Zukunft zu bieten hat und gibt der Mehlwürmer Weisungen – der Müller spricht's aus – an Ratsuchende weiter. Gegen angemessenes Honorar lenkt der Müller Anton Matern mit Hilfe des ostdeutschen Gewürms westdeutsche Geschicke wesentlich; denn wie, nach den Bauern und Kleinindustriellen, Hamburgs zukünftige Presselords seinem Lehnsessel gegenüber Platz nehmen und ihr Begehren auf ein Schiefertäfelchen schreiben, beginnt er Einfluß zu nehmen: richtungweisend meinungsbildend weltbedeutend zeitbestimmend inbildernredend allgemein spiegelverkehrt.
Nachdem der Müller jahrzentelang im heimatlichen Nickelswalde Ratschläge erteilt, nachdem er zwischen Neuteich und Bohnsack nach Mehlwurmweisungen den heimischen Weizenanbau beeinflußt und rentabel gemacht, nachdem er, mit plattem Ohr am mehlwurmbewohnten Sack, Mäuseplage und Hagelschlag, die freistädtische Guldenabwertung und Kursstürze auf der Getreidebörse, die Sterbestunde des Reichspräsidenten und den unheilgeladenen Flottenbesuch im Danziger Hafen vorausgesagt hat, gelingt ihm, mit Goldmäulchens Unterstützung, der Sprung aus provinzieller Enge in westdeutsche Weltläufigkeit: drei Herren fahren in einem Besatzungsjeep vor. Jung und deshalb unbescholten, nehmen sie mit zweieinhalb Sprüngen die Treppe zum Mehlboden, bringen Lärm, Begabung und Unwissenheit mit, beklopfen den Hausbaum, mühen sich mit der Seiltrommel ab, wollen partout auf den Sackboden steigen und sich im Mahlganggetriebe die Finger schmutzig machen; aber das Schildchen »Privat!« am Geländer der Sackbodentreppe erlaubt ihnen, gute Kinderstube zu beweisen; und so beruhigen sie sich schulbubenhaft dem Müller gegenüber, der auf die Schiefertafel und den Griffel weist, damit Wünsche formuliert und erfüllbar werden.
Es mag nüchtern klingen, was die Mehlwürmer den drei Herren zu sagen haben: dem hübschesten wird nahegelegt, sich britischer Macht gegenüber auf die Zeitungslizenz Numero siebenundsechzig zu versteifen, damit sie unter dem Namen »Hör Zu« zu Auflagen kommen mag und – nebenbei bemerkt – für den Müller Matern ein Gratisabonnement abwirft; denn der Müller ist illustriertenversessen und radioselig. Die

Lizenz Numero sechs, auf Rat der Würmer »Die Zeit« genannt, wird dem agilsten der Herren angeraten. Dem kleinsten und feinsten Herrchen aber, das verschüchtert an den Fingernägeln kaut und gar nicht vortreten mag, flüstern die Mehlwürmer über den Müller zu, er möge es mit der Lizenz hundertdreiundzwanzig versuchen und sein verunglücktes Experiment, »Die Woche» genannt, fallen lassen.
Der glatte Springer klopft dem weltfremden Rudi die Schulter: »Frag mal den Opa, wie Dein Kindchen heißen soll.«
Sogleich lassen die blinden Mehlwürmer durch den schiefen Müller ausrichten: »Der Spiegel«, dem kein Pickel auf glatter Stirn entgehe, gehöre in jeden modernen Haushalt, Voraussetzung, konkav geschliffen müsse er sein; was sich leicht lese, lasse sich leicht vergessen und dennoch zitieren; nicht immer komme es auf die Wahrheit an, aber die Hausnummer müsse stimmen; kurzum, ein gutes Archiv, also zehntausend und mehr wohlgefüllte Leitzordner, ersetze das Denken; »die Leute wollen«, so sagen die Mehlwürmer, »nicht zum Grübeln angeregt, sondern genau unterrichtet werden«.
Eigentlich ist nun die Sprechstunde beendet, aber der Springer mault und hadert mit den Mehlwurmprognosen, weil er, vom Herzen her, keine Rundfunkzeitung für die breite Masse, eher ein extrem pazifistisches Wochenblatt gründen will. »Aufrütteln will ich, aufrütteln!« Da trösten ihn die Mehlwürmer via Müller Matern und sagen ihm für den Juni des Jahres zweiundfünfzig die Geburtsstunde einer gemeinnützigen Wohltat voraus: »Drei Millionen lesende Analphabeten werden täglich mit der Bildzeitung frühstücken.«
Schnell, bevor der Müller seine Taschenuhr zum zweitenmal aufklappen läßt, gibt sich jener eben noch senatorenhaft aufgeräumte Herr, dem Axel Springer und der kleine Augstein die Manieren abgucken, hilfeschreiend ratlos und beinahe verzweifelt. Nachts, so beichtet er auf die Schiefertafel, habe er sozialdemokratische Träume, tagsüber speise er mit christlicher Schwerindustrie, sein Herz aber gehöre avantgardistischer Literatur, kurzum, er könne sich nicht entscheiden. Da läßt ihn der Mehlwurm wissen, diese Mischung – nachts links, am Tage rechts und im Herzen avantgardistisch – sei eine wahre Zeit-Mischung: bekömlich, ehrenwert, liberal, maßvoll mutig, pädagogisch und lukrativ.
Nun sprudeln Fragen über Fragen – »Inseratenpreise? Wer wird die Sperrminorität im Hause Ullstein?« – doch die Mehlwürmer, vertreten durch den Müller Matern, winken ab. In den Hausbaum – der gibt es heute noch preis – dürfen alle drei Herren, bevor sie artig Auf Wiedersehen sagen, ihre Namen schnitzen: der schöne Springer, der vom Weltschmerz gerittene Rudi und Herr Bucerius, dessen Stammbaum im aufgeklärten Mittelalter wurzelt.
Nach ruhiger Woche – der Müller Matern bekommt einen Teppich unter die Füße gelegt; am Hebel, der einst die schüttelnde Bewegung des Aufschüttungsrumpfes auslöste oder abstellte, findet das verglaste Bild

des greisen Reichspräsidenten Hindenburg vorläufigen Halt – nach einer Woche geringer häuslicher Veränderungen und organisatorischer Initiative – Goldmäulchen läßt den Feldweg zur stillgelegten Windmühle verbreitern und an der Chaussee von Viersen nach Dülken ein richtungweisendes Schild anbringen – also: nach einer Woche der Sammlung und Vorbereitung fahren auf frischgestreuter Zufahrtsstraße Konzernherren oder deren Beauftragte mit Entflechtungssorgen vor; und die Mehlwürmer, ausgeruht und mitteilungsbedürftig, heilen sogleich die Bauchschmerzen der unübersichtlichen Flick-Gruppe. Auf hartem Hocker sitzt, seinen Vater vertretend, Otto-Ernst Flick persönlich und ratsuchend da. Nicht, daß der Müller wüßte, wer dort auf immer wieder neue Art die Beine übereinander schlägt; freundlich teilnahmslos blättert er in seinen zerlesenen Illustrierten, während sich das Schiefertäfelchen mit dringlichen Fragen füllt. Das alliierte Entflechtungsgesetz verlangt vom Vater Flick, daß er sich trennt entweder vom Eisen oder von der Kohle. Da rufen die Mehlwürmer: »Stoß die Zechen ab!« – so kommt es, daß die von Mannesmann entflochtene Consolidation die Majorität der Essener Steinkohlen Bergwerke AG übernimmt und später, wie der Mehlwurm es will, zu Mannesmann zurückkehrt. Der Harpener Kohle, die von einem französischen Konsortium übernommen wird, vermag sich Flick der Ältere nach neun Jahren, also fünf Jahre nach seiner vorzeitigen und mehlwurmdatierten Zuchthaus-Entlassung abermals zu nähern: diesmal als Großaktionär.
Im gleichen Jahr übrigens steigt Dr. Ernst Schneider, der kurz nach Flick dem Jüngeren in der Windmühle vorspricht, in das Bankhaus Trinkaus ein; und mit ihm steigen ein: die gesamte Michel-Gruppe – Braunkohle Braunkohle! – und die Kohlensäure-Industrie, deren Aufsichtsratsvorsitzender er ist, von Mehlwurms Gnaden; denn mit weichselbreiter Zunge verteilt der Müller Ämter, die kurz zuvor von den Mehlwürmern besetzt wurden. So werden einem Rittmeister a. D. – der zukünftigen Schlüsselfigur keimender Wirtschaft – zweiundzwanzig Aufsichtssitze, darunter sechs Vorsitze, versprochen, weil der Herr von Bülow-Schwante, wenn er im Sattel bleiben will, den gesamten Stumm-Konzern über Hürden führen muß, die von den Alliierten hoch und verzwickt eng aufgestellt wurden.
Kommen und Gehen. Herren begrüßen sich auf der Treppe, die zum Mehlboden und dem Müller Matern führt. Eherne Namen beginnen den Hausbaum zu füllen, denn beinahe jeder will sich, Hoesch oder den Bochumer Verein an bedeutender Stätte verewigen. Krupp schickt Beitz, und Beitz erfährt, wie man sich, indem die launisch wechselnden Zeiten für Krupp arbeiten, der Entflechtung entzieht. Auch das entscheidende Gespräch zwischen den Herren Beitz und R. Murphy, Staatssekretär im US-State-Departement, bahnt sich, vermittelt durch Mehlwürmer, frühzeitig an: die Mehlwürmer sprechen, wie späterhin Beitz und Murphy, über langfristige Kredite an unterentwickelte Länder; doch soll nicht der

Staat die Hand aufmachen, Krupp soll privat und gezielt ausschütten: Hüttenwerke in Indien werden von Mehlwürmern projektiert, die, hätte man sie in Nickelswalde, rechts der Weichselmündung wohnen lassen, der Volksrepublik Polen Projekte gemacht hätten; aber die Polen wollten sich vom ostdeutschen Mehlwurm nicht helfen lassen.
Darum Siemens & Halske; Klöckner und Humboldt; Erdöl und Kali, wo immer das Steinsalz blüht. Diese Ehre wird dem Müller Matern an einem verregneten Mittwochvormittag zuteil. Dr. Quandt kommt in eigener Person und erfährt, auf welche Weise die Wintershall AG die Burbach-Kaliwerke majorisieren wird. Ein in Aussicht gestellter Handel, dem Goldmäulchen, der an einer stillgelegten Kaligrube zwischen Sarstedt und Hildesheim interessiert ist, verbindlich beiwohnt.
Aber als der Müller Matern am folgenden dienstfreien Donnerstagvormittag – es regnet immer noch – Nägel in stützende Knaggen schlägt und das Bild des greisen Reichspräsidenten mal hier und mal dort hängt, ist Goldmäulchen, der eigentlich nur einen Stoß illustrierte Zeitungen für des Müllers Lust abgeben wollte, schon wieder außer Lande. Dafür sprechen tags drauf – der anhaltende Landregen hat sie nicht abhalten können – alle IG-Nachfolger vor. Obgleich entflochten, kommen die Badische Anilin, Bayer und Hoechst gemeinsam und lassen sich vom Mehlwurm für die nächsten Jahre abstimmen: »Keine Dividende ausschütten, immer nur Kapitalerhöhung.« Doch diese Mehlwurmlosung wird nicht nur der Chemie auf den Weg gegeben; wer immer auch vorspricht, Feldmühle AG oder Esso, die Haniels oder der Norddeutsche Lloyd, alles vermögende Banken oder Haftpflichtversicherungen – der Mehlwürmerchor wiederholt sich eindringlich: »Verzicht auf Dividende zwecks Kapitalerhöhung!« Dazu der Kleinkram: Wie läßt sich der alte Hertie-Konzern, verknüpft mit der noch älteren Firma Tietz in die Kargsche Familienstiftung überführen? Soll Brenninkmeyer Kundenkredite gewähren? Wie wird der Herrenanzug der Zukunft aussehen – gemeint ist der Zweireiher wiederbelebter Käuferwünsche – den Peek & Cloppenburg bald von der Stange liefern wird?
Alle Fragen beantwortet der Mehlwurm nach Vorauszahlung und festen Gebührensätzen. Er putzt den Mercedesstern, sagt Borgward Glanz und Elend voraus, verfügt über Marshallplangelder, tagt mit, wenn die Ruhrbehörde tagt, verabschiedet das Grundgesetz, bevor es vom Parlamentarischen Rat angenommen wird, legte das Datum der Währungsreform fest, zählt Stimmen aus, ehe die ersten Bundestagswahlen steigen, plant im Schiffsbauprogramm der Kieler und Hamburger Howaldtwerke die aufkommende Koreakrise ein, bewirkt das Abkommen auf dem Petersberg, erklärt einen Dr. Nordhoff zum künftigen Schrittmacher der Preisbildung und drückt, wenn es ihm und seinesgleichen paßt, erschreckend aufs Kursniveau.
Im übrigen aber: Tendenz freundlich, obgleich die Damen Thyssen den Weg zur stillgelegten Windmühle nicht scheuen. Ist etwa die Mühle eine

Jungmühle? Werden Faltenwürfe geglättet, Waden gepolstert? Kuppelt der Mehlwurm? Einem alten Stahlhelm-Veteranen, der das Bild des Reichspräsidenten – es ist inszwischen vom Sackboden auf den Mehlboden umgezogen – straff freundlich grüßt, ihm, dem noch immer Rüstigen, wird geraten, zur Schlüsselfigur Bülow-Schwante familiär-freundschaftliche Beziehungen herzustellen, damit das Baugeschäft blühe: »Du, glücklicher Portland-Zement, heirate!« – denn Familienunternehmen sind mehlwurmbegünstigt.
Freilich muß, wer zum Mehlwurm will, Demut und kindliche Glaubensstärke als Reisegepäck mitführen. So ist der unverwüstliche Hjalmar Schacht, das Teufelchen mit dem Stehkragen, nicht zu belehren, obgleich es oft einer Meinung ist mit den Mehlwürmern. Beide, die Würmer und Schacht, warnen vor Ausfuhrüberschuß, Devisenüberhang, Aufblähung des Geldumlaufes und Preissteigerung. Aber nur die Mehlwürmer geben die Lösung kommender Probleme preis. Als der zukünftige Minister Schäffer und der Geheimrat Vocke getrennt vorfahren, wird ihnen geraten, die beiden zukünftigen Juliustürme – in die Geschichte werden sie eingehen! – dennoch zu öffnen: nicht mehr zurückhalten soll der Minister gewaltige Steuerüberschüsse; gestapeltem Gold soll der Geheimrat schleunigst die Freiheit geben. Hier, wie beim mehlwurmvermittelten Gespräch Krupp-Beitz-Murphy, heißt die Parole: »Devisenkredite für unterentwickelte Länder!«
Erstes kräftiges Anziehen. Lateinamerikanische Käufe stützen Wollmärkte. Bremer Jute holt auf. Warnung vor abbröckelndem kanadischen Dollar. Eine maßvoll angesetzte Konsolidierungspause der Mehlwürmer verhindert das Davonlaufen des Marktes. Tendenz bleibt freundlich. Goldmäulchen läßt die Zufahrtstraßen asphaltieren. Närrische Heiratspläne des Müllers – es soll eine Witwe aus Viersen zur Wahl gestanden haben – zerschlagen sich, weil auf eine Pension hätte verzichtet werden müssen. Weiterhin allein, aber nicht einsam, durchblättert der Müller die Illustrierten: Quick und Kristall, Stern und Revue, was ihm gratis und dankbar zugestellt wird: die Frankfurter und die Münchner, nun schon im dritten Jahrgang: Hör Zu! Und alle, die ihm von Anbeginn treu waren, auch jene, die erst verspätet zum rechten Glauben fanden, kommen immer wieder oder verschüchtert zum erstenmal, schnitzen oder bestätigen ihre Namen in und auf dem ansehnlichen Hausbaum, sind aufmerksam mit kleinen Geschenken und husten, wenn der Ofen bei Ostwind qualmt: die Herren von der Pike auf: Münnemann und Schlieker, Neckermann und Grundig; die alten Füchse Reemtsma und Brinkmann; die Potenzen Abs, Forberg und Pferdmenges; der vorerst zukünftige, dann gegenwärtige Erhard kommt regelmäßig und darf einen überschüssigen Mehlwurm schlucken: der wohnt heute noch wundersam wunderwirkend im beispielhaften Leib – Expansion Expansion! Die freie Marktwirtschaft wird vom Mehlwurm geritten. Von Anfang an war im Vater des Wirtschaftswunders der Wurm drinnen, wundersam wunder-

wirkend. »Hört nicht auf den Wurm, im Wurm ist der Wurm!«
So unkt die Opposition und kommt nicht, zahlt nicht, hustet nicht bei Ostwind und spricht nicht vor beim Müller Matern. Sie lehnt, laut Fraktionsbeschluß, ab, mittelalterlichen Teufelsspuk mitzumachen. Gewerkschaftsfunktionäre, die heimlich und dennoch den Weg zur Mühle nehmen, werden, obgleich ihre von Mehlwürmern formulierten Richtlinien die Machtstellung des Deutschen Gewerkschaftsbundes entscheidend bewirken, früher oder später kaltgestellt – man erinnere sich an das Schicksal des Viktor Agartz. Denn alle Sozialdemokraten verketzern den Müller und seine mehlwurmberatenen Kunden. Der Rechtsanwalt Arndt erntet nichts als Gelächter, da er im Bundestag, anläßlich einer Fragestunde, zu beweisen versucht, daß der ratsuchende Umgang mit Mehlwürmern das Grundgesetz, Artikel zwei, verletze, weil der zunehmende Mehlwürmerkult die freie Entfaltung der Persönlichkeit des einzelnen gefährde. Zynische Wurmwitze werden in der Bonner SPD-Baracke ausgebrütet und stehlen der Partei, sobald sie als Wahlparolen publik werden, entscheidende Stimmen. Keine Wahlrede der Herren Schumacher und – ab August zweiundfünfzig – Ollenhauer, die nicht Hohn und Spott über die Sprechstunden in stillgelegter Windmühle ausgießt. Von »kapitalistischer Wurmkur« sprechen Parteifunktionäre und bleiben – Wen wundert das? – auf der Oppositionsbank hocken.
Aber der Klerus kommt. Nicht etwa im vollen Ornat und an der Spitze von Feldprozessionen mit Frings und Faulhaber; zumeist sind es anonyme Dominikaner, die, selten motorisiert, zumeist zu Fuß, einige auf Fahrrädern, die richtungweisende Windmühle erreichen.
Mehr geduldet als bevorzugt sitzen sie mit aufgeschlagenem Brevier unterm Mühlenbock und waren demütig, bis ein Dr. Oetker aus Bielefeld weiß, daß das Gebot der Stunde für ihn lautet: »Backe aus Oetkers Backpulver eine Schiffsflotte. Rühre Oetkers Puddingpulver, lasse es aufkochen, erkalten, stürze es vorsichtig in alle sieben Weltmeere – und siehe da: Dr. Oetkers Tankschiffe schwimmen!« Später, nachdem Oetker sich im Hausbaum verewigt hat und gegangen ist, muß Peter Rochus leicht verwundert seine Brille anhauchen, denn sobald er mit schrillem Schulgriffel auf der Schiefertafel den Katechismus zitiert hat: »Herr, sende aus deinen Geist, und alles wird neuerschaffen ...« sprechen, stellvertretend, die Mehlwürmer: die alleinseligmachende Kirche habe über die christliche Regierungspartei langsam gotische, alsdann spätromanische Zustände anzustreben; rückwirkend müsse das Reich Karls des Großen, notfalls mit welscher Hilfe, erneuert werden; man möge vorerst ohne Tortur und Hexenverbrennung beginnen, den Ketzer wie Gerstenmaier und Dibelius werden der heiligen Jungfrau ungebeten aus der Hand fressen: »Maria mit dem Kinde lieb uns allen Deinen Segen gib.«
Reich beschenkt kehren fromme Patres zu Fuß und auf Fahrrädern heim. Einmal weht es sogar sechs Franziskanerinnen, vom Aachener Mutterhaus kommend, direkt und dekorativ vor die Windmühle. Wenn auch die

Novizenmeisterin, Schwester Alfons-Maria, ein halbes Stündchen lang beim Müller um Auskunft bittet, soll, was die Mehlwürmer den Nonnen zu sagen haben, nie und nimmer ausgeplaudert werden; nur soviel steht fest: katholische Mehlwürmer – der Müller Anton Matern ist rechtgläubig – haben für alle Fälle und Gelegenheiten Hirtenbriefe aufgesetzt; der Name eines aufkommenden Ministers wird geflüstert, der – nomen est omen – Würmeling heißen soll und mit Hilfe katholischer Familien einen Staat im Staate gründen wird; Mehlwürmer bringen Gesetzesentwürfe ein; Mehlwürmer bestehen auf der Konfessionsschule; aus Glaubensgründen lehnen katholische Mehlwürmer die Wiedervereinigung ab; Mehlwürmer regieren Westdeutschland – denn der ostdeutsche Teilstaat schickt seinen Plantheoretiker zu spät.
Bevor der Müller mit seinem Zwanzigpfundsäckchen Weizenmehl, dem übrigens einige Pfund Eppsche Sorte, aus dem heut polnischen Weichseldelta mühsam beschafft, nachgefüllt werden müssen, bevor also der Müller Matern mit seinen guternährten Mehlwürmern an der Planung des Stahlkombinates Stalinstadt im Oderbruch, am Aufbau des Energiekombinates Schwarze Pumpe, am Uran- und Wolframgewinn der berüchtigten Wismuth AG und an der Aufstellung der sozialistischen Brigaden mitwirken kann, haben Beamte in Zivil das Gelände um die sprechenden Mehlwürmer abgesichert; denn wäre es damals den Herren Leuschner und Mewis – Ulbricht schickte sogar Nuschke vor – einige Male gelungen, jenen Sperrgürtel zu durchstoßen, den ein General mit seinen Leuten gelegt hatte, die Deutsche Demokratische Republik stünde heute anders da, hätte Kartoffeln die Menge und Büroklammern im Überfluß – so aber hat sie nichts und nicht einmal genug Stacheldraht.
Gleich säumig verpassen Kritiker des Wirtschaftswunders, die mit erhobenem Zeigefinger an symbolischer Erhardfigur vorbeischießen, den Triebwagen nach Düren. Herr Kuby und alle Kabarettisten besäßen Giftpfeile, Argumente und ätzende Spottliedchen, angetan, ein Imperium zu erschüttern, wären sie zum Müller Matern in die Beratungsstunde gepilgert. Denn falsch ist es, anzunehmen, parteiische Würmer hätten nur immer den einen einzigen Konrad im Sinn gehabt. Im Gegenteil! Frühe Mehlwurmbesucher, die Herren von der Presse und jene mit Entflechtungssorgen, werden bestätigen, daß im Zwanzigpfundsäckchen von Anfang an radikalste Anti-Adenauer-Stimmung herrschte; nicht den untauglichen Oberbürgermeister, der nur viermal und immer mit außenpolitischen Fragen zur Windmühle pilgerte, haben die Mehlwürmer als ersten Bundeskanzler vorgeschlagen, nicht ihm galt ihr Votum; vielmehr riefen sie einstimmig: »Hans Globke soll es sein, der stille, im Hintergrund wirkende Widerstandskämpfer.«
Es kam anders, und hätten nicht mehlwurmgeschulte Anhänger, des Wurmspruches eingedenk, Dr. Hans Globke zum Schattenkanzler gemacht, also der Mehlwurmfraktion im Bundestag sowie etlichen Staatssekretären in den wichtigsten Ministerien Gehör verschafft, wäre

vieles, womöglich alles schief gegangen.
Und der Müller Matern? Welche Ehren wurden ihm zuteil? War das Gratisabonnement dieser und jener Illustrierten, waren die Jahresschlußgeschenke – Kalender der Firmen Auto-Union bis Zeche Hannover-Hannibal – sein einziger Gewinn? Fielen ihm Ämter, Orden oder Aktienpakete zu? Wurde der Müller reich?
Sein Sohn, der ihn im März des Jahres vierneun mit schwarzem Schäferhund besucht, bekommt vorerst keinen roten Pfennig zu sehen. Draußen zerrt Westwind am stillgelegten Rutenzeug. Neckarsulm und die Vereinigten Kesselwerke brausten soeben ab: die Sprechstunde ist beendet. Das Zwanzigpfundsäckchen ruht im Stahlschrank. Diese Möbel – eine Stiftung der Krauss-Maffei AG, die, von Buderus majorisiert, zur Flick-Gruppe gehörte – stellte Goldmäulchen auf, weil er meinte, simpel im Aufschüttungsrumpf gelagert sei das Säckchen nicht sicher. Auch zwecklose Neuanschaffungen sind betrachtenswert: in geräumigem Vogelbauer – Geschenk der Wintershall AG – schnäbeln zwei Wellensittiche – Geschenk des Gerling-Konzerns. Aber Vater und Sohn sitzen sich stumm gegenüber, wenn gelegentliche Ausrufe wie »Tjä« oder »So es daas nu!« nicht ins Gewicht fallen sollen. Verbindlich tut der Sohn als erster den Mund auf: »Noa Vadder, waas sächt dä Meehlwoarm allwedder?«
Der Vater winkt ab: »Waatä soo sächt. Vätellchens, emme nua Vätellchens.«
Da muß der Sohn, wie es sich gehört, nach Mutter und Tante fragen: »Ond Modder? Ond Tahnte Lorrchen? Häss Diä jetrennt von ihä?«
Der Müller weist mit dem Daumen gegen den Mehlboden: »Dee send all abjesoopen onderwäjens.«
Dem Sohn fällt ein, nach alten Bekannten zu fragen: »Ond Kriwe? Lührmann, Karweise? Wo send Kabruns abjeblieben? Dä olle Folchert ond däm Lau saine Hedwich vonne Schiwenhorster Sait?«
Abermals weist des Müllers Daumen gegen die Dielenbohlen: »Abjesoopen! Dee send all abjesoopen onderwäjens.«
Wenn schon Mutter, Tante und alle Nachbarn der Ostsee anheim fielen, soll auch nach der väterlichen Mühle gefragt werden. Und wiederum muß der Müller einen Verlust bekanntmachen: »Dee es abjepäsert am hällechten Taag.«
Der Sohn muß schreien, wenn er vom Vater Auskunft haben will. Zuerst vorsichtig, dann direkt bringt er sein Anliegen vor. Aber der Müller versteht weder mit plattem noch mit anliegendem Ohr. Deshalb schreibt der Sohn mit dem Griffel Wünsche auf die Schiefertafel. Er verlangt nach Geld – »Pänunsen! Pänunsen!« – er sei abgebrannt wie die heimatliche Windmühle: »Pech gehabt, Pleite!« Der Müllervater nickt verständnisvoll und rät seinem Sohn, entweder im Kohlenpott oder bei ihm Arbeit anzunehmen: »Na maach Diä hiä nitzlich. Zu tun fendst hiä emmä waas. Ond anbaun missen wä hiä ooch baldlich.«
Doch bevor Matern, der Sohn mit schwarzem Hund, beschließt, seinem

Vater zur Hand zu gehen, will er noch beiläufig wissen, ob der Müller jemanden, einen starken Raucher, kenne, Goldmäulchen genannt, und ob dieses zigarettensüchtige Goldmäulchen mit Hilfe der Mehlwürmer zu finden sei: »Frag die doch mal.«
Da versteinert der Müller. Die Mehlwürmer schweigen in ihrem Stahlmöbel: Krauss-Maffei. Nur noch die Wellensittiche – Gering-Konzern – plaudern in ihrem Bauer – Wintershall AG. Dennoch bleibt Matern, der Sohn, und klopft unter dem Bock der stillgelegten Windmühle eine Hundehütte für Pluto zusammen. Gäbe es hier eine Weichsel und Weichseldeiche von Horizont zu Horizont, dann wäre das Kaff da drüben Schiewenhorst und hier, wo jeden Morgen, außer am Donnerstag, die Koksbarone und Treuhänder vorfahren, läge Nickelswalde. So wird der Flecken bald heißen: Neu-Nickelswalde.
Der Sohn Matern richtet sich ein. Vater und Sohn unterschreiben einen ordentlichen Arbeitsvertrag. Fortan muß der Hund Pluto die Mühle mit Inhalt bewachen und Geschäftsbesuch durch Bellen anmelden. Zu den Pflichten des Sohnes gehört es, den äußeren Ablauf des wurmgelenkten Wirtschaftsprozesses zu regeln. Als übertariflich entlohnter Hausmeister läßt er unterhalb des Mühlenhügels einen Parkplatz planieren, lehnt aber die Anlage einer Esso-Tankstelle ab. Während die Benzinsäulen dort, wo die Zufahrtsstraße in die Dürener Chaussee einbiegt, ihren Platz finden, erlaubt er der Bundespost und den Blatzheim-Betrieben an Ort und Stelle zu bauen. Aber den Parkplatz dürfen nur einstöckige Gebäude dreiseitig flankieren, damit die Windmühle – inzwischen ein als Anstecknadel geprägtes Symbol – den unten florierenden Betrieb gehörig überragt. Die Telefonzentrale und das Schreibbüro übermitteln und formulieren Wurmweisungen und Wurmlogik. Das Hauptgebäude birgt ein eher einfaches Restaurant und zwölf Einzelzimmer, sowie sechs Doppelzimmer, damit das Wurmdenken Schlaf finden kann. Im Keller ergibt sich die Bar, in der vom späten Nachmittag an ordnende Wurmpotenzen – heut nennt man sie Führungskräfte – auf Barhockern kleben. Über kühlen Getränken, Salzmandeln knabbernd, pflegen sie den wurmgeförderten Hang zur Monopolbildung, diskutieren sie die wurmstichige Wettbewerbsordnung, stoßen sie ab, schütten sie aus, stützen sie vorläufig, tendieren sie ruhig, reagieren sie uneinheitlich, drücken sie auf, notieren und buchen sie, ziehen sie kräftig an und belächeln sie ein Transparent, das Matern, der Hausmeister, weiß auf rotem Grund in die Kellerbar hängte:
Alle Räder stehen still – wenn der Mehlwurm nicht mehr will.
Denn der Sohn Matern redet mit. Viele seiner Sätze beginnen gleichförmig: »Der Marxismus-Leninismus hat bewiesen …« oder: »Auf den Schwingen des Sozialismus wird sich …«
Die ordnenden Wurmpotenzen – denn Führungskräfte waren sie nie – zucken auf ihren Barhockern zusammen, wenn der Hausmeister Matern mit berühmter Leningeste auf das rotweiße Transparent weist und vom

Mehlwurmkollektiv, von der Wurmstruktur des siegreichen Sozialismus und von der Geschichte als dialektischem Wurmprozeß spricht. Während oben, in stillgelegter Windmühle, der schiefe Müller mit dem Zwanzigpfundsäckchen am Ohr der deutschen Nachkriegswirtschaft zu globalem Ansehen verhilft – seiner Mitarbeit und Toleranz verdanken wir die richtungweisende Schrift des Wirtschaftstheoretikers W. Eucken: »Die Aufgaben gemeinnütziger Mehlwürmer in einem Rechtsstaat« – schimpft unten sein Sohn, der Hausmeister, auf monopolistische Mehlwurmausbeuter. In Zitaten wimmelt der Wurm. Es gibt einen klassenbewußten und einen klassenlosen. Einige üben sich in kollektiver Selbsterziehung, andere führen ein Brigadetagebuch. Bahnbrechende bauen dem Sozialismus ein Haus. Unter veränderten gesellschaftlichen Bedingungen bekehrt sich der kapitalistische zum. Sie säubern sich, scheiden aus, siegen. Während endloser Bargespräche – schon lange schläft oben der Vater Matern und träumt von den efeugesättigten Friedhöfen links und rechts der Weichselmündung – verbreitet der Sohn Matern, über Gin und Whisky gebeugt, marxgenährte Wurmmythen, welche die These von der Zwangsläufigkeit aller Entwicklung stützen müssen: »Denn es gibt Planwürmer und Wurmbrigaden, die auf den Schwingen des Sozialismus den Weg vom Ich zum Wir beschreiten.«
Matern, der Hausmeister, spricht nicht schlecht. In verräucherter Bar, den bald kahlen Schädel unter die Deckenbeleuchtung gestellt, hält er das Whiskyglas umklammert, schwenkt sein klirrendes Getränk, weist mit oft gemaltem Leninfinger in die Zukunft und spielt Lehrstücke vor theaterliebendem Publikum. Denn die dort auf Hockern hocken, die Wurmpotenzen Abs und Pferdmenges, die Damen Thyssen und Springers Axel, die Führungskraft Blessing und der Syndikus Stein, die haftenden Gesellschafter und siebenfachen Aufsichtsräte, – sie spielen alle mit, weil jeder – »wo kämen wir sonst hin!« – eine eigene Meinung besitzt: die will vertreten werden. Zudem hat jeder mal in seiner Jugend – »Hand aufs Herz, Schrottag und Lauchhammer!« – irgendwo links gestanden. Wir sind ja unter uns: »Krauss-Maffei und Röchling-Buderus!« Ihr alten Haudegen: »Lübbert und Bülow-Schwante, Alfreds Zeugen und Hugos Erben!« Im Grunde, nach Mitternacht, Leute, mit denen man reden kann – findet Matern, der Hausmeister. Sind alle nicht auf Rosen gebettet. Jeder, selbst die Witwe Siemens hat ihr Päckchen zu tragen. Jede, selbst die Gutehoffnungshütte mußte ganz unten anfangen. Jedes, selbst das Phoenix-Rheinrohr läßt sich nicht übers Knie. »Doch eines wollen wir festhalten, Ihr Rück-Allianzen und Hagel-Versicherungen, ihr Teerverwerter und Stahlverarbeiter, Ihr Weitverzweigten und weitläufig Verwandten, Ihr Krupp, Flick, Stumm und Stinnes: Der Sozialismus wird siegen! Hoch die Tassen! Das walte der Mehlwurm! Prost Vicco! Tendenz freundlich! Bist ein prima Junge, auch wenn Du mal Standartenführer. Schwamm drüber. Wir haben alle einmal. Jeder auf seine Weise. Sag Walter zu mir!«

Doch diese Verbrüderungen gibt es unterhalb der stillgelegten Windmühle nur um Mitternacht; am Tage herrscht, während der Parkplatz überfüllt, die Telefonzentrale überbelastet und die Sprechstunden voll ausgelastet sind, ideologischer Kleinkrieg. Keine mysteriösen Hintermänner finanzieren den Hausmeister; aus eigenen Mitteln läßt er Flugzettel drucken, deren Stil bahnbrechend ist, weil sie zweckdienliche Verwendung finden.
Links lösen sich Marxzitate mit Daten aus der Familiengeschichte der Materns ab; rechts notieren reaktionsschnelle Stifte die vorausgesagte Jahreskapazität des geplanten Werkes Rourkela im indischen Orissa.
Links lassen die Klassenkämpfer Luxemburg und Liebknecht Ausrufungszeichen erblühen; rechts kündigt sich hinter Doppelpunkten an, daß Rüsselsheim in wenigen Jahren eine Superdividende von sechsundsechzig Prozent ausschütten wird.
Links gründen die Bandenführer Simon und Gregor Materna, schon zu Beginn des sechzehnten Jahrhunderts, kollektivbewußte Brigaden; rechts formuliert sich die Montanunion.
Links kann lesen, wer mag, wie des Hausmeisters Urgroßvater, der an Napoleon glaubte, aber den Russen Sturmleitern verkaufte, dieser Zwiespältigkeit wegen zu Geld kam, das vorher Militaristen und Kapitalisten gehörte; rechts reihen sich die Investierungen und Abschreibungen der Badischen Anilin- und Soda-Fabrik für das noch ferne Jahr fünf-fünf.
Kurzum: während sich der Hausmeister Matern auf insgesamt rotem Flugblatt linksseitig als jemand zu erkennen gibt, der das Ende westlich dekadenter Gesellschaftsordnung beschleunigen will, füllen den unbedruckten Teil des gleichen Flugblattes: Kostenkurven Kursnotierungen Kartellverordnungen – welch sinnfällige Vorwegnahme heutiger Koexistenz!
Und welch kostenloses Vergnügen wäre es, jetzt, da der Schluß dieser Chronik Atem holt, noch dieses und jenes Zwischenspiel einzulegen; denn jeder könnte jetzt Anekdoten erzählen. Etwa das Histörchen von der Ufa, die ihre Treuhänder zu spät nach Neu-Nickelswalde schickt. Jeder könnte jetzt ein Lamento loslassen. Etwa die Litanei der Unterlassungssünden im Rahmen der Landwirtschaft, obgleich die Mehlwürmer ohne Unterlaß und aus eigenem Milieu heraus, kommende Agrarkrisen ausposaunen. Jedermann könnte sogleich einen Almanach Gesellschaftsklatsch auftischen. So etwa Hamburger Verknüpfungen: Rosenthal-Rowohlt; Springers Scheidungsgründe; langweilige Gesellschaftskritik. Lassen wir das, und fassen wir uns kurz: vom März neunzehnhundertneunundvierzig bis zum Sommer des Jahres fünf drei dient Walter Matern, der gekommen ist, zu richten mit schwarzem Hund, als Hausmeister und aufsässiger Sohn seinem Vater Anton Matern, der gekommen ist, Rat zu geben mit flüsterndem Zwanzigpfundsäckchen. Diese Zeit ist allgemein bekanntgeworden als die Frühzeit des Wirtschaftswunders. Neu-Nickelswalde heißt die Keimzelle dieser Epoche.

Vieles – Gemunkel über Drahtzieher und internationale Verbindungen – muß und wird dunkel bleiben. Zum Beispiel sieht Matern, der Hausmeister, niemals das Goldmäulchen, von dem alle wissen, was er; von dem niemand weiß, wo er – selbst die Mehlwürmer nicht. Aber Stalins Tod plaudern sie aus, bevor er offiziell wird. Wenige Wochen später meldet der nachts freilaufende Wachhund Pluto: Feuer unter der Mühle! Der Brand wird rasch eingedämmt. Nur vier kleine Bänder des Bockgerüstes müssen ausgewechselt werden. Der Schaden am Sattel und an den Flugbalken des Mehlbodens ist unerheblich. Der Düsseldorfer Polizeipräsident fährt vor. Erwiesene Brandstiftung! Aber der Versuch, zwischen diesem Fall und dem bald darauf erfolgten, wie man sagen muß, geglückten Anschlag auf die Mühle, Zusammenhänge zu sehen, mündet in bloß Legende; denn Beweise stehen heute noch aus. Frei spekulieren tut gleichfalls, wer zwischen Stalins Tod und der mißglückten Brandstiftung einerseits, dem geglückten Anschlag und den Arbeiteraufständen in sowjetisch besetzter Zone andererseits, Zusammenhänge wittert. Dennoch gelten bis heute Kommunisten als Brandstifter und Entführer.
So muß sich der Sohn des Müllers Matern wochenlangen Verhören unterwerfen. Doch diesen Ton kennt er von dazumal. Fragespiele haben ihm immer schon Freude bereitet. Jede Antwort, so denkt er, müßte ihm Szenenapplaus einbringen.
»Gelernter Beruf?«
»Schauspieler.«
Zur Zeit ausgeübter Beruf?«
»Bis zum Tag des Anschlags auf das Mühlengrundstück meines Vaters betätigte ich mich als Hausmeister.«
»Wo befanden Sie sich in der besagten Nacht?«
»In der Kellerbar.«
»Wer kann das bezeugen?«
»Herr Vicco von Bülow-Schwante, Aufsichtsratsvorsitzender beim Stumm-Konzern; Herr Dr. Lübbert, persönlich haftender Gesellschafter der Firma Dyckerhoff & Widmann; und Herr Gustav Stein, ein leitender Herr beim Bundesverband der Deutschen Industrie.«
»Worüber sprachen Sie mit den Zeugen?«
»Zuerst über die Tradition des Ulanenregimentes, in dem Herr von Bülow-Schwante diente; dann über die bauwirtschaftlichen Beteiligungen der Firmen Lenz-Bau AG und Wayss & Freytag beim Wiederaufbau Westdeutschlands; zum Schluß erklärte mir Herr Stein die vielen Gemeinsamkeiten zwischen Kulturträgern und Führungskräften der Wirtschaft.«
Doch so beharrlich die wahren Täter im Hintergrund verweilen, Tatsache ist: trotz Organisation Gehlen und dreifachem Sperrgürtel gelingt es Unbekannten, in der Nacht vom fünfzehnten zum sechzehnten Juni des Jahres fünf drei den Müller Anton Matern, wohnhaft in stillgelegter Windmühle zu Neu-Nickelswalde, zu entführen. Außer dem Müller wer-

den am Morgen des sechzehnten Juni folgende Gegenstände in der Windmühle vermißt: Auf dem Sackboden: ein gerahmtes und verglastes Bild des ehemaligen Reichspräsidenten von Hindenburg und ein Radiogerät, Firma Grundig. Auf dem Mehlboden: Fünf Jahrgänge der Radiozeitschrift »Hör Zu!«, zwei Wellensittiche samt Vogelbauer und ein Zwanzigpfundsäckchen Weizenmehl, das in einem Stahlschrank verwahrt worden war, den die Täter – man nimmt an, daß es mehrere gewesen sind – ohne Anwendung von Gewalt zu öffnen vermochten.
Da es sich aber bei dem entführten Zwanzigpfundsäckchen um ein Säckchen handelt, in dem Mehlwürmer ostdeutscher Herkunft wohnen, die durch zentrale Lenkung eine westdeutsche Wirtschaftsblüte eingeleitet haben, die heute noch, da ihr Ende bereits abzusehen ist, konjunkturfördernd nachblüht, löst der Verlust des Säckchens, nebst dazugehörigem Müller, Schrecken aus. In der Kellerbar etwa und auf dem Parkplatz suchen Herren, die Neu-Nickelswalde nicht verlassen dürfen, solange die Voruntersuchungen andauern, nach vergleichbaren Katastrophen der deutschen und abendländischen Geschichte. Die Worte Cannae, Waterloo und Stalingrad fallen. Bismarcks Entlassung, dargestellt auf einer englischen Karikatur jener Jahre, muß als Kassandraruf herhalten: »Der Lotse verläßt das Schiff!« Wem diese Bildunterschrift nicht stark genug die Lage benennt, der entnimmt dem bekannten Rattensprüchlein ein vielsagendes Adjektiv, das sich dem Bismarckspruch einfügen läßt: »Der Lotse verläßt das sinkende Schiff!«
Die Öffentlichkeit jedoch darf am Entsetzen der Führungskräfte nicht teilhaben. Obgleich niemand über das Geschehen in Neu-Nickelswalde eine Nachrichtensperre verhängt, schlägt keine Zeitung, selbst die Bild-Zeitung nicht, mit Schlagzeilen Alarm: »Mehlwürmer verlassen Bundesrepublik!« – »Sowjetischer Anschlag auf westdeutsches Wirtschaftszentrum!« – »Deutschlands Stern im Sinken!«
Nichts steht in der »Welt«. Was sich zwischen Hamburg und München Zeitung nennt, weiß nur über den umsichgreifenden Aufstand der Bauarbeiter aus der Stalinallee zu berichten; doch Ulbricht, gestützt auf Panzergeräusche, bleibt – während der Müller Anton Matern ohne Begleitmusik verschwindet.
Worauf alle, die von seinen mundartlich gefärbten Wurmsprüchen leben, die Krupp, Flick, Stumm und Stinnes, alle, die weiterhin segeln auf wurmberatendem Kurs, die Bank deutscher Länder und Bahlsens Kekse, worauf alle, die vor stillgelegter Windmühle Schlange standen, Dachorganisationen und Handelskammern, Kreditanstalten und Bundesverbände, worauf alle Wurmhörigen die Sprechstunden beim Müller Matern verdrängen. Fortan, bei Festreden Brückeneinweihungen Stapelläufen, heißt es nicht: »Diesen Wohlstand flüsterte uns der Mehlwurm ein. Was wir besitzen, verdanken wir dem Müller und seinem gemeinnützigen Zwanzigpfundsäckchen. Hoch lebe der Müller Anton Matern!« vielmehr tönen, bei windigem wie windstillem Wetter, einstige Wurmpotenzen als

nun selbstherrliche Festredner von: Deutscher Tüchtigkeit. Vom: Fleiß des deutschen Volkes: Vom: Phönix aus der Asche. Von: Deutschlands wunderbarer Wiedergeburt. Und allenfalls von: Gottes Gnade, ohne die nichts geschehe.
Nur einen einzigen hat des Müllers Abgang unstet gemacht. Matern, einst Hausmeister, knirscht sich mit schwarzem Hund arbeitslos durch die Lande. Jeder Wohlstand legt sich beizeiten. Jedes Wunder läßt sich erklären. Vor jeder Krise wurde gewarnt: »Hört nicht auf den Wurm – im Wurm ist der Wurm!«

Die achtundachtzigste sterile Materniade

Tendenz lustlos: oben kahl mittlerweile, grämlich bullig unterwegs, aber streng mit dem Hund. Pluto gehorcht und ist nicht mehr der jüngste. Wie anstrengend, älter zu werden; denn jeder Bahnhof spricht schlecht vom nächsten. Auf jeder Wiese grasen schon andere. In jeder Kirche derselbe Gott: Ecce Homo! Schaut mich an: glatzköpfig auch innen. Ein leerer Schrank voller Uniformen jeder Gesinnung. Ich war rot, trug braun, ging in Schwarz, verfärbte mich: rot. Spuckt mich an: Allwetterkleidung, verstellbare Hosenträger, Stehaufmännchen läuft auf Bleisohlen, oben kahl, innen hohl, außen mit Stoffresten behängt, roten braunen schwarzen – anspucken! Aber Brauxel spuckt nicht, sondern schickt Vorschüsse, erteilt Ratschläge, spricht von Export-Import und nahendem Weltuntergang beiläufig, während ich knirsche: Ein Glatzkopf will Gerechtigkeit. Es geht hier um Zähne, zweiunddreißig. An meinen hat noch kein Zahnarzt verdient. Jeder Zahn zählt.
Tendenz lustlos. Auch der Hauptbahnhof Köln ist nicht mehr, was er früher war. Jesus Christus, der das Brot vermehren und die Zugluft abstellen kann, hat ihn verglasen lassen. Jesus Christus, der uns allen verziehen hat, hat auch die Buhnen der Männertoilette frisch emaillieren lassen. Keine schuldbeladenen Namen, keine verräterischen Adressen mehr. Alle Leute wollen ihre Ruhe haben und jeden Tag frische Kartoffeln essen; nur Matern spürt immer noch Zugluft und schmerzende Namen, in Herz, Milz und Nieren geschnitten, die wollen abgezinkt werden, alle alle alle. Ein Bier im Wartesaal. Einmal mit Hund um den Dom, damit er ihn anpißt an allen zweiunddreißig Ecken. Drauf noch ein Bier schräg gegenüber. Gespräche mit Pennern, die Matern für einen Penner halten. Darauf letzter Versuch mit der Männertoilette. Der Geruch ist derselbe geblieben, obgleich das Bier früher schlechter und dünner. Wie sinnlos, Präservative zu kaufen. Mit Hohlkreuz und hengstelang: Ablaß in zweiunddreißig Buhnen, die alle namenlos. Matern kauft sich Präser, zehn Packungen. Er will gute Bekannte in Mülheim besuchen. »Sawatzkis? Die wohnen schon lange nicht mehr hier. Die haben in Bedburg mit Herrenoberbekleidung ganz klein angefangen. Dann haben sie sich bei der

Konfektion eingekauft und sollen in Düsseldorf zweietagig ganz groß aufgemacht haben.«
Dieses Pockenzentrum hat er bisher vermeiden können. Immer nur durchgefahren, nie ausgestiegen. Köln? Ja. Auch Neuß mit Stricknadel. Eine Woche Benrath. Das Revier, von Dortmund bis Duisburg. Einmal zwei Tage in Kaiserswerth. An Aachen wird gerne zurückgedacht. In Büderich übernachten aber niemals in Hansens Penn. Weihnachten feiern im Sauerland aber nicht bei den Radschlägern. Krefeld, Düren, Gladbach, zwischen Viersen und Dülken, wo Papa mit Mehlwürmern Wunder wirkte, schlimm genug, aber schlimmer diese butzenscheibenverklebte Pestbeule, diese Beleidigung eines nicht vorhandenen Gottes, dieser Mostrichklacks, angetrocknet zwischen Düssel und Rhein, dieses stockwerkehoch abgestandene obergärige Bier, dieser Abortus, liegengeblieben, nachdem Jan Wellem die Loreley besprungen. Kunststadt nun, Ausstellungsstadt, Gartenstadt. Das biedermeierliche Babel. Die niederrheinische Dunstglocke und Landeshauptstadt. Patenstadt der Stadt Danzig. Das Mostertpöttche und Grabmal des Hoppeditz. Hier litt und stritt Grabbe. »De hatt jet mettjemaht. Dem simmer quitt. De es öwer Land jetrocke.« Denn selbst Christian Dietrich möchte nicht hier, will lieber in Detmold abkratzen. Grabbegelächter: »Ich könnte Rom totlachen, warum nicht Düsseldorf!« Grabbetränen, Hannibals altes Augenübel: »Gut Weinen, ihr Sportsfreunde! Zur bequemsten Zeit, wenn ihr alles gewonnen habt!« – Doch ohne Lachreiz und Tierchen im Auge, nüchtern, mit schwarzem Hund am Bein kommt Matern, heimzusuchen die schöne Stadt Düsseldorf, die in Karnevalszeiten von der Prinzengarde Blau-Weiß regiert wird, in der das Geld grünt, Bier blüht, die Kunst schäumt, in der es sich leben läßt lebenslang: lustig lustig!
Aber Tendenz lustlos auch bei Sawatzkis. Inge sagt: »Junge bist Du kahl geworden.« Sie wohnen in der Schadow-Straße überm Geschäft in fünf Zimmern gleichzeitig, prima eingerichtet. Jochen spricht neben dem mittelgroßen, in der Wand eingelassenen Aquarium nur noch hochdeutsch, erstaunlich, nicht wahr? Aus der guten alten Mühlheimer Zeit – »Kannst Du Dich noch erinnern, Walter?« – ist jenes zweiunddreißigbändige Konversationslexikon übrig geblieben, in dem zu blättern alle drei schon in Fliesteden nicht müde wurden: A wie Abendmahl – »Willste mit uns essen, ganz einfach aus Büchsen?« B wie Baracke – »So haben wir in Bedburg angefangen, aber dann.« C wie Cembalo – »Das ist ein italienisches, das wir in Amsterdam ziemlich preiswert«, D wie Danzig – »Hier war neulich ein Flüchtlingstreffen, aber Jochen ist nicht hin.« E wie Ehe – »Seitdem ist die Mark knappe fuffzich Pfennige.« F wie Fanatiker – »Du bist einer, aus denen wird nie was.« G wie Gewebe – »Fühl mal an das Stöffchen, nix schottisch, selbst ist der Mann, und deshalb sind wir billiger als.« H wie Handelskammer – »Die wollten zuerst Schwierigkeiten machen, aber als Jochen hinging und die Briefe vorlegte.« I wie Igel – »Wir sichern uns ab nach allen Seiten.« J wie Jahr – »Und stell Dir vor,

Ostern geht Walli zur Schule. Solange ist das schon her.« K wie Komiß – »Euch wollen die gar nicht.« L wie Leben – »Wir haben nur dieses eine.« M wie Mädchen – »Das vorletzte, das wir hatten, wurde schon nach zwei Wochen frech.« N wie Natur – »Zwei Hektar Wald und ein Ententeich gehören zu dem Grundstück.« O wie Oskar – »Das ist ein Landsmann von Euch, der spielte ne Zeitlang im Zwiebelkeller.« P wie Perlen – »Die hat mir Jochen zum Hochzeitstag.« Q wie Quark – »Den mit Sanddorn gemischt, das ist neuerdings unser Frühstück.« R wie Reisen – »Und im letzten Jahr waren wir in Österreich, Burgenland, mal was anderes.« S wie sagenhaft – »Billig ist es da, und noch richtig volkstümlich.« T wie Textilien – »Den Tip hat uns damals Goldmäulchen.« U wie Umgang – »Ewig lang haben wir den schon nicht mehr.« V wie verschwunden – »Na, vielleicht taucht er mal wieder auf.« W wie Walli – »Das ist unser Kind, Walter, von Ansprüchen kann gar nicht die Rede.« X wie Xylophon – »Oder Zimbal, das spiel'n sie im Czikos, woll'n wir noch für'n Stündchen?« Y wie Yukatan – »Oder dahin? Das haben sie neulich eröffnet.« Z wie Zwiebelkeller – »Nee, dann schon lieber in die Leichenhalle. Da mußte unbedingt reingucken: Alles bewußt schockierend. Doll. Einfach einmalig frech. Gewagt. Himmlisch idiotisch. Jedenfalls komisch. Lachstdichkaputt. Medizinischsozusagen. Natürlichnichtnackt. Oberhalballes. Pieknobeldabei. Querdurchgeschnitten. Richtigschlechtkanndirwerden. Sadistisch tierisch unheimlich. Verbotensollteswerden. Wurdeabernicht. X-mal-warnwirschon. Yamwurzelkauen. Zahlentutjochen.« Eigentlich soll der Hund Pluto in der Fünfzimmerwohnung beim Dienstmädchen bleiben und das schlafende Kind Walli bewachen, aber Matern besteht auf Pluto als Begleitung in das Speiserestaurant »Leichenhalle«. Sawatzki meint: »Woll'n wir nicht doch lieber in den Czikos?« Aber Inge will partout in die »Leichenhalle«. Zu dritt mit Hund gehen sie aus. Flingerstraße hinauf, Bolkertstraße hinunter. Natürlich liegt das Lokal »Leichenhalle«, wie alle waschechten Düsseldorfer Lokale, in der Altstadt. Wem das Restaurant gehört, ist unsicher. Einige tippen auf F. Schmuh, den Besitzer des Zwiebelkellers. Auch der Czikos-Wirt Otto Schuster käme in Frage. Film-Mattner, der heute mit »Töff-Töff« und seiner »Datscha«, die zuerst »Troika« heißen sollte, ziemlich groß dasteht und kürzlich einen neuen Laden, den »Flohmarkt« eröffnet hat, ist zur Stunde, da Matern mit Hund und den Sawatzkis bummeln geht, noch ziemlich klein und erst im Kommen. Die Mertensstraße längs, bevor sie sich in die »Leichenhalle« wagen, zergrübelt sich Inge Sawatzki den fünf Jahre älter gewordenen Puppenkopf: »Möcht bloß mal wissen, wer auf die Idee gekommen ist? Sowas muß einem doch einfallen, oder? Also Goldmäulchen, der sagte manchmal so komische Sachen. Wir haben natürlich nie geglaubt, was der faselt. Nur in Geschäftsdingen kann man auf den bauen, aber sonst? Zum Beispiel wollte er uns weismachen, er hätte ein richtiges Ballett besessen. Und das im Krieg mit Fronttheater und so weiter. Dabei ist der bestimmt nicht astrein. Das hätten sie doch gemerkt, damals. Ich hab ihn ja paarmal gefragt: Sagen Sie mal, Goldmäulchen, woher kommen Sie eigentlich? Einmal sagte er, aus Riga, ein anderes Mal: Das heißt heute Swibno. Wie es früher hieß, hat er nicht gesagt. Aber irgend etwas muß da dran sein, an dem Ballett. Vielleicht haben die wirklich nichts gemerkt, damals. Schmuh soll ja auch einer sein. Das ist der, dem der Zwiebelkeller. Der soll sich während der ganzen Zeit quasi als Luftschutzwart. Aber das sind die beiden einzigen von der Sorte, die ich etwas näher. Und typisch sind sie alle beide. Deshalb sag ich ja, sowas wie »Leichenhalle«, darauf hat nur jemand kommen können, der wie Goldmäulchen. Wirst ja sehen. Hab bestimmt nicht übertrieben. Oder, Jochen? Ist gleich hinter der Andreasgasse, schräg gegenüber vom Amtsgericht.«

Steht zwar drauf geschrieben mit weißen Lettern auf schwarzer Trauertafel: LEICHENHALLE – und könnte dennoch, flüchtig besehen, ein simples Sarggeschäft sein. Ruht auch ein elfenbeinfarbener leerer Kindersarg im Fenster. Dazu das Übliche: Wachslilien und ausgewählt schöne Sargbeschläge. Podeste, mit schwarzem Sammet beschlagen, heben Fotos von Ersteklassebegräbnissen in den Blick. Rettungsringrunde Kränze lehnen sich an. Im Vordergrund beeindruckt eine Steinurne aus der Bronzezeit, Fundort, so belehrt ein kleines Täfelchen, Coesfeld im Münsterland.

Ähnlich behutsam werden die Gäste im Lokalinnern an des Menschen Hinfälligkeit erinnert. Obgleich die Sawatzkis nicht vorbestellt haben, bekommen sie mit Matern und Hund einen Tisch nahe der aufgebahrten, bei einem Autounfall ums Leben gekommenen schwedischen Filmschauspielerin. Sie liegt unter Glas und ist natürlich aus Wachs. Eine weiße, nichts abzeichnende Steppdecke, deren pralle Ränder Spitzengewölk mildert, verhüllt die Darstellerin bis zum Nabel; doch oberhalb ist ihre linke Hälfte, von den weich wallenden Schwarzhaaren, über Wange, Kinn und behutsam ansetzenden Hals, übers kaum gezeichnete Schlüsselbein und den hoch beginnenden Busen bis zur Taille aus zwar wächsernem aber doch gelbrosahäutigem Fleisch; rechts hingegen, von Matern und den Sawatzkis aus gesehen, wird der täuschende Eindruck erweckt, ein Seziermesser habe sie bloßgelegt; gleichfalls nachgebildet aber naturgetreu: Herz, Milz, und die linke Niere. Der Trick ist: Das Herz schlägt richtig, und immer stehen einige Gäste des Restaurants »Leichenhalle« um den Glaskasten und wollen sehen, wie es schlägt.

Zögernd, Inge Sawatzki zuletzt, setzen sie sich. Dem rundum schweifenden Auge werden in indirekt erhellten Wandnischen etliche Teile des menschlichen Skelettes, der Arm mit Elle und Speiche, der übliche Totenschädel, aber auch in großen beschrifteten Gäsern ein Lungenflügel, das Klein- und Großhirn und eine Plazenta anschaulich dargeboten, als wolle man Unterricht erteilen. Selbst eine Bibliothek zeigt griffbereit, und nicht etwa hinter Glas, Buchrücken neben Buchrücken: die einschlägige Fachliteratur, reich bebildert, zudem Anspruchsvolles für den Spezialisten, etwa Versuche auf dem Gebiet der Organ-Transplantation oder ein zweibändiges Werk über die Hirnanhangdrüse. Und zwischen den Wandni-

schen, immer im gleichen Format und geschmackvoll gerahmt, hängen Fotos und Stiche nach berühmten Ärzten: Paracelsus, Virchow, Sauerbruch und der römische Gott der Heilkunde mit stützendem Äskulapstab schauen den Gästen beim Essen zu.
Es gibt nichts Außergewöhnliches: Wiener Schnitzel, Ochsenbrust mit Meerrettich, Kalbshirn auf Toast, Rinderzunge in Madeira, flambierte Hammelnieren, sogar ordinäres Eisbein und die üblichen Brathähnchen mit pommes frites. Allenfalls verdient das Gedeck nähere Erwähnung: Matern und die Sawatzkis essen Kalbshaxe mit sterilem Sezierbesteck; die Teller umläuft rundum die Inschrift »Medizinische Akademie – Autopsie«; das Bier, normales Düssel, schäumt in Erlenmeyerkolben; aber sonst ist nichts übertrieben. Jeder mittelmäßige Gastwirt oder die Vertreter des Düsseldorfer Spätstils, wie etwa der heutige Film-Mattner und seine Innenarchitekten, hätten zuviel des Guten getan, hätten etwa die Originalgeräusche einer Operation vom Band laufen lassen: das langsame kaugummizähe Zählen, bis die Narkose wirkt, halblaute oder sichere Anweisungen, Metall berührt sich, eine Säge arbeitet, etwas summt auf einem Ton, ein anderes pumpt immer langsamer, dann wieder beschleunigt, Anweisungen kürzer, Herztöne, Herztöne... Nichts dergleichen. Nicht einmal Unterhaltungsmusik, gedämpfte, füllt die »Leichenhalle« mit unverbindlichem Geräusch. Leise über den Hauptgerichten klappern die Sezierbestecke. Gleichmäßig gestreute Konversation an allen Tischen; diese jedoch sind, abgesehen von den Damasttischdecken, abermals waschecht: rollbare Operationstische, länglich in der Form, und verstellbar, werden nicht etwa von starkbrennenden Operationslampen mitleidlos erhellt, sondern von liebenswert altmodischen, gewiß biedermeierlichen Lampenschirmen behütet und in warmes persönliches Licht gehüllt. Auch sind die Gäste nicht ziviltragende Mediziner, vielmehr, wie die Sawatzkis und Matern, Geschäftsleute mit Freunden, gelegentlich Landtagsabgeordnete, manchmal Ausländer, denen man etwas Besonderes bieten will, selten Jugend zu zweit aber insgesamt Konsumenten, die sich den Abend etwas kosten lassen wollen; denn die »Leichenhalle« – anfangs sollte sie Schauhaus heißen – ist nicht gerade billig, zudem voller Verlockungen. So hocken an der Bar nicht etwa die üblichen, den Konsum steigernden Mädchen, kein Animierbetrieb à la Rififi oder Tabu; junge Männer, korrekt gekleidet, mit einem Wort: befähigte Assistenzärzte sind bereit, bei einem Gläschen Sekt zwar nicht endgültige Diagnosen zu stellen, doch lehrreich und dennoch allgemein verständlich aus der Schule zu plaudern. Manch einem Gast ist hier, abseits vom allzu schonungsvollen Hausarzt, zum erstenmal deutlich geworden, daß seine Krankheit so oder so, sagen wir mal Arteriosklerose heißt. Abgelagerter fettähnlicher Stoff, etwa Cholesterin, hat die Verhärtung der Blutgefäße bewirkt. Freundlich, aber ohne die Vertraulichkeit landläufiger Bargespräche, macht der studierte Angestellte des Restaurants »Leichenhalle« auf etwaige Folgen, auf Herzinfarkt und Schlaganfall aufmerksam, um

dann seinen Kollegen, der schräg gegenüber bei einer Erfrischung hockt, herüberzuwinken: ein Experte auf dem Gebiet des Fettstoffwechsels, ein Biochemiker, der dem Gast – man bleibt bei Sekt – von tierischen Fetten und Pflanzenfetten erzählt: »Deshalb, Sie können beruhigt sein, werden in unserem Hause nur Fette verwendet, deren Säuren cholesterinsenkend sind: Das Kalbshirn auf Toast wurde mit reinem Maiskeimöl zubereitet. Ferner verwenden wir Sonnenblumensamenöl und, Sie werden staunen, sogar Walöl, aber niemals Schmalz oder Butter.«
Matern, der in der letzten Zeit über Nierensteine zu klagen hat, wird von beiden Sawatzkis, besonders von Inge Sawatzki bewogen, an der Bar bei solch einem, wie Inge sagt, »Animierdoktor« Platz zu nehmen. Da Matern den Weg quer durchs Lokal scheut, winkt Sawatzki einen der Herren, der sich als Urologe vorstellt, an den Tisch. Sogleich, kaum fällt das Wörtchen »Nierensteine«, dringt der junge Mann darauf, daß der Saft zweier ausgedrückter Zitronen für Matern bestellt wird: »Sehen Sie, bislang war man froh, wenn es gelang, den Abgang kleinerer Steine nach mühevollen Kuren zu bewirken; aber unsere Zitronenkur ist erfolgreicher und, alles in allem, weniger kostspielig. Wir lösen die Steine, allerdings nur die sogenannten Uratsteine, ganz einfach auf: nach zwei Monaten ist der Urinbefund unserer Gäste in der Regel normal. Voraussetzung leider leider: Alkohol-Abstinenz!«
Matern setzt das soeben ergriffene Bier wieder ab. Der Urologe – man hat erfahren, er habe in Berlin und Wien bei Kapazitäten studiert – will nicht weiter stören und verabschiedet sich: »Allerdings gegen Oxalatsteine – Sie sehen sie dort, in der zweiten Vitrine von links – sind wir immer noch machtlos. Doch unsere Zitronenkur – vielleicht darf ich den Prospekt hierlassen – ist im Grunde eine simple Geschichte: Schon Herodot berichtet von den Zitronenkuren der Babylonier gegen Nierensteine; wenn er jedoch von kinderkopfgroßen Befunden spricht, müssen wir in Rechnung stellen, daß Herodot gelegentlich zu übertreiben beliebte.«
Matern tut sich schwer mit seiner doppelten Zitrone. Gutmütiger Spott der Sawatzkis. Blättern im Prospekt des Restaurants »Leichenhalle«. Was die alles haben: Spezialisten für Erkrankungen des Thorax und der Schilddrüse. Einen Neurologen. Jemanden extra für Prostatafälle. Pluto hält sich ruhig unter dem Operationstisch. Sawatzki grüßt zu einem ihm bekannten Radiohändler und dessen Begleitung hinüber. An der Bar herrscht Betrieb. Animierdoktoren geizen nicht mit ihrem Wissen. Die Kalbshaxe war ausgezeichnet. Was nun? Käse oder was Süßes? Die Ober kommen, ohne daß man sie rufen muß.
Also die Kellner, die sind naturgetreu. Weißes Leinenzeug, das Klinikspuren sparsam zeichnen, tragen sie hochgeschlossen, außerdem weiße Chirurgenkappen und den weißen Atemschutz vor Mund und Nase, der sie anonym steril lautlos macht. Natürlich servieren sie die Platten, drauf Rinderbrust und Schweinefilet in Blätterteig, nicht nacktfingrig, sondern zünftig mit Gummihandschuhen. Das geht zu weit. Inge Sawatzki nicht,

aber Matern findet die Handschuhe übertrieben: »Irgendwo muß der Spaß ein Ende haben. Aber das ist wieder mal typisch: von einem Extrem ins andere und wollen immer den Teufel mit Beelzebub. Dabei ehrliche Makler, aber mit wenig Witz und viel zuviel Behagen. Außerdem lernen sie nie aus ihrer Geschichte: meinen immer, die anderen. Wollen partout die Kirche im Dorf und niemals gegen Windmühlen. Soweit ihre Zunge klingt: Wesen und Welt genese. Salome des Nichts. Gehn über Leichen nach Wolkenkuckucksheim. Haben immer den Beruf verfehlt. Wollen jederzeit alle Brüder werden und Millionen umarmen. Kommen bei Nacht und Nebel mit ihrem kategorischen Dingslamdei. Jeder Wechsel schreckt sie. Jedes Glück war niemals mit ihnen. Jede Freiheit wohnt auf zu hohen Bergen. Dabei allenfalls ein geographischer Begriff. In drangvoll fürchterliche Enge gekeilt. Revolutionen immer nur in der Musik und niemals das eigene Nest. Doch die besten Infanteristen, während die Artillerie bei den Franzosen. Viele große Komponisten und Erfinder sind. Kopernikus war nämlich kein Pole sondern. Sogar Marx hat sich als gefühlt. Aber müssen immer bis ans Ende aller Dinge. Zum Beispiel diese Gummihandschuhe. Die sollen natürlich was bedeuten. Möchte mal wissen, was sich der Wirt dabei. Vorausgesetzt, daß er einer ist. Denn jetzt schießen hier italienische und griechische, spanische und ungarische Gaststätten aus dem Boden. Und in jeder Spelunke hat sich wer was besonderes ausgedacht. Zwiebelschneiden im Zwiebelkeller, Lachgas in den Grabbestuben – und hier sind es die Gummihandschuhe von diesem Kellner. Den Kerl kennste doch! Das ist doch. Wenn der den weißen Lappen von der Visage nähme. Dann dann. Der hieß, wie hieß der schnell, mal zurückblättern, Namen Namen, in Herz, Milz und...« Matern kam, zu richten mit schwarzem Hund.
Aber der Kellner-Chirurg nimmt das Tuch nicht von Nase und Mund. Namenlos, mit diskret niedergeschlagenen Augen, räumt er die sezierten Kalbshaxenreste vom damastgedeckten Operationstisch. Er wird wiederkommen und das Dessert mit gleichen Gummihandschuhen servieren. Inzwischen mag man ins nierenförmige Schüsselchen greifen und Yamwurzeln kauen. Die sollen gut sein fürs Gedächtnis. Matern hat eine Frist und nagt an krummen Würzelchen: Also, das war doch. Wenn das nicht das Schwein von damals. Dem und den anderen hast Du es zu verdanken, daß Du. Mit dem hätte ich noch ein Hühnchen. Das war – ich mach mir nichts vor – Nummer vier, als wir neun Mann hoch über den Zaun vom Wald aus. Dem helf ich auf die Sprünge. Ob Sawatzki nichts merkt? Oder der weiß und sagt nichts. Doch mit dem werd ich alleine. Hier mit Gummihandschuhen kommen und weißem Lappen vor der Visage. Wenn er noch schwarz wäre wie bei Zorro oder wie damals, als wir. Das war ein Vorhang gewesen. Den haben wir mit der Schere in neun Dreiecktücher: eins für Willy Eggers, eines für Otto Warnke, eins und noch eins für die Dulleckbrüder, eins für Paule Hoppe, eins für noch jemand, Wollschläger eins, eins für Sawatzki, da sitzt er scheinheilig oder merkt wirklich nichts,

und das neunte für den da, na warte. Und so stiegen wir über den Zaun in das Villengrundstück am Steffensweg. Seit Hundejahren tagtäglich über den gleichen Zaun. Hinter neun schwarzen Tüchern über den Zaun. Aber hatten sie anders gebunden als der da. Bis über die Augen mit Schlitzen zum Gucken. Während bei dem da: die Augen kennste doch. Schnee lag zentnerschwer. Der hat schon damals gekellnert und zwar in Zoppot und später im Eden. Kommt jetzt mit dem Pudding. Bublitz, klar doch. Dem werde ich den Lappen von der Visage. Alfons Bublitz. Na warte Freundchen!

Aber Matern, der gekommen ist, zu richten und vom Gesicht zu reißen den verhüllenden Lappen, reißt nicht und richtet nicht, sondern starrt auf den Pudding, in Plexiglasschalen serviert, wie sie Dentisten benutzen. Genau und kunstvoll hat ein Süßspeisenkoch – die können das – ein menschliches Gebiß zweifarbig nachgebildet: rosig gewölbtes Zahnfleisch hält schimmernde perlende kräftige ebenmäßig gewachsene Zähne zusammen: das menschliche Gebiß zerfällt in zweiunddreißig, nämlich in, beiderseits oben und unten, zwei Schneidezähne, einen Eckzahn, fünf Backenzähne – schmelzüberzogen. Zuerst will sich in Matern Grabbegelächter, das bekanntlich Rom kaputtzulachen vermochte, lösen und das Lokal verwüsten; wie aber Inge und Jochen Sawatzki, seine Gastgeber links und rechts von ihm, spachtelförmige Zahnarztinstrumente in ihre Puddinggebisse fallen lassen, verkümmert tief in Matern das anlaufnehmende Grabbegelächter, Rom und das Lokal »Leichenhalle« gehen nicht in Trümmer, aber in ihm, der schon Atem gehortet hat, für großes und selten gespieltes Theater, wehrt sich sezierte Kalbshaxe gegen zusätzliche und süße Speise. Langsam drückt er sich von seinem Rundschemelchen. Mühsam legt er ab vom weißgedeckten Operationstisch. Stützen muß er sich auf den Glaskasten, in dem das Herz der schwedischen Filmschauspielerin gleichmütig schlägt. Zwischen besetzten Tischen, an denen Abendanzüge und Vielzuvielschmuck Leberspießchen und panierte Kalbsmilke speisen, hält er den Kurs, lotsenlos. Stimmen im Nebel. Plaudernde Animierdoktoren. Positionslichter über der Bar. An den verschwimmenden Bildern der Menschenfreunde Äskulap, Sauerbruch, Paracelsus und Virchow vorbei schlingert er, von Pluto gefolgt. Die Hafeneinfahrt: und jene ist, bis auf die Reproduktion nach Rembrandts berühmtem Sezierbild, eine ganz normale Toilette. Er erbricht sich gründlich und jahrelang. Niemand außer dem lieben Gott, denn Pluto muß bei der Toilettenfrau bleiben, schaut ihm dabei zu. Wieder vereint mit dem Hund, wäscht er sich Hände und Gesicht.

Nachher hat Matern kein Kleingeld bei sich und gibt der Toilettenfrau ein Zweimarkstück. »Das ist halb so wild«, findet sie. »Das geht hier vielen so, die zum erstenmal kommen.« Für den Rückweg versorgt sie ihn: »Trinken Sie mal nen ordentlich starken Kaffee und en Schnäpschen drauf, dann sind Sie gleich wieder flott.«

Das macht Matern folgsam: aus klinischem Porzellangeschirr schlürft er

einen Mokka; aus zylinderförmigen Reagenzgläsern stürzt er einen ersten – Trink noch einen Schnaps, sonst fehlt Dir ein Schnaps – also einen zweiten Himbeergeist in sich hinein.
Inge Sawatzki sorgt sich: »Was issen mit Dir los? Verträgste nichts mehr? Solln wir nochmal den Urologen rufen oder mal nen anderen, der darauf spezialisiert ist?«
Es ist der gleiche Ober, der nach Kalbshaxe, Yamwurzeln und Puddinggebiß den Mokka und die Schnäpse serviert; aber Matern ist nicht mehr begierig, einen Vor- oder Nachnamen abzuzinken, der sich hinter weißem Mund- und Nasenschutz steril hält.
In eine zufällige Pause hinein sagt Sawatzki: »Rechnung bitte, Herr Ober, oder wie sagt man: Herr Professor, Herr Oberarzt, hahaha!« Der Vermummte serviert auf dem vorgedruckten »Totenschein« die Rechnung mit Stempel, Datum und unleserlicher Unterschrift – Doktorklaue – für die Steuer: »Kann man absetzen. Sind Geschäftsunkosten. Wo käme man hin, wenn man nicht regelmäßig. Die Finanzbullen würden einem am liebsten. Na, Vater Staat sorgt schon dafür, dasser nich.«
Pantomimisch bedankt sich der kostümierte Ober und begleitet die Sawatzkis und ihren Gast nebst schwarzem Schäferhund bis zur Tür. Von dort aus hält Inge Sawatzki, nicht aber Matern, noch einmal Rückschau. Einem der Animierdoktoren, wahrscheinlich dem Biochemiker, winkt sie ein »Bisnächstesmal« zu, vollkommen unpassend, zumal die Tür original und doppelt ist. Zuerst Leder, dann weißer Schleiflack auf Schienen laufend. Doch muß nicht geschoben werden; elektrischem Druck wird gehorcht. Es ist der sterile Ober, der auf den Knopf drückt.
Von normaler Garderobe aus blicken sie, einander in die Mäntel helfend, hinter sich; über der Doppeltür leuchtet Rotlicht: BITTE NICHT STÖREN – OPERATION LÄUFT!
»Nee!« erleichtert sich Jochen Sawatzki in frischer Luft. »Jeden Abend möcht ich da nich essen gehn. Höchstens alle vierzehn Tage mal, oder?«
Matern atmet tief, als gelte es die Düsseldorfer Altstadt mit ihren Butzenscheiben und ihrem Zinngeschirr, mit schiefem Lambertusturm und altdeutschem Schmiedeeisen Stück für Stück anzusaugen. Jeder Atemzug kann der letzte sein.
Da sorgen sich die Sawatzkis um ihren Freund: »Du müßtest Sport treiben, Walter, sonst machst Du schlapp eines Tages.«

Die neunundachtzigste sportliche und die neunzigste biersaure Materniade

War bin krank. Habe hatte die Grippe. Legte aber mein Fieber nicht ins Bett, sondern trug es ins »Töff Töff« und lehnte es dort an die Bar. Das ist ein Laden, niederrheinischer Spätstil, ganz auf Eisenbahn, Salonwagen gemacht: Mahagoni und Messing. Zwischen dem und dem also bis vier

Uhr fünfundvierzig immer dieselbe Sorte Whisky im Glas festgehalten, Eis beobachtet, wie es in sich kleiner und kleiner wird, dabei für alle sieben Mixer die Schnauze offen. Gerede mit halbseidenen Barhockern übern ersten Kölner FC, über Geschwindigkeitsbegrenzung in offenen Ortschaften, übern Weltuntergang vom kommenden Vierten, über Pipapo nebst Berlinverhandlungen, und bekam plötzlich Krach mit Mattner, weil ich ihm mit nem Pfeifenreiniger die snobige Politur von der Wandverkleidung kratzte: alles Imitation! Muß doch gucken, was dahinter steckt. Dazu das Volk in Salonwagenenge gekeilt. Eingesackt im Smoking und mit knisternden Zelluloidfotzen bestückt: schnieke, schnaffte, schnuckelig. Aber nichts für 'ne anständige Nummer. Allenfalls männlichen Spieltrieb befriedigen: langsam aufziehen und schnell abschnurren lassen. Kommt Kleine Nachtmusik dabei raus. War zum Schluß voll und fett. Soll, weil Mattner 'ne Runde gab, Fränzeken Moor gebrüllt haben, fünfter Akt, erste Szene: »Pöbelweisheit, Pöbelfurcht! – Es ist ja noch nicht ausgemacht, ob das Vergangene nicht vergangen oder ein Auge findet über. – Hum hum! wer mir das ein? Rächet denn droben über einer? – Nein, nein! – Ja, ja! Fürchterlich zischelts um mich: Einer über! Entgegengehen dem über, diese Nacht noch. Nein! sag ich. Elender, hinter dem sich, – öd einsam taub droben über – – Wenn aber doch, ist nicht! Ich befehle, es ist nicht!«
Sie klatschten mit Aktendeckelpfoten und schnappten nach Matern mit Puderdöschen, da capo: »Befehle, es ist nicht!«
Was tut ein Rächer, wenn ihm seine Opfer vertraulich die Schulter klopfen: »Ist ja gut, Junge. Schon kapiert: Wenn Du befiehlst, dann is nich. Schwamm drüber. Neue Platte auflegen. Warste nicht mal Segelflieger? – Jadoch, jadoch! Hast vollkommen recht: Du bist ein prima Antifaschist und wir sind allesamt böse kleine Nazis. Einverstanden? Also, warste nich mal, und haste nich mal, und irgend jemand hat mir erzählt, Du bist mal'n Eins-a-Faustballspieler gewesen, Leinenspieler, Spielmacher ...«
Bronze, Silber und Gold. Jeder Sportler putzt seine Vergangenheit. Jeder Sportler ist früher mal besser gewesen. Jeden Tag, beide Sawatzkis, vor und nach dem Essen: »Du mußt Dich bewegen, Walter. Mach Waldlauf oder Schwimmimrhein. Denk an Deine Nierensteine. Mach was dagegen. Hol unser Fahrrad außem Keller, oder kauf Dir ne Boxbirne auf meine Rechnung.«
Matern ist nicht vom Stuhl zu kitzeln. Der sitzt, Hände auf beide Knie gepflanzt, verwachsen mit dem Stück Möbel, als möchte er neun Jahre absitzen, wie seine Großmutter, die olle Maternsche, die neun Jahr lang am Stuhl klebte und nur mit Augäpfeln kullerte. Dabei, was haben Düsseldorf und die Welt nicht alles zu bieten: zweiunddreißig Kinos, Gründgenstheater, die Kö rauf und runter, obergäriges Bier, den besungenen Rhein, die wiederaufgebaute Altstadt, den schwänebespiegelten Hofgarten, Bachverein Kunstverein Schumannsaal, Ausstellungen der Herrenoberbekleidung, Derelfteelfteelfuhrelf, Sportplätze Sportplätze;

die Sawatzkis zählen ihm alle auf: »Fahr mal nach Flingern, und guck Dir mal an das Fortuna-Stadion, was da alles los ist, nicht nur Fußball.« Aber keine der Sportdisziplinen – und Sawatzki zählt mehr auf, als er Finger besitzt – vermag ihn vom Stuhl zu lüpfen. Da fällt beiläufig – schon haben die Freunde es aufgegeben – das Wort Faustball. Egal, wer es flüsterte, Inge oder Jochen, vielleicht die kleine Walli, niedlich rundum. Jedenfalls steht er, kaum ist das Wort gefallen. Im Moment, da Düsseldorf und die Welt ihn abschreiben wollen, macht Matern Schrittchen auf brieftaschendickem Teppich. Knappe auflockernde Bewegungen. Erstauntes Gelenkeknacken. Jetzt plaudert er in die Zimmerluft: »Kinder, ist das lange her: Faustball! Anno dreifünf und dreisechs auffem Heinrich-Ehlers-Platz. Rechts die Technische Hochschule, links das Krematorium. Jedes Turnier haben wir gewonnen: Eingepackt alle: Den Turn- und Fecht-Verein, den TCD, Schellmühl achtundneunzig und sogar die Schutzpolizei. Spielte bei den Jungpreußen an der Leine. Wir hatten 'nen ausgezeichneten Mittelspieler. Der päppelte mir jeden Ball hoch und servierte mit unerschütterlicher Ruhe. Ich sag Euch, himmlisch ruhig schaufelte der mir mit sturem Unterarmschlag Ball um Ball auf Leinenhöhe, und ich, nichts wie drauf: scharfe Speichenschläge und gezogene Bälle, daß denen da drüben. Kurz vorm Krieg hab ich dann noch ne Zeitlang hier gespielt, bei den Sportfreunden Unterrath, bis die mich. Na, da reden wir lieber nicht von.«

Das ist nicht weit weg, da nimmt man vom Schadowplatz die Zwölf nach Ratingen, fährt die Grafenberger Allee bis zum Betriebsgelände der Firma Haniel & Lueg rauf, biegt linker Hand ab, zwischen Schrebergärten, Mörsenbroich und dem Stadtwald hindurch, am Caritasheim und dem Ratherbroich vorbei, bis zum Rather Stadion, einer mittelgroßen Anlage am Fuße des Aaper Waldes. Fein im Saft steht der und bietet Ausblick über nahe Gärten bis zur Stadt im üblichen Dunst: Kirchen und Industrie wechseln einprägsam ab. Baulücken, Bauzäune, und als massives Gegenüber: die Firma Mannesmann. Dort und hier: Betrieb auf allen Plätzen. Immerzu wird an irgendeiner Stelle die Aschenbahn gepflegt. Handballjunioren spielen sich ungenau zu, Dreitausendmeterläufer wollen eigene Bestzeit überbieten; und auf einem kleinen Extraplatz, abseits vom Stadion und von niederrheinischen Pappeln umstellt, spielen die Unterrather Senioren gegen die Derendorfer Senioren. Wird wohl ein Freundschaftsspiel sein. Windgeschützt liegt der Platz, aber die Unterrather Sportfreunde verlieren. Das sieht Matern mit Hund sogleich. Er sieht auch warum: Der Leinenspieler ist miserabel und korrespondiert nicht mit dem Mittelspieler, der unter Umständen gar nicht mal schlecht wäre. Rückschläge, über den Kopf gezogen, sollten die Hintermänner üben, aber nicht der Mann an der Leine. Der linke Vordermann ist soso lala, wird aber viel zu wenig eingesetzt. Überhaupt fehlt der Mannschaft der Spielmacher, denn der Mittelmann – der kommt Matern so bekannt vor, aber das mag am Sportdreß liegen, und in der Regel kommen ihm viel zu viele bekannt vor – dieser Mittelspieler also begnügt sich, mit Prellern den Ball hochzuhalten, dann mag gerannt kommen, wer will: beide Hintermänner, der Leinenspieler; kein Wunder, daß die Derendorfer, im Grunde keine überragende Mannschaft, in den so entstandenen Lücken mit Schmetterbällen Punkte sammeln. Einzig der linke Vordermann – auch den meint Matern irgendwoundwann mal gesehen zu haben – hält seinen Platz und vermag, zumeist durch Rückhandschläge, die Ehre der Unterrather Senioren zu retten. Auch das Gegenspiel der Platzheimischen endet mit einer Niederlage. Zwar haben sie den Leinenspieler gegen den rechten Hintermann ausgetauscht; aber bis zum Abpfiff bringt auch der Neuling keine rettenden Kunststücke fertig.

Matern mit Hund steht am Platzeinlauf: wer in die Umkleidekabinen will, muß an ihm und seinem prüfenden Blick vorbei: Schon wie sie aufkommen, die Trainingsanzüge über die Schulter gelegt, ist er sicher. Sein Herz hüpft. Etwas drückt gegen die Milz. Schmerzende Nieren. Sie sind es. Einst wie er, Unterrather Junioren: Fritz Ankenrieb und Heini Tolksdorf. Schon dazumal, vor soundsoviel Hundejahren, machte Fritz den Mittelmann und Heini stand vorne links, während Matern den Leinenspieler abgab: welch eine Vordermannschaft! Welch eine Mannschaft insgesamt, denn die Hintermänner von damals – wie hießen die schon? – waren gleichfalls Klasse. Sogar eine Kölner Studentenmannschaft und die Jungs der Düsseldorfer SS-Standarte haben sie haushoch eingepackt; doch dann fiel der Laden plötzlich auseinander, weil … Ich werde die Burschen mal fragen, ob sie sich noch erinnern, warum damals, und wer mich, und war es nicht ein gewisser Ankenrieb, der mich, und selbst Heini Tolksdorf war dafür, daß ich …

Aber bevor Matern die beiden anspricht: Ich bin gekommen mit schwarzem Hund … quasselt Ankenrieb ihn von der Seite an: »Ja ist denn das die Möglichkeit? Bist Du's oder … Guck doch mal Heini, wer sich hier unser mieses Spiel angeschaut hat. Dacht schon vorhin beim Seitenwechsel, den kennste doch! Wie der steht, die gesamte Erscheinung. Ganz der alte, nur oben nich. Na ja, wir sind alle nicht schöner geworden. Einst waren wir die Hoffnung der Sportfreunde Unterrath, heute holen wir uns eine Niederlage nach der anderen. Herrgott, das waren noch Zeiten, als wir auf dem Polizeisportfest in Wuppertal. Und Du an der Leine. Immer dem Bullen aus Herne direkt vor die Füße. Unbedingt mußt Du in unser Lokal kommen, da hängen noch alle Fotos und Urkunden. Solange Du bei uns vorne rechts gestanden hast, konnte uns keiner, später, stimmt's Heini, ging es dann rapide abwärts. Richtig erholt haben wir uns nie wieder. Strafe muß sein. Diese beschissene Politik!«

Eine Dreiergruppe, von schwarzem Hund umsprungen. Sie haben ihn in die Mitte genommen, erzählen von Siegen und Niederlagen, platzen frank frei heraus, daß sie es gewesen waren, die damals beim Vereinsvorstand, damit der die Vereinssperre. »Du konntest eben nicht die Schnauze halten und hast natürlich in vielen Dingen recht gehabt.« Ein paar halb-

laute Bemerkungen im Umkleideraum reichten aus. »Hättest Du das bei mir zuhause oder sonstwo gesagt, ich hätte die Ohren angelegt oder Dir zugestimmt, aber das ist nun mal so: Politik und Sport haben sich noch nie vertragen, auch heute nicht.«
Matern zitiert: »Das hast Du gesagt, Ankenrieb: Auf einen Leinenspieler, der jüdisch-bolschewistische Parolen verbreitet, können wir gut verzichten! Stimmt's?«
Heini Tolksdorf springt in die Lücke: »Wir waren verhetzt, mein Lieber, allesamt. Du selber hast auch mal so und mal so gesprochen. Die haben uns Sand in die Augen gestreut, jahrelang. Dafür haben wir bezahlen müssen. Unsere Hintermänner, erinnerst Du Dich, der kleine Rielinger und Wölfchen Schmelter sind beide in Rußland geblieben. Herrgott noch mal! Und wofür das alles?«
Wo sie schon damals war, in Flingern, auf dem Dorotheenplatz, befindet sich die Vereinskneipe. Zwischen vier fünf alten Bekannten wird Matern freundlich gezwungen, sich an das Spiel in Gladbach, an das Viertelfinale in Wattenscheid und an das unvergeßliche Endspiel in Dortmund zu erinnern. Die Stammtischecke der Sportfreunde ist nicht schmucklos: er kann sich auf zwölf Mannschaftsfotos, alle gerahmt und unter Glas, als Leinenspieler bewundern. Vom Spätherbst achtunddreißig bis zum Frühsommer neununddreißig wirkte Matern, hier hat er's Schwarz auf Weiß, bei den Unterrathern. Knappe sieben Monate hinterließen solch siegesträchtige Spuren. Was für dichtes und widerspenstiges Haar er hatte! Immer ernst. Immer Mittelpunkt, auch wenn er rechtsaußen steht. Und die Diplome: braune Kunstschrift unter dem damaligen Hoheitsadler. »Also, den hättet Ihr wirklich überkleben müssen. Kann das Viech einfach nicht mehr sehen. Erinnerungen schön und gut, aber nicht unter dem abgeschafften Pleitegeier!«
Das ist ein Vorschlag, über den sich reden läßt. Zu später Stunde – die Getränke heißen Bier und Dornkaat – schustern sie einen Kompromiß zusammen, beispielhaft: Heini Tolksdorf leiht beim Wirt eine Tube Uhu und klebt, durch Zurufe ermuntert, simple Bierdeckel, Schwaben-Bräu, über die beanstandeten Hoheitsadler auf allen Ehrenurkunden. Materns Gegenleistung besteht aus dem feierlichen Versprechen – alle Sportfreunde erheben sich – nie mehr ein Wort zu verlieren über die dumme Geschichte von damals und wieder mitzumachen, Handschlag drauf, als Leinenspieler der Unterrather Senioren.
»Man muß nur guten Willens sein. Wir arrangieren uns. Was uns scheidet, soll vergessen, was uns bindet, soll in Ehren gehalten werden. Wenn jeder ein bißchen nachgibt, haben Streit und Hader ihren Meister gefunden. Denn wahre Demokratie ist nun mal ohne Kompromißbereitschaft undenkbar. Wir sind Sünder, allesamt und haben. Wer will da den ersten Stein? Wer kann sagen, ich bin ohne? Wer will sich hier als unfehlbar? Darum laßt uns. Wir Unterrather haben immer. Deshalb wollen wir zuerst auf unsere Kameraden, die in Rußlands Erde. Und sodann auf das

Wohl unseres guten alten, der heute unter uns, schließlich aber auf die alte und die neue Sportlerfreundschaft. Ich erhebe das Glas!« – Jeder Trinkspruch ist der Vorletzte. Jede Tischrunde findet kein Ende. Jeder Mann ist am fröhlichsten unter Männern. – Unterm Tisch leckt der Hund Pluto verschüttetes Bier.
So will alles wieder gut werden. Inge und Jochen Sawatzki freuen sich, als Walter Matern ihnen seinen nigelnagelneuen Sportlerdreß vorführt: »Junge, hat der ne Figur!« – Aber die Figur täuscht. Gewiß, jeder muß sich erst einspielen. Es wäre Unsinn, ihn gleich an die Leine zu stellen. Aber als Hintermann ist er vorerst zu langsam – dort muß man rasch starten können – und als Mittelspieler erweist er sich als unzulänglich, weil er sogleich das Spielfeld beherrschen will und weil ihm die Gabe fehlt, den Ball von hinten bis zur Leine konstruktiv aufzubauen. Weder bedient er den linken Vordermann noch den Leinenspieler. Vorlagen der Hintermannschaft nimmt er wahr, als für ihn bestimmt, schnappt also den eigenen Leuten die Bälle weg, um sie oft genug zu verbuttern. Ein solo spielender Ballkünstler, der mit simplen Kernschlägen der Gegenpartei Vorwände für Schmetterbälle serviert. Wo stellt man ihn hin, wenn es für die Leine noch zu früh ist?
»Der muß an die Leine.«
»Und ich sag Euch, der soll sich erst mal abstrampeln.«
»Nur an der Leine ist solch ein Mann zu gebrauchen.«
»Dann müßte er rascher reagieren.«
»Jedenfalls hat er die Größe für einen Leinenspieler.«
»Der muß erst mal Blut lecken, dann dreht er auf.«
»Für die Mitte viel zu ehrgeizig.«
»Also gut, stellen wir ihn vorne hin, mal sehen.«
Aber auch vorne rechts gelingen ihm nur selten gerissene, vor gegnerische Füße gepfefferte Angaben. Nur spärlich überrascht er die Oberkassler oder Derendorfer Senioren mit heiklen Rückziehern; dann jedoch, wenn der gezogene Ball flach scharf im gegnerischen Feld unberechenbar aufspringt, kann erahnt werden, welch Leinenspieler Matern einmal gewesen ist. Gerührt nicken Ankenrieb und Tolksdorf sich zu: »Mensch, war das ne Kanone früher! Schade.« und bleiben weiterhin geduldig. Sie bedienen ihn aufmerksam, päppeln Bälle für ihn hoch, die er heillos in die Binsen gehen läßt. Es ist ein Elend mit ihm: »Aber dennoch sportlich bleiben. Nicht jeder hält seine Form über Jahre hinweg. Außerdem hat er den Schaden am Bein. Merkt man zwar kaum, aber immerhin. Mach ihm doch mal nen vernünftigen Vorschlag, Heini. Etwa so: Sag mal, Walter, ich glaub, Du hast ein bißchen die Lust verloren. Kann ich verstehen. Es gibt weiß Gott wichtigere Dinge, als sich für die Unterrather Sportfreunde an der Leine, aber könntest Du nicht mal beim nächsten oder übernächsten Spiel, bloß damit Du Abstand gewinnst den Schiedsrichter machen?«
Sportfreunde bauen Eselsbrücken für Matern. »Bitteschön bitteschön! Nichts lieber als das. Kann ja froh sein, daß Ihr mich überhaupt noch.

Mach Euch alles: Linienrichter, Anschreiber, Schiedsrichter. Soll ich Euch nen Kaffee kochen oder ne Coca holen? Darf ich auch mit ner richtigen Schiedsrichterpfeife?« Das hat sich Matern immer gewünscht. Das ist seine wahre Berufung: Entscheidungen treffen: »Dieser Ball war übergetreten. Es steht jetzt neunzehn zu zwölf für Wersten. Fehlangabe. Ich kenne alle Spielregeln. Hab ja schon als ganz junger Spund bei uns zu Hause auf dem Heinrich-Ehlers-Platz. Mensch, hatten wir da einen Mittelspieler. Ein dicker sommersprossiger Bengel, aber leichtfüßig, wie viele Dicke, und die Ruhe selbst. Den konnte nichts erschüttern. Dabei immer guter Laune. Der kannte wie ich alle Regeln: Beim Angeben muß sich der angebende Spieler mit beiden Füßen hinter der Angebelinie befinden. Im Augenblick, da die Faust des Spielers den Ball berührt und angibt, muß sich der Angebende wenigstens mit einem Fuß auf dem Boden befinden. Das Angeben mit nicht geschlossener Faust oder weggespreiztem Daumen ist regelwidrig. Der Ball darf nur einmal von einunddemselben Spieler, nur dreimal darf er im ganzen, nur einmal vor jedem Schlag darf er den Boden, weder den Pfosten noch die Leine darf er, nur Arm und Faust dürfen ihn – Ach dürfte ich wieder mit Eddi, er im Mittelfeld, ich an der Leine! – bei Zuwiderhandlung verwandelt sich der Ball zum Fehlball und wird mit Doppelpfiff abgepfiffen, was gleichbedeutend ist mit: Der Ball ist tot!« Wer hätte das gedacht: Matern, der gekommen war, zu richten mit schwarzem Hund, bewährt sich als Schiedsrichter und dressiert seinen Köter zum Linienrichter: Pluto bellt jeden Fehlball ab; Matern, sonst immer hart am Feind, kennt keine Gegner mehr, nur noch Mannschaften, die den gleichen Spielregeln unterworfen sind, ausnahmslos.
Sie bewundern ihn, die alten Sportfreunde Fritz Ankenrieb und Heini Tolksdorf. Stimmung machen sie für Matern bei Vorstandssitzungen und besonders bei den Junioren: »An dem könnt Ihr Euch ein Beispiel nehmen. Als er merkte, daß er nicht mehr in Form war wie früher, hat er seinen Platz an der Leine ohne ein einziges scheeles Wort zur Verfügung gestellt und hat sich selbstlos als Schiedsrichter angeboten. Das wäre ein Trainer für Euch, Pfundskerl. Hat den ganzen Krieg mitgemacht. Dreimal verwundet worden. Jede Menge Himmelfahrtskommandos. Wenn der erzählt, kommt Ihr aus dem Staunen nicht mehr raus.«
Wer hätte das gedacht: Matern, der gekommen war, zu richten die Senioren Ankenrieb und Tolksdorf, wandelte sich zum unparteilichen Schiedsrichter, winkt ab, als ihm gutgemeinte Bestechungsversuche einen Halbtagsposten bei der Firma Mannesmann bieten, der Herr und Hund reichlich ernähren könnte, und steht jetzt unbestechlich, mit Hund bei Fuß, zwischen den Junioren der Unterrather Sportfreunde. Die Jungs im blauen Trainingsanzug bilden einen lockeren Halbkreis, und er, in weinrotem Trainingszeug, erklärt ihnen seine erhobene Schlagfaust mit den Schlagflächen des Rückhandschlages und des Innenschlages. Während er seine gesenkte Schlagfaust mit den Schlagflächen für den

Vorarmschlag und den Vorhandschlag demonstriert, steht die Sonntagvormittagssonne auf seinem haarlosen Schädel kopf: das blitzt nur so: Kaum abwarten können die Unterrather Jungs, bis sie anwenden können, was Matern ihnen einpaukte: seine waagerechte Schlagfaust zeigt die Schlagfläche des Rückarmschlages und des gefährlichen Außenschlages. Obendrein, nach zügigem Trainingsspiel und den von ihm eingeführten Startübungen für die Hintermänner, erzählt er den Jungs Geschichten aus Kriegs- und Friedenszeiten. Sitzend bilden dunkelblaue Trainingsanzüge um ihn, den weinrot gekleideten Trainer, einen zwar lockeren, dennoch gebannten Halbkreis. Endlich mal jemand, der sich die Jugend richtig vorknöpft. Keine Frage fällt unbeantwortet auf den Rasen des Faustballfeldes. Überall ist er bewandert. Matern weiß, wie es dahin gekommen; wie man es soweit gebracht; was Deutschland, das ungeteilte, war und sein könnte; wer die Schuld trägt an all dem; wo sie heute wieder sitzen, die Mörder von damals; und wie man verhindern kann, daß es jemals wieder dahin kommt. Er hat den Ton für die Jugend. Molluskenhaft Weiches läßt er zu holzgeschnitzt Anschaulichem werden. Seine Leitmotive entlarven Mordmotive. Labyrinthe vereinfacht er zu schnurgeraden Hauptzufahrtsstraßen. Wenn der Trainer Matern sagt: »Und das ist unsere immer noch unbewältigte Vergangenheit!« sehen alle Unterrather Jungs in ihm, nur in ihm den einzig wahren Bewältiger der Vergangenheit. Schließlich hat er es vorexerziert, Mal um Mal: »Als ich zum Beispiel diesen Beisitzer bei jenem Sondergericht und wenig später den Herrn Sonderrichter zur Rede stellte, wurden die beiden Halunken ganz klein, so klein sag ich Euch, und jener Ortsgruppenleiter Sellke in Oldenburg, der früher so große Töne spuckte, weinte, als er mich mit Hund...« Überhaupt, Hinweise auf den Hund Pluto, der nie fehlt, wenn in lockerem Halbkreis Vergangenheit und Gegenwart verdeutlicht werden, sind der Kehrreim in Materns langem Lehrgedicht: »Und als ich mit dem Hund ins Weserbergland. Der Hund war dabei, als ich in Altena-Sauerland. Der Hund ist Zeuge, daß ich in Passau.« Die Jungs klatschen, wenn Matern wieder einmal einen »von früher« zu Fall gebracht hat. Sie sind hingerissen. Leitbild und Trainer in einer Person. Nur schade, daß Matern es nicht lassen kann, während begrüßenswerten Nazibegräbnissen dauernd, und nicht nur in Nebensätzen, den Sozialismus siegen zu lassen.

»Was hat Marx auf dem Sportplatz zu suchen?« fragt sich einstimmig der Vereinsvorstand.

»Dürfen wir zulassen, daß auf unseren Plätzen östlicher Hetzpropaganda Vorschub geleistet wird?« heißt die schriftlich vorgetragene Frage des Platzverwalters an die Unterrather Sportfreunde, e. V.

»Unsere Sportjugend ist nicht gewillt, diese Zustände weiterhin zu dulden«, behauptet der Ehrenvorsitzende im Vereinslokal am Dorotheenplatz. Er kennt Matern noch aus Vorkriegszeiten: »Dieselben Schwierigkeiten schon damals gemacht. Kann sich nicht einfügen. Vergiftet die Atmosphäre.« Seiner Meinung nach, die durch Kopfnicken und

halblautes »Sehr richtig« gutgeheißen wird, muß ein echter Unterrather Sportfreund nicht nur mit ganzem Einsatz freudig seiner sportlichen Disziplin genügen, er muß auch innerlich sauber sein.
Nach soundsovielen Hundejahren befaßt sich, zum soundsovielten Mal in Materns mittellangem Leben, ein Ehrengericht mit ihm. Genau wie die Jungpreußen auf dem Heinrich-Ehlers-Platz und die Männer vom Langfuhrer SA-Sturm vierundachtzig, beschließen die Unterrather Sportfreunde, Matern zum zweitenmal aus ihren Listen zu streichen. Wie anno neununddreißig: Vereinssperre und Platzverbot ohne Gegenstimme angenommen. Einzig die Sportfreunde Ankenrieb und Tolksdorf enthalten sich, was allgemein stillen Beifall findet, der Stimme. Abschließend stellt der Ehrenvorsitzende fest: »Kann froh sein, daß die Geschichte intern bleibt. Damals wurde der Fall weiterverhandelt, und zwar in der Kavalleriestraße, wenn Euch die ein Begriff ist.«
Treib keinen Sport. Man treibt mit Dir Sport.
Oh Matern, wie viele Niederlagen mußt Du noch als Siege abzinken? Welches Milieu spie Dich nicht aus, nachdem Du es unterworfen hattest? Wird man dereinst Landkarten der beiden Deutschland drucken und in den Schulen als Lehrmittel aufrollen, damit Deine Schlachten, gekennzeichnet wie üblich – zwei Säbel kreuzen sich – anschaulich werden? Wird man sagen: Materns Sieg bei Witzenhausen stand fest am Morgen des? Die Schlacht bei Bielefeld sah den Sieger Matern tags drauf in Köln am Rhein? Als Matern in Düsseldorf-Rath siegte, schrieb man den dritten Juni neunzehnhundertvierundfünfzig? Oder werden Deine Siege nicht angekreuzt und gezählt in die Geschichte finden, werden sich allenfalls Großmütter im Kreis ihrer Enkelkinder halbwahr erinnern: »Damals im siebenundvierziger Hundejahr kam ein armer Hund, der einen schwarzen Hund bei sich hatte, zu uns und wollte Opa Schwierigkeiten machen. Aber da nahm ich den Kerl, übrigens kein übler Bursche, still beiseite, bis er ganz friedlich wurde und wie ein Kätzchen schnurrte, so anschmiegsam.«
Inge Sawatzki, zum Beispiel, hat den angestrengten Sieger Walter Matern schon oft aufgerichtet und wieder hochgepäppelt, so auch jetzt, da die Wunden, auf Unterrather Schlachtfeld geschlagen, verbunden werden sollen. Das mußte ja so kommen. Inge kann warten. Jeder Krieger kehrt manchmal heim. Jede Frau empfängt mit offenen Armen. Jeder Sieg will gefeiert werden.
Das muß selbst Jochen Sawatzki einsehen. Deshalb sagt er zu seiner Frau Inge: »Tu, was Du nicht lassen kannst.« Und beide, das große klassische Liebespaar – Walter und Inge – tun, was sie immer noch nicht lassen können. Die Wohnung ist ja so groß. Eigentlich macht es jetzt, da er schon ziemlich abgekämpft ist, viel mehr Spaß, als zu Zeiten, da man dem Kerl nur auf den Pümmel gucken mußte, und schon sprang die Maschine an und war schneller am Ziel als notwendig. Immer diese Rekordsucht: »Ich zeig's Dir! Ich kann jederzeit und ganz schnell. Ich könnt mit Dir sieben

Nummern schieben und gleich darauf den Feldberg besteigen. Das ist nun mal meine Natur. So waren die Materns alle. Simon Materna, zum Beispiel, hatte jederzeit ein Stück Fleisch vorne draufsitzen, selbst hoch zu Roß, wenn er Rache nahm zwischen Dirschau, Danzig und Elbing. Das war ein Kerl. Und von seinem Bruder Gregor Materna kann man heute noch im Danziger Stadtarchiv nachlesen, daß ›nach allerley unglück, mordt vnd vergieszung christlichen blutts, item dornoch uf den herbest, der here Materna gereyset gwam czu Danczk um czu thun allerley argelist, vnd czu henken amb halcz ten Claus Bartusch, wobey er als galgen hette gericht sin flieszıglich steiff glid, dacz all royber vnd kowffleute han gestaunet‹. So ein Kerl war das; und mir hättste früher, beim Barras etwa, zwar nicht nen ausgewachsenen Pfeffersack aber doch ein Zehnkilogewicht an den Ständer hängen können, der hätte Dich trotzdem und zwar ganz schnell und gehörig.«

Vorbei vorbei: Nägel an die Wand schlagen mit strammem Werkzeug. Jetzt zeigt sie es ihm langsam behutsam: »Nur nicht gleich in Panik geraten, wir haben Zeit. Denn das sind die schönsten Jahre des Lebens, wenn sich die Potenz normalisiert und wertvoll wird wie ein Sparbüchlein. Schließlich gibt es noch andere Dinge auf dieser Welt als nur das. Zum Beispiel könnten mal ins Theater, wo Du doch mal selber auf der Bühne. Willste nich? Auch gut, dann ins Kino, oder wie gucken uns mit Walli den Sankt-Martins-Zug an: Laterne Laterne, Sonne, Mond und Sterne. Ganz hübsch ist auch: in Kaiserswerth Kaffee trinken mit Blick auf den Rhein. Zum Sechstagerennen nach Dortmund könnten wir, und Sawatzki nehmen wir diesmal mit. Noch nie war ich an der Mosel, wenn da Weinlese ist. Ach, ein wunderschönes Jahr mit Dir. Davon werd' ich noch lange zehren. Jetzt kommst Du mir viel ausgeglichener vor. Sogar den Hund läßte manchmal zuhause. Natürlich, Ausnahmen gibt's immer, zum Beispiel, als wir auf der letzten Messe, Herrenoberbekleidung, auf so einen kleinen Dicken stießen, der sich Semrau nannte, biste erst ganz wild geworden und hast mit ihm und Jochen hinter unserem Stand diskutiert. Aber dann habt Ihr zusammen paar Biere getrunken, und Jochen hat mit dem Semrau sogar ein Geschäft abgeschlossen: war'n größerer Posten Duffle-Coats. Oder in Köln auffem Rosenmontagszug: die ziehn schon ne gute Stunde vorbei, da kommt ein Wagen mit ner richtigen Windmühl' drauf, und um die Mühl' tanzen lauter Nonnen und Ritter mit richtigen Rüstungen. Aber alle ohne Kopp. Den tragen die unterm Arm. Oder sie werfen sich die Köppe zu. Grad will ich Dich fragen, was die zu versinnbildlichen haben, da biste schon weg und willst durch die Absperrung direkt auf die Nonnen los. Gut, dasse Dich nicht durchgelassen haben. Wer weiß, was Du mit denen, und die mit Dir, denn die verstehn nämlich keinen Spaß am Rosenmontag. Bist auch gleich friedlich geworden, und auffem Hauptbahnhof wurd' es noch richtig lustig. Du gingst als son mittelalterlicher Haudegen; Sawatzki war ein einäugiger Admiral; und aus mir habt Ihr ne richtige Räuberbraut gemacht. Schad, daß das Foto davon so unscharf ist. Sonst könntste nämlich sehn, was Du für'n Bäuchlein bekommen hast, mein Süßer. Das macht die gute Pflege. Richtig mollig biste geworden, seitdem Du keinen Sport mehr. Das is eben nix für Dich: Vereine und Versammlungen. Du bist und bleibst ein Einzelgänger. Und mit Jochen kommste bloß deswegen klar, weil der macht, was Du willst. Sogar gegen die Atombombe isser, weil Du dagegen bist und unterschrieben hast. Aber gegen die bin ich auch, jetzt wo's so schön ist mit Dir, möcht ich ums Verrecken nicht. Ich lieb Dich nämlich. Hör nich zu. Ich könnte Deine Scheiße, weil ich, hörst Du? Alles alles. Wie Du durch Wände durchguckst und wie Du das Glas festhältst. Wenn Du Speck übern Daumen schneidest. Wenn Du sprichst wie auffem Theater, und mit den Händen ich weiß nich was greifen willst. Deine Stimme, Deine Rasierseife, oder wenn Du Dir die Nägel, oder Dein Gang, Du gehst, als hättest Du ne Verabredung mit ich weiß nich wem. Denn manchmal werd ich nich schlau aus Dir. Aber das macht nichts. Hör einfach nicht zu, wenn ich. Aber wissen möcht ich gern, wie Du früher, mit Jochen die Zeit, als Ihr zusammen. Nu mußt doch nich gleich wieder mit den Zähnen. Hab doch gesagt, hör nich zu. Du, auf den Rheinwiesen ist Schützenfest, hörst Du? Woll'n wir hin? Morgen? Ohne Jochen? Bis sechs muß ich drüben in der Filiale. Sagen wir um sieben Rheinbrücke. Oberkassler Seite.«

Matern hat sich verabredet, ohne Hund. Der darf jetzt nicht mehr so oft auf die Straße, weil er sonst unters Auto geraten könnte, der gute alte Pluto. Matern geht schnell geradeaus, denn er ist verabredet zu bestimmter Zeit. Er hat sich Kirschen gekauft, ein ganzes Pfund. Nun spuckt er Kirschkerne in Richtung Verabredung. Entgegenkommende Leute müssen ausweichen. Die Kirschen und Minuten werden weniger. Wenn man zu Fuß über die Brücke geht, merkt man, wie breit der Rhein ist: vom Planetarium auf der Düsseldorfer Seite bis nach Oberkassel: Ein gutes Pfund Kirschen breit. Er spuckt bei seitlichem Wind, der die Kirschkerne in Richtung Köln abdrängt; aber der Rhein nimmt sie bis Duisburg mit oder noch weiter. Jede Kirsche schreit nach der nächsten. Kirschenessen macht wütend. Wut steigert sich von Kirsche zu Kirsche. Als Jesus die Geldwechsler aus dem Tempel jagte, aß er, bevor er, ein Pfund Kirschen. Auch Othello aß, bevor er, ein ganzes Pfund. Die Moorbrüder, alle beide, tagtäglich, sogar im Winter. Und müßte Matern den Jesus spielen, den Othello oder Franz Moor, er wäre gezwungen, vor jeder Vorstellung ein ganzes Pfund. Wieviel Haß reift mit ihnen oder wird miteingekocht in Weckgläsern? Die sehen nämlich nur so rund aus; in Wirklichkeit sind Kirschen spitze Dreiecke. Besonders Sauerkirschen machen die Zähne stumpf. Als ob er das nötig hätte. Er denkt kürzer, als er spuckt. Vor ihm halten Büroschlußmänner ihre Hüte fest und wagen nicht, hinter sich. Die hinter sich blicken, haben jemand im Rücken. Nur Inge Sawatzki, die sich gleichfalls verabredet hat, spiegelt mit Äugelchen den immer bedrohlicher aufkommenden Matern furchtlos und pünktlich. Wie soll sie auch wissen, daß er nahezu ein Pfund Kirschen intus hat.

Neuweiß weht ihr oben knappes, unten weites Sommerfähnchen. Immer noch Taille vierundfünfzig, allerdings mit Gürtel. Ärmellose Erwartung kann sie sich erlauben. Wind im Ingekleid pinselt die Fummelknie, Gegenknie: Entgegenlächeln und Entgegenkommen, viereinhalb italienische Sandalenschrittchen: da trifft es sie zwischen die Gegenbrüste; aber Inge Sawatzki, durch nichts umzuwerfen, bleibt tapfer und stehen: »Bin ich nicht pünktlich? Der Fleck auf dem Kleid macht sich gut. Da fehlte sowieso was Rotes hin. Waren es Süß- oder Sauerkirschen?«
Denn die Tüte hat alle Wut hergegeben. Der Kirschkernspucker kann sie fallen lassen. »Soll ich Dir neue kaufen, drüben ist'n Stand.«
Aber Inge Sawatzki möchte: »Kettenkarussell fahren, immerzu.« Also quer über die Rheinwiesen darauf zu. Mit vielen, die sich hineinstürzen wollen, mithinein und sogleich mitgezählt. Doch keine Milieubeschreibung, denn Eis will sie nicht, schießen kann sie nicht, Achterbahn macht ihr nur im Dunkeln Spaß, in Schaubuden ist man ja doch nur enttäuscht, nur Kettenkarussell will sie, immerzu.
Zuerst schießt er ihr zwei Rosen und eine Tulpe. Dann muß sie sich mit ihm in einem Selbstfahrer stuckern lassen. Zwischendurch denkt er, äußerlich ritzenlos vernagelt, über die Masse Mensch, den Materialismus und die Transzendenz nach. Anschließend schießt er ihr mit drei Schuß einen kleinen gelben Bären für Walli, der aber nicht brummen kann. Nun muß er im Stehen zwei Bier nacheinander trinken. Jetzt kauft er ihr gebrannte Mandeln, ob sie will oder nicht. Schnell noch Scheibenschießen: zwei Achten, eine Zehn. Endlich darf sie mit ihm Kettenkarussell fahren, doch nicht immerzu.
Alles dreht sich wie versprochen. Das Karussell ist zu knapp einem Drittel besetzt und kommt langsam aus der Mode. Aber Inge schwärmt fürs Altmodische. Sie sammelt Spieluhren, Tanzbären, Scherenschnitte, Schattenspiele, Brummkreisel, Abziehbildchen und ist wie geschaffen fürs Kettenkarussell. Kleid und Wäsche hat sie sich extra für diese Reise Rundum schneidern lassen. Haare preisgegeben, Gegenknie nicht etwa zusammengepreßt; denn wer so heiß ist wie Inge Sawatzki und stündlich ein Fieberfötzchen bei sich zu tragen hat, möchte sich und das Ding immerzu in den Wind hängen. Aber er mag das nicht, den Gesetzen der Schwerkraft zu gehorchen. Zweieinhalb Minuten lang rundum, ob Du Dich eindrehst und im Gegenkurs wieder aufribbelst: immerzu rundum, bis die Musik verendet. Doch da will Inge sich »Nochmal nochmal!« in den Wind hängen lassen. Einmal kein Spielverderber sein. Billiger kannst auch Du sie nicht schwindlig machen. Schau Dich mal bißchen um, während es rundum geht. Immerzu ist es einunddderselbe schiefe Lambertusturm, der drüben Düsseldorf bedeutet. Immer sind es dieselben Fratzen, die unten, mit und ohne Eis, mit Geschossenem, Erwürfeltem und Gekauftem im Kreis stehen und auf Materns Wiederkehr warten. Masse Mensch glaubt an ihn, zittert bei seinem Erscheinen. Pöbelweisheit, Pöbelfurcht! alle ohne Unterschied nach gleichem Rezept zusammenge-

rührt. Rente im Herzen, Dschungel ohne Bisse, hygienische Wunschräusche, dabei weder gut noch böse, sondern phänomenal und eine Soße. Erbsen hingestreut. Von mir aus, Rosinen in einem Kuchen. Seinsvergessene suchen Transzendenzersatz. Gleichgemusterte Steuerzahler, bis auf einen. Alle gleich; einer fällt auf. Nichts als ein Webfehler, fällt dennoch auf. Von Runde zu Runde nicht wegzudenken. Hat sich einen Schützenhut wie alle anderen Schützenbrüder und ist dennoch, da wieder, wieder weg, wieder da, weg da: ein ganz besonderer Bruder. O Namen! das ist doch, na klar doch, Momentchen! weg – da: der hat mir gefehlt: Gleich hat der Spaß ein Ende, Brüderchen Polizeimajor. Langsam klingen die Freuden aus, Polizeimajor Osterhues. Wollen wir Kettenkarussell fahren? Mit Leitmotiven Mordmotive jagen? Heinrich, sag, wollen wir?
Einige Schützenbrüder wollen, aber der besondere will nicht. Wollte vorher, aber nun, da jemand vom ausfahrenden Kettenkarussell springt und seinen Namen von hier bis ans Ende der Welt ruft, den verjährten Dienstgrad dazu, will der inzwischen Stadtverordnete Schützenbruder Heinrich Osterhues überhaupt nicht mehr, sondern davon. Das hört er nicht gerne: Polizeimajor. Selbst alte Freunde dürfen ihn nicht. Denn das war einmal und gehört hier nicht hin.
Schon mehrmals erlebt und oft gefilmt: nichts leichter, als flüchten auf einem Schützenfestplatz. Denn überall stehen die lieben Schützenbrüder mit ihren Hüten, halb Försterhut – halb Südwester, in Bereitschaft und decken ihn. Laufen auch ein bißchen und locken den Wolf auf die falsche Fährte. Narren ihn, indem sie sich teilen und den Wolf nahezu spalten, vierteilen. In Sechzehnteln müßte Matern auf die Osterhues-Jagd gehen. Zugreifen, Zugreifen! Leitmotiv jagt Mordmotiv! Ach, hätte er doch Pluto bei sich, der wüßte den Weg zu Heinrich Osterhues. Ach, hätte er doch ihn, den Polizeimajor rippenbrechender Jahre, mit Kirschkern und Kirschfleck gezeichnet und nicht das Ingekleid. »Osterhues Osterhues!« Dreh Dich nicht um – der Kirschkern geht um.
Erst nach einer Stunde Osterhuesgeschrei und Osterhuessuche – ein Regiment Schützenbrüder mag er an Uniformknöpfen gepackt und lustlos wieder entlassen haben – findet er wieder die Fährte: ein Foto, arg zertreten, klaubt er aus zerstampftem Gras. Nicht diesen oder den, auch nicht den Schützenbruder zeigt es, sondern den verjährten Polizeimajor Osterhues, der den Untersuchungshäftling Walter Matern im Kellergeschoß Polizeipräsidium Kavalleriestraße anno dreineun eigenhändig verhörte.
Mit diesem Foto, es mag dem flüchtenden Schützenbruder aus der Schützenjacke gerutscht sein, klappert Matern die Bierzelte ab: Nichts! Oder er warf es weg – Beweismaterial! Mit diesem Steckbrief bewaffnet, durcheilt er Schaubuden, stochert er unter den Wohnwagen. Schon dunkelt es über den Rheinwiesen – das weiße Ingekleid folgt ihm bittend respektvoll und will Achterbahn fahren, immerzu Achterbahn fahren – da betritt er ein letztes Bierzelt, osterhuessüchtig. Während sonst alle Zelte bauchig

gebläht den gesungenen Lärm kaum fassen konnten, geht es unter dieser Plane lautlos zu. »Psst!« mahnt ihn der Ordner am Zelteingang. »Wir fotografieren gerade.« Mit bemühten Sohlen tritt Matern auf biersaures Sägemehl. Weder Klappstühle noch Tischreihen. Osterhuessuchende Augen erfassen: Welch ein Bild, welch ein Foto plant der Schützenfestfotograf! Ein Bühnenpodest hebt inmitten windstiller Leere einhundertzweiunddreißig tribünenartig aufgestockte Schützenbrüder gegen das Zeltdach. Vorne knien, sodann sitzen, dahinter stehen, ganz hinten überragen sie. Einhundertzweiunddreißig Schützenbrüder tragen ihre Schützenhüte, halb Försterhut – halb Südwester, mit leichtem Schlag nach rechts. Schützenschnüre und Rosetten sind gerecht verteilt.

Keiner silbert stärker, keine Brust leerer, nicht hunderteinunddreißig Schützen und ein Schützenkönig, vielmehr hundertzweiunddreißig ranggleiche Schützenbrüder lächeln verschmitzt gutmütig angestrengt Matern entgegen, der, mit dem Polizeimajorfoto bestückt, Auswahl treffen will. Jede Ähnlichkeit ist rein zufällig. Jede Ähnlichkeit wird abgestritten. Jede Ähnlichkeit wird hundertzweiunddreißigmal zugegeben; denn zwischen Bühnenpodest und Zeltdach lächelt tribünenartig aufgestockt, kniet sitzt steht überragt, trägt seinen Schützenhut mit leichten Schlag nach rechts, wird durch einmaliges Belichten hundertzweiunddreißigmal der Schützenbruder Heinrich Osterhues fotografiert. Ein Familienporträt: Hundertzweiunddreißiglinge. »Fertig die Herrschaften!« ruft der Schützenfestfotograf. Hundertzweiunddreißig Heinriche erheben sich plaudernd schwerfällig bierschwer, steigen vom Festfotopodest und wollen sogleich einem alten Bekannten aus hundertzweiunddreißigmal Polizeimajorszeiten hundertzweiunddreißigmal die Hand schütteln: »Wie gehts, stehts? Wieder im Lande? Alle Rippen gut angewachsen? Waren eben rauhe Zeiten damals. Können wir bezeugen, alle hundertzweiunddreißig. Wer nicht spurte, kein Pardon. Aber die Jungs haben wenigstens gesungen, wenn man sie zwischennahm. Nicht wie heutzutage bei diesen laschen Methoden...«

Da flieht Matern über biersaure Sägespäne. »Wohin so schnell, Mann! Muß doch begossen werden, son Wiedersehn!« Das Schützenfestzelt spuckt ihn aus. Oh Sternenhimmel, ausgepunktet! Das unermüdliche Ingekleid und der liebe Gott erwarten ihn. Unter seinem Schutz und Schirm wird es auf den Rheinwiesen Morgen, als sie ihn endlich ruhig hat, ihren zähneklappernden Geliebten.

Die einundneunzigste halbwegs einsichtige Materniade

Was nützt ihm der schmiedeeiserne Kopf, wenn Wände zum Einrennen vorsorglich durchlässig gemauert werden? Ist das ein Beruf: Drehtüren stoßen? Huren bekehren? Schweizer Käse löchern? Wer mag alte Wunden aufreißen, wenn das Wundenaufreißen Lust bereitet? Oder dem anderen eine Grube graben, damit er Dir später heraushilft? Schattenboxen? Sicherheitsnadeln verbiegen? Nägel hineintreiben in Vollgummifeinde? Telefonbücher verfolgen oder Adreßbücher, Namen für Namen? – Blase die Rache ab, Matern! Locke den Hund Pluto nie mehr hinter dem Ofen hervor. Genug entnazifiziert! Mache Deinen Frieden mit dieser Welt; oder verbinde die Pflicht, auf Herz, Milz und Nieren zu hören, mit der Sicherheit monatlicher Einkünfte. Denn faul bist Du nicht. Warst immer ein Vollbeschäftigter: umhergehen abzinken umhergehen. Hast schon oft Deine Leistungsgrenze erreicht und sogar überschritten: Frauen zum Mitnehmen, Frauen zum Liegenlassen. Was kannst Du noch, Matern? Was hast Du gelernt vor dem Spiegel und gegen den Wind? Laut und deutlich sprechen auf dem Theater. Also schlüpfe in Rollen, putz Dir die Zähne, klopf dreimal an und lasse Dich engagieren: als Charakterdarsteller, Phänotype, Franz oder Karl Moor, je nach Laune – und sage es allen Rängen und dem bestuhlten Parkett: »Aber ich will nächstens unter Euch treten, und fürchterlich Musterung halten!«

Zu dumm! Matern ist immer noch nicht bereit, aus der Rache ein halbwegs lohnendes Geschäft zu machen. In Sawatzkis Sesseln brütet er gähnende Nichtse. Sich und seine Nierensteine schleppt er von Zimmer zu Zimmer. Freunde halten ihn aus. Seine Geliebte lädt ihn ins Kino ein. Geht er spazieren, mit Hund und von Berufs wegen, wagt niemand sich umzudrehen. Welcher Hammerschlag muß ihn treffen, damit er abläßt von Leuten, die ihn hinter sich hören, den Knirscher.

Da wird im Jahr fünffünf, als alle im Friedensjahr vierfünf geborenen Kinder zehn Jahre alt werden, ein billiger Massenartikel auf den Markt geworfen. Heimlich aber nicht verbotenerweise arbeitet ein geölter und deshalb lautloser Vertriebsapparat. Keine Inserate künden ihn an, den Schlager der Saison; in keinem Schaufenster wird er zum Blickfang; nicht in Spielzeuggeschäften und Kaufhäusern verkauft sich der Artikel kinderleicht; kein Versandhaus vertreibt ihn portofrei; aber zwischen Kirmesbuden, auf Spielplätzen, vor Schulgebäuden stehen fliegende Händler mit ihrem Angebot; überall dort, wo sich Kinder zusammenballen, aber auch vor Berufsschulen, Lehrlingsheimen und Universitäten ist ein Spielzeug erhältlich, das für die Jugend vom siebenten bis zum einundzwanzigsten Lebensjahr bestimmt ist.

Es handelt sich – um aus einem geheimnisvollen Gebrauchsgegenstand nicht ein weiteres Geheimnis zu drechseln – um Brillen. Nein, keine Augengläser, durch die man Unanständiges in verschiedenen Farben und Stellungen studieren kann. Kein böser Winkelfabrikant will die westdeutsche Nachkriegsjugend verderben. Weder die zuständige Bundesprüfstelle noch einstweilige Verfügungen sind zu informieren oder vonnöten. Kein Pfarrer findet Anlaß, von der Kanzel herab furchterregende Gleichnisse fliegen zu lassen. Und dennoch werden nicht Brillen, die übliche Sehfehler korrigieren, auffallend billig feilgeboten; Brillen anderer, weder verderbender noch heilender Art, kommen – man ist auf Schätzungen angewiesen – in etwa einer Million und vierhunderttausend Exemplaren auf den Markt: Preis fünfzig Pfennige. Später, nachdem sich in den Bundesländern Hessen und Niedersachsen Untersuchungsausschüsse mit dem Artikel auseinandersetzen müssen, erweisen sich die offiziellen Schätzungen als zutreffend: eine Firma Brauxel & Co.-Groß-Giesen bei Hildesheim, hat eine Million siebenhundertvierzigtausend Exemplare des zu Unrecht inkriminierten Modells hergestellt und auf die Zahl genau eine Million vierhundertsechsundfünfzigtausend plus dreihundertzwölf Fließbandprodukte vertreiben können. Kein schlechtes Geschäft, zumal die Herstellungskosten gering sind: ein primitiver gestanzter Kunststoffartikel. Nur die Gläser müssen, obgleich sie wie Fensterglas keinen besonderen Schliff aufweisen, das Ergebnis langer Forschungsarbeit sein: qualifizierte Optiker, in Jena ausgebildet, dann republikflüchtig, mögen der Firma Brauxel & Co. ihr Fachwissen zur Verfügung gestellt haben; aber Brauxel & Co. – ein übrigens angesehenes Unternehmen – kann beiden Untersuchungsausschüssen nachweisen, daß kein Optiker laborierte, daß allenfalls die kleine, dem Werk angeschlossene Glashütte eine besondere und deshalb als Patent gemeldete Mischung zum Schmelzen bringt: dem wohlbekannten Gemenge Quarzsand, Soda, Glaubersalz und Kalkstein wird eine aufs Gramm gewogene und deshalb geheimzuhaltende Dosis Glimmer, wie er von Glimmergneisen, Glimmerschiefer und Glimmergranit gewonnen wird, beigemengt. Also kein Teufelsspuk, nichts Verbotenes wird gebraut; Gutachten berufener Chemiker bestätigen Wissenschaftliches. Die von den Ländern Niedersachsen und Hessen angestrengten Verfahren werden eingestellt; und dennoch muß irgend etwas dran sein an den Dingern – die beigemengten Glimmerspiegelchen werden's wohl sein – aber nur die Jugend, die Siebenjährigen bis Einundzwanzigjährigen kapieren den Trick, denn ein Trick wohnt in den Brillen, den weder Erwachsene noch Kleinkinder zu begreifen vermögen.

Wie heißen die Brillen? Verschiedene Bezeichnungen sind im Umlauf, die alle nicht von der Firma Brauxel & Co. entwickelt wurden. Vielmehr bringen die Hersteller ihren Artikel als namenloses Spielzeug unter die Jugend, nehmen aber, sobald der Verkaufserfolg offensichtlich ist, einige Benennungen als Verkäuferslogans auf.

Matern, der sich mit der kleinen, nun schon achtjährigen Walli Sawatzki an der Hand die Beine vertritt, hört auf dem Düsseldorfer Weihnachtsmarkt in der Bolkerstraße zum erstenmal von den »Wunderbrillen«. Ein unscheinbares Männchen, das genauso gut Lebkuchen oder zu billige Füllfederhalter und Rasierklingen verkaufen könnte, steht mit halbvollem Pappkarton zwischen einer Reibkuchenbude und einem Stand, der Weihnachtsstollen vertreibt.

Aber weder links, wo fettgesättigte Gerüche locken sollen, noch rechts, wo am Puderzucker nicht gespart wird, drängen so viele Kunden, wie vor bald leerem Pappkarton. Der Verkäufer, gewiß ein Saisonarbeiter, ruft nicht, er flüstert: »Wunderbrillen zum Aufsetzen, Wunderbrillen zum Durchgucken.« Aber dieser Name, so märchenhaft er anklingen mag, ist mehr für die Erwachsenen, die das Portemonnaie haben, bestimmt; denn unter der heranwachsenden Jugend hat es sich schon herumgesprochen, was es mit dem Wunder auf sich hat: dreizehnjährige Jungens und sechzehnjährige Backfische nennen die Brillen zumeist »Erkennungsbrillen«; Primaner und Automechaniker, die gerade ausgelernt haben, auch Studenten im ersten Semester sprechen von »Erkenntnisbrillen«. Weniger gebräuchlich und wahrscheinlich nicht kindlichen Ursprungs sind die Bezeichnungen: »Vatererkennungsbrillen« und »Muttererkennungsbrillen« oder »Familienentlarver«.

Das Elternhaus also, um von den letzten Titeln auszugehen, machen jene Brillen durchschaubar, die Brauxel & Co. zu Hunderttausenden auf den Markt wirft. Vater und Mutter, mehr noch: jeden Erwachsenen, sobald er das dreißigste Lebensjahr antritt, entdecken, erkennen, schlimmer noch: entlarven die Brillen. Nur wer im Jahre fünffünf noch nicht dreißig Jahre zählt oder älter als einundzwanzig ist, bleibt indifferent und kann weder entlarven noch von jüngeren Geschwistern entlarvt werden. Sollen mit solch pauschalen Rechenkunststücken Generationsprobleme gelöst werden? Sind die Indifferenten, neun vollzählige Jahrgänge, abgeschrieben und unfähig primärer Erkenntnis? Hat etwa die Firma Brauxel & Co. Ambitionen; oder ist es, nüchtern und schlicht, moderner Marktforschung gelungen, die Bedürfnisse der heranwachsenden Nachkriegsgeneration zu erfassen und zu befriedigen?

Auch zu diesem strittigen Punkt hat der Justitiar der Firma Brauxel & Co. Gutachten beibringen können, deren soziologisch angereicherte Sachlichkeit die Bedenken zweier Untersuchungsausschüsse zu zerstreuen vermag. »Das Zusammentreffen zwischen Produkt und Konsument«, so heißt es in einem der Gutachten, »ist berechenbar nur bis zu jenem Bezugsereignis, da der Konsument selbständig zu produzieren beginnt und das erworbene Produkt zu seinem Produktionsmittel, also zu etwas Unantastbarem macht.«

Der Skeptische mag bei seinem Kopfwiegen bleiben; denn welche Gründe auch mitspielten, als beschlossen wurde, Wunderbrillen zu produzieren und zu vertreiben, der Erfolg dieses Saisonschlagers ist eindeutig und veränderte die westdeutsche Gesellschaftsstruktur wesentlich, gleichgültig, ob dieser Struktur- oder Konsumentenwandel, wie Schelsky sagt, beabsichtigt wurde oder nicht.

Die Jugend gewinnt Einblick. Selbst wenn mehr als die Hälfte aller abgesetzten Brillen kurz nach dem Kauf vernichtet wird, weil die Eltern ahnen, daß es mit den Brillen etwas auf sich hat, bleiben doch zirka siebenhunderttausend Brillenträger übrig, denen es gelingt, sich in aller Ruhe ein gründliches Elternbild zu ersehen. Etwa nach dem Abendessen, bei Familienausflügen, vom Fenster aus, während der Vater mit dem Rasenmäher im Kreise läuft, ergeben sich günstige Augenblicke. Brillenvorkomm-

nisse sind im gesamten Gebiet der Bundesrepublik zu verzeichnen; doch zu Zusammenballungen erschreckender Dichte kommt es nur in den Bundesländern Nordrhein-Westfalen, Hessen und Niedersachsen, während im Südosten sowie im Land Bayern die Brillen gleichmäßig gestreut in den Handel kommen. Einzig im Land Schleswig-Holstein gibt es, von Kiel und Lübeck abgesehen, ganze Bezirke, in denen keine Brillen nachgewiesen werden können, denn dort, in den Kreisen Eutin, Rendsburg und Neumünster, haben sich die Behörden nicht gescheut, die Brillen kartonweise und frisch vom Händler weg zu beschlagnahmen. Die »einstweilige Verfügung« wurde nachgeliefert. Zwar gelingt es der Firma Brauxel & Co., Schadensersatzansprüche geltend zu machen; aber nur in den Städten und in der Umgebung von Itzehoe vermögen die Brillen Kundschaft zu finden, die sich ein Bild macht, ein Elternbild.
Was also, genau, sieht man nun durch die Wunderbrille? Viel Material haben Umfragen nicht ergeben. Die meisten Jugendlichen, die sich ein Elternbild machten oder noch im Begriff sind, ihr Elternbild zu bereichern, wollen nicht sprechen. Allenfalls geben sie zu, daß ihnen die Wunderbrille die Augen geöffnet hat. Etwa so verlaufen Befragungen auf Sportplätzen und vor Kinoeingängen: »Nun sagen Sie uns mal, junger Mann, wie hat sich das Tragen unserer Brille auf Sie ausgewirkt?«
»Was soll man da sagen? Also nachdem ich die Brille paarmal aufgesetzt habe, seh ich, was meinen alten Herrn betrifft, ziemlich klar.«
»Wir meinen gewisse Details. Sprechen Sie bitte ohne Bedenken und frei und offen. Wir kommen von der Firma Brauxel & Co. Und es ist im Interesse unserer Kunden, wenn die Weiterentwicklung der Brillen ...«
»An denen ist nix mehr weiterzuentwickeln. Die sind vollkommen in Ordnung. Sagte ja schon. Paarmal durchgeguckt, und nun seh ich klar. Klarer geht's nich!«
Alle Befragten weichen aus, doch soweit kann man sicher gehen: das unbewaffnete Auge eines Jugendlichen sieht seinen Vater anders als ein jugendliches hinter der Wunderbrille in Anschlag liegendes Auge. Ferner wird bestätigt: die Wunderbrille zeigt jugendlichen Brillenträgern die Vergangenheit der Eltern in wechselnden Bildern, oft genug und bei einiger Geduld in chronologischer Folge. Episoden, die aus diesen oder jenen Gründen den heranwachsenden Kindern verschwiegen wurden, werden greifbar deutlich. Auch in diese Richtung bemühten sich Befragungen der Firma Brauxel & Co., sowie der Schulbehörden ziemlich vergeblich. Immerhin – und erstaunlicherweise – kann man vermuten, daß nicht erschreckend viele erotische Geheimnisse gelüftet werden – es bleibt bei den üblichen Seitensprüngen – vielmehr wiederholen sich im doppelten Rund der Vatererkennungsbrillen Gewalttaten, verübt geduldet veranlaßt vor elf zwölf dreizehn Jahren: Mord, oft hundertfacher Beihilfe zum. Zigarettenrauchen und Zusehen, während. Bewährte dekorierte umjubelte Mörder. Mordmotive werden zu Leitmotiven. Mit Mördern an einem Tisch, im gleichen Boot, Bett und Kasino. Trinksprüche,

Einsatzbefehle. Aktenvermerke. Stempel anhauchen. Manchmal sind es nur Unterschriften und Papierkörbe. Viele Wege führen zum. Worte und Schweigen können. Jeder Vater hat wenigstens einen zu verbergen. Viele bleiben so gut wie ungeschehen, verschüttet verhängt eingemietet, bis im elften Nachkriegsjahr die Wunderbrillen auf den Markt kommen und Täter zur Schau stellen.
Keine Einzelfälle. Es sei denn, dieser und jener Jugendlicher erklärte sich bereit, seine Erkenntnisse statistisch verwerten zu lassen; aber vorhandenes Material wird von Söhnen und Töchtern geheimgehalten, wie vorher Väter und Mütter diskret blieben bis in die Träume hinein. Scham mag eine hemmende Rolle spielen. Wer seinem Vater äußerlich gleicht, fürchtet Schlüsse über weitere Ähnlichkeiten. Zudem wollen Gymnasiasten und Studenten ihren, von den Eltern oft unter Opfern finanzierten Ausbildungsweg nicht stören, indem sie die Eltern zur Rede stellen. Gewiß nicht die Firma Brauxel & Co., aber jemand, der die Wunderbrillen entwickelte, der also Glimmerspiegelchen von Gneisen löste und dem üblichen Glasgemenge Glimmer beimengte, mag ein Endziel der Brillenaktion gesehen und womöglich erhofft haben. Aber es kommt nicht zum Aufstand der Kinder gegen die Eltern. Familiensinn, Selbsterhaltungstrieb, nüchterne Spekulation wie blinde Liebe zu den Bloßgestellten verhindern eine Revolution, die unserem Jahrhundert einige Schlagzeilen geliefert hätte: »Kinderkreuzzüge erleben Neuauflage! – Organisierte Halbwüchsige haben den Flugplatz Köln-Wahn besetzt! – Notstandsgesetze treten in Kraft! – Bei den blutigen Zusammenstößen in Bonn und Bad Godesberg konnten Polizeikräfte und Verbände der Bundeswehr erst in den frühen Morgenstunden. – Der Hessische Rundfunk befindet sich, bis auf einige Nebengebäude. – Bisher konnten siebenundvierzigtausend Jugendliche, darunter achtjährige Kinder. – Selbstmordwelle wütet unter den im Raum Lauenburg, Elbe, zusammengedrängten. – Frankreich erfüllt Auslieferungsvertrag. – Die vierzehn- bis sechzehnjährigen Rädelsführer haben bereits ein Geständnis. – Nach Abschluß der planmäßigen Säuberungsaktionen spricht morgen über alle Sender. – Die Fahndung nach kommunistischen Agenten, die den Aufstand auslösten und leiteten, wird fortgesetzt. – Nach anfänglichen Kurseinbrüchen scheint sich die Börse. – Auch in Zürich und London sind deutsche Werte wieder gefragt. – Der sechste Dezember wird zum Nationaltrauertag erhoben.«
Nichts dergleichen. Krankheitsfälle werden bekannt. Eine nicht unbeträchtliche Zahl junger Mädchen und Knaben vermag das elterliche Schreckensbild nicht mehr zu ertragen. Sie laufen davon: Ausland, Fremdenlegion, das Übliche. Einige kehren zurück. In Hamburg glücken kurz nacheinander vier, in Hannover zwei, in Kassel sechs Selbstmordversuche und veranlassen Brauxel & Co., die Auslieferung der sogenannten Wunderbrillen kurz vor dem Osterfest zu stoppen.
Vergangenheit leuchtet während weniger Monate auf, um dann aber-

mals, und wie zu hoffen steht, auf immer abzublenden. Einzig Matern, von dem hier in Materniaden die Rede ist, wird gegen Widerstände einsichtig; denn als er auf dem Düsseldorfer Weihnachtsmarkt seiner Tochter Walli eine dieser Wunderbrillen kauft, setzt das Kind die Brille sogleich auf: eben lachte Walli noch und knabberte Pfefferkuchen, jetzt sieht sie Matern durch die Brille, läßt Kuchen und goldbandverschnürte Pakete von sich fallen, schreit und läuft schreiend davon.
Matern mit dem Hund hinterdrein. Aber beide – denn Walli sieht auch den Hund richtig und schrecklich – werden dem Kind, das sie kurz vorm Ratinger Tor einfangen können, immer fürchterlicher. Passanten erbarmen sich des schreienden Mädchens und verlangen von Matern, daß er sich als Vater ausweise. Komplikationen! Schon fallen Worte wie: »Der wollt sich bestimmt vergreifen an dem Kind! Guckt Euch den an. Das is dem doch ins Gesicht geschrieben! Drecksack!« Da, endlich, zerteilt ein Polizist den Auflauf. Personalien werden festgestellt. Zeugen wollen dies und das gesehen oder nicht gesehen haben. Walli schreit und trägt immer noch die Brille. Ein Streifenwagen liefert Matern, den Hund Pluto und das entsetzte Kind bei den Eltern Sawatzki ab. Aber auch in vertrauter Wohnung, umringt von dem vielen teuren Spielzeug, will es Walli nicht heimisch werden, denn immer noch hat das Kind die Brille vor dem Blick: nicht nur Matern und den Hund, auch Jochen und Inge Sawatzki sieht Walli neu, genau und fürchterlich. Dieses Geschrei treibt Pluto unter den Tisch, läßt die Erwachsenen versteinern und füllt das Kinderzimmer. Dazwischen Worte, vom Geschrei verstümmelt und dennoch sinnbeladen. Walli stammelt vom vielen Schnee und vom Blut, das in den Schnee fällt, von Zähnen, die gleichfalls, vom armen lieben dicken Mann, den Papa und Onkel Walter und andere Männer, die alle grausig aussehen, schlagen, immerzu schlagen mit Fäusten, am meisten Onkel Walter, immerzu den lieben dicken Mann, der nicht mehr steht, sondern im Schnee, weil ihn Onkel Walter... »Das darfst Du nich! Das soll man nich machen. Schlagen und grausam sein mit Menschen Blumen Tieren. Das ist überall verboten. Jeder, der das tut, kommt nicht in den Himmel. Der liebe Gott sieht alles. Aufhören aufhören...«
Erst als Inge Sawatzki dem tobenden Kind die Brille vom Gesicht nimmt, vermag es, weniger außer sich zu sein; aber noch Stunden später, schon im Bettchen und von allen Puppen umgeben, hält das Schluchzen an. Fieber wird gemessen und festgestellt. Ein Arzt muß gerufen werden. Weder von beginnender Grippe noch üblichen Kinderkrankheiten spricht er, meint aber, ein Schock müsse die Krise ausgelöst haben, irgend etwas Unberechenbares, deshalb sei Ruhe zu empfehlen, die Erwachsenen mögen sich fernhalten, wenn es nicht besser werde, müsse man das Kind in eine Klinik überweisen.
Dahin kommt es. Während zwei Tagen und Nächten will das Fieber nicht fallen, gebiert unverdrossen und ohne Angst vor Wiederholungen das winterliche Bild: Schnee liegt, Blut tropft, Fäuste sprechen, dicker Mann

fällt, plumpst immer wieder, in was? in den Schnee, weil Onkel Walter und Papa auch, in den Schnee, und soviel Zähne werden gespuckt, eins zwei fünf dreizehn zweiunddreißig! – Die mag niemand mehr mitzählen. Deshalb wird Walli mit ihren beiden Lieblingspuppen ins Marienhospital überführt. Nicht neben dem unerträglich leeren Kinderbett sitzen die Männer Sawatzki und Matern; in der Küche hocken sie und trinken aus Wassergläsern, bis sie von den Stühlen kippen. Diese Vorliebe fürs Wohnküchenmilieu hat sich Jochen erhalten: tagsüber ist er Geschäftsmann, in kaum knüllende Stoffe beispielhaft eingewickelt; am Abend schlurft er in Schlorren vom Eisschrank zum Herd und zupft an Hosenträgern. Tagsüber spricht er sein flinkes Geschäftsdeutsch, dem die Überreste der Militärsprache bildhafte Prägnanz und zeitsparende Kürze leihen: »Wir wollen nicht kleckern, wir wollen klotzen!« das sagte einst der Militärkopp Guderian, wenn er mit Panzern klotzen wollte, das plappert ihm heute Sawatzki nach, wenn er den Markt mit einem Posten einreihiger Konfektion überschwemmen will; aber gegen Abend, in der Küche auf Schlorren, futtert er rösche Flinsen und spricht breit, lang und umständlich von »Ainst em Mai, ond wie es waar jeweesen enne kalte Heimat.« Auch Matern lernt die Wohnküchengeborgenheit schätzen. Weinerlich klopfen sich zwei Kumpels die Schultern. Rührung und unverdünnter Schnaps machen ihre Äugelchen blinzeln. Halbe Schuldgefühle schieben sie auf dem Küchentisch hin und her und streiten sich nur noch, wenn es um genaue Daten geht. Matern meint, dieses oder das habe sich im Juni siebenunddreißig zugetragen; Sawatzki hält dagegen: »Daas war jenau em Septämbä. Wä häd ons daas damals jeflistert, daasses misst so älendich ausjähn.« Aber beide sind der Meinung, daß sie schon damals dagegen gewesen wären: »Waisst, onser Sturm is em Grunde sone Art von Asyl jeweesen vonne ennere Emikratzjon. Kanns Diä noch äinnern, wie wä filosofiert ham am Treesen. Willy Eggers war dabai, de Dulleckbrieder, na Fränzchen Wollschläger sowieso, Bublitz, Hoppe ond Otto Warnke. Ond Du häst jeräd on jeräd emmerzu vonne Sainichkait, bess wä all warn benuschelt jeweesen. Ei wai, schalle machai! Ond nu? Waas is nu? Nu kemmt ainem daas aijene Kind ond secht sowas: Merder Merder!«

Nach solchem Lamento verhält sich das Wohnküchenmilieu jedesmal ein Minütchen lang mucksmäuschenstill, allenfalls singt das Kaffeewasser sein gottgläubiges Liedchen, bis Sawatzki abermals anhebt: »Ond aalles in aalem, nu sag Walterchen, ham wä daas vädient? Ham wä daas? – Nain sag ech. Niemals ond nemmer nech.«

Als Walli Sawatzki nach knapp vier Wochen aus dem Krankenhaus entlassen wird, ist die sogenannte Wunderbrille aus der Wohnung verschwunden. Weder hat Inge Sawatzki sie in den Mülleimer noch haben Jochen und Walter sie in der Wohnküche; womöglich hat sie der Hund zerkaut verschluckt verdaut. Aber Walli stellt keine Fragen nach dem verschollenen Spielzeug. Still sitzt das Mädchen an seinem Schreib-

pult und muß, weil es in der Schule viel versäumt hat, viel nachholen. Ernst und ein wenig spitz geworden, kann Walli schon multiplizieren und addieren. Alle hoffen, das Kind möge vergessen haben, warum es so spitz und ernst geworden, warum es nicht rundlich und drollig geblieben. Denn zu diesem Zwecke war Walli im Krankenhaus: gute Pflege, damit Walli vergißt. Diese Verhaltensweise wird mehr und mehr zur Hauptlebensregel aller Beteiligten: Vergessen! Sprüche werden in Taschentücher, Handtücher, Kopfkissenbezüge und Hutfutter gestickt: Jeder Mensch muß vergessen können. Die Vergeßlichkeit ist etwas Natürliches. Das Gedächtnis sollte von angenehmen Erinnerungen bewohnt sein und nicht von quälenden Garstigkeiten. Es ist schwer, sich positiv zu erinnern. Deshalb muß jeder etwas haben, woran er glauben kann: Gott zum Beispiel; oder wer nicht an den kann, der soll an die Schönheit, an den Fortschritt, an das Gute im Menschen oder an sonst eine Idee. »Wir, hier, im Westen, wir glauben ganz fest an die Freiheit, immer schon.«
Also Aktivität! Das Vergessen als produktive Tätigkeit. Matern kauft sich einen großen Radiergummi, setzt sich auf einen Küchenstuhl und beginnt alle abgezinkten und nicht abgezinkten Namen von Herz, Milz und Nieren wegzuradieren. Auch den Hund Pluto, ein altersschwaches und dennoch herumlaufendes Stück Vergangenheit auf vier Beinen, möchte er verkaufen, in ein Tierheim geben, ausradieren; aber wer kauft schon einen alten Köter. Zudem sind Mutter und Kind dagegen: Inge Sawatzki möchte um keinen Preis. Sie hat sich an den Hund gewöhnt, inzwischen. Walli weint und verspricht wieder krank zu werden, wenn man den Hund. Also bleibt er schwarz und unübersehbar. Und auch die Namen leisten Materns großem Radiergummi zähen Widerstand. Zum Beispiel: während er den einen tilgt, und sich die Radierkrümel von der Milz bläst, stolpert er beim Zeitungslesen über einen anderen, der schreibt Artikel übers Theater. Das kommt davon, wenn man beim Ausradieren noch etwas Zusätzliches tut. Jeder Artikel hat einen Verfasser. Dieser hier ist ein Mann vom Fach. Er hat sich zu Erkenntnissen durchgerungen und sagt und schreibt: »Im gleichen Maße wie der Mensch nach dem Theater verlangt, verlangt das Theater nach Menschen.« Aber bald darauf bedauert er: »In diesem Zustand zunehmender Entfremdung befindet sich heute der Mensch.« Dabei weiß er ganz genau: »Die Geschichte der Menschheit findet in der Theatergeschichte ihre optimale Entsprechung.« Wenn aber, wie er es kommen sieht: »Das Raumtheater sich abermals zur Guckkastenbühne verflachen sollte«, kann jener Herr, der seinen Artikel mit R. Z. unterzeichnet, nur noch dem großen Lessing beipflichten und ausrufen: »Wozu die saure Arbeit der dramatischen Form?« Warnung und Mahnung zugleich birgt sein Artikel: »Nicht wenn der Mensch aufhört, Mensch zu sein, hört das Theater auf; umgekehrt: Schließt die Theater, und der Mensch hört auf, Mensch zu sein!« Überhaupt, das Wörtchen Mensch hat es dem Herrn Rolf Zander – Matern kennt ihn aus seiner Theaterzeit – angetan. Etwa:

»Der Mensch kommender Dezennien« oder: »Das alles fordert heraus zur knallharten Auseinandersetzung mit dem Menschen.« Auch polemisch: »Entmenschtes Theater? Niemals!« Dabei ist R. Z. oder Dr. phil. Rolf Zander – früher war er mal Dramaturg beim Stadttheater Schwerin – nicht mehr ausübend »theatralischer Sendung« verpflichtet, neuerdings übt er beim Westdeutschen Rundfunk beratende Funktionen aus, eine Tätigkeit, die ihn nicht hindert, Artikel für die Samstagsbeilagen mehrerer großer Zeitungen zu verfassen: »Es kann nicht genügen, dem Menschen die Katastrophe zu zeigen; alle Erschütterung bleibt Selbstzweck, mündet sie nicht in die Exegese, bis der Katharsis reinigende Wirkung dem Nihilismus den Kranz entreißt und dem Chaos einen Sinn gibt.«

Rettung zwinkert human zwischen Zeilen. Das ist ein Mann, an den sich Matern, der ja voller Chaos ist, wenden sollte, zumal er ihn recht gut kennt, von früher her, und deshalb den Namen Rolf Zander irgendwo eingekerbt mit sich trägt: entweder im Herzen oder in der Milz oder als Niereninschrift; kein Radiergummi, auch der neugekaufte nicht, vermag ihn zu löschen.

Jeder Mensch wohnt. Auch R. Zander. Arbeiten tut er im neuen schönen Funkhaus zu Köln; und wohnen tut er – so flüstert das Telefonbuch – in Köln-Marienburg.

Ohne Hund hin oder mit Hund? Hin um zu richten oder um Rat einzuholen in menschlich chaotischer Notlage? Rache im Päckchen oder eine kleine humane Anfrage? Beides. Matern kann nicht lassen ab. Er sucht Arbeit und Rache gleichzeitig. Ratschlag und Totschlag schlummern in gleicher Faust. Feind und Freund besucht er mit gleichschwarzem Hund. Nicht, daß er schnurstracks hingeht und sagt: »Hier bin ich, Zander, auf Gedeih und Verderben!« mehrmals schleicht er – Dreht Euch nicht um – um das alte Gartengrundstück herum und hat vor, wenn schon nicht den ehemaligen Dramaturgen, dann wenigstens dessen Parkbäume zu treffen.

An einem heißen gewittrigen Augustabend – alle Angaben stimmen: es war im August, heiß war es, und ein Gewitter kam auf – schwingt er sich mit Hund über die Mauer und landet auf dem weichen Boden des zanderschen Parkgeländes. Er führt weder Axt noch Säge bei sich sondern ein weißes Pülverchen. Oh, Matern kann umgehen mit Gift! Auf diesem Gebiet sammelte er Erfahrungen: knappe drei Stunden später war Harras tot. Keine Krähenaugen zum Budementen legen; simples Rattengift. Diesmal ist es eines gegen Pflanzen. Von Baum zu Baum huscht er mit Hundeschatten. Ein die Natur verherrlichendes Tänzchen. Menuette und Gavotte bestimmen die Schrittfolge im dämmrig koboldbewohnten, neunmalgrün nymphenseligen, liebeskundig verzweigten, im zanderschen Park. Verbeugungen münden in Handreichungen: auf lindwurmdicke Wurzeln streut er sein Pülverchen, ohne Sprüche zu murmeln. Allenfalls knirscht Matern wie gewohnt:

Dreht Euch nicht um:
Der Knirscher geht um.

Aber wie sollten die Bäume! Nicht einmal rauschen wollen sie, denn kein Lüftchen geht unter schwülem Himmel. Keine Elster warnt. Kein Häher meldet. Nicht kichern wollen bemooste Barockputten. Selbst Diana, mit Jagdhund am eiligen Bein, will sich nicht umdrehen und den treffsichren Bogen spannen; aus dämmriger Grübelgrotte heraus richtet Herr Zander persönlich das Wort an den beschwingten Pülverchenstreuer: »Ja seh ich richtig! Matern, sind Sie es? Mein Gott, und welch freundlicher Beschäftigung gehen Sie nach: streuen Kunstdünger auf die Wurzeln meiner Parkriesen. Sind Ihnen wohl nicht groß genug geraten? Aber dieser Zug ins Gigantische zeichnete Sie schon dazumal aus. Kunstdünger! Wie sinnlos und doch liebenswert. Allein, Sie bedenken die Witterung nicht. Sogleich wird sich über uns Menschen und dem Park ein Gewitter entladen. Schon der erste Platzregen wird die Zeugnisse Ihres gärtnerischen Fleißes vernichten und davonspülen. Doch säumen wir nicht! Schon wollen Windstöße das Unwetter ankünden. Gewiß haben sich oben die ersten Tropfen bereits losgelassen, sind unterwegs unterwegs... Darf ich Sie, desgleichen dieses Prachtstück von einem Hund in mein bescheidenes Heim bitten!«

Also den Widerstrebenden leicht am Arm gefaßt und in Richtung schützendes Dach gelenkt. Die letzten Schritte, auf Kieswegen nun, müssen sie eilen: Sie kommen erst wieder in der Veranda zur Sprache: »Mein Gott, wie klein ist die Welt! Wie oft habe ich an Sie denken müssen: Was macht wohl Matern? Dieser Naturbursche, dieser – Sie erlauben – trinkfreudige Mensch und Ekstatiker? – Und nun sind Sie da, stehen zwischen meinen Büchern, betasten meine Möbel, lassen den Blick schweifen, gleichfalls Ihr Hund, beide schattenwerfend im Lampenlicht, also tatsächlich warm und menschlich gegenwärtig – Willkommen!«

Wie beeilt sich die Wirtschafterin des Herrn Zander, einen starken männlichen Tee aufzugießen. Cognac steht bereit. Milieu, unbeschrieben, gewinnt wieder einmal Oberhand. Während draußen, um mit Herrn Zander zu sprechen, das Gewitter über die Szene geht, nimmt in trocknen und alteingesessenen Sesseln ein nützliches Theatergespräch seinen Verlauf: »Aber bester Freund – gut, daß Sie sogleich Ihre Schwierigkeiten ausbreiten – dennoch irren Sie und tun mir bitter Unrecht. Zugegeben: ich war es, mußte es wohl oder übel sein, der Ihren Vertrag mit dem Stadttheater Schwerin vorzeitig löste. Allein, der Grund, warum Ihnen all das angetan wurde, angetan werden mußte, lag nicht, wie Sie heute meinen, auf politischem Gebiet, sondern – wie soll ich mich ausdrücken? – auf banal alkoholischem. Das ging nicht an. Gewiß, wir alle tranken gern unser Gläschen. Aber Ihre Neigung zum Übertreiben. Frei heraus: so müßte auch heute, in unserem halbwegs demokratischen Bundesländchen, jeder verantwortungsbewußte Intendant, Dramaturg oder Oberspielleiter handeln: betrunken erschienen Sie bei den Proben, betrunken

und ohne Text schmissen Sie mir die Vorstellung. Oh ja, und ob ich mich Ihrer dröhnenden Sprüche erinnere! Nichts, schon damals nichts gegen deren Inhalt und Aussagekraft, aber alles, damals und heute noch, gegen Ort und Zeitpunkt ihrer gewaltigen Deklamationen. Dennoch Respekt: Sie sprachen aus, hundertmal, was wir allenfalls dachten aber nicht wagten, öffentlich zu bekennen. Alle Bewunderung, damals und heute, Ihrem herrlichen Mut, denn nur der Umstand, daß Sie heikle Dinge im stark alkoholisierten Zustand beim Namen nannten, raubte Ihrer Tat die Wirkung: Anzeigen, zumeist der Bühnenarbeiter, mehrten sich auf meinem Schreibtisch, ich zögerte, vermittelte und mußte am Ende dennoch einschreiten, nicht zuletzt, um Sie zu schützen, jawohl, zu schützen; denn hätte ich Ihnen nicht mit einem simplen Disziplinarverfahren den Anlaß geboten, Schwerin, ein für Sie mittlerweile heißes Pflaster, zu verlassen, mein Gott, nicht auszudenken, was aus Ihnen geworden wäre. Sie wissen, Matern, die Leute damals pflegten, wenn sie zugriffen, nicht zu spaßen. Der einfache Mensch bedeutete nichts!«
Draußen verpaßt der Theaterdonner keinen Einsatz. Drinnen grübelt Matern, was aus ihm wohl geworden wäre, hätte es nicht den Menschenfreund Dr. Zander gegeben. Draußen schwemmt gesunder Regen das pflanzentötende Gift von den Wurzeln uralter allwissender Parkbäume. Drinnen röchelt Pluto aus Hundeträumen. Shakespearescher Regen rinnt draußen am Schnürchen. Natürlich tickt jetzt im Trockenen eine Uhr, nein, gleich drei kostbare Stücke ticken verschieden gestimmt in das Schweigen zwischen ehemaligem Dramaturg und ehemaligem jugendlichen Held. Donnereinsätze kommen nicht über die Rampe. Lippenanfeuchten. Stirnhautmassieren. Vom äußeren Blitz drinnen erhellt: Rolf Zander, ein geübter Gastgeber, bringt sich abermals ins Gespräch: »Mein Gott, Matern! Erinnern Sie sich noch, wie Sie bei uns vorsprachen? Franz Moor, fünfter Akt, erste Szene: Pöbelweisheit, Pöbelfurcht! – Herrlich waren Sie. Nein nein, in der Tat, umwerfend. Ein Iffland hätte es nicht schauriger aus sich herauswühlen können. Eine Entdeckung, frisch aus Danzig, das schon manch vorzüglichen Mimen hervorgebracht hat – denken Sie an Söhnker, selbst, wenn Sie wollen, an Dieter Borsche. Unverbraucht vielversprechend kamen Sie daher. Wenn ich nicht irre, war der gute und, in der Tat, als Mensch und Kollege liebenswerte Gustav Nord, der so elend bei Kriegsende umkommen sollte, Ihr Lehrer gewesen. Warten Sie: In einem scheußlichen Billingerstück fielen Sie mir auf. Spielten Sie nicht den Sohn der Donata Opferkuch? Richtig, und die Bargheer rettete mit ihrer Donata den Abend. Wen hatten Sie dort noch? Natürlich: die ausgezeichnete Schneider-Wibbel-Inszenierung mit Carl Brückel in der Hauptrolle. Zum Brüllen komisch, wenn ich an Fritzchen Blumhoff denke, der den Prinz von Arkadien, glaube sechsunddreißig-siebenunddreißig, hinreißend sächselte. Sodann: Carl Kliewer, die unverwüstliche Dora Ottenburg. Heinz Brede, den ich in einer durchaus sauberen Nathanaufführung erinnere, und immer wieder Ihr Lehrer:

welch ein schillernder Polonius! Überhaupt ein Shakespearedarsteller, und gleichfalls großartig, wenn es galt, einen Shaw zu sprechen. Überaus mutig vom Stadttheater, noch achtunddreißig die Johanna zu spielen. Ich kann nur betonen, gäbe es nicht die Provinz! Wie nannte der Volksmund bei Ihnen den Bau? Richtig! Die Kaffeemühle! Soll ja vollkommen zerstört sein, heute noch. Aber ich hab mir sagen lassen, man will an gleicher Stelle und im gleichen klassizistischen Stil. Erstaunlich die Polen, immer wieder. Den Kern der Altstadt wollen sie gleichfalls. Langgasse, Frauengasse, und Jopengasse sollen schon im Rohbau. Komme ja aus der gleichen Ecke: Memel. Ob ich wieder? Nein, mein Lieber. Man soll nicht zweimal die gleiche Frau. Der Geist, der an westdeutschen Bühnen weht, kann mich wahrlich nicht. Theatralische Sendung? Theater als Massenkommunikationsmittel? Die Bühne als bloßer Gattungsbegriff? Und der Mensch, das Optimale? Wo alles Selbstzweck bleibt und nichts in die Exegese mündet? Reinigung? Läuterung? Katharsis? – Vorbei, lieber Matern – oder auch nicht, denn die Arbeit beim Rundfunk befriedigt mich vollauf und läßt mir Zeit, kleinere essayistische Arbeiten, die schon seit Jahren niedergeschrieben werden wollen, in Angriff zu nehmen. Und Sie? Keine Lust mehr? Fünfter Akt, erste Szene: Pöbelweisheit, Pöbelfurcht!«
Matern mault und trinkt Tee. Verknotet in seinem Inneren, Herz, Milz und die gepeinigten Nieren umschlingend, klappert der Rosenkranz: Mitläufer! Potentieller Nazi! Halbseiden! Mitläufer! Potentieller Nazi! – aber über den Tassenrand hinweg tönt es kleinlaut: »Theater? Nie mehr! Mangelndes Selbstvertrauen? Schon möglich. Dazu der Schaden am Bein. Merkt man zwar kaum, aber auf der Bühne? Sonst alles noch da: Sprache, Kraft auch Lust. Oh ja! aber Gelegenheit fehlt.«
Da kommen, nachdem drei Empireuhren ein Minütchen lang ungestört ticken durften, die erlösenden Worte aus Rolf Zanders Mund. Halblaut, klug und einfühlsam redend, geht der eher zierliche Mann im geeigneten Zimmer auf und ab. Draußen erinnern tropfende Parkbäume an das kurzlebige Augustgewitter. Während Dr. Zander spricht, streichelt seine Hand Bücherrücken auf breiten Regalen, oder er nimmt einen Band heraus, schlägt ihn auf, zaudert, teilt ein Zitat mit, das sich zwanglos seiner Rede einfügt, versorgt das Buch bücherliebend. Draußen läßt die Dämmerung Parkbäume zusammenrücken. Drinnen verharrt Zander vor den geretteten Stücken jahrzehntelanger Sammlerleidenschaft: balinesische Tanzmasken, chinesisch dämonische Marionetten, kolorierte Moriskentänzer – ohne seinen Sprachfluß zu dämmen. Zweimal kommt die Wirtschafterin mit frischem Tee und Gebäck; auch sie ein seltenes Stück wie die Empireuhren, Erstausgaben und vorderindischen Musikinstrumente. Matern hängt im Sessel. Die Stehlampe korrespondiert mit seinem griffigen Schädel. Pluto schläft rasselnd: ein Hund, alt wie die Parkbäume draußen. Drinnen spricht Zander von seiner Rundfunkarbeit. Er betreut die frühen Morgenstunden und die Schlafengehenszeit: Kinderfunk und Nachtprogramm. Keine Gegensätze für Zander, sondern. Er

spricht von Spannungen, vom Brückenschlag zwischen. Wir müssen wieder zurückfinden, damit wir. Für den Kinderfunk hat, seinerzeit, auch Matern gelegentlich tönen dürfen. Rotkäppchens Wolf war er; der fraß die sieben Geißlein. »Na also!« knüpft Zander die Fäden: »Stimmen fehlen uns, Stimmen wie Ihre, Matern. Stimmen, die im Raum stehen. Stimmen, den Elementen verwandt. Stimmen, die tragen und den Bogen spannen. Stimmen, die unsere Vergangenheit zum Klingen bringen.« Zum Beispiel bereiten wir eine neue Reihe vor, die wir »Diskussion mit der Vergangenheit« oder besser noch: »DISKUSSION MIT UNSERER VERGANGENHEIT« nennen wollen. Ein junger Mitarbeiter, übrigens Landsmann von Ihnen – begabt, nahezu gefährlich begabt – ist dabei, neue Funkformen zu entwickeln. Ich könnte mir vorstellen, daß gerade Sie, mein lieber Matern, bei uns in eine Aufgabe hineinwachsen könnten, die Ihrer Begabung entspräche. Dringliche Wahrheitssuche. Die ewige Frage nach dem Menschen. Wo komme ich her – wo gehe ich hin. Wo bislang Schweigen verriegelte, stößt fortan Sprache das Tor auf! – Wollen Sie?«
Da wacht der uralte Pluto zögernd auf, und Matern will. Abgemacht? – Abgemacht. Übermorgen, zehn Uhr früh, Funkhaus? – Übermorgen um zehn. Aber pünktlich sein. – Pünktlich und nüchtern. Darf ich Ihnen ein Taxi rufen? – Dr. Rolf Zander darf auf Kosten des Westdeutschen Rundfunks. Jede Ausgabe kann man absetzen. Jedes Risiko ist steuerfrei. Jeder Matern findet seinen Zander.

Die hundertste öffentlich diskutierte Materniade

Er spricht grollt röhrt. Seine Stimme kommt in jedes Haus. Matern, der geschätzte Kinderfunksprecher. Die Kleinen träumen von ihm und seiner Stimme, die alle Ängste zum Sprechen bringt und nachgrollen wird, wenn Kinder als schrumpfende Greise plaudern werden: »In meiner Jugend gab es einen Märchenonkel, dessen Stimme hat mich, zwang mich, nahm mir, gab mir ein, so daß ich heute noch manchmal, aber so geht es vielen Maternoiden, die damals.« Doch zur Zeit nutzen Erwachsene, denen andere Stimmen den Stempel aufdrückten, Materns Stimme als Erziehungsmittel; wenn die Gören nicht folgen wollen, droht die Mutter: »Muß ich wieder das Radio anstellen und den bösen Onkel sprechen lassen?«
Über Mittelwelle und Kurzwelle kann man sich einen Buhmann ins Zimmer holen. Sein Organ ist gefragt. Auch andere Sender wollen Matern in eigenen Aufnahmeräumen sprechen, grollen und röhren lassen. Zwar sind Kollegen hinter vorgehaltener Hand der Meinung, richtig sprechen, also geschult sprechen könne er nicht, aber zugeben müssen sie dennoch, daß seine Stimme nicht ohne das gewisse Etwas ist: »Dieses Fluidum, dieses barbarisch Ungestalte, diese raubtierhafte Naivität, die sich heutzutage, da man der Perfektion müde ist, überall dreimal bezahlt

macht.«
Matern kauft sich einen Terminkalender, denn täglich, mal hier mal dort und zu bestimmter Uhrzeit, wird seine Stimme konserviert. Er spricht grollt röhrt zumeist beim Westdeutschen Rundfunk, oft beim Hessischen, nie beim Bayrischen, gelegentlich beim Norddeutschen, sehr gerne und plattdeutsch beim Sender Bremen, neuerdings auch beim Süddeutschen Rundfunk Stuttgart, und, wenn es seine Zeit erlaubt, beim Südwestfunk. Reisen nach Westberlin scheut er. Deshalb müssen der Rias und der Sender Freies Berlin auf Eigenproduktionen, denen Materns Stimme die besondere Note gäbe, verzichten, doch übernehmen sie im Rahmen des Austauschprogramms Materns Kinderfunksendungen vom Westdeutschen Rundfunk Köln, wo sein hochdotiertes Organ zu Hause ist.
Er hat sich eingerichtet, er wohnt: Neubau, Zweizimmer, Müllschlucker, Kochnische, Einbauschränke, Hausbar, Doppelliege; denn übers Wochenende kommt alleine oder mit Walli die unveräußerliche Ingefrau. Sawatzki, der Herrenausstatter, läßt grüßen. Der Hund stört. Man will schließlich mal für sich und privat sein. Lästig ist der Köter wie eine Großmutter, die nicht mehr das Wasser halten kann. Dabei immer noch auf dem Sprung, abgerichtet. Wie soll, mit dem Tier im Bild, Gemütlichkeit aufkommen? Triefäugig, teils verfettet, doch die Kehlhaut schlaff. Dennoch sagt niemand: »Man sollte ihn abschaffen.« Vielmehr sind sich Matern, Ingefrau und Wallikind einig: »Er soll sein Gnadenbrot essen. Lange macht unser Pluto sowieso nicht mehr. Wenn es für uns reicht, wird es auch für ihn« und Matern erinnert sich vor dem Rasierspiegel: »War stets ein Freund in der Not. Hat zu mir gehalten, als es mir schlecht ging, als ich unruhig und nicht seßhaft war, als ich ein Phantom jagte, das viele Namen hatte und sich dennoch nicht fassen ließ. Der Lindwurm. Das Böse. Leviathan. Das Nichts. Die Irre.«
Doch manchmal, so feinkarierte Westen er trägt, seufzt Matern am Tisch überm Omelett. Sein Jägerauge spart dann die Ingefrau aus und sucht die Wände nach Tapeteninschriften ab. Aber das Bauhausmuster ist eindeutig, und auch die gerahmten Kunstdrucke geben nichts preis, trotz vieldeutiger Modernität. Oder es klopft in den Heizkörpern, Matern horcht auf, Pluto rührt sich, die Klopfzeichen werden eingestellt, und abermals werfen Seufzer geräumige Blasen. Erst mit beginnendem Frühjahr, sobald die ersten Fliegen sich rühren, findet er eine Nebenbeschäftigung, die ihn das Seufzen für Stunden vergessen läßt. Auch das tapfere Schneiderlein griff erst zur Klatsche und fing dann das Einhorn. Niemand wird jemals erfahren, wie er nennt, was er von den Scheiben fängt, welche Namen er zwischen Fingern knacken läßt, wie seine verwandelten Feinde heißen, denen er Fliegenbein nach Fliegenbein, zuletzt die Flügel pflückt, ohne Bedauern. Das Seufzen bleibt, erwacht mit Matern, geht mit ihm zu Bett, hockt mit ihm an Tischen der Funkhauskantine, während er seinen Bösewichttext noch einmal durchgehen muß. Denn gleich beginnt die

Aufnahme. Matern muß sprechen grollen röhren. Dieses halbe Bier wird er stehenlassen müssen. Um ihn herum die bessere Hälfte der Programmvorschau: Von Frau zu Frau. Hier spricht der Landwirt. Klänge am Nachmittag. Das Wort zum Sonntag. Fröhliche Blasmusik. Die besinnliche Viertelstunde. Unsere Schwestern und Brüder hinter dem Eisernen Vorhang. Sportbericht und Totoergebnisse. Lyrik vor Mitternacht. Wasserstandsmeldungen. Jazz. Das Gürzenichorchester. Der Kinderfunk. Kollegen und dessen Kollegen: Der da, oder der da, oder der im karierten Hemd ohne Schlips. Den kennste doch. Oder den könntest Du kennen. War das nicht der, der Dich anno vierdrei an der Miusfront? Oder der in Schwarzweiß mit Milchshake? Hat der nicht damals? Oder hätte der Dich nicht damals? Alle alle alle! Karierte und schwarzweiße Fliegen. Dicke Brummer beim Skat Schach Kreuzworträtsel. Austauschbar. Wachsen nach. Oh, Matern, noch immer jucken Dich langsam vernarbende Namen. Da seufzt er in heiter gelangweilter Funkhauskabine, und ein Kollege, der des Kollegen Matern schwerbeladenen, aus dem Zentrum unserer Erde aufsteigenden Seufzer hört, klopft ihm die Schulter: »Mensch, Matern! Was gibt's denn groß zu seufzen! Können doch wirklich zufrieden sein. Sind sozusagen vollbeschäftigt. Stell gestern zufällig den Kasten an, und wen hör ich? Werf heut früh einen Blick ins Kinderzimmer. Haben die sich doch den Kasten rübergeholt. Und wer tönt aus dem Ding, daß die Gören den Schnabel nicht zubekommen? Sie Glückspilz!«
Matern, die dröhnende Funkpädagogik, spricht grollt röhrt als permanenter Räuber, Wolf, Aufrührer und Judas. Heiser als Nordpolforscher im Schneesturm. Lautstärker als Windstärke zwölf. Als hustender Gefangener mit funkisch klirrenden Ketten. Als räsonierender Bergmann kurz vor dem schrecklichen Schlagwetter. Als ehrgeizzerfressener Bergsteiger auf unzureichend vorbereiteter Himalaja-Expedition. Als Goldsucher, Ostzonen-Flüchtling, Leuteschinder, SS-Scherge, Fremdenlegionär, Gotteslästerer, Sklavenaufseher und als Rentier im Weihnachtsmärchen; diese Rolle hat er schon einmal, sogar auf der Bühne, als Schauspieleleve gesprochen.
Sagt Harry Liebenau, sein Landsmann, der, von Dr. R. Zander beraten, den Kinderfunk leitet, zu ihm: »Beinahe möchte ich glauben, das war meine erste Begegnung mit Ihnen. Stadttheater. Kindervorstellung. Die kleine Brunies, Sie erinnern sich, tanzte die Eiskönigin, und Sie machten das sprechende Rentier. Hat mich kolossal beeindruckt, wenn nicht geprägt. Fixpunkt gewissermaßen. Einschneidendes Kindheitserlebnis. Läßt sich vieles drauf zurückführen.«
Dieser Scheißer mit seinem Schubkästchengedächtnis. Ordnet, wo er geht steht sitzt, engbeschriebene Zettelchen. Kein Thema, zu dem ihm nicht Fakten einfallen: Proust und Henry Miller; Dylan Thomas und Karl Kraus; Adornozitate und Auflageziffern; Detailsammler und Bezügesucher; Abstandnehmer und Kernbloßleger; Archivschnüffler und Milieu-

kenner; weiß, wer links steht, und wer rechts geschrieben hat; schreibt eigenhändig kurzatmig über die Schwierigkeiten beim Schreiben; Rückblender und Zeitaufheber; Infragesteller und Klugscheißer; aber kein Schriftstellerkongreß ohne sein Formuliertalent Nachholbedürfnis Erinnerungsvermögen. Und wie er mich anguckt: Interessanter Fall! Der denkt, ich bin Stoff für ihn. Der fixiert mich eng geschrieben auf Zettelchen. Meint wohl, er weiß alles, weil er mich damals als sprechendes Rentier und allenfalls zweimal in Uniform. War viel zu jung, um. Als ich mit Eddi, war der höchstens. Aber die Sorte will alles genau. Dieses Geduldigzuhörenkönnen, diese Spitzelbegabung mit wissendem Lächeln: »Schon in Ordnung, Matern. Weiß Bescheid. Wäre ich ein paar Jährchen früher, die hätten mich genau wie Sie auf den Leim. Bin gewiß der letzte, der hier auf Moral. Meine Generation, wissen Sie, ist mit allen Wassern. Zudem haben Sie zur Genüge bewiesen, daß Sie auch anders. Man sollte das alles einmal wahrheitsgetreu und ohne die üblichen Ressentiments. Etwa in unserer geplanten Reihe ›Die Diskussion‹. Was halten Sie davon? Diese Kinderfunkgeschichten, so nützlich sie sein mögen, können uns nicht auf die Dauer. Der polternde Funkbeistand beim Zubettbringen der Kinder. Ist doch letzten Endes nichts als bemühte Mache. Jedes Pausenzeichen sagt mehr aus. Mal was Lebendiges in den Raum. Was uns fehlt, sind Fakten. Mal richtig auspacken. Wie es Ihnen ums Herz ist. Etwas, das an die Nieren geht!«

Fehlt nur noch die Milz. Und wie das Arschloch sich kleidet! Englische Maßschuhe und Skipullover. Außerdem schwul womöglich. Wenn ich mich nur an den Bengel erinnern könnte. Quatscht dauernd von seiner Cousine und zwinkert mir zu: zweideutig. Sagt, er sei der Sohn von dem Tischlermeister mit dem Hund – »Na, Sie wissen schon!« – gewesen. »Und meine Cousine Tulla – in Wirklichkeit hieß sie Ursula – war ganz verrückt nach Ihnen, na damals in der Strandbatterie und später im Kaiserhafen«. Sogar ausgebildet soll ich ihn haben – »Der K sechs bedient die Zünderrichtmaschine« – und mit Heideggers Kalendersprüchen hätte ich ihn vertraut gemacht – »Das Sein entzieht sich, indem es sich in das Seiende...« – Der Bursche hat mehr Fakten zum Thema Matern gesammelt, als Matern ihm aus dem Ärmel schütteln könnte. Dabei äußerlich glatt und gefällig. Zählt knappe dreißig Jahre, ums Kinn schon verfettet und immer zu Scherzen aufgelegt. Der hätte dazumal einen feinen Gestapobullen abgegeben. So steigt er mir neulich auf die Bude – angeblich, um sich mit mir eine Rolle anzuschauen – und was macht er? Faß Pluto in die Schnauze und sucht das Gebiß ab oder was noch geblieben ist von Plutos Beißern. Wie ein Hundeforscher. Dabei immer geheimnisvoll: »Merkwürdig, äußerst merkwürdig. Auch der Stop und die Linie zwischen Widerrist und Kruppe. So alt das Tier ist – ich tippe auf zwanzig oder mehr biblische Hundejahre – am Schnitt der Vorderhand und an der immer noch mustergültigen Ohrenhaltung erkennt man sogleich. Sagen Sie mal, Matern, wo haben Sie das Tierchen aufgegabelt? Nein, besser noch,

wir diskutieren diese Frage öffentlich. Meines Erachtens liegt hier ein Fall vor, der – wir sprachen schon über meinen Lieblingsplan – in aller Öffentlichkeit dynamisch ausgebreitet werden sollte. Aber nicht platt naturalistisch. An formalen Einfällen soll es nicht mangeln. Wer sein Publikum fesseln will, muß seinen Intellekt auf dem Kopfe stehen und dennoch deklamieren lassen. Quasi ein klassisches Drama, jedoch auf einen einzigen Akt reduziert. Dennoch der bewährte Aufbau: Exposition Peripetie Katastrophe. Ich stelle mir die Szenerie so vor: eine Waldlichtung, von mir aus Buchen, Vogelgezwitscher. Sie erinnern sich gewiß an den Jäschkentaler Wald. Also die Lichtung um das Gutenbergdenkmal herum. Ausgezeichnet! Den ollen Gutenberg schmeißen wir raus. Das Tempelchen lassen wir stehen. Und an Stelle des ersten Buchdruckers nehmen wir Sie. Jawohl Sie, den Phänotyp Matern, stellen wir vorerst dort ab. So, da wären Sie unter Dach, haben den Blick auf den Erbsberg gerichtet – vierundachtzig Meter über dem Meeresspiegel – doch den Steffensweg, der, Villa neben Villa hinter dem Erbsberg verläuft, zeigen wir nicht, nur die Lichtung in einem Akt. Für die Öffentlichkeit lassen wir, dem ehemaligen Gutenbergdenkmal gegenüber, eine Tribüne für, runde Zahl, zweiunddreißig Personen zusammenzimmern. Alles Kinder und Jugendliche zwischen dem zehnten und dem einundzwanzigsten Lebensjahr. Linker Hand mag sich ein kleines Podest für die Diskussionsleitung ergeben. Und Pluto – erstaunlich das Tier und von beunruhigender Ähnlichkeit – der Hund also darf Platz nehmen bei seinem Herrn.«
So und nicht anders, fast ohne Musik, bringt der Bengel seine Show zum Stehen. Zander ist hellauf begeistert und spricht nur noch von einer »erregend neuen Funkform«. Sogleich wittert er, »über das Funkische hinaus«, Möglichkeiten für das Theater: »Weder Guckkasten noch Raumbühne. Parkett und Podest verschmelzen endgültig. Nach jahrhundertelangem Monolog findet die Menschheit wieder den Anschluß ans Zwiegespräch; mehr noch, die große abendländische Diskussion läßt uns wieder auf Exegese und Katharsis, auf Deutung und Reinigung hoffen.«
Rolf Zander weist artikellang in die Zukunft; doch der Klugscheißer hat nur das Heute im Sinn. Der will nicht das Theater aus subventionierter Stagnation erlösen, sondern Matern mit Hund aufs Kreuz legen. Der strickt an einer Fallgrubenkonstruktion, flötet aber, nach seinen Absichten befragt, vertraulich human: »Bitte, glauben Sie mir, Matern, wir werden mit Ihrer Hilfe eine legitime Art der Wahrheitsfindung entwickeln. Nicht nur für Sie, auch für jeglichen Mitmenschen ist es unabdingbar lebensnotwendig, hier, zwischen Herr und Hund durchzubrechen, ein Fenster zu entwerfen, das uns wieder Einblick gewährt; denn selbst mir – Sie können es meinen bescheidenen Schreibversuchen ablesen – mangelt es am vitalen Zugriff, das blutige Stück Realität fehlt, dem formalen Können mangelt Substanz, das schattenwerfende So-wares will sich nicht einstellen, helfen Sie mir, Matern, ich verliere mich sonst im Konjunktiv!«

Und dieses Theater findet statt unter Bäumen. Sogar Buchen hat der Bengel auftreiben können und ein gußeisernes Tempelchen, in welchem der Phänotyp Johannes Gutenberg auf seine Ablösung wartet. Sechs Wochen lang, die Stellproben nicht eingerechnet, wird Matern mit Hund vor wechselndem Publikum ausgequetscht. So liest sich das endgültige Manuskript, an dem der Klugscheißer und sein Dr. Rolf Zander aus nur künstlerischen Gründen herumgebastelt haben. Diese Hauptrolle soll Matern – »Sind ja schließlich Schauspieler!« – auswendig lernen, damit er zum Aufnahmetermin textsicher sprechen, grollen und röhren kann.

Eine öffentliche Diskussion

Produktion: *Westdeutscher Rundfunk, Köln.*
Manuskript: *R. Zander und H. Liebenau.*
Sendetermin: *(voraussichtlich) achter Mai neunzehnhundertsiebenundfünfzig.*
Die Personen der Diskussion:
Harry L. – *der Diskussionsleiter.*
Walli S. – *Assistentin mit Wunderbrille.*
Walter Matern – *der Diskussionsgegenstand.*
Ihm zur Seite gestellt: *der schwarze Schäferhund Pluto.*
Ferner beteiligen sich zweiunddreißig junge Menschen der Nachkriegsgeneration mehr oder weniger eifrig an der öffentlichen Diskussion. Niemand ist jünger als zehn Jahre; kein junger Mensch hat das einundzwanzigste Lebensjahr überschritten.
Zeitpunkt der Diskussion: vor etwa einem Jahr, als die sogenannten Wunderbrillen oder Erkenntnisbrillen aus dem Handel gezogen wurden.
Diskussionsort: Eine ovale Lichtung in einem Buchenwald. Rechter Hand erhebt sich eine vierstöckige Tribüne, auf der die Kinder und Jugendlichen, Jungen und Mädchen, zwanglos Platz nehmen. Linker Hand hebt ein Podest einen Tisch, hinter dem der Diskussionsleiter und seine Assistentin sitzen. Seitlich eine Schultafel. Zwischen der Tribüne und dem Podest, leicht in den Hintergrund gerückt, hat ein gußeisernes Tempelchen mit Kettengirlanden und Pilzdach, das von drei Granitstufen gehoben wird, seinen Platz.
Im Inneren des Rundtempels wird eine gußeiserne Denkmalsfigur – offensichtlich das Standbild des Johannes Gutenberg – von Transportarbeitern umgelegt, in Wolldecken verpackt und schließlich davongetragen. Die Arbeiter rufen sich »Hauruck!« zu. Stimmengewirr bei den Kindern und Jugendlichen.
Der Diskussionsleiter spornt die Arbeiter mit Zurufen an, wie: »Wir wollen beginnen, Herrschaften! Der alte Mann wird gewiß nicht schwerer sein als ein Bechsteinflügel. Frühstücken könnt Ihr, wenn der Tempel geräumt ist.«

Über allem liegt Vogelgezwitscher.
Während die Transportarbeiter abgehen, betritt Matern mit schwarzem Schäferhund die Lichtung.
Die Assistentin Walli S., ein zehnjähriges Mädchen, zieht eine Brille aus einem Futteral, setzt sie aber nicht auf.
Begeistertes Trampeln der jugendlichen Diskutanten begrüßt Matern, der nicht weiß, wo sein Platz ist.
Sprechchöre der Kinder und Jugendlichen und die Hand des Diskussionsleiters weisen ihn in den Tempel: »In Gutenbergs Haus ist Matern heut zuhaus! Wo Gutenberg stand, wird Matern heut erkannt! Er antwortet gern auf Fragen: Matern! Diskussionsgegenstand, wo einst Gutenberg stand! Mit Menschen und Tieren wollen wir diskutieren! Matern ist gekommen. Willkommen! Willkommen!«
Beifall und Trampeln lösen die Begrüßungsverse ab. Matern mit Hund steht im Tempelchen. Die Assistentin spielt mit der Brille. Der Diskussionsleiter erhebt sich, wischt mit einer Bewegung alles Geräusch, bis auf die Vogelstimmen, fort und eröffnet die Diskussion:
Diskussionsleiter: Diskutanten! Junge Freunde! Das Wort ist wieder Fleisch geworden und hat in unserer Mitte Wohnung genommen. Anders gesagt: wir sind zusammengekommen, um zu diskutieren. Die Diskussion ist das adäquate Ausdrucksmittel unserer Generation. Auch früher schon wurde am Familientisch, im Freundeskreis oder auf Pausenhofplätzen diskutiert: heimlich, gedämpft oder zwecklos verspielt; uns aber ist es gelungen, die große, dynamische, nicht endenwollende Diskussion aus den vier Wänden, wo sie gefangen saß, zu lösen, sie ins Freie, unter den Himmel, zwischen die Bäume zu stellen!
Diskutant: Die Diskussionsleitung hat die Vögel vergessen!
Diskutantenchor: Mit Menschen und Tieren
wollen wir diskutieren!
Diskussionsleiter: Jawohl! Auch sie, die Sperlinge, Amseln und Waldtauben geben uns Antwort. Ruckedikruh, Ruckedikruh! Alles spricht! Alles will sich informieren. Jeder Stein gibt uns Auskunft.
Diskutantenchor: Wie heißt der Stein heute,
auch Steine sind Leute!
Zwei Diskutanten: Heißt er Fritz, so laßt ihn laufen,
ließ er sich auf Emil taufen,
laßt ihn in die Binsen gehn,
heißt er Walter, laßt ihn stehn!
Diskussionsleiter: Er ist es. Walter Matern ist zu uns gekommen, damit wir ihn – und wenn ich »Ihn« sage, meine ich das schattenwerfende, spurenlassende, das daseiende Ihn – damit wir »Ihn« durchdiskutieren können.
Diskutant: Ist er denn freiwillig gekommen?
Diskussionsleiter: Weil wir leben, diskutieren wir. Wir handeln nicht, wir...

Diskutantenchor: diskutieren!
Diskussionsleiter: Wir sterben nicht...
Diskutantenchor: Wir diskutieren den Tod!
Diskutant: Ich frage: Ist Matern freiwillig gekommen?
Diskussionsleiter: Wir lieben nicht...
Diskutantenchor: Wir diskutieren die Liebe!
Diskussionsleiter: Deshalb stellt sich uns kein Thema, das wir nicht dynamisch diskutieren könnten. Gott und die Haftpflichtversicherung; die Atombombe und Paul Klee; die Vergangenheit und das Grundgesetz bieten uns keine Probleme, sondern Diskussionsthemen. Nur wer diskussionsfreudig ist, verdient...
Diskutantenchor: ... Mitglied der menschlichen Gesellschaft zu sein.
Diskussionsleiter: Nur der Diskussionsfreudige wird, diskutierend, zum Menschen. Deshalb heißt, Mensch sein...
Diskutantenchor:.. diskutieren wollen!
Diskutant: Aber will Matern denn?
Diskutantenchor: Will Matern seine Nieren
mit uns diskutieren?
Zwei Mädchen: Auf Materns Herzenslyrik
sind wir Mädchen neugierig.
Zwei Diskutanten: Wir wollen betrachten
seine Milz mit Gutachten.
Diskutantenchor: Aus heimlichen Taschen
wollen Fakten wir naschen.
Zwei Mädchen: Auch wollen wir wissen,
wie Gedanken sich küssen.
Diskutantenchor: Sagt Matern: ich bin gewillt!
ist ein Tatbestand erfüllt.
Diskussionsleiter: Also fragen wir Sie, Walter Matern, wollen Sie offen, unverschlüsselt und von dynamischer Zugluft durchweht sein? Wollen Sie denken, was Sie sagen; wollen Sie ausplaudern, was Sie eingebuddelt haben? Mit anderen Worten: Wollen Sie Gegenstand dieser dynamischen öffentlichen Diskussion sein? Wenn ja, so antworten Sie laut und deutlich: Ich, Walter Matern, bin diskussionsfreudig!
Diskutant: Er will nicht. Hab ich vorhin schon gesagt: er will nicht!
Diskutant: Oder er hat noch nicht kapiert.
Diskutant: Er will nicht kapieren!
Diskutantenchor: Will Matern nicht kapieren,
laßt ihn zwangsdiskutieren!
Diskussionsleiter: Ich muß darum bitten, die Zwischenrufe entweder chorisch zu gestalten oder schriftlich zu formulieren. Pöbelhafte Emotionen sollten auf einer öffentlichen Diskussion nicht zum Ausbruch kommen. – Ich frage Sie also zum zweitenmal: Walter Matern, haben Sie das Bedürfnis, sich uns mitzuteilen, damit die Öffentlichkeit teilnehmen kann – *Geraune bei den Diskutanten. Matern bleibt stumm.*

Diskutant: Macht doch den Tempel zu, wenn er nicht will!

Diskutant: Schreiten wir zur Zwangsdiskussion. Der Fall Matern ist allgemeingültig und muß diskutiert werden.

Diskussionsleiter: *Zur Assistentin* Diskussionssperre für die diskussionshemmenden Diskutanten vierzehn und zweiundzwanzig. – *Walli S. notiert am Rand der Schultafel beide Zahlen.* Die Diskussionsleitung nimmt, im Sinne der von uns angestrebten Dynamik, die unformulierten Zwischenrufe dennoch zur Kenntnis und wird, sollte der Diskussionsgegenstand weiterhin diskussionsfeindlich bleiben, den Zustand der Zwangsdiskussion statuieren. Das heißt: unsere Assistentin wird zum Vollzugsmittel, der sogenannten Erkenntnisbrille greifen und uns den als Diskussionsgrundlage notwendigen Faktenbestand ersehen.

Diskutantenchor: Wer schweigt, dessen Haut
wird brillendurchschaut.

Diskussionsleiter: Deshalb zum drittenmal die Frage an Walter Matern: Sind Sie gewillt, in diesem gußeisernen Tempelchen, in dem sich kürzlich noch als Denkmalfigur Johannes Gutenberg, der Erfinder der Buchdruckerkunst, befand, als Diskussionsgegenstand zur Verfügung, das heißt: Rede und Antwort zu stehen? – Mit einem Wort: Sind Sie diskussionsfreudig?

Matern: Also – *Pause* – verdammt! – ich bin – *Pause* – in Dreiteufels und der Jungfrau Namen: – diskussionsfreudig! *Walli S. schreibt auf die Tafel: Er ist diskussionsfreudig.*

Diskutantenchor: Er sagt: Ich mach mit.
Er spielt mit uns mit.

Matern: Wie beim Jüngsten Gericht,
wo jedermann spricht.
Ich habe, ich war,
ich krümmte ein Haar,
ich schoß nach dem Spiegel, zweimal, ich traf,
ich weckte den Spiegel aus halbblindem Schlaf.

Zwei Diskutanten: Matern, der nach der Butter schlug
bis Wasser spritzte, schrie: Betrug!

Matern: Ich stürzte von oben die Taube vom Turm,
tief unten begrub ich mit Erde den Wurm.

Zwei Diskutanten: Einst stach er einen Ofen tot,
dann sah er Ofen, sah er rot.

Zwei Diskutanten: Matern erwürgte sein Handtuch im Zorn,
sein Handtuch war ihm schon immer ein Dorn.

Matern: Ich erstickte den Stein, ich versüßte das Salz,
ich schnitt einer Ziege das Meckern vom Hals.

Diskutantenchor: Matern schrieb mit Kreide der Katze ans Haus:
Verrecken in Schande soll morgen die Maus!

Matern: Heut steh ich inmitten der Diskussion;

das Endergebnis kennt man schon! *Beifall und Trampeln bei den Diskutanten. Der Diskussionsleiter erhebt sich und gebietet mit einer Handbewegung Ruhe.*

Diskussionsleiter: Mit großer Freude und Anteilnahme haben wir soeben vernommen: Walter Matern will sich mitteilen. Doch bevor Frage und Antwort, zuerst als Bächlein, sodann als breitschultriger Strom, ihn und uns davontragen, lasset uns beten: *Die Diskutanten und die Assistentin erheben sich und verschränken die Hände.* Oh großer Schöpfer der dynamischen und immerwährenden Weltdiskussion, der Du geschaffen hast Frage und Antwort, der Du das Wort erteilst oder nimmst, stehe uns hilfreich bei, da wir den diskussionsfreudigen Diskussionsgegenstand Walter Matern durchdiskutieren wollen. Oh Herr aller Diskussionen...

Diskutanten:... gebe uns auch heute die allnotwendige Diskussionsreife.

Diskussionsleiter: Oh weiser und allwissender Schöpfer der Sprache, der Du die Sterne im All diskutieren läßt...

Diskutantenchor: ... löse auch unsere Zungen.

Diskussionsleiter: Oh Du Erschaffer der großen erhabenen Diskussionsgegenstände, selber erhabenster Diskussionsgegenstand, löse auch die Zunge des diskussionsfreudigen Walter Matern...

Diskutantenchor:... löse auch seine Zunge.

Diskussionsleiter: Und laß uns in Deinem Namen diese Dich und nur Dich ehrende Diskussion auslösen...

Diskutantenchor: Amen. *Alle setzen sich. Unterdrücktes Gemurmel. Matern will sich zu Wort melden. Der Diskussionsleiter winkt ab.*

Diskussionsleiter: Die erste Frage steht den Diskutanten und nicht dem Diskussionsgegenstand zu. Doch bevor wir mit den üblichen Testfragen beginnen, stelle ich der Öffentlichkeit die Assistentin der Diskussionsleitung Walli S. vor und danke gleichfalls der Firma Brauxel & Co., die uns freundlicherweise auch für diese Diskussion eine der inzwischen selten gewordenen, weil aus dem Handel gezogenen Erkenntnisbrillen zur Verfügung gestellt hat. *Beifall bei den Diskutanten.* Wir wollen aber von diesem Mittel nur notfalls und auf mehrheitlich unterstützten Antrag hin Gebrauch machen, zumal sich der Diskussionsgegenstand als diskussionsfreudig erklärt hat und die andauernde Kontrolle des Diskussionsganges mittels der Brauxelschen Erkenntnisbrille nur im Zustand erklärter Zwangsdiskussion angebracht ist. Dennoch, und um der allbereiten und zweckdienlichen Anwesenheit der Brille Ausdruck zu geben, bittet die Diskussionsleitung nun Walli S., den Neudiskutanten und auch dem Diskussionsgegenstand zu erklären, was es mit der Erkenntnisbrille auf sich hat, desgleichen, wie Walli S. zum erstenmal Gelegenheit fand, die Erkenntnisbrille dynamisch anzuwenden.

Walli S.: Etwa vom Herbst des vergangenen Jahres bis kurz vor dem

Osterfest des laufenden Jahres stellte die Firma Brauxel & Co. rund eine Million und vierhundertvierzigtausend Brillen her, die unter dem Namen Wunderbrillen während genannter Zeit auf den Markt kamen und reißenden Absatz fanden. Diese Wunderbrillen, die heute Erkenntnisbrillen genannt werden, kosteten fünfzig Pfennige das Stück und befähigten den jeweiligen Käufer, so er nicht weniger als sieben Jahre und nicht mehr als einundzwanzig Jahre zählte, alle Erwachsenen vom dreißigsten Lebensjahr an zu erkennen.

Diskussionsleiter: Bitte Walli, wollen Sie uns nicht deutlicher sagen, was erkannt wurde, als, zum Beispiel, Sie sich die Brille aufsetzten?

Walli S.: Mein Onkel Walter, der heute hier Diskussionsgegenstand ist und dem ich, weil ich soviel über ihn weiß, die Ehre verdanke, trotz meiner Jugend als Assistentin der Diskussionsleitung angehören zu dürfen, mein Onkel Walter also ging mit mir am dritten Advent des vergangenen Jahres auf den Düsseldorfer Weihnachtsmarkt. Dort gab es viele bunte Lichtreklamen und Buden, in denen man alles kaufen konnte: Lebkuchen und Marzipan, Panzerabwehrgeschütze und Weihnachtsstollen, Handgranaten, Haushaltsartikel, Bombenteppiche, Cognacschwenker und Himmelfahrtskommandos, Leitmotive und Mordmotive, Christbaumständer und Nahkampfspangen, Puppen mit waschbaren Haaren, Puppenstuben, Puppenwiegen, Puppensärge, Puppenersatzteile, Puppenzubehör, Puppenleitgeräte...

Diskutantenchor: Zur Sache! Zur Sache!

Walli S.: Und auch die sogenannten Wunderbrillen konnte man kaufen. Mein Onkel Walter – da steht er! – kaufte mir eine. Ich setzte mir die Brille sogleich auf, weil ich sofort immer alles ausprobieren muß, guckte ihn also durch die Brille an, und sah ihn ganz deutlich, wie er früher mal gewesen ist: einfach schrecklich! Natürlich begann ich zu schreien und davonzulaufen. *Sie schreit kurz.* Aber der da – mein Onkel Walter – lief mir hinterdrein und bekam mich am Ratinger Tor zu fassen. Seinen Hund hatte er bei sich. Da er mir aber die Brille nicht abnahm, sah ich ihn und auch den Hund mit seiner Vergangenheit weiter als schreckliches Ungeheuer und konnte mit dem Schreien nicht aufhören. *Sie schreit abermals.* Später mußte ich, weil meine Nerven angegriffen waren, ins Marienhospital, vier Wochen lang. Dort hat es mir ganz gut gefallen, auch wenn das Essen nicht besonders war. Denn die Krankenschwestern, die eine hieß Schwester Walburga wie ich, und eine andere hieß Schwester Dorothea, und die Nachtschwester hieß...

Diskutantenchor: Bitte zur Sache!

Diskutant: Keine Krankenhausgeschichten!

Diskutant: Völlig überflüssig, diese Abschweifungen.

Walli S.: Das also sind meine Erfahrungen mit der Wunderbrille, die ich heute als Erkenntnisbrille aufsetzen werde, wenn der Diskussionsgegenstand diskussionshemmende Aussagen macht. Brauxels Erkenntnisbrille gehört in jede öffentliche Diskussion. Sollte die Sprache versagen...

Diskutantenchor: ... Brauxels Erkenntnisbrille versagt nie!

Walli S.: Wer, wie mein Onkel, Diskussionsgegenstand ist...

Diskutantenchor:... sollte nie vergessen, daß Brauxels Erkenntnisbrille immer bereit liegt.

Walli S.: Schon viele meinten, was vergangen ist, ist vergangen...

Diskutantenchor:... aber Brauxels Erkenntnisbrille vermag Vergangenheit gegenwärtig zu machen.

Walli S.: Wenn ich mir jetzt, zum Beispiel, die Brille aufsetze, um meinen Onkel Walter zu betrachten, müßte ich sogleich wieder schrecklich schreien wie am dritten Advent des vergangenen Jahres. – Soll ich? *Matern und der Hund werden unruhig. Matern klopft den Hals des Hundes. Der Diskussionsleiter bedeutet Walli S., Platz zu nehmen.*

Diskussionsleiter: *verbindlich* Verzeihen Sie, Herr Matern, die Diskutanten verirren sich gelegentlich in ihren kindlichen bis jugendlichen Normalzustand. Dann droht zum Spiel zu werden, was als Arbeit geleistet werden soll; doch die Diskussionsleitung wird, Ihnen und uns zur Beruhigung, ein Überwiegen entsetzlicher Scherze zu verhindern wissen. – Indem wir die Diskussionssperre für die Diskutanten vierzehn bis zweiundzwanzig aufheben, eröffnen wir nun die Diskussion mit vorerst einfachen und möglichst direkten Testfragen. Ich bitte um Wortmeldungen! *Mehrere Diskutanten heben die Hand. Der Diskussionsleiter ruft sie nacheinander auf.*

Diskutant: Erste Testfragenserie, gerichtet an den Diskussionsgegenstand: Wieviel Stationen?

Matern: Zweiunddreißig.

Diskutant: Und rückwärts gezählt?

Matern: Zweiunddreißig.

Diskutant: Wieviele davon haben Sie vergessen?

Matern: Zweiunddreißig Stück.

Diskutant: Sie erinnern sich also noch an genau...

Matern: ... zweiunddreißig Stück insgesamt.

Diskutant: Ihre Lieblingsspeise heißt?

Matern: Zweiunddreißiglinge.

Diskutant: Ihre Glückszahl lautet?

Matern: Zweiunddreißig mal zweiunddreißig.

Diskutant: Und die Unglückszahl?

Matern: Dito!

Diskutant: Beherrschen Sie das kleine Einmaleins?

Matern: Acht – sechzehn – vierundzwanzig – zweiunddreißig...

Diskutant: Danke. Die erste Testfragenserie gilt als abgeschlossen.

Diskussionsleiter: Die zweite Serie bitte.

Diskutant: Können Sie einfache Sätze bilden, die mit den Pronomina indefinita »jeder, jede, jedes« beginnen?

Matern: *rasch* Jeder Zahn zählt. Jede Hexe brennt besser. Jedes Knie schmerzt. Jeder Bahnhof spricht schlecht vom nächsten. Jede Weichsel fließt in der Erinnerung breiter als jeder Rhein. Jedes Wohnzimmer ist immer zu viereckig. Jeder Zug dampft ab. Jede Musik fängt an. Jedes Ereignis wirft seinen Schatten. Jeder Engel lispelt. Jede Freiheit wohnt auf zu hohen Bergen. Jedes Wunder läßt sich erklären. Jeder Sportler putzt seine Vergangenheit. Jede Wolke hat schon mehrmals geregnet. Jedes Wort kann das letzte sein. Jeder Sirup ist zu süß. Jeder Hut paßt. Jeder Hund steht zentral. Jeder, jede, jedes Geheimnis ist kitzlig...

Diskussionsleiter: Das reicht, vielen Dank. Und nun die dritte und letzte Testfragenserie. Bitte!

Diskutant: Glauben Sie an Gott?

Matern: Ich beantrage, diese Frage auszusetzen, da die Frage nach Gott wohl kaum als Testfrage zu bezeichnen ist.

Diskussionsleiter: Die Frage nach Gott ist, solange sie nicht mit Zusätzen wie »dreieiniger« oder »einzig wahrer« gestellt wird, als Testfrage zulässig.

Diskutant: Also, glauben Sie?

Matern: An Gott?

Diskutant: Ja doch, ob Sie an Gott glauben?

Matern: Ihr meint, ob ich an Gott?

Diskutant: Genau: an Gott!

Matern: An Gott da oben?

Diskutant: Nicht nur oben, überall überhaupt.

Matern: Also an irgend etwas da oben und sonstwo...

Diskutant: Wir meinen nicht irgend etwas sondern klipp und klar: Gott! Hören Sie, ob Sie an Gott!

Diskutantenchor: Schere oder Stein,
ja oder nein!

Matern: Jeder Mensch, ob er will oder nicht, jeder Mensch, ganz gleich, welche Erziehung er genossen hat, welcher Hautfarbe er ist, welcher Idee er anhängt, jeder Mensch, sag ich, der denkt fühlt, Nahrung zu sich nimmt, atmet, handelt, also lebt...

Diskussionsleiter: Herr Matern, die Frage der Diskutanten an den Diskussionsgegenstand lautet: Glauben Sie an Gott?

Matern: Ich glaube an das Nichts. Denn manchmal muß ich mich ernsthaft fragen: Warum ist überhaupt Seiendes und nicht vielmehr Nichts?

Diskutant: Ein uns geläufiges Heideggerzitat.

Matern: Vielleicht ist das reine Sein und das reine Nichts also dasselbe?

Diskutant: Schon wieder Heidegger!

Matern: Das Nichts nichtet unausgesetzt.

Diskutant: Heidegger!

Matern: Das Nichts ist der Ursprung der Verneinung. Das Nichts ist usprünglicher als das Nichts und die Verneinung. Das Nichts ist zugegeben.

Diskutantenchor: Heidegger hü! Heidegger hott!
Die Frage lautet: Glaubst Du an Gott?

Matern: Doch manchmal vermag ich selbst an das Nichts nicht zu glauben; dann wieder glaube ich, ich könnte an Gott glauben, wenn ich...

Diskutant: Unsere Frage muß nicht wiederholt werden. Ja oder nein?

Matern: Also – *Pause* – Indreigottesnamen: Nein.

Diskussionsleiter: Die dritte und letzte Testfrage gilt als beantwortet. Wir fassen zusammen: Die Glücks- und Unglückszahl des Diskussionsgegenstandes lautet: Zweiunddreißig. Der Diskussionsgegenstand kann unbegrenzt Sätze bilden, die mit den Pronomina indefinita »Jeder, jede, jedes« beginnen. Er glaubt nicht an Gott. Diese Zusammenkunft: Zweiunddreißig, jeder jede jedes, Gott – erlaubt eine Zusatztestfrage, bitte! *Walli S. notiert das Testfragenergebnis auf der Tafel.*

Matern: *Empört* Wer stellt diese Diskussionsgesetze auf? Wer lenkt hier, hat Fäden in der Hand, wer?

Diskussionsleiter: Die Diskussion, geführt von diskussionsfreudigen Diskutanten, hat aus sich heraus eine Diskussionssteuerung ratsam werden lassen, die der Diskussion das notwendige dynamische Gefälle: also den Trend zur Katastrophe im hergebrachten klassischen Sinn verspricht. Deshalb bitte die Zusatztestfrage, basierend auf dem Testfragenergebnis: Zweiunddreißig, jeder jede jedes, Gott.

Diskutantin: Lieben Sie Tiere?

Matern: Einfach lächerlich! Sie sehen doch: ich halte mir einen Hund.

Diskutantin: Damit ist meine Zusatztestfrage nicht beantwortet.

Matern: Der Hund wird gut gehalten. Sachgemäß und, wenn es sein muß, auch streng.

Diskutantin: Eigentlich bedarf es keiner Wiederholung, dennoch frage ich nochmals: lieben Sie Tiere?

Matern: Schaun Sie her, Fräulein. Was sehen Sie? Einen alten, halbblinden Hund, mühsam zu ernähren, weil das Scherengebiß mehr als lückenhaft ist, und trotzdem...

Mädchen: Lieben Sie Tiere?

Matern: Dieser Hund...

Diskussionsleitung: Einspruch der Diskussionsleitung. Da der Diskussionsgegenstand offensichtlich bewußt ausweicht, werden zweckdienliche Fragen im Rahmen der Zusatztestfrage gestattet, bitte!

Diskutant: Haben Sie schon einmal ein Tier mit bloßer Hand getötet?

Matern: Zugegeben: einen Kanarienvogel mit dieser Hand, weil der Besitzer des Vogels – in Bielefeld war das – ein alter Nazi gewesen war, und ich als Antifaschist...

Diskutant: Haben Sie schon einmal ein Tier geschossen?

Matern: Beim Kommiß: Kaninchen und Krähen, aber im Krieg hat jeder auf Tiere geschossen, und diese Krähen...

Diskutant: Haben Sie schon einmal Tiere mit dem Messer getötet?
Matern: Wie jeder Junge, sobald er ein Taschenmesser besitzt: Ratten und Maulwürfe. Das Taschenmesser hatte mir ein Freund geschenkt und mit diesem Messer haben wir uns alle beide ...
Diskutant: Haben Sie schon einmal ein Tier vergiftet?
Matern: *Pause* – Ja.
Diskutant: Was für ein Tier?
Matern: Einen Hund.
Diskutantenchor: War er weiß, blau oder lila?
Rot, grün, gelb oder lila?
Matern: Es handelte sich um einen schwarzen Hund.
Diskutantenchor: War es ein Spitz, Dackel oder Pekinese?
Ein Bernhardiner, Boxer oder Pekinese?
Matern: Es handelte sich um einen schwarzhaarigen deutschen Schäferhund, der auf den Namen Harras hörte.
Diskussionsleitung: Die Zusatztestfrage, bereichert durch zweckdienliche Fragen, hat erbracht, daß der Diskussionsgegenstand Walter Matern einen Kanarienvogel, mehrere Kaninchen, Krähen, Maulwürfe, Ratten und einen Hund getötet hat; deshalb wiederhole ich die Zusatztestfrage, basierend auf Zweiunddreißig – jeder, jede, jedes – Gott: Lieben Sie Tiere?
Matern: Ob Ihr es glaubt oder nicht: Ja!
Diskussionsleitung: *Gibt der Assistentin Walli S. ein Zeichen. Sie schreibt mit Kreide das Wort »tierliebend« auf die Schultafel.* Wir stellen fest, daß der Diskussionsgegenstand auf der einen Seite einen schwarzen Schäferhund vergiftet hat, auf der anderen Seite einen schwarzen Schäferhund mustergültig hält. Da er vorgibt, Tiere zu lieben, scheint der Hund – als solcher und in diesem Fall ein schwarzer Schäferhund – zum fixen Diskussionspunkt des Diskussionsgegenstandes zu-werden. Der Sicherheit halber bitte ich um Testfragen, die das durchaus dynamische Expositionsergebnis »Schwarzhaariger deutscher Schäferhund«, als den eventuellen Fixpunkt überprüfen, bitte! – *Walli S. notiert das Expositionsergebnis auf der Schultafel.*
Diskutant: Zum Beispiel: Haben Sie Angst vorm Sterben?
Matern: Ich bin ein Stehaufmännchen.
Diskutant: Dann möchten Sie womöglich tausend Jahre alt werden?
Matern: Hunderttausend, denn ich bin ein Stehaufmännchen.
Diskutant: Würden Sie, falls Sie trotzdem sterben, lieber im Zimmer oder im Freien, in der Küche, im Bad oder im Keller sterben?
Matern: Das ist einem Stehaufmännchen vollkommen gleichgültig.
Diskutant: Was ziehen Sie vor: Krankheitsfall oder Verkehrsunfall? Oder bevorzugen Sie den offenen Kampf, das Duell als Daseinsform, den Krieg als Ursache, die Revolution als Möglichkeit oder eine handfeste Schlägerei?
Matern: *gutgelaunt* Mein lieber Freund, das alles sind für ein Stehauf-

männchen, wie ich es bin, nur Gelgenheiten, seine Stehaufmännchenkunststücke zu zeigen. Ihr könnt mich mit Messern und Schußwaffen durch und durch diskutieren; von Fernsehtürmen könnt Ihr mich stürzen; und wolltet Ihr mich klaftertief begraben und mit granitharten Argumenten beschweren – morgen schon stünde ich wieder auf meinen Bleisohlen. Stehaufmännchen, steh auf!

Diskutantenchor: Begraben unten, und wir gingen
die Wette ein: begraben unten
kommt nicht mehr raus, ans Licht, Geflimmer,
rührt nicht mehr mit und löffelt weder;

Matern: denn auch der Löffel lag im Keller
verschmolzen mit, als aber draußen
Aurora mit der Trillerpfeife
die Finsternis zurückpfiff, stand:

Diskutantenchor: Matern auf bleigegoßnen Sohlen,
mit Herz Milz Nieren, hatte Hunger
und löffelte, aß, schiß und schlief.

Matern: Der Schlag saß tief, ich fiel vom Türmchen.
Das kümmerte die Tauben nicht.
War nur noch Inschrift, flach aufs Pflaster,
und wer vorbeiging, las kursiv:

Diskutantenchor: Hier liegt und liegt und liegt flach, liegt,
der fiel von oben, der da liegt;
kein Regen wäscht ihn, Hagel tippt
ihm weder weder: Briefchen, Wimpern
noch öffentliche Diskussionen;

Matern: doch kommt Aurora auf zwei Beinen
und knallt das Pflaster, drauf ich liege,
steht erst der Riemen, dann das Männchen
und spritzt und zeugt und lacht sich schief.

Diskutantenchor: Erschossen war er durch und durch;
man plante grade einen Tunnel,
und durch ihn durch, der frischerschossen,
fuhr bald darauf die Eisenbahn.

Matern: Die Sonderzüge, Könige,
die mußten durch mich durch, wenn sie
die Könige in meinem Rücken
besuchen wollten und der Papst
sprach in neun Sprachen durch dies Loch.

Diskutantenchor: So war er Trichter, Tunnel, Tüte,
und Zoll stand grün auf beiden Seiten;

Matern: erst als Aurora mit dem schweren
berühmten Auferstehungshammer
mich vorn und hinten stöpselte,
stand auf Matern, einst frischerschossen,

und atmete sprach lebte schrie! –
Pause. Walli S. schreibt das Wort »Stehaufmännchen« auf die Tafel.

Diskussionsleiter: Also mit andern Worten: Sie fürchten sich nicht vor dem Sterben?

Matern: Auch Stehaufmännchen haben ihre schwachen Stunden.

Diskussionsleiter: Dann möchten Sie womöglich keine tausend und mehr Jahre alt werden?

Matern: Um Gottes willen! Ihr ahnt nicht, wie beschwerlich Bleisohlen sein können.

Diskussionsleiter: Also gegebenenfalls und angenommen, Sie hätten die Wahl zwischen dem Tod im Bett und dem Tod im Freien.

Matern: In frischer Luft, jederzeit!

Diskussionsleiter: Herzschwäche, Unfall oder Kriegseinwirkung?

Matern: Ich möchte ermordet werden.

Diskussionsleiter: Mit Messern oder Schußwaffen? Wollen Sie hängen oder durch Stromschlag? Ersticken oder Ertrinken?

Matern: Ich möchte vergiftet werden und zusammenbrechen vor Premierenpublikum in einem Freilichttheater plötzlich!
Er deutet das Zusammenbrechen an.

Diskutantenchor: Hört! abermals Gift!
Matern schwört auf Gift!

Diskutant: Welches Gift meint er denn?

Diskutant: Altmodische Krötenaugen?

Diskutant: Schlangengift?

Diskutant: Etwa Arsen oder giftige Pilze: Speitäubling Blätterschwamm Schwefelkopf Satanspilz?

Matern: Ganz simples Rattengift.

Diskussionsleiter: Die Diskussionsleitung stellt die Zwischenfrage: Als Sie den schwarzen Schäferhund Harras vergifteten, zu welchem Gift griffen Sie?

Matern: Ganz einfach: Rattengift!

Diskutantenchor: Phänomenal:
Rattengift, zweimal!

Diskussionsleiter: *Zu Walli S.* Vielleicht wollen wir auch diese Fakten festhalten: unter »Stehaufmännchen« notieren wir: »Todessehnsucht, Doppelpunkt, Gift.« Nach rechts zweigen wir ab: Hundetod Harras, Doppelpunkt, Rattengift. *Walli S. schreibt mit Großbuchstaben.* Doch ohne der ersten Bestätigung des Fixpunktes »Schwarzer Schäferhund« zunächst weiter folgen zu wollen, bitte ich um eine zweite, den Fixpunkt überprüfende Testfrage, bitte!

Diskutant: Unter welchem Sternzeichen wurden Sie geboren?

Matern: Keine Ahnung, unter welchem das ist: neunzehnter April.

Walli S.: Als Assistentin muß ich den Diskussionsgegenstand darauf aufmerksam machen, daß falsche Angaben die sofortige Zwangsdiskussion auslösen: mein Onkel, also der Diskussionsgegenstand, wurde am zwanzigsten April neunzehnhundertsiebzehn geboren.

Matern: Diese Göre! Das steht zwar in meinem Paß, aber meine Mutter hat immer behauptet, ich wäre am neunzehnten, und zwar zehn Minuten vor zwölf geboren worden. Die Frage ist nun: Wem glaubt die Welt mehr, meiner Mutter oder meinem Paß?

Diskutant: Ob nun am neunzehnten oder am zwanzigsten April; jedenfalls wurden Sie im Zeichen Widder geboren.

Diskutantenchor: Mutterschoß und Paßvermerk
einerlei, des Widders Werk.

Diskutant: Welche berühmten Männer wurden außer Ihnen geboren, als die Sonne im Zeichen Widder stand?

Matern: Was weiß ich! Professor Sauerbruch.

Diskutant: Unsinn! Sauerbruch war Krebs.

Matern: Also John Kennedy.

Diskutant: Ein typischer Zwilling.

Matern: Dann sein Vorgänger.

Diskutant: Es dürfte sich mittlerweile herumgesprochen haben, daß General Eisenhower geboren wurde, als die Sonne im Zeichen Waage stand.

Diskussionsleiter: Herr Diskussionsgegenstand Walter Matern: konzentrieren Sie sich bitte. Wer wurde, gleich Ihnen, im Zeichen Widder geboren?

Matern: Stümper, Klugscheißer! Das ist keine öffentliche Diskussion, das artet zum Hexensabbat aus. Aber ich weiß, worauf Ihr hinauswollt. Also bitteschön: Im gleichen Monat und, wie es im Paß steht, auch an einem zwanzigsten April, wurde Adolf Hitler, der größte Verbrecher aller Zeiten, geworfen.

Diskussionsleitung: Einspruch! Es wird nur der Name zur Kenntnis genommen – *Walli S. schreibt* – nicht der unsachliche Zusatz. Wir sind nicht hergekommen, um zu schimpfen, sondern um zu diskutieren. Die Diskussionsleitung stellt fest: Der Diskussionsgegenstand Walter Matern wurde im gleichen Sternzeichen und an einem zwanzigsten April wie das unlängst diskutierte Diskussionsthema »Adolf Hitler, der Erbauer der Reichsautobahn« geboren. Also: im Widder!

Diskutant: Haben Sie sonst noch etwas mit dem widdergeborenen Adolf Hitler gemeinsam?

Matern: Alle Menschen haben etwas mit Hitler gemeinsam.

Diskutant: Wir betonen, daß nicht »alle Menschen« oder gar »die Menschheit«, daß Sie und nur Sie Diskussionsgegenstand sind.

Walli S.: Notfalls weiß ich etwas. Das könnte ich bezeugen, ohne die Erkenntnisbrille aufsetzen zu müssen. Das macht er sogar im Schlaf und beim Rasieren. Um das zu machen, muß er vorher nicht mal eine Zitrone auslutschen.

Matern: Also, man nannte mich in der Schule und auch später: »Knirscher«, weil ich manchmal, wenn etwas nicht so läuft, wie ich will, mit den Zähnen knirsche, so: *er knirscht lange ins Mikrophon.* Und das soll auch dieser Hitler manchmal getan haben: Zähneknirschen! *Walli S. notiert »Zähneknirschen oder Der Knirscher«.*

Diskutantenchor: Dreht Euch nicht um!
Der Knirscher geht um.

Diskutant: Weitere Gemeinsamkeiten mit dem Erbauer der Reichsautobahn?

Diskutantenchor: Geh nicht in den Wald,
im Wald ist der Wald.
Wer im Wald geht,
Bäume sucht,
wird im Wald nicht mehr gesucht.

Diskutant: Ob der Diskussionsgegenstand Walter Matern, der Knirscher genannt, mit dem schon behandelten Diskussionsthema Adolf Hitler weitere Gemeinsamkeiten hat, wollen wir wissen.

Diskutantenchor: Hab keine Angst,
die Angst riecht nach Angst.
Wer nach Angst riecht,
den riechen
Helden, die wie Helden riechen.

Diskutant: Der Diskussionsgegenstand feuchtet seine Lippen an.

Diskutantenchor: Trink nicht vom Meer,
das Meer schmeckt nach mehr.
Wer vom Meer trinkt,
hat fortan
nur noch Durst auf Ozean.

Diskutant: Am Horizont, rauchfahnenlos, zeichnet sich die drohende dynamische Zwangsdiskussion ab.

Diskutantenchor: Bau Dir kein Haus,
sonst bis Du zuhaus.
Wer zuhaus ist,
wartet auf
spät Besuch und macht auf.

Diskutant: Schon fördert unsere Assistentin Walli S. Dokumente aus dem Aktenkoffer: Postkarten, Blutspuren, Atteste, Kotproben, Zeugnisse, Krawatten, Briefe...

Diskutantenchor: Schreib keinen Brief.
Brief kommt ins Archiv.
Wer den Brief schreibt,
unterschreibt,
was von ihm einst übrigbleibt.

Diskutant: Er, der immer zentral stand, die Phänotype, das Stehaufmännchen, der Knirscher, er, dessen Nachlaß wir noch zu Lebzeiten sichten werden, meint, er stehe immer noch zentral.

Diskutantenchor: Steh nicht im Licht.
Das Licht sieht Dich nicht.
Zwei Diskutanten: Hab keinen Mut.
Zum Mut gehört Mut.
Zwei Mädchen: Sing nicht im Feuer.
Man singt nicht im Feuer.
Zwei Diskutanten: Verfall nicht dem Schweigen,
sonst brichst Du das Schweigen.
Diskutantenchor: Dreht Euch nicht um!
Der Knirscher geht um.

Matern: Damit Ihr klar seht: ich spreche wieder! Was wollt Ihr wissen, hören, geboten bekommen?

Diskutant: Fakten. Gemeinsamkeiten mit dem anderen Widdergeborenen. Vom Zähneknirschen hörten wir schon.

Diskutantenchor: Dreht Euch nicht um!

Matern: Damit Ihr zufrieden seid: hier der Hund. Dieser Hitler liebte wie ich: schwarzhaarige deutsche Schäferhunde. Und jener schwarze Schäferhund Harras, der einem Tischlermeister gehörte...

Diskussionsleiter: Hier ist der Fixpunkt: schwarzhaariger Schäferhund endgültig bestätigt. Werden von den Diskutanten dennoch und sicherheitshalber Zusatzfragen gewünscht? *Walli S. notiert und unterstreicht den Fixpunkt.*

Diskutant: Der Fixpunkt: Schäferhund sollte zumindest noch erotisch getestet werden.

Diskutant: Der Diskutant achtundzwanzig meint gewiß den Sexualgehalt des Fixpunktes: schwarzhaariger Schäferhund.

Diskussionsleiter: Die zusätzliche Testfrage ist freigegeben, bitte!

Diskutant: Mit welchen berühmten Frauen haben oder hätten Sie gerne Geschlechtsverkehr unterhalten?

Matern: Im Jahre achtzehnhundertsechs habe ich mit der Königin Luise von Preußen zweimal kurz nacheinander. Damals befand sie sich auf der Flucht vor Napoleon und übernachtete mit mir in der Windmühle meines Vaters, die von einem schwarzen Schäferhund namens Perkun bewacht wurde.

Diskutant: Die genannte Königin ist in Diskutantenkreisen weitgehend unbekannt...

Diskussionsleiter: dennoch, bitte Walli S., wollen wir den Wachhund Perkun notieren, doch das Wörtchen »legendär, Fragezeichen« dahintersetzen.

Matern: Außerdem habe ich vom Spätsommer achtunddreißig bis zum Frühjahr neununddreißig ziemlich regelmäßig mit der Jungfrau Maria verkehrt.

Diskutant: Den fiktiven Verkehr mit der Jungfrau Maria kann jeder gläubige Katholik bei sich nachvollziehen; zudem ist jedem sogenannten Ungläubigen dieser Nachvollzug zumindest freigestellt.

Matern: Immerhin ist sie es gewesen, die mich überredet hat, den schwarzen Schäferhund Harras mit Rattengift zu vergiften, weil dieser Harras...

Diskussionsleiter: Also auf Wunsch des Diskussionsgegenstandes notieren wir vor dem Stichwort: »Hundetod Harras durch Rattengift« in Klammern »marianischer Einfluß«.

Diskutant: Uns fehlt noch ein eindeutiger und nicht im Irrationalen begründeter Fall.

Matern: Hier, Zucker für Euch: Ich habe, als sie schon seine Geliebte war, mit Eva Braun geschlafen.

Diskutant: Schildern Sie uns bitte den Verlauf des Koitus in allen Einzelheiten.

Matern: Als Mann spricht man nicht über Betterlebnisse!

Diskutant: Das ist unfair. Schließlich diskutieren wir hier öffentlich.

Mädchen: Dieses schmuddelige Geheimnisvolltun schickt sich nicht in Gegenwart anwesender Diskutantinnen.

Diskutantenchor: Es gliedert sich schon
die Zwangsdiskussion!

Diskussionsleiter: Einspruch der Diskussionsleitung: Der Diskussionsgegenstand hat die Frage nach vollzogenem Koitus an berühmten Frauen ausreichend beantwortet. Zuletzt, nach legendärem Verkehr mit der hier weitgehend unbekannten Geschlechtspartnerin Luise, Königin von Preußen, nach eingestandenem fiktiven Verkehr mit der Jungfrau Maria, gestand er den vollzogenen Koitus an Fräulein Eva Braun. Fragen nach dem Ablauf des Verkehrs sind deshalb überflüssig; allenfalls darf der Diskussionsgegenstand befragt werden, ob der Geschlechtsakt von den Partnern Matern und Braun ohne oder in Gegenwart von Zuschauern vollzogen wurde, bitte!

Diskutant: War etwa der Erbauer der Reichsautobahn anwesend?

Matern: Er und sein schwarzer Lieblingshund Prinz, sowie der Führerfotograf Hoffmann.

Diskussionsleiter: Die Testfrage ist beantwortet und hat den Sexualgehalt des bereits anerkannten Fixpunktes »schwarzhaariger Schäferhund« bestätigt. Vielleicht notieren wir noch den Hundenamen Prinz. Den Fotografen können wir uns, nicht wahr, ersparen. *Walli S. notiert.* – Bevor wir nun den Besitzstand des hier anwesenden Hundes, der dem Diskussionsgegenstand nicht nur als Fixpunkt, sondern auch tatsächlich bei Fuß steht, durchdiskutieren, steht dem Diskussionsgegenstand eine Frage an die Diskutanten zu.

Matern: Was soll das alles? Warum stehe ich hier an Stelle des Johannes Gutenberg? Warum heißt dieses öffentliche Verhör: Öffentliche Diskussion. Warum dynamisch, wenn ich, dem dynamische Schrittweise angemessen wäre, zwischen Säulen stillhalten muß. Denn ich, als Schauspieler und Phänotyp, als Karl Moor und Franz Moor: »Pöbelweisheit, Pöbelfurcht!« verlange nach Gängen hin und her, nach

Auftritten plötzlich und unerwartet, nach Worten, von der Rampe zu schleudern, und nach Abgängen, die neuen schrecklichen Auftritt erwarten lassen: »Aber ich will nächstens unter Euch treten und fürchterlich Musterung halten!« – Statt dessen Statik und Fragespiele. Mit welchem Recht ausgestattet, verhören mich diese Schnösel und Besserwisser? Oder von mir aus: Warum wird hier diskutiert?

Diskussionsleiter: Die letzte Frage gilt.

Diskutant: Wir informieren uns, indem wir diskutieren.

Diskutant: In jeder Demokratie hat die öffentliche Diskussion ihren legitimen Platz.

Diskutant: Um Mißverständnissen vorzubeugen: die demokratische öffentliche Diskussion unterscheidet sich, indem sie in aller Öffentlichkeit vollzogen wird, grundsätzlich von der katholischen Beichte.

Diskutant: Auch wäre es falsch, unsere Bemühungen in Parallele zu setzen zu den sogenannten öffentlichen Schuldbekenntnissen in den kommunistisch regierten Ländern.

Diskutant: Zumal der demokratischen öffentlichen Diskussion weder im weltlichen noch im religiösen Sinne eine Absolution folgt; vielmehr endet sie unverbindlich, das heißt, die echte Diskussion endet überhaupt nicht, denn nach der großen öffentlichen Diskussion diskutieren wir in kleinem Kreise das Diskussionsergebnis und suchen uns interessante Diskussionsgegenstände für kommende öffentliche Diskussionen.

Diskutant: Nach dem Diskussionsgegenstand Walter Matern, zum Beispiel, wollen wir die Konfessionsschule diskutieren, oder wir wenden uns der Frage zu: Hat das steuerbegünstigte Sparen wieder einen Sinn bekommen?

Diskutant: Wir kennen keine Tabus!

Diskutant: Neulich haben wir den Philosophen Martin Heidegger, Mensch und Werk, diskutiert. Ich glaube, sagen zu dürfen, dieser Diskussionsgegenstand bietet uns keine Rätsel mehr.

Diskutantenchor: Es erzählte Zipfelmütze
metaphysische Witze.

Diskutant: Denn im Grunde, wenn man Geduld hat, lösen sich alle Probleme wie von selbst, zum Beispiel die Judenfrage. Da hätte unserer Generation nicht passieren können. Wir hätten mit den Juden solange diskutiert, bis sie freiwillig und vollkommen überzeugt ausgewandert wären. Wir verachten alle Gewalt. Selbst wenn wir zur Zwangsdiskussion schreiten, bleibt das Diskussionsergebnis für den Zwangsdiskussionsgegenstand unverbindlich: ob er sich nach Diskussionsschluß aufhängt oder ob er ein Bier trinken geht, beides liegt vollkommen bei ihm. Schließlich leben wir in einer Demokratie.

Diskutant: Wir leben, um zu diskutieren.

Diskutant: Am Anfang war das Gespräch!

Diskutant: Wir diskutieren, um nicht monologisieren zu müssen.

Diskutant: Denn hier, nur hier ergeben sich unsere Sozialbezüge. – Hier ist niemand einsam!

Diskutant: Weder Klassenkampfgedanken noch bürgerliche Nationalökonomie vermögen das Schichtungsmodell angewandter Soziologie, nämlich die öffentliche Diskussion, zu ersetzen.

Diskutant: Schließlich ist die technische Effektivität unseres Daseinsapparates von gesellschaftlichen Großorganisationen wie der weltweiten Organisation freier und diskussionsfreudiger Diskutanten abhängig.

Diskutant: Diskussion heißt Daseinsbewältigung!

Diskutant: Die moderne Soziologie hat bewiesen, daß in einem modernen Massenstaat einzig die öffentlich geführte Diskussion Gelegenheit bietet, diskussionsreife Persönlichkeiten heranzubilden.

Diskutantenchor: Wir sind eine einzige öffentliche internationale unabhängige dynamisch diskutierende Familie!

Zwei Diskutanten: Wenn wir nicht gewillt wären, zu diskutieren, gäbe es keine Demokratie, keine Freiheit und also kein Leben in einer freien demokratischen Massengesellschaft.

Diskutant: Also laßt uns zusammenfassen: *Alle erheben sich.* Wir wurden vom Diskussionsgegenstand gefragt, warum wir diskutieren. Unsere Antwort lautet: Wir diskutieren, um die Existenz des Diskussionsgegenstandes zu beweisen; schwiegen wir, es gäbe keinen Diskussionsgegenstand Walter Matern mehr!

Diskutantenchor: Drum sagen wir gern:
Ohne uns kein Matern! *Walli S. notiert.*

Diskussionsleiter: Damit ist die Frage des Diskussionsgegenstandes beantwortet. Wir fragen: Stellen Sie einen Antrag auf eine Zusatzfrage?

Matern: Macht mal weiter. Ich weiß jetzt ziemlich Bescheid und spiel mit, hemmungslos.

Diskussionsleiter: Wir kehren also zum Fixpunkt: Schwarzer Schäferhund zurück, der sich dreimal, zuletzt in seinem Sexualgehalt, bewiesen hat.

Matern: *Mit Pathos.* Soll ich mich auskotzen Freunde,
dann haltet die Schüssel hin!
Erbsen, vor Hundejahren gelöffelt,
will ich preisgeben hemmungslos.

Diskussionsleiter: Zu klären und zu diskutieren wäre jetzt der Besitzstand eines schwarzen Schäferhundes.

Matern: Kartoffeln, vor Hundejahren gemampft,
sollen Euch heute beweisen,
daß es damals Kartoffeln schon gab.
Mordmotive von einst
sind Leitmotive von jetzt.

Diskussionsleiter: Und zwar werden wir nach einem schwarzen Schäferhund fragen, der den Fixpunkt schwarzer Schäferhund in persona vertritt.

Matern: Denn hier ist keine Sperre mehr.
Was damals mir schmeckte,
läßt heute mich rülpsen.
Was diesen Weg nahm, bis hoch zum Kaukasus,
bis runter zum blassen Ladogasee,
soll zurückfluten: planmäßig halbverdaut gallebitter
und mag riechen, bis es Euch sauer aufstößt.

Diskussionsleiter: Ich bitte also um Fragen, die den Besitzstand des tatsächlich anwesenden Schäferhundes berühren.

Matern: Mord, altmodisches Wort!

Diskutant: Wie heißt der anwesende schwarze Schäferhund?

Matern: Kimme und Korn.
Das Weiße im Auge.
Saugend schraubend umfassen.

Diskutant: Ich wiederhole die Frage nach dem Namen des anwesenden Hundes.

Matern: Leichen, wer zählt noch Leichen?
Die Knochen sind alle verwertet.
Das Blut fließt auf dem Theater.
Die Herzen schlagen gemäßigt.
Der Tod hat Lokalverbot! – *Pause.*
Und der Hund heißt, wer weiß es nicht? Pluto.

Diskutant: Wem gehört Pluto?

Matern: Dem, der ihm zu fressen gibt.

Diskutant: Haben Sie den Hund Pluto gekauft?

Matern: Er ist mir zugelaufen.

Diskutant: Haben Sie nachgeforscht, wem der Hund Pluto zuvor gehört hat?

Matern: Er lief mir kurz nach Kriegsende zu. Damals liefen viele herrenlose Hunde herum.

Diskutant: Ahnt der Diskussionsgegenstand, wem der Hund Pluto unter wahrscheinlich anderem Namen gehört haben mag?

Matern: Ich will sagen, was ich aß, betastete, tat, erlebte, aber ich lehne es ab, meine Ahnungen diskutieren zu lassen.

Diskussionsleiter: Da der Diskussionsgegenstand aus diskussionsfeindlichen Gründen seine Ahnungen der Diskussion entziehen will, dürfen die Diskutanten den schwarzen Schäferhund Pluto direkt befragen, da der Hund tatsächlich und als Fixpunkt zum Diskussionsgegenstand gehört. Wir spielen dem Hund drei Musikthemen vor, bitte Vorschläge! *Walli S. notiert: Musikalische Befragung des Hundes Pluto.*

Diskutant: Vielleicht beginnen wir die musikalische Befragung mit der Kleinen Nachtmusik! *Walli S. legt eine Platte auf. Musik ertönt kurz.*

Diskussionsleiter: Wir stellen fest, daß der Hund Pluto auf Mozartmusik nicht reagiert. Zweiter Vorschlag.

Diskutant: Wie wäre es mit Haydn? Oder etwas Ähnliches, vielleicht das Deutschlandlied? *Walli S. legt die Platte auf. Der Hund wedelt mit dem Schwanz, sobald die Musik ertönt.*

Diskussionsleiter: Der Hund reagiert freudig erregt und beweist mit dieser Reaktion, daß sein ehemaliger Besitzer deutscher Staatsangehöriger gewesen ist. Somit steht fest, daß er Angehörigen der damaligen Besatzungsarmeen nicht als Besitz zugesprochen werden muß. Wir können also auf Musik von Händel sowie auf Motive aus der französischen Oper Carmen verzichten. Weder Nußknackersuite noch Donkosaken. Desgleichen entfallen Gospelsongs und Volksweisen aus der amerikanischen Pionierzeit. Der dritte Vorschlag, bitte!

Diskutant: Um uns Umwege zu ersparen, schlage ich den direkten Weg vor: etwas Typisches von Wagner, das Siegfriedmotiv oder den Steuermannschor...

Diskutant: Dann doch lieber gleich Götterdämmerung!

Diskutantenchor: Göt–ter–dämmerung!
Göt–ter–dämmerung!

Walli S. legt die Platte auf. Die Musik aus Götterdämmerung ertönt lange. Der Hund heult anhaltend.

Diskussionsleiter: Damit ist hinreichend bewiesen, daß der Hund Pluto einem Wagnerverehrer gehört haben muß. Auf Grund bisheriger Diskussionsergebnisse–ich bitte unsere Notierungen zu beachten–gehen wir nicht fehl, in dem ehemaligen Reichskanzler Adolf Hitler, den wir jüngst als Erbauer der Reichsautobahn durchdiskutierten und dessen Vorliebe für Wagnermusik uns überliefert ist, den rechtmäßigen Besitzer des anwesenden schwarzen Schäferhundes, zur Zeit Pluto genannt, zu vermuten. Um den Verlauf der öffentlichen Diskussion nicht unnötig zu verzögern, schreiten wir jetzt zur dynamischen Gegenüberstellung: Schwarzer Schäferhund–Hitlerbild, bitte.

Matern: Ein sinnloses Unternehmen. Der Hund ist nahezu erblindet.

Diskussionsleiter: Der Instinkt eines Hundes erblindet nie. Mein Vater, zum Beispiel, ein ehrsamer Tischlermeister, hielt sich als Wachhund einen Schäferhund, übrigens einen schwarzen, der Harras hieß und mit Rattengift vergiftet wurde. Da nun die Diskussionsleitung mit diesem Hund Harras sozusagen aufwuchs, traut sie sich, ohne Kynologie als Wissenschaft betrieben zu haben, die Beurteilung von Hunden, besonders von schwarzen Schäferhunden, in ausreichendem Maße zu. Bitte, die Gegenüberstellung! *Walli S. erhebt sich und entrollt über der Schultafel ein großes farbiges Hitlerbild. Sodann rollt sie die Tafel mehr in den Vordergrund und macht sie zum Gegenüber des gußeisernen Tempelchens. Längere Pause. Der Hund wird unruhig. Schnuppert in Richtung Bild, reißt sich plötzlich los, winselt vor dem Bild, richtet sich auf und beginnt, das farbige Gesicht Hitlers zu lecken. Auf ein Zeichen des Diskussionsleiters rollt Walli S. das Bild auf. Der Hund winselt weiterhin und läßt sich von Walli S. nur mit Mühe zum Tempelchen zurückführen. Die Schultafel kommt auf ihren alten Platz. Unruhe bei den Diskutanten.*

Diskutant: Ein klarer Fall.

Diskutant: Wieder einmal hat sich die dynamische Gegenüberstellung als diskussionsförderndes Mittel bewährt.

Diskutantenchor: Gegenübergestellt
hat er mehrmals gebellt.
Hat, was er entdeckt,
mit der Zunge geleckt.

Diskussionsleiter: Die Gegenüberstellung hat ein Ergebnis gezeitigt, das, abgesehen von seinem Wert für den Verlauf der Diskussion, alle Anzeichen eines historischen Ereignisses zu erkennen gegeben hat. Wir bitten also darum, sich zu erheben und diesen Umstand während kurzer Meditation zu überdenken: Oh großer Schöpfer der immerwährenden Weltdiskussion, oh, Du Erschaffer der erhabenen Diskussionsgegenstände... *Längere lautlose Pause. Den Diskutanten ist feierlich zumute.* Amen! – Die Diskutanten setzen sich wieder. Inzwischen hat unser Diskussionsarchiv folgende Fakten hergegeben.

Walli S.: *die nicht mitgebetet hat, hält Papiere.* Im Zwinger des ehemaligen Reichskanzlers Adolf Hitler fiel unter mehreren Schäferhunden ein schwarzhaariger Schäferhund namens Prinz auf. Dieser war ein Geschenk des Danziger Gauleiters Adolf Forster an den Reichskanzler. Nachdem der Hund Prinz seine ersten Lebensmonate im Schutzpolizeihundezwinger zu Danzig-Langfuhr verbracht hatte, wurde er auf den Sitz des Führers, den sogenannten Berghof, verbracht. Dort durfte er sich bis zu Beginn des Krieges in Freiheit und Natur ungestört tummeln. Dann jedoch führten ihn die Kriegsereignisse von einem Führerhauptquartier ins nächste, bis zur endgültigen Verlegung in den Führerbunker der Reichskanzlei.

Diskussionsleiter: Und hier ereignet sich folgendes:

Walli S.: Am zwanzigsten April neunzehnhundertfünfundvierzig...

Diskutant: An einem Tag also, da der Erbauer der Reichsautobahn und unser Diskussionsgegenstand Walter Matern ihren Geburtstag feiern...

Walli S.: Während der Gratulationscour, an der sich der Generalfeldmarschall Keitel, Oberstleutnant von John...

Diskutant: Korvettenkapitän Lüdde-Neurath...

Diskutant: die Admirale Voss und Wagner...

Diskutant: die Generale Krebs und Burgdorf...

Walli S.: Oberst von Below, Reichsleiter Bormann, der Gesandte Hewel vom Auswärtigen Amt...

Diskutant: Fräulein Braun!

Walli S.: SS-Hauptsturmführer Günsche und SS-Obergruppenführer

Fegelein...
Diskutant: Dr. Morell...
Walli S.: und Herr und Frau Dr. Goebbels mit allen sechs Kindern beteiligen, während also noch gratuliert wird, entläuft der schwarzhaarige deutsche Schäferhund Prinz seinem Herrn.
Diskutant: Und? wird er gestellt, gefangen, erschossen?
Diskutant: Hat wer ihn laufen sehen? Überlaufen sehen?
Diskutant: Und zu wem lief er über?
Walli S.: Nach kurzem Bedenken entschloß sich der Hund, dem Gebot der Stunde zu gehorchen und sich nach Westen abzusetzen. Da zur Zeit seiner geplanten und ausgeführten Flucht rings um die damalige Reichshauptstadt heftige Endkämpfe entbrannt waren, konnte der Hund Prinz, trotz des unermüdlichen Einsatzes sogleich aufgestellter Hundesuchtrupps nicht wieder eingefangen werden. Am achten Mai neunzehnhundertfünfundvierzig, um vier Uhr fünfundvierzig in der Frühe durchschwamm der Hund Prinz oberhalb Magdeburg die Elbe und suchte sich westlich des Flusses einen neuen Herrn.
Diskutantenchor: Als neuesten Herrn
wählt der Hund sich Matern.
Walli S.: Da aber der damalige Führer und Reichskanzler in seinem Testament vom neunundzwanzigsten April des Hundefluchtjahres seinen schwarzhaarigen Schäferhund Prinz dem deutschen Volk zum Geschenk machte...
Diskussionsleiter: ... stellen wir fest, daß der Diskussionsgegenstand Walter Matern nicht rechtmäßiger Besitzer des Schäferhundes Prinz – heute Pluto – sein kann. Allenfalls können wir in ihm den Verwalter des nachgelassenen Führerbesitzes »Schwarzer Schäferhund Prinz« sehen.
Matern: Welch eine Zumutung! Ich bin Antifaschist.
Diskussionsleiter: Warum soll ein Antifaschist nicht Nachlaßverwalter des Führerbesitzes sein? Dazu hören wir gerne die Meinung der Diskutanten.
Matern: Ich war bei den Roten Falken, später eingeschriebenes Mitglied der KP...
Diskutant: Der Diskussionsgegenstand kann als Verwalter des Führernachlasses auf Eigenschaften hinweisen, die ihn für diese historische Aufgabe prädestinieren...
Matern: Flugblätteraktionen habe ich noch bis sechsunddreißig...
Diskutant: Zum Beispiel ist er gleich dem ehemaligen Hundebesitzer im Sternzeichen Widder geboren.
Matern: Wenn ich später in die SA eintrat, war das nur ein knapp einjähriges Intermezzo.
Diskutant: Auch kann der Hundeverwalter Matern wie der verstorbene Hundebesitzer mit den Zähnen knirschen.
Matern: Dann haben sie mich geschaßt, die Nazis. Ehrengericht!

Diskutant: Aber müssen wir nicht dagegenhalten, daß der derzeitige Hundeverwalter Matern schon einmal einen schwarzen Hund vergiftet hat?

Matern: Und zwar mit Rattengift, weil dieser Nazihund, der einem Tischlermeister gehörte, im Schutzpolizeihundezwinger eine Hündin gedeckt hatte, die später...

Diskutant: Dennoch gibt der Diskussionsgegenstand vor, Tiere zu lieben.

Diskutant: Wir schlagen vor, den Fixpunkt »Schwarzer Schäferhund« und den Besitzpunkt »Schwarzer Schäferhund Prinz«, jetzt Pluto, im Zusammenhang mit dem Stammbaum des schwarzen Schäferhundes Pluto und der dynamischen Vergangenheit des Diskussionsgegenstandes zu diskutieren.

Matern: Als Antifaschist erhebe ich gegen diese Koppelung von Zufälligkeiten lauten Einspruch!

Diskussionsleiter: Dem Einspruch wird stattgegeben. Wir verbessern uns dahin: Der Fixpunkt und der Hundestammbaum werden im Zusammenhang mit der antifaschistischen Vergangenheit des Diskussionsgegenstandes dynamisch diskutiert werden.

Diskutant: Aber erst das endgültige Diskussionsergebnis kann zeigen, ob der derzeitige Hundeverwalter geeignet ist, den nachgelassenen Führerbesitz Prinz – heute Pluto – vertrauenswürdig zu verwalten.

Diskussionsleiter: Dem Antrag der Diskutanten wird stattgegeben. Wegen Vermutung eines weiteren Fixpunktes bittet die Diskussionsleitung vorerst um Fragen, die den Fixpunkt sowie den Besitzstand »Schwarzer Schäferhund« nicht unmittelbar berühren, bitte! *Walli S. notiert: »Fixpunkt zwei, Doppelpunkt.«*

Mädchen: Kann uns der Diskussionsgegenstand wichtige, ihn prägende Kindheitserlebnisse aufzählen?

Matern: Real oder mehr atmosphärisch?

Mädchen: Wir vermögen aus allen Bewußtseinsschichten diskussionsfördernde Fakten zu gewinnen.

Metern: *Mit großer Handbewegung* Hier Nickelswalde – dort Schiewenhorst.
Perkunos, Pikollos Potrimpos!
Zwölf Nonnen ohne Kopf und zwölf Ritter ohne Kopf.
Gregor Materna und Simon Materna.
Der Riese Miligedo und der Räuber Bobrowski.
Kujawischer Weizen und Urtoba Weizen.
Menoniten und Deichbrüche...
Und die Weichsel fließt,
und die Mühle mahlt,
und die Kleinbahn fährt,
und die Butter schmilzt,
und die Milch wird dick,
bißchen Zucker drauf,

und der Löffel steht,
und die Fähre kommt,
und die Sonne weg,
und die Sonne da,
und der Seesand geht,
und die See leckt Sand...
Barfuß barfuß laufen die Kinder,
und finden Blaubeeren
und suchen Bernstein,
und treten auf Disteln,
und graben Mäuse aus,
und klettern barfuß in hohle Weiden...
Doch wer Bernstein sucht,
auf die Distel tritt,
in die Weide springt
und die Maus ausgräbt,
wird im Deich ein totes vertrocknetes Mädchen finden:
das ist des Herzog Swantopolk Töchterchen,
das immer im Sand nach Mäusen schaufelte,
mit zwei Schneidezähnen zubiß,
nie Strümpfe, nie Schuhe trug...
Barfuß barfuß laufen die Kinder,
und die Weiden schütteln sich,
und die Weichsel fließt immerzu,
und die Sonne mal weg mal da,
und die Fähre kommt oder geht
oder liegt fest und knirscht,
während die Milch dick wird, bis der Löffel steht, und langsam die Kleinbahn fährt, die schnell in der Kurve läutet. Auch knarrt die Mühle, wenn der Wind acht Meter in der Sekunde. Und der Müller hört, was der Mehlwurm spricht. Und die Zähne knirschen, wenn Walter Matern von links nach rechts mit den Zähnen. Desgleichen die Großmutter: quer durch den Garten hetzt sie das arme Lorchen. Schwarz und trächtig bricht Senta durch ein Spalier Saubohnen. Denn sie naht schrecklich, hebt winklig den Arm: und in der Hand am Arm steckt der hölzerne Kochlöffel, wirft seinen Schatten auf das krause Lorchen und wird größer, immer fetter, mehr und mehr... Aber auch Eddi Amsel...

Diskutant: Handelt es sich bei diesem Eddi Amsel um einen Freund des Diskussionsgegenstandes?

Matern: Er war mein einziger.

Diskutant: Ist der Freund verstorben?

Matern: Kann mir nicht vorstellen, daß Eddi Amsel tot ist.

Diskutant: War die Freundschaft mit soeben genanntem Eddi Amsel intim?

Matern: Wir waren Blutsbrüder! Mit ein und demselben Taschenmesser haben wir uns am linken Oberarm...

Diskutant: Was wurde aus dem Messer?

Matern: Keine Ahnung.

Diskussionsleiter: Die Frage wird dringlich wiederholt: Schicksal des Taschenmessers?

Matern: Eigentlich wollte ich einen Zellack in die Weichsel werfen; bei uns nannte man Steine Zellacken.

Diskutant: Wir warten auf das Taschenmesser!

Matern: Den also – Stein oder Zellack – suchte ich in beiden Taschen, fand aber nichts außer dem...

Diskutant: ... Taschenmesser.

Matern: Drei Klingen, einen Korkenzieher, eine Säge und einen Dorn...

Diskutant: ... hatte das Taschenmesser –

Matern: Trotzdem warf ich es...

Diskutant: ... das Messer!

Matern: in die Weichsel. – Was treibt ein Fluß vor sich her? Sonnenuntergänge, Freundschaften, Taschenmesser! Was bringt sich bäuchlings als Schwimmer und mit Hilfe der Weichsel in Erinnerung? Sonnenuntergänge, Freundschaften, Taschenmesser! Nicht alle Freundschaften haben Bestand. Flüsse, die in die Hölle wollen, münden in die Weichsel...

Diskussionsleiter: Und deshalb wollen wir festhalten: Der Diskussionsgegenstand Walter Matern und sein Freund Eddi Amsel schlossen, als Kinder und mit Hilfe eines Taschenmessers, Blutsbrüderschaft. Dasselbe Taschenmesser warf Matern als Knabe in die Weichsel. Warum das Taschenmesser? Weil kein Stein zur Hand war. Warum überhaupt?

Matern: Weil die Weichsel immerzu geradeaus floß. Weil der Sonnenuntergang hinter dem gegenüberliegenden Deich, weil das Blut von meinem Freund Eddi, nachdem wir Blutsbrüderschaft geschlossen hatten, in mir drinnen floß, weil – weil...

Diskutant: War Ihr Freund etwa Neger, Zigeuner oder Jude?

Matern *eifrig:* Nur Halbjude. Sein Vater war. Seine Mutter war nicht. Er hatte rotblonde Haare von seiner Mutter und von seinem Vater nur sehr wenig. Überhaupt ein prima Kerl. Der hätte Euch gefallen, Jungs. Immer gute Laune und dolle Einfälle hatte der. War aber ziemlich dick und ich mußte ihn oft beschützen. Aber trotzdem habe ich ihn geliebt, bewundert, noch heute würde ich...

Diskutant: Wenn Sie, zum Beispiel, über Ihren Freund ärgerlich waren, was ja gewiß ab und an vorkam, welche Schimpfnamen gaben Sie ihm?

Matern: Also schlimmstenfalls sagte ich, weil er nun mal so unförmig dick war, Fettsau. Zum Spott nannte ich ihn: Fliegenschiß! er hatte nämlich überall unzählige Sommersprossen. Auch nannte ich ihn, aber mehr zum Spaß und nicht, wenn wir Krach miteinander hatten, Posamentenmacher, weil er immerzu aus alten Klamotten komische Figuren baute, die sich die Bauern als Vogelscheuchen in den Weizen stellten.

Diskutant: Fallen Ihnen noch weitere Schimpfnamen ein?
Diskutant: Spezielle?
Matern: Das war alles.
Diskutant: Etwa, wenn Sie ihn kränken wollten oder stark beleidigen?
Matern: Beides hat nie in meiner Absicht gelegen.
Diskussionsleitung: Wir müssen den Diskussionsgegenstand darauf aufmerksam machen, daß hier nicht Absichten, sondern Taten diskutiert werden. Also das große schlimme letzte umwerfende dynamische Schimpfwort?
Diskutantenchor: Ein Wörtchen wollen wir noch hören,
sonst müssen wir ihn zwangsverhören.
Walli S.: Am Ende müßte ich doch noch zur Erkenntnisbrille greifen und lange zurückliegende Situationen ersehen, in deren Verlauf sich der Diskussionsgegenstand, mein Onkel Walter, nicht beherrschen konnte.
Matern: *winkt ab.* Dann – dann, wenn ich mich nicht beherrschen konnte, weil er wieder einmal, oder weil er es nicht lassen konnte, oder weil Eddi – dann sagte ich Itzich zu ihm.
Diskussionsleiter: Wir legen eine Diskussionspause ein, bis das beleidigend gemeinte Wort Itzich ausgewertet ist. *Pause mit leichtem Gemurmel. Walli S. erhebt sich.* Ich bitte um Aufmerksamkeit für unsere Assistentin Walli S.
Walli S.: Itzig, zumeist mit weichem g, doch nicht selten mit hartem ch ausgesprochen, hat sich aus den bei den Juden häufigen Vornamen Isaak und Jizchak entwickelt und findet als verächtliche Bezeichnung der Juden, etwa von der Mitte des neunzehnten Jahrhunderts an Verwendung. Vergleiche auch Gustav Freytag »Soll und Haben«, ferner das erst im zwanzigsten Jahrhundert vom Volksmund geprägte Spottliedchen...
Diskutantenchor: Jude Itzich,
Nase spitzich,
Beine eckich,
Arschloch dreckich.
Diskutant: Aber der als Itzich beschimpfte Freund des Diskussionsgegenstandes war doch dick und rundlich.
Diskussionsleiter: Schimpfnamen werden, das haben wir auf vorangegangenen öffentlichen Diskussionen erfahren können, nicht immer in strenger Logik angewandt; zum Beispiel nennen die Amerikaner alle Deutschen »Krauts«, obgleich nicht alle Deutschen gerne und regelmäßig Sauerkraut essen. Deshalb kann das spitze Wort Itzich auch einen Juden oder – wie in unserem Falle – einen Halbjuden treffen, der zur Körperfülle neigt.
Diskutant: In beiden Fällen haben wir jedoch die Neigung des Diskussionsgegenstandes zu antisemitischen Äußerungen zu notieren.
Matern: Ich protestiere als Mensch und ausgesprochener Philosemit. Denn wenn mich der Zorn auch manchmal zu solch unkontrollierten

Ausbrüchen hingerissen hat; immer nahm ich Eddi in Schutz, wenn andre ihn Itzich schimpften; zum Beispiel, als Sie, Herr Liebenau, unterstützt von Ihrer rotznäsigen Cousine, auf dem Tischlereihof Ihres Vaters meinen Freund grob beschimpften, nur weil er den Hofhund Harras zeichnete, da hab ich mich vor meinen Freund gestellt und Ihre zwar kindischen aber dennoch verletzenden Anwürfe zurückgewiesen.

Diskutant: Der Diskussionsgegenstand hat offensichtlich den Wunsch, die Diskussionsbasis zu verbreitern, indem er Privatgeschichten unseres Diskussionsleiters auftischt.

Diskutant: So spricht er von der Cousine des Diskussionsleiters und nennt sie rotznäsig.

Diskutant: Den Tischlereihof nennt er, auf dem, wie wir wissen, unser Diskussionsleiter aufwuchs und zwischen Holzschuppen und Leimtöpfen eine unbeschwerte Kindheit erlebte.

Diskutant: Desgleichen erwähnt er den zur Tischlerei gehörenden Wachhund Harras, der identisch ist mit jenem vom Diskussionsgegenstand später vergifteten schwarzen Schäferhund Harras.

Diskussionsleiter: Indem sich die Diskussionsleitung genötigt sieht, die zuletzt gegen sie in unfair privater Form vorgetragenen Angriffe nur als Beweis zu werten, wie unbeherrscht der Diskussionsgegenstand zuweilen zu reagieren vermag, gestatten wir uns die Rückfrage: gab es zwischen dem bereits notierten legendären Hund Perkun, der gleichfalls notierten Hündin Senta, die dem Vater des Diskussionsgegenstandes, also dem Müller Matern, gehörte, und dem schwarzen Schäferhund Harras, der dem Vater des Diskussionsleiters, also dem Tischlermeister Liebenau gehörte, eine Verbindung außer dieser, daß einerseits der Müllerssohn Walter Matern und andererseits des Tischlermeisters Sohn Harry Liebenau und seine Cousine Tulla Pokriefke den Freund des Diskussionsgegenstandes als Itzich bezeichneten?

Matern: Oh, ihr einander in den Schwanz beißenden Hundejahre! Am Anfang gab es eine litauische Wölfin. Diese wurde mit einem Schäferhundrüden gekreuzt. Dieser Untat entsprang ein Rüde, dessen Namen kein Stammbaum nennt. Und er, der Namenlose, zeugte Perkun. Und Perkun zeugte Senta …

Diskutantenchor: Und Senta warf Harras …

Matern: Und Harras zeugte Prinz, der heute als Pluto an meiner Seite sein Gnadenbrot kauen darf. Oh, ihr heiser geheulten Hundejahre! Was einem Müller die Mühle bewachte, was einer Tischlerei als Wachhund diente, was sich als Lieblingshund an den Stiefeln Eures Reichsautobahnerbauers rieb, lief mir, einem Antifaschisten zu. Begreift Ihr das Gleichnis? Geht Euch die Rechnung verfluchter Hundejahre siebenstellig auf? Seid Ihr's zufrieden? Habt Ihr noch Worte? Darf Matern gehen mit seinem Hund und ein Bier trinken?

Diskussionsleiter: Wenn uns dieses wichtige Teilergebnis der hier geführten und ihrem Ende zueilenden öffentlichen und dynamischen Diskussion auch zu berechtigtem Stolz Anlaß gibt, wollen wir dennoch nicht vorschnell zufrieden sein. Einige Fäden gilt es noch zu knüpfen. Erinnern wir uns! *Er weist auf die Schultafel.* Der Diskussionsgegenstand tötete viele Tiere...

Diskutant: Er vergiftete einen Hund!

Diskussionsleiter: Und gab dennoch vor...

Diskutant: ... die Tiere zu lieben...

Diskussionsleiter: ... tierliebend zu sein. Vorläufig wissen wir, daß der Diskussionsgegenstand, der sich gerne als Antifaschist und Philosemit bezeichnet, seinen Freund, den Halbjuden Eddi Amsel, einerseits vor den Hänseleien unwissender Kinder schützte und ihn andererseits gelegentlich verletzend beschimpfte, indem er ihn als einen »Itzich« bezeichnete. Wir fragen also:

Diskutantenchor: Matern liebt die Tiere;
liebt Matern auch die Juden?

Matern: *Pathetisch.* Bei Gott und dem Nichts! Man hat den Juden viel Unrecht getan.

Diskutant: Antworten Sie klipp und klar: Lieben Sie die Juden, wie Sie die Tiere lieben, oder lieben Sie die Juden nicht?

Matern: Wir alle haben den Juden großes Unrecht getan.

Diskutant: Das ist allgemein bekannt. Die Statistiken sprechen für sich. Die Wiedergutmachung, ein von uns unlängst behandeltes Diskussionsthema, läuft seit Jahren. Wir aber sprechen vom Heute. Lieben Sie heute oder immer noch nicht?

Matern: Im Notfall würde ich für jeden Juden mit meinem Leben einstehen.

Diskutant: Was versteht der Diskussionsgegenstand unter einem Notfall?

Matern: Zum Beispiel wurde mein Freund Eddi Amsel an einem kalten Januartag von neun SA-Männern zusammengeschlagen, ohne daß ich ihm helfen konnte.

Diskutant: Wie hießen die neun schlagenden SA-Männer?

Matern: *Halblaut.* Als wenn Namen Täter bezeichnen könnten! – *Laut.* Aber bitte: Jochen Sawatzki. Paul Hoppe. Franz Wollschläger. Willy Eggers. Alfons Bublitz. Otto Warnke. Egon Dulleck und Bruno Dulleck.

Diskutantenchor: *Der an den Fingern mitzählte*
Wir zählten nur acht,
wie hieß der neunte?
Neun Schwaben, neun Raben
und neun Symphonien,
die heil'gen neun Könige
sahen wir knien!

Diskussionsleiter: Die Diskutanten haben, obgleich ihnen neun Schlägernamen versprochen wurden, nur acht Namen gezählt. Dürfen wir, um der dynamischen Zwangsdiskussion vorzubeugen, annehmen, daß der Diskussionsgegenstand der neunte Schläger war?

Matern: Nein! Nein! Ihr habt kein Recht...

Walli S.: Wir haben sogar die Erkenntnisbrille! *Sie setzt die Brille auf und nähert sich auf halbe Distanz dem Tempelchen.*

Neun stiegen über den Gartenzaun,
mein Onkel war dabei.
Neun traten nieder den Januarschnee,
mein Onkel im Schnee dabei.
Ein schwarzer Lappen vor jedem Gesicht,
mein Onkel vermummt und dabei.
Neun Fäuste meinten ein zehntes Gesicht,
des Onkels Faust schlug entzwei.
Und als neun Fäuste müde waren,
schlug Onkels Faust noch zu Brei.
Und als alle Zähne gespien waren,
erstickte mein Onkel Geschrei.
Und Itzich Itzich Itzich hieß
des Onkels Litanei.
Neun Männer entwichen über den Zaun,
mein Onkel war dabei! *Walli S. nimmt die Brille ab, kehrt zur Schultafel zurück und zeichnet neun Strichmännchen.*

Diskussionsleiter: So bleiben uns nur noch die Fragen:

Diskutant: Welcher SA-Sturm?

Matern: *straff.* Langfuhr-Nord, vierundachtzig, SA-Brigade sechs.

Diskutant: Wehrte sich Ihr Freund?

Matern: Zuerst wollte er uns Kaffee kochen, aber wir wollten keinen.

Diskutant: Was war also der Zweck Ihres Besuches?

Matern: Einen kleinen Denkzettel wollten wir ihm verabreichen.

Diskutant: Warum hatten Sie Ihre Gesichter vermummt?

Matern: Weil das der Stil ist: Vermummte verabreichen Denkzettel!

Diskutant: In welcher Form verabreichten Sie?

Matern: Wurde das nicht schon festgestellt? – Prügel bekam er, der Itzich! Ei wai, schalle machai! Immer in die Fresse.

Diskutant: Hat Ihr Freund dabei Zähne verloren?

Matern: Alle zweiunddreißig!

Diskutantenchor: Diese Zahl ist uns nicht neu:
zweiunddreißig bleibt sich treu.

Diskussionsleiter: Wir stellen also fest, daß jene mittels der ersten Testfragenserie ermittelte Glücks- und Unglückszahl des Diskussionsgegenstandes gleichlautet wie die Zahl jener Zähne, die seinem Freund Eddi Amsel von neun vermummten SA-Männern, darunter dem Diskussionsgegenstand, ausgeschlagen wurden. Ab jetzt wissen wir, daß es außer dem Fixpunkt »Schwarzer Schäferhund« noch einen weiteren

Fixpunkt gibt, aus dem sich der Diskussionsgegenstand Walter Matern dynamisch ersehen läßt: die Zahl »zweiunddreißig« ! *Walli S. notiert mit Großbuchstaben.* Wieder einmal hat sich die Form der öffentlichen dynamischen Diskussion vollauf bewährt.

Diskutant: Als was dürfen wir den Diskussionsgegenstand abschließend bezeichnen?

Diskussionsleiter: Wie würde sich der Diskussionsgegenstand, so befragt, selber bezeichnen?

Matern: Quasselt, klugscheißt und macht was Ihr wollt! Ich, Matern, war und bin ausgesprochener Antifaschist. Das hab ich bewiesen, zweiunddreißigmal und immer wieder...

Diskussionsleiter: Wir sehen also in dem Diskussionsgegenstand Walter Matern einen Antifaschisten, der Adolf Hitlers Nachlaß, den schwarzen Schäferhund Pluto – vormals Prinz – verköstigt. Darum laßt uns, nachdem sich das Diskussionsergebnis eingestellt hat, Dank sagen und beten: *Die Diskutanten erheben sich und verschränken die Hände.* Oh, großer Lenker und Schöpfer der immerwährenden dynamischen Weltdiskussion, der Du uns einen diskussionsfreudigen Diskussionsgegenstand und ein allgemeingültiges Diskussionsergebnis beschert hast, laß uns nun Dank sagen, indem wir hymnisch hochpreisen zweiunddreißigmal den deutschen schwarzhaarigen Schäferhund. Das war, das ist er:

Diskutantenchor: Ein langgestreckter, stockhaariger mit Stehohren und langer Rute.

Zwei Diskutanten: Einen Fang mit gutschließenden trockenen Lefzen hat er.

Fünf Diskutanten: Dunkle, leicht schrägliegende Augen blicken.

Ein Diskutant: Aufrecht und knapp nach vorn geneigt stehen die Ohren.

Diskutantenchor: Straff der Hals, ohne Wamme und lockere Kehlhaut.

Zwei Diskutanten: Um sechs Zentimeter überragt die Rumpflänge die Schulterhöhe.

Diskutantinnen: Von allen Seiten betrachtet, stehen die Läufe gerade.

Diskutantenchor: Gut schließen die Zehen. Seine lange, leicht abfallende Kruppe. Ordentlich hart die Ballen.

Zwei Diskutanten: Schultern Keulen Sprunggelenke:

Eine Diskutantin: kräftig, gut bemuskelt.

Diskutantenchor: Und jedes einzelne Haar: gerade, fest anliegend, harsch und schwarz.

Fünf Diskutanten: Auch die Unterwolle: schwarz.

Zwei Diskutantinnen: Keine dunkel getönte Wolfsfärbung auf grauem oder gelbem Grund.

Ein Diskutant: Nein, überall, bis in die stehenden, knapp nach vorn geneigten Ohren, auf tiefer gewirbelter Brust, längs den mäßig behosten Keulen, glänzt sein Haar schwarz.

Drei Diskutanten: Regenschirmschwarz, schultafelschwarz, priester-

schwarz, witwenschwarz...
Fünf Diskutanten: schutzstaffelschwarz, falangeschwarz, amselschwarz, othelloschwarz, ruhrschwarz...
Diskutantenchor: veilchenschwarz, tomatenschwarz, zitronenschwarz, mehlschwarz, milchschwarz, schneeschwarz...
Diskussionsleiter: Amen! *Die Diskussion löst sich auf.*

Die fluchtbewegte Hundertunderste Materniade

Diese endgültige Funkfassung einer öffentlichen Diskussion liest Matern in der Funkhauskantine. Aber fünfundzwanzig Minuten später – die Diskutanten haben ihr Schlußgebetchen noch nicht geleiert, schon wird Matern durch Lautsprecheransage zum Aufnahmeraum vier gebeten – verläßt er mit Pluto das nigelnagelneue Funkhaus durch die Glastür. Er will nicht sprechen. Seine Zunge mag nicht. Er meint, Matern ist kein Gegenstand, der öffentlich diskutiert werden darf. Schnüffler und Klugscheißer haben ihm aus beflissenen Diskussionsbeiträgen ein fugenloses Häuschen gebaut, in dem er nicht, nie und keine Sendezeit lang wohnen will; aber ein dickes Honorar, verdient mit beliebter Kinderfunkstimme, steht ihm noch zu. Das Scheinchen, unterschriftengesegnet, darf bei der Kasse vorgelegt werden: bankneu knistern Papiere, kurz bevor er das Funkhaus Köln verläßt.
Am Anfang, als Matern unterwegs war um heimzusuchen, waren ihm der Kölner Hauptbahnhof und der Dom zu Köln ein beredtes Gegenüber gewesen; nun, mit letztem Honorar in der Tasche und abermals reiselustig, gibt er das spannungsgeladene Dreieck Hauptbahnhof – Dom – Funkhaus auf. Matern bricht durch, entzieht sich, flieht.
Und liefert sich Fluchtgründe die Menge: erstens diese widerliche dynamische Diskussion; zweitens hat er vom westdeutschen, kapitalistischen, militaristischen, revanchistischen und von alten Nazis durchsuppten Teilstaat genug, – ihn lockt die aufbauwillige, friedensliebende, nahezu klassenlose, gesunde und ostelbische Deutsche Demokratische Republik; und drittens geht ihm Inge Sawatzki, seitdem sich das Luder vom guten alten Jochen scheiden lassen will, fluchtbewegend auf die Nerven.
Abschied vom gotischen taubenernährenden Doppelzinken. Abschied von der immer noch zugigen Bahnhofshalle. Zeit bleibt, in Kölns heiligem Wartesaal, zwischen Beichtenden und Verstockten, ein Abschiedsbier zu trinken. Knappe Zeit, um in Kölns warmer, fliesengekachelter, streng süß riechender und katholischer Männertoilette ein letztes Wasser abzuschlagen. Oh nein! Keine Sentimentalitäten. Zum Teufel und seinen philosophischen Entsprechungen mit all jenen Namen, die, in emaillierte Buhnen gekritzelt, sein Herz hüpfen, seine Milz schwellen, seine Nieren schmerzen ließen. Ein Phänotyp will abgelöst werden. Ein Stehaufmännchen will sich umbetten. Ein Nachlaßverwalter fühlt sich nicht mehr

verpflichtet. Matern, der das westliche Lager bereiste, zu richten mit schwarzem Hund, zieht um ins östliche Friedenslager ohne Hund: denn Pluto, alias Prinz, gibt er bei der Bahnhofsmission ab. Bei welcher wohl? Zwei machen sich Konkurrenz. Aber die evangelische ist tierliebender als die katholische. Oh, Matern kennt sich aus, mittlerweile, in Religionen und Ideologien: »Bitte, würden Sie so freundlich sein und den Hund für ein halbes Stündchen. Bin Kriegsversehrter. Mein Ausweis. Befinde mich gerade unterwegs. Und wo ich hin will, aus beruflichen Gründen, kann ich den Hund nicht. Der Herrgott wird es Ihnen. Ob ich ein Schlückchen Milchkaffee? Wenn ich zurückkomme, gerne und mit tausend Freuden. Sei schön brav Pluto. Nur auf ein halbes Stündchen!«
Scheiden und Meiden. Drei Kreuze schlagen in eilige Zugluft. Schiffe verbrennen in Gedanken, Worten und Werken. Staub abschütteln im Laufen: Bahnsteig vier. Der Interzonenzug über Düsseldorf, Duisburg, Essen, Dortmund, Hamm, Bielefeld, Hannover, Helmstedt, Magdeburg, nach Berlin-Zoologischer Garten und Berlin-Ostbahnhof steht abfahrtbereit. Bitte die Türen schließen und Vorsicht am Zuge!
Oh, pfeifeschmauchende Gewißheit! Während der Hund Pluto in evangelischer Bahnhofsmission wahrscheinlich seine Milch lappt, fährt Matern hundelos und zweiter Klasse davon. Ohne Halt bis Düsseldorf. Harmlose Augen machen und fremd aussehen; es könnten Sportfreunde, Schützenbrüder, Angehörige der Sawatzkifamilie zusteigen und ihn zum Aussteigen zwingen, durch bloße Anwesenheit. Aber Matern darf sitzenbleiben und seinen wohlbekannten Charakterkopf unverfremdet auf den Schultern tragen. Nicht allzu bequem reist es sich mit sieben Interzonenreisenden im gleichen Coupé. Lauter Friedensfreunde, das hat er schnell raus. Von denen will keiner im Westen bleiben, obgleich der viel goldener als.
Denn jeder hat Verwandte drüben. Drüben ist immer dort, wo man nicht ist. »Der war bis letzten Mai drüben, dann ging er rüber. Die drüben bleiben, wissen schon warum. Und was man drüben alles zurücklassen muß. Hier drüben gibts ja italienisches, bei uns drüben manchmal bulgarisches Tomatenmark.« Gespräche bis hinter Duisburg: gaumig weich quengelig vorsichtig. Nur die eine Oma von drüben räsoniert: »Bei uns drüben gab es ne Zeitlang keinen braunen Zwirn. Na, da hat der Schwiegersohn gesagt: deckt Euch mal ein damit, wer weiß, wann Ihr wieder rüber. Konnt mich hier drüben zuerst nich gewöhnen. Alles so voll. Und die Reklame. Aber als ich dann die Preise. Wollten mich eigentlich hier drüben behalten: Oma bleib doch. Was willste noch drüben, wenn Du hier drüben bei uns. Aber ich sagt ihnen gleich: Fall Euch ja doch bloß zur Last, und bei uns drüben wird jetzt auch langsam besser vielleicht. Junge Leute stellen sich eben schneller um. Als ich letztesmal rüber kam, sagt ich gleich: Na, Ihr habt Euch ja hier drüben gut eingelebt. Da sagt der Mann von meiner Zweiten zu mir: Klar doch Oma. Das drüben war ja kein Leben mehr. Aber an die Wiedervereinigung glauben sie beide nich. Der Chef von meiner

Zweiten, wo erst vor vier Jahre rübergemacht hat, soll gesagt haben: Der Russe und der Ami sind sich im Grunde einig. Aber jeder sagt was anderes. Nich nur bei uns drüben, hier drüben auch. Und jedesmal Weihnachten denk ich: Na, nächste Weihnacht. Und jeden Herbst, wenn ich außem Garten hol und einkoch, sag ich zu meine Schwester Lisbeth, ob wir die Pflaumen auf Weihnacht alle vereint und friedlich? Na diesmal hab ich sie zwei Glas Eingemachtes rübergebracht. Haben sich auch gefreut und gesagt: Schmeckt wie zuhause. Dabei haben die hier drüben alles in Hülle und Fülle. Jeden Sonntag Ananas!«
Diese Musik in Materns Ohren, während draußen ein Film abläuft: Die vollbeschäftigte Industrielandschaft im Zeichen der freien Marktwirtschaft. Ohne Kommentar. Schlote sprechen für sich. Wer will, kann nachzählen. Keiner aus Pappe. Alle gen Himmel. Das Hohelied der Arbeit. Getragen dynamisch ernst; denn mit Hochöfen läßt sich schlecht spaßen. Ecklöhne stehen auf Abruf. Tarifpartner Auge in Auge. Kohlechemie Eisenundstahl Rheinundruhr. – Blick nicht aus dem Fenster, sonst siehst Du Gespenster! Dieser Augenspaß beginnt schon im Kohlenpott und vermehrt sich auf plattem Lande. Ich Raucherabteil quengelt gaumige Musik: »Mein Schwiegersohn drüben sagt, und meine Zweite hier drüben will sich« während sich draußen – Blick nicht aus dem Fenster! – zuerst aus Schrebergärten, folgsam aus Feldern, auf denen maigrün Getreide steht, der Aufstand fortpflanzt. Mobilmachung – Gespensterdynamik – Vogelscheuchenbewegung. Sie rennen, während der Interzonenzug ohne Verspätung fährt. Nicht, daß sie ihn überholen. Kein fahrlässig gespenstisches Aufspringen während der Fahrt. Simples beständiges Rennen. Während die Oma im Raucherabteil sagt: »Ohne meine Schwester wollt ich nich rüber, auch wenn sie zehnmal sagt: Nu mach schon rüber, wer weiß, wielang wir noch dürfen«, reißen sich draußen – Blick nicht aus dem Fenster! – Vogelscheuchen von angestammten Plätzen. Zweckdienlich behängte Kleiderständer verlassen Salatbeete und kniehohen Weizen. Winterlich zugeknöpfte Bohnenstangen starten und nehmen Hürden. Was eben noch weitärmelig Stachelbeeren segnete, sagt Amen und setzt sich in Trab. Doch keine Flucht, eher Stafettenlauf. Nicht ist es so, daß alle davon, ostwärts ins Friedenslager, nach drüben wollen; vielmehr gilt es, hier drüben etwas weiterzutragen, eine Nachricht oder Losung; denn Vogelscheuchen entwurzeln sich ihren Gemüsegärten, übergeben das Stäbchen, darein der entsetzliche Text gerollt liegt, an Scheuchen weiter, die bisher wachsenden Roggen bewachten und nun, da Gemüsescheuchen im Roggen verschnaufen, neben dem Interzonenzug spurten, bis sie auf Scheuchen stoßen, die in gutaufkommender Gerste startbereit die Gespensterpost übernehmen, atemlose Roggenscheuchen entlasten und grobkariert wie bohnenstangengelenkig neben dem Planmäßigen Schritt halten, bis abermals Roggenscheuchen, fischgrätengemusterte, den Stafettenwechsel vollziehen. Eins zwei sechs Scheuchen – denn Mannschaften ringen hier um den Sieg – tragen sechs griffig

gerollte Briefe, ein Original und fünf Kopien – oder ergeben sechs variierte Fassungen den heimtückischen Sinn ein und derselben Botschaft? – welcher Adresse zu? Doch löst kein Zatopek einen Nurmi ab. Kein Sportlerdreß erlaubt Schlüsse: Blauweiß Wersten liegt vorne, aber schon kommen die Unterrather Sportfreunde auf, hängen die Derendorfer Jungs ab, kämpfen Brust an Brust mit Lohhausen nullsieben... Zivil und jeder Mode gerecht, werden hier Distanzen überwunden: unter Velourshüten, Nachthauben und Helmen aller Ordnungen flattern Kutscherröcke, Blüchermäntel und von wem wohl zerbissene Teppiche, greifen Hosenbeine weit aus, die in Galoschen und Schnallenschuhe, Knobelbecher und Jesuslatschen münden. Ein Duffle-Coat löst einen Glasenappschen Freihusaren ab. Allwetterloden gibt ab an Raglanschnitt. Kunstseide an Musselin. Scharlach zu synthetische Faser. Popeline an Fischbein, Nanking und Pikee schicken Brokat und Tüll auf die Reise. Schmetterlingshaube und Trenchcoat fallen zurück. Ein schwerer Ulster zieht an einem windgefüllten Négligé und dem zweiten Empire vorbei. Directoire und Reformzeit geben an zwanziger Jahre und Altfränkisches weiter. Ein echter Gainsborough demonstriert mit dem Fürsten Pückler-Muskau den klassischen Stabwechsel. Balzac kommt wieder auf. Die Suffragetten behaupten sich. Und dann liegt lange Zeit ein Prinzeßröckchen vorn. Oh, Ihr knalligen und gebrochenen Farben: Changierungen Pastelltöne Buntheit! Oh, Ihr Musterungen: Streublümchen und dezenter Streifen. Oh, Ihr Euch ablösenden Tendenzen: die antikisierende wird zur zweckmäßigen, militärische Note schlägt um in legere. Die Taille rückt wieder tiefer. Die Erfindung der Nähmaschine trägt bei zur Demokratisierung der Frauenmode. Krinolinen haben ausgespielt. Aber Makart öffnet alle Truhen und gibt dem Samt und dem Plüsch, den Quasten und Troddeln die Freiheit: seht, wie sie laufen: Blick nicht aus dem Fenster, sonst siehst Du Gespenster! während im Raucherabteil! – Oh, endlose Geschichte! – die Oma von hier drüben und da drüben erzählt, bis westfälische Landschaft beginnender niedersächsischer Landschaft den Stab vogelscheuchenleicht übergibt, damit er von hier drüben nach da drüben gelangt: denn Vogelscheuchen kennen keine Grenzen: parallel zu Matern reist die Vogelscheuchenbotschaft ins Friedenslager, schüttelt den Staub ab, läßt kapitalistischen Roggen hinter sich, wird von klassenbewußten Scheuchen in volkseigenem Hafer ergriffen: von drüben nach drüben ohne Kontrolle und Laufzettel; denn Vogelscheuchen werden nicht, aber Matern wird kontrolliert, desgleichen die Oma, die drüben war und nun wieder nach hier drüben zurückkommt.

Matern möchte aufatmen: Oh, wie anders riechen die Bockwürste im sozialistischen Friedenslager! Fort und verweht ist aller kapitalistischer Currygeruch. Materns Herz sprengt Eisenbänder: Marienborn! Wie schön die Menschen hier sind, sogar die Baracken, Vopos, Blumenkästen und Spucknäpfe. Und wie gutgenährt rot kreuzen sich Fähnchen, füllen sich weitgespannte Spruchbänder. Nach all den schlimmen Jahren, mit

schwarzem Hund am Bein, siegt endlich der Sozialismus. Da möchte Matern, kaum setzt sich der Interzonenzug in Bewegung, mitteilen, wie roterfreut sein Herz ist. Aber wie er spricht und den Frieden im sozialistischen Lager zu loben beginnt, entleert sich sachte und kofferschleppend das Raucherabteil. Der Qualm sei zu dick, im Abteil für Nichtraucher finde sich gewiß noch Platz. Nichts für ungut und angenehme Weiterreise.
Alle Mitreisenden, die nach Oschersleben, Halberstadt und Magdeburg wollen, zuletzt die Oma, die in Magdeburg Anschluß nach Dessau hat, verlassen ihn. Der einsame Matern verfällt dem Eisenbahnschienenrhythmus: Fenster Gespenster, Fenster Gespenster.
Die sind schon wieder botschaftenträchtig unterwegs. Nunmehr in Räuberzivil und Spartakushabit. Streikposten lösen sich ab. Die Sansculotten schnuppern Blut. Sogar in Mischwäldern meint Matern aufständische Proletarier zu erahnen. Wälder spucken Windjackenscheuchen aus. Bäche sind keine Hindernisse. Hecken, im Fluge genommen. Langbeinig über Bodenwellen. Verschluckt, wieder da. Strumpflos in Holzschuhen, phrygisch bemützt. Querfeldeinscheuchen. Waldundwiesenscheuchen. Bauernkriegscheuchen: Bundschuh und Armer Konrad, Landläufer und Erzknappen, Kuttenträger und Wiedertäufer, das Mönchlein Pfeiffer, Hipler und Geyer, die Furie von Allstedt, Mansfeldische und die vom Eichsfeld, Balthaser und Bartel, Krumpf und Velten, auf nach Frankenhausen, wo schon der Regenbogen aus Lumpen und Pracherflebben, aus Leitmotiven und Mordmotiven ... Da wechselt Matern die Aussicht; aber auch auf der Gangseite des Interzonenzuges entsetzt er sich hinter Schiebefenstern an den gleichen, nur eine Richtung kennenden Gespenstern.
Aussteigen! Rauswollen, auf jedem Bahnhof, an dem er nicht hält. Mißtrauen keimt. Jeder Zug fährt woanders hin. Wird mich auch freundlich und wirklich das Friedenslager aufnehmen, wenn diese Lokomotive, vor erste und zweite Klasse, vor meine Wünsche gespannt, endlich Amen sagt? Matern kontrolliert seine Fahrkarte: alles stimmt und ist bezahlt. Was, durch Schiebefenster besehen, draußen passiert, passiert gratis. Wer wird schon, wenn er paar ordinäre Vogelscheuchen laufen sieht, sogleich was Schlimmes denken. Schließlich ist es die volkseigne und zuckerrübenreiche Magdeburger Börde und nicht die kapitalistische Wüste Nevada, die hier von dynamischen Vogelscheuchen durcheilt wird. Außerdem hat es die immer schon gegeben. Er war nicht der erste und wird nicht der letzte sein, der sie dutzendweise aus alten Klamotten und Blumendraht. Aber diese hier – ein Blick aus dem Fenster – könnten von ihm sein. Sein Stil. Seine Erzeugnisse. Eddis geschickte Finger!
Da flieht Matern. Wohin kann man in einem fahrenden Interzonenzug, den links und rechts zumeist verklemmte Schiebefenster durchsichtig machen, fliehen, wenn nicht auf das Örtchen. Sogar scheißen kann er und so seine Flucht motivieren. Entspanne Dich! Sei zuhause. Leg ab alle Furcht; denn die Toilettenfenster aller schnell und langsam fahrenden

Züge werden in der Regel mit Milchglasscheiben verglast. Milchgläserne Fenster verneinen Gespenster. Oh, friedliche Idylle. Heilig beinahe und ähnlich katholisch wie jene Bahnhofstoilette, die Köln ihm bereit hielt, wenn er nach Köln kam und einen stillen Ort suchte. Auch Kritzeleien auf schadhaftem Lack. Das Übliche: Verse, Bekenntnisse, Vorschläge, etwas so oder so zu tun, Namen, ihm unbekannte; denn weder Herz, Milz noch Nieren zucken, solange er individuelle Schriftzüge zu entziffern versucht. Als ihm aber die handgroße und dicht bei dicht gestrichelte Zeichnung ins Auge springt – der schwarze gezeichnete Hund Perkun Senta Harras Prinz Pluto überspringt einen Gartenzaun – läuft dunkel an sein Herz, trübt sich die purpurne Milz, gerinnt ihm der Stoff in den Nieren. Abermals, jetzt vor trefflich gezeichnetem Hund, flieht Matern.
Wohin aber kann man in einem fahrenden Interzonenzug fliehen, wenn man den einzigen Unterschlupf, den milchgläserne Fensterscheiben gegen Gespensterschau sichern, verläßt? Zuerst will er, folgerichtig, in Magdeburg aussteigen, bleibt dann aber, das gebannte Kaninchen, seinem Fahrkartenziel treu und erhofft alle Rettung vom Fluß Elbe. Die Elbe stellt sich quer. Die Elbe ist des Friedenslagers natürliche Barriere. Vogelscheuchende Gespenster, und wer sonst noch unterwegs sein mag, werden am westlichen Elbufer verzagen und ihr Vogelscheuchengeschrei oder sonst ein Geheul gespenstisch gen Himmel schicken, während der Interzonenzug über die immer noch nicht fertig reparierte Elbbrücke enteilen wird.
Wie aber Matern und der inzwischen halbleere Interzonenzug – die meisten Reisenden stiegen in Magdeburg aus – das rettende Ereignis Elbbrücke hinter sich haben, bricht aus dem Schilf des ostelbischen Ufers vermehrtes Unheil: nicht nur beeilen sich die üblichen, wie zwischen Marathon und Athen nachrichtenschwangeren Vogelscheuchen; gleichfalls, mit noch elbnassem Fell, kennt ein tiefschwarz glänzender Hund nur eine Richtung: dem Interzonenzug hinterdrein! Ein Rennen, Brust an Brust, mit jenem, das Friedenslager durchrasenden D-Zug, hebt an. Dem Leichtverspäteten bald voraus, denn der Fahrplanmäßige darf sich, weil der Schienenunterbau des Friedenslagers nachgiebig ist, nicht allzusehr beeilen, fällt das Tier wieder zurück, damit Matern sich sattsehen möge an dieser Schwärze.
Oh, hättest Du doch den Hund Pluto bei der katholischen Bahnhofsmission abgegeben und nicht bei der tierliebenden Konkurrenz! Hättest Du ihm bewährtes Gift verabreicht, oder ein Knüppel, richtig geführt, hätte dem halbblinden Köter Jagdlust und Sprungfreudigkeit genommen. So aber verjüngt sich ein schwarzer Schäferhund zwischen Genthin und Brandenburg um Hundejahre. Bodenwellen verschlucken ihn. Hohlwege speien ihn aus. Zäune sechzehnteln ihn. Schöne gleichmäßige Laufbewegung. Sanftes Aufsetzen. Die kräftige Hinterhand. So springt nur er. Diese Linie vom Widerrist zur mäßig abfallenden Kruppe. Acht – vierundzwanzig – zweiunddreißigbeinig. Pluto kommt auf und führt das

Feld Scheuchen an. Abendsonne umrändert Scherenschnitte. Die zwölfte Armee drängt gen Beelitz. Götterdämmerung. Endestruktur. Wär' eine Kamera da: Schnitt Schnitt! Gespenstertotale! Endsiegtotale! Hundetotale! Aber das Friedenslager darf vom fahrenden Zug aus nicht gefilmt werden. Ungefilmt halten sich die als Vogelscheuchenarmee getarnte Kampfgruppe Wenck und ein Hund namens Perkun Senta Harras Prinz Pluto auf gleicher Höhe mit dem zähneknirschenden Walter Matern hinterm Schiebefenster: Hau ab Hund! Go ahead dog! Weiche Kyon!

Aber erst hinter Werder, vor Potsdam, zwischen unübersichtlicher Seenplatte, und der das Land verschluckenden Dunkelheit verbündet, verlieren sich Vogelscheuchen und Hund. Matern klebt auf dem Kunststoffbelag seines Sitzes zweiter Klasse und starrt auf das gerahmte Foto ihm gegenüber: im Querformat preist sich die zerklüftete Landschaft des Elbsandsteingebirges an. Wanderungen durch die Sächsische Schweiz. Mal was anderes, zumal weder Vogelscheuchen noch Pluto zwischen den Felsen irren. Feste und bequeme, möglichst doppelsohlige Wanderstiefel. Wollene, doch ungestopfte Strümpfe. Rucksack und Wanderkarte. Große Granit-, Gneis- und Quarzvorkommen. Brunies, damals, schrieb sich mit einem Geologen aus Pirna und tauschte mit ihm Glimmergneise und Glimmergranit. Außerdem gibt's Elbsandstein in Mengen. Da willste hin. Da ist es ruhiger. Da überholt Dich nichts von hinten kommend. Da warste noch nie ohne und mit Hund. Man sollte überhaupt nur dahin, wo man noch nie: etwa bis Flurstein und dann den Knotenweg hinauf, über die Ziegenrückstraße zum Polenzblick, eine Felsplatte ohne Geländer, die den herrlichen Blick ins Polenztal gestattet: dort, der Amselgrund führt zum Amselfall und dem Hockstein. Später im Amselgrundschlößchen einkehren. Bin ortsfremd. Matern? Nie gehört. Warum der Amselgrund Amselgrund heißt und der Amselfall Amselfall? Diese Namensgebung hat mit Ihrem gleichnamigen Freund überhaupt nichts. Außerdem gibts hier noch das Amselloch und den Amselstein. Ihre Vergangenheit interessiert uns nicht. Haben andere sozialistische Sorgen. Wir sind am Wiederaufbau der schönen Stadt Dresden beteiligt. Der alte Zwinger aus neuem Elbsandstein. Wir verfertigen Fassadenteile für das Friedenslager in volkseigenen Steinbrüchen. Da vergeht allen und Ihnen das Zähneknirschen. Deshalb zeigen Sie Ihren Personalausweis vor und geben Sie Ihren Laufzettel ab. Vermeiden Sie die Frontstadt West-Berlin. Fahren Sie durch bis Ostbahnhof und besuchen Sie anschließend unser aufbauwilliges Elbsandsteingebirge. Bleiben Sie ruhig sitzen, wenn der Zug auf dem Bahnhof der Kriegshetzer und Revanchisten halten muß. Üben Sie Geduld, bis der Bahnhof Friedrichstraße Sie Willkommen heißt. Steigen Sie nicht Bahnhof Zoo aus, um himmelswillen!

Aber kurz bevor der Interzonenzug im Bahnhof Zoologischer Garten hält, erinnert sich Matern, daß er den üppigen Rest seines Sprecherhonorars bei sich trägt. Unbedingt will er, so im Vorbeigehen, seine DM-West zum günstigen kapitalistischen Kurs in Ostmark, eins zu vier, umtauschen

und dann mit der Stadtbahn das Friedenslager gewinnen. Außerdem muß er sich einen Rasierapparat nebst Klingen, zwei Paar Socken und ein Hemd zum Wechseln kaufen; wer weiß, ob die da drüben das Allernotwendigste gerade auf Lager haben.
Mit solch bescheidenen Wünschen steigt er aus. Mit ihm andere, die gewiß größere Wünsche haben. Familienangehörige begrüßen sich, ohne auf Matern Rücksicht zu nehmen, den keine Familienangehörigen erwarten. So denkt er halbbitter; aber für Materns Empfang ist dennoch gesorgt. Empfang springt ihn an mit Vorderläufen. Mit langer Zunge leckt ihn Empfang. Freudiges Lautgeben. Kujiehnender Jubel. Erkennst Du mich nicht? Liebst Du mich nicht mehr? Hätte ich immer und bis zum Hundetod in dieser miesen Bahnhofsmission bleiben sollen? Darf ich nicht treu sein wie ein Hund?
Jadoch jadoch! Is ja gut, Pluto! Nun hast Du wieder Dein Herrchen. Laß Dich anschauen. Er ist es und ist es nicht. Ein offensichtlich schwarzer Deckrüde hört auf Pluto, aber das Scherengebiß tastet sich lückenlos ab. Weg sind die eisgrauen Inselchen überm Stop, keine Plieraugen mehr. Also wenn's hoch kommt, hat der Hund seine knappen acht Jährchen. Verjüngt und neu. Nur die Hundemarke ist die gleiche geblieben. Ging verloren, ward wiedergefunden; und – wie es auf Bahnhöfen zugeht – da meldet sich schon der ehrliche Finder: »Sie gestatten, ist das Ihr Hund?« Er zieht den Borsalino vom straff gekämmten Haar: ein schmales affektiertes Handtuch, das stockheiser ist und dennoch am Glimmstengel nuckelt: »Das Tierchen lief mir zu und drängte alsdann zum Bahnhof Zoo, worauf es mich durch die Schalterhalle hindurch, die Treppe hinauf zog, hierhin, wo üblicherweise die Fernzüge einlaufen.«
Will er Finderlohn oder sucht er Bekanntschaft? Immer noch mit dem Hut in der Hand, schont er die Stimmbänder nicht: »Ohne aufdringlich erscheinen zu wollen, bin ich beglückt, Ihnen begegnet zu sein. Nennen Sie mich, wie Sie wollen. Hier, in Berlin, nennt man mich zumeist Goldmäulchen. Eine Anspielung auf meine chronische Heiserkeit und jenen hochkarätigen Zahnersatz, den ich im Munde zu tragen gezwungen bin.«
Da ereignet sich in Matern Kassensturz: alle Währungen klingeln durcheinander. Sein Herz, soeben noch rotentzündet, kaschiert Blattgold. Milz und Nieren wiegen dukatenschwer: »Na solch eine Überraschung! Und das auf dem Bahnhof. Ich weiß nicht, worüber ich mehr staunen soll, über meinen wiedergewonnenen Pluto – das Tier ist mir in Köln abhanden gekommen – oder über dieses, ich muß schon sagen, bedeutsame Zusammentreffen.«
»Ganz meinerseits!« – »Und haben wir nicht gemeinsame Bekannte?« – »Sie meinen?« – »Na, die Sawatzkis. Die würden staunen, wenn sie!« – »Ja, dann habe ich wohl – oder täusche ich mich – mit Herrn Matern zu tun?« – »Wie er leibt und lebt. Dieser Zufall muß aber begossen werden.« – »Bin dabei.« – »Welches Lokal schlagen Sie vor?« – »Wie es Ihnen beliebt.« – »Bin hier sozusagen ortsfremd.« – »Dann beginnen wir doch

den kleinen Umtrunk bei der Barfuß.« – »Bin mit allem einverstanden. Doch vorher möchte ich mir – meine Reise fand unvorbereitet statt – ein Hemd zum Wechseln kaufen und einen Rasierapparat. Bei Fuß, Pluto! Schauen Sie nur, wie der Hund sich freut.«

Die hundertzweite feuerfeste Materniade

Hier sehen Sie Gottes Eintänzer mit seinem einzigen Requisit! – Wirbelt der Kerl doch tatsächlich und zwischen gezierten Taubenschritten das Ebenholzstöckchen mit Elfenbeinkrücke. Auf jedem Bahnhof, so auch auf diesem, bekannt und begrüßt: »Halloh Goldmäulchen! Wieder im Lande? Was macht die Liebe?«
Und raucht immerzu und ganz schnell Navy-Cut. Während Matern sich im Bahnhofsinneren – dort hält die Ladenstraße bis spät offen – den lebenswichtigen Rasierapparat und dazugehörende Klingen kauf, raucht das Kerlchen pausenlos und läßt sich, da ihm die Streichhölzer ausgehen, von einem diensttuenden Schupo Feuer geben: »Abend, Herr Wachtmeister!« Der salutiert vor dem flanierenden Raucher.
Und alle Welt zwinkert ihm zu und deutet, so will es Matern schmecken, auf ihn und den verjüngten Hund: Unter Brüdern. Einverständnis. Prima, Goldmäulchen! Da hast Du Dir aber einen sauberen Vogel eingefangen.
Überhaupt Vögel! Wie Matern mit zwei Paar Wollsocken und dem Hemd zum Wechseln zurückkommt, umgeben fünf oder sechs Bubis seinen frischgewonnenen Bekannten. Und was machen sie? Tun zwischen den S-Bahnschaltern und rückwärtigen Schaufenstern der Heine-Buchhandlung albern, umtanzen ihn und sein leichthin taktierendes Ebenholzstöckchen, zwitschern gleich Überlandleitungen, knattern und zirpen Geräuschkulissen, wenden ihre Jäckchen links herum und gleichen, mit dem Futter nach außen, Familienangehörigen jener Vogelscheuchenfamilie, die beiderseits des gerade eingefahrenen Interzonenzuges Stafettenläufe veranstaltete – als hätte sie vorgehabt, noch vor Ankunft des Zuges in Berlin-Zoologischer Garten, eine Nachricht Botschaft Losung bekanntzumachen, abzugeben und laut zu verkünden: »Er kommt! Er kommt! Gleich ist er da und muß sich einen Rasierapparat kaufen und Socken und Hemden zum Wechseln.«
Doch alle Jüngelchen zerstäuben, sobald Matern mit verjüngtem Hund und verschnürten Päckchen an Goldmäulchen herantritt: »Also, gehen wir?«
Dahin ist es nicht weit. Das gibt's heute nicht mehr, liegt aber, da das Trio über die Hardenbergstraße wechselt, dem Aki gegenüber, das heute an anderer Stelle aktuell ist. Nicht ins Kaufhaus Bilka hinein sondern bei Grün über die Joachimstaler, paar Schrittchen die Kantstraße hoch, und hinter dem Sportgeschäft Skihütte spricht überm üblichen Berliner Kindl die Leuchtschrift es aus: ANNA HELENE BARFUSS – die heute hinter himm-

lischer Theke Gläser spült, jetzt aber, da das Trio naht, hinter irdischer Kasse regiert. Das war früher mal ne Kutscherkneipe. Da verkehren nun Verkehrspolizisten nach der Ablösung. Auch Kunstprofessoren vom Steinplatz und Pärchen, bei denen der Film noch nicht angefangen hat. Gelegentlich tauchen Leute auf, die oft den Beruf ändern müssen. Die stehen dann an der Theke und wechseln, zwischen Glas und Glas, das Standbein. Als Zugabe wäre noch eine huschige Tante zu nennen, die unter immer gleichem Hut einen Freitisch wahrnimmt, wofür sie Anna Helene ihre Volksbühnenerlebnisse vom letzten Adamov bis zu Elsa Wagners jüngstem Szenenapplaus rapportieren muß; denn die Barfuß kann das Theater nie wahrnehmen, so anhaltend klingelt bei ihr die Kasse. Und auch hier ist Goldmäulchen bekannt. Seine Bestellung: »Eine heiße Zitrone bitte!« erstaunt niemanden außer Matern: »Wohl wegen dem Hals? Haben sich aber ne schlimme Erkältung eingefangen. Wird eher ein Raucherkatarrh sein. Is ja doll, was Sie sich so zusammenqualmen.«
Dieser Stimme lauscht Goldmäulchen aufmerksam. Es läßt sich durch einen Strohhalm mit heißer Zitrone verbinden. Aber Matern lauschen und Zitrone sückeln sind nur zwei Tätigkeiten; drittens raucht es Zigaretten nacheinander, zündet mit letztem Drittel das neue Stäbchen an, wirft die brennende Kippe hinter sich: und die Barfußen, vom Freitisch her in nacherzählte Theaterhandlung verwickelt, gibt dem Ober mit Augenbrauen ein Zeichen, die Kippe auszutreten, nachdem die Herren zwei Pils, eine heiße Zitrone und drei Bouletten bezahlt haben. Jeder für sich, Matern für den Hund.
Doch das Goldmäulchen und Matern mit frischgewonnenem Pluto haben nicht weit zu laufen: die Joachimstaler hoch, mit Zebrastreifen über den Ku-damm, und Ecke Augsburger in den »Weißen Mohr« hinein. Dort konsumieren sie: Matern zwei Pils und zwei Getreidekorn; Goldmäulchen sückelt eine heiße Zitrone bis zum süßen Bodensatz: dem Hund wird eine Portion frische Blutwurst – hausgemachte! – vorgesetzt. Insgesamt vier Kippen muß der Ober in des Rauchers Rücken austreten. Diesmal kleben sie nicht an der Theke, sondern hängen an Stehbiertischen. Jeder wird dem anderen zum Gegenüber. Und Matern zählt mit, wenn der Ober zum Schweigen bringt, was Goldmäulchen qualmend hinter sich schnipst. »Nun rauchen Sie doch nicht so unvernünftig viel, wenn Sie schon so stockheiser sind.«
Aber der mehrmals ermahnte Raucher vertritt beinahe beiläufig die Meinung, nicht das fleißige Rauchen verursache seine chronische Heiserkeit, viel weiter zurückgedacht, als er noch Nichtraucher war und sich sportlicher Disziplin fügte, habe etwas, ein Jemand, seine Stimmbänder aufgerauht: »Na, Sie erinnern sich gewiß. Anfang Januar kam es dazu.«
Doch so bemüht Matern den Bierrest in seinem Glas schwenkt, er mag sich nicht erinnern: »An was soll ich mich? Wollen mich wohl auf die Schippe? Doch Spaß beiseite, Sie sollten wirklich nicht andauernd. Werden sich noch die Stimme vollkommen. Ober zahlen. Wo geht's denn

jetzt hin?«
Diesmal zahlt Goldmäulchen alles, auch die Blutwurst für den frischgewonnenen Hund. Von Beinevertreten kann natürlich abermals nicht die Rede sein. Einen Ballwurf weit die Augsburger hoch. Begrüßungsszenen, von Mailuft unweht, die es schwer hat, gegen den Currydunst anliegender Imbißstuben lind zu bleiben. Alleinstehende Damen freuen sich, ohne lästig zu fallen: »Goldmäulchen hier, Goldmäulchen da!« und das gleiche Lied bietet die »Paul's-Diele«, wo sie auf Barschemeln sitzen, weil das Rundsofa um den Stammtisch besetzt ist: lauter Fuhrunternehmer mit Begleitung und prozeßlangen Geschichten, die selbst Goldmäulchens gefeierte Ankunft nur kurz zu unterbrechen vermag: nämlich pflichtschuldiges Eingehen auf den Hund. »Meiner – Platz Hasso! – hat schon seine zehn Jährchen.« Fachsimpeln und Neugierde: »Das issen Zuchttier. Wo ham Sie denn Ihren her?« Als sei nicht Matern Hundehalter, sondern jener Raucher, der, über alle Fragen erhaben, die Bestellung aufgibt: »Hopp Hannchen! Ein Tucher-Pils für den Herrn. Mir das Übliche. Und dem Herrn noch einen Getreidekorn. Habt Ihr nicht, dann einen Dornkaat, wenn's recht ist.«
So ist es recht. Nur nicht durcheinander trinken. Vorsicht walten lassen, damit klarer Kopf und ruhige Hand gewährleistet bleiben, falls sich Schwierigkeiten einstellen, man weiß nie.
Matern bekommt sein Gedeck. Das Goldmäulchen sückelt mit Strohhalm das Übliche. Der frischgewonnene und von einem Fuhrunternehmer als Zuchttier bezeichnete Hund wird mit einem Solei bedient, das ihm Hannchen hinter der Bar eigenhändig schält. Der familiäre Ton erlaubt, von Tisch zu Tisch und von der Bar zum Rundtisch Fragen, Antworten und nahezu zweideutige Bemerkungen auszutauschen. So will ein Dreidamentisch nahe dem Windfang wissen, ob das Goldmäulchen aus beruflichen oder privaten Gründen wieder im Lande sei. Der Rundtisch, dessen Hintergrund die Fotos von Catchern und Boxern schmücken, die, zumeist stehend, den Nackengriff oder Schlagabtausch erwarten, erkundigt sich, ohne dem internen Gespräch Ruhe zu gönnen, nach Goldmäulchens Geschäftslage. Ärger mit dem Finanzamt wird erwähnt. Goldmäulchen klagt über zu lange Lieferfristen. »Kunststück, bei Ihren Exportaufträgen!« wird vom Rundsofa gekontert. Was denn die Liebe mache, will Hannchen wissen. Eine Frage, die schon der belebte Bahnhof Zoo stellte, und von Goldmäulchen hier wie dort mit anzüglich rauchzeichnender Zigarette beantwortet wird.
Aber auch in dieser Lokalität, wo alle Bescheid wissen, nur der Neuling Matern nicht, läßt es sich der Raucher nicht nehmen, die Kippen hinter sich zu schnipsen, so oft ihm Matern den Aschenbecher zuschiebt: »Muß ja schon sagen: Manieren haben Sie! Na, die Leute hier kennen wohl Ihre Tour schon. Woll'n Sie nich mal ne Filter? Oder versuchen, mit nem Kaugummi dagegen anzugehn? Is doch nichts als Nervosität. Und das mit dem Hals. Is ja nich meiner. Aber an Ihrer Stelle würd ich zwei Wochen

lang radikal aufhören. Mache mir ernsthaft Sorgen.«
Das hört Goldmäulchen gerne, wenn sich Matern mit so vielen Worten besorgt zeigt. Dennoch erinnert es ihn immer wieder daran, daß seine chronische Heiserkeit nicht vom unmäßigen Rauchen herrührt, sondern genau zu datieren ist: »An einem Januarnachmittag, Jahre zurück. Sie erinnern sich gewiß, lieber Matern. Es lag viel Schnee aufeinander.«
Dem hält Matern entgegen, im Januar liege meistens viel Schnee aufeinander. Das sei eine dumme Ausrede, die nur vom Zigarettenverschleiß ablenken solle, denn sie, die Sargnägel, seien die Wurzel des Halsübels und nicht eine Jahre zurückliegende, winterliche und ganz normale Erkältung.
Die nächste Lage wird vom Rundtisch spendiert, worauf sich Matern veranlaßt sieht, den Fuhrunternehmern nebst Begleitung sieben Machandel – »Da komm ich nämlich her, wo der herkommt!« – servieren zu lassen. »Aus Nickelswalde, und Tiegenhof war unsere Kreisstadt.« Aber trotz aufkommender Stimmung werden das Goldmäulchen, Matern und der frischgewonnene Hund auch in der »Paul's-Diele« nicht alt. So sehr der Damendreiertisch – dessen Besetzung übrigens häufig wechselt – der beständige Fuhrunternehmertisch und das allbeliebte Hannchen zum Bleiben auffordern: »Imma kommen Sie nua auffen Sprung. Und ham schon lang nich ne Jeschichte zum Besten jegeben«, entscheiden sich die Herren fürs »Zahlen!«, was nicht ausschließt, daß das Goldmäulchen – schon steht es mit Matern und dem Hund nahe dem Windfang – eine Geschichte zu bieten hat.
»Äzeeln Se man, wie Se Balletten jemacht ham!«
»Oder aus Ihre Besatzerzeit, als Sie als sojenannter Kulturoffizier.«
»Dufte is ja och die mit die Würma.«
Aber das Goldmäulchen ist diesmal in ganz andere Richtung hin aufgelegt. Zum Rundtisch hin, den Dreiertisch streifend und auch aufs Hannchen bedacht, heisert es Worte, die von den Fuhrunternehmern kopfnikkend verladen werden, gewichtig gewichtig.
»Eine ganz kurze Geschichte, weil wir so glücklich beieinander. Es waren einmal zwei Knaben. Der eine schenkte dem anderen ein wunderschönes Taschenmesser aus Freundschaft. Mit dem geschenkten Taschenmesser machte der beschenkte Knabe dies und das, und einmal ritzte er seinen Oberarm und den Oberarm des aus Freundschaft freigiebigen Knaben mit immer einunddemselben Taschenmesser. So wurden die beiden Knaben Blutsbrüder. Als aber der Knabe, dem das Taschenmesser geschenkt worden war, eines Tages einen Stein in einen Fluß werfen wollte, aber keinen Stein zum Indenflußwerfen fand, warf er das Taschenmesser in den Fluß. Und weg war es für immer.«
Das ist eine Geschichte, die Matern nachdenklich stimmt. Schon sind sie wieder unterwegs: die Augsburger hoch, über die Nürnberger rüber. Schon will der Raucher rechts einbiegen, um der Rankestraße und jemandem, den er Fürst Alexander nennt, einen Besuch abzustatten, da bemerkt

er Materns düstere Nachdenklichkeit und erlaubt sich, ihm und dem frischgewonnenen Hund Auslauf: die Fuggerstraße hoch, quer über den Nollendorfplatz, um dann linksseitig die Bülowstraße zu nehmen. Rauchen kann man auch im Freien.
»Sagen Sie mal.« Das ist Matern: »Diese Taschenmessergeschichte will mir so bekannt vorkommen.«
»Kein Wunder, lieber Freund«, antwortet das heisere Goldmäulchen. »Diese Geschichte ist, sozusagen, eine Lesebuchgeschichte. Die kennt doch jeder. Und selbst die Herren am Rundtisch nickten, weil sie die Geschichte kannten, an den richtigen Stellen.«
Matern vermutet mehr dahinter und bohrt tiefe Löcher, die Sinn und Gehalt des Rätsels fördern sollen: »Und der Symbolgehalt?«
»Ach was! Eine Allerweltsgeschichte! Ich bitte Sie, lieber Freund: zwei Knaben, ein Taschenmesser und ein Fluß. Das ist ein Geschichtchen, das Sie in jedem deutschen Lesebuch finden können. Moralisch und leicht zu behalten.«
Auch wenn ihn die Geschichte, seitdem er beschlossen hat, sie gleichnishaft zu nennen, weniger bedrückt, muß Matern abermals widersprechen: »Sie überschätzen die Qualität deutscher Lesebücher gehörig. Da steht nach wie vor der alte Mist drin. Niemand, der die Jugend mal richtig aufklärt über die Vergangenheit und so weiter. Lauter Lügengeschichten! Nichts als Lügengeschichten.«
Um seine Zigarette herum lächelt Goldmäulchen: »Lieber guter Freund, auch meine Lesebuchgeschichte ist, obgleich durchaus moralisch und leicht zu behalten, gleichfalls eine Lügengeschichte. Schaun Sie her. Der Schluß der Fabel weiß zu berichten: Der Knabe warf das Taschenmesser in den Fluß. Und weg war es für immer. – Was aber habe ich hier? Na! Betrachten Sie es genau. Es ist unansehnlich geworden nach all den Jahren. Na?«
Auf flacher Hand liegt, wie aus der Luft gegriffen, ein verrostetes Taschenmesser. Die Laterne, unter der Matern, der Hund und das Goldmäulchen stehen, beugt sich über den Gegenstand: hatte mal drei Klingen, einen Bohrer, eine Säge und einen Dorn.
»Und Sie meinen, es ist dasselbe, das in Ihrer Geschichte vorkommt?«
Fröhlich und mit dem Ebenholzstöckchen immer zur Kunststückchen bereit, bejaht Goldmäulchen alles: »Das Taschenmesser meiner Lesebuchlügengeschichte! Ich bitte Sie, um alles in der Welt, sagen Sie nichts Nachteiliges mehr über das deutsche Schulbuch. Es ist schlecht und recht. Die meisten Pointen, wie eben die des wiedergefundenen Taschenmessers, hat man weglassen müssen, der unerträglichen und ein noch kindliches Gemüt verletzenden Wahrheit wegen. Aber sie riechen gut, deutsche Lesebücher, moralisch und einprägsam.«
Schon will die »Bülow-Klause« das Trio in den Arm nehmen, schon will das Goldmäulchen das wiedergefundene Taschenmesser der Luft, seiner geräumigen Requisitenkammer zurückgeben, schon sieht eilige Imagi-

nation das Trio am Tresen stehen oder im grünen Salon sitzen, schon schnappt die »Bülow-Klause« nach ihnen, um sie erst gegen Morgengrauen zu entlassen – denn kein Lokal um die Apostelkirche herum versteht es mit besserem Magen, Gäste bei sich zu behalten – da überkommt den Raucher Gönnerlaune.
Während sie über den Damm wechseln, um dann rechts hinauf dem Zwang der Potsdamer Straße zu verfallen, formuliert sich die Goldmäulchen-Gabe-Stiftung-Schenkung: »Passen Sie auf, lieber Freund. Die Nacht – kaum bewölkt und mit verschwenderisch viel Mond versehen – stimmt mich großzügig: nehmen Sie! – Zwar sind wir beide keine Knaben mehr, auch wäre es gefährlich, mit solch rostigen Klingen Oberarme zu ritzen, das hieße, Blutsbrüderschaft zu schließen, nehmen Sie dennoch. Es kommt von Herzen.«
Spät in der Nacht, da der Monat Mai alle Alleen und Friedhöfe, den Tiergarten und den Kleistpark bereichert, bekommt Matern, nachdem er bereits einen verjüngten Hund gewonnen hat, ein schwerwiegendes – und wie er feststellen muß – verklemmtes Taschenmesser geschenkt. Schön ordentlich bedankt er sich, kann aber nicht umhin, als quasi Gegengabe, echte Besorgnis um Goldmäulchens stockheiseren Hals zu äußern: »Mir zum Gefallen. Bin ja kein Unmensch und verlange nichts Unmögliches, aber jede dritte Zigarette sollten Sie sich versagen. Kenn Sie zwar erst knappe paar Stunden, aber trotzdem. Mag Ihnen womöglich lächerlich und aufdringlich vorkommen. Mache mir dennoch ernsthafte Sorgen.«
Was kann es nützen, wenn der Raucher immer wieder die wahre Quelle seiner chronischen Heiserkeit, den kalten Januar nennt, dessen Frost plötzlich in Tauwetter umschlug; Matern spricht weiterhin Zigaretten schuldig, die das Goldmäulchen harmlos und dennoch lebensnotwendig nennt: »Heute nicht, lieber Freund! Ihre Bekanntschaft animiert mich. Aber morgen, ja morgen werden wir enthaltsam leben. Darum laßt uns einkehren. Denn zugegeben: eine heiße Zitrone würde mir und meinem Hals gut tun. Dort, dieser Bretterverschlag, ein gewiß provisorisches Lokal und gleichwohl eine Lokalität, mag uns beide mit Hund erleben. Sie sollen Ihr Bier und Ihr Wässerchen haben; mir wird das Übliche serviert werden; den guten Pluto mögen Bouletten füttern oder Wiener Würstchen, Soleier oder ein Sülzkotelett – die Welt ist ja so reich!«
Welch eine Kulisse! Im Hintergrund dräut der Sportpalast, eine Scheune, deren Weizen schon gedroschen wurde; den Vordergrund füllen, mit Baulücken dazwischen, Bretterbuden, die unterschiedlichem Gewerbe dienen. Die eine verspricht Gelegenheitskäufe. Die zweite sorgt für Schaschlik und Bratwürste nebst unsterblichem Currygeruch. Hier können Damen tagsüber Laufmaschen aufnehmen lassen. Die vierte Bude läßt auf Totogewinn hoffen. Und der siebente aus Barackenteilen zusammengezimmerte Verschlag soll – »Chez Jenny« geheißen – dem Trio zum neuesten Milieu werden.

Aber bevor sie einkehren, festigt sich bei Matern eine Frage, die will nicht in siebenter Bude heraus, die will sich in linder Mailuft entfalten: »Sagen Sie mal, das Taschenmesser – nun gehört es ja mir – wo haben Sie das denn her? Kann mir nämlich nicht vorstellen, daß es sich um das gleiche handeln soll, das der eine Junge – ich meine den aus der Geschichte – in den Fluß geworfen haben soll.«
Schon hakt der Raucher mit elfenbeinerner Spazierstockkrücke den Türgriff – alle Lokalitäten: das Lokal der Anna Helene Barfuß, Lauffersbergers »Weißer Mohr«, die »Paul's-Diele« und beinahe die »Bülow-Klause« klinkte er so auf – schon will sich Jenny, die Wirtin des nicht unbedacht »Chez Jenny« heißenden Lokals auf neue Gäste freuen – sie ahnt, wer kommt und beginnt, Zitronen auszupressen – da fördern Goldmäulchens aufgerauhte Stimmbänder erklärende Worte: »Werden Sie mir folgen können, lieber Freund? Wir sprachen und sprechen vom Taschenmesser. Jedes Taschenmesser ist einmal, ganz am Anfang, neu. Sodann wird jedes Taschenmesser benutzt, entweder als das, was es ist und sein sollte, oder es wird dem eigentlichen Zweck entfremdet und findet als Briefbeschwerer, Gegengewicht oder – in Ermangelung steinerner Wurfgegenstände – als Wurfgegenstand Verwendung. Jedes Taschenmesser geht eines Tages verloren. Es wird gestohlen, vergessen konfisziert oder weggeworfen. Nun besteht aber die Hälfte aller auf dieser Welt vorhandenen Taschenmesser aus gefundenen Messern. Diese wiederum lassen sich einteilen in simpel gefundene und begünstigt wiedergefundene; zu jenen gehört, in der Tat, jenes, das ich fand, um es Ihnen, dem Urtaschenmesserbesitzer auszuliefern. Oder wollen Sie etwa hier, Ecke Pallasstraße-Potsdamer, hier, angesichts des historischen und gegenwärtigen Sportpalastes, hier, bevor uns diese Bretterbude schluckt, behaupten, Sie hätten nie eines besessen, fernerhin, hätten nie eins verloren, vergessen oder weggeworfen, schlußendlich, Sie hätten soeben keines wiedergefunden? – Dabei hatte ich meine Schwierigkeiten, diese kleine Feier des Wiederfindens vorzubereiten. In meiner Lesebuchgeschichte heißt es: Das Taschenmesser fiel in einen Fluß und war weg für immer. ›Immer‹ ist Lüge! Denn es gibt Fische, die fressen Taschenmesser und enden, offenbargemacht, auf dem Küchentisch; ferner gibt es ordinäre Bagger, die fördern alles ans Licht und mithin weggeworfene Taschenmesser; außerdem gibt es den Zufall, doch der war nicht im Spiel. – Jahrelang, um von meinen Mühen zu erzählen, jahrelang, und keine Unkosten bedenkend, machte ich Eingaben um Eingaben, scheute mich nicht, höhere Beamte dieser und jener Flußregulierungskommission zu bestechen, endlich und dank der Nachgiebigkeit polnischer Behörden, erhielt ich die gewünschte Lizenz: in der Wechselmündung – denn das Taschenmesser wurde, wie Sie und ich wissen, in die Weichsel geworfen – förderte ein Bagger, den eine Warschauer zentrale Stelle extra für mich einsetzen ließ, etwa dort das Fundobjekt ans Licht, wo es sich im März oder April des Jahres neunzehnhundertsechsundzwanzig vom Licht verabschiedet hatte: zwischen

den Dörfern Nickelswalde und Schiewenhorst, doch näher dem Nickelswalder Deich gelegen. Welch ein eindeutiger Fund! Dabei hatte ich jahrelang an Schwedens Südküste und im Bottnischen Meerbusen baggern lassen; das Anschwemmungsgebiet der Halbinsel Hela wurde auf meine Kosten und unter meiner Aufsicht um und umgegraben. Wir können also, um das Thema Fundobjekt abzuschließen, mit Grund sagen: Es ist sinnlos, Taschenmesser in Flüsse zu werfen. Jeder Fluß gibt Taschenmesser bedingungslos zurück. Ja, nicht nur Taschenmesser! Genau so sinnlos war es, den sogenannten Nibelungenhort im Rhein zu versenken. Denn käme einer, der an den gehorteten Schätzen dieses unruhigen Volkes ernsthaft interessiert wäre – wie etwa ich am Schicksal des Taschenmessers Anteil nahm – der Nibelungenhort käme ans Licht und – im Gegensatz zum Taschenmesser, dessen rechtmäßiger Besitzer unter den Lebenden weilt – in das zuständige Landesmuseum. – Doch nun genug zwischen Tür und Angel geplaudert. Keinen Dank bitte! Allenfalls Geduld, meinen kleinen Ratschlag zu hören: tragen Sie dem frischgewonnenen Besitz mehr Sorge. Werfen Sie ihn nicht, wie einst in die Weichsel, heut in die Spree; obgleich die Spree Taschenmesser widerstandsloser zurückgibt als jene Weichsel, an der Sie aufwuchsen – man hört's Ihnen heute noch an.«

Und abermals steht Matern, Hund bei Fuß, an einer Theke und hält sich links am Bierglas, rechts am doppelstöckigen Getreidekorn fest. Während er grübelt: Woher weiß er nur, woher hat er nur... spielen das Goldmäulchen und die Wirtin des sonst leeren Lokals eine Begrüßungsszene durch, in der Titel wie »Herzensjenny, Jennytrost und liebste Jenny« verraten, daß die dürre Person hinter der Theke Goldmäulchen mehr bedeutet, als vier Barackenwände fassen können. Solange das welke Gestell in schlottriger Strickjacke halben Zitronen den Saft nimmt, wird Matern versichert, diese Jenny sei eine Silberjenny nebenbei und eine Eiskönigin außerdem: »Dennoch wollen wir sie nicht Angustri nennen, weil dieser, ihr wahrer Name sie melancholisch stimmt und an Bidandengero erinnert, falls Sie von diesem Herrn schon einmal gehört haben sollten.«

Matern, der zuinnerst noch immer mit dem Taschenmesser hadert, weigert sich, sein Erinnerungsvermögen mit unaussprechlichen Zigeunernamen zu belasten und einen dünngetragenen Silberring zu begutachten. Für ihn ist die hochgelobte Jenny – das sieht man doch auf den ersten Blick! – irgendein abgetakeltes Tingeltangelmädchen; eine scharfsinnige Beobachtung, die durch die Ausstattung der Bretterbude bestätigt wird: wenn in der »Paul's-Diele« die Fotos plattnasiger Boxer und Catcher den Bildschmuck ausmachten, hat Jenny ihre Bude mit einem Corps de ballet durchgetanzter Ballettschuhe dekoriert: an der niedrigen Decke baumeln sie blaßrosa, einstsilbern und schwanenseeweiß. Natürlich auch Fotos von dieser oder jener Giselle. Goldmäulchen deutet mit gutunterrichtetem Finger auf Attituden und Arabesquen: »Links unten

die Deege. Immer lyrisch, immer lyrisch! dort Svea Köller, die Skorik, Maria Fris in ihrer ersten großen Rolle: als Dulcinea. Und dort, neben der unglückseligen Leclerq, unsere Jenny Angustri mit ihrem Partner Marcel, der dazumal, als Jenny die Gärtnerstochter tanzte, simpel und einprägsam Fenchel hieß.«
Also ein Künstlerlokal. Man schaut, nach der Vorstellung, noch schnell »Chez Jenny« hinein, trifft, wenn man Glück hat, den kleinen Bredow oder den Reinholm, die Schwestern Vesco, Kläuschen Geitel oder den Ballettfotografen Rama, der den Großteil der hier ausgestellten Fotos retuschierte, denn keinem Hals soll der Krampf angemerkt werden, und jeder Spann will der höchste sein.
Ach, wieviel Ehrgeiz und sekundenlange Schönheit haben diese Spitzenschuhe vertanzt! Nun will das Lokal, trotz Bierhahn und Reidemeister, trotz Mampe-Koem und Stobbes Machandel, nach Kreide, Schweiß und saurem Trikot riechen. Dazu das vergrämte Ziegengesicht hinter der Theke, von dem Goldmäulchen behauptet, daß es die allerbeste und ihm bekömmlichste heiße Zitrone zubereiten könne. Jetzt schon – so begeistert der Raucher sich – nach den ersten süchtigen Schlucken, verbreite sich Linderung in seinem Hals, seine Stimme – als Knabe habe er kirchturmhoch singen können – erinnere sich der zugespitztesten Mozartarien, bald sei es soweit, nur noch wenige Gläser voller jennyheißer Jennyzitrone, und er werde in sich den Engel erwecken und jubeln lassen.
Obgleich Matern Gehör genug hat, Goldmäulchens Stimme einige halbwegs geglättete Töne abzulauschen, muß er abermals seiner Sorge Worte leihen: »Mag ja sein, daß die Zitrone hier besonders gut und von mir aus auch schmackhaft ist. Um so mehr Grund hätten Sie, sich nur an den Saft zu halten und dieses unmäßige, fast möchte ich sagen, zynische Rauchen einzustellen.«
Schon sind sie beim alten Thema: »Rauch nicht so viel, sonst rauchst Du zuviel!« Worauf der Raucher mit geübtem Fingernagel ein frisches Päckchen Navy Cut aufreißt, weder Matern noch der Wirtin Jenny anbietet, sich selbst mit Vorzug bedient und aufs Streichholz verzichtet, indem er dem neuen Stäbchen mit dem Rest des altgedienten Stengels behilflich ist: schnipp! über die Schulter weg fliegt die Kippe auf Dielenbretter, darf dort weiterglimmen, ausglimmen oder Nahrung finden – wer weiß?
Denn diesmal schleicht kein Ober in Goldmäulchens Rücken und tritt mit schiefgelaufenem Absatz auf die nachglühenden Exkremente eines Spezialgastes; so nennt Goldmäulchen seinen nach rückwärts geschnippsten Kippenauswurf: »Diese da, lieber Freund, stellen sozusagen meinen existentiellen Stuhlgang dar. Nichts gegen das Wort und den notwendigen Vorgang überhaupt. Abfälle Abfälle! Sind wir nicht? Oder werden wir nicht? Leben wir etwa nicht von? Schauen Sie, aber bitte ohne Entsetzen, auf dieses Glas heiße Zitrone. Ihnen soll – nicht wahr, liebe Jenny? – ein Geheimnis mitgeteilt werden. Denn was dieses Gläschen voller Üblichem zu Besonderem macht, sind nicht auserwählte Zitronen und Extrawasser:

eine Messerspitze Glimmer, von Glimmergneisen und Glimmergranit gewonnen, wird dem Glas – achten Sie bitte auf die silbrigen Fischchen! – beigemengt, alsdann – ich verrate Ihnen ein Zigeunerrezept – stimmen drei Tropfen kostbar köstliche Essenz, die meine liebe Jenny jederzeit für mich übrig hat, dieses mein Lieblingsgetränk zauberisch, daß es wie Balsam durch meine Kehle rinnt. Sie ahnen es. Sie haben das häßliche und dennoch große Wort auf der Zunge, vermuten ähnliche Essenz in ihrem gelben Bier, wollen sich abwenden, Ekel in beiden Mundwinkeln, und entsetzt schreien: Urin! Urin! Weiberurin! – aber meine Jenny und ich sind es gewohnt, verdächtigt zu werden, eine üble Hexenküche zu führen; doch schon – nicht wahr, Jenny! – ist Ihnen verziehen worden, schon und abermals fügt uns Eintracht unter einen Himmel müdegetanzter Spitzenschuhe, schon und nicht zum letztenmal füllen sich wieder die Gläser: meinem Gast mögen Bier und klares Weizenwasser wohlbekommen; den Hund mögen Bouletten beglücken; mir aber, der ich rauche, damit alle Welt begreift: Seht, er lebt noch, denn er raucht noch! mir, dem an einem Januarnachmittag plötzlich einsetzendes Tauwetter die Stimme aufrauhte, mir dem kein Taschenmesser unauffindbar bleibt, mir, dem Lesebuchgeschichten geläufig sind, wie jene von der anbrennenden Taufgans, wie jene von den milchtrinkenden Aalen, wie jene von den zwölf Rittern ohne Kopf und den zwölf Nonnen ohne Kopf, wie jene hoch moralische Geschichte von den Vogelscheuchen, die alle nach dem Bilde des Menschen erschaffen wurden, mir, dem überlebenden Kettenraucher, der hinter sich wirft, was ihm soeben noch brennend am Munde hing: Exkremente Exkremente! mir, dem Goldmäulchen, das sich als Kind schon zweiunddreißig Goldzähne an Stelle der langweiligen Normalzähne im Munde zu tragen wünschte, also mir, dem Raucher mit den goldenen Zähnen – ein Freund verhalf mir zu diesem Besitz, indem er mich vom natürlich gewachsenen Gebiß erlöste – mir, dem Erlösten, mag heiße Zitrone, der Biotit und Muskovit eine Messerspitze Glimmerspiegelchen spendeten, Zitrone, veredelt mit Jennys Essenz, dieses Glas füllen, damit angestoßen werden kann – worauf wohl? – auf die Freundschaft, auf die immerzu fließende Weichsel, auf alle gehenden und stillstehenden Windmühlen, auf einen schwarzen Lackspangenschuh, der des Dorfschulzen Töchterlein gehörte, auf die Sperlinge – Egnilreps! – über weithinwogenden Weizenfeldern, auf die Leibgrenadiere des zweiten Friedrich von Preußen, der allzu gerne Pfeffer aß, auf den Uniformknopf eines französischen Dragoners, der tief unter der Trinitatiskirche Geschichte bezeugte, auf springende Poggen und zuckende Salamanderschwänze, auf das deutsche Schlagballspiel, nein, auf Deutschland überhaupt, auf Deutschlands Schicksalssoßen und Deutschlands Wolkenklöße, auf den Urpudding und die genudelte Innerlichkeit, desgleichen auf den Storch Adebar, der die Kinder bringt, desgleichen auf den Sensenmann, der die Sanduhr erfunden hat, aber auch auf Adlers Brauhaus und den Zeppelin hoch über den Heinrich-Ehlers-Sportplatz, auf Tischlermeister und Konzertpiani-

sten, auf Malzbonbons und jenen Irrwisch aus Knochenleim, auf Eichentäfelung und Singers Nähmaschinen, auf die städtische Kaffeemühle und hundert rollenträchtige Reclamheftchen, auf Heideggers Sein und Heideggers Zeit, und gleichfalls auf Weiningers Standardwerk, also auf den Gesang und die reine Idee, auf die Einfalt, die Scham und die Würde, auf die Scheu vor und die Erschütterung über, auf die Ehre und die tiefe Erotik, auf Gnade Liebe Humor, auf den Glauben, auf den Eichbaum und das Siegfried-Motiv, auf die Trompete und den SA-Sturm vierundachtzig; also auf den Schneemann jenes Januartages, der mich entließ, damit ich rauchend überlebte: Ich rauche, also bin ich! Auf mich und Dich, Walter, laß uns anstoßen! Ich bin's, also laß uns anstoßen! Du sagst, es brennt; laß uns dennoch anstoßen! Du bist der Meinung, man müßte die Feuerwehr rufen; laß uns ohne Feuerwehr anstoßen! Du sagst, meine Exkremente, die Du Kippen nennst, hätten dieses Asyl erschöpfter Ballettspitzenschuhe, das Du eine Bude schimpfst, in Brand gesteckt; ich bitte Dich, störe den Brand nicht und laß uns endlich anstoßen, damit ich trinken kann: heiße Zitrone, köstlich heiße Zitrone!«
Nun stoßen die Freunde an, während der Fußbodenbrand Fortschritte macht und die Barackenwände zu lecken beginnt. Bierglas und Zitronenglas begegnen einander und klirren gehorsam, während bei zunehmender Hitze jenes Ballett zu Tode gemarterter Spitzenschuhe unter der Decke ein Tänzchen beginnt: échappé croisé, échappé effacé, assemblé assemblé, petits battements sur le cou-de-pied. Welch ein hinreißender Ballettmeister das Feuer sein kann! Aber das wahrhaft beklatschenswerte Wunder bewirkt die heiße Zitrone: Jennys Tropfen und die Messerspitze Glimmerspiegelchen sind wunderbarer Wirkung mächtig: mit milder, ein wenig zu hoher Stimme, eher zu leise und vom ballettfördernden Arbeitsgeräusch des Feuers wortelang übertönt, erzählt Goldmäulchen, das trotz flammenreicher Umgebung vom Zigarettenrauchen nicht lassen will, spannende Lesebuchgeschichten, mit und ohne Pointe. Matern, nicht faul, gibt seinerseits Geschichten zum besten, die einige lückenhafte Goldmäulchengeschichten ergänzen. Auch die Schankwirtin Jenny weiß Geschichten. Um dieses sich gegenseitig unterhaltende Quartett herum – denn der Hund Pluto hört zu – erzählt das Feuer eine Geschichte, die dem Heißluftballett unter der Decke gefällt: das Corps de ballet reagiert mit präzisen Pas de chat, will nicht aufhören mit Wechselfüßchen: pas de bourée, pas de bourée! Und während sich die Fotos voller Attituden und Arabesquen von den unteren Rändern her bräunen; während an der Theke die Goldmäulchengeschichte, von Materniaden unterstützt, in eine zitronenheiße Jennygeschichte mündet; während also Fotos wellen, dann schrumpfen, Geschichten kein Ende finden und das überm Feuer entfesselte Ballett nun schon kühne Glissaden springt, beginnt draußen die Feuerwehr ihre gartenschlauchlange Geschichte mitzuteilen.
Presto! Goldmäulchen muß sich mit seinen Vogelscheuchengeschichten beeilen; Matern sollte seine Hundegeschichten schneller abwickeln;

Jenny täte gut, ihre Glimmergneislegenden, in denen Waldhusaren und Mängische, also Ballertmenger und Ziganken auf Igeljagd gehen, rascher zum abschließenden Fest und Igelschmaus zu führen; denn weder das Goldmäulchen noch die Wirtin und der den Hund als Gleichnis wertende Matern können so schnell erzählen, wie das Feuer das Holz auffrißt. Schon sind Attitude und Arabesque aus starrer Fotopose ins Flammenspiel umgezogen. Schon mischt einfallsreiche Choreografie die Pas assemblés der Spitzentanzgruppe mit den weitausgreifenden Pas jetés männlicher Flämmchen. Mit einem Wort: schon steht die ganze Bude, bis auf ein Stückchen geschichtenversessener Theke, hellauf in Flammen. Darum noch schnell die Geschichte vom Eingreifen der Vogelscheuchen während der Schlacht bei Leuthen. Gleich hinterdrein Materns Geschichte, wie er mit Hilfe der Jungfrau Maria einen schwarzen Hund vergiftete. Die Schwankwirtin Jenny – wie gut ihr das Feuer steht, wie vorteilhaft Hitze die bereits welke Giselle abermals erblühen läßt – eine jäh entzündete Schönheit darf mit raschen glimmerspiegelchenbesetzten Worten erzählen, wie wenige Zutaten eine gewöhnliche heiße Zitrone zu Goldmäulchens Lebenselixier machten. »Erzählt Kinder, erzählt!« begeistert das Goldmäulchen mit immer neuer Zigarette jene Gesellschaft, die nun mit dösendem Hund auf der Theke hockt. »Laßt den Faden nicht abreißen, Kinder! Denn solange wir noch Geschichten erzählen, leben wir. Solange uns etwas einfällt, mit und ohne Pointe, Hundegeschichten, Aalgeschichten, Vogelscheuchengeschichten, Rattengeschichten, Hochwassergeschichten, Rezeptgeschichten, Lügengeschichten und Lesebuchgeschichten, solange uns Geschichten noch zu unterhalten vermögen, vermag keine Hölle uns unterhaltsam sein. Du bist dran, Walter! Erzähle, solang Dir Dein Leben lieb ist!«
Weg das Ballett, und vom prasselnden Beifall abgelöst. Neunschwänzige Flammen wedeln und begatten sich. Barackenholz geht seiner Bestimmung entgegen. Feuerwehr erfüllt ihren Auftrag. Hitze wäre bedrückend, gäbe Matern nicht frostklirrende Januargeschichten zum besten: »Solch kalte Winter gab es eben nur im Osten. Und wenn dort Schnee fiel, dann fiel er richtig und tagelang. Der deckte alles zu, jawohl! Deshalb waren die Schneemänner im Osten auch früher schon größer als die im Westen. Und wenn Tauwetter einsetzte, dann gab es was zu tun, jawohl! Schon meine Vorfahren, die noch Materna hießen, haben am liebsten im Januar, wenn das Eis von Hela bis Weichselmünde trug...«
Oh, Matern versteht es, bei günstiger Beleuchtung weit auszuholen. Das Feuer tischt sich den zweiten Gang auf, speit mürbe genagte Knochen und glühende Nägel von sich, frißt geräuschvoll, lappt auslaufendes Bier, läßt Batterien Flaschen platzen: den Reidemeister und Stobbes Machandel, Steinhägerkrüge und Doppelwacholder, fuseligen Korn und Edeldestillate, Himbeergeist und den milden Bisquit, Weinbrandverschnitt und echten Arrak, Halb und Halb Mampe, das Schimmelgespann, Sherry, Blackberry, Karthäuser und Gin, den schlanken Kümmel, Curacao so süß,

Ettaler Kloster, Husarenkaffee... Spirituosen! welch schönes und die Transzendenz streichelndes Wort. Geist entzündet sich an Geist, während Matern, von weit her, Materniaden an Materniaden reiht: »Das waren nämlich zwei Brüder. Und mit Gregor Materna beginnt die Geschichte im Jahre vierzehnachtacht. Da wurde er nämlich, aus Danzig kommend, in London mit schlechtgewogenem Salz beleidigt. Worauf Blut floß, jawohl! Da kam er zurück und forderte Recht, bekam aber keines. Und machte sogleich Rabbatz vor dem Artushof, wo niemand Waffen tragen durfte, aber er trug und machte Gebrauch davon. Worauf über ihn verhängt wurde die Acht, jawohl! Aber er, nicht faul, suchte sich Kumpane: die Reste jener versprengten Bande, die, unter dem Auge des Fleischergesellen Hans Briger, Brände wie diesen gelegt und Morde verübt hatte: Bobrowski stieß zu ihm und Hildebrand Berwald, um nur einige zu nennen. Drum kurz und gut: bei Subkau passierte dieses, in Elbing gelang jenes, im Ordensland zog er, bei Januarkälte, hin und her, ließ dem Ratmann Martin Rabenwald die Luft ab, um ihn platzvoll mit Blei zu füllen, und spezialisierte sich dann, weil die Kälte nicht nachlassen wollte, aufs Feuerlegen: Langgarten nebst Barbarakirche und kreischendem Barbarahospital gingen in Flammen auf. Die schöne, lustig bemalte Breitgasse legte er nieder. Schlußendlich fing ihn ein und hängte ihn auf: Zantor, der Woiwode zu Posen. Am vierzehnten September, jawohl! fünfzehnnullzwei. Wer aber denkt, nun ist Schluß, der irrt sich und muß verbrennen. Denn nun kommt der Bruder Simon Materna, rächt Gregor Materna und legt, ob Sommer ob Winter dem Land zusetzen, Feuer an Fachwerkhäuser und protzig gegiebelte Getreidespeicher. Im Putziger Winkel unterhält er ein Pech-, Teer- und Schwefellager und beschäftigt über dreihundert Mägde, die alle jungfräulich sein müssen, zum Zwecke des Luntenwickelns. Die Klöster Oliva und Karthaus bezahlt er, damit ihm fleißige Mönche Pechfackeln fertigen. So gerüstet, läßt er Petersiliengasse und Drehergasse zum Himmel hoch brennen. Zwölftausend Schweinswürste, hundertdrei Hammel und siebzehn Ochsen – das Geflügel, Werdergänse und kaschubische Enten, nicht gezählt – läßt er im extra gelegten Feuer rösten und rösche Kruste ansetzen, damit die Armen der Stadt, die Schlucker vom Hakelwerk, die Bresthaften aus dem Heiligengeisthospital, was von Mattenbuden und aus der Jungstadt gehumpelt kommt, gespeist werden können, jawohl! gespeist werden können. Läßt feuerzündgockelrot die Häuser der Patrizier päsern und brutzeln. Im pfeffersackgewürzten Element schmort Nahrhaftes für die Hungrigen und Kranken. Oh, Simon Materna, der hätte, aber sie fingen und hingen ihn, die Welt in Flammen gesetzt, um aller geknechteten Kreatur saftige Braten vom Spieß bescheren zu können. Und von ihm, dem ersten klassenbewußten Feuerwerker, stamme ich ab, jawohl! Der Sozialismus wird siegen, jawohl!«
Dieses Geschrei und bald darauf nicht endenwollendes Gelächter – Goldmäulchen hat ein paar lustige Lesebuchgeschichten vom Stapel gelassen

– mag, von außen gesehen, dem Barackenbrand etwas höllisch Entsetzliches beimengen; denn nicht nur die üblichen und jedem Spukglauben leicht verfallenden Schaulustigen werden vom Grauen gepackt, auch die Westberliner Feuerwehr möchte sich – obgleich gut protestantisch von Hause aus – eilig bekreuzigen. Die nächste Welle Höllengelächter schwemmt alle vier Löschzüge davon. Knappe Zeit lassen sich die behelmten Männer, kostbare Schläuche einzurollen. Den Barackenbrand – merkwürdigerweise will er nicht übergreifen und die gesamte Budenzeile verzehren – läßt die Feuerwehr Barackenbrand sein, fährt mit bekanntem Getöse davon. Und nicht einmal eine Brandwache will sich melden und neben dem Schadenfeuer ausharren, weil jedes Ohr vom Entsetzen gepfropft wird: im Kern des Ofens zechen höllische Gäste, die wechselweise prokommunistische Parolen brüllen, dann viehischem Gelächter verfallen und am Ende einen Tenor auftreten lassen, der höher und heller als Stichflammen und Feuerschein zu singen vermag: Lateinisches, wie es in katholischen Kirchen gesungen wird, entweiht die Potsdamer Straße vom Kontrollratsgebäude bis über die Bülowstraße hinweg. Das hat der Sportpalast noch nicht zu hören bekommen: ein Kyrie, das Funken schlägt, ein Gloria in excelsis Deo, das langfingrigen Flammen das Händchenfalten beibringt. Diese Arien weiß das Goldmäulchen zu bieten. Mit glimmerbesetzter wie zitronenschlanker Stimme glaubt es, während das Feuer den dritten Speisegang hinter sich hat und immer noch hungrig am Dessert knabbert, kindlich und geradeheraus: in unum Deum. Dem anschmiegsamen Sanctus folgt ein Osanna, dem Goldmäulchen echohafte Vielstimmigkeit zu unterlegen weiß. Wie aber im sämigen Andante des Benedictus Höhenrekorde überbietet, kann Matern, dessen Augen allem Rauch widerstanden, die Tränen nicht mehr halten: »Erspare uns das Agnus Dei!« Doch erst der fröhliche Rundgesang fängt Materns Rührung, die auf den Hund und die Wirtin Jenny übergreifen will, mit seidigen Schnupftüchlein auf: das Goldmäulchen singt Dona nobis solange, bis die dankbaren Zuhörer wieder Fassung gewonnen haben und alle Flammen, Flämmchen und Funken schlafen gegangen sind. Ein Amen, vielfach verschlungen, breitet es pianissimo als quasi Bettdecke über verkohltes Gebälk, geschmolzenes Glas und zu Asche ermüdetem Heißluftballett.

Und, selber müde, verlassen sie, über die heilgebliebene Theke hinweg, die entschlafene Brandstätte. Vorsichtig, Schrittchen für Schrittchen, der Hund voran, gewinnen sie die leere, nur von Laternen bewachte Potsdamer Straße. Jenny spricht aus, wie müde sie ist, und will sogleich zu Bett. Gezahlt muß noch werden. Goldmäulchen erklärt sich zum Gastgeber. Jenny möchte alleine nachhause: »Mir tut sowieso keiner was.« Aber die Herren bestehen auf ihrem Schutz. In der Mansteinstraße, gegenüber Leydicke sagen sie sich Gute Nacht. Vor der Haustür meint Jenny, dieses immer übrigbleibende Geschöpf: »Geht endlich auch in die Heia. Ihr alten Bummelanten. Morgen ist auch noch ein Tag.«

Doch den beiden anderen Geschöpfen, die mehr zum Überleben als zum Übrigbleiben neigen, ist die Nacht noch nicht zu Ende. Auch die unsterbliche Kreatur hält sich frisch und aufmerksam auf vier Beinen: »Pluto, bei Fuß!«

Denn da ist noch ein Rest, der will gekostet werden. Während es sich einerseits um ein Restquantum Zigaretten handelt, die, aneinander entzündet, die Yorckstraße hinauf, an der Gedenkbibliothek vorbei ihren Weg gehen wollen, muß andererseits von einem gegenstandslosen Rest gesprochen werden: der sitzt zwischen den Zähnen und macht sie stumpf, alle zweiunddreißig.

Doch dieser Musik ist Goldmäulchen gewogen: »Wie tut es mir wohl, lieber Walter, Dich wieder einmal, wie zu Amsels seligen Zeiten, mit den Zähnen knirschen zu hören.«

Matern hingegen mag sich nicht hören. In seinem Inneren – denn der Knirscher hat ein Inneres – veranstaltet er Ringkämpfe. Über die Zossener Brücke hinweg, längs dem Urban-Hafen, haben sich Catcher im Griff. Weiß der Teufel, wer sich da alles aufs Kreuz legen will! Wahrscheinlich bemüht sich die gesamte Materna-Sippe im Ring: lauter unbesiegte Recken, die nach würdigen Gegnern Ausschau halten. Ist etwa das Goldmäulchen ringfähig? Das redet schon wieder so zynisch daher und raucht auf recht zynische Art alles in Frage stellende Zigaretten. Was im Feuerofen als Credo eindeutig jubilierte, zerfällt, nahe der Admiralbrükke, in mißtönend heisere Wenn und Aber. Nichts ist ihm rein. Und immer alle Werte auf den Kopf gestellt, damit die Hosen in die Kniekehlen rutschen. Sein Lieblingsthema: »Die Preußen im allgemeinen und die Deutschen im besonderen.« Lauter perfide Lobsprüche für dieses Volk, unter dem es zu leiden galt, vor und nach dem Schneemann. Das schickt sich nicht, Goldmäulchen! Selbst wenn es Mai ist und die Knospen knallen: wie kann man in seine Mörder verliebt sein!

Aber auch seine Liebe zu Deutschland windet, man muß nur genau hinhören, zynischen Lorbeer, der wächsernen Begräbniskränzen entwunden wurde. Zum Beispiel streut Goldmäulchen Bekenntnisse über den Landwehrkanal: »Ich habe, Du magst mir glauben, herausgefunden, daß zwischen Etsch und Belt, Maas und Memel, um nur beim Liede zu bleiben, die beste und haltbarste, also niemals wegbleichende Stempelfarbe hergestellt und verwendet wird.«

Mit schon wieder stockheiserer Stimme hängt der Raucher Sentenzen in die krallenbewehrten Räume am Maybach-Ufer. Der von Mundwinkel zu Mundwinkel wandernde Sargnagel spricht mit: »Nein, lieber Walter, Du magst Deinem großen Vaterland noch so sehr grollen – ich jedoch liebe die Deutschen. Ach, wie sind sie geheimnisvoll und erfüllt von gottwohlgefälliger Vergeßlichkeit! So kochen sie ihr Erbsensüppchen auf blauen Gasflammen und denken sich nichts dabei. Zudem werden nirgendwo auf der Welt so braune und so sämige Mehlsoßen zubereitet wie hierzulande.«

Wie sich aber das kaum fließende und schnurgerade kanalisierte Gewässer gabelt – linker Hand will es zum Osthafen; gegenüber grenzt es an den sowjetischen Sektor; rechts hinauf ergibt sich der Neuköllner-Schiffahrtskanal – wie sie nun also mit treuem Hund an bedeutender Stelle stehen – drüben liegt Treptow: wer kennt nicht das Ehrenmal? – leistet sich Goldmäulchen einen Ausspruch, der zwar des gegabelten Kanallaufs würdig ist und dennoch schlimmes Treibgut führt. Matern muß hören: »Gewiß darf man sagen: aus jedem Menschen läßt sich eine Vogelscheuche entwickeln; denn schließlich wird, das sollten wir nie vergessen, die Vogelscheuche nach dem Bild des Menschen erschaffen. Aber unter allen Völkern, die als Vogelscheuchenarsenale dahinleben, ist es mit Vorzug das deutsche Volk, das, mehr noch als das jüdische, alles Zeug in sich hat, der Welt eines Tages die Urvogelscheuche zu schenken.«
Kein Wort verläßt Matern. Auch die schon wachen Vögelchen stellen sich wieder schlafend. Das übliche Zähneknirschen kommt auf. Planloses Suchen mit dem Schuh auf plattem Pflaster: Kein Stein da. Womit soll ich? Nirgends ein Zellack. Etwa die Hemden und Socken zum Wechseln? Den Rasierapparat ließ ich in jener verräucherten Bude. Da muß ich wohl. Oder ich hau ab, rüber in den Sektor. Wollte ich sowieso und kleb immer noch hier. Da werde ich...
Und schon wirft er die geschlossene Hand hinter sich, holt aus von weit her: welch schöne kraftvolle Werferpose! Goldmäulchen hat seine Freude an ausgewogener Bewegung. Pluto spannt. Und Matern wirft – na was wohl? – das wiedergefundene Taschenmesser weit von sich. Was die Weichsel, nicht ohne Gegenwehr, hergab, gibt er dem Berliner Landwehrkanal, wo er sich gabelt. Aber kaum ist das Taschenmesser bei üblichem Aufspritzen und, wie es scheint, für immer verschwunden, ist das Goldmäulchen mit wohlmeinendem Rat zu Stelle: »Nun, lieber Walter, mach Dir keine Sorgen. Das ist eine Kleinigkeit für mich. Das als Fundort in Frage kommende Kanalstück wird man trocken legen. Die Strömung ist hier gering. In knapp vierzehn Tagen wirst Du Dein gutes altes Taschenmesser wiederhaben. – Du weißt, es machte uns zu Blutsbrüdern.«
Oh Ohnmacht, die Eier brütet, aus denen die Wut schlüpfen wird: nackt und nicht flaumig! Walter entläßt ein Wort. Oh menschliche Wut, die immer nach Worten sucht, und am Ende eins findet! Matern lanciert ein einziges zielendes treffendes Wort. Wut, menschliche, die nie genug hat und Wiederholungen als Steigerungen türmt! Mehrmals hintereinander das Wort. Der Hund steht. Der Kanal gabelt sich. Goldmäulchen versäumt, Feuer von nahezu abgebrannter Zigarette zu nehmen. Leitmotiv schlüpft ins Mordmotiv. Matern zielt und sagt: »ITZICH!«
Endgültig erwachen die Sperlinge. Oh, schöner linder anbrechender Maimorgen unter zweigeteiltem Himmel. Oh Nacht, vorbei und Tag noch nicht da. Oh Zwischenstunde, da das Wort »Itzich« ausgesprochen wird, nicht zu Boden fallen mag, schweben will, noch ein Weilchen.

Zu Boden sinkt Matern. Er hat sich übernommen. War auch zuviel: »Zuerst die Interzonenreise mit allem Drum und Dran. Dann die Zechtour von Kneipe zu Kneipe. Der Luftwechsel. Die Wiedersehensfreude. Jeder hält das nicht aus. Jede Erklärung trifft nur die Umstände. Jedes Wort ist zuviel. Mach mit mir, was Du willst!«
Also winkt Goldmäulchens Ebenholzstock ein Taxi herbei: »Flugplatz Tempelhof. Abflug bitte. Dieser Herr dort, der Hund und ich haben es eilig. Wir wollen die erste Maschine nach Hannover nehmen. Es gilt einen Betrieb zu besichtigen, der unter Tage liegt: die Firma Brauxel & Co. Ist Ihnen die ein Begriff?«

Die hundertdritte und tiefunterste Materniade

Wer unter Tage reisen will, soll Anlauf nehmen durch die Lüfte: also mit British European Airways bis Hannover-Langenfeld. Die Reststrecke über platte Tagesoberfläche verringert der betriebseigene Wagen: vorbei an Kühen und Baustellen, von Umleitungen und Zubringern geführt, durch maigrüne und dennoch blasse Landschaft. Von weither betrachtenswert klebt das Ziel am Horizont: der kegelförmige Versatzberg, die backsteinroten Kästen; das Labor, die Kaue, das Kesselhaus, die Verwaltung, das Lager – und über allen Dächern, den Versatzberg samt Kippvorrichtung überschauend: der vogelstelzige Förderturm.
Wer mag noch Kathedralen bauen, wenn solche Kulisse den Himmel stützt! Es ist die Firma Brauxel & Co., die, obgleich eingetragen beim Kaliverein-Hannover und dem dort ansässigen Bergamt verantwortlich, keine Tonne Kali mehr fördert und dennoch in drei Schichten einfahren läßt: den Obersteiger, den Schichtsteiger, die Reviersteiger, die Wettermänner und verbrieften Hauer und Knappen, insgesamt hundertzweiundachtzig Bergleute.
Und der dort als erster dem betriebseigenen BMW entsteigt, soll, solange die Seilscheiben im Förderturm Seilfahrt betreiben, nicht mehr Goldmäulchen genannt werden, sondern »Herr Direktor« oder »Herr Brauxel«; so spricht der Chauffeur, so spricht der Pförtner.
Und jener, der hinter Brauxel den betriebseigenen Wagen verläßt, ist immer noch nicht Matern, ist vielmehr ein schwarzer ausgewachsener Schäferhund, den beide, Brauxel und der endlich aussteigende Matern, Pluto rufen.
Wie sie aber durch das schmiedeeiserne Werktor treten, das noch in kalifördernden Zeiten gefügt wurde, zieht der Pförtner, den Herrn Direktor Brauxel grüßend, seine Mütze. Daraufhin muß Matern, dem eine wunderreiche und an wundersamen Gesprächen nicht arme Nacht, dem ein wunderbar heiterer Flug durch den Luftkorridor Berlin – Hannover das angeborene Staunenkönnen nicht genommen haben, die Frage stellen: »Wie kommt es, daß der hier beschäftigte Pförtner so fatal meinem

Vater, dem Müller Anton Matern, gleicht?«
Hierauf weiß der Bergwerksdirektor Brauxel, der seinen Gast sogleich zur Steigerkaue führt und den Hund Pluto bei Fuß pfeift, als gehöre er ihm, die endgültige Antwort: »Der Pförtner Anton Matern gleicht nicht dem Müller Matern, er ist der Müller, er ist der Vater.«
Worauf Matern, der gleichfalls, doch ohne Erfolg, den Hund Pluto bei Fuß pfeift, den dunklen aber klingenden Schluß zieht: »Jeder Vater wird jedem Sohn am Ende zum Pförtner.«
Hierauf legt der Aufseher der Steigerkaue Matern ein Papier vor, das unterschrieben werden muß. Denn laut Bergpolizeiverordnung müssen bergfremde Personen, die, zwecks Betriebsbesichtigung, eine Seilfahrt nach Untertage antreten wollen, diese Absicht durch ihre Unterschrift bekräftigen. Matern unterschreibt, wird in eine Badekoje geführt, wo er neben trockener Wanne seine Reisekleidung ablegen und helles Drillichzeug, Wollsocken, klobige Schnürschuhe, ein wollenes Halstuch anlegen und einen mäßig sitzenden Schutzhelm, der gelblackiert und neu ist, aufsetzen soll. Er zieht sich um, Stück für Stück, und fragt durch die Wand zur Nebenkoje den Bergwerksdirektor Brauxel: »Wo ist eigentlich Pluto geblieben?«
Und Brauxel, der, obgleich Direktor, auch Stück für Stück seine Reisekleidung ablegen und zünftige Kluft anziehen muß, antwortet durch die gleiche Wand: »Pluto ist bei mir. Wo sollte er sonst sein!«
Und es verlassen Brauxel und Matern, gefolgt von Pluto, die Steigerkaue. Beide tragen in linker Hand Karbidlampen. Dieses Geleucht, desgleichen das Drillichzeug und der zweimal gelbe Schutzhelm verwischen die Unterschiede zwischen Bergwerksdirektor und bergfremder Person. Doch wie sie den Weg am Verwaltungsgebäude entlang nehmen, tritt ein kleiner buckliger Herr, den Ärmelschoner zum Prokuristen stempeln, aus dem Portal und nötigt die Gleichgekleideten, Rast einzulegen. Brauxel, von dem vermeintlichen Prokuristen aufgefordert, hat einige Unterschriften zu leisten, die während seiner Abwesenheit fällig wurden. Der Prokurist freut sich, den Herrn Matern junior kennenzulernen und gibt mit dem Gruß »Glück auf!« den Weg zum Förderturm frei.
Und beide, Matern und Brauxel, vom Hund gefolgt, überqueren das Betriebsgelände, auf dem Mengen vernagelter Kisten von Bulldozern mit vormontiertem Stapelgerät hinundher transportiert werden; aber kein Kali lagert, weder abgefüllt noch in Großraumbehältern.
Und wie sie den Fuß des Förderturmes erreichen und Brauxel als erster die Eisentreppe zur Hängebank nehmen will, stellt Matern die Frage: »Soll etwa der Hund auch nach unten?« Brauxel macht keinen Scherz, wenn er sagt: »Jeder Hund kommt von unten und muß wieder einfahren, am Ende.«
Matern hat Bedenken: » »Das Tier war noch nie Untertage.«
Worauf Brauxel bestimmt: »Der Hund ist werkseigen und wird sich gewöhnen müssen.«

Diesen Verlust – denn Matern war vor Stunden noch Hundebesitzer – kann er nicht hinnehmen: »Das ist mein Hund. Bei Fuß, Pluto!« Aber Brauxel pfeift, und der schwarze Schäferhund nimmt vor ihnen die Treppe zur Hängebank, die auf halber Höhe des Fördergerüstes aufgesattelt ist. Zugig ist es auf dem Plattenboden. Von schräg unten bringt die Fördermaschine über die Koepescheibe die Seilscheiben über ihnen in Umlauf: Ober- und Unterseil spannen und lassen die Seilfahrt nur ahnen. Wie aber Glockenschläge – viermal das Ankündigungssignal »Langsam fahren!« – den vom Füllort aufkommenden Korb ansagen, will Matern einen Vorschlag machen, bevor es zu spät ist: »Wie wäre es, wenn wir Pluto hier auf der Hängebank ließen. Wer weiß, wie er das verträgt, so rasch runter, und unten soll es ja höllisch heiß sein.«
Erst, wie sie schon den Förderkorb beschweren – Pluto hält sich zwischen Brauxel und Matern – findet sich der Bergwerksdirektor zu einer Antwort bereit. Gitter verschließen das Abzugsgerüst. Der Anschläger löst mit drei Schlägen das »Hängen!«, mit fünf Schlägen die »Seilfahrt!« aus, und Brauxel sagt: »Jede Hölle hat ihr Klima. Der Hund wird sich gewöhnen müssen.«
Da ist schon das letzte Tageslicht oben geblieben. Mit der Seilfahrt vom Plattenboden – fünfunddreißig Meter über der Tagesoberfläche – zum Füllort auf der Hauptfördersohle – achthundertfünfzig Meter unter der Tagesoberfläche – beginnt die offizielle Betriebsbesichtigung, veranstaltet für den Reisenden Walter Matern, damit er sich bilde an Ort und Stelle. Und es wird ihm angeraten, den Mund zu öffnen und gleichmäßig zu atmen. Ohrendruck wird durch die Seilfahrtgeschwindigkeit, der leicht brenzliche Geruch durch die Reibung des fallenden Korbes an den Spurlatten der Schachtförderanlage erklärt. Zugluft von unten fingert immer südlicher und findet ins Drillichzeug, durch Hosenbeine. Matern will bemerkt haben, daß Pluto zittert; aber Brauxel meint, jedermann zittere, der in knapp einer Minute so tief zu fallen habe.
Und ehe sie noch den Füllort erreichen, klärt er Matern auf, damit er sich bilde, über Förderleistungen kalifördernder Zeiten und solche, auf die die Firma Brauxel & Co. zurückblicken kann. Die Worte Todlast und Nutzlast fallen mit ihnen fünfzehn Meter in der Sekunde. Während gleicher Seilfahrtgeschwindigkeit wird von Beschickpausen und Seilprüfungen gesprochen: sieben mal zweiunddreißig Drähte und eine mit Sisal-Hanfgarn umsponnene Stahleinlage bilden das Förderseil. Äußere Drahtlokkerung, die den Seilkern überbelastet, schraubenartige Formveränderungen, die sogenannten Klanken und herausgesprungene Litzen sind die Hauptgründe der allerdings selten vorkommenden Seilbrüche. Nicht zu vergessen ist der Rostfraß, der seine Kerben nagt, auch während das Seil läuft. Deshalb muß Schmiere, aber säurefreie Schmiere, das Seil, und zwar das trockene, und niemals darf Schmiere das Seil in aller Länge, sondern jeweils nur hundert Meter, damit nicht frische Schmiere auf die Koepescheibe gelangt, denn das Seil, an dem wir fallen, ist die Seele des

ganzen Betriebes, das Ja und Amen, es bringt ans Tageslicht und entführt nach Untertage, darum wehe, wenn es.
So bleibt Matern keine Muße, dem üblichen, schon bei ordinärer Fahrstuhlfahrt beobachteten Magenkitzeln Aufmerksamkeit zu schenken. Druck auf die Schläfen und Quellaugen bleiben unregistriert, weil Brauxel ihm die Schachtanlage von der Seilscheibenüberdachung bis zur Unterseilbucht und dem sogenannten Schachtsumpf schematisiert.
Und der Anschläger beendet mit vier ankündigenden Schlägen und dem haltgebietenden Einzelschlag jene Lektion, die Brauxel dem bergfremden Matern in knapp einer Minute einzutrichtern vermochte; so sehr steigert der am Seile hängende Fall des Menschen Gabe: aufzunehmen und beizubehalten.
Also Licht, elektrisches, hält der Füllort bereit. Und wie sie die Fördersohle, der Hund Pluto voran, betreten, erwidern sie das »Glück auf!« des Reviersteigers Wernicke, der, laut Weisung von Übertage, die Versatzsohle, wo es die Wettertüren zu kontrollieren galt, verließ, um dem bergfremden Matern ein Grubenbild zu geben.
Doch Brauxel, dem alle leergeschrappten Firstenkammern, Teilsohlen, Kammerhälse und Blindschächte vertraut sind wie jene verwinkelte Altstadt, in der er zur Schule gegangen, mahnt den Reviersteiger: »Aber nicht abschweifen, Wernicke! Beginnen Sie, wie es hierzulande üblich ist, mit einer Schilderung der Situation nach fünfundvierzig und kommen Sie dann zur Hauptsache, nämlich zur Einstellung der Kaliförderung und zum Beginn der Förderung von Fertigprodukten, versehen mit dem Warenzeichen der Firma Brauxel & Co.«
So ermahnt und vom dreigleisigen Förderbetrieb am Füllort unterstützt, beginnt der Reviersteiger das Grubenbild zu entwerfen: »Nach fünfundvierzig also, wie schon der Herr Direktor sagte, waren uns nur ganze neununddreißig Prozent der Vorkriegskaliproduktion geblieben. Der Rest, und ich muß sagen, die seinerzeit modernsten und größten Kaliwerke standen dem sowjetisch besetzten Mitteldeutschland zur Verfügung. Aber wenn es auch anfangs ungünstig für uns aussah, Mitte dreiundfünfzig hatten wir die ostzonale Produktion schon überflügelt, obgleich unser Werk zu diesem Zeitpunkt den Kaliabbau bereits eingestellt hatte und in Fertigprodukte machte. Um aber auf die Kaliförderung zurückzukommen: Wir hatten hier mit Salzvorkommen zu tun, die sich, abgebaut im Werk Salzdetfurth, vom Ostteil des Hildesheimer Waldes über Groß-Giesen, wo wir abbauten, bis nach Hasede, Himmelsthür, Emmerke und Sarstedt erstrecken. Das sind Salzschichten, die normalerweise in dreitausend Meter Tiefe liegen, hier aber zu Sätteln aufgepreßt sind, die nur von der darüber liegenden Buntsandsteinschicht abgedeckt werden. Wir hier hatten mit einer Gerechtsame in Richtung Sattelachse von rund neunzehn Kilometern zu rechnen, davon wurden, bis die Firma Brauxel & Co. die Kaliförderung einstellte, etwa sechskommafünf Kilometer durch Grubenbaue erschlossen. Unser Werk verfügt über zwei

Schächte, die drei Kilometer voneinander entfernt zur Achthundertfünfzigmetersohle, der Hauptfördersohle führen. Beide Schächte, der eine als Förderschacht, Seilfahrtschacht und Wetterschacht, der andere als ausziehender Wetterschacht – sind horizontal auf vier Hauptsohlen verbunden. Auf diesen Sohlen sind die Strecken zu den Firstenkammern vorgetrieben. Früher war die Siebenhundertvierunddreißigmetersohle Hauptfördersohle. Dort wurde das ergiebige Lager Ronneberg, zumeist vierundzwanzigprozentiger Sylvinit und knapp vierzehnprozentiger Carnallitit in einer Mächtigkeit bis zu zwanzig Metern abgebaut. Als die Bohr- und Schießarbeit am Reservelager Staßfurt begann, übernahm im Februar zweiundfünfzig die Wintershall AG die Burbach-Kaliwerke, und unser Werk wurde, weil das Lager Staßfurt angeblich zu geringe Mächtigkeit aufwies, an die Firma Brauxel & Co. zuerst verpachtet, dann überschrieben. Aber der Großteil der Belegschaft blieb dennoch beim Werk, weil uns, außer dem Gedinge und der steuerfreien Bergmannsprämie von zwo Mark fünfzig pro Schicht, eine zusätzliche Entschädigung für bergfremde Tätigkeit versprochen wurde. Aber erst ab Juni dreiundfünfzig, nachdem wir das Werk zwei Wochen lang bestreikt hatten, wird diese Prämie regelmäßig ausgezahlt. Zu erwähnen wäre noch, daß ein werkseigenes Kesselhaus, mit angeschlossenem Dampfturbinen- und Schaltwerk, uns mit Kraftstrom und Wärme versorgt. Von den achtundsechzig seinerzeit nur teilweise leergeschrappten Firstenkammern mußten sechsunddreißig aus Sicherheitsgründen mit Versatz aufgefüllt werden, die restlichen zweiunddreißig Kammern wurden nach wochenlanger Prüfung durch die zuständige Bergpolizei vom Bergamt für die Betriebszwecke der Firma Brauxel & Co. freigegeben. Wenn es uns gelernten Bergleuten auch anfangs schwer fiel, auf den gewohnten Abbau der Firstenkammern, auf das Bedienen der Rollöcher, Schrapperkästen und Schüttelrutschen zu verzichten, haben wir uns trotzdem an die neuen und wie wir zuerst meinten, bergfremden Arbeitsbedingungen gewöhnt, zumal wir, dank Herrn Brauxels unnachgiebiger Haltung dem zuständigen Bergamt gegenüber, der Knappschaft angeschlossen blieben.«

Hierauf sagt Brauxel, der Bergwerksdirektor: »Schon gut, Wernicke! Und niemand soll es wagen, Kali, Kohle und Erz über unsere Fertigprodukte zu stellen. Was wir ans Tageslicht fördern, kann sich sehen lassen von allen Seiten!«

Weil aber der bergfremde Reisende Walter Matern die Frage stellt, warum es am Füllort so rieche und wonach, woher es rieche, was ferner insgesamt den Geruch mische, müssen der Bergwerksdirektor und der Reviersteiger einräumen, daß es noch immer vorherrschend nach kalifördernden Zeiten riecht: »Es mischt sich der Dunst gesättigter Steinsalzlauge, wie ihn feuchter Versatz ausscheidet, mit dem erdigen Geruch des Buntsandsteines und den hängengebliebenen Schießschwaden, die salpeterhaltig sind, weil einst Gelatine-Donarit beim Aufschießen der Firste verwendet wurde. Ferner schwängern Schwefelverbindungen, die sich

aus Algen und Meereskleingetier umsetzten, gemischt mit dem Ozon der Funkenbildung elektrischer Fahrdrahtlokomotiven, die Wetter auf allen Sohlen und in den Firstenkammern. Weitere Bestandteile des Geruches sind: wandernder und lagernder Salzstaub, Karbidschwaden, vom Geleucht herrührend, Kohlendioxydspuren, verdecktes Staufferfett riecht und – wenn die Wetterführung zu wünschen übrig läßt – kann erahnt werden, welches Bier hier während kalifördernder Zeit getrunken wurde und in Zeiten, da Brauxels Fertigprodukte gefördert werden, immer noch getrunken wird: Herrenhäuser Pilsner, das Flaschenbier mit dem Niedersachsenroß-Etikett.«
Und der bergfremde Matern, belehrt über den vorherrschenden Geruch auf allen gutbewetterten Strecken und in matt bewetterten Kammern, findet, daß es nicht nur streng riecht, daß es auch drückend warm von der Hauptfördersohle zum Füllort weht, obgleich Übertage frische Mailuft in Mengen vorrätig ist.
Wie sie sich aber aufmachen, den Hund Pluto nicht zurücklassen, sich mittels der Elektro-Draisine zuerst horizontal auf der Fördersohle vorwärts bewegen, sodann mit steiler Seilauffahrt die Versatzsohle – sechshundertdreißig Meter unter Tage – gewinnen, geraten sie in schwülen Augustmief, deren Inhalt obenauf Salzlauge, darunter Schwefelverbindungen und ganz unten uralte Schießschwaden und neuester Fahrdrahtozon ausmachen. Der Schweiß trocknet schneller weg, als er ausbricht.
Da sagt Matern: »Das ist ja die Hölle hier!«
Aber der Reviersteiger Wernicke verbessert ihn: »Hier werden lediglich die zur Verarbeitung bestimmten Materialien präpariert. Das heißt, in der, laut Programm unserer Werkbesichtigung, ersten Firstenkammer werden die von Übertage angeforderten Neustoffe, wie wir es nennen, verunglimpft.«
Und sie betreten, der Hund voran, die erste Firstenkammer durch den engen Kammerhals. Da tut sich eine Halle auf, kirchenschiffgroß. Salzschichten – oben das Hangende, seitlich das Anstehende, unten das Liegende – laufen von sauber halbierten Bohrlöchern gezeichnet, gegen die Stirnwand der Kammer, die einen Altarraum vermuten läßt, in solch sakraler Entrücktheit ragt sie. Aber nur großräumige Wannen, auf jeder Seite sechzehn, reihen sich, vom verengten Kammerhals bis zum Firstenstoß, in Betthöhe, und lassen in der Mitte Raum für einen Bestellweg, den Hinrich Schrötter, einst Schießhauer, mit langer, vorne gelöffelter Stange bestellt.
Und der Besteller aller Laugenbäder in erster Firstenkammer unterrichtet den bergfremden Matern: »Wir verarbeiten in der Hauptsache Baumwolle, Zellwolle, Popeline, Köper und Kattun, schnell einspringende Flanelle, desgleichen Trikot, Taft und Tüll, aber auch Kunst- wie Rohseide, kürzlich einen größeren Posten Waschsamt und zwölf Ballen Moiré, gelegentlich sind auch kleine bis mittlere Kontingente Kaschmir, Batist und Chiffon als Meterware gefragt. Heute befinden sich seit Beginn der

Nachtschicht acht Ballen irisches Leinen, das ungelaugt einszwanzig breit liegt, im ersten Zustand der Verunglimpfung, ebenfalls ein Posten Felle, zumeist Fohlen, Persianerklaue und Kapziege, und in den drei letzten Wannen, oben links, sind einige Brokate, desgleichen ein Sortiment Brüsseler Spitzen, sowie kleinere Mengen Pikee, Crêpe de Chine und Wildleder in Verunglimpfung begriffen. Die restlichen Großraumwannen verunglimpfen Futterstoffe, Drillich, Zwiebelsäcke, englisches Segeltuch und Tauwerk in jeder Stärke. Wir arbeiten zumeist mit Kaltzersetzungslaugen, die sich aus üblicher Versatzlauge und untergemengtem Magnesiumchlorid ergibt. Nur wenn starke Neustoffverunglimpfung gefragt ist, verunglimpfen wir mit heißer Sylvinlauge und dem Zusatz Magnesiumbromid. Alle Laugenbäder, besonders die bromhaltigen, verlangen eigentlich eine überdurchschnittlich gute Wetterführung. Aber leider, und Herr Wernicke, unser Reviersteiger, wird das bestätigen, war die Sechshundertdreißigmetersohle schon früher nicht, als hier noch Firstenkammern aufgeschossen wurden, vorschriftsmäßig bewettert.«
Doch Brauxel, der Direktor, nimmt den Verweis auf zu matte Wetter leicht auf: »Wird alles besser, Kinder, wenn erst mal die Fliehkraftlüfter kommen und der Wetterschub beschleunigt wird.«
Und sie verlassen die erste Firstenkammer, über deren Laugen sich weißschwadige Dünste winden, und finden, der Reviersteiger mit erhobenem Geleucht voran, zur zweiten Firstenkammer, in der gelaugte Stoffe und Neustoffe trockenverunglimpft werden, indem ein Schrapperkasten, der durch Haspelbetrieb in Seilfahrt gesetzt wird, einen Berg Stoffe über Rollgut wälzt, das aus kalifördernden Zeiten liegenblieb.
Wie sie aber mit munterem Hund die dritte Firstenkammer betreten, lärmt kein Haspelbetrieb, kein Magnesiumchlorid entwickelt Dämpfe; dafür werden in schrankähnlichen Behältern Herrenoberbekleidung und Uniformsortimente dem lautlosen Mottenfraß ausgesetzt. Die hier verunglimpfte Konfektion bedarf nur wöchentlicher Wartung. Aber Wernicke, der Reviersteiger, verfügt über Schlüsselgewalt und öffnet einen der Sonderschränke: sogleich wölkt auf Mottensilber. Die Tür fällt wieder ins Schloß.
Und nachdem sie in vierter Firstenkammer einen Maschinenpark erklärt bekamen, der, von ehemaligen Fördermännern und Hauern bedient, einerseits laugeschrapperundmottenverunglimpfte Stoffe nochmals reißt, sengender Hitze aussetzt und mit Öl-, Tinten- und Weinflecken markiert, andererseits die nun endverunglimpften Stoffe neu und nach Schnittmustervorlage zuscheidet, füttert und vernäht, nimmt den Direktor mit Hund, den Reviersteiger und den bergfremden Matern die fünfte, einer Mechanikerhalle nicht unähnliche Firstenkammer auf.
Schrott, wie er auf alles verschleißender Tagesoberfläche gewonnen wird, wie ihn Autofriedhöfe stapeln, Kriegsereignisse gebären. Demontagen erübrigen, Schrott, nach Kesselexplosionen sortiert, eine Anthologie Schrott liegt hier zuhauf, wandert auf Förderbändern, wird mit Schneid-

brennern entwirrt, nimmt rostlösende Bäder, verbirgt sich kurze Zeit, um galvanisiert wieder als Förderband zu gewinnen: Montage macht Fortschritte, Kugelgelenke spielen, Probesand hält Getriebe nicht auf, Greiferscheiben mit verstellbaren Kettenmitnehmern fügen sich in Transportwege, die Leergut fördern. Schubstangen, Kupplungen, Muffen, Kreiselwipper und ähnlicher Kleinkram gehorchen Elektromotoren. In mannshohen Gerüsten hängen mechanische Ausgeburten. In betriebsamen Skeletten zögern Aufzüge nach schleppendem Rhythmus von Seilbühne zu Seilbühne. In starrgewölbten Brüsten haben Hammermühlen die nicht zu vollendende Aufgabe übernommen, lärmige Stahlkugeln zu zermürben. Überhaupt Lärm!

Den entwickelt die sechste, zwecks lehrreicher Werkbesichtigung erlebte Firstenkammer. Und ihren Ohren geschieht, was den Hund Pluto zuerst unruhig macht, dann aufheulen läßt in spätgotisch steilem First.

Da sagt der bergfremde Reisende Matern: »Das ist wirklich die Hölle! Wir hätten den Hund oben lassen sollen. Das Tier leidet.«

Aber Brauxel, der Direktor, meint, das steil in den First geschickte Hundegeheul mische sich vortrefflich in die vorgetestete Elektronik der zur Zeit in Produktion befindlichen Gerüste: »Was hier voreilig Hölle genannt wird, gibt immerhin und pro Schicht dreißig Bergleuten, die von international anerkannten Metallbildhauern und studierten Akustikern angelernt wurden, Lohn und Brot. Unser Reviersteiger, der gute Herr Wernicke, wird bestätigen, daß Knappen und Hauer, die seit zwanzig Jahren im Berg arbeiten, die Hölle überall auf der Tagesoberfläche zu finden bereit sind, doch Untertage noch keine Hölle bestätigt fanden; selbst während matter Bewetterung nicht.«

Da nickt der bergkundige Reviersteiger mehrmals und führt seinem Direktor, dessen im Geheul verharrenden Hund und den bergfremden Reisenden aus sechster Firstenkammer, wo der Lärm sich nicht einzuholen vermag, durch den dämpfenden Kammerhals auf die immer stiller werdende Förderstrecke.

Und sie folgen seinem summenden Karbidgeleucht bis zu jenem Förderschacht, welcher sie zu Beginn der Werkbesichtigung von der Hauptfördersohle zur Versatzsohle und Sohle der abziehenden Wetter hob.

Und es ereignet sich abermals Seilfahrt, doch kurze, zur unter ihnen verlaufenden Teilsohle, die der Reviersteiger althergebracht »Hauptabbausohle«, der Direktor jedoch »Strecke der erstrangigen Disziplinen« nennt.

Dem Bergfremden werden in siebenter, achter und neunter Firstenkammer drei Hauptemotionen und deren Echowirkungen demonstriert, damit er sich bilde.

Und abermals versteigt sich Matern zu dem Ausruf: »Das ist die Hölle, fürwahr!« obgleich nur das Weinen in allen menschlichen Spielarten tränenlos bleibt. Trockene Emotion wandelt die Firstenkammer zu einer Jammerbude. Gerüste, die eben noch Schrott waren, dann skelettartig auferstanden, von lautloser oder lärmiger Mechanik bezogen wurden, alsdann technischen wie akustischen Testserien standhalten mußten, stehen nun, in verunglimpfte Klagetücher gehüllt, auf kahlgeschrappter Sohle und bilden Kreise, in denen das Weinen reihum läuft. Und jeder Kreis hat sich eine andere tränenfördernde und dennoch in Wüsten versandende Aufgabe gestellt. Hier hebt es an. Der Nachbarkreis kann das Flennen nicht abstellen. Dieser Zirkel schluchzt tief nach innen. Auf- und abschwellendes Geheul beult und dehnt jenen Kreis. Ersticktes Weinen, wie in Kopfkissen hinein. Plärren, als sei die Milch angebrannt. Wimmern, das Taschentuch zwischen Zähnen. Elend steckt an. In Krämpfe gewickelt und vom Schluckauf bedroht. Verquengelt bis weinerlich: Heulsuse und Flennliese. Und überm Schulterzucken, Andiebrustschlagen und Stillinsichhinein jammert eine Stimme tränennah Rührgeschichten, Rotz- und Wassergeschichten, Geschichten, einen Stein zu erweichen: »Und da sagte der harte Landvogt zu dem kleinen frierenden Blumenmädchen. Als aber das arme Kind die Hände bittend dem reichen Bauern entgegenhielt. Und wie nun die Not immer größer wurde, befahl der König, daß jedem dritten in seinem Lande. So einsam fühlte sich die blinde alte Frau, daß sie meinte, sie müßte. Und als der junge herzhafte Krieger so elend in seinem Blute lag. Da breitete sich Trauer wie ein Leichentuch über das Land. Die Raben krächzten. Der Wind klagte. Die Pferde lahmten. Im Gebälk tickte der Totenwurm. Weh! Weh! Das komme über Euch! Kein Stein wird aufeinander und kein Auge trocken bleiben. Weh!«

Doch wer in siebenter Firstenkammer der Disziplin des Weinens unterworfen wird, verfügt nicht über Drüsen, dem Augenwasser die Schleusen zu öffnen. Selbst Zwiebelsaft zöge hier keinen Gewinn. Wohl weinen die Automaten, aber die Münzen wollen nicht klimpern. Wie sollte auch dieses unter hängendem Salz, auf liegendem Salz, zwischen anstehendes Salz gegründete Training Quellen springen lassen, deren Rückstände kristallin wären und eine Ziege verführen könnten?

Und es verlassen, nach soviel Vergeblichkeit, der Direktor mit Hund und der Reviersteiger, gefolgt vom Bergfremden, die siebente Kammer der ersten Emotion, um schweigend der belebten Förderstrecke zu folgen, bis des Reviersteigers Geleucht sie durch den Kammerhals in die achte Firstenkammer führt, die großer Belustigung beinahe zu eng bemessen sein will.

Da kann Matern wiederum seinen Ausruf nicht bei sich halten: »Welch ein Höllengelächter!« In Wahrheit aber – darauf weist sogleich der Direktor Brauxel hin – werden in achter Kammer nur die Möglichkeiten der zweiten Emotion, die des menschlichen Lachens gesammelt. Wir kennen die Skala vom Kichern bis zum Totlachen. »Es muß darauf hingewiesen werden« so spricht der Reviersteiger Wernicke, »daß innerhalb des ganzen Betriebes die achte Firstenkammer die einzige ist, die wegen der dauernden und stoßweisen Erschütterungen durch drei Reihen Stempel aus bestem Grubenholz gegen Ausbruch des Hangenden gesichert werden mußte.«

Das ist verständlich, wenn man Gestelle, die, soeben noch in Sacktuch gehüllt, Trauer und Schmerz exerzierten, nun, mit bunten, doch gleichfalls verunglimpften Schottenmustern und Cowboyhemden verkleidet, wiehern röhren lachen hört. Sie biegen, legen und wälzen sich. Die ihnen eigene Mechanik erlaubt das Bauchhalten, Schenkelklopfen und Beinetrampeln. Und während sich Glieder selbständig machen, bricht es aus faustgroßer Öffnung: das Krankundgesundlachen, Altmännergelächter, aus Bierfässern und Weinkellern gezapft, Treppenhaus- und Vorzimmergelächter, freches, grundloses, satanisches, sardonisches, ja irres und verzweifeltes Gelächter. Das hallt im säulenbewaldeten Dom, mischt begattet vervielfältigt sich, ein nach Atem ringender Chor: da lachen die Kompanie, das Regiment, die Armee, alle Hühner, homerisch die Götter, die Rheinländer alle, ganz Deutschland lacht über mit trotz ohne Ende: sein Vogelscheuchengelächter.

Es ist der bergfremde Reisende Walter Matern, der das bezeichnende Wort erstmals ausspricht. Und da weder der Direktor noch der Reviersteiger ihn verbessern, wie sie ihn verbesserten, als er vom »Höllengelächter« sprach, nennt er jene Witze, die zwischen den als Vogelscheuchen zu bezeichnenden lachlustigen Automaten hin und her laufen: Vogelscheuchenwitze: »Kennst Du den? Zwei Amseln und ein Star treffen sich in Köln auf dem Hauptbahnhof... Oder den? Eine Lerche will mit dem Interzonenzug nach Berlin zur Grünen Woche reisen, und wie sie nach Marienborn kommt... Oder den, der ist ganz frisch: Dreitausendzweihundertzweiunddreißig Sperlinge wollen zusammen in den Puff gehen, und wie sie wieder rauskommen, hat einer von ihnen den Tripper. Welcher wohl? Falsch! Paßt auf, noch einmal: Dreitausendzweihundertzweiunddreißig Sperlinge...«

Da sagt der bergfremde Matern, diese Art Humor gäbe sich für seinen Geschmack zu zynisch. Für ihn habe der Humor befreiende, heilende, ja oftmals erlösende Wirkung. Er vermisse die menschliche Wärme oder auch Güte, das Humane. Solche Qualitäten werden ihm in neunter Firstenkammer versprochen. Worauf sich alle mit dem niemals lachenden Hund Pluto vom Vogelscheuchengelächter abwenden und der Förderstrecke folgen, bis ein links abzweigender Kammerhals jenen Saal verspricht, den die dritte Hauptemotion bewohnt.

Und Matern seufzt, weil der Vorgeschmack noch nicht aufgetischter Speise seinen Gaumen verbittert. Da muß Brauxel sein neugieriges Geleucht heben und fragen, was es zu seufzen gäbe. »Mich dauert der Hund, der nicht oben, wo grüner Mai ist, springen darf, der unten bei Fuß bleiben und diese durchorganisierte Hölle ertragen muß.«

Aber Brauxel, der nicht den schlichtüblichen Bergstock, sondern ein Ebenholzstöckchen mit Elfenbeinkrücke führt, das vor wenigen Stunden noch einem unmäßigen Raucher, der sich Goldmäulchen nennen ließ,

gehörte, raucht Untertage nie, sondern spricht: »Wenn dieser, unser Betrieb, von bergfremder Person unbedingt Hölle genannt werden muß, dann soll ihm auch ein Höllenhund betriebseigen sein; seht nur, wie unser Geleucht das Tier lehrt, einen höllischen, die Strecke fressenden Schatten zu werfen: schon saugt ihn der Kammerhals an. Wir müssen ihm folgen!« Haß, die Augen eng beieinander, nie oxydierende Wut, kalte und heiße Rache halten hier Schule ab. Scheuchen, die rupfenkaschiert eine immerzu nein sagende Tränenpumpe bedienten, Vogelscheuchen, die buntkariert und knallig getupft den eingebauten Humorentwickler abschnurren ließen, stehen in windgeblähten, deshalb platzvollen Kampfanzügen, denen mehrfache Laugenverunglimpfung die Spuren von sieben Kesselschlachten impfte, im ausgeräumten Saal, jede Scheuche für sich. Das also sind Schulaufgaben, die der Wut, dem Haß und der Rache aufgebürdet werden: ausgewachsene Brecheisen müssen zu Fragezeichen und ähnlichen Kringeln gebogen werden. Platzen muß die schon oft geklebte Wut, und sich abermals aufblasen mit eigener Lunge. Löcher ins eigene Knie hat sich der Haß mit Augen, eng beieinander, zu brennen. Die kalte und heiße Rache jedoch muß umgehen – Dreht Euch nicht um, die Rache geht um! – und löffelweis quarzhaltige Kieselsteine mit Zähnen zerknirschen.
So also hört sich Speise an, die der bergfremde Matern vorschmeckte. Schulspeisung. Vogelscheuchenkost. Denn auch Wut und Haß, denen das Platzen und Löcherbrennen nicht genügt, denen das Brechstangenbiegen nicht Ausdruck genug ist, der großen ventilesprengenden Wut und des Schneidbrenners Haß, löffeln sich voll aus Futterkrippen, denen zwei Hilfsarbeiter der Firma Brauxel & Co. stündlich jene Kieselsteine nachschippen, die auf maigrüner Tagesoberfläche, zwecks Ernährung des Zähneknirschens, zuhauf liegen.
Da wendet sich Matern, der von Jugend an mit den Zähnen knirschte, sobald ihn Wut ritt, Haß ihn zwang, auf einen bestimmten Punkt zu blikken, und Rache ihn hieß umherzugehen, von jenen Vogelscheuchen ab, die seine Absonderlichkeit zur allgemeingültigen Disziplin erhoben haben.
Und zum Reviersteiger, der sie mit erhobenem Geleucht aus der neunten Firstenkammer auf die Förderstrecke führt, sagt er: »Ich kann mir vorstellen, daß diese übermäßig expressiven Scheuchen guten Absatz finden. Die Menschheit liebt es, ihr Spiegelbild so blindlings außer sich zu sehen!«
Aber Wernicke, der Reviersteiger, hält dagegen: »Zwar waren unsere zahnakustischen Modelle früher einmal, zu Beginn der fünfziger Jahre, im In- und Ausland sehr gefragt, aber heute, da das Jahrzehnt Reife gewonnen hat, setzen wir nur noch in den jungen afrikanischen Staaten Sortimente ab, die auf der dritten Hauptemotion basieren.«
Worauf Brauxel fein lächelnd den Hals des Hundes Pluto klopft: »Macht Euch nur keine Sorgen um Absatzschwierigkeiten der Firma Brauxel &

Co. Auch Haß, Wut und umhergehende Rache werden eines Tages wieder in Mode kommen. Eine Hauptemotion, die das Zähneknirschen fördert, ist schließlich kein xbeliebiger Saisonschlager. Wer die Rache abschaffen will, rächt sich mithin an der Rache.«

Das ist ein Satz, der mit ihnen die Elektro-Draisine besteigt und während langer Streckenfahrt durch zwei Wettertüren hindurch, an vergitterten Blindschächten und versatzgefüllten Firstenkammern vorbei, wiedergekäut werden will. Erst am Ziel, wo der Reviersteiger ihnen die Besichtigung der zehnten bis zweiundzwanzigsten Firstenkammer verspricht, gerät Brauxels Satz von der nicht abzuschaffenden Rache in Vergessenheit, ohne dadurch seine Kürze zu verlieren.

Denn schon in zehnter, elfter und zwölfter Firstenkammer, wo die sportlichen, religiösen und militärischen Exerzitien abgehalten, das heißt Stafettenläufe, Springprozessionen und Wachablösungen durchexerziert werden, bilden Wut, Haß und die umhergehende, deshalb nicht aus der Welt zu schaffende Rache, desgleichen die erfolglose Tränenpumpe und der eingebaute Humorentwickler, kurz, das Weinen, das Lachen und das Zähneknirschen, also die Hauptemotionen, jene tiefgründende Basis, auf welcher sportive Vogelscheuchen den Stabhochsprung, bußfertige Scheuchen das Erbsenlaufen und frisch rekrutierte Scheuchen den Nahkampf in Rekordnähe zu bringen vermögen. Wie sie sich überbieten um Scheuchenkopflänge, wie das scheuchengerechte Kreuzaufrichten in immer kürzerer Zeit klappt, wie sie die Drahtverhaue nicht etwa mit veralteter Kneifzange überwinden, sondern samt Stacheln in sich hinein fressen, alsdann stachellos und auf Vogelscheuchenart ausscheiden, das verdient, auf Tabellen festgehalten zu werden, und wird auch festgehalten: Betriebsangehörige der Firma Brauxel & Co. messen und buchen: Scheuchenbestzeiten und Rosenkranzlängen. Drei Firstenkammern, die in kalifördernden Zeiten aufgeschossen wurden, bis sie Turnhallenlänge, Kirchenschiffhöhe und die Mächtigkeit breitschultriger Flakbunker erreichten, geben pro Schicht über vierhundert Mannschaftsgeistscheuchen, Hallelujascheuchen und Durchhaltescheuchen Raum zur Entfaltung elektronisch betriebener Kräfte. Vorläufig noch ferngelenkte – die Zentrale befindet sich dort, wo früher die Haspelbühne stand – also gesteuerte Hallensportfeste, Pontifikalämter und Herbstmanöver, auch umgekehrt: der Rekrutensport, Feldgottesdienste und das Einsegnen schrottwertiger Vogelscheuchenwaffen füllen die Stundenpläne, damit später, im sogenannten Ernstfall, jeder Rekord überboten, jeder Ketzer entlarvt wird und jeder Held seinen Sieg findet.

Und es verlassen der Direktor mit seinem Hund und der Bergfremde mit dem revierkundigen Steiger Wernicke die laugenverunglimpften Sportfreunde, die mottenverunglimpften Kuttenscheuchen und jenes vom Schrapper verunglimpfte Drillichzeug, das sich heranrobben muß, an den Feind heranrobben muß, während der Scheuchenfeind gleichfalls robbt; denn auf dem Stundenplan steht geschrieben: Robben. Heranrob-

ben. Aufeinanderzurobben.
Wie aber, im Verlauf der voranschreitenden Betriebsbesichtigung, die dreizehnte und vierzehnte Firstenkammer in Augenschein genommen werden, kleiden nicht mehr Sportlerdreß, Meßdienerrot und Tarnanzüge die in Ausbildung begriffenen Scheuchenkollektionen; vielmehr geht es in beiden Kammern zivil zu. Denn in familiärer und in verwaltender Firstenkammer werden die demokratischen Tugenden des Vogelscheuchenstaates, dessen Verfassung durchaus den zivilen Belangen gerecht wird, entwickelt, geschult und der Praxis, das heißt, dem zivilen Alltag nutzbar gemacht. Einträchtig sitzen Vogelscheuchen zu Tisch, vor dem Fernsehschirm und in mottenverunglimpften Camping-Zelten. Vogelscheuchenfamilien – denn sie sind die Keimzelle des Staates! – werden über alle Artikel des Grundgesetzes belehrt. Lautsprecher machen kund, was Sippschaften vielstimmig wiederholen, also die Scheuchenpräambel: »Im Bewußtsein seiner Verantwortung vor Gott und den Menschen, von dem Willen beseelt, die nationale und staatliche Vogelscheucheneinheit zu wahren...« Danach den Artikel eins von der Würde der Scheuchen, die unantastbar sei. Danach das im Artikel zwei verbriefte Recht von der freien Entfaltung der vogelscheuchenden Persönlichkeit. Danach dieser und jener, endlich der achte Artikel, der allen Vogelscheuchen das Recht einräumt, sich ohne Anmeldung oder Erlaubnis friedlich und ohne Waffen zu versammeln. Auch der Artikel siebenundzwanzig: »Alle deutschblütigen Vogelscheuchen sind einheitlich mit dem Handelszeichen der Firma Brauxel & Co. geprägt« wird von Vogelscheuchenfamilien kopfnickend respektiert; desgleichen bleibt ohne Widerspruch der Artikel sechzehn, Absatz zwei: »Politisch Verfolgte genießen Untertage Asylrecht.« Und all diese Staatskunde, von der »Allgemeinen Schimpffreiheit« bis zur »Zwangsausbürgerung«, wird in vierzehnter Firstenkammer durchexerziert: wahlberechtigte Scheuchen schreiten zur Wahlurne; diskussionsfreudige Scheuchen diskutieren die Gefahren des Wohlfahrtsstaates; Vogelscheuchen, deren journalistische Begabung sich in einer täglich erscheinenden Zeitung niederschlägt, weisen hin auf die Pressefreiheit, Artikel fünf; das Parlament tritt zusammen; das Oberste Scheuchengericht verwirft in letzter Instanz; die Opposition unterstützt in außenpolitischen Fragen die Regierungspartei; Fraktionszwang wird ausgeübt; der Fiskus hält die Hand auf; die Koalitionsfreiheit verknüpft Firstenkammern, die nicht an die gleiche Förderstrecke grenzen; laut Artikel eins B, drei a, wird die Scheuchenanalyse mit Hilfe des von der Firma Brauxel & Co. eingeführten Lügendetektors als verfassungswidrig erklärt; das Staatswesen blüht; nichts hemmt die Kommunikation; die laut Artikel achtundzwanzig, A drei, garantierte Selbstverwaltung der Vogelscheuchen beginnt Untertage und erstreckt sich auf planer wie hügeliger Tagesoberfläche bis hin zu kanadischen Weizenfeldern, bis hin zu den indischen Reispflanzungen, bis hin zu den unübersehbaren ukranischen Maisanbaugebieten, bis überall dahin, wo die Pro-

dukte der Firma Brauxel & Co., also Vogelscheuchen dieser und jener Machart, ihre Aufgabe erfüllen und dem Vogelfraß Einhalt gebieten.
Aber der bergfremde Walter Matern sagt, nachdem die dreizehnte und vierzehnte Fördersohle sich zivil und staatsbürgerlich gab, dennoch mehrmals: »Mein Gott, das ist die Hölle! Die wahrhaftige Hölle!«
Um also des Bergfremden Meinung zu entkräften, führt der Reviersteiger Wernicke mit erhobenem Geleucht Walter Matern und den Direktor mit folgsamem Hund in die fünfzehnte, sechzehnte und siebzehnte Firstenkammer, die dem entfesselten Eros, dem gehemmten Eros und der phallischen Selbstherrlichkeit Wohnung geben.
Denn hier wird hohngesprochen aller uniformen Zucht und zivilen Würde, weil Haß, Wut und umhergehende Rache, die soeben noch gebändigt, weil verwaltet schienen, aufs neue, erblühen, bespannt mit verunglimpfter, dennoch fleischrosiger Haut. Weil alle entfesselten, gehemmten und selbstherrlichen Scheuchen an einunddemselben Kuchen knabbern, dessen Rezept alle Lüste zum Teig mengt, der dennoch niemanden sättigt, so sehr sich die nacktärschige Bagage, stößig und aller Stellungen mächtig, vögelt und vollspritzt. Solche Ergebnisse können allerdings nur in der fünfzehnten Firstenkammer gebucht werden, wo der entfesselte Eros keiner heißgelaufenen Scheuche erlaubt, die schon seit Schichten andauernde Erektion abklingen zu lassen. Kein Pfropfen ist diesem Erguß gewachsen. Dem Dauerorgasmus klingelt kein Pausenglöckchen. Ungehemmt ergießt sich der Scheuchenrotz, ein, wie der Reviersteiger Wernicke erläutert, sylvinithaltiges Produkt, das in den Laboratorien der Firma Brauxel & Co. entwickelt und mit gonokokkenähnlichen Erregern geimpft wurde, damit Reiz- und Juckwirkungen, wie sie beim landläufigen Harnröhrentripper beobachtet werden, den entfesselten Dauergußscheuchen zugute kommen. Doch diese Seuche darf sich nur in der fünfzehnten und nicht in sechzehnter und siebzehnter Firstenkammer ausbreiten. Denn dort wie dort kommt es zu keinem Erguß, ja in gehemmter Kammer nicht einmal zu unerläßlicher Erektion. Und auch in selbstherrlich phallischer Kammer mühen sich Soloscheuchen vergeblich, so sehr auch schwüle Musik, der schlüpfrige Worte unterlegt sind, den Selbstherrlichen beistehen will, so fleischig Filmszenen jene Leinwände füllen, die an den Stirnwänden der gehemmten und selbstherrlichen Firstenkammern gespannt wurden. Kein Saft mag steigen. Jede Schlange schläft. Alle Befriedigung blieb Übertage; denn Matern, der bergfremd von Übertage kommt, sagt: »Das ist unnatürlich. Das sind Höllenqualen! Das Leben, das wahre, hat mehr zu bieten. Ich weiß es. Ich hab es genossen.«
Weil nun der Reviersteiger Wernicke meint, der Bergfremde vermisse Untertage den Geist, führt er ihn und den fein vor sich hin lächelnden Bergwerksdirektor, der den Hund Pluto locker am Halsband führt, in die achtzehnte, neunzehnte und zwanzigste Firstenkammer, die alle auf der nächsttieferen, auf der Siebenhundertneunzigmetersohle liegen und jeweils den philosophischen, soziologischen und ideologischen Erkennt-

nissen, Errungenschaften und Gegensätzen Raum gewähren.
Kaum auf dieser Sohle angekommen, wendet Matern sich ab: der Bergfremde mag nicht mehr; die Hölle ermüdet ihn; er möchte wieder Übertage atmen; aber Brauxel, der Direktor, klopft streng mit jenem Ebenholzstöckchen, das vor Stunden noch einem gewissen Goldmäulchen gehörte und weist auf etwas hin, das Matern Übertage getan haben soll: »Hat der Bergfremde etwa vergessen, unter welchen Umständen er in früher Morgenstunde des heutigen Tages ein Taschenmesser in den Landwehrkanal warf, der durch Berlin, eine Stadt fließt, die auf besonnter Tagesoberfläche liegt?«
Es darf also der bergfremde Matern sich nicht abwenden; hinein durch den Kammerhals muß er, standhalten muß er den philosophischen Erkenntnissen, die sich in achtzehnter Firstenkammer wortreich ergehen. Aber nicht Aristoteles, nicht Descartes oder Spinoza, von Kant bis Hegel niemand. Von Hegel bis Nietzsche: Leere! Auch keine Neukantianer und Vertreter des Neuhegelianismus, nicht der löwenmähnige Rickert, Max Scheler nicht, keines spitzbärtigen Husserl Phänomenologie füllt beredt die Firstenkammer und läßt den Bergfremden vergessen, was platter Eros an Höllenpein zu bieten hatte, kein Sokrates bedenkt Untertage die Welt Übertage; aber Er, der Vorsokratiker, Er, verhundertfacht, Er, mit hundertmal laugenverunglimpfter, einst alemannischer Zipfelmütze bemützt, Er, in Schnallenschuhen, im Leinenkittel: hundertmal Er, unterwegs unterwegs! Und denkt. Und spricht. Hat tausend Worte für das Sein, für die Zeit, für Wesen, Welt und Grund, für das Mit und für das Jetzt, für das Nichts und das Gescheuch als Gestell. Deshalb: Scheuchung, Ge-scheuch-heit, Scheuchenstruktur, Scheuchenschau, Un-gescheuch, Verscheuchung, Gegengescheuch, scheuchengängig, das Scheuchende, die Scheuchenbefindlichkeit, entscheucht, End-Scheuchen, Scheuchenzeitigung, Scheuchengänze, Grundgescheuch, und: Der Satz vom Gescheuch. »Denn das Wesen der Scheuchen ist die transzendental entspringende dreifache Streuung des Gescheuchs im Weltentwurf. Sich hineinhaltend in das Nichts ist das Ge-scheuch je schon über das Scheuchende im ganzen hinaus ...«
Transzendenz also rieselt aus Zipfelmützen in achtzehnter Firstenkammer. Hundert laugenverunglimpfte Philosophen sind einer Meinung: »Ge-scheuch-sein heißt: Hineingehalten sein in das Nichts.« Und die bange Frage des bergfremden Matern, der in die Firstenkammer hinein seine Stimme stellt: »Aber der Mensch, nach dessen Bild die Vogelscheuche entworfen wird?« kann von einem und hundert Philosophen beantwortet werden: »Die Frage nach dem Gescheuch stellt uns – die Fragenden – selbst in Frage.« Da zieht Matern seine Stimme zurück. Hundert angeglichene Philosophen wandeln auf liegendem Salz, grüßen einander wesentlich: »Das Ge-scheuch existiert umwillen seiner.«
Sogar Feldwege haben sie ausgetreten mit biederen Schnallenschuhen. Manchmal schweigen sie, dann hört Matern ihre Mechanik. Der Satz vom

Ge-scheuch nimmt abermals Anlauf.
Aber bevor der hundertmal anwesende, motten-schrapper- und laugenverunglimpfte Philosoph das ihm innewohnende Tonband nochmals ablaufen läßt, rettet sich Matern auf die Förderstrecke und möchte fliehen, kann aber nicht, weil er immer noch bergfremd ist und gewiß fehlginge: »Das Scheuchende ist in die Irre ereignet, in der es die Scheuchung umirrt und so den Irrtum stiftet.«
Angewiesen also auf den bergkundigen Reviersteiger Wernicke und vom schwarzen Hund Pluto an die Hölle gemahnt, wird er durch Firstenkammern geschleust, deren Numerierung verrät, daß ihm keine Kammer erspart wird.
Unterm neunzehnten First häufen sich die soziologischen Erkenntnisse. Die Formen der Vereinsamung, die Theorie der sozialen Schichtung, die introspektive Methode, der praktische Wertnihilismus und das unreflektierte Gebaren, Tatbestände und Begriffsanalysen, desgleichen Statik und Dynamik, auch der soziologische Doppelaspekt und sämtliche Schichtstrukturen treten mobil auf. Differenziert verunglimpft: die moderne Großgesellschaft lauscht Vorlesungen zum Thema Kollektivbewußtsein. Gewohnheitsscheuchen gehen in Milieuscheuchen auf. Sekundärscheuchen entsprechen der Scheuchennorm. Determinierte Scheuchen fechten mit indeterminierten eine Kontroverse aus, deren Ergebnis weder der bergfremde Matern noch der bergkundige Direktor Brauxel, samt Hund und Reviersteiger, abwarten wollen;
denn in zwanzigster Firstenkammer werden alle ideologischen Gegensätze ausgetragen; ein Vogelscheuchenstreit, dem Matern folgen kann, weil in ihm ähnliches Kuddelmuddel herrscht. Hier wie im inneren Matern geht es um die Frage: »Gibt es eine Hölle? Oder ist diese schon auf Erden? Kommen Vogelscheuchen in den Himmel? Stammt die Scheuche vom Engel ab, oder gab es Scheuchen, ehe Engel gedacht wurden? Sind Scheuchen schon Engel? Haben die Engel oder die Scheuchen den Vogel erfunden? Gibt es einen Gott, oder ist Gott die Urvogelscheuche? Ist nicht, wenn der Mensch nach dem Bilde Gottes und die Vogelscheuche nach dem Bilde des Menschen erschaffen wurden, die Scheuche das Ebenbild Gottes?« – Oh, Matern möchte jeder Frage sein Ja geben und sogleich noch ein Dutzend weitere Fragen hören und insgesamt bejahen: »Sind alle Vogelscheuchen gleich? Oder gibt es Elitescheuchen? Sind Scheuchen volkseigen? Oder darf jeder Bauer auf seinen Scheuchenbesitz pochen? Welcher Rasse sind Scheuchen? Steht die germanische über der slawischen? Darf eine deutsche Vogelscheuche bei einer jüdischen? Ja, fehlt nicht den Juden die Gabe? Ist sie überhaupt denkbar, die semitische Scheuche? Scheuchenitzich! Scheuchenitzich!« – Und abermals flüchtet Matern auf die Förderstrecke, die keine Fragen stellt, die er blindlings und allesamt beantworten muß.
Heilsam, als wollten Bergwerksdirektor und Reviersteiger dem erschöpften Bergfremden ein Pflästerchen kleben, eröffnet sich ihm die einund-

zwanzigste Firstenkammer als stumm zu betrachtende Augenweide. Hier finden sich die historischen Wendepunkte scheuchifiziert. Verunglimpft und dennoch dynamisch ereignet sich der Reihe nach und Jahreszahlen, Fensterstürze und Friedensschlüsse herbetend, die Geschichte in Scheuchengestalt. Altfränkische Fibel und Wellingtonhut, Stuartkragen und verwegener Kalabreser, Dalmatica und segelnder Zweispitz verkörpern, nach Laugenbad und Mottenfraß, Sternstunden und Schicksalsjahre. Das dreht und verbeugt sich nach Mode. Kontertänze und Walzer, Polonaise und Gavotte verbinden Dezennien. Geflügelte Worte – Hie Welf, hie Waibling! – In meinem Staate kann jeder nach seiner Fasson … – Gebt mir vier Jahre Zeit …! – stehen im Raum und werden abgelöst. Und all die eindrücklichen, teils starren, teils pantomimischen Bilder: Das Blutbad zu Verden. Der Sieg auf dem Lechfeld. Der Gang nach Canossa. Immerzu reitet Jung-Konradin. Gotische Madonnen sparen am Faltenwurf nicht. Zobel herrscht vor, da sich der Kurverein zu Rense statuiert. Wer tritt der Houppelande auf die ellenmessende Schleppe? Hussiten und Türken wandeln die Sitten. Ritter und Rost küssen sich. Das prunkende Burgund spendet Rot, Brokat und samtgefütterte Seidenzelte. Wie aber die Schamkapseln schwellen, und die Braguetten den Klötensegen kaum fassen können, schlägt der Kuttenmönch seine Thesen ans Tor. Oh Du ein Jahrhundert beschattende Habsburgerlippe! Der Buntschuh geht um und kratzt Bilder von Wänden. Doch Maximilian duldet Schlitzwämse, Kurzschauben und Barette, größer als Heiligenscheine. Überm spanischen Schwarz stehen schaumgeborene und dreimal gestärkte Halskrausen. Der Degen löst das Schwert ab und den Dreißigjährigen Krieg aus, der die Moden nach Laune wechseln läßt. Fremdländische Plumagen, gelederte Koller und Stulpenstiefel beziehen hier und dort Winterquartiere. Und kaum haben die Erbfolgekriege die Allongeperücke entworfen, wird der Dreispitz, während dreier schlesischer Kriege, strenger und strenger. Auch Haarbeutelchen, Baigneusen und trügerische Trompeusen schützen nicht vor Scherenschleifern und Sansculotten: die Rübe muß ab! Dargestellt als gelungenes Mobil in einundzwanzigster Firstenkammer. Und dennoch, bei allem verfärbten Bourbonenweiß, entschlüpft dem Directoire die blumige Restauration. In Hosenröcken und wadenkneifendem Nanking tanzt der Kongreß. Der Frack überlebt die Zensur und den unruhigen März. Die Paulskirchenmänner sprechen in ihre Angströhren hinein. Unter den Klängen des Yorckschen Marsches werden die Düppler Schanzen erklettert. Die Emser Depesche, das Lieblingskind aller Geschichtslehrer. Im Radmantel tritt der Kanzler ab. Im Gehrock kommen auf: Caprivi, Hohenlohe und Bülow. Der Kulturkampf, der Dreibund und der Hereroaufstand ergeben drei farbengesättigte Bilder. Nicht zu vergessen der roten Dolman der Zietenhusaren bei Mars-la-Tour. Da fallen im mottenverunglimpften Balkanmilieu die Schüsse. Bei Sieg wird geläutet. Das Flüßchen heißt Marne. Stahlhelm löst Pickelhaube ab. Die Gasmaske ist nicht mehr wegzudenken. Mit Kriegskrino-

linen und Schnürstiefelchen verzieht der Kaiser nach Holland, weil der Dolchstoß von hinten. Worauf sich kokardenlose Soldatenräte. Kapp putscht. Spartakus steht auf. Papiergeld knistert. Der Stresemannanzug stimmt für das Ermächtigungsgesetz. Fackelzüge. Bücher brennen. Braune Breeches. Braun als Idee. Braun herrscht vor. Ein Novemberbild: der strohgestopfte Kaftan. Darauf Trachtenfeste. Darauf Sträflingsstreifen. Darauf Knobelbecher Sondermeldungen Winterspende Ohrenschützer Schneehemden Tarnanzüge Sondermeldungen ... Und am Ende spielen die Symphoniker in ihrer braunen Arbeitskluft etwas aus Götterdämmerung. Das paßt immer und geistert als Leit- und Mordmotiv durch die bildgewordene, in Vogelscheuchen auferstandene und die einundzwanzigste Firstenkammer füllende Geschichte.
Da entblößt der bergfremde Matern sein Haupt und tupft sich mit werkseigenem Halstuch die Perlen vom Schädel. Schon auf der Schulbank kullerten ihm die Geschichtszahlen aus dem Buch auf die Dielen und verschwanden in Ritzen. Einzig seine Familiengeschichte findet ihn zahlenfest; doch hier mimen Scheuchen nicht regionale Materniaden, hier finden statt: Investiturstreit und Gegenreformation; durchaus mechanisch und mittels faustgroßer Elektromotoren handelt sich aus: der westfälische Friede; scheuchengerecht tritt zusammen, was wann, wo, mit wem, gegen wen, ohne England, dieses ausruft, jenes mit Reichsacht belegt und insgesamt Historie betreibt: von Wendepunkt zu Wendepunkt kostümgetreu.
Da kann der Bergfremde, wie abermals der Reigen altfränkisch anhebt, übers Lechfeld nach Canossa geistert und die staufische Jungscheuche reiten läßt, sein immerbereites Schlußwort nicht köpfen: »Die Hölle! Das ist die Hölle!«
Und ähnlich infernaler Worte ist er mächtig, da sie mit Hund die einundzwanzigste Firstenkammer verlassen, die einem Börsensaal angeglichen, wirtschaftlicher Expansion, also den investierenden, märkteerobernden und die Konjunktur anheizenden Führungskräften zu eng bemessen scheint. Der bloße Anblick scheuchenflinker Kartellbildung, der akustische Reiz leichter Kursschwankungen, die ins Monumentale gehobene Aufsichtsratssitzung fordert Matern den bergfremden Ruf ab: »Die Hölle! Die Höllen-AG!«
Nicht wortreicher entläßt ihn die dreiundzwanzigste Firstenkammer, deren Scheitelhöhe sechzehn Meter beträgt, und zwischen hangendem und liegendem Salzgestein einer äußerst akrobatischen Disziplin Raum gewährt, die sich »Innere Emigration« nennt. Man sollte denken, nur Vogelscheuchen vermögen sich so unentwirrbar zu verknoten, nur Scheuchen ist es gegeben, ins eigene Gedärm zu kriechen, Gescheuch allein vermag, dem Konjunktiv innerlich Körper und äußerlich Kluft zu geben. Da aber – so lauten Statuten – die Vogelscheuche das Menschenbild spiegelt, wird es auf heiterer Tagesoberfläche ähnlich wandelnde Konjunktive geben.

Des bergfremden Reisenden Stimme hat Hohn geladen: »Niemanden hat Eure Hölle vergessen. Selbst die Schlupfwespen nicht!«
Da antwortet ihm Brauxel, der Direktor, mit schattenwerfendem Ebenholzstöckchen: »Was bleibt uns übrig? Die Nachfrage ist groß. Unsere in alle Welt verschickten Kataloge glänzen durch Vollständigkeit. Ladenhüter kennen wir nicht. Besonders die dreiundzwanzigste Firstenkammer bildet in unserem Exportprogramm einen wesentlichen Faktor. Man emigriert noch immer nach innen. Da ist es warm, da kennt man sich aus, dort ist man für sich.«
Doch weniger stubenhockerisch und dennoch gelenkig geht es in vierundzwanzigster, der Kammer verunglimpfter Opportunisten zu. Reaktionsvermögen wird dort geprüft. Vom First hängende Lampen, den Verkehrsampeln von Übertage ähnlich, lassen, bemessene Zeit lang, eindeutige Farben, desgleichen Symbole, die von Staatswesen geprägt wurden, aufblinken: und es haben nackte Scheuchen, denen die eingeborene Mechanik unverhüllt im Skelett hängt, schnell und vom Sekundenzeiger gehetzt, die Klamotten zu wechseln, desgleichen dem laugenverunglimpften Haarwuchs den Scheitel zu ziehen: mal spaltet er links die Frisur; jetzt trägt man den Scheitel rechts; nun ist der Mittelscheitel wieder gefragt; und all die Nuancen: halblinks, halbrechts; auch eine scheitellose Haartracht kann oder könnte gefragt sein.
Dieser Dressurakt belustigt Matern – »Welch ein Höllenspaß!« – zumal sein gelblackierter Schutzhelm einen Schädel behütet, dem jener Übertage wütende und oft sehr kurzlebige Gesinnungswechsel zuerst die Stirn verlängerte und dann, mit Hilfe der Weiber – das muß Matern einräumen – der ganzen Wiese das Nachwachsen verbot. Heilfroh ist der Bergfremde, daß ihm nie mehr ein Umkämmen der Frisur, also der zeitbedingte Scheitelwechsel abverlangt werden kann. »Habt Ihr mehr Possen als diese geprobt, so mag mir die Hölle ein Schauspielhaus sein!«
Matern lebt sich ein Untertage. Aber Wernicke, der Reviersteiger, hebt das summende Karbidgeleucht und hat auf der Siebenhundertneunzigmetersohle nur noch ein Schauerstück in fünfundzwanzigster Firstenkammer zu bieten. Dieser handlungsarme Einakter, der unter dem Titel »Atomare Eigensinnigkeiten« seit Förderschichten auf dem Programm steht, dämpft sogleich Materns gehobene Laune, obgleich klassische Dichterworte das stumme Geschehen untermalen. Was die Welt Übertage absurd nennt, schmeckt Untertage real: einzelne Glieder handeln für sich. Springköpfe, deren Eigensinn schon der Hals zuviel war, vermögen sich nicht zu kratzen. Kurzum: was den Körper vielgliedrig macht, lebt getrennt fort. Arm und Bein, Hand und Torso posieren zu großen Worten, die, sonst von der Rampe gesprochen, hier hinterm Vorhang betont werden: »Gott! Gott! Die Vermählung ist fürchterlich – aber ewig!« – »Willkommen, meine würdigen Freunde! Welche wichtige Angelegenheit führt sie so vollzählig zu mir?« – »Aber ich will nächstens unter euch treten, und fürchterlich Musterung halten!«

Nun steht zwar bei Schiller in Klammern: »Sie gehn zitternd ab«, doch dieser Scheuchen eigensinnige Teile sind Dauermimen und treten nie ab. Unerschöpflicher Zitatenschatz erlaubt einsame Kniebeugen. Solohände sprechen für sich. Köpfe, wie Rollgut, liegen zuhauf, chorische Klage im Munde: »Kein größerer Schmerz, als sich erinnern glücklich heitrer Zeit im Unglück.«
Erst während bemessener Seilfahrt – der Anschläger kündigt mit Doppelschlag jene tiefunterste Sohle an, wo der Füllort und also die Hoffnung liegt, daß die Hölle erschöpft sein möge, die Auffahrt beschlossen – erst hier, zwischen Direktor und Reviersteiger samt Hund, in Förderkorbenge gekeilt, wird Matern unterrichtet, daß, was er soeben gesehen, mobile Scheuchenfragmente, neuerdings sehr gefragt seien, besonders in Argentinien und Kanada, wo die Weite der Weizenfelder eine gestaffelte Bescheuchung verlange.
Und wie sie nun zu dritt mit Hund auf der Achthundertfünfzigmetersohle stehen, spricht der Reviersteiger, weil ihm der Direktor das Zeichen gab, jenen Text zu sprechen, der die Endphase der Werksbesichtigung einzuleiten hat: »Nachdem wir nun auf den drei über uns liegenden Sohlen dem Produktionsweg folgten, also Zeugen wurden der verschiedengearteten Verunglimpfungen, sodann der Montage, nachdem wir klarzumachen versuchten, wie auf den drei Hauptmotiven alle Disziplinen, von der sportlichen bis zur atomar eigensinnigen, basieren, bleibt uns jetzt noch zu zeigen, wie alle Scheuchen mit Aufgaben vertraut gemacht werden, die ihnen auf der Tagesoberfläche geläufig sein müssen. In sechsundzwanzigster, siebenundzwanzigster und achtundzwanzigster Firstenkammer werden wir Übungen am Objekt erleben, Prüfungen, denen sich keine Vogelscheuche, die bei der Firma Brauxel & Co. produziert wurde, bislang entziehen konnte.«
»Das ist Tierquälerei!« sagt Matern, noch bevor die sechsundzwanzigste Kammer sich öffnet. »Aufhören, Tierquälerei!« schreit er zum First hoch, wie er hören muß, daß Spatzen, die Brauxel »Unsere lieben unscheinbaren Weltbürger« nennt, auch Untertage das Schilpen nicht lassen können.
Und der Direktor spricht: »Hier werden unsere Exportscheuchen mit den Sperlingen, sowie jenen Getreidesorten bekannt gemacht, die sie demnächst vorm Vogelfraß werden schützen müssen. Die jeweils zu prüfende Scheuche, – hier eine Kollektion Zeeländer Roggenscheuchen, deren Wirkungsgebiet das südwestliche Kapland sein wird – hat einen begrenzten Köderradius, den Roggenstreuungen anziehend machen, vor dem Einfall der Prüfsperlinge abzuschirmen. Während dieser Schicht werden, wie ich sehe, noch folgende Kollektionen geprüft. Zwölf Sortimente Odessascheuchen, die sich über südrussischem Girkaweizen sowie dem ukrainischen Sandomirweizen zu bewähren haben. Sodann unsere sehr gefragten La-Plata-Scheuchen, die dem argentinischen Weizenbau zu Rekordernten verholfen haben. Danach werden acht Sortimente Kan-

sasscheuchen mit dem Schutz der Kubankasorte bekannt gemacht, ein Sommerhartweizen, der übrigens auch im Staate Dacota angebaut wird. Kleinere Posten Weizenscheuchen haben zwischen den Prüfsperlingen und der polnischen Sandomirka, sowie dem begrannten und winterfesten Banatweizen Distanz zu schaffen. Hier wie in siebenundzwanzigster und achtundzwanzigster Firstenkammer werden ferner Kollektionen geprüft, die für zweizeilige Polatawagerste, nordfranzösische Braugerste, skandinavischen Rispenhafer, Moldaumais, italienischen Cinquantino-Mais und die nordamerikanischen sowie sowjetischen Maissorten Südrußlands und der Mississippiniederungen angefordert werden. – Während also in dieser Kammer ausschließlich Sperlinge dem Köderradius fernzuhalten sind, werden in nächster Kammer Girrvögel, besonders Feldtauben, die auch den Raps-, Erbsen-, und Leinensamen schädigen, auf die zu prüfenden Exportscheuchen angesetzt. Gelegentlich werden auch Krähen, Dohlen und Feldlerchen als Prüfungsobjekte zugelassen, während Drosseln und Amseln unseren Baumscheuchen und die Stare unseren Weinbergscheuchen in achtundzwanzigster Firstenkammer die Prüfung abnehmen. – Wir können den Bergfremden jedoch beruhigen: alle unsere Prüfvögel, von den Sperlingen über die Feldtauben bis zu den Finken, Lerchen und Staren, werden mit Genehmigung der Behörden von Übertage eingeführt. Die Tierschutzvereine Hannover und Hildesheim überprüfen vierteljährlich die drei Prüfkammern. Wir sind nicht Feinde der Vögel. Wir arbeiten mit den Vögeln zusammen. Luftgewehr, Leimruten und Vogelnetze sind unseren Vogelscheuchen suspekt. Ja, mit Grund und Recht hat die Firma Brauxel & Co. mehrmals und öffentlich gegen das barbarische Wegfangen der italienischen Singvögel protestiert. Unsere Erfolge auf allen Kontinenten, unsere Ohio- und Marylandscheuchen, unsere sibirischen Urtobascheuchen, unsere Scheuchen über kanadischem Manitobaweizen, unsere Reisscheuchen, die den Javareis und die italienische, bei Mantua angebaute Sorte Ostiglione schützen, unsere Kukurutz-Scheuchen, die dazu beigetragen haben, die sowjetischen Maiserntenerfolge in die Nähe amerikanischer Rekordernten zu bringen, alle unsere Vogelscheuchen, ob sie nun einheimischen Roggen, mährische Hannagerste, den aus Minnesota stammenden Milton-Hafer, den berühmten Bordeauxweizen, die indischen Reisfelder, südperuanischen Cuzkomais oder chinesische Hirse und schottischen Buchweizen vorm Vogelfraß schützen, alle alle Produkte der Firma Brauxel & Co. befinden sich im Einklang mit der Natur, sind selber Natur: Vögel und Vogelscheuchen harmonisieren, ja, gäbe es nicht die Vogelscheuche, es gäbe den Vogel nicht; und beide, Vogel und Scheuche – Geschöpfe aus Gottes Hand – tragen dazu bei, die wachsenden Probleme der Welternährung zu lösen, indem der Vogel Milben und Weizenmotten, den schwarzen Kornkäfer und den bösen Hederichsamen schnäbelt, indem die Scheuche überm ausreifenden Korn allen Vogelsang, das Taubengirren und Spatzengeschwätz abstellt, die Stare aus den Weinbergen und die Amseln wie

Drosseln aus den Kirschbäumen weist.«
Dennoch, und so beredt der Direktor Brauxel jene zwischen Vögeln und Scheuchen gegründete Harmonie feiert, fällt dem bergfremden Matern immer wieder das Wörtchen »Tierquälerei« aus dem Mund. Wie er nun hören muß, daß die Firma, im Zuge der Rationalisierung, dazu übergegangen ist, Sperlinge, Feldtauben und Amseln im Berg nisten, brüten und ausschlüpfen zu lassen, wie ihm nun dämmert, daß Generationen Vögel das Tageslicht nicht kennen und hangendes Salzgestein als Himmel werten, spricht er von den höllischen Qualen höllischer Vögel, obgleich es in allen drei Firstenkammern munter und maienfroh wie im Liede zugeht: Finkenschlag und Lerchensang, Taubengurren und Dohlenmusik, unorganisierter Spatzenlärm, kurzum, die Akustik eines saftfördernden Maientages füllt die drei Kammern auf; und nur ganz selten, wenn die Wetterführung auf der Achthundertfünfzigmetersohle ermattet, müssen Betriebsangehörige der Firma Brauxel & Co. gefiederte Geschöpfe einsammeln, denen das Luftgemisch Untertage die Lebenslust nahm.
Der Bergfremde gibt sich entrüstet. Er prägt die Tautologie »Höllenschande«. Verspräche ihm nicht der Reviersteiger in neunundzwanzigster Firstenkammer das Ende aller Vogelscheuchenausbildung, nämlich das Schlußfest, das große Scheuchen-Meeting, er eilte blindlings zum Füllort, um dort – käme er jemals dort an – nach Licht und Luft, nach dem Tageslicht und dem Monat Mai zu schreien.
So aber fügt er sich und blickt, vom Rande aus, dem Budenzauber zu. In dieser Scheuchenschau sind die ausgebildeten Firmlinge aller Firstenkammern vertreten. Hallelujascheuchen und Nahkampfscheuchen, was der Zivilstand zu bieten hat: vielköpfige Vogelscheuchenfamilien, der Scheuchenhahn an der Spitze. Entfesselte, gehemmte, selbstherrliche Scheuchenböcke. In verunglimpften Siebensachen treffen ein zum Scheuchengeklön und Scheuchentamtam: das Zipfelmützengescheuch und die genormten Sekundärscheuchen, engelnahe Elitescheuchen und was die Historie zu bieten hat: Burgundernasen und Habsburgerlippe, Schillerkragen und Suworowstiefel, spanisches Schwarz und Preußischblau; dazwischen die Koofmichel der freien Marktwirtschaft; kaum auffindbare, weil ins eigene Gekröse verzogene Emigranten; wer spricht dort Scheuchenfraktur? Wer sorgt für Scheuchenstimmung und Scheuchenwandel? Das sind die allbeliebten Opportunisten, die unterm Braun Rot tragen und sogleich ins Kirchenschwarz schlüpfen werden. Und in das Volksfest hinein – denn ein Staatswesen läßt hier den Durchschnitt repräsentieren – mischen sich die atomaren und so theaterliebenden Eigensinnigkeiten. Bunt geht es zu: scheuchenfarbig. Geliebtes Scheuchendeutsch knüpft Kontakte. Scheuchenmusik besänftigt Haß, Wut und umhergehende Rache, also in Kammern gezüchtete Hauptemotionen, die jeder Vogelscheuche die Mechanik ölen und als Saalordner die Scheuchenfuchtel schwingen: »Wehe wenn! Wehe wenn Ihr!«

Aber es betragen sich die Firmlinge gesittet, wenn auch allzeit zu Schabernack aufgelegt. Huckepackscheuchen necken singende Missionsscheuchen. Der Scheuchengeier kann es nicht lassen, lange Finger zu machen. Der historischen Gruppe »Wallensteins Tod« haben sich krankenhausbleiche Karbolmäuschen zugesellt. Wer hätte gedacht, daß sich das vorsokratische Zipfelmützengescheuch mit der linsensauren Theorie der sozialen Schichtung im Gespräch finden könnte? Gespusi bahnt sich an. Das, zu Unrecht, als »Höllengelächter« bezeichnete, in siebenter Firstenkammer erlernte Lachen mischt sich mit dem Weinen der achten und dem Zähneknirschen der neunten Kammer, denn wo ist jemals ein Fest gefeiert worden, auf dem nicht Witze belacht, der Verlust eines Handtäschchens beweint und ein rascher, doch bald geschlichteter Streit zähneknirschend begraben worden wären.
Wie nun aber die beim Schlußfest vereinten Firmlinge, begleitet vom Bergwerksdirektor mit Hund und dem Bergfremden hinter Reviersteiger, in die nahe dreißigste Firstenkammer geleitet werden, herrscht augenblicks Stille.
Scham befiehlt Matern, das Haupt abzuwenden, da die versammelte Scheucheninnung, wie er weiß, ferngesteuert und wie er sagt: »Seelenlos automatisch...« auf die Firma Brauxel & Co. vereidigt wird. Und Vogelscheuchen erkühnen sich, nachzuplappern: »So wahr mir Gott helfe.« Was mit dem landesüblichen »Ich schwöre bei...« beginnt, endet, nachdem geschworen wurde, nie die Herkunft, das Untertage zu verleugnen, nie das der Scheuche zugewiesene Feld mutwillig zu verlassen, immer den Vögeln, also der Urbestimmung, streng aber fair die Lust zu nehmen, bei Ihm, dessen Auge auch Untertage wacht: »So wahr mir Gott helfe!«
Nur noch erwähnt muß werden, daß in einunddreißigster Firstenkammer Einzelscheuchen und Scheuchenkollektionen verpackt und in Kisten gebettet für den Export freigegeben werden; daß in zweiunddreißigster Firstenkammer die Kisten beschriftet, die Warenbegleitscheine ausgestellt und die Förderwagen beschickt werden.
»Hiermit«, so spricht der Reviersteiger Wernicke, »sind wir am Ende des langen Produktionsweges angelangt. Wir hoffen, Sie konnten sich ein ungefähres Bild mache. Einiges, wie alle über Tage liegenden Laboratorien, die Automation und unsere Elektrowerkstätten, dürfen im Rahmen der Werkbesichtigung nicht betreten werden. Auch unsere Glashütte darf nur mit besonderer Erlaubnis. Vielleicht, wenn Sie den Herrn Direktor bitten wollen.«
Doch dem bergfremden Reisenden Walter Matern reicht es. Seinen Augen ist speiübel. Er drängt schneller ans Licht, als die Draisine den Füllort erreichen kann. Matern ist übersättigt.
Deshalb gelingt ihm auch kein Protest, da Brauxel, der Direktor, den schwarzen Schäferhund Pluto beim Halsband faßt und dort ankettet, wo die Werkbesichtigung begann, wo das Grubenbild sich vollendet, wo

nach Brauxels Anweisung das bergfreudige Schild »Glück auf!« seinen Platz hat, wo aber laut Materns Vorschlag stehen müßte: »Laßt jede Hoffnung hinter Euch, Ihr, die Ihr eintretet.«
Schon öffnet sich der Förderkorb zur Seilauffahrt, da findet der Bergfremde Restworte: »Das ist eigentlich mein Hund.«
Worauf Brauxel Endworte spricht: »Welches bewachenswerte Objekt hätte die heitere Tagesoberfläche einem Hund wie diesem zu bieten? Hier ist sein Ort. Hier, wo der Hauptförderschacht Amen sagt und die Wetter von oben Mailuft ausatmen. Wächter soll er hier sein und dennoch nicht Cerberos heißen. Der Orkus ist oben!«
Oh, Seilauffahrt zu zweit, den Reviersteiger ließen sie unten.
Oh, ihr fünfzehn gewonnenen Meter in jeder Sekunde.
Oh, bekanntes Gefühl, das jeder Fahrstuhl vermittelt.
Das Rauschen, in dem sie schweigen, stopft Watte in jedes Ohr. Und jedermann riecht, daß es brenzlich riecht. Und jedes Gebet fleht das Förderseil an, einig zu bleiben, damit Licht, Tageslicht, noch einmal sonnedurchwirkter Mai...
Aber wie sie den Plattenboden der Hängebank betreten, regnet es draußen, und Dämmerung kriecht vom Harz her über das Land.
Und Dieser und Jener – wer mag sie noch Brauxel und Matern nennen? – ich und er, wir schreiten mit abgelöschtem Geleucht zur Steigerkaue, wo uns der Kauenwärter die Schutzhelme und die Karbidlampen abnimmt. Mich und ihn führt er in Kabinen, die Materns und Brauxels Kleider aufbewahrten. Aus Untertageklamotten steigen er und ich. Für mich und ihn wurden Badewannen gefüllt. Drüben höre ich Eddi plätschern. Jetzt steige auch ich ins Bad. Das Wasser laugt uns ab. Eddi pfeift etwas Unbestimmtes. Ich versuche ähnliches zu pfeifen. Doch das ist schwer. Beide sind wir nackt. Jeder badet für sich.

Günter Grass in der Sammlung Luchterhand

Die Blechtrommel
Roman
Danziger Trilogie 1
Sammlung Luchterhand Band 147

»Mit seinem ... Roman (Die Blechtrommel) hat sich Grass einen Anspruch darauf erworben, entweder als satanisches Ärgernis verschrien oder aber als Prosaschriftsteller ersten Ranges gerühmt zu werden. Unserem literarischen Schrebergarten, mögen seine Rabatten sich biedermeierlich oder avanciert-tachistisch geben, zeigt er, was eine Harke ist. Dieser Mann ist ein Störenfried, ein Hai im Sardinentümpel, ein wilder Einzelgänger in unserer domestizierten Literatur ...« H. M. Enzensberger

Katz und Maus
Novelle
Danziger Trilogie 2
Sammlung Luchterhand Band 148

»Ich halte die Figur des ›Großen Mahlke‹ für eine der ergreifendsten und glaubhaftesten Jungen-Gestalten in der modernen Dichtung. Es ist erstaunlich, wie es Grass gelingt, das Nebeneinander von Derbheit und Frömmigkeit, Ausgelassenheit und Scheu, Prahlerei und Verzweiflung glaubhaft zu machen ...« Walter Jens

Hundejahre
Roman
Danziger Trilogie 3
Sammlung Luchterhand Band 149

»... Und dennoch wird es schwerfallen zu verheimlichen, daß ›Hundejahre‹ ganz ohne Zweifel ein großer Roman ist. Sein Volumen ist immens, und es ist voll ausgefüllt. Barock und Rabelais, Jean Paul und Grand Guignol ... Und für den Leser ist es am Ende fast so, als ob die Erde, nachdem mit einem spitzzinkigen Besen ein gut Teil ihrer Absurditäten auf diesen Haufen gekehrt worden ist – nachdem es hier noch einmal mit aller Bosheit und in genialisch hanebüchener Übertreibung, doch ohne Kleinlichkeit und engstirnige Folgerungen hinausgetrommelt worden ist: als ob die Erde, wenn auch zerkratzt und geschunden, freier als lange zuvor zurückbliebe ...«
Heinrich Vormweg

Gesammelte Gedichte
Sammlung Luchterhand Band 34

»Direktheit, Intensität, Unvermitteltheit, Bildkraft und Sachlichkeit kennzeichnen dieses lyrische Sprechen. Es ist, Gedicht um Gedicht, auf Erfahrung aus, die sich in den frühen Gedichten aus Vorstellung und Wunschbild sozusagen erst noch gelöst, die sich immer stärker konkretisiert und in den jüngsten Gedichten auch politisch behaupten wird.« Heinrich Vormweg

Örtlich betäubt
Roman
Sammlung Luchterhand Band 195

Eberhard Starusch, Studienrat und vierzig Jahre alt, lehrt an einem Gymnasium in West-Berlin Deutsch und Geschichte. Er hat einen Hackbiß von Natur aus und einen Unterkiefer, der von Gewalttaten träumt; er altert, hat Zahnschmerzen und einen Schüler, der vor dem Hotel Kempinski seinen Hund verbrennen will: die West-Berliner sollen endlich begreifen, wie ihre Schutzmacht in Vietnam Krieg mit Napalm führt. Es ist Januar 1967. Wenige Monate später werden die Studenten gegen die Welt der Erwachsenen demonstrieren. Die gesammelten Bedenken des Studienrats Starusch zeigen, wie brüchig diese Welt ist, wie sie zerfällt mit den Antworten auf die Fragen, die sein Schüler stellt.

Die Plebejer proben den Aufstand
Ein deutsches Trauerspiel
Sammlung Luchterhand Band 250

17. Juni 1953: Datum eines deutschen, also gescheiterten Aufstands. Der »Chef« probt seine Coriolan-Bearbeitung. Rom auf der Bühne und Ost-Berlin in Wirklichkeit stehen gegeneinander, Plebejer und eine Delegation aufständischer Arbeiter. Plutarch und Livius werden mit Marx und Lenin konfrontiert. Der Theatermann will den Aufstand seiner Bühne zunutze machen. Die Arbeiter aber fordern Einlösung seiner politischen Deklaration.

Aus dem Tagebuch einer Schnecke
Sammlung Luchterhand Band 310

Im Wahlkampfjahr 1969 reist ein Schriftsteller durch die Bundesrepublik und spricht auf 100 Veranstaltungen für die Espede. Zurück in Berlin bleiben die Frau und vier Kinder und wundern sich, daß der Mann und Vater nur noch übers Wochenende zu Hause ist. Die Fragen der Kinder kommen in der Eile zu kurz. Im Tagebuch wird das Versäumnis nachgeholt; ein Vater, als Schriftsteller schon lange berühmt, versucht zu erklären, weshalb er den Ruhm in die Politik mitnimmt und dort als Begrüßgustav beschäftigt. Das ist, wie jede deutsche Geschichte, eine Geschichte mit Vergangenheit. Während der Vater seinen Kindern die Verfolgung und Vertreibung der Danziger Juden erzählt und den Studienassessor Hermann Ott als jemanden erfindet, den seine Schüler »Zweifel« nennen, wird der Wahlkampf in seiner Alltäglichkeit vielschichtig.

Kopfgeburten
oder die
Die Deutschen sterben aus
Sammlung Luchterhand Band 356

»Kopfgeburten« ist ein Buch voller Rollentausch, Ortswechsel und Zeitverschiebung, voller Luft- und Gedankensprünge. Die Reise in die Zukunft, von der Grass erzählt, ist Teil eines Selbstgesprächs, an dem der Leser immer teilhat: ein Selbstgespräch voller Ironie und Witz, heiter, fast ausgelassen, so ernst auch die Lage ist.

Die bösen Köche
Ein Drama
Sammlung Luchterhand Band 436

Günter Grass' abendfüllendes, fünfaktiges Drama »Die bösen Köche«, sein drittes Stück, ist 1956 in Paris entstanden und 1961, unter der Regie Walter Henns, in der »Werkstatt« des Schiller-Theaters in West-Berlin uraufgeführt worden. »Die bösen Köche« sind eine Art allegorische Parabel, oder auch ein Märchen, oder vielleicht besser: ein »Anti-Märchen«, da es im Stück zwar märchenhaft zugeht, aber auf ein unmärchenhaftes Ende hinausläuft. Der »Sinn« dieses anti-märchenhaften Dramas ist nicht absurd, sondern klar und verständlich.
Das Nachwort von Peter Spycher soll die Lektüre des Stückes besonders im Unterricht erleichtern.

Onkel, Onkel
Ein Spiel in vier Akten
Sammlung Luchterhand Band 466

»Gemessen am Geist und Niveau des absurden Theaters, an Pinter, Adamov, Audiberti, Ionesco enthüllt sich Grass' vieraktiger Onkel-Komplex geradezu als Entdeckung. (...) Die Hauptfigur, ein Systematiker namens Bollin, schreitet mordbereit durch die vier Bilder. Doch so wenig dem Don Juan vor den Augen des Publikums auch nur eine Verführung gelingt, so wenig kommt Bollin zum Ziel: Sein Scheitern aber macht herrliche Spiel-Energien frei. Denn er scheitert eigentlich jedesmal an Kindern – an der fabelhaften Unbeirrbarkeit von Kindern.

Das Treffen in Telgte
Eine Erzählung und dreiundvierzig Gedichte aus dem Barock
Sammlung Luchterhand Band 558

»Man trifft sich 1647, dreihundert Jahre vor der Gründung der Gruppe 47; weil Günter Grass es so will. Seine Erzählung ist kein Kostümstück, sondern historische Fiktion, ist kein Schlüsselroman, aber eine Phantasmagorie möglicher historischer Parallelen. Ein Märchen von versäumten Möglichkeiten – literarischen und nationalen.« Fritz J. Raddatz, Die Zeit

Ach Butt, dein Märchen geht böse aus
Gedichte und Radierungen
Sammlung Luchterhand Bildbuch Band 470

Dieser Band von Günter Grass sammelt alle im »Butt« enthaltenen Gedichte, weitere Gedichte aus der Zeit der Entstehung des »Butt«, sowie korrespondierende Radierungen aus dieser Zeit.

Denkzettel
Politische Reden und Aufsätze 1965–1976
Sammlung Luchterhand Band 261

In diesem Band sind die wichtigsten politischen Reden und Aufsätze zusammengefaßt, die Günter Grass bis 1976 geschrieben hat. Wer sie chronologisch liest, liest in einem Geschichts- und Geschichtenbuch des vergangenen Jahrzehnts: Wahlkampf 1965, Große Koalition 1967 und der Aufstand der Studenten, Einmarsch in die CSSR 1968, Wahlkampf 1969, die sozial-liberale Koalition und ihr Versumpfen im Pragmatismus. Diese Stichworte gelten auch für die Entwicklung und Veränderung eines politischen Selbstverständnisses. Büchnerpreis-Rede 1965, »Die Prager Lektion« 1968, »Literatur und Revolution« 1969, »Schriftsteller und Gewerkschaft« 1970, die »Sieben Thesen zum Demokratischen Sozialismus« 1974 oder »Einige Denkzettel nach der Wahl« 1976: gemeinsam ist allen Reden und Aufsätzen die Sorge um den Bestand der parlamentarischen Demokratie.

Widerstand lernen
Politische Gegenreden 1980–1983
Sammlung Luchterhand Band 555

»Die deutsche Geschichte ist eine Geschichte des versäumten Widerstandes. Aber kann man ihn lernen? Läßt er sich mit Lektionen einpauken? (. . .) Man kann ihn nicht verordnen. Jeder, der kein anderes Mittel mehr sieht gegen den herrschenden, Völkermord einkalkulierenden Wahnsinn als den gewaltlosen Widerstand, wird ihn für sich beschließen und dann auch leisten müssen. Auch ich. Deshalb muß ich von mir reden, von meiner Erfahrung, von meinen Hoffnungen und Enttäuschungen und von Einsichten, denen ich nicht mehr ausweichen kann.«
Günter Grass

Günter Grass:
Auskunft für Leser
Herausgegeben von Franz Josef Görtz
Sammlung Luchterhand Band 543

»Auskunft für Leser« gibt ein aus wechselnder Perspektive gezeichnetes, teils aus charakteristischen Momentaufnahmen, teils aus gründlichen Detailstudien zusammengefugtes Porträt des Schriftstellers Günter Grass. Der Band enthält neben exemplarischen, seinem Werk und dessen Wirkungen gewidmeten Aufsätzen und Kommentaren aus drei Jahrzehnten – u. a. von Max Frisch, Heiner Müller, Peter Rühmkorf, Peter Schneider, Marcel Reich-Ranicki und Wolfram Schütte – eine Reihe von Originalbeiträgen. Hanspeter Brode stellt den Epiker, Harald Hartung den Lyriker, Wend Kässens den Dramatiker, Claus-Ulrich Bielefeld den Politiker Grass vor.
Biographische Daten und ein vollständiges Verzeichnis aller Veröffentlichungen von Günter Grass ergänzen den Band.

»Die Blechtrommel«
Attraktion und Ärgernis
Ein Kapitel deutscher Literaturkritik
Herausgegeben von Franz Josef Görtz
Sammlung Luchterhand Band 544

Der Band dokumentiert die Resonanz der westdeutschen Literaturkritik auf »Die Blechtrommel« an einer Auswahl von mehr als dreißig exemplarischen, mehr oder weniger repräsentativen Rezensionen: exemplarisch im Hinblick auf das kritische Besteck, die ästhetischen Kategorien der Kritiker – und repräsentativ für das Klima der literarischen Öffentlichkeit in den späten fünfziger, den frühen sechziger Jahren, für den Zustand und die alltägliche Praxis der Literaturkritik.